Aziz Nesin, yapıtlarının telif haklarını tümüyle
NESİN VAKFI'na bağışlamıştır.

NESİN VAKFI'nın amacı, kimsesiz, yoksul ve
eğitime muhtaç çocukları, ilköğretimden başlatarak
bir yüksekokul bitirinceye ya da bir meslek edininceye dek
her türlü gereksinimlerini sağlayarak barındırmaktır.

NESİN VAKFI'nın senedi gereğince,
vakfın amacına uygun olması koşuluyla,
her dileyen her türlü yardım, katkı ve bağışta bulunabilir.

İsteyenlere şu adreslerden broşür gönderilir:
NESİN VAKFI, PK 5 Çatalca 34540 İstanbul
e-posta: nesinvakfi@tnn.net • www.nesinvakfi.org

Nesin Vakfı Bağış Hesapları

Vakıf Bank, Çatalca Şubesi, 237 - 434 84 59
Ziraat Bankası, Çatalca Şubesi, 130 - 952 22 32 - 5001
Posta çeki, 164 00 09

Nesin Yayıncılık Ltd. Şti.
İnönü Mahallesi Küçük Bayır Sokak No: 46 Elmadağ Şişli/İstanbul
Tel: 0212 291 49 89 • Faks: 0212 234 17 77
nesin@nesinyayinevi.com • www.nesinyayinevi.com

Nesin Yayınevi'nde birinci basım Mart 2009 (1500 adet)

İlk basım 1978
1978-1998 arasında 6 kez, toplam 48 bin adet basıldığı bildirilmiştir.

Genel Yönetmen
Ali Nesin

Yayın Yönetmeni
Atay Eriş

Yayın Yönetmeni Yardımcısı
Süleyman Cihangiroğlu

Kapak Düzeni
İlhan Bilge

001 01 01 060-84

ISBN 978-605-5794-08-8
Sertifika No: 11473

Baskı ve cilt: Yazın Basın Yayın Matbaacılık Turizm Tic. Ltd. Şti. Çiftehavuzlar Cad. Prestij İş Merkezi
No: 27/806 Zeytinburnu/İstanbul Tel: 0212 565 01 22 Sertifika No: 12028

Aziz Nesin

Tek Yol

roman

NESİN YAYINEVİ

Bölüm Başlıkları

GİRİŞ

Bu romanın kahramanını 1951 yılında Üsküdar Paşakapısı Cezaevinde tanımıştım. Elli yaşın üstünde sabıkalı bir sahteciydi. Romanda tastamam bu adamı anlattığımı söyleyecek değilim. Hatta anlattığım, hiç de bu adam değildir, denilebilir. Ama, romanda anlattığım Paşazade'yi bana esinleten canlı kaynak, cezaevinde tanımış olduğum o sabıkalı sahteci Paşazade olmuştur.

Sabıkalıların pekçoğu gibi, Paşazade de çok usta bir anlatıcıydı. Yine bu sabıkalıların çoğu gibi, doğmaca olarak birden uydurduklarını, sanki gerçekten başından geçmişçesine anlatıyordu. Bu uydurup anlattıklarından çok beğenilenleri, tıpkı bir yazarın pekçok müsveddeler yapması, yapıtı üzerinde düzeltmeler, çıkarmalar, eklemeler yaparak uzun uzun çalışması gibi, o da düzelte değiştire, ekleye çıkara, allayıp pullayıp anlatarak ona sonunda en iyi biçimi verirdi. Bu uydurmalarının en etkililerini o denli çok anlatırdı ki, sonunda bu yalanlarına kendisini inandırmış olurdu. Uydurduğu yalanlarına en önce kendisi inanmış olduğu için de, anlattıkları inandırıcı ve etkili oluyor, dinleyenleri de inandırıyordu. Yazdığı yapıtta anlattıklarına gerçek diye inanmak, iyi yazarlığın da baş koşuludur.

Tanışıklığımız epiy sürdükten sonra bigün bana, kendisi için uydurup anlattıkları içinde, zaman zaman, hangisinin gerçek kendisi olduğunu şaşırdığını söylemişti. Yani yalanları arasında boğulup kendi kendisini yitirmişti. Kimileyin, gerçek kişiliğinin, anababasının, çocukluğunun, anılarının uydurma, ama uydurduğu özyaşam öyküsünün, serüvenlerininse artık kendisine gerçekmiş gibi geldiğini söylemişti bana.

Şurası bir doğru ki, bir insan kendisine değgin ne denli yalanlar uydurursa uydursun, ister istemez ve zorunlu olarak düşlerini, tasarılarını, özlemlerini, hayallerini, yani yine de kendisini anlatmaktadır. İnsanoğlu büsbütün kendinden kopuk, yalıtılmış yalanlar uyduramaz. Buyüzden her yalanda, yalanı söyleyenin bir gerçek yanı da gizlidir. Paşazade de, başından geçmiş gibi yalanlar uydurarak yine kendisini anlatıyordu.

Paşazade, sahteciliklerinin, hırsızlıklarının hiçbirini yadsımıyordu. Çünkü yıllardanberi o denli çok cezaevine girip çıkmıştı ki, artık suçlarını yadsıyacak durumu kalmamıştı. Suçlarını yadsımak şöyle dursun, anlatılarında bu suçlarını daha da artırıyor, çoğaltıyor, abartıyor ve suç üretiyordu. Bence o, işte buyüzden de, artık sahteciliğin sanatçısı olmuştu.

Sabıkalarını artırıp üreterek anlatmaktan beğeni, hatta onur duyan ünlü kadın avcısı Eyüplü Halit, sahte gazeteci Mahmut Saim yada Muslukçu Tevfik gibi sabıkalılardan ayrımı vardı. Paşazade, başına gelen bu belalar için, öbürleri gibi "elden ne gelir, yazgım böyleymiş... Alın yazım bu..." diye kendisini avutmazdı. O vicdanını susturmak için suç işlemesine daha beşeri bir gerekçe uydurmuştu; şöyle derdi:

– Tek yol kalmıştı: Sahtecilik...

– Başka hiçbir umarım yoktu, sahtecilik yapmak zorundaydım...

– Bütün yollar bana kapalıydı, önümde yalnız tek yol vardı.

İşte bu romana "Tek Yol" adı verişim bundandır. Buyüzden "çaresiz kalanların" yada "çaresiz kaldığını sananların" romanını yazmak istedim.

Eskiden gazetecilik de yapmış olan bir arkadaş, Pendik'te deniz kıyısında bir restoran açmıştı. Sanırım 1967 yılındaydı, bir gece dostlarımla o restorana gittiğimde, Paşazade'yi orada şef garson olarak görmüştüm. Siyah giysisi, kolalı ak gömleği ve siyah papyonuyla, şef garsondan çok, yıllarını dışişlerinde yüksek bir görevde harcamış bir diplomata benziyordu. Beni görünce büyük bir korkuya kapılarak, restoran sahibine, kimliğini açıklamamam için yalvardı. Hangi işe girse, bisüre sonra kimliği anlaşılınca yada polis kendisini tanıyınca, işten koğuluyormuş. Sürünmekten bıktığını, o yaşta yeniden cezaevine girmek istemediğini söylüyordu.

– Görüyorsunuz ya, demişti, bütün yolların önümde kapanmamasına çalışıyorum. Yalnızca açık kalan o tek yoldan gitmek istemiyorum.

Restoran sahibine, Paşazade'nin kimliğini açıklamalı mıydım, açıklamamalı mıydım? Açıklasam, belki de "tek yol" dediği o yola sapacak, kesinlikle de yakalanıp yine cezaevine tıkılacaktı. Açıklamasam, yine "tek kurtuluş yolum kalmıştı" diye bir gerekçe uydurarak bir sahtecilik yapacak, restoran sahibine zararı dokunacaktı. Ne yapmam gerektiğinde ikircimliydim.

Yaşamları suçlarla dolu bu sabıkalıların bibakıma sanatçılara, özellikle de yazarlara benzediklerini vurgulamak istiyorum. Çünkü, durmadan kendilerini başkalarıymış, başkalarını da kendileriymiş gibi anlatarak, var olduklarını çevrelerine, çağlarına, bütün bu dünyaya ispata çalışırlar. Kahramanı kendileri olarak uydurdukları her yalanda,

– Ben de varım! Heey insanlar, bu dünyada ben de yaşıyorum!.. demek istemektedirler.

O gece bana o restoranda, ne olağanüstü bir aşçı olduğunu ispat için, kendine göre büyük bir aşçılık başarısını anlatmıştı. Anlattığı olay çok iğrençti.

Adlarını, yerlerini, tarihini de söyleyerek anlattığı olay şuydu: Adını söylediği lüks bir otelin restoranında çalıştığı sırada, zengin bir yabancı kadın müşteri, Fransızca olan adını unuttuğum bir yemek istemişti. Gecenin geç saatinde bu yemeğin gereçlerini bulma olanağı yokmuş. Paşazade, o yemeği yapabileceğini söylemiş. Eski siyah çorabını, mutfak bıçağıyla ince ince kıymış, yanına gerekli şeyleri katıp yağda kızartmış. Bütün ayrıntıları, şaşırtıcı bir özenle anlatmıştı. İstenilen yemeği yapıp yanına nefis garnitür koymuş.

O Fransızca adı olan yemeği yabancı kadın yedikten sonra,

– Kutlamak için aşçınızı görmek istiyorum. Bugüne dek bu yemeğin bu denli iyi pişirilmişini yememiştim... demiş.

Paşazade aşçılıktaki ustalığını ispatlamak için,

– Ben, diyordu, kirli çorabımı en nefis yemek diye yedirebilirim...

Kesin olarak biliyorum ki, bu iğrenç, mide bulandırıcı olayı, hemen orada uyduruvermişti. Ama önemli olan, tıpkı bir usta yazar gibi, herbiri doğru ve yalnız gerekli olan en ince ayrıntılara dek inerek bu uydurmasını, yaşamdaki kimi gerçeklerden daha inandırıcı biçime sokmuş olmasıydı.

Şef garsonun gerçek kimliğini açıklayıp açıklamamayı düşünürken, restoranın sahibi bana,

– Bizim şef garsonu tanıyor musun? diye sordu.

Tanımıyorum diyemezdim. Çünkü Paşazade'nin bana uzun uzun bişeyler anlattığını görmüştü.

Ben de ona,

– Ya sen tanıyor musun? diye sordum.

– Elbet, çok ünlü bir sabıkalı... dedi.

– Kimden öğrendin?

– Polis gelip söyledi. Ama onun kim olduğunu bildiğimi kendisi bilmiyor.

– Çıkaracak mısın işten?

– Nasıl çıkarayım, bunca yıldır bunun gibi her işten anlayan birini bulamamıştım. Sırasında aşçılık yapıyor, sırasında müdürlük, şef garsonluk, hem de en iyisini... Üstelik görmüş geçirmiş... Doğrusu ucuza da çalışıyor.

Bu romanı bana esinleten, romana kaynaklık eden kişi, işte bu Paşazade'dir. Romanda anlattığım, daha doğrusu kendi kendini anlatan kişi, hem bu Paşazade'dir, hem de değildir. Hatta onu hiç anlatamadım bile diyebilirim. Ama onu tanımamış olsaydım bu romanı yazamazdım.

ŞAMBABA YÜZÜNDEN YÖNÜNDEN KAYAN BİR YAŞAM

Pek şaşacaksınız ama, zaman zaman gerçek kimliğimi, gerçek adımı kendim bile şaşırıyorum. Yıllarca hep başkaları olarak yaşadım, kendimi bulamıyorum şimdi. Gerçek olan kendim nerdeyim? Gerçek kimliğim çok gerilerde kaldı, hatırlanmayacak kadar gerilerde... Birisi arkamdan "Ahmet!" diye, "Mehmet!" diye yada Ali Veli diye herhangibir adla seslense, bana sesleniliyor sanarak dönüp bakıyorum. Çünkü ben, bütün bu adların hepsini taşıdım. Ağır Ceza Mahkemesi başkanı Saffet Bey miyim? Müfettiş Rıza Bey miyim? Müteahhit Vehbi Bey miyim? Başkomiser İbrahim Fidan mıyım? Doktor Reşat Tanyar mıyım? Yoksa yüksek mühendis Rıfat Kocaeli miyim? Büründüğüm sahte kimlikleri bile şimdi tek tek sayamam.

Çok kişi, kendi yaşamını sürdüremediği kanısındadır. "Ben kendi hayatımı yaşamak istiyorum" diye dertlenenler çoktur. Oysa yaşanılan herneyse, kişi beğense de beğenmese de, o yaşam, onun kendi yaşamıdır. Ama ben hiç de öyle değilim. Yıllardır kendimi hiç yaşayamadım. Hep başkalarının kimliğinde yaşadım. Kendim, gerçek kendim yokum ki ortada. Artık ben kendimi bulamaz oldum. Belki de, benim gerçek kimliğim budur: Kendisi olamayan, varolmayan başkaları olarak yaşayan bir insan...

En olmayacak şeyler, en önemsiz olaylar, insanın yaşamını en olmadık biçimde değiştiriyor. Birden yön değiştiren yaşamımız yolundan kayıyor. Diyelim, yolda giderken ayağımız bir taşa takılıp yada su dolu bir çukura basıp düşüyoruz. Düştüğümüz yerden kalkıp, acıyan bacağımızı ovalayana dek, biriki dakika geçiyor. Sonra yavaş yavaş yürüyoruz. Karşımıza bir tanıdık çıkıyor. Bizi biyere götürüyor. Götürdüğü yerde bir kızla tanışıyoruz. Ona tutuluyoruz. O kızla evleniyoruz. Ne dersiniz buna? Ayağımıza taş takılıp yada çukura basıp düşmeseydik, orda bikaç dakika oyalanmasaydık, karşılaştığımız o tanıdık ordan geçip gitmiş olacak, onu görmeyecek, onun tanıştırdığı kızı sevmeyecek ve o kızla evlenmeyecektik. Ayağımızın taşa takılmasından, o kızla evleneceğimiz zamana dek daha pekçok olasılıklar sıralanabilir. Bu olasılıkların sayısı sonsuza dek çoğaltılabilir. Beş dakikalık yaşantımızın içine sığabilecek olasılıklar sonsuza dek uzatılabilirse, bütün bir yaşam boyu başımıza gelecekleri bir düzene koymaya çalışmanın ne boş bir çaba olduğu ortaya çıkar.

Yolda giderken ben düşeceğime, o arkadaş düşebilirdi, onunla karşılaşmazdık. Karşılaşırdık, beni başka biyere götürürdü, o kızla tanışmazdım. Diyelim, en olmadık bir zamanda, sizi bir arı sokması yüzünden, yaşam çizginizin nasıl değişebileceğini hiç düşündünüz mü? Hepimizin hayatı, işte böyle bitakım entipüften raslantılara dayanıyor. Hayır, hayır, sabıkalı bir sahteci oluşuma kendimce gerekçeler arıyor yada uyduruyor değilim. Hele beş dakikalık yaşantımız içine bile sayısız olasılıklar girebilir diye yazgıya inanıyor da değilim. Kader mi dediniz? Öyle... Cezaevlerinin benim gibi bahtsız gediklileri, çıkış ve kurtuluş yolu bulamamalarının gereği olarak, alınyazısına, yazgıya inanırlar. Oysa benim anlatmak istediğim kader değil; insanın, başına gelebilecek olasılıkların sonsuzluğundaki umarsızlığıdır.

İnanılacak gibi değil ama, gerçek bu, bir şambaba tatlısı, benim yaşamımın akışını tersine çevirmiştir.

Askerî lisede öğrenciydim. Pek öyle çalışkan bir öğrenci değildim ama her yıl sınıfımı geçiyordum. Son sınıfa gelmiştim. Harp okuluna geçmemize birbuçuk ay kalmıştı. Yaramaz, haşarı bir delikanlıydım ama, hocalarım, subaylarım severdi beni. Sporcuydum, güreşirdim, iyi de top oynardım. Üstelik matematik dersinden de sınıfın çalışkanları arasındaydım.

Babam, her nedense, nüfus kâğıdımı geç çıkartmış olduğu için, nüfus kâğıdımda, gerçek yaşımdan dört yaş küçük görünüyordum. Buyüzden sınıf arkadaşlarımın en büyüğü, en yaşlısı bendim. Onlar, onsekiz, ondokuz yaşlarındayken, benim gerçek yaşım yirmiüçtü. Üstelik iriyarı da olduğumdan, daha da büyük görünüyordum. Benden genç görünen bir öğretmenimiz bile vardı.

Biz o zamanlar lisede mutfak nöbeti tutardık. Hergün içimizden biri sırayla Nöbetçi Efendi olur, mutfak işleriyle uğraşırdı.

Yemeklerin iyi olduğu günlerde, biz sınıfın bikaç haylazı, ille de o gün mutfak nöbetçisi olmanın yollarını arar bulurduk. Çalışkan öğrenciler, ders çalışmalarına engel olacak diye, mutfak nöbeti tutmak istemezlerdi. Onların nöbetlerini, bikaç arkadaş aramızda bölüşürdük. Daha da olmazsa, pazarlıkla mutfak nöbeti satın alırdık. Bir tabak dolusu böbrek ızgara yada tatlı karşılığında mutfak nöbeti satın alınabilirdi.

Nöbetçi efendi derslere girmez, sözde mutfak işleriyle, yemeğin dağıtımıyla uğraşırdı; yani dalgacılığın en iyi yolu mutfak nöbetçiliğiydi. Mutfak nöbetçisi olan, koyun böbreklerini, yüreklerini, pirzolaları kendisine ve arkadaşlarına ayırırdı. Bir karavana dolusu böbrek kızartması, ye de ye... O gün listede tatlı varsa, bir karavana dolusu da tatlı... Elbet bu işler gizlikapaklı yapıldığından, herkes koğuşlara çekilip uyuduktan sonra, en iyi yemekler, tatlılar karavana karavana, üzüm hoşafları bakır güğümlerle koğuşa taşınırdı; arkadaşlar atıştırırdık.

Öğrencilerin daha o yaşta, yemek ve yönetim işlerine alışmaları için düşünülmüş olan mutfak nöbetçiliği, bizim uyguladığımız biçimde, gerçek yaşamdaki hakyiyiciliğe daha uygun olarak yürütülüyordu.

(Burda bir açıklama yapmak gereğini duyuyorum. Paşazade bana özyaşamını anlatırken, benim yazdığım gibi, "gerçek yaşamdaki hakyiyiciliğe daha uygun olarak" dememişti. Onun ağzından bu söz aynen şöyle çıkmıştı: "Tam hayatta olduğu gibi işte: Namussuzluğu, alçaklığı daha o yaşta öğreniyorduk.")

Mutfak nöbetçiliğinde ben öyle aşırı insafsız değildim. En insafsızımız, Hercai Recai dediğimiz arkadaşımızdı. O mutfak nöbetçisi oldu mu, geceyarısı bizi dürterek, tekmeleyerek, sövüp sayarak tatlı uykumuzdan uyandırır,

– Yiyin ulan, yiyin! diye karavana dolusu kızarmış en iyi etleri önümüze sürerdi.

Yemezsek olmaz, ille de yenilecek. Koğuşta iki ranza arasındaki yere bağdaş kurar, yarı uyur, yarı uyanık, etlere, tatlılara dalardık. Bu ikram işi karşılıklı olurdu. Bir arkadaş bize ikram etmişse, mutfak nöbeti sırası bize gelince biz de ona ikram etmek zorundaydık.

Bir gece tatlı uykumun arasında, yeğin bir tartaklanmayla yatağımdan sıçradım. Hey gidi, ne deli günlerimizdi! Tartaklanma dersem, şöyle böyle sanmayın, dayak bunun yanında hiç kalır. Üstelik şakaya getirilip de tekme tokat giriştiklerinden, siz karşılık da veremezsiniz. Bizimkisi, ayı şakası denilen şakalardan; şaka değil, gerçek ayıcılık...

Ben o gün koşu antrenmanı yaptığımdan çok yorgun düşmüşüm, öyle kolay kolay uyanacak gibi değilmişim. Hercai Recai biyandan, Sıçan Bedri biyandan, basıyorlar tekmeyi, veriyorlar yumruğu... Bir de baktım, Hercai Recai, Sıçan Bedri, Zil Kemal, Kandil Recep, Boru Burhan, canalıcıların tayfaları gibi başıma dikilmişler. Yorgunluktan, uykudan gözümü açıp bitürlü kendime gelemediğimden,

– Gidin başımdan, yemek memek istemem! diye bağırdımsa da, beni kuşatanlar içinde laf anlar kimse olmadığından, biri battaniyemi alaşağı ederken, öbürü donumu sıyırmaya çalışıyor. Kandil Recep de musluktan ağzına doldurduğu suyu yüzüme püskürtüyor. Artık uyku mu kalır? Söve saya kalktım yataktan. Ranzaların arasında döşemeye çöküp tepeleme bir karavana dolusu kızarmış etleri ellerimizle atıştırmaya başladık. Üç güğüm de üzüm hoşafını içtik.

Öğleden önceki son derslerde, kulağı hep yemek borusunda olduğu için, Boru lakabını taktığımız Burhan, bana,

– Yarınki yemek listesinde şambabası var. Mutfak nöbetini sen al! dedi.

– Nöbetçi subayı Balyoz Hakkı'ysa, ben mutfak nöbeti filan tutmam! dedim.

Yüzbaşı Balyoz Hakkı, bizim sınıf subayımızdı. Demir gibi sağlam bir adamdı. Yumruğu balyoz gücünde olduğundan ona Balyoz Hakkı derdik. Tüfeği namlusunun ucundan, arpacığın olduğu yerden tutar, dirseğini hiç bükmeden havaya kaldırır, yine dirseğini kıvırmadan tüfeği yere indirirdi. Bizden önceki sınıftan bir çocuk, bir akşam okuldan kaçmak için pencerenin demir parmaklıkları arasından geçmeye çalışırken oraya sıkışmış, ne öteye geçebiliyor, ne de gövdesini geri çekebiliyormuş. Acıdan bağırmaya başlamış. Yetişen arkadaşları, bitürlü demir parmaklığı açıp oğlanı çıkaramıyorlarmış. Onlar orda uğraşıp dururken, "Balyoz Hakkı geliyor, Balyoz Hakkı..." diye koridordan sesler duyunca, hepsi biyana kaçışmış, ama öbür oğlan iki demir çubuk arasında pencereye asılı kalmış, debelenip duruyormuş. Balyoz Hakkı gelmiş bunun başına, bir eliyle bir demir çubuğu, öbür eliyle de öbür demir çubuğu tutup, iyi pişmiş tavuğun etini kemiğinden ayırır gibi, iki demir çubuğu aralamış, oğlanı dışarı çekmiş. Asıl önemlisi bundan sonrası... Balyoz Hakkı geliyor diye kaçışan oğlanlar, koridor köşelerine yığılmışlar, ne olacak diye ordan dikizliyorlar. Balyoz Hakkı, demir çubukların arasından kurtardığı çocuk düşüp yere yığılınca, ona ne bağırmış, ne bişey sormuş, ne vurmuş. Hiçbişey olmamış gibi dönüp arkasını gitmiş. Artık bundan sonra o çocuk okuldan kaçabilir mi hiç!.. İşte Balyoz Hakkı, böyle bir Balyoz Hakkı'ydı. Ondan korktuğum, çekindiğim kadar, hayatımda hiçkimseden korkup çekinmemişimdir. Yalnız ben değil, ondan bütün öğrenciler korkardı. Çok yakışıklı, aslan gibi bir yüzbaşı... Hem korkardık, hem de onu çok sever, sayardık. Çünkü, hiç belli etmez, açığa vurmazdı ama, onun da bizi çok sevdiğini bilirdik. Sınavlarda çakıp, sınıfta kalınca alaya çıkarırlardı. Alaya çıkmamamız için Balyoz Hakkı'nın nasıl canla başla çalıştığını, çırpındığını biliyorduk. İçimizden birini alaya çıkarılmaktan kurtaramazsa çok üzülürdü.

Balyoz Hakkı bizim okulda lisenin ilk sınıfında okurken Birinci Dünya Savaşı patlamış. O savaşta çok subay kırımı olunca, subaylar azalmış. Lisenin son sınıfındaki öğrencilerden irikıyım olanlarını seçip, kısa bisüre talimgâhta eğittikten sonra subay olarak savaşa sokmuşlar. Onlar da kırılıp subay yine yetmez olunca, daha aşağı sınıftakilere sıra gelmiş. Bu bizim Balyoz Hakkı genç irisi olduğundan, daha liseyi bitirmeden, talimgâhta eğitilip, yetiştirilip savaşın ateş hattına sürülmüş. Daha çocuk denecek yaştayken savaş ateşi içinde kavrulup pişmiş. Birinci Dünya Savaşı bitmiş, arkasından Balyoz Hakkı Kurtuluş Savaşına koşmuş. Ancak Kurtuluş Savaşından sonra, Harp Okulunda okumamış subaylar için açılan kursta bişeyler öğrenmiş. Ne öğrenmiş olabilir o kursta? Olsa olsa, katıldığı her iki savaşta kendi yaptıklarının, uyguladıklarının neler olduğunu, sonradan o kursta öğrenmiştir. Kendisi, iyi bir öğretimden geçmemenin acısını duyduğu için, bizim iyi yetişmemizi, çalışmamızı isterdi. Bu konuda hiç şakası yoktu.

Çok sertti. Yüzünde tek yuvarlak çizgi yoktu. Güldüğünü değil, birazcık olsun gülümsediğini bile görmedik. Bir güleni, sırıtanı görse kızardı. Bize sık sık "askerin yüzü gölgeli olur" derdi. Onun deyişiyle "karı gibi gülmek" askere yakışmazdı. Erkek gülmezdi; hele mesleği erkeklik demek olan askerin yüzü hiç gülmezdi. Işıltılı, pırıl pırıl yüz askere göre değildi. Sol yanağındaki derin çizgi, bir şarapnel parçasının iziymiş. Vücudunda sekiz yarası olduğu söylenirdi. Vurdu mu, Tanrı yarattı demez, bir yumrukta nakavt ederdi. Ama pek seyrek dayak atardı, ancak yılda bir yada iki... Oysa o zamanlar öğrencileri dövmek, bir olağan eğitim aracıydı. İçimizde haftada biriki kez dayak yemeyenimiz pekazdı.

Balyoz Hakkı seyrek döverdi ama, attığı dayak bir tarih olayı gibi, aylarca dillerde dolaşırdı. Hele bigün her nedense çok kızıp da koridorda dövdüğü Zil Kemal, yumruğu yedikçe lastik top gibi koridorun bu duvarından karşı duvarına bikaç kez çarpıp sonra pat diye düştüğü yerde kalakalmıştı. Balyoz Hakkı'nın bir iyi yanı vardı, hangi çocuğu döverse, ne yapar eder, zorla ders çalıştırır, öğretmenlere söyler, bir yolunu bulup o çocuğa sınıfını geçirtirdi. Balyoz Hakkı'dan dayağı yiyip bayılan Zil Kemal de, gözlerini açar açmaz, çevresindekilere, sırıtarak,

– Oh, aman ne iyi, sınıfı geçtim... demişti.

Kandil Recep, onuncu sınıftan onbire geçme sınavlarında, bakmış ki, cebirden sınıfta kalacak, ne yapsın, sınıf geçebilmek için, Balyoz Hakkı'dan dayak yemenin yollarını aramaya başlamış. Kandil Recep her ne yapmışsa, Balyoz Hakkı görmezden gelip dövmemiş. Biz harıl harıl sınavlara hazırlanıyoruz; Kandil Recep de, ders çalışmaya boş vermiş, nasıl etsem de Balyoz Hakkı'dan dayak yesem diye planlar kuruyor. Kandil Recep'in çok şaşılası bir numarası vardı; sağ yanağını şişirir, elinin birini ağzına dayar, tıpkı trompet gibi "barrrt, barrrt..." diye sesler çıkarırdı. Kandil Recep o yıl da sınıfta kalırsa alaya çıkarılacaktı. O yüzden dayak yemek için herşeyi göze alıp, Balyoz Hakkı'nın arkasından yavaşça sokulmuş, "baarrrt, barrrtt..." diye sesler çıkarmış. Balyoz Hakkı, kulağının dibinde birden o sesi duyunca, ürkmüş mü, kızmış mı, her ne olmuşsa iki adım geriye sıçrayıp bir de bakmış ki, karşısında Kandil Recep süklümpüklüm duruyor. Balyoz Hakkı'ya dövmesi için kolaylık olsun diye de suratını uzatmış. Balyoz Hakkı yakalamış bunu kulağından, sürükleye sürükleye odasına tıkmış. Biz haberi duyunca, dersliklerden fırladık, koridora yığıldık. Balyoz Hakkı'nın odasının kapısını gözlüyoruz; bakalım Kandil Recep o kapıdan sağ mı çıkacak, yoksa leşini mi çıkaracaklar... Bir zaman bekledik, odadan ses çıkmadı, ne Kandil Recep'in ağlama sesi, ne Balyoz Hakkı'nın bağırması... Bunun üzerine Zil Kemal,

– Tamam, dedi, mutlak oğlanı boğdu ki, gıkı bile çıkmadı.

Neden sonra Kandil Recep odadan çıktı. İki gözü iki çeşme ağlıyor. Zil Kemal, Balyoz Hakkı'nın dayağının nasıl olduğunu bildiğinden, Kandil Recep'i ağlar görünce,

– Dayak yememiş, dedi, Balyoz Hakkı buna bir vursaydı, baygın düşer, ağlayamazdı.

Kandil Recep'e niçin ağladığını sorduk. Balyoz Hakkı dövmemiş de, sınıfta kalıp alaya çıkacak diye ağlıyormuş. Balyoz Hakkı, kulağından sürüyerek bunu odaya sokunca,

– Ulan it, ne bok yersen ye, seni dövmeyeceğim... demiş.

Kandil Recep,

– Aman Yüzbaşım, ne olursunuz beni dövün, eşek sudan gelesiye dövün de adam edin... diye yalvarmaya başlamışsa da, Balyoz Hakkı,

– Karı gibi yalvarma, yıkıl! diye bunu kovmuş.

Kandil Recep,

– Ayağınızı öpeyim, bir iyilik edin de hiç olmazsa bir tokat atın! diye köpeklik edince, yalvarıp yakarmalardan hiç hoşlanmayan Balyoz Hakkı çok kızmış. O kızgınlıkla bunu pataklayacak ama, o zaman da sınıf geçirtmesi gerekiyor. İğrenir gibi suratını buruşturarak,

– Ulan askerliği de pislediniz. Erkek gibi söyle bakayım, hangi dersten zayıfsın? diye sormuş.

Kandil Recep de, bu sorunun sevinciyle, topuklarını birbirine vurup yeniden "esas vaziyet"e geçerek tekmil verir gibi makine hızıyla saymaya başlamış:

– Cebir, geometri, trigonometri, kimya, fizik, kozmografya, jeoloji, tarih, coğrafya, edebiyat, ruhiyat...

Balyoz Hakkı bakmış ki, zayıf dersleri saymakla bitecek gibi değil,

– Ulan, Allah belanı versin, yeter, geriye ders kalmadı... demiş.

Utanmazlığı iyice ele alan Kandil Recep de,

– Cimnastikten durumum iyicedir yüzbaşım, evelallah yardımınız olmadan da cimnastikten geçerim... diye şımarmış.

Kandil Recep boşuna umutlanmış. Çünkü Balyoz Hakkı,

– Hiç boşuna uğraşma oğlum, dövmeyeceğim seni... demiş.

Kandil utanmadan,

– Neden yüzbaşım? diye sorunca,

– Dövmem oğlum, demiş.

– Ama sınıfta kalır, alaya çıkarım yüzbaşım...

Balyoz Hakkı,

– Kapıyı dışardan kapa! diye bağırmış.

Balyoz Hakkı birine kızınca "defol git!" anlamına, onun daha kibarcası olarak "kapıyı dışardan kapa!" derdi.

Kandil Recep de çıkmış dışarı. Ağlayıp durması bundanmış.
Sınavlar sona erdi. Kandil Recep fizikle cebirden bütünlemeye kaldı. Tatilde arkadaşları evlerine, sılaya gidiyorlar. Kandil Recep Ödemişliydi. Balyoz Hakkı, Kandil Recep'i tatilde sılaya göndertmedi, okulda alıkoydu. Aileleri yada gidecek kimseleri olmadığı için sılaya gitmeyen iki çalışkan öğrenciyi de başına vermiş Recep'in. Onları hergün bir odaya kapatıyor, ders çalıştırtıyormuş. Recep çalışmayacak, kaytaracak olursa, Balyoz Hakkı basıyormuş köteği. Ayrıca öğretmenlere de rica etmiş, aradabir Recep'e ders vermişler.

Biz tatilden dönünce Recep,

– Arkadaşlar, dedi, yediğim dayaklardan heryanım çürüdü, sonra nasır tuttu, ama sınıfı da geçtim.

O dayaklardan nasıl ölmediğini sorduk. Balyoz Hakkı, Recep'in canı çok yanmasın diye, eliyle değil, sopayla dövüyormuş.

Kandil Recep,

– Üç hafta dayaktan sonra, bir zihnim açılsın, bir zihnim açılsın... Cebiri, fiziği söktüm attım... diyordu.

Biz arada Kandil Recep'e, nasıl korkmadan Balyoz Hakkı'nın arkasından boru gibi öttüğünü sorardık.

– Ne yapayım arkadaş, derdi, nasıl olsa alaya çıkaracaklardı, ya ölüm ya kalım deyip herşeyi göze almıştım.

İşte böyle bir Balyoz Hakkı bu... Ondan ödüm koptuğundan, onun nöbetçi olduğu gün, ben mutfak nöbetçisi olmak istemiyordum. Derslerden kaçmak için başkasının yerine nöbet tuttuğumu bir öğrenirse yandım... Balyoz Hakkı'dan hiç dayak yemiş değildim.

Mutfaktan tatlıları ençok benim kaldırdığımı bildiklerinden, arkadaşlar şambaba tatlısının verileceği o gün, ille de benim mutfak nöbetini almamı istiyorlardı.

En insafsız mutfak nöbetçilerinden Hercai Recai'nin nöbeti almasını söyledim. Ama o gün nöbet aldığından ertesi gün bir daha mutfak nöbetçisi olamazdı.

Sıçan Bedri,

– Yarın nöbetçi subayı Balyoz Hakkı değil, Güğüm Beşir... dedi.

Güğüm Beşir, çantadan yetişme dedikleri, yani okuldan diplomalı olmayan bir subaydı. Kıta çavuşuymuş. Savaşta tezkere bırakmış, büyük yararlıklar göstermiş, başçavuş yapmışlar, sonra teğmen olmuş, yüzbaşılığa kadar yükselmiş. Silah ve savaş arkadaşları general olmuşlar, o yüzbaşılıkta kalmış. Yaşlı, çok yumuşak, iyi yürekliydi. Şamlıydı. Onca yıldır dilini düzeltememiş, Türkçeyi Arap ağzıyla konuşurdu. Trampet diyemez, "tıramfetaa" derdi. Başçavuş diyemez "beş çevuuuş" derdi. Bütün yemek ve su kaplarına nedense hep güğüm derdi. Güğüm de diyemez, "gürgüm" derdi. Buyüzden ona Güğüm Beşir diye ad takmıştık.

Onun nöbetçi olduğu günler, sabah kahvaltısında reçel dağıtılırken, gözünün önünde bikaç tabak reçeli çocuklar kaçırırlardı. Güğüm Beşir, reçel tabaklarını bir bir sayar. Diyelim, kırk tabak reçel var. Ama başını çevirmeye kalmaz, tabaklar otuzbeşe iner. O zaman çileden çıkan Güğüm Beşir şöyle bağırırdı:

– Şimdi kırk gürgüm reşel vardı yehu... Şimdi yehu... Kim şaldı yehu? Beş gürgüm reşel yok yehu... Hangi hargele aldı yehu?..

Diyene kadar üç tabak reçel daha yok olurdu. Güğüm Beşir bağırırdı:

– Yehu üç gürgüm reşel daha yok... Kim aldı, hangi hargele yürüttü yehu?..

Güğüm Beşir'in kendine özgü sözlüğü vardı. Elektrik demez, elektrik yerine çıra derdi. Ama çırayı da şira olarak söylerdi. Onun gençliğinde, ordugâhta elektrik yok, çadırlarda çıra yakarlarmış. O yüzden Güğüm Beşir, eski alışkanlığıyla elektriğe hâlâ çıra diyordu. Yine onun gençliğinde boru yerine kimi zaman trampet çalınırmış. O nedenle, "Boru çaldı mı?" diye soracak yerde "Tıramfetaaa şaldi mi?" diye sorardı.

Biz onun kendine özgü sözlüğünü öğrenmiştik. Ama bir başkası, Güğüm Beşir'in ne dediğini kolay kolay anlayamazdı.

Onun nöbetçi olduğu akşamlar, yoklama çok eğlenceli geçerdi. Yoklama borusu çalar. Öğrenciler iç bahçeye dizilir. Nöbetçi efendi yoklamayı hazırlar. Güğüm Beşir, nöbetçi efendiye şöyle seslenir:

– Beş çevuuuş!

Nöbetçi efendi koşarak gelir, Güğüm Beşir'in karşısında topuklarını çarparak esas vaziyete geçer.

– Buyur yüzbaşım!

– Tıramfetaa şaldi mi?

– Çaldı yüzbaşım.

– Hep şiralar yandi mi?

– Yandı yüzbaşım.

– Yoklama temam mii?

– Tamam yüzbaşım.

– Heydi yellah!

Ertesi gün Güğüm Beşir'in yoklama subayı olacağını öğrenince, ben de mutfak nöbeti tutmaya razı oldum. Mutfak nöbeti sırasını altı şambaba karşılığında çalışkan bir arkadaştan satın aldım.

Nöbet günü, gündüzden herşeyi hazırlamıştım. Bir karavana dolusu yürek, böbrek, ciğer kızartmasıyla, iki karavana dolusu şambabayı da mutfaktaki gizli yerlere saklamıştım.

Bir gün önce okulumuza, Askerî Okullar Müfettişi olan bir paşa teftiş için gelmişti. Kimya dersinde paşa bizim sınıfa girdi. Arkasında, müdürümüz, daha başka subaylarımız vardı.

Paşa girince, kimya öğretmenimiz töreye uyup,

– Dikkat! diye bağırdı, biz de hep birden rap diye ayağa fırladık.

Paşayı görünce şaşırıp kaldık. Ençok şaşıran da bendim. Çünkü karşımda kendimi görüyor gibiydim. Daha önce de söylediğim gibi, ben o yaşlarda, yaşımdan büyük gösteren bir delikanlıydım. Paşa da tıpkı benim gibi tıkız, yanakları al al, yaşından çok genç gösteren bir adamdı. Sanki aramızda beş-on yaş ayrımı olan ağabey, kardeş gibiydik.

Paşa, kimya öğretmenine,

– Ne anlatıyordunuz? diye sormuştu.

Öğretmenimiz de, hiç unutmam, o zamanki terimlerle,

– Hamz-ı kibritin istihracını anlatıyordum paşam, demişti. Siz şu olacağa bakın, paşa parmağını bana uzatıp da,

– Kalk anlat bakalım hamz-ı kibrit nasıl ihraç edilirmiş? diye sormaz mı?

Sorunun cevabını hiç bilmiyordum. Ama çok iyi bildiğim başka bir konuyu anlatmaya başladım. Susunca Paşa,

– Sonra? diye sordu.

– Bu kadar efendim, dedim.

Paşa,

– Aferin, daha çalış, dedi, iyice pişirmemişsin, anlatırken kemküm ediyorsun. İyice pişir dersi!

– Başüstüne efendim, dedim.

Paşa kapıya yönelince, kimyacı bir daha "Dikkat!" çekti. Paşa gittikten sonra kimya öğretmenimiz,

– Paşa akraban mı? diye sordu.

– Hayır efendim, dedim.

Pek şaştı bu benzerliğe.

– Boşuna insanlar çift yaratılmış dememişler... dedi.

Akşam oldu. Yoklama borusu çaldı. Orta bahçeye dizildik. Ben nöbetçi efendisi olduğumdan, sınıflardan yoklama kâğıtlarını topladım. Güğüm Beşir, her nöbetinde olduğu gibi,

– Beş çevuuuş! diye seslendi.

Koşarak gidip selamı çaktım.

– Buyur yüzbaşım!

– Tıramfetaa şaldi mii?

– Çaldı yüzbaşım.

– Hep şiralar yandi mii?

– Yandı yüzbaşım.

– Heydi yellah!

Yoklamadan sonra sırayla yemekhaneye girdik. Yemek yenildi. Bisüre sonra herkes dersliklere çekildi. Her gece bir saatlik "mütalea" denilen ders çalışma zamanımız vardı. Daha sonra yat borusu çaldı. Arkadaşlarım koğuşlara gitti. Ben mutfakta sözde bulaşık, temizlik işlerini denetliyordum. Et ve tatlı karavanalarını geceyarısına doğru koğuşlara götürebilirdim. Çünkü ancak o saatte el ayak çekilir, nöbetçi subayı da yatardı. Ama ertesi sabah hamam sırası bizim koğuşta olduğundan erken kalkmam gerektiği için, geceyarısını beklemeden karavanaları götürmeyi düşündüm.

Öğrenciler koğuşlara çekildikten biriki saat sonra, şambaba dolu karavananın iki kulpundan iki elimle tutup, kimse görmesin diye kollayarak yürümeye başladım. Önce şambaba dolu karavanayı koğuşa çıkaracak, arkadan da kızarmış et karavanalarını getirecektim.

Koridorların köşebaşlarında, merdiven altlarında siper alıp, yanımı yöremi kolaçan ediyor, görünürlerde kimse yoksa, bir kıpırtı, bir soluk duyulmuyorsa, ayaklarımın ucuna basarak yürüyordum. İlerde bir karaltı görsem, o karaltı çekilene kadar bekliyordum.

İkinci kat koridorundan merdivene çıkacağım sırada, aralık bir kapıdan dışarıya ışık vurduğunu gördüm. Bu kapı herzaman kapalı durur, okula müfettiş yada büyüklerden bir konuk gelirse, o zaman burası açılırdı. Biz öğrenciler, o kapının açıldığı koridordan işlemezdik. Orası öğrencilere yasaktı. Ama ben o gece, elimde şambaba dolu karavanayla kimseye görünmeyeyim diye, pekaz kişinin gelip geçtiği ordan gelmiştim.

Evet, ben o gece herzaman geçtiğim koridordan geçseydim, herzaman çıktığım merdivenden koğuşa çıksaydım, beni kimse görmesin diye az kullanılan o koridora sapmasaydım, şimdi burda sabıkalı bir tutuklu olmayacak, belki de bir general yada emekli bir subay olacaktım, tıpkı sınıf arkadaşlarım gibi... Herzaman çıktığım merdivenden başka bir merdivene saparken, yaşam yolumu değiştirdiğimi nerden bilebilirdim.

Aralık kapısından koridora ışık vuran odanın önünden geçerken, bana doğru yaklaşan bir ayak sesi duydum. Çocuklar çoktan koğuşlara çekildiklerine göre bu gelen subaylardan biri olacaktı. Hem de gıcırtılı bir ayakkabı sesi. Olacak iş değil... Biz bu ayakkabı gıcırtısını tanırız. Çünkü bunlar, Balyoz Hakkı'nın körüklü rugan çizmelerinin gıcırtısı... Balyoz Hakkı koridorun ta öbür başından gelirken onun rugan çizmelerinin gıcırtısını duyar, çil yavrusu gibi hepimiz biyana dağılır, dersliklere giderdik korkumuzdan. Öyle sanıyorum ki Balyoz Hakkı özellikle böyle çok gıcırtılı çizmeler giyerdi ki bizi daha uzaktan etkilesin. Bu gece Güğüm Beşir nöbetçi subayı olduğuna göre, ya bu çizme gıcırtıları ne oluyor gecenin bu zamanı?

O gece Güğüm Beşir'in çok önemli bir işi çıkıp nöbeti Balyoz Hakkı'ya devredip gitmesine ne dersiniz? Öyle ya, o gece Beşir yüzbaşının bir işi çıkmayabilirdi. Elimde şambaba dolusu karavanayla beni Beşir yüzbaşı yakalayabilirdi. O zaman yaşam yolum beni cezaevlerine getirmezdi.

Balyoz Hakkı'nın körüklü rugan çizmelerinin gıcırtılarının bana yaklaşmakta olduğunu duyunca korkudan ne yapacağımı şaşırdım. Ayak sesleri yaklaşıyor gittikçe, gıcırtılar da büyüdükçe büyüyor... İşte ben korkunun verdiği o şaşkınlıkla, ışık sızan o aralık kapıdan içeri daldım. Burası büyük bir salon. Tavanda kocaman bir avize asılıydı. Yerde halı döşeliydi. Yaldızlı koltuklar vardı. Gıcırtıları hâlâ duyuyordum, gittikçe yaklaşıyordu. Yavaşça kapıyı kapadım. Gıcırtı yaklaştı, yaklaştı, kapının önünde yavaşlayıp kesildi. Demek Balyoz Hakkı, kapının önünde durdu.

Bulunduğum salondan bir odaya geçiliyordu. O odanın da kapısı açıktı. Ordan müthiş bir horultu geliyordu. Horultu öyle yüksekti ki, kapı dışındaki sesleri duyamıyordum. Bisüre kulağımı kapıya dayayıp dışarısını dinledim. Epiyce sonra gıcırtıları yine duydum. Ayak sesleri uzaklaştı, gıcırtılar duyulmaz oldu. Balyoz Hakkı merdivenden çıkıp üst kattaki koğuşlara gitmiş olacaktı. Bu durumda dışarı çıkamazdım. Balyoz Hakkı'nın koğuşları dolaştıktan sonra odasına çekilip yatmasını beklemem gerekiyordu.

Salonda beklerken eşyalara bakıyordum. Oymalı bir masa vardı. Masanın önündeki koltuğun arkalığına bir paşa ceketi asılmış. Bigün önce bizim dersliğe kimya dersinde gelen müfettiş paşanın ceketi. Demek, içerde horlayarak uyuyan da müfettiş paşa. Nedense, salonun kapısını aralık bırakmış yada kapamayı unutmuş.

Elimde şambaba dolu karavanayı yavaşça masanın üstüne bıraktım. Horultunun geldiği odanın kapısından içeri baktım. Paşa, karyolada uyuyordu. Horultusuna bakılırsa hiç de uyanacak gibi değildi. Paşanın elbisesinin asılı olduğu koltuğa sokuldum. Paşanın ceketinin sarı parlak düğmeleri, apoletindeki yıldızlar, sırmalar, yaldızlar, pantolonundaki kırmızı zıh gözümü aldı. Bakışımı onlardan, o renklerden, o parıltılardan çeviremiyordum. Paşanın apoletlerini ellemeye, parlak sarı düğmelerini okşamaya, yıldızlarına dokunmaya başladım. Aradan bunca yıl geçti, hâlâ neden böyle yaptığımı bilemiyorum. Ben de paşa olmak isterdim, bütün tutkum paşa olmaktı; belki de paşalığa duyduğum aşırı istek beni içimden zorlamıştı da onun için paşanın yıldızlarını okşuyor, apoletini elliyor, düğmelerine dokunuyordum.

Nasıl olduysa paşanın ceketini giymeyi düşündüm. Önce ceketini giydim. Duvardaki aynaya baktım, gerçekten de paşaya çok benziyordum. Pantolonumu çıkarıp paşanın pantolonunu da giydim. Nasıl olsa paşaya benzediğime göre, bu paşa elbisesiyle, koğuşlara girer, arkadaşları korkutur, sonra da onlarla alay ederdim. Tam paşa kılığına girdiğim anda, yatak odasından paşa çıkıverirse halim ne olur diye düşünmek hiç mi hiç aklıma gelmemişti. Çünkü horultusunun yüksekliğine bakılırsa, top patlasa paşanın uyanacağı yoktu. Koğuştaki arkadaşlarla biraz alay ettikten sonra, yine paşanın elbisesini burdaki yerine koyacaktım. Arkadaşların beni paşa kılığında görünce, tanıyıp tanımayacaklarını merak ediyordum. Beni tanımamaları için başıma geçirdiğim paşanın şapkasının güneşliğini yüzüme iyice indirdim.

Karavana masanın üstündeydi. Çıkardığım elbisemi de masanın altına, yere bıraktım. Korkmuyordum desem yalan, çok korkuyordum, ama duyduğum o korku beni daha çok heyecanlandırıyor, daha çok çekiyordu. Yavaşça kapıyı açıp koridora çıktım. Ortalıkta çıt yoktu. Merdiveni çıktım. Koğuşların bulunduğu koridora sapınca çocukların gürültüleri duyulmaya başladı. Demek hâlâ uyumayanlar vardı.

O zamanlar paşalar baston taşırlardı. Kırk yıl subaylık etse, albay olsa baston kullanamazdı bir subay, ama paşa olduğu ▼

gün, taktığı paşa rütbesiyle birlikte baston taşımaya da başlardı. Koğuşlardaki çocuklar, paşanın geldiğini anlasınlar, bakalım ne yapacaklar diye, elimdeki paşa bastonunu yere sert sert vurarak yürümeye başladım. Daha uzaktan beni gören çocuklar,

– Paşa geliyor, paşa geliyor!.. diye fısıldaşarak, bağrışarak koğuşlarına kaçıştılar. "Paşa geliyor!" sesleri bütün koridorları dolandı. Bastonu taklatarak ağır ağır yürüyor, çocukların kaçışmalarına zaman bırakıyordum. Paşa olduğuma göre, öksürmem de gerekiyordu ama, paşa öksürüğü çıkarmak kolay değil! Arkadaşlar sesimden tanırlar diye öksürmüyordum. Koridordan kaçan kaçana... Koğuşların kapısına dikilip içeri bakıyordum, tıs yok, çıt çıkmıyor.

Sabahleyin, çocuklara, paşa elbisesiyle gece koğuşları teftiş ettiğimi söylesem hiçbiri inanmaz. Onun için öyle bişey yapayım ki, sabah anlatınca, paşa kılığına girip koğuşları benim dolaştığıma inansınlar.

Çocukların hiçbiri dalgayı çakmadığına göre, iyiden iyiye paşaya benzediğime inanmıştım. Bizim koğuşun kapısından daldım. Hepsi yataklarında, battaniyelerin altına girmişler. Yatak örtülerine "puşide" derdik, puşidelerin altından fıldır fıldır dönen gözlerini görüyorum. Şapkanın güneşliğini ta burnumun üstüne kadar indirdiğimden beni tanımaları olanağı yok. Hercai Recai'nin yatağının yanına kadar geldim. Ranzanın üstündeki yatakta Recai, altındakinde Sıçan Bedri yatıyor. Şeytan diyor ki: "Oğlum bu fırsat herzaman ele geçmez; hazır paşa bastonunu ele geçirmişken, şu Hercai Recai'ye, şu Boru Burhan'a, şu Zil Kemal'e, şu Kandil Recep'e vur bastonu, indir kafalarına kafalarına... Battaniyelerin altında tesbih böcekleri gibi kıvrılıp kalsınlar. Vur bastonu, paşa dayağı yesinler de, belki akılları başlarına gelir. Dayağı yiyince neye uğradıklarını şaşırırlar. Seslerini de çıkaramazlar. Paşaya karşı ne diyebilirlermiş! Yedikleri dayak yanlarına kazanç kalır."

Şeytan böyle diyor ya, nasıl olsa az sonra benim bu numaramı öğrenecekler. Çünkü açıklamazsam tadı çıkmaz. Dayanamam, söylerim. İşte o zaman yandım. Paşa diye benim sopaladığımı öğrenirlerse bunlar beni parçalarlar. İçimden "Uyma kör şeytana!" deyip yürüdüm. Arkamdan Sıçan Bedri'nin Kandil Recep'e şöyle fısıldadığını duydum:

– Paşanın koğuşları gezdiğinden yüzbaşının haberi yok galiba; olsa o da birlikte arkasından gelirdi. Aman haber verelim. İşte şimdi bastona kaşındılar. Bak şunlara, gecenin bir vakti nöbetçi subayına gidip, "Efendim paşa koğuşları geziyor," diyecekler de Balyoz Hakkı'nın gözüne girecekler.

Bunların fısıldaşmalarını duyunca adımlarımı açtım. Daha hızlı gidip ordan savuşacağım ama, koğuşları dolaşmaya çıkmış bir paşa arkasından biri kovalıyormuş gibi koşamayacağından öyle pek hızlı da gidemiyorum. Hızlı gitmek paşalığın şanına dokunur bir, bundan başka çocuklar da kuşkulanırlar iki. Onun için paşa adımlarıyla paşa paşa koğuştan çıkıp koridordan ağır ağır yürüdüm.

Onlar gidip nöbetçi subayına haber verene kadar, ben çoktan gider, paşa elbisesini yerine bırakır, kendi elbisemi giyer, koğuşa dönerim diye düşünüyordum. Koridordan ne öyle ağıraksak, ne de hızlı gidiyordum. Arka koridoru geçtim, merdiveni indim, alt basamağın dönemecinde Balyoz Hakkı'yla hapahap karşılaşmaz mıyım! Çocuklar gidip de, paşanın koğuşları dolaştığını söyleyince Balyoz Hakkı öyle bir seğirtmiş ki, beni karşısında görünce hızını kesemeyip, bana çarpmamak için yanlayınca, üç basamak birden yukarı fırladı. Öyle tetik davranmasa, az daha çarpışacaktık da, merdivenden aşağı teker meker yuvarlanıp altüst olacaktık. Artık o zaman Balyoz Hakkı, beni birden öldürmez de parça parça parçalardı.

Balyoz Hakkı, merdiveni üç basamak yukarı fırlamışken, benim niyetim, koridorun köşesini yine paşa adımlarıyla dönüp, ondan sonra tabanları yağlayarak sınıflardan birine dalmak, bir sıranın altına tam siper gizlenmek. O zaman Balyoz Hakkı beni nerden bulacak; artık işi yoksa koca okulun içinde sabaha kadar fır dolanıp paşa arasın... Gelgelelim, adam çevik, benim köşeyi dönmeme kalmadan, hop deyip yanıma geldi. Bu kez, ben tersyüz edip, geriye döndüm, merdivenden çıkmaya başladım.

Basamakları ikişer, üçer atlasam, hiçbir paşa böyle hafiflik yapmayacağından, Balyoz Hakkı benim paşa olmadığımı anlayacak. Onun için basamakları teker teker çıkıyorum. Balyoz Hakkı da, sol gerimden, ense dibimden geliyor.

Öyle bir belaya girdim ki, içinden çıkılır gibi değil. Bu bizim arkadaşlar ne zaman yataktan fırlayıp giyindiler de koşup yüzbaşıya haber verdiler; yüzbaşı da onları aleste tetikte bekliyor muymuş, nedir...

Merdiveni çıktım, koridorda yürüyorum. Gözkuyruğuyla da, çaktırmadan, aradabir arkama bakıyorum. Yüzbaşı Balyoz Hakkı, iki adım sol gerimden, körüklü rugan çizmeleri gıcır da gıcır gıcırdayarak, saygıyla beni izliyor. O da beni gerçekten paşa sanmış olmalı ki, böyle saygıyla arkam sıra geliyor. Bu Balyoz Hakkı'nın pençesinden nasıl edip de kurtulmalıyım? İçimden planlar kurarak ağır ağır yürüyorum; şöyle mi yapsam, böyle mi etsem... Paşa olduğumdan kuşkulanmasın diye de, aradabir elimdeki bastonu tak tak döşeme tahtalarına vuruyorum. O uzun koridorlarda ikimizden başka kimsecikler yok. Biliyorum, arkadaşlar daha uyumamışlardır; Balyoz Hakkı'nın korkusuyla, uyur numarası yaparak kimisi battaniyenin altına gömülmüş, kimisi de koğuş kapısından bizi gözlüyordur.

Uzun koridoru geçtik, köşeyi döndük, öteki koridora saptık... Sabaha kadar da koridorlarda böylecene dolanamayız ya... Dolansan ne olacak, sonu yok.

Kendi kendime, Balyoz Hakkı'nın ayaklarına kapanayım, diyorum. Ama yapamıyorum. Bizim koğuşun kapısına gelince, birden içeriye dalayım diye düşünüyorum; yüzbaşı toparlanana kadar ben birden paşa elbisesiyle yatağıma girer, battaniyeyi başıma çekerim. Ama o zaman da çocuklar şaşıracaklar. Koskoca bir paşa, koşarak gelir de battaniyenin altına gizlenirse, elbet arkadaşlar şaşırır. Gürültü patırtı derken yüzbaşı da gelir, beni kulağımdan tutup battaniyenin altından çıkarır.

Koridorda dönüp dururken, aklıma başka bir kurnazlık geldi. Paşa elbisesini aldığım salona girer, kapıyı içerden kaparım. Yüzbaşı da, paşa uyuyacak diye çeker gider. Orda bir zaman bekledikten sonra, paşanın elbisesini bırakır, kendi elbisemi giyer, koğuşa gelirim. Bu planı uygulamak için merdivenden bir alt kata indim. Paşanın yattığı dairenin kapısına geldim. Tam kapıdan gireceğim, bir de ne görsem iyi: Paşa kalkmış, benim masaya bıraktığım karavanadaki şambabaları atıştırmıyor mu! Koca paşa, üstünde pijaması, dalmış şambaba dolu karavanaya... Ya kapı aralığından onu öylece görmeyip de birden içeri dalsaydım ne olacaktı? Pijamayla bir paşa, karşısında, paşa elbiseli kendine benzer başka bir paşa görse, ne yapardı?

Kapı aralığından paşayı gece kılığıyla şambabalarla savaşırken görünce, tersyüzü edip geri döndüm. İyi ki, arkamdaki Balyoz Hakkı pijamalı paşayı görmedi. Yanıma sokulup,

– Bir emirleriniz mi var paşa hazretleri? diye bana sordu.

Nerdeyse geceyarısı olacak. Bu saatte koridorlarda dönüp durduğuma göre, elbet bir derdim olacaktı; Balyoz Hakkı da işte bunu, uygun bir dille soruyordu.

Sesimi çıkarsam, paşa olmadığımı anlayacak. Onun için kafamı yukarı kaldırıp, "Hayır, hiçbir emrim yok!" işareti verdim. Eh artık işareti de aldı, çekip gitse ya, hayır, yine arkamda... Yine merdiveni çıkıp koğuşların olduğu koridora çıktık. Balyoz Hakkı, bu geceyarısı koridor gezisinden bişeyler sezinlemiş olacak ki, her koğuşun kapısı önüne geldikçe, bana açıklamalarda bulunmaya başladı:

– Paşam, burası onuncu sınıfın birinci koğuşu... Başka bir koğuşun kapısında, paşam, burası son sınıfın koğuşu...

Konuşurken, iyice duyayım diye ağzını kulağıma yaklaştırıyor. Ben de evet, anlamına başımı sallayıp yürüyorum. Ne yapacağımı bilmeden ben hızlandım. Ben hızlanınca Balyoz Hakkı da hızlandı. Ben daha hızlandım. Balyoz Hakkı bana yetişmek için adımlarını daha açtı. Ben koşmaya başladım, yüzbaşı da,

– Ne oldu paşam, bişey mi var? diye arkamdan koşuyor.

Artık öyle oldu ki, sanki paşa kaçıyor, yüzbaşı da onu kovalıyor gibi, koridorlarda dönmeye başladık. Balyoz Hakkı, benim bu apar topar koşmamı başka bir nedenden sanmış, helaların önünden geçerken,

– Helalar burda paşam! demesiyle, işte ancak o zaman benim paşa olmadığımı anlamış olacak ki,

– Ulan! diye bana bağırması bir oldu.

Elini omzuma attı. Benim kim olduğumu tanımadığını anladım. Çünkü eğilip, şapkamın güneşliği altından yüzümü görmeye çalıştı, sonra da şapkayı kaldırıp yüzümü görmek istedi. Beni tanımadığını anlayınca, ben fırt diye elinin altından fırlayıp kaçtım. Hiç Balyoz Hakkı'dan kaçılır mı! Ben kaçıyorum, o kovalıyor. Nasıl olsa, benim kim olduğumu tanımadığına göre, şu üstümdeki paşa elbisesinden bir kurtulsam, biyere gizleneceğim, ama paşa elbisesini kaçarken nasıl çıkarayım? Koridorun köşesini dönerken, ilkin elimdeki paşa bastonunu fırlattım. Şaşkınlıktan, bastonu ileri doğru fırlatacağım yerde geriye, Balyoz Hakkı'ya doğru fırlatmaz mıyım? Baston, Balyoz Hakkı'nın ayakları arasına dolanınca yüzbaşının yere kapaklandığını gürültüden ve gök gürler gibi sövmelerinden anladım. Biyandan kaçıyorum, biyandan soyunuyorum. Paşa şapkasını da başımdan çıkarıp attım. Hem kaçıyorum, hem paşa ceketinin düğmelerini çözüyorum. Bir paşa ceketinde bu kadar çok düğme olabileceğini hiç düşünmemiştim. Oysa ceketi giyip iliklerken bu kadar çok düğme yoktu. Çözüyorum, çözüyorum, düğmeler bitmiyor. Kırk düğme mi, kırkbin düğme mi, artık ne kadarsa...

Koğuşlardaki çocuklar da, ne oluyor böyle, Balyoz Hakkı paşayı neden kovalıyor diye meraka düşüp koğuş kapılarına yığılmış, bize bakıyorlar. Sonradan arkadaşlar söyledi; onlar beni gerçekten teftişe gelen paşa sanıyorlarmış. Balyoz Hakkı çok kızmış, yakalarsa bakalım paşaya ne yapacak diye merakla seyrediyorlarmış.

Düğmeleri söktüğüm halde, neden hâlâ ceketi çıkaramadığımı anlayamıyor, daha başka ceket düğmeleri arayıp duruyordum. Oysa, şaşkınlıktan manevra kemerini çözüp atmadığımdan, elbet ceketi de çıkaramıyormuşum. Manevra kemerini de söküp fırlattım. Ceketi de üstümden sıyırıp attım. Balyoz Hakkı, yetişip beni yakalayacak ama benim yere attıklarımı toplamaktan bana yetişemiyor. Şapkayı, kemeri, bastonu, ceketi yerden almasa, olmaz, saygısızlık olacak...

Koridorlarda dönüp duruyoruz. Korkudan artık ne denli telaşa kapılmışım ki, ayakkabıları çıkarmadan pantolonu çıkaramayacağımı bile düşünememişim. Yan çizgileri kırmızı zıhlı paşa pantolonunun düğmelerini çözünce, pantolon sıyrılıp ayaklarıma düştü ama, ayaklarımda kocaman kendi postallarım olduğundan, bitürlü pantolonu çıkarıp atamıyorum. Pantolonu çıkarayım derken, paçaları bacaklarıma dolandı, ayaklarım biribirine takıldı, yere kapaklandım. Ben yere kapaklanınca, hemen arkamdaki Balyoz Hakkı da hızını tutamayıp benim önüme geçti. Yerden fırlamamla, ters dönüp kaçmam bir oldu. Biraz zaman kazanmıştım, hemen pantolonu ayaklarımdan sıyırıp attım.

Koridorlarda o gece kaç tur attığımızı bilemiyorum. Atlet fanelası, don ve postallarla da bir yarım tur attıktan sonra bizim koğuşa daldım. Yatağıma girdim. Üstüme battaniyeyi çektim. Göğsüm körük gibi inip çıkıyor. Battaniyenin altından koğuşun kapısını gözlüyorum. Biraz sonra Balyoz Hakkı, soluyarak koğuşa girdi. Elleri, kolları paşanın elbisesiyle bastonu şapkasıyla doluydu.

– Kimdi o? diye bağırdı.

Kimsede ses yok. Sanki hiçbişey olmamış da koğuştaki bütün çocuklar mışıl mışıl uyuyorlar. Nasıl olsa, arkadaşlarımdan hiçbirinin beni ele vermeyeceğini biliyordum. O Balyoz Hakkı ki, ondan ödümüz patlardı, böyleyken, bütün koğuştakileri sıra dayağından geçirse, yine de hiçbir arkadaş beni ihbar etmezdi. Böyle bir muhbir çıkmazdı ya, çıkacak olsa, buna ençok yine Balyoz Hakkı kızardı. Evet, böyle bir yiğit yüzbaşıydı. Biz ki silah arkadaşlarıydık, gerektiğinde birlikte ölüme gidecektik, nasıl birbirimizi ihbar ederdik. Böylesi davranışlara kancıklık denirdi. Balyoz Hakkı da kancıklığı hiç affetmezdi.

Şimdi sırası geldi işte, Kandil Recep'in sınıf geçirtsin diye Balyoz Hakkı'dan dayak yemek için o kadar uğraştığı halde, Balyoz Hakkı ona dayak atmadı da sonradan neden sınıf geçmesine yardım etti, biliyor musunuz? Size onu anlatayım. O zaman hafta tatili pazar değil, cuma günleriydi. Perşembe öğleden sonra, evci dediğimiz Istanbul'da evi olan öğrenciler izinli çıkar, cuma akşamı okula dönerlerdi. Istanbul'da evleri olmadığı için bekâr denilen bizler, cuma günü de okulda kalırdık. Bir cuma günü, Balyoz Hakkı nöbetçi... Kimse olmaz diye üç arkadaş koğuşa gitmişler, orda barbut atıp kumar oynuyorlarmış. Kandil Recep de yatağına oturmuş, ceketinin kopuk düğmelerini dikiyormuş. Balyoz Hakkı'nın çizme gıcırtılarını duymalarıyla barbut atanlar kaçmışlar. Ama Balyoz Hakkı, kaçanların kumar oynadıklarından kuşkulanmış. Koğuşa girip de düğme diken Kandil Recep'i görünce, ona,

– O kumar oynayanlar kimlerdi? diye sormuş.

Recep,

– Kumar oynamıyorlardı, demiş.

Balyoz Hakkı,

– Ya ne yapıyorlardı, esrar mı içiyorlardı yoksa? diye bağırmış.

– Hayır efendim, esrar da içmiyorlardı.

– Koğuşun penceresinden gördüm, paraları yerden toplayıp kaçtılar. Kimdi onlar? diye bir daha sormuş.

Kandil Recep,

– Tanımıyorum, demiş.

– Ulan it, koğuş arkadaşlarını nasıl tanımazsın, hem de burda barbut oynarlarken?

– Tanımıyorum efendim.

Balyoz Hakkı,

– Gel buraya, deyip Kandil Recep'i odasına götürmüş.

– Onların kim olduklarını söyle, yoksa seni bitiririm... demiş.

Recep'te ses yok.

– Söyle oğlum.

– Tanımıyorum efendim.

– Kimdi onlar?

– Görmedim efendim.

– Senin yanındaydılar, nasıl görmezsin?..

Bu Kandil Recep'i o gün öyle dövüyor ki, dövmekten yorulup, karşısına geçip koltukta cıgarayla kahvesini içerek dinleniyor, dinlene dinlene üç posta dövüyor. Kandil Recep o kadar dayağı yiyor da, yine de, o kaçanlar şunlardı, evet zar atıp barbut oynuyorlardı, demiyor.

Bunun üzerine Balyoz Hakkı,

– Oğlum, diyor, bak bu yıl sınıfta kalırsan alaya çıkacaksın. O barbut oynayanların kimler olduklarını söyle, seni alaya çıkmaktan kurtarayım.

O yaşta alaya çıkmak bizim için nasıl korkunç bişey, bilir misiniz, ölümden bin beter. Alaya çıkıyorum diye intihar edenler bile olurdu.

Balyoz Hakkı böyle söyleyince, dayaktan ağzı burnu kan içinde, ama gözlerinde bir damla yaş olmayan Kandil Recep, öyle bir bakıyor ki yüzbaşıya, ondan sonra Balyoz Hakkı,

– Peki ulan adlarını söyleme, ama biliyorsun kim olduklarını değil mi, bildiğini söyle yeter... diyor.

Kandil Recep,

– Biliyorum ama söylemem, diyor, alaya çıkarın.

Balyoz Hakkı,

– Aferin ulan, diyor, arkadaşlarının adlarını vereceksin diye ödüm kopmuştu, aferin...

Balyoz Hakkı, hem Kandil Recep'i döver, hem de ya arkadaşlarını ele verirse diye üzülürmüş.

İşte bu olaydan sonra, Balyoz Hakkı, Kandil Recep'in sınıf geçmesi için elinden geleni yapmıştı.

Balyoz Hakkı, koğuşun ortasında,

– Kimdi o? diye bir daha sordu.

Hepimiz çok iyi biliyoruz, hem böyle sorar, hem de kimsenin söylemesini istemez. Onun istediği, "Kimdi o?" diye sorunca, suçlunun kendiliğinden ayağa kalkıp, "Benim efendim," demesi.

Bikaç kez davrandım, battaniyenin altından ortaya çıkmayı istedim ama, yapamadım. Çünkü suçumun ağırlığını bitürlü ölçemiyordum ki, ortaya çıkıp, "Benim yüzbaşım," diyebileyim.

Koca paşanın elbisesini giyip gece koğuşlarda gezmek, ne demek! Battaniyenin altına iyice sindim.

Yaklaşan çizme gıcırtılarından bana doğru geldiğini sezinleyince tir tir titredim. Yanımdaki yatakta yatan Basri'ye,

– Sen gördün mü? dedi.

Ona sorduğuna göre Basri'nin başı battaniyenin dışında olmalıydı. İçimizde en kıytırık olan Basri bile,

– Görmedim efendim, deyince tehlikeyi savuşturduğuma inanır gibi olmuştum ki, birisi ayağımın birini çekti. Postalları çıkarmaya vakit bulamadan yatağa dalmıştım. Postallı olduğundan ayaklarımın birinin battaniyenin dışında kaldığını hiç fark etmemişim.

Postallı ayağımı çekiştiren Balyoz Hakkı'ydı.

– Kalk rezil, kalk!

Don gömlek ayağa kalktım.

– Giyin çabuk!

Ne giyeyim? Elbisem paşanın odasında. Gözlerim yerde, öylece dikiliyorum.

– Giyinsene!

– Elbisem yok... diye mırıldandım.

– Nerde elbisen?

– Şeyde kaldı... Paşanın odasında.

– Gel arkamdan.

Paşanın elbisesi, şapkası, bastonu ellerinde, Balyoz Hakkı dimdik gidiyor, ben de arkasındayım.

– Gir içeri!

Süklüm püklüm odasına girdim.

Yalvarsam mı? Ama yalvarınca daha çok kızdığını biliyordum.

Üç-dört adım önümde durmuş, üzerime dikilmiş dimdik bakışlarının ağırlığı altında eziliyordum. O sırada kapısı vuruldu. Başını çevirmeden,

– Gir! dedi.

Kayışla boynuna gece nöbeti saati asılı bir hademe içeri girdi.

– Paşa... Paşa hazretleri... Yüzbaşım, paşa hazretleri... çok fena... diyerek anlaşılmaz biriki kelime kekeledi.

Balyoz Hakkı, dışarı fırladı. Çizme gıcırtıları merdivende uzaklaştı.

Dışarda hızlı hızlı gidiş-gelişler oldu.

Kapı açıldı. Deminki hademe, elbisemi getirmişti. Hemen giyindim. Burda beklemeli miydim, yoksa çıkmalı mıydım, ne yapacağımı bilemiyordum. Kapıdan çıkarken hademeye,

– Ne olmuş? diye sordum.

– Paşa hazretleri fenalaşmış, doktorlar geldi... dedi.

Yavaşça odadan çıktım. Biriki subay daha merdivenden çıkıyordu. Ben de üst kata çıktım. Paşanın olduğu salon kapısına sokuldum. İçerisi kalabalıktı. Paşa, yer halısının üstüne boylu boyunca uzanmıştı. Doktor, pijamasını sıyırmış, paşaya iğne yapıyordu. Beni gören Balyoz Hakkı yanıma geldi,

– Daha duruyor, yıkıl! Seninle sabahleyin konuşurum... dedi.

Paşanın fenalık geçirmesi yüzünden Balyoz Hakkı'nın dayağından, hiç olmazsa sabaha kadar olsun, kurtulmuştum. Ama o anda, paşanın da benim yüzümden, benim masanın üstüne bıraktığım bir karavana dolusu şambabasını yediği için, fenalık geçirdiğini daha bilmiyordum.

Koğuşa geldim ki, çocukların hepsi ayakta. Kimisi gülüyor, kimisi merakla soruyor:

– Ne oldu, ne oldu?

– Hani şambabalar nerde?

– Çocuklar, dedim, paşa fenalık geçirdi de, ben de sabaha kadar dayak yemekten kurtuldum.

İçimizde Balyoz Hakkı'nın dayağını ençok yemiş olan Kandil Recep,

– Dövmeyecekti seni, dedi, ben bilirim, döveceği zaman öyle olmaz.

– Ya ne yapacaktı?

– Balyoz Hakkı seni tecrite atmaya götürüyordu.

Lisenin cezaevine tecrit deniliyordu, herhalde kelimenin ürkütücülüğü kalmasın diye...

Boru Burhan,

– Paşa neden fenalaşmış? diye sordu.

– Bilmem, dedim.

Çocuklara, paşanın elbisesini nasıl giydiğimi, Balyoz Hakkı'yla nasıl karşılaştığımızı, Balyoz Hakkı arkamda koridorlarda nasıl dolaştığımızı, o korkunç kovalamacayı ballandıra ballandıra anlattım.

Sabahleyin, dün gece olup bitenlerin etkisinden kurtulmuştum. Müzakere saatinde arkadaşların çoğu derslikte dalga geçiyor, birbirlerine takılıyor, birikisi de ders çalışıyordu. Akşamki olayı onlar da unutmuş gibiydiler. Ben de babama mektup yazıyordum. Babam, Kütahya Askerlik Şubesinde askerî kâtipti. Ceketindeki apolette iki beyaz yıldız vardı. Yaşlıydı. O yıl emekliye ayıracaklardı. Biz yedi kardeştik. En büyükleri bendim. Babam, evimizi bin zorlukla geçindiriyordu, ona da geçinmek denilebilirse... Zavallı babacığım, her mektubunda "sana bu ay başı postayla ikibuçuk lira göndereceğim oğlum" diye yazar, ama bu ikibuçuk lirayı yılda ancak ya bir, ya iki kez gönderebilirdi. Anneciğim, bütün hayatını çocuklarına adamış, onlara vermiş, hastalıklı, güçsüz bir kadındı. Babam emekli olunca aylığı daha da azalacak, emekli aylığıyla geçinmeleri büsbütün zorlaşacaktı. Bütün umutları bendeydi. Ben en büyük oğul olarak, ailenin cankurtaranı olacaktım. Ben de bu sorumumu iyi biliyordum. O sabahki mektubumda babama, birbuçuk ay sonra Harbokuluna geçeceğimi, derslerime çok çalıştığımı, iki yıllık Harbokulundan sonra subay olacağımı yazmıştım. Ben zarfın üstüne babamın adresini yazmıştım ki, sınıf mümessili,

– Haydi, mektup yazanlar versin! diye bağırdı.

Mektuplar toplanıyordu. Haftada iki gün posta günüydü. O gün mektuplarımızı verirdik, okul da postaya verirdi.

Babama o avutucu, umut verici mektubu yazınca içimde bir rahatlık duydum, neşelendim. Mektubu mümessile vermiştim ki, ensemde bişey patladı. Bunun kâğıttan yapılmış sivri uçlu uçak olduğunu anladım. Başımı çevirmeme kalmadı, kafama başka bişey daha attılar. O yana döndüm. Derken kafama, sağdan, soldan, dersliğin dört biyanından atılan kâğıt topaklar, uçaklar yağmaya başladı. Uçak yapmaya vakit bulamayanlar, kâğıtları avuçlarında sıkıp sıkıp yaptıkları topağı kafama fırlatıyorlardı. Bu, bir arkadaşımızı kızdırıp kaşalotlaştırmak – yani aptallaştırmak – istediğimiz zamanki bir oyunumuzdu. O gün de arkadaşlar beni kaşalot etmek istiyorlardı. Kimi arkadaşlar alay edildikçe kızarlar, kızdıkça da daha gülünç olurlardı. Ben bu durumlarda sözde kızıyormuş gibi yapar, alaya alayla karşılık verirdim. O gün de kafama kâğıt topakları indikçe, sanki kızıyormuşum gibi yaparak bağırıp çağırmaya, uluorta sövüp saymaya başladım. Bunun sonunda ille de bir arkadaşla kapışır, altalta üst üste boğuşurduk. Baktım, bütün bu gürültü içinde Zil Kemal'le Kandil Recep bir sırada yan yana oturmuşlar, kafa kafaya vermişler, çalışıyorlar. Ben çok kızmışım gibi yaparak, kafasını kitaba eğmiş çalışan Recep'in üstüne yürüyüp,

– Neden kâğıt atıyorsun? diye bağırdım.

Bağırmamla tepesine bindim. Böylece, sınıfın alay hedefini başka yöne çevirmiş oluyordum. Neye uğradığını şaşıran Recep'le kapıştık. Devrile yuvarlana sıraların aralarından dersliğin kapısına kadar geldik. Arkadaşlar,

– Vur, vur, vur! diye tempoyla bağırıyorlardı.

Kandil Recep, upuzun kollarını, halat düğümü gibi geçirdiği boynumu sıkıştırınca ben de can acısıyla onu itip kapıya dayadım. İşte bu sırada dışardan birisi kapıyı açmak için itiyordu. Recep dayandığından kapı bitürlü açılmıyor. Kandil Recep'in, dışardan kapının zorlandığından haberi bile yok, o kendini korumak için hababam kapıya dayanıyor. Recep'in çelmesiyle yere düştüm, o da üstüme yuvarlanınca kapı açıldı. Bir de baktık: Balyoz Hakkı içeri girdi.

Derslikte ses kesildi. Ben ayağa kalkmak istiyorum ama, arkası dönük olduğundan Balyoz Hakkı'yı görmeyen Kandil Recep belime sarılmış, bırakmıyor ki ayağa kalkayım. Balyoz Hakkı, çizmesinin burnuyla bir sıkı şut çekince Recep üç adım öteye fırladı. İkimiz de toparlanmaya çalışıyorduk. Balyoz Hakkı, Kandil Recep'in kulağına yapıştı. Oysa onun bir suçu yoktu. Onu azdıran bendim. Hemen ileri atılıp,

– Recep Efendinin suçu yok yüzbaşım. O çalışırken ben sataştım... dedim.

Balyoz Hakkı,

– Gel arkamdan... dedi.

Odasına girdik. Artık dayağı iyice hak ettiğim için, yiyeceğim dayağa dayanabilmek çabasıyla bekliyordum. Hakkı Yüzbaşı iki yumruğunu ve dişlerini sıkarak,

– Neden yaptın oğlum, niçin yaptın çocuğum? diye titreyen yumuşak bir sesle sorunca şaşırdım.

– Affedersiniz, dedim, bir daha yapmam... Söz veriyorum.

– Ne demek bir daha yapmam... Yok bir kere daha mı yapacaktın?

– Arkamdan kâğıt atmışlardı, ben de Recep Efendi attı sanarak...

Hakkı Yüzbaşı,

– Allah cezanı versin, dedi, ben sana onu mu soruyorum... Neden böyle yaptın, ha, neden?

Ben yine tekrarladım:

– Bir daha yapmam efendim.

– Paşanın elbisesini bir daha mı giyecektin de, bir daha yapmam, diyorsun.

Ben o olayı unutmuştum bile. Artık o suçumun hesabını vereceğimi sanmıyordum. Dün gecedenberi sanki aylar geçmiş de o olay çok gerilerde kalmış gibiydi.

Balyoz Hakkı çok üzünçlü bir sesle, bir daha,

– Ah çocuk, nasıl yaptın bunu, nasıl? dedi.

Başım önümde, susuyordum.

– Haydi bir çocukluk yaptın, şeytana uydun, bir delilik yaptın. Her nedense paşanın elbisesini giydin, peki o şambaba karavanasını niçin orda bıraktın? Olur mu hiç? Azkalsın paşa ölecekti... Adam ölümden zor kurtuldu.

Kısa bisüre sustuktan sonra söze, "Yavrum," diye başladı. Onun ağzından "yavrum" sözünü ilk duyuyordum.

– Yavrum, çok uğraştım, ama olmadı... Ne yazık ki okuldan çıkarılıyorsun. Alaya gönderileceksin.

Gözlerim karardı, başım döndü. Tavan, döşeme, duvarlar birbirine karıştı. Karşımdaki Balyoz Hakkı onlarca çoğaldı, fır fır dönmeye başladılar. O on, yirmi, otuz, kırk Balyoz Hakkı birden konuştu, hepsinin dudakları birden kımıldadı:

– Otur şöyle oğlum.

Balyoz Hakkı elimden tutup beni masanın yanındaki sandalyeye oturttu. Balyoz Hakkı'nın birdenbire verdiği haber karşısında kendimi tutamadım, ağlamaya başladım.

– Çok uğraştım senin için, ama başaramadım. Çok severdim seni, bilemezsin. İyi bir subay olacaktın. Paşa şeker hastasıymış, onun için midesine düşkün... Gece uyanıp da bir karavana dolusu şambabasını görünce... Kendisi için özel olarak getirildiğini sanmış... Dayanamamış, yemiş, yemiş... Sabaha kadar hiçbirimiz uyuyamadık. Paşa ancak sabahleyin kendisine geldi. Olup biteni sorup öğrenince, senin işinle kendisi uğraştı, kovulmanı istedi sonunda... Önleyemedim... Elimden bişey gelmedi oğlum.

Baktım, gözleri buğulanmıştı. Oysa ben onun gözlerinin yalnız görmeye yaradığını, ağlamayı bilmediğini sanırdım.

Balyoz Hakkı bize üç yıl sınıf subaylığı etmişti. Ama o an karşımda, hiç tanımadığım bambaşka bir Balyoz Hakkı vardı. Beni avutmaya çalıştı. Daha çocuk sayılacağımı, hayatta önüme daha pekçok büyük fırsatlar çıkacağını anlattı.

Doğru, hayatta önüme gerçekten çok büyük fırsatlar çıktı ama, her fırsat sandığım şey, sonunda beni bikez daha cezaevine attırdı.

Beni tecrithane denilen yere, yani okulun cezaevi sayılan yerine kapadılar. Ceketimin apoletlerini sökmüşlerdi. O günden sonra arkadaşlarımın pekçoğunu bir daha hiç göremedim. Ertesi sabah tecrithanenin kapısı açıldı. Gelen yüzbaşı Güğüm Beşir'di.

– Senin yaşın küçükmüş, dedi, yaşın tutmadı. Onun için şimdilik evine gidecek, gelecek yıl alaya çıkacaksın...

Yaşım, sınıf arkadaşlarımdan büyüktü ama nüfus kâğıdıma küçük yazdırılmış olduğumdan, o yaşta çocukları alaya göndermiyorlardı. Bir yıl bekleyip büyüdükten sonra beni alaya gönderip çavuş yapacaklardı. Böylece, askerî lisede bana yedirilen, içirilen, harcananların borcunu ödeyecektim.

Babama "birbuçuk ay sonra Harp Okuluna geçiyorum" diye mektup yazdığım gün okuldan kovulmuştum.

Biz insanlar hiç akla gelmeyen raslantıların elinde oyuncağız. Bir şambaba tatlısı yüzünden hayatım kaydı, yönüm değişti. Peki ama paşanın o kadar çok şambaba yemesi benim suçum muydu?

Bilirsiniz, satrancı bulan adam, bu bulgusunu ülkesinin başına götürüp sunmuş. O baş kişi de satrancı o kadar çok beğenmiş ki, onu bulan adama,

– Dile benden ne dilersen, demiş.

Satrancın bulucusu,

– Çok bişey istemem, demiş, iki buğday tanesinden başlayarak, satrancın her karesine bir önce konulanın karesi kadar buğday koyup bana verin, yeter.

Ülkenin başı,

– Olur, demiş.

İlk kareye iki buğday, ikinci kareye dört, üçüncü kareye onaltı, dördüncü kareye ikiyüzellialtı buğday koymuşlar.. Böyle böyle... Ama bir de bakmışlar ki, ülkedeki bütün buğday anbarlarını boşaltsalar, yine satranç tahtasındaki karelere istenilen, söz verilen buğdayı yetiştiremeyecekler.

İnsan hayatındaki kısa bir zaman süresinin içinde bulunan ihtimaller sayısı, satranç karelerine, bir öncekinin karesi kadar konulacak buğdaylardan daha çok tutar. Çünkü, satranç tahtası iki boyutludur ve ihtimaller, bir öncekinin karesi kadar artarak çoğalır. Oysa insan hayatı, üç boyutlu olduğundan ihtimaller küp olarak artar. Hayatımızın beş dakikası içine girebilecek ihtimalleri düşünelim, ne korkunç, ne sonsuz sayılara yükselebilir.

Ben bu yaşımda şimdi niçin cezaevindeyim? Niçin sabıkalı bir sahteciyim de neden arkadaşlarım gibi bir general, bir politikacı, bir tüccar yada bir albay emeklisi değilim? Ben o uğursuz gün, mutfak nöbetini bir arkadaşımdan satın almayabilirdim.

O gün şambaba tatlısı verilmeyebilirdi. Nöbetçi subayı Güğüm Beşir'in bir işi çıkıp da nöbeti Balyoz Hakkı'ya devretmeyebilirdi. Hiç olmazsa o akşam Balyoz Hakkı, gıcırdamayan bir ayakkabı giyebilirdi ve ben onun korkusundan paşanın yattığı daireye girmezdim. Şambaba dolu karavanayla, öğrencilerin geçmeleri yasak olan o merdivenden geçmeyebilirdim. Yani pekçok ihtimaller...

Yok yok, iyice anlatamadım sanıyorum; sakın sabıkalı sahteci Paşazade'nin kaderci olduğunu sanmayın... Mapusluk, anlatmakla, dinlemekle geçer... Anlatacak, birbirimizi dinleyecek daha çok zamanımız var efendim.

PAŞAZADE'NİN GELİŞİ

O geçmiş olsun telgrafları gelinceye dek, cezaevindeki hükümlülerden herhangibiriydim. Cezaevine girişimin haftasında, kimi milletvekillerinden, saygın kişilerden, ünlülerden telgraflar gelmeye başladı. Bu telgraflar geldikten sonra, artık cezaevindeki hükümlülerden herhangibiri değil, bu hükümlüler arasında bulunan belli biriydim.

Cezaevi müdürü, yanına çağırmıştı. Bu çağrıyı bana ileten de, gardiyanlardan biri değil, başgardiyandı. Durumumda bir değişiklik olacağını daha o zaman anlamıştım.

Müdürün odasına girdim. İnfaz savcısı da oradaydı. Onu ilk görüyordum. İkisi de beni, bir hükümlü gibi değil, ziyaretlerine gelmiş bir dost gibi karşıladı. Müdür, oturmam için yer gösterdi. Ne içeceğimi sordu. Çay rica ettiğimi söyledim. Onlar da gardiyandan çay getirmesini istediler.

Edebiyattan konuştuk. Oysa hiç de edebiyattan konuşulacak yer değildi orası. Herkes edebiyattan konuşabilir, hatta cezaevi müdürü olsa bile... Cezaevi müdürü, bir özel isteğim var mı, diye soruyordu. Hiçbir dileğim yoktu. İnfaz savcısı da, bulunduğum koğuştan bir şikâyetim olup olmadığını sordu.

Cezaevinin Karantina Koğuşundaydım. Bu koğuş, uzun bir koridora kapıları açılan odalardı. Bu odalara hükümlüler, loca diyorlardı. Her locada dört ranza vardı. Her ranzada ikişer kişiden, her locada sekiz hükümlü bulunuyordu. Cezaevine yeni girenler, bulaşıcı hastalıkları varsa, bu sürede ortaya çıksın diye, onbeş gün Karantina Koğuşunda tutuluyordu. Cezaevine, ne de olsa cepleri dolu olarak gelenlerin ilk soyuldukları yer burası olduğundan, haracın ençok alındığı yer Karantina Koğuşuydu.

İnfaz savcısına, hep Karantina Koğuşunda kalarak, öteki koğuşlara gönderilmeden, cezamı çekmek istediğimi, sanki hiçbişey istemiyormuşum gibicesine sezinlettim.

Konuşma yine edebiyata döküldü. Ama konuşan onlar, dinleyen bendim. Edebiyat bilgileriyle beni şaşırtmak istiyorlardı. İnfaz savcısı anlatırken, müdür de zile basıp çağırdığı gardiyana, kulağına fısıldar gibi benim duyamayacağım bişeyler söyledi. Koğuşta sıkılırsam, her istediğim zaman – elbet gündüzleri – koğuştan çıkabilir, idare bölümünde, istersem öbür koğuşlarda zamanımı geçirebilirdim. Savcı, bana tanıdığı bu izinle, cezaevi içinde bulunduğumu bana duyurtmamaya çalışıyordu.

Karantina Koğuşuna dönünce, kaldığım locada beni şaşırtan bir değişiklikle karşılaştım. Kaldığım locadan öbür yedi hükümlü çıkarılmıştı. Locanın tabanındaki karo taşları paspasla silinmişti. Yerlerin ıslaklığı daha tam kurumamıştı. Locada yalnız kalacaktım. Oysa Karantina Koğuşunun öbür locaları öyle doluydu ki, kimi günler birden bastıran yeni gelenlere localarda yer bulunamadığından onlar koridora döşek sermek zorunda kalıyorlardı. Doğrusu, lehime yapılan bu haksızlıktan hiç de tedirgin olmamıştım.

Locada tek başıma çok rahat okuyup yazabiliyordum. Yorulunca yada canım sıkılınca, gardiyana koğuşun kapısını açtırıp idareye gidiyordum, berber salonunda oturup zaman geçiriyordum. Özellikle akşamüstleri, yeni hükümlülerin yada tutukluların kırmızı cezaevi arabasıyla getirildiği zaman, kapıaltı girişinde gördüklerim benim için çok ilginçti.

Polislik olayları, hırsızlık, kaçakçılık, cinayet haberlerini daha çok veren akşam gazeteleri; cezaevinde, öbür gazetelerden çok okunuyordu. Cezaevindekilerin çoğu, o haberlerin kahramanlarını çok kez tanıyorlardı. Bu bakımdan bu gazeteler, sanki onların özel bülteni gibiydi. Eskiden ayırdında bile olmadığım bu akşam gazetelerini, cezaevine girdiğimdenberi, ben de ilgiyle okuyordum. Çünkü bu gazeteler, polislik olayları, genellikle bir gazete haberi olarak değil, bir magazin hikâyesi gibi, allandıra pullandıra anlatıyorlardı.

Bigün, bu çok satışlı akşam gazetelerinden birinin, birinci sayfasında, dört sütunluk şöyle bir haber başlığı vardı:

Ünlü sahteci Paşazade, fahri komiser olarak polise yardım etmek isterken suçüstü yakalandı.

Gazetede bu haber şöyle verilmişti:

Polis bülteni, her kentin yirmidört saati içinde geçen polislik olaylarını yansıtan bir polis raporudur. Polis deyimiyle "günlük vukuat" denilen bütün polislik olaylarla işlemler hep bu polis bülteninde yeralır. Hırsızların, kaatillerin, canilerin, sarhoşların, trafik kazası yapanların, esrarkeşlerin, eroincilerin, fahişelerin, kadın tellallarının, sapıkların, kaçakçıların genellikle konuğu oldukları polis bültenlerinde hiç umulmadık ünlülerin adlarına arasıra rastlanabilirse de, daha çok ünlü sabıkalıların adları ilgiyi çeker. Dünkü polis bülteninde, yıllardanberi akılalmaz serüvenlerini bütün Türkiye'nin gazetelerden okuyup öğrendiği ünlü sahteci Paşazade adı yeralmıştı. Emniyet Müdürlüğünde kendisiyle görüştüğümüz Paşazade Ferit'in bize söylediğine göre, çocukluğundanberi ideali olan ve rüyalarına giren polisliği meslek edinemeyince, içindeki bu polis olma ateşini bitürlü söndürememiş, sonunda her nasılsa eline bir polis kimlik kartı geçirince, kendisini başkomiser ilan etmiş ve gerçek polislere parmak ısırtacak yeni görevini başarıyla yürütmüştür. Eline geçirdiği polis kimlik kartına, İbrahim Fidan diye uydurma bir ad yazarak, kısa zamanda dolandırıcıların, sahtecilerin ardına düşen sahte başkomiser Paşazade Ferit, yardımlarına koştuğu kişilerin hayranlığını çekmiştir. Son yakalanışı da buyüzden olmuştur. Elkoyduğu bütün olayları adliyeye ve karakola aktarmadan barış yoluyla çözümleyen sahte başkomiserin maskesinin indirilmesine, geceledikleri adamları soyan fahişelerle çokça uğraşması neden olmuştur. Üstlendiği son görev olarak bir Alman diplomatıyla geceledikten sonra adamın ceplerini boşaltan bir hayat kadınını yakalayan sahte başkomiser Paşazade, çaldığı paraları o kadından geri aldığı gibi, kadını, soyulan Alman diplomatının kaldığı otele kadar getirerek diplomattan özür diletmiş, diplomatın çalınan paralarını da geri verdirtmiş ve böylece Alman diplomatının hayranlığını kazanmıştır. Nitekim Alman diplomat, başkomiserin bu görevseverliği karşısında duyduğu hayranlığı bildirmek için Emniyet Müdürlüğüne giderek, Emniyet Müdürüne, olağanüstü başarısından dolayı İbrahim Fidan adlı başkomiseri övmüş ve teşekkürlerini söylemiştir. Alman diploma-

tının ayrılışından sonra Emniyet Müdürü, başarısından dolayı izin ve ikramiye verdirmeyi düşündüğü görevsever başkomiseri aratmaya başlamıştır. Emniyet Müdürünün, emniyet örgütünün yüzünü ağartan bu başkomiseri merak edip aratması üzerine, sahte başkomiser ele geçmiş ve sahte kimlikle polise hizmetten başka hiçbir zarar vermemiş olan Paşazade, kendisine polis süsü vermek suçundan, kovuşturma yapılmak üzere savcılığa gönderilmiştir.

Olayı, haber olarak değil, bir meraklı öykü gibi anlatan gazetede, Paşazade'nin resmiyle, kullandığı sahte kimliğin de klişesi basılıydı. Gazetede klişesi basılı sahte kimlikte şunlar yazılıydı:

T.C. İçişleri Bakanlığı
Emniyet Genel Müdürlüğü
İli: Istanbul Adı ve soyadı: İbrahim Fidan
Sicil No: 1600/441
Doğumu: 1907
Görevi: Başkomiser
Bu kimlik kartı sahibinden başkası tarafından kullanılamaz. Kullananlar hakkında takibat yapılır.
Emniyet Genel Müdürü

Altta, mühür ve imza görünüyordu.

Paşazade'nin gazetedeki resmi ilgimi çekti. Sevimsiz bir yüz, ama ilginç geldi bana. Resim, sabıkalının başını boynuna dek gösteriyordu. Sabıkalı dosyasından alınmış bir resim olmalıydı. Kocaman bir kafa. Çok geniş bir çene. Çenesi, nerdeyse kafasının genişliğinde. Bu geniş çene bana güçlü olduğu izlenimini veriyor, demiri dişlese pastaymış gibi çiğneyecek sanılır... Kafanın ve yüzün iriliği kemikliliğinden, yoksa şişmanlıktan değil. Hatta yanakları avurduna çökük olduğundan, elmacık kemikleri belirgin. Alnı çok dar sayılmaz. Saçları, hiç de yaşına göre değil, fırça gibi sık... Ama resimde, kır saçlı mı, yoksa saçları ağarmış mı, belli olmuyor. Yüzünde ençok dikkati çeken yeri, koca kafasıyla geniş çenesi arasında iki geniş halka biçimindeki gölgeli çemberin içinden bakan küçük gözleri.

Göz çukurları derinde değil ama, sanki gözlerinin çevresine, kadınların sürdüğü gibi, koyu renk bir far sürmüş. Bu koyu halkanın ortasından gözleri, derinden bakıyor. Gözlerini çevreleyen koyu halkanın genişliğine karşın, gözleri küçük... Küçük ama, delici bakışları var... Resimde bile belli oluyor; gözbebekleri iğne başı gibi...

Paşazade'nin gazetedeki resmine uzun uzun bakarken, Dandini Fikret'in hımhım sesi, koridorun öbür başından bana doğru yaklaşıyordu. Dandini Fikret, cezaevinin çok ilginç tiplerinden biri. Eroin içe içe, kavrulmuş, kurumuş, küçülmüş. Kamburu var, ama yine de boyu çok kısa değil. O kamburu, çarpıklığı, bana firengi kalıtımıyla doğduğu izlenimi veriyor. Parasız kalan hükümlülerin eski, kullanılmış eşyasını satar. Sattıkları içinde, eroin almak için satışa çıkarılmış değerli şeyler de bulunur arasıra. Dandini Fikret'in, o boğuk sesiyle müşterilerine seslenmesi çok ilginçtir. Herzamanki gibi şöyle sesleniyordu:

– Hırsız, uğursuz kardeşlerim! Yankesici arkadaşlarım! Dolandırıcı yoldaşlarım! Yolbağcı, kalpazan, tırnakçı, dızdızcı, papelci, üçkâğıtçı, kaldırımcı, kapkaççı omuzdaşlarım! Dandini Fikret geldi dostlarım... Gecekuşu, şemsiyeci, kedici dostlarım! Babacımcı oğlanlarım... Kerizciler, beyazcılar... Haniya, böyle bir havlu, halis Bursa malı... Var mı isteyen? Böyle bir güneş gözlüğümüz de var, Avrupa malı, hem de kaçak... Romatizması olanlara uzun fanela don da var, halis tiftik yününden... Dandini Fikret geldi kardeşler... Duymayan kalmasın... Haniya var mı böyle bir rugan terlik isteyen... Bunu almayanın ya parası yok, ya aklı... Kelepir mallar Dandini Fikret'te. Bedavadan ucuz bunlar. Haniya benim babacımcı yavrularım, soyguncular, yankesiciler, avantacılar nerdesiniz? Dandini Fikret geldi, gidiyor... Bakın da almayın, bakması parayla değil kardeşler...

Boğuk ve hımhım sesi, sarnıç dibinden geliyormuş gibi, koridorda yankılanıyordu.

Dandini Fikret, kaldığım locanın önüne gelince, ben de dışarı çıktım. Kendisine bir cıgara verdim. Gazetedeki resmi gösterdim. Tanıyıp tanımadığını sordum. Belki kamburundan, belki de boyun kemiğinin kireçlenmiş olmasından, Dandini Fikret başını yukarıya zor kaldırıp bana baktı.

– Tanımaz olur muyum... Onu tanımayan mı var? Ne yapmış gene? Ya hâkimlik, ya doktorluk, ya valilik yapmıştır. Yoksa subay elbisesiyle mi piyastos olmuş?

Gazeteyi kendisine verdim. Paşazade'nin resmine baktı.

– Şimdilerde iyicene kulakları düştü... Eski rüzgârı kalmadı artık Paşazade'nin... Nerde o eski Paşazade... Cezaevine bir düştü mü eskiden, Avrupa gezisinden dönen kaçakçı milyonerler gibi, yedi-sekiz bavulla gelirdi be... Hem de tıklım tıklım dolu bavullar haa... Ucundan ucundan bavullardakileri bana sattırırdı. En sonunda boş bavulları da sattırdı mı, cezasını bitirmiş olur çıkardı. Eskiden, Paşazade geldi mi, cezaevinin Âdembabaları bir hafta bayram ederlerdi... Eli de öyle açıktı ki... Ama son zamanlarda çaptan düştü... İş yok onda artık...

Koğuştan çıkıp idareye geçtim. Gardiyana, Paşazade'nin bu akşamki postayla gelip gelemeyeceğini sordum. Kapı gardiyanı, karakol karakol dolaştırıp şikâyetçilerle yüzleştirecekleri için Paşazade'nin ancak iki-üç gün sonra gelebileceğini söyledi.

Cezaevinde Paşazade üstüne anlatılan öyle şaşırtıcı olaylar dinledim ki, bu adam gittikçe daha çok ilgimi çekmeye başladı. Onu daha yakından tanımak istiyordum. Cezaevi müdürüne, koğuş çok kalabalıkken, benim locada tek başıma kalışımın göze batacağını söyledim. Sonra da, Paşazade gelince, onun benim yanıma verilip verilemeyeceğini sordum. İstiyorsam, tedirgin olmazsam, elbet verilebilirmiş. Müdüre teşekkür ettim.

Gazetelerde suçüstü yakalandığı haberinin çıkışının ikinci günü de Paşazade gelmemişti. Hükümlülerin konuşmalarından, Paşazade'nin sabıkalılar çevresinde sevilen biri olmadığını anlıyordum. Paşazade'nin daha önce sahte subaylıktan tutuklandığını bilen biri, teğmen elbisesiyle Galata Köprüsünden geçerken, karşıdan gelen bir binbaşıya, birden şaşırıp sol eliyle selam verdiğini, binbaşının da bundan kuşkulanıp Paşazade'nin kimliğini sorunca, sahte subay olduğunun ortaya çıktığını anlattı. Yaşlı bir hükümlü,

– O iş, senin anlattığın gibi değil... dedi.

Olayı anlatan,

– Nasıl öyle değil yahu, gazeteler bile yazmıştı o zaman... dedi.

– Ulan kelek, gazetelerin Allah bir dediğine inanmayacaksın... diye karşılık verdi yaşlı hükümlü.

– Nasıl olmuştu, sen anlat bakalım... diye sordu biri.

– Gene selam yüzünden yakalanmıştı ama, sol eliyle selam vermekten değil. Kaç yılın Paşazadesi o, hangi elle selam verileceğini bilmez olur mu hiç! Bu Paşazade ineği, giyim kuşama çok düşkündür. Dolandırıcı olduğundan, mecbur, iyi giyinecek ki, karşısındakini tavlasın. Tamam mı? Bunun için, şapkayla ayakkabının en pahalısını giyer. Çünkü insanın üstünde ilk göze görünen şapkayla ayakkabıdır. O zamanlar, Ankara'da bir devlet dairesinde müdürlük mü, şeflik mi, ne yapıyormuş. Yani haybeden müdür... Müdür olduğundan, Karagöz'ün eliyle beli nasıl oynaksa, bunun eli de hep şapkasında... Hangi büyüğü görse, "Vay efendim, Allah ömürler versin..." deyip şapkayı çıkaracak, belini kırıp yerlere kadar eğilecek. Sahte müdür olduğundan herkese şirin görünmek istiyor. Kimi görse: Vay efendim Allah ömürler versin... Hop, şapkayı çıkarıyor, belini büküp eğiliyor. İyice alışmış bu numaraya. Orda bunun sahte müdürlüğü anlaşılmış, enselenecek... Uyanık davranıp daha enselenmeden kaçmış Istanbul'a. Tanınmasın diye subay elbisesi giymiş. Eh boş duracak değil ya, sözde evlenmek için karı tavlamaya başlamış. Bu bizdeki karı milleti de, subay dedin mi, tamam... Çok zengin bir karı tavlamış. Karı yanında, vapura binmiş. Vapurda bir albayla karşılaşmaz mı! Tabii selam verecek. Hani müdürlüğü zamanında, vay efendim, deyip fötrü çıkarmaya alışmış ya... Herifin girmediği kılık yok ki... Sahte hâkim mi, sahte doktor mu, sahte vali mi, kendisi bile şaşırıyor. Albayı görünce selam vermesi gerektiğini biliyor ama, üstünde teğmen elbisesi olduğunu unutmuş bu... Siviller gibi, başındaki subay şapkasını çıkarıp da,

– Vay efendim, Allah ömürler versin... diyerek, belini kırıp yerlere kadar eğilmez mi?

Vapurdakiler, gülmekten kırılmış. Albay da,

– Ulan, sen nasıl teğmensin? deyip bunun kimliğini sormuş. İşte o zaman Paşazade'nin yakalanışı böyle olmuştu.

Başka bir hükümlü de araya girdi:

– İkinizin anlattığı da doğrudur. Paşazade'nin sahte subaylıktan yakalanışı bir değil, beş değil, on değil... Benim bildiğim de daha başka. Bu enayi eskiden, yani gençliğinde hep teğmen elbisesi giyermiş. Teğmen elbisesine alıştığından olacak, daha yüksek rütbeli elbise giyemiyor. Ama herifin yaşı, paşa yaşı... Hatta onun yaşındaki paşalar emekli bile olmuşlar. Ulan, terfi et de, hiç olmazsa yüzbaşı ol, köpoğlu... Nasıl olsa terfiin genel kurmaydan çıkacak değil ya... Al iki yıldız daha, tak omzuna, olsun bitsin. Ha sahte teğmen, ha sahte albay... Rütben küçük diye cezanı azaltmıyorlar ki... Emekli paşa yaşındaki kart herifi, teğmen elbisesiyle görenler şaşıp kalıyor. İşte yakalanışı buyüzdendir.

Şubatın erken inen, puslu, ıslak bir akşamı... Cezaevinin kırmızı arabasından inen tutuklular arasında Paşazade de vardı. Elleri kelepçeli tutuklular sırayla cezaevinin dış kapısından, sonra ikinci demir kapıdan kapıaltı denilen yere girdiler. Candarmalar, kelepçelerini çözdükleri tutukluları bir bir sayarak Başgardiyana teslim etti. Nöbetçi gardiyanla kapı gardiyanı, alışkın elleriyle, tutukluların üst başlarını, giysilerini arar, ceplerini karıştırırken Başgardiyan da onlarla gevezelik ediyordu. O akşam gelenlerin çoğu, daha önce cezaevinde yatıp çıkmış olduklarından Başgardiyan onları tanıyordu. Arama sırası Paşazade'ye gelince, yaşlı nöbetçi gardiyan, ünlü sahtecinin boş böğrüne bir dirsek atıp,

– Ulan godoş, ulan kartoloş... Gene mi geldin ulan dürzü! dedi.

Başgardiyan,

– Kart tilki dönüp dolaşıp kürkçü dükkânına gelecek elbet, ben ona söylemiştim... dedi.

Paşazade, o çok ciddi görünüşünden hiç umulmayan bir yıvışıklıkla sırnaştı:

– Ayrılığınıza dayanamadım Babacığım... Onun için bileti gidiş-dönüş almıştım...

Böyle söyler söylemez de, suratındaki yıvışık gülümseyiş birden dondu, yine ciddileşti. Çok çirkin suratlı biblolar vardır ya hani, Paşazade'nin suratı da o çirkin seramik biblolara döndü.

Kapı gardiyanı, Paşazade'nin deri bavulunu da aradı. Sonra cüzdanından çıkardığı paraları saydı. Beşyüz lirayla biraz da bozuk para.

Kapı gardiyanı,

– Zulanda başka paran var mı? diye sordu.

Paşazade, kılığına, gösterişine hiç yakışmayan sulu bir davranışla, tıpkı Âdembaba Koğuşundakilerin ağzıyla,

– Yok namussuzum, hepsi bu... dedi.

– Ulan sen bu kadar az parayla mapusaneye gelmezsin, doğru söyle!

– Bu sefer tiril düştüm...

Parayı az bulan başgardiyan, Paşazade'nin parasını emanete almadı, üstünde bıraktı.

Yeni gelen tutukluların adları deftere yazılırken, ben de Paşazade'yi inceliyordum. Üstündekinden başka parası olmadığını söylerken, sanki bir ayıbını açığa vurmuş gibi bir utangaçlığı vardı; ya az parası olduğu için gerçekten utanmıştı yada onun için o denli çok şeyler duyduktan sonra bana öyle gelmişti.

Kalantor bir devlet adamı görünüşündeydi. Tanımayan biri onu burda görse, ençokından cezaevini teftişe gelmiş bir savcı sanabilirdi. Siyah fötr şapkasıyla şakaklarında yarıdan çok ağarmış saçları, ciddiliğini daha da artırıyordu. Üstünde Devetüyü renginde, yumuşak tüylü bir palto vardı. Kahverengi eldivenlerinin uçları, paltosunun cebinden görünüyordu. Koyu renk pantolonu keskin ütülü, ayakkabıları da pırıl pırıldı.

Üstleri aranan tutuklular, herzamanki gibi, önce berber salonuna gönderiliyordu. Beş berber birden, önlerine gelen tutukluların saçlarını hiç özenip umursamadan makineyle dipten kırpıyorlardı. Paşazade, ordakilere göstermemeye çalışırmış gibi yapıp, böylece daha da çok göstererek, bir elli liralığı, tutuklu berberin beyaz gömleğinin cebine bıraktı. Elli lira, berberin hiç görmediği kadar büyük bahşişti. Berber, Paşazade'nin saçlarını özenle tıraş etti, dipten kesmedi, makasla biraz kısalttı. Salondan çıkarken Paşazade, berber çırağına da para verdi.

Saçları dipten kesilip berberden çıkanlar cezaevi hamamının giriş yerinde soyunuyorlardı. Üstlerinde ne varsa çıkarıp anadan doğma çıplak kalanlar hamama sokuluyor, yerde yığılmış giysileri, çamaşırları da karmançorman edip etüve tıkılıyordu. Paşazade, gözle kaş arasında etüvcünün eline de paralar sıkıştırdığı için, onun giysisi etüve sokulmamıştı. Paşazade, hamamcılık yapan ve hamamda çalışan öbür tutuklulara da bol bahşişler vermişti.

Hamamda sözde yıkanan, gerçekteyse sıcak su altında yumuşayan kirlerini heryanlarına sıvaştıran tutuklular, etüvden çıktığı için yanık kir kokulu buğular tüten, buruş buruş olmuş giysilerini giyerlerken, Paşazade, hamamın girişinde oturmuş, kahvesini içiyordu. Hamamcı, oraya gerçekten yıkanmaya geldiklerini sananları zorla hamamdan çıkarmak için bağırıyordu. Hamamın kapısından ıslak, yıvış yıvış, buğulu bir kir kokusu yayılıyordu. İyice aydınlatamayan yetersiz ışıklı lambalar, görünümün iğrençliğini daha da artırıyordu.

Kapıaltına girdiğindenberi, kendisine hiç sezdirmeden Paşazade'yi izliyor, kolluyordum.

Nöbetçi gardiyan, o akşam gelen hükümlüleri koğuşlara gönderirken, Paşazade'ye beni gösterip, benim locamda kalacağını söyledi.

Karantina Koğuşuna girdik birlikte. Kapının karşısında çayocağının bulunduğu küçük yere girildi önce. Hep böyle yapılır, yeni gelenlerden, ikram edilen bir çaya karşılık bir "ayakbastı" parası alınırdı. Orda çay içilirken, ben Paşazade'yi inceliyordum. Gazetedeki resminden daha da sevimsizdi, ama daha da ciddi görünüşlüydü. Çenesi, evet, resmindeki gibiydi, bir timsah çenesi gibi... Neyi ısırsa koparabilirdi. Saçlarında aklar, karadan çoktu. Gözlerini çevreleyen o karaltılı halkanın ne olduğu belirsizdi, ama boyamadığı, far sürmediği kesindi.

Sanki gözünün çevresi bir halka gibi çürümüş de morlaşmıştı, deri kendiliğinden öyleydi. Tüylü bir adamdı, gözünü çevreleyen o halka bile tüylüydü. Karga burnunun iki yanında çivi başı kadar küçük, çakım çakım çakan gözleri, o karartılı halka ortasında, olduğundan daha küçük, ama daha etkili, daha koyu kara görünüyordu. Bakışları, baktığı yerde hiç durmuyor, gözleri boyuna fıldır fıldır dönüyor. Başını çevirmeden gözlerini döndüre döndüre bakması kendisini büsbütün sevimsizleştiriyor, karşısındakine güvensizlik veren çivi başlı gözlerine, konduğu yerde hiç durmadan başka yere sıçrayan bakışlarına karşılık sessizliği, konuşanı saygıyla dinlemesi, seyrek konuşurken de hecelerin haklarını vere vere, tane tane ve tok sesle konuşması, ağırbaşlı davranışları da insanda saygınlık uyandırıyor.

Çayını içtikten sonra, önüne uzatılan tepsiye bir yüz liralık bırakıp çaycıya,

– Eline sağlık yiğitim, çayın pek güzel olmuş. İyi demli hapisane çayını özlemişim... Hele bir çay daha demle de arkadaşlarla içelim... dedi.

Başgardiyana, yalnız beşyüz lirası olduğunu söylemişti. Ama kapıaltından buraya gelene dek, berbere, hamamcıya, çocuklara, burda da çaycıya ençok para veren oydu. Gerçekten beşyüz liradan başka parası yoksa, beşyüz lira ya bitmiş yada pekaz kalmış olmalıydı.

Paşazade'yi locama götürdüm. O denli saygılı konuşuyordu ki benimle, beni de kendisiyle aynı saygıyla konuşmak zorunda bırakıyordu. Karşıdaki ranzanın altında yatmak istedi. Ranzanın üstüne çıkmanın zor olacağını söyledi, yaşlılığı yüzünden... Yatağı yoktu. Ama az sonra, Dandini Fikret ona bir döşekle bir yorgan, bir de yastık getirdi.

Dandini Fikret'le fısıldaşarak konuşuyorlardı. Konuşmalarını benim duymamı istemediklerini anlayınca koridora çıktım. Az sonra Paşazade de locadan çıktı. Koridorda itişip kakışmakta olan hükümlü çocuklardan birini çağırıp para verdi, duyulmaması için alçak sesle, çocuğa, dört paket köylü cıgarası, bir paket de Serkıldoryan almasını söyledi. Alçak sesle söylemişti ama, ben duymuştum. Serkıldoryan, o zamanın en pahalı cıgaralarından biriydi.

Ben koridorda volta atıyordum. O da, locanın kapı ağzında durmuş, çocuğu bekliyordu. Çocuk cıgaraları getirdi. Cıgaraları, gizli bişey alırmış gibi, başkalarına göstermemeye çalışarak almıştı.

Yoklamadan sonra yemek yiyecektim. Onu da yemeğe çağırdım.

– O işi ben az önce yaptım efendim... dedi.

Oysa onun yemek yediğini görmemiştim.

Yemeğimi yedikten sonra,

– Buyrun, birer çay içelim... dedi.

Ranzadan inip, onun alttaki yatağına gittim. Bana, yatağı üstünde oturacak yer gösterdi. Az önce aldırdığı Serkıldoryan paketini çıkardı. Başparmağının tırnağıyla bağlacı olan kâğıdı çizip paketi açtı, bana uzattı:

– Buyrun efendim.

Paketten cıgara aldım. Çakmağını çakıp cıgaramı yaktı. Sarı çakmak, galiba altın kaplamaydı. Çakmağından cıgaramı yakarken, öbür eliyle cebinden başka bir cıgara çıkardı. Kendisi, bana göstermemeye çalışarak cebinden çıkardığı cıgarayı yaktı. Bana Serkıldoryan cıgarası ikram edip, kendisinin de en ucuz cıgara olan köylü cıgarası içtiğini anladım. Oysa o bunu benden gizlemeye çalışmıştı. Bu küçük olay bana çok dokundu. Çünkü, yaşamının biçok yılı cezaevlerinde geçmiş olan bu yaşlı sabıkalının, kan kusup kızılcık hoşafı içtim, diyenlerin türünden soylu bir kişiliği olduğunu gösteriyordu bu küçük olay. Sevimsiz bakışlı, ama çok ağırbaşlı görünümlü Paşazade'ye, tanık olduğum bu küçük olaydan sonra, içimden sıcak bir yakınlık duydum. Onun bu yaptığının bir gösteriş olmadığını sonraları daha iyi anladım. Yatağına konuk olarak kim gelirse, ona Serkıldoryan cıgarası sunar, kendisi de sanki aynı cıgaradan içiyormuş gibi yaparak, köylü cıgarası içerdi.

Daha ilk konuşmamızda, yaşamını, geçmişini merak ettiğimi anlamasını istemedim. Konuşma açılsın diye, gazetede kendisi için haber çıktıktan ancak dört gün sonra cezaevine geldiğini söyledim. Bu sözümün altında gizli bir soru vardı. Anlattı:

– Avcıları bilirsiniz, gösterişe meraklıdırlar. Avlanmaktan daha çok, av hayvanlarını doldurdukları av çantalarını şişirip, çantadan taşıp dışarı çıkan tavşan bacaklarını, kulaklarını, kuş kanatlarını, ona buna gösterip caka satmayı severler. Av eti yemek için değil, bu gösteriş için ava çıkar çoğu. Avcı için av hayvanları neyse, polisler için de biz sabıkalılar öyleyizdir. Polislerin elinde av hayvanı yerine konuluruz. Bizi gazetecilere gösterirler, poz poz resimlerimizi çektirirler. İstedikleri, yalnız gazetecilere değil, gazetelerdeki resimlerimizi herkese göstermektir. Tıpkı avcıların gösterişi... Fil avcılarının, aslan, kaplan avcılarının, avladıkları hayvanla birlikte çektirdikleri resimlerden hiç gördünüz mü? Görmüşsünüzdür elbet... Vurdukları aslanın yada kaplanın yada filin cesedi yere serilmiştir. Avcı, bir elinde tüfeği, bir ayağını yerdeki kaplanın, aslanın, filin cesedi üzerine basıp, başarısından ağzı kulaklarında, objektife gülerek resim çektirir. Bu resim neyin belgesidir? Bir zaferin mi, yoksa bir acımasız gösterişin mi? Arzettiğim gibi, polisler için biz sabıkalılar da böyle bir av hayvanıyız. Tıpkı öyle... Hele o daha sabıkalanmamış, ilk suçunu işlemiş olan zavallılar... Yüzlerini, gazete fotografçılarının objektifinden saklamaya, patlayan flaş ışıklarından gizlenmeye çalışırlar. Utanırlar. Daha kaşarlanmamışlar... Gazetelerde bunların resimlerini çok görmüşsünüzdür. Bir yaban hayvan pençesi gibi, polisin eli, kendini objektiften gizlemeye çalışan utangaç yüzü, çenesinden, başından kavrayarak zorla objektife çevirmiştir... Polis, "bu avı ben yakaladım, ben tuttum" demek istiyor. "Herkes görsün başarımı..." Kadın, kız, delikanlı, o ilk suçunu işlemiş zavallıya, polisler, zorlayarak istedikleri pozu verdirirler. Hele hırsızsa, çaldığı malları da yanına koyup, eline verip, boynuna yada beline dolayıp öyle resmini çektirirler.

Lütfen söyler misiniz, polisin bu yaptığı, ilk hırsızlığını, ilk dolandırıcılığını yapanınkinden daha mı az suçtur? Bence çok daha ağır bir suç. Çünkü, hiçkimse, hele ilk işleyişinde, isteyerek suç işlemez. Kim hırsız olmak, yankesici, dolandırıcı olmak ister... Darda kaldığından, zorda kaldığından, başka çaresi kalmadığından insan suç işler... Ama polisi, utanan bir insanın yüzünü bütün insanlara gösterip sergilemesi için, objektife çevirsin diye zorlayan yoktur. Çalmak suç da, bir insanın utanma duygusunu yoketmek suç değil mi?

Paşazade'nin anlatıp boşalmayı gereksindiği belliydi. Bir çocuk, Paşazade'nin ısmarladığı çaylarımızı getirdi. Yine bana Serkıldoryan paketini uzattı. Kendisi de cebinden çıkardığı Köylü cıgarasını içti.

– Yakalamışlar, ellerini kelepçelemişler... Yine de, savcılığa yada cezaevine, karakollara götürürken, insanın kolundan öyle bir tutuşları, sırtından itişleri vardır ki... "Bakın, görün, bu avı ben yakaladım" demek isterler, kendileri yakalamamış olsa bile... Öyle ya, vurulmuş bir aslanın cesedi üstüne bir ayağını basıp resim çektirmek isteyen, yalnız aslanı vuran avcı değildir ki, orda bulunan daha başkaları da bu pozda resim çektirirler.

Buyüzden mi, yakalandıktan dört gün sonra cezaevine getirilmiş olduğunu sordum.

– Yalnız bu değil elbet, dedi, bir de yüzleştirme belası var. Hazır benim gibi eski bir sabıkalı yakalanmışken, suçlusu bulunmamış bütün sahtecilik suçlarını bana yükleyip, ondan sonra, yakaladıkları benim gibi azılı sabıkalıyı gazetecilere göstermek istiyorlardı. İşte bunun için, beni karakol karakol bütün Istanbul'u dolaştırdılar. Yüzleştirme için dört gün karakollarda dolaştırılmak, dört yıl hapis yatmaktan beterdir. Karakolları dolaştırıp, sahtecilerden canları yanmış, dolandırılmış vatandaşlarla yüzleştirdiler. Dolandırılanlar yüzüme bakıp, kendilerini dolandıranın ben olmadığımı söylüyorlardı. Beni karakoldan karakola götüren polis, "Dikkatle bakın, herhalde bu olacak... İyi bakın, budur!" diye ille de beni suçlamalarını istiyordu. Sonunda bir kadın, kendisini dolandıranın ben olmam gerektiği çok üstelenince, "Siz mi dolandırıldınız, ben mi? Kimin beni dolandırdığını bilmez miyim ben?" diye bağırdı. Karakolun komiseri, kadının bu sözünden bayağı alınıp, "Vatandaşa da suçlu beğendiremiyoruz yahu..." diye söylendi.

Emniyet Müdürlüğünde de, suçlusu bellisiz biriki sahteciliği daha bana yıkmak isteyen bir komiser muavini, "Üstüne alsan ne olur yani... Neyin eksilir, neyin artar ulan..." diye bağırmıştı. Doğru, bunca sabıkaya biriki daha eklenmiş, ne çıkar... Hiç olmazsa, işleyeni bellisiz biriki dolandırıcılık dosyası daha kapanarak polis başarı kazanmış olur.

O tarihte, sanırım, dahaca teyp bilinmiyordu. Belki vardı da, biz daha görmemiştik. Teyp olsa bile o zamanlar, sesbantlarının cezaevine sokulmasına izin vermezlerdi. Yani, Paşazade'nin bana anlattıklarını, onun anlattığı biçimde saptamayı çok isterdim. Ama olmadı. Anlattıkları, ağzından çıktığı gibi yazılsaydı, daha mı iyi olurdu? Sanmıyorum. Ama hiç olmazsa yer yer, Paşazade'nin konuşmasını olduğu gibi aktarmayı çok isterdim.

Paşazade bütün gün anlatıyordu. Geceleri, onun anlattıklarını yazıyordum. Aklımda kaldığı gibi yazdığım için, ne yazık ki, o güzelim ayrıntıları yazamadım.

Bütün yaşamını, başından sonuna anlatmasını rica etmiştim. Bu önerime çok sevindi. Beni de sevindiren, yaşamının herkesçe öğrenilmesinin yararlı olacağını düşünmesiydi. Yani, başkalarına yararlı olabilir diye, yaşamının öğrenilmesini istiyordu.

Yaşamını anlatmaya, bir şambaba tatlısı yüzünden, yaşamının yönünü değiştirmiş olan o olayla başladı. Anlattıklarının gerçek mi, uydurma mı, gerçekse ne oranda gerçek olduğunu, bilemiyorum. Benim için önemli olan, anlattıklarının bende gerçeklik duygusunu yaratmış olmasıydı.

KİM ZARAR EDİYOR?

Askerlik şubesine beni teslim ettiler. Askerlik şubesi de beni, iki eri yanıma katıp, babamın olduğu yere gönderecek, beni babama teslim edecek.

Babam, oğlunu Harp Okulu öğrencisi beklerken beni karşısında muhafızla gelmiş görür de, okuldan kovulduğumu öğrenirse, adamın yüreğine inerdi.

Babacan bir adam olan askerlik şubesi başkanı,

– Dünya yıkıldı da altında mı kaldın oğlum? dedi, ne varmış liseyi bitiremedinse... Hiç olmazsa son sınıfa gelmişsin...

Bana kendi oğlunu anlattı. Haylaz bir oğlu varmış, okusun diye avuç dolusu para dökmüş, sırtında arabalar dolusu sopa kırmış, yalvarmış, öğütler vermiş, ama bitürlü ortaokulu bile bitirtememiş. Gelgelelim oğlan şimdi, babasının aylığından daha çok para kazanıyormuş.

Askerlik şubesi başkanı albay,

– Okuduk da ne oldu... diyor, sonra okumayan, okuldan kovulan arkadaşlarının başarısını anlatıyordu.

Sonunda,

– Hayat mektebi, hayat mektebi... Hepsinden önemlidir hayat mektebi! dedi.

Benim de başka umarım olmadığı için, hayat mektebinden olsun kovulmadan bir baltaya sap olmaktan başka umudum yoktu.

Babamın olduğu yere götürülmem için askerlik şubesinde ödenek bekleniyordu. İki üç günde ödenek çıkar deniliyordu. Şubede, askerlerin karavanasından karnımı doyuruyordum.

Değil mi ki bir hayat mektebi vardı, ben bu hayat mektebinden mezun olacaktım. Ne olursa olsun, bu hayat mektebini bitirip başarı kazanmadan ailemin yanına gitmemeye karar verdim. İşte bu kararla, bir daha dönmemek üzere askerlik şubesinden çıktım.

Tatlı bir nisan günüydü. Ağaç dallarında, baharın ucu tomurcuklanmıştı. İçimde, sokaklarında gezdiğim büyük kente sahip olmak tutkusu vardı. Bu kentin yalnız evlerini, dükkânlarını, apartmanlarını değil, sokaklarını, alanlarını bile satın alacaktım. Başarısızlığımın verdiği içimdeki atılım hızıyla sokaklarda başıboş dolaştım.

Çalışacaktım. Ne iş olsa yapardım. Kafamda, gazetelerde, dergilerde okuduğum sıfırdan milyoner olmuş insanların serüvenleri belirsiz bir biçimde canlanıyordu. Amerika'yı, Amerikalı zenginleri düşünüyordum. Bana göre, çöpçülükten bile milyoner olunabilirdi. Günün birinde, hem de çok kısa bir zamanda milyoner olacağıma inancım vardı. Paşa olmak umudu, yerini milyoner olmaya bırakmıştı. Zengin olunca ailemi yoksulluktan kurtaracaktım.

Önlerinden geçtiğim bütün yapılara kendi malımmış gibi bakıyordum; nasıl olsa bir zaman sonra bütün bunlar benim olacaktı. Ellerim cebimde, ıslık çala çala, tatlı hayaller kurarak sokaklarda gezindim durdum.

Karnım acıkmıştı. Büyük işler başarabilmek için acı yoksulluklara katlanmak gerekir, diye düşünüyordum. Çalışmaya başlasam, bir zaman sonra bu yerlerin ortağı, daha sonra sahibi oluverecektim. Okuldan kovulmamın verdiği eziklikle, dehama, yeteneğime inanmaya başlamıştım.

Gözüme kestirdiğim bir büyük aşçı yada muhallebici dükkânından içeri girerek, patrona, "Ne iş olsa yaparım, ortalık da süpürürüm. Para da istemiyorum. Karnımı doyur, yatacak biyer göster, yeter..." diyecektim.

Böyle bir öneriyi adam elbette reddetmezdi. Elbet çalışkanlığımı, yeteneğimi gören adam, beni elinden kaçırmak istemeyecek, günün birinde para da verecek, daha sonra paramı artıracaktı.

Bu düşündüklerimi gerçekleştirmek istediğim zaman bana bir tutukluk geldi. Lokantaların vitrinleri önünde dakikalarca bekledim durdum. Bitürlü düşündüklerimi lokanta sahibine söylemeye yüreklenemiyordum.

Patrona söyleyebilmek için cesaretlenirim diye ikinci sınıf lokantalara gittim. Yine içeri giremedim. Küçük lokantalar önünde durdum... Köftecilere gittim.

Kapıdan girecekken cesaretim kırılıyor, dönüyordum. Ne olursa olsun diye bir köfteci dükkânına daldım. Ben daha ağzımı açmadan garson,

– Buyrun, buyrun!.. diye karşılayınca şaşaladım.

Garson önüme düşmüş, boş masalardan birinde yer gösteriyordu. Oturmam için sandalyeyi önüme sürdü. Bu durumda ne diyebilirdim!.. Beni müşteri sanıp saygıyla yer gösteren garsona, "Ben bulaşık da yıkarım, ne işiniz varsa görürüm, pirinç ayıklarım, soğan soyarım... Boğazı tokluğuna beni çalıştırın!" diyemezdim ya...

Elimde olmadan, garsonun önüme çektiği sandalyeye çöküverdim.

Garson,

– Emriniz? dedi.

Hay Allah kahretsin... Ne emri yahu, ben iş istemeye geldim.

– Emriniz beyim?

Emrim mi? Burada boğazı tokluğuna çalışmak...

Garsona,

– Neler var? dedim.

– Çorba, şiş köfte, piyaz, salata, pilav, tatlılardan: İrmik helvası, revani...

O söylerken ben de listedeki yemek fiyatlarına bakıyordum.

– Çorba! dedim.

Çorba getirilene dek yiyeceğim yemeğe paramın yetip yetmeyeceğini belki on kez hesapladım. Durmadan elimle cebimdeki bozuk paraları saydım.

Çorba, köfte, bir de revani yiyip karnımı iyice doyurdum. Hesabı görürken, tabağın içine onbeş kuruş da bahşiş bırakmayı unutmadım. Köfteciden çıktığım zaman, cebimde yirmi kuruşum kalmıştı.

Bir daha hiç acıkmayacakmışım gibi tok bir karınla büyük hayaller kurarak sokakları arşınlamaya başladım.

Kurulmakta olan büyük bir yapının önünde durdum. Burası dört katı çıkmış çok büyük bir yapıydı. İşçiler el arabalarıyla kum, çimento taşıyorlar, makaralarla üst katlara harç çekiyorlar, iskelelerde uğraşıyorlardı. Arı kovanı gibi çalışılmaktaydı. Uzun zaman orada dikilip onları seyrederken, kendimden geçmiş, iş aradığımı da unutmuştum. Neden sonra kendime geldim; ben de burada çalışamaz mıydım! Yapının çevresinde dolanıp dururken, şantiye binasında çalışan, girip çıkan mühendis yada memur olduğunu sandığım adamlar gördüm. Şantiye binasından içeri daldım. Herkes vızır vızır çalışıyor, hiçbiri işinden başını kaldırıp bana bakmıyordu.

Durup onlara bakakaldım. Ben bunlardan hangisine gidip de iş istemeliydim... Onların harıl harıl çalışmalarını seyretmek hoşuma gidiyordu. O sırada çok lüks bir araba şantiye binasının kapısı önünde durdu. Otomobil durunca, çalışanlar kaynaştılar. Kimisi yerinden kalktı, kimisi koştu... Arabadan inen şoförle, şantiye binasından koşarak çıkan bir adam, ikisi birden arabanın kapısını açmak için davrandılar. Arabadan elli yaşlarında görünen, iyi giyimli bir adam çıktı. Şantiye binasına girdi. Bikaç kişiyle konuştu. Eğilip masa üstündeki planlara baktı, açıklamaları dinledi, sorular sordu. Kapıdan çıkarken,

– Sen ne dikilmiş duruyorsun? diye bana sordu.

– Hiç!.. dedim.

– Nasıl hiç...

– Hiç işte!..

– İşin yok mu senin?.. Nerde çalışıyorsun sen?..

Sustum. Ordaki adamlara sordu:

– Kim bu?..

Hiç görülmemiş, duyulmamış bir yaratıkmışım gibi hepsi de bana şaşkınlıkla bakakaldılar. Yüzümün kıpkırmızı olduğunu yanaklarıma basan ateşten anlıyordum.

Her nasılsa,

– Efendim, ben iş arıyorum... dedim.

– Gel bakayım benimle...

Şantiyenin içinde genişçe bir odaya girdi. Ben de arkasından girdim. Üstü camlı masaya elini dayayıp beni süzdü:

– Ne iş yaparsın sen?

– Ne olsa yaparım efendim...

– Hıımmm... demek ne iş olsa yaparsın; yani bir boka yaramayan takımından... Hı? Öyle mi?

Başımı eğdim, ses çıkarmadım.

– Okuman yazman var değil mi?

– Var...

Zile bastı. Koşup gelen adamına,

– Bunu Hasan Kalfaya götür, bir puvantör istiyordu, sor bakalım işine yarar mıymış...

Dışarı çıktığımız zaman sevincimden uçuyordum. Adamın arkasından harç, tuğla, taş, demir yığınlarının arasından gittim. Makarayla üst katlara harç taşınan yerde bir adam iskele üstünde çalışan işçilere bağırıp çağırıyordu. Beni getiren adam, bağıran adama,

– Hasan Kalfa, bunu Beyefendi gönderdi... dedi.

Hasan Kalfa denilen, bu adam olacaktı; başı hep yukarıda, işçilere bişeyler söylüyordu. Başını çevirmeden,

– Neymiş o? dedi.

– Puvantör olarak çalışacakmış da...

– Haa... İyi... çalışsın... Sen misin o?

Ama başı hep yukarıdaydı.

– Evet, benim! dedim.

Daha bize, bikez bile bakmamıştı, başı yine yukarıda,

– Gelen malzemeyi hiç sektirmeden yazacak, ambarcıya vereceksin!

– Başüstüne...

– Sonra ambardan çıkan malzemeyi de çıkış diye yazacaksın... Anladın mı?

– Anladım...

Birden iskele üstündeki işçiye seslendi:

– Ulaaaan!.. Dangalak, kalıbı yanlış aldın ulan... O, oranın kalıbı değil!..

Hemen arkasından ve ara vermeden bana,

– İşçilerin gündelik defterini tutacaksın... Tamam mı?

– Evet...

Yine birden işçilere bağırmaya başladı:

– Ulan hıyar ağaları, dört numaralı kalıp nerde?.. Vur o yana, vur dayansın...

İşçilere bağırırken, hiç ara vermeden bana bişeyler söylüyor, bana söylerken yine ara vermeden işçilere bağırıyordu. Başını bana hiç çevirip bakmadığı için, sözlerini karıştırmıştım; bana mı, yoksa işçilere mi söylediğini anlayamıyordum.

– Aliiii!.. Oğlum terazile bir kere, terazile be!.. Hergün kaç işçinin çalıştığının, gündeliklerinin hesabını tutacaksın... Ulaaan... Sana söylüyorum...

– Bana mı?

– İpi bu yana geçir... Müteahhidin yolladığı bütün malzemenin hesabını sen tutacaksın... Heeey, makarayı çek, makarayı!.. Defterin bir yanına girenleri, bir yanına çıkanları... O yana değil, o yana değil ulan...

– Ne yana derseniz o yana yazarım...

– Bak, sola sola... Çerçeveyi geri alın... Haydi git defterleri al da başla... Madırgayı düşüreceksin...

Herhalde bu son sözü banaydı. Başını iskeledeki işçilerden çevirmiyor ki sorayım. Arkama baktım, beni getiren adam da gitmiş...

– Ne bakınıp duruyorsun, git şantiyeden defteri iste!..

Kalfa başını bana çevirmeden, bana bakmadan, beni görüyor muydu neydi?..

– Beton kalıplarını yukarı alın!.. Daha ne duruyorsun oğlum, git şantiyeden defterleri al!..

Bana söylüyor olmalıydı. Şantiye binasına gittim, orda çalışanlara bakına bakına beni kalfaya götüren adamı arayıp buldum. Çekine çekine,

– Defter varmış... dedim.

O da beni başka birisine götürdü:

– Puvantör olarak çalışacak, defteri istiyor...

Masada oturan adam, başını kaldırıp sordu:

– Kim söyledi?
– Beyefendi...
– Haaa... Peki...

Dolaptan çıkardığı dört defteri uzattı:

– Bu işçi defteri, bu gündelik defteri, bu ambar defteri, bu malzeme defteri... Biliyorsun değil mi?

Neyi bilmem gerektiğini anlayamamıştım. Ama bilmiyorum desem, işe almazlar korkusuyla,

– Biliyorum!.. dedim.

Dört defter koltuğumun altında şaşkın şaşkın durdum.

Burası nasıl yerdi, bunlar nasıl adamdı, bunlar ne defteriydi?.. Ben böyle şaşkın şaşkın dururken, ordakiler yerlerinden kalktılar, kimisi ceketini giydi, kimisi üstündeki iş gömleğini çıkardı. Gülüşe konuşa kapıdan çıktılar, ben de onlarla çıktım. İşçiler de paydos etmişlerdi.

Şantiye binası kapısı önünde, elimde dört defterle kalakaldım. Birdenbire çok şaşılacak bir durumda kalmıştım; olup bitenleri bitürlü kavrayamıyordum. İlkin iş bulmanın bu kadar kolay olduğuna şaşıyordum. Sonra da bana iş veren bu adamlar benim kim olduğumu, adımı bile bilmiyorlardı; nasıl olmuştu da bana güvenmişlerdi? Ya bu defterleri elime nasıl tutuşturmuşlardı?.. Hepsinden önemlisi, iş bulmuştum ama, bu nasıl işti, bana kaç para vereceklerdi? Bu karmakarışık düşünceler içinde şaşkın dururken kalfanın önüme geldiğini fark etmemiştim. Önümde duran adamın Hasan Kalfa olduğunu bile ancak konuşunca anladım.

– Adın ne senin?

Hele şükür, bir adımı soran çıktı.

Adımı söyledim.

Bu adam, bikez bile yüzüme bakmadan konuştuğu halde, nasıl olmuştu da beni tanımıştı. Sonradan orada çalıştığım günler içinde, bu adamın kendisinden küçük, aşağı olanlarla, kendisinden az kazananlarla, örneğin işçilerle, ustalarla, onların yüzlerine hiç bakmadan konuştuğunu gördüm. Böylelerinin suratlarına bakmazdı ama, inanılacak gibi değil, bakmadan onları görürdü. Ancak müteahhitle, mühendisle, bu düzeyde adamlarla konuşurken yüzlerine bakardı. Bu adamın bir huyu daha vardı; iki-üç kişiyle aynı zamanda konuşabilirdi. Yani iki-üç kişiye bedel bir adamdı. Teke tek konuşması için, karşısında müteahhit, mühendis, patron gibi üstün bir adam olması gerekiyordu. Küçükten inşaat işçiliğine başlamış. Hem kendisinin sık sık, hem de başkalarının söylediğine göre, mühendisleri bile cebinden çıkaran bir yapı ustasıymış. Uzun yıllardanberi, bu inşaatı yapan müteahhitle birlikte çalışıyormuş. Çok kurnaz, belleği güçlü, iş bilir ve çok çalışkan bir adamdı.

Hemen hemen bana sırtını dönmüş gibi,

– Yarın sabahtan işe başlarsın! dedi.

– Pekiy... dedim.

– İşbaşı sekizde... Sen yedibuçukta burada olmalısın ki, postabaşılardan çalışan işçilerin adlarını alasın. Uzakta mı oturuyorsun?

Sustum. O büsbütün bana arkasını dönerek:

– Yerin uzaksa, burada kal! dedi.

Hem yürüyor, hem söylüyordu:

– Ambarcıya git, benim için söyle... Sana kalacak yer göstersin...

Onun herzaman böyle yaptığını sonradan öğrendim. İşçilerle konuşurken arkasını döner, elleri ardında bağlı, hem gider hem anlatırdı. Kendisiyle konuştuğu işçi de, onun arkasından gidecekti. Ben bunu bilemediğim için, olduğum yerde durmuştum. O boyuna mırıl mırıl konuşarak gidiyordu. Ben adamı deli sanmıştım. En son kulağıma çarpan sözleri şunlardı:

– Erkenden... Saat yedi dedi mi, hop... ayaktasın!

Geceyi ambarcının gösterdiği yerde, orada yatan işçilerle birlikte geçirdim. Burası yapının alt katıydı. Gecenin soğuğuna karşı, işçiler tahta, kereste artıklarını, yongaları yakmışlardı. Durmadan yakılan ocağın dumanları açık pencereden uçup gidiyordu.

Hemen hemen hiç uyumadan, uzandığım tahtaların üstünde sabahı ettim.

İki üç günde, yapacağım işi öğrenmiştim. Müteahhitler kum, çakıl, kereste, çimento, çivi gibi malzemeler getiriyorlardı.

Hepsinin ayrı ayrı müteahhitleri vardı. Gelen malzemeleri ben teslim alıyor, okuryazar olmayan ambarcıya teslim ediyordum. Sonra ambardan çıkan malzemeleri de kalfaya veriyordum. Hepsinin ayrı ayrı defterlerini tutuyordum. Ambara giren malzemeyle çıkan malzemenin denk düşmesine büyük çaba gösteriyordum. Bundan başka, çalışan işçiler için de bir gündelik defteri tutuyordum. Haftanın son günü de bu deftere göre işçilere gündelikleri ödeniyordu. Benim gündeliğim iki liraydı. İki liranın ençok elli kuruşunu biriktiriyordum. Akşamları iş paydosundan sonra yapının en üstüne çıkar, pantolon cebimdeki bozuk paraları karıştırıp şıkırdatarak buradan kenti kuşbakışı seyrederdim. Tepeden kentin ışıklarına bakıp, günün birinde bu kentin hiç değilse bir bölümünün benim olacağını düşündükçe, farkında bile olmadan, cebimdeki paraları daha hızlı hızlı karıştırdım.

Aynı yerde gecelediğimiz işçiler, bir gece, ertesi gün kontrol mühendisinin geleceğini eğlenceli bir biçimde anlatıp gülüşüyorlardı. Açıkçası işçilerle kaynaşamamıştım. Hasan Kalfa gibi, arkamı dönerek onlarla konuşmuyordum ama, kabalıklarını, pisliklerini çok yadırgıyordum.

Ertesi gün, Hasan Kalfa bütün işçileri beton dökümüne başlatmıştı. Demir işçileri demirleri yerleştiriyor, beton makinesi durmadan çalışıyor, işçiler de kalıpların içine boyuna harç döküyorlardı. Ambar giriş-çıkışı olmadığı boş zamanlarımda işçilerin çalışmalarını, yapının nasıl yapılıp geliştiğini ilgiyle seyrederdim.

Öğle paydosundan sonra yine demir örgüler üstüne harç dökülmesi sürdü. Akşama doğru, o lüks arabasıyla patron geldi. Patronun yanında genç birisi vardı. İşçilerden, bu genç adamın, kontrol mühendisi olduğunu öğrendim. Daha önceleri de bikaç kez gelmiş, kurulmakta olan yapıyı kontrol etmiş. Patron aradabir, genç kontrol mühendisinin koluna girip, güle şakalaşa ona bişeyler anlatıyordu.

Şantiyeye girdiler. Bir zaman sonra şantiyeden çıktıklarında, kontrol mühendisinin elinde yapının projeleri vardı. Kontrol mühendisi, kalıpların yanına geldi. Bir projeye, bir de kalıpların içindeki demirlere bakıyor, aradabir de demirleri sayıyordu. Demirlerin ve betonun, projedekine uyup uymadığını denetlediği belliydi. Kontrol mühendisi denetimini çok ciddi yapıyordu. Aradabir de yanındaki patrona,

– Çok iyi... Herşey tamam... Uygundur... Çok güzel... gibi sözler söyledikçe, patron da gülümseyerek,

– Bizde milim sekmez... Projede neyse odur... diyordu.

Denetim bitti. Patronla kontrol mühendisi bisüre şantiyede kaldıktan sonra, arabaya binip gittiler. Paydos saati de gelmişti. Ama paydos olmadı. Bütün işçiler harıl harıl çalışıyorlardı. Hasan Kalfa başlarındaydı ve daha hızlı çalışmaları için sövüp sayarak işçilere bağırıp duruyordu. Ama artık kalıplara harç boşaltmıyorlardı. Tersine, üstüne harç dökülmüş demirleri, iki-üç işçi birden çekip, asılıp dışarı çıkarıyorlardı. Her kalıbın demir örgüsünden iki demiri betonun içinden çekip alıyorlardı. Kalıplardan çıkarılan demirler koca bir yığın olmuştu. İşçiler görülmemiş bir hızla çalışıyorlar, ama Hasan Kalfa onlara, daha hızlı çalışmaları için bağırıyordu.

– Hadi, durmayın orda, aval aval bakınmayın! siz de çalışın! diye bağırdı Hasan Kalfa.

Arkası bize dönüktü ama ambarcıyla bana söylüyordu. Biz de betonun içinden, bize gösterilen demirleri çekip çıkarmaya başladık. Ambarcıya, niçin paydos yapılmadığını sordum.

– Demirler çıkacak! dedi.

– Yarın çıksa ne olur?

Okuryazar bile olmayan ambarcı,

– Dangalak, dedi, yarın değil, iki saat sonra bile beton donmaya başlar, demir çıkmaz içinden...

Nasıl olsa çıkarılacaksa demirlerin neden kalıp içine konulduğunu artık sormadım. O demirler, yalnızca denetim için konulmuş, işlevini de yapmıştı.

– Sonra yıkılmaz mı bu yapı? diye sordum ambarcıya, onunla birlikte taze harcın içinden bir demir çubuğu çekip çıkarmaya çalışırken...

Ambarcı,

– Sen mühendis misin ulan, dedi, kendi işine baksana sen...

Bize arkası dönük olan Hasan Kalfa boyuna bağırıyordu:

– Çekin! Çekin! Çabuk olun ulan, beton donacak!

Burada çalıştığımın üçüncü haftası sonunda gündeliklerimden ondört lira biriktirmiştim. Hiç unutamıyorum, pazartesi günüydü, biriktirdiğim paranın on lirasını anneme postalayacaktım. Parayı gönderdikten sonra da eve uzun bir mektup yazıp olup bitenleri anlatacaktım. Parayı alınca anababamın çok sevineceklerini biliyordum. Böylece okuldan kovulmamı hafifletmeye çalışacaktım. İş paydos olduktan sonra postane kapandığı için bitürlü parayı postaya veremiyordum. Pazartesi günü öğleden sonra işte çalışırken, yarım saatlik izin istemek için Hasan Kalfanın yanına gittim. Hasan Kalfa daha uzaktan kendisine doğru geldiğimi görünce bana arkasını dönüp, Kofraj yapan işçilere bağırmaya başladı:

– Onlar kaçlık demir ulan... Telleri sıkı bağlayın be!.. Ne istiyorsun?

"Ne istiyorsun?" diye sorduğu bendim.

– Yarım saat kadar... derken o yine işçilere bağırmaya başladı:

– Ulan oğlum, telleri gevşek bağlıyorsun... Kes ucunu! Ne istiyorsun, söylesene be!.. Bu hangi kalıp... Vay dangalak!.. Çek şu ucu!.. Söylesene oğlum... Ne istiyorsun?

Bikaç kez "yarım saat, yarım saat" diye kekeledim durdum, tam sözümü tamamlayacakken işçilere bağırıyor, sövüyor, sözümü ağzıma tıkıyordu. Öyle kızdım ki, ne diye bu herifin sırtına konuşuyordum sanki... Birden karşısına geçtim. Beni görünce o da arkasını döndü. Bu kez de işçiler arkasında kaldığından onlara arkası dönük olarak bağırıyordu. Yine önüne geçtim, yine arkasını döndü. Bu bikaç kez böyle sürdü. Herifi deli edecektim ama, ambarcı,

– Kereste geldi, keresteeee!.. diye bağırdı.

Kereste yüklü kamyon, ambarın kapısına dayanmıştı. Kereste müteahhidi de ordaydı. Hemen ambara koştum, malzeme giriş-çıkış defterini aldım.

Keresteleri getiren müteahhidin adamı,

– Hepsi 24 metreküp, dedi, bir makbuz ver de biz gidelim.

Hiçbir kusurumu görüp de kovmasınlar diye işimi çok dikkatli yapıyordum.

– Müsaade edin de ölçelim! dedim.

Müteahhit,

– Ne ölçmesi oğlum, dedi, sen eski köye yeni âdet mi çıkarıyorsun? Ver şurdan teslim makbuzunu...

– Müsaade edin, ben şimdi ölçerim, diye hemen keresteleri şöyle bir kabataslak, yığılı oldukları yerde ölçmeye başladım. Ben ölçerken adam,

– Yani bize güvenin yok mu senin? dedi.

– Estağfurullah, dedim, neden güvenim olmasın... Ölçsem daha iyi değil mi? Size güvenim var ama, bakalım başkalarının bana güveni var mı? Ben de bunları ambarcı arkadaşa teslim edeceğim.

Müteahhit,

– Şuna bak yahu, dedi, başımıza bela be!.. Ulan bu zırtapozu kim koydu buraya?..

Kabataslak bir ölçüşte keresteler bana eksik geldi, 18 metreküp ancak vardı... Daha dikkatli ölçmeye koyuldum.

Müteahhit, ambarcıya,

– Şuna bişey söyle yahu! dedi.

Ambarcı da bana,

– Sen al kardeşim, al! dedi.

– Nasıl alayım, ya eksikse? Hem de bana eksik gibi geliyor. Durun, beş dakikada ölçüveririm.

Ambarcı başıma dikildi:

– Nene gerek senin yahu!.. Al sen!..

Beni sıkboğaz etmelerinden büsbütün işkillendim. Ambarcıya,

– İyi ama, dedim, eksik malı sen benden alır mısın?

– Eksik meksik, alırım... dedi.

Hoppala!..

– Yani sen benden 24 metreküp kereste aldım diye makbuz verir misin?

– Herzaman vermiyor muyuz... Ben senden teslim aldığım malzemeleri ölçüp biçiyor muyum?

Gerçekten de ambarcı benden aldıklarını sayıp ölçmeden alıp teslim makbuzunu veriyordu. Ölçüp biçmeye kalksa da beceremezdi, çünkü okuryazar bile değildi.

Müteahhit bütün bir on liralığı uzattı:

– Hadi bakayım, al şunu da bir yemek ye benden... İşi uzatma artık... Maşallah, sen iyi yetişeceksin...

Ambarcı da pis pis sırıtarak,

– Kabak çiçeği gibi çabucak açıldı... dedi.

Müteahhit,

– Gözlerinden belli, zeki çocuk... dedi.

Ambarcı,

– Boşuna mı, dedi, boynuz sonradan çıkar ama kulağı geçer, demişler.

Müteahhidin on liralığı tutan eli havada duruyordu.

– Teşekkür ederim, istemez, dedim ve kerestеleri metreyle ölçmeyi sürdürdüm.

Ambarcı,

– On lirayı az buldu! dedi.

Müteahhit,

– Bu delikanlı, dedi, umduğumuzdan da açıkgözmüş... – Bana döndü – Oğlum o kadar çabuk zengin olmaya kalkma... Biz bugüne gelesiye neler çektik...

Bu kez iki tane on liralık uzattı.

– Al şunu hele, al...

– Ben sizden para istemiyorum, paramı alıyorum burdan. İzin verin de ölçeyim...

– Ama senin için iyi olmaz...

Hiç sesimi çıkarmadan keresteleri ölçmekte olduğumu görünce,

– Pekiy, sen bilirsin, dedi, benden günah gitti... – Seslendi – Hasan Kalfaaa!.. Hasan Kalfa, biraz gel buraya Allahaşkına...

Kereste müteahhidinin sesini duyan kalfa, işi de, işçileri de bırakıp koştu, geldi. Müteahhit,

– Yahu Hasan Kalfa, dedi, bu ukala dümbeleklerini nerden bulursunuz kuzum?.. Memlekette adam kıtlığına kıran mı girdi de çalıştıracak, ekmek yedirecek bundan başkasını bulamadınız...

Hasan Kalfa bana arkası dönük,

– Ne oldu, hayrola, yoksa bir halt mı yedi? diye müteahhide sordu.

İşin içyüzünü öğrenince kalfanın benden yana olacağından güvenliydim. Göz göre göre, beni işe alan inşaat müteahhidini kazıklayacaklardı. Benim doğruluğumu görünce, belki de gündeliğimi artırırlardı. İnsan işte böyle böyle ilerler, hangi işde olursa olsun...

Müteahhit,

– Bre Allasen, dedi, tutturmuş ille de keresteleri ölçeceğim diye... Ölçmeye ölçsün. Sen bilirsin, verdiğimiz malda eksik çıkmaz... Ama kamyon burda bekletilmez ki... Ne desek dinlemiyor... Şuna bişey söyle yahu...

Kalfa, büsbütün bana arkasını dönüp, havaya konuşur gibi,

– Nedir ulan, dedi, niye teslim almıyorsun keresteleri?

– Eksik de ondan, dedim, ben teslim alırım ama, ne kadarsa o kadarlık teslim makbuzu veririm...

– Şuna bak, başımıza doğrucubaşı kesilmiş... Al çabuk da ver makbuzu...

Hemen kalfanın önüne geçtim, karşısında müteahhit olduğu için ona arkasını dönemedi, yalnızca başını çevirdi.

– Ama Hasan Kalfa, dedim, ben bu malzemeyi ambarcıya teslim edeceğim...

Ambarcı,

– Senin nene gerek, biz sana tam aldık diye makbuz veriyoruz ya... dedi.

– İyi ama, dedim, ben ambardan çıkan malzemeyi Hasan Kalfaya teslim edeceğim. Kalfa benden 18 metreküp kereste alır da, 24 metreküp aldım diye imzalar mı?

Kalfa,

– Hadi hadi, uzun etme, dedi, ambara kaç metreküp girmiş diye gösterilirse, ben o kadar teslim aldım diye imza veririm.

Bu işte bir orospuluk vardı ama ne olduğunu kavrayamıyordum.

– Ama benim sorumluluğum var... dedim.

– Neymiş senin sorumun?.. Şuna bak... Sen bir kâtip parçasısın oğlum... Senin görevin, gireni çıkanı yazmak... Ambara ne kadar girerse, o kadar da çıkıyor... Sana ne bundan?

Gerçekten de öyleydi. Ben ne kadar malzeme teslim alırsam, o kadar da teslim edecektim. Ama yine de bana, işin içinde bir bozukluk varmış gibi geliyordu. Ambara 18 metreküp kereste giriyor, yine 18 metreküp çıkıyor. Ama defterde 24 metreküp girip 24 metrkeküp çıkmış görünüyor.

– Aradaki 6 metreküp kereste ne olacak? dedim.

Kalfa bağırdı:

– Sana ne ulan? Bu deli, adamı çatlatır be... Kes çabuk şu makbuzu.

– Kesemem...

– Oğlum sana ne? Bunda kimsenin zarar ettiği yok ki... 24 metreküp girmiş, 24 metreküp çıkmış. Zarar bunun neresinde?

Herhalde bunlar elbirliğiyle, beni işe alan inşaat müteahhidine kazık atacaklardı.

– Yapamam... dedim.

– Seni burdan kovarım ulan...

– Ben de Beyefendi'ye söylerim...

İnşaat müteahhidine burda herkes "Beyefendi" diyordu.

– Asıl ben seni Beyefendi'ye söyler, burdan dehletirim.

Keresteyi getiren müteahhitle kalfa yan yana gittiler. Ambarcı,

– Hiç iyi yapmadın, dedi, senin için iyi olmaz... Yirmi kâğıdı kaçırdığın gibi burdan da kovulacaksın... Baştan iyi yaptın, aferin, akıllı oğlanmış, dedim. Ama sen yirmi liraya kanaat etmedin. Az tamah çok ziyan getirir demişler. Adam akşama kadar daha kaç kişiye para dağıtıyor. Bana versin, sana versin, kalfaya versin... Eee, alt yanı 6 metreküp bir fark... Yine iyi adamdır, eli açıktır...

Sesimi çıkarmadım. Ambarcı,

– Senin bunda bir zararın yok ki... dedi, 24 alıyorsun, 24 veriyorsun...

– Ama Beyefendi zarar ediyor... dedim.

– Beyefendi neden zarar etsin kardeşim, ne kadar giriyorsa, o kadar da çıkıyor. Arada fark yok ki... 24 metreküp girip 18 metreküp çıksa, o zaman Beyefendi zarar eder.

– Peki, bundan kim zarar ediyor?

– Hiçkimse...

– Allah Allah... Yahu arada 6 metreküp kereste göz göre göre yok oluyor da, kimse zarar etmiyor, olur mu?

– Sen söyle bakalım, kim zarar ediyor?

Birisi zarar ediyor ama, kimin zarar ettiğini bitürlü çıkaramıyorum. Aklım büsbütün karıştı. Ambarcı,

– Bu işte zarar eden birisi var, o da sensin, dedi, yirmi papeli kaçırdın... Bize göre hava hoş... Nasıl olsa sen teslim almasan da, birisi bunları teslim alacak... Bizim işimiz bozulmaz...

Gidip herşeyi Beyefendi'ye anlatmak vardı ama, bana bu, ispiyonluk gibi geliyordu. Okulda, şikâyet edenlere biz iyi gözle bakmazdık. Nasıl olsa işin doğrusunun ortaya çıkacağına inanıyordum.

Bir işçi geldi,

– Seni Beyefendi istiyor... dedi.

Hah, tamam, şimdi sorun anlaşılır. Herşeyi olduğu gibi Beyefendi'ye anlatacaktım.

Şantiyedeki oda kapısını vurup Beyefendi'nin yanına girdim. Müteahhitle kalfa da ordaydı.

Beyefendi,

– Sen misin o? dedi.

Ne cevap vereceğimi bilemedim. Bu kez,

– Niye teslim makbuzu vermiyorsun? diye sordu.

Hah, işte anlatmanın tam sırası; üstelik müteahhitle kalfanın da yüzlerine karşı...

– Efendim, diye başladım, bana 18 metreküp işlenmiş kereste veriyorlar, benden 24 metreküplük teslim makbuzu istiyorlar.

– Eee... N'olmuş yani... Sen de ver makbuzu!..

Herhalde anlatamamıştım.

– Efendim anlatamadım; 18 metreküp kereste verip benden 6 metreküplük fazladan makbuz istiyorlar.

– Olsun, ne çıkar?

Allah Allah... Bitürlü anlatamıyordum.

– Arada altı metreküp açık var efendim.

– Ulan, hiç kereste gelmese de, senden yirmi değil, yüz metreküplük makbuz isteseler ne gerekir?

Bu kez onun dediklerini ben anlayamamıştım.

– Ver makbuzu! diye bağırdı.

– İzin verirseniz açıklayayım... derken,

– Uzun ettin ama, kes makbuzu çabuk! diye sözümü ağzıma tıkadı. O şaşkınlıkla azkalsın "başüstüne efendim" diyecektim, iyi ki aklımı başıma toplayıp durumu yeniden açıkladım. Patron canının sıkıntısından benim anlayışsızlığıma gülerek.

– Bre oğlum, dedi, sen yirmidört metreküp aldım diye makbuz verince, nah bu kalfa da senden 24 metreküp teslim aldım diye sana imza veriyor mu?

– Veriyor...

– Tamam... Demek ki depoya girenle, depodan çıkan birbirine eşit...

– Ama aradaki altı metreküp?..

– Ulan hangi altı metreküp sayıklıyorsun?

– Zarar var efendim.

Patron, kızgınlıktan pancar gibi kızarıp,

– Ne zararı be? diye bağırdı.

Ben yine,

– Tabii zarar var, dedim.

Herif hırsından patlayacak. Sesini yumuşatarak,

– Pekiy söyle, kim zarar ediyor, dedi, müteahhit mi?

– Hayır.

– Ambar mı?
– Hayır.
– Kalfa mı?
– Hayır.
– Sen mi?
– Hayır.
– Sen zarar etmiyorsun da ne karıştırıyorsun öyleyse... Sana giren çıkan var mı be?
– Ama efendim, altı metreküp zarar...
– Ne zararı ulaaaan!.. Delirtecek be... Kim zarar ediyor?
– Herhalde siz zarar ediyorsunuzdur.
Alaylı alaylı güldü:
– Vaaay... Demek ben zarar ediyorum ha? Ulan, beni korumak, benim zararımı düşünmek sana mı kaldı? Hem söyle bakayım, ben neden zarar ediyor muşum? Ambara ne kadar giriyorsa, o kadar da harcanıyor. Zarar neresinde bunun? Kim zarar ediyor?
Kafam allak bullak olmuştu.
– Bir zarar eden var ama, dedim, siz de olmadığınıza göre kimin zarar ettiğini ben de anlayamadım. Ama bir zarar eden var kesinlikle...
Patron, müteahhide benim için,
– Amma katırmış be, dedi, böyle inatçı görmedim.
Kalfaya döndü:
– Nerden buldunuz bunu?
– Biz bulmadık, siz gönderdiniz...
– Ben mi? Ne zaman?
– Eski puvantör çok iyiydi, uysaldı.
Müteahhit,
– Şimdiye kadar, bu da hiç terslik yapmamıştı, dedi, kumda, çimentoda, demirde hiç böyle yapmadı.
O zaman, daha önce beni kazıklamış olduklarını anladım. Demek kumu, çimentoyu, demiri teslim alırken ölçmemiştim.
Patron,
– Senin adın ne? dedi.

O kadar zaman çalıştığım halde daha adımı yeni öğrenecekti. Adımı söyledim.

– Okula gittin mi hiç?

– Evet, lise son sınıftan ayrıldım.

– Neee? diye bağırdı, liseden ha? Boşuna değil bu bilgiçliğin? Pekiy niye bitirmedin liseyi?

Ben oldum bittim hiç yalan söyleyemem; askerî liseden çıkarıldığımı söyleyince, patron,

– Hımmm, dedi, şimdi anlaşıldı. Kimbilir ne namussuzluk yaptın ki okuldan kovdular.

Kalfaya döndü:

– Hırsız mı uğursuz mu, kimbilir ne boktur. Ne diye geçmişini sorup soruşturmadan işe alırsınız böylesini? Bize güvenli adam gerek...

– Ama... diye konuşacak oldum.

– Yıkıl! Defol!.. Kovdum seni! diye bağırdı.

Neye uğradığımı anlamadan oradan çıktım. Kendime bir kat çamaşır almıştım. Onları yattığım yerden almak için giderken ambarcı,

– Ne oldu? diye sordu.

– Kovuldum! dedim.

– Sen bu kafayla daha çok yerden kovulursun! dedi.

Ambarcıya,

– Sana bişey soracağım, dedim, madem ambara giren malzeme ölçülüp tartılmayacak, ne diye buraya beni aldılar?

– Usul böyle... Puvantör diye biri bulunacak ki, hesaplar sağlam olsun. Ha sen olmuşsun, ha başkası... Şimdi hemen birisini senin yerine alırlar...

– Anlamadığım bişey daha var, dedim, Beyefendi "güvenli bir adam bulun" dedi. Ölçülüp biçmeden malzemeyi alıp verene nasıl güvenilir?

Ambarcı,

– Sen benimle alay mı ediyorsun, yoksa gerçekten aptal mısın? dedi.

– Bilmem! dedim.

Ambarcı,

– Güvenilir adam demek, dedi, buradan habersiz bir çöp alınmayacak, dışarıya bir çivi satmayacak. Bu inşaat başladı başlayalı, dokuz puvantör değişti, hepsi de hırsızlığı yakalanıp kovuldu. Çalmayan bir sensin, sen de enayilik ettin...

– Çok afedersin, bişey daha soracağım, dedim.

– Sor, dedi.

– Bak, şimdi 18 metreküp kereste giriyor, yirmidört metreküp diye makbuz veriliyor. Burdan da yirmidört metreküp teslim alındı diye kalfa makbuz veriyor, tamam mı?

– Tamam.

– Ben zarar etmiyorum, sen zarar etmiyorsun, müteahhit zarar etmiyor.

– Evet?

– Kalfa zarar etmiyor, patron zarar etmiyor... Peki kim zarar ediyor yahu?

– Hiçkimsenin zarar ettiği yok.

– Deli olacağım yahu, oradaki altı metreküp kereste ne oldu, uçtu mu be!..

O sırada kalfanın sesini duydum. Bana bağırıyordu:

– Sen daha burda mısın? Hadi pılını pırtını topla da çek arabanı!..

Bunları söylerken ambarcıyla bana kıçını dönmüştü. Ambarcıya seslendi. Kalfa elleri arkasında yürüyerek bişeyler söylüyor, arkasından giden ambarcı da onu pek dinleyerek, aradabir,

– Peki, peki, olur... diyordu.

Uzaklaşmakta olan kalfanın ambarcıya benim için,

– Bu iti buralara sokmayın! dediğini duyabildim.

Gazete kâğıdına sarılı çamaşırlarım koltuğumun altında, nereye gideceğimi bilmeden yürüdüm sokaklarda... Ağlıyordum. Biyandan da düşünüp duruyordum: Altı metreküp kereste ne olmuştu? Bir zarar eden vardı ama, kimdi?

Zarar edenin kim olduğunu ancak yıllar sonra öğrenebildim. Zarar eden devletti. Müteahhidin yaptığı devlet inşaatıydı, devlet hesabına malzeme geliyor, devlet inşaatı yapılıyordu.

Müteahhit adına verilen teslim makbuzuna göre malzemenin parasını ödeyen devletti. Ne kadar malzeme girerse, inşaatta da o kadar malzeme harcanıyor, yani harcanıyormuş gibi gösteriliyordu.

Müteahhit, yanında çalıştırdığı adamların gerçekten hırsız olmamalarını istiyordu. Yıllar sonra şunu da öğrenmiştim: Hırsızlar kendi çaldıkları yerden, başkalarının da çalmasını istemezler. Hele haberleri olmadan çalınmasına hiç katlanamazlar. Büyük hırsızlar, korudukları küçük hırsızların ne kadar çalabileceklerini kendileri belirleyecekler ki, onlar da kendilerine "Allah ömürler versin efendim" desinler.

KORKULU RÜYA

Herkesin böyle unutamadığı bir-iki rüyası vardır sanırım. Yıllarca önce görülmüş bir rüya, gerçekten bin kez daha gerçek olarak insanın belleğine saplanıp kalır.

Öyle ya, kırk yılı geçti, ben o rüyayı göreli, ama hâlâ unutamıyorum, sık sık da hatırlıyorum. Hatırlamamak elde mi? Hayat zorla hatırlatıyor. Sanki bir rüya değil de, kendi hayatımın dahaca yaşayamadığım gelecek günlerini rüyamda görmüşüm.

Şantiyede geçirdiğim son geceydi. Boşalmış çimento torbası kâğıtlarından kendime bir yatak yapmıştım. Yandaki yapının toprak tabanlı bir odasında da, çoğu köylü olan yapı işçileri vardı. Yattığım yerden onların gürültülerini duyuyordum. Odadaki gemici fenerinin ölgün ışığı, gecenin karanlığını daha da belirtiyor, yalnızlığımı artırıyordu. Fırtınalı bir geceydi. Bardaktan boşanırcasına yağmur yağıyordu. Korkunç gök gürültüleri, şantiyenin ve ambarın çatısındaki oluklu saçları, pencere camlarını zangırdatıyordu. Aradabir çakan şimşekle yattığım odanın duvarları parlak ışığa kesiyordu. Görüyorsunuz ya, herşey bütün ayrıntılarıyla şimdi bile gözümün önünde.

Kalıp tahtalarından yaptığım masa üstündeki gemici fenerinin tepesindeki deliklerden tavana kocaman yuvarlak ışıklar serpilmişti.

Yağmur, çatılardaki saçlarda, sürekli makineli tüfek atışına benzer sesler çıkarıyordu. Gök gürültüleri, yağmur sesleri arasında uyuyakalmışım.

Bir büyük, ama çok büyük bir arenadayım, hani o boğa güreşlerinin yapıldığı alanlar gibi biyer. Çırılçıplağım. Üstelik de çok soğuk, yağmur da yağıyor, üşüyorum, zangır zangır titriyorum, dişlerim birbirine çarpıyor.

Arenanın duvarları çok yüksek, kale duvarları gibi de dik. Gece... Ortalık zifiri karanlık... Birden çok parlak ışıklı bir ışıldakla arena aydınlanıverdi. O aydınlıkta, arenayı çeviren duvarların üstündeki koyu kırmızı kadife döşeli, yaldızlı oymalı localarda binlerce, onbinlerce seyirciyi görüyorum. Hepsi de beni seyrediyor. O onbinlerce seyirciden korkunç bir uğultu yükseliyor, top gürlemesi gibi... Çıplak olduğumdan utanıyorum. Yağmurdan ıslanıyorum... Soğuktan üşüyorum...

Biyere, bir korunacak yere sığınmak istedim. Ellerimle çıplaklığımı gizlemeye çalıştıkça, beni seyreden o onbinlerce seyirci kalabalığından zalim kahkahalar yükseliyor.

Kendi üstüme kıvrılıp büzüldüm kaldım, o koca arenada. Ağlıyordum.

Birden arenanın dik duvarlarında ışıklı biçok kapılar ortaya çıktı. Çok ışık veren bir ışıldak, arenayı çeviren yüksek duvarlarda dolaştıkça, duvarlara açılmış süslü kapılar görünüyor. Kapıların kanadı yok, yalnız çok süslü, altın yaldızlı oymalı, işlemeli kapı çerçeveleri var, saray kapılarına benziyor. Her kapı çerçevesinden dışarıya değişik renkte, tatlı yumuşak ışıklar serpiliyor. Ben, zavallılığımla, çıplaklığımla alay eden, kahkahalarla gülen hain seyircilerden kurtulup saklanmak için en yakınımdaki açık kapıya koştum. Orada, bir havuz fıskiyesinden fışkırır gibi, değişik tondan pembe ışıklar yayılıyordu. Ellerimle çıplaklığımı örtmeye çalışarak kendi üstüme büzüle büzüle koştum, koştum. Tam o ışıklı yerden içeri girip kurtulacakken, birden oradan ellerinde, pembe renkli uzun kamçılarla, iriyarı, dev gövdeli, zebella gibi adamlar fırladı üstüme. Kamçılarla vurmaya başladılar. Neden sonra ellerindekilerin kamçı değil, uzun, çok uzun pembe renkli solucanlar olduğunu anladım. Solucan kamçılı adamlar sırtıma vuruyorlar, yılanları çıplak omzumda şaklatıyorlardı. Kaçıyordum, kovalıyorlardı. Ben onlardan kaçıp uzaklaştıkça, ellerindeki solucanlar daha da uzuyor, nereye gitsem belime, koluma dolanıyordu.

Onbinlerce seyircinin alaylı kahkahaları, çığlık çığlık gülüşleri, yeri göğü çınlatıyordu. Yalnızlığımdan, soğuktan, yağmurdan, utancımdan, o kıyıcı kahkahalardan kurtulmak, korunmak için kendimi mavi ışıklar saçan bir başka kapıya attım. Tam kanatsız kapıdan içeri dalacakken, oradan da ellerinde mavi renkli yılanlar bulunan adamlar çıktı, dev yapılı adamlar... Sarı ışıklar, beyaz ışıklar, yeşil, kırmızı ışıklar saçan açık kapılara koştum. Her açık kapıdan yılanlı adamlar üstüme fırladı. Ellerinde renk renk yılanlar vardı.

Kıvrana kıvrana, uzana uzana üstüme atılan, derimde şaklayan yılanların soğuk acısını ta içimde duyuyordum.

Bütün bu yılan kamçılı adamlar beni zorlayarak bir dar deliğe doğru sürüyorlar, o delikten içeri sokmaya çalışıyorlardı. Belki kurtulurum umuduyla o deliğe atıldım. Ama delik hem dar, hem alçaktı, giremezdim, sığamazdım... Üstelik bu delikten de kızgın kıvılcımlar sıçramaktaydı.

Dar delikten içeri baktım ki, aman yarabbi!.. Derin, çok derin bir kuyu... Kuyunun içinde akkor olmuş ateşler fokurdaya fokurdaya kaynayıp duruyor, alevler dil dil, çatal çatal döneniyor...

Yılan kamçılı adamlar, beni bu dar delikten ateş kuyusuna yuvarlamak istiyorlardı.

Birden... Uçtum... kollarımı kanat gibi çırpa çırpa, yavaş yavaş uçtum, ayağım birden yerden kesildi. Arena ayağımın altındaydı. Ama çok yükseklere çıkamıyordum. Ancak seyircinin bulunduğu düzeye dek uçup yükselebildim... Karşımda açılmış onbinlerce ağız, hepsinin küçük dilleri solucan gibi oynayıp kıvranıyor. Onbinlerce göz görüyorum; hepsi de zehirli parlak bir böcek gibi pır pır yanıp sönüyor. O gözlerin mermi gibi bakışları üstüme mıhlanıyor.

Alttan yılan kamçılar bana uzanıyordu. Daha yükseğe uçamıyordum. Sonra o renk renk yılanlar bacaklarıma, belime dolandı, beni aşağı çekmeye başladılar. Beni yere indirip yine o ateş kuyulu daracık delikten içeri itiyorlardı... Bağırmak istiyordum ama sesim kısılmıştı.

Çırpına çırpına uyandım. Ter içinde kalmıştım, korkudan titriyordum.

Gemici fenerinin tepesindeki yuvarlak deliklerden tavana vuran kocaman ışık lekelerine bir zaman bakakaldım. Kalktım. Pantolonumu bile giymeden kapı önüne çıktım. Hâlâ yağmur bütün hızıyla yağıyor, gök gürlüyor, şimşek çakıyordu.

Yüzümü göğe kaldırdım. Yağmur suyuyla avucumu doldurup yüzümü yıkadım.

O gece sabaha dek uyuyamadım.

Bu rüya bende saplantı oldu. Hep aynı rüyayı, sizin de bikaç kez gördüğünüz olmuş mudur? Ben bu rüyayı sonraları yine gördüm. Azbuçuk değişir, ama hep aynı rüyadır yine de... O arenayı, çocukluğumda gerçekten içinde yaşadığım bir mekân gibi anımsarım rüyamda...

Ben rüya görmemişim, geleceğimi görmüşüm...

İnsanlar, içine kendileri yerleşip doldukları, sığınıp korundukları o güzel renkli yerlerin giriş kapılarını tıkamışlar, bana girebileceğim bitek delik bırakmışlar. O delikten de ateş kuyusuna düşülüyor. Ben kurtulmak istedikçe, o tek deliğe sürüyorlar. Oysa ben o tek delikten girmek istemiyorum ki...

Bütün delikler tıkanmış, bütün kapılar örtülmüş, bütün yollar kapanmış. Gidebileceğim tek yol, girebileceğim tek delik var, herkes de beni oraya gireyim diye zorluyor. Ben de ne yapayım, başka umarım olmadığından ister istemez o tek yoldan gidiyor, o tek delikten girip cezaevini boyluyorum.

Milyonluk bir kentin ortasında iki gündür aç dolanıp duruyor, karnımı doyuracak bir iş bulamıyordum. Beyazıt kulesine çıktım. Bacaklarımın dermanı kesildiği için, kulenin merdivenlerini duvarlara tutuna tutuna sürüklenircesine, basamaklara otura dinlene çıktım.

Birara kendimi kule sandım, o kuleyle bir olmuştum, özdeşleşmiştim. *(Paşazade, başından geçenleri bana anlatırken "özdeşleşmek" sözcüğünü kullanmamıştı. Bu sözcük yerine onun ne söylemiş olduğunu anımsayamıyorum. Ama onun tam olarak söylemek istediği buydu.)*

Kendimi kulenin boyu kadar uzamış sandım; gövdem, sanki kule kadardı ve bacaklarımın arasındaki bu kente kuşbakışı bakıyordum. Bana göre insanlar, bu yükseklikten göründükleri gibi, gerçekten de karınca kadardı.

Kulenin balkonundan geniş kente, sonra daha yaklaştığımı sandığım gökyüzüne, bulutların arasından sızan ışık demetlerine bakınca, içime serin, ışıklı umutlar doldu... Yaşamak... Her ne olursa olsun, yine de yaşamak... Bu dünya güzeldi. Koca kentin üzerine abansam, yollar, yapılar, ellerimin altında kalıverecekmiş gibi geldi bana... Şurası, şurası, şu yollar, bahçeler, evler, apartmanlar benim olacaktı hani?.. Yine de olabilirdi... İşte o yeşerip filizlenen umutla, sanki aşağı iner inmez karşılayıcılar bulacakmışım gibi kuleden indim... İnsanlar gözlerime yine güzel görünüyorlardı. Kalabalığın, daha kalabalığın, daha da kalabalığın içine sokuluyordum.

HER YALANIN İÇİNDEKİ GERÇEK

Anlattıkları gerçek miydi? Yoksa uyduruyor muydu? Çok düşündüm bunu. Gündüzleri bana anlattıklarını, geceleri defterime yazdığımı biliyordu. Anlattığı yalanlara beni inandırmış, yani kandırmış olduğu için, ben geceleri onun anlattıklarını defterime geçirirken, belki o içinden gülüyordu. Başından geçmiş gibi anlattığı bütün bu olaylar yalansa, bibakıma herkesi dolandırdığı gibi, beni de dolandırıyor demekti. Ama niçin? Benden hiçbir yararı, hiçbir çıkarı yoktu ki... Olsa olsa, her insanda bulunan yücelme duygusu, sonsuzlaşma isteğiydi ondaki de... Bu olabilir. Yazdıklarımı bir gazetede yayınlayacağımı yada bir kitap yapacağımı kendisine söylememiştim ama, elbet bunu biliyordu. Yaşamı, kitaba girmiş bir kişi olacaktı. Öyleyse, kişiliğinde olağanüstülükler bulunmalıydı. Buyüzden de, gerçek yaşamını değil, düşlediği bir yaşamı anlatıyordu bana. Böylece, uydurarak anlattığı bir olağanüstü düşsel kişilikte yüceleşecekti. Kitaplaşarak da, ölümünden sonra bile yaşamını üçüncü boyutta sürdürerek sonsuzlaşacaktı.

Ama yine düşünüyorum ki, bütün bu anlattıkları yalan olamaz. Çünkü, uydurulamayacak denli gerçekmiş gibi anlatıyordu. Beni inandırıyordu. İnanmasam, ne diye deftere yazacaktım anlattıklarını? Beni inandıran neydi? Öyle ince ayrıntılara dek anlatıyordu ki, inanmamak elde değil. Öyle ayrıntılar vardır ki, onlar, yaşanmadıkça uydurulup anlatılamaz. Anlattıklarının ayrıntılarını deftere yazmıyordum. Böyle düşününce de, anlattıklarına inanmam gerektiği kanısına varıyordum.

Belki de bu Paşazade, yaşadığından, yaşamındaki gerçeklerden daha çok, düşlerinde, tasarılarında, yalanlarında, uydurduklarında yaşayan bir insandı. Böyle olunca onun gerçek kişiliği, işte bu uydurmalarındaydı.

Önce, Paşazade konusunda, benim için önemli olanın ne olduğunu saptamalıydım. Paşazade denilen bu adam, gerçekten başından geçmiş olanları anlatsa, bütün anlattıkları da başından geçenler olsa, başından geçmişçesine uydurarak anlattıklarından daha mı önemli olacaktı?

Doğrusu, ikircimliydim. Uydurulmuş serüvenlerin, yaşanmış gibi anlatılışını dinlemek, bunları da yazmak istemiyordum. Ben gerçeği yazmak istiyordum. Ama Paşazade'nin kişiliğindeki gerçek neydi? Düşleri, uydurdukları, tasarıları mı, yoksa yaşadıkları mı? Daha önceleri, yaşamadıkları olayları düşleyerek, sanki yaşamışlar gibi uydurarak anlatan başkalarını da dinlemiştim. Bunların içinde çok ünlü, toplumun saygı duyduğu, toplumun ortak değeri olmuş kişiler de vardı. Niçin yalan söylüyorlardı? Kimi çocukların yalan söylemeleri gibi. Dikkati kendilerine çekmek, değerli görünmek, yücelmek için... Öyleyse, o saygın ve ünlü kişilerin gerçek yaşamları hangisiydi? Uydurup anlattıkları mı, yoksa yaşayıp da yaşamlarından silip anlatmadıkları mı?

Bu konuda düşünürken, yıllarca önce okuduğum bir kitaptaki bir bölümü anımsadım. Kitabın adını da, yazarını da, hatta konusunu da unutmuşum. Ama o kitabın içinde bir bölüm vardı ki, belleğime saplanmıştı, hiç unutamıyorum. Bu olay, bir Çin komünistiyle, yine Çinli bir siyasi polis ajanı arasında geçiyordu. Çin'de Komünist Partisinin yeraltında çalıştığı dönemde, bir ajan, bir komünisti izlemekle görevliydi. Siyasi polis ajanı, o komünisti adım adım izliyordu. Öyle ki, Çinli Komünist, yıllarca bu denli yakın izlenmekten bıkıp usanmış, iyice bunalmıştı. Bigün ajan, ona şöyle bir öneride bulundu:

– İzlenmekten çok bunaldığını biliyorum. Benim de bundan memnun olduğumu sanma! Ben de senin kadar bunalıyorum, bıktım bu işten. Ama ne yapayım ki, bu benim görevim. Bunu yapmam için bana aylık veriyorlar. Her akşam, üstlerime, senin için ayrıntılı rapor vermem gerekiyor. Seni izlemek kolay değil. Bana çok zorluklar çıkarıyorsun. İki kapılı yapıların bir kapısından girip, beni atlatmak için öteki kapıdan çıkacağını sanarak oraya koşunca, sen yine girdiğin kapıdan çıkıp beni kandırıyorsun. Biliyorum, salt bana işkence olsun diye genel kitaplıklara girip saatlerce kitap okuyorsun. Yani beni canımdan bezdirdin. Yıllardır ben de bıktım bu kovalamacadan, sen de bıktın. Gel, seninle bir anlaşma yapalım.

Çinli komünist, bir siyasi polis ajanına hiçbir zaman güvenilemeyeceğini, onunla anlaşmanın doğru olmayacağını bilir.

– Nasıl bir anlaşma? diye sorar.

– Önerim şu: Bundan sonra seni hiç izlemeyeyim artık. Ama her akşam seninle falanca çayevinde buluşalım. Sen bana o gün neler yaptığını bütün ayrıntılarıyla anlat. Ben de senin anlattıklarına göre düzenleyeceğim raporu üstlerime vereyim. Nasıl, anlaştık mı?

Çinli komünist kuşkulanarak sorar:

– Anlattıklarımın doğru olduğuna nasıl inanacaksın? Ya uydurursam?

– Sana güvenim var.

Çinli komünist güler.

– Ben yasadışı bir gizli partinin üyesiyim. Benim bir polis ajanına doğru söylemeyeceğimi bilirsin.

– Önemli olan, senin doğru yada yalan söylemen değil. Ben üstlerime vereceğim rapora bişeyler dolduraym, bana yeter. Sen istersen uydur, yalan söyle. Ne anlatırsan anlat...

Polis ajanıyla komünist böylece anlaşırlar. Çin komünisti, ajana elbet yalan söyleyecektir. Bu anlaşmaya varmasa, nasıl olsa o ajan kendisini adım adım izleyip, bütün gün ne yaptığını öğrenecek.

Çinli komünist bir oyuna gelmemek için, izlenip izlenmediğini kolluyor, ayrıca arkadaşlarına da gözletiyordu. Sonunda, o ajanın kendisini gerçekten izlemediği anlaşıldı.

Her akşam, belli zamanda, sözleştikleri çayevinde buluşuyorlardı. Çinli komünist o gün neler yaptığını ajana anlatıyordu. Anlattıklarının hiçbiri doğru değildi, hepsini uyduruyordu. Ajan da yalan olduğunu bile bile, komünistin anlattıklarını not ediyordu. Sonra bu yalanları, üstlerine rapor olarak sunuyordu.

Bu anlaşmanın uygulanmasından sonra çok şaşılası şeyler olmaya başlamıştı. Artık polis ajanının kesinlikle izlemediği Çin komünistinin gizli ilişkileri, birer birer ortaya çıkıyordu. İzlenmediği kesindi. Öyleyse nasıl oluyordu bu? Gerçek şöyleydi. Çinli polis ajanı, komünistin uydurduklarını olduğu gibi yazıp raporunu veriyordu. Çinli komünistin karakteri polisçe çok iyi saptanmıştı. Onun uydurduğu yalanlar içinde gizli bulunan doğruları bulup çıkarmasını bilen uzmanlar vardı. Çünkü hiçbir insanın, içinde kendi gerçeğinin de gizli olmadığı bir yalan uydurması olanaksızdı. İnsan, ne denli uydurursa uydursun, bu uyduruklarının içinde yine de kendi gerçeği gizliydi. Önemli olan, uydurmanın içindeki bu gizli gerçeği bulup çıkarmaktı. Her yalan içinde bir gizli gerçek taşıyor, her uydurma da doğruyu gizliyordu. İnsanoğlu, nice yalan uydursa yine de kendi gerçeğinden kurtulamazdı; tıpkı insanın, içinde bulunduğu zaman ve mekânından sıyrılıp kurtulamaması gibi.

Örneğin, en kalın çizgisiyle o Çinli komünist, o gün kentin doğusuna gitmişse, gittiği yer anlaşılmasın diye, kentin batısına gittiği yalanını söyleyince, gerçek, doğrunun tam karşıtı olan yalanın içinde gizlenmiş oluyordu. Buyüzden de, Çinli komünistin hergün ne yaptığı, onun uydurduğu yalanlardan, adım adım izlenmesinden çok daha iyi anlaşılıyordu.

Çok yıllar önce okuduğum bir kitaptan belleğimde iz bırakmış bu olayı anımsayınca, Paşazade, bana gerçekmiş gibi yalanlar söylemiş olsa bile, bu yalanların içinde yine de onun kendi gerçeğinin gizli olacağını düşündüm.

Hiçkimse, içinde kendi gerçeği bulunmayan yalanı uyduramaz.

Bu kanıya vardım ama, yine de Paşazade'nin beni yalanlarıyla kandırmış olması olasılığı canımı sıkıyordu. Uyduruyor mu, yoksa gerçeği mi anlatıyor; bunu kesin olarak bilemiyordum. Buyüzden biriki gün Paşazade'yle ilgilenmedim, ona uzak durdum. Çok zekiydi. Neler düşündüğümü sezmiş olmalıydı ki, bana bigün bir insanın nasıl ayaktopu meşini haline gelişini şöyle anlatmıştı.

AYAKTOPU OLMAK

Yıllar var ki hiçkimse, hatta cezaevindekiler bile, suçsuz olduğuma, suçum olmadan cezaevlerine düştüğüme inanmıyor. "Hadi," diyorlar, "birincisi iftiraydı, ikincisi haksızlıktı, üçüncüsü yalandı, dördüncüsü, beşincisi de yalandı... Peki bu kaçıncısı? Hepsi mi iftira, hepsi mi haksızlık? Bütün bu haksızlıklar gelip gelip de hep seni mi buluyor?"

Sesimi çıkarmıyorum. Çoktanberi kimseye haksızlığa uğradığımı da söylemiyorum. Biliyorum, kimse inanmaz. Ben de olsam onların yerinde, bütün belaların hep aynı adamın başına gelmesine inanmam. Gerçekten de bunca belanın üst üste bir kişinin başına gelişi inanılacak gibi değil. Başkası olsa anlatmazdım. Siz çok sordunuz da ondan anlatıyorum.

Nasıl oluyor da, hep bir insan, yaşamı boyunca sürekli haksızlıklara uğruyor? Ben bunun nedenini, yıllar önce, akıl hastanesindeki bir deliden öğrendim. Deli deyince hemen akla gelen o azılılardan değil, yarı deli denilebilir. Bana kalırsa, deli bile sayılmaz...

Benim bunca sahteciliğim arasında, bir de sahte deliliğim vardır. Bile bile yaptığım tek sahteciliğim, işte bu deliliktir. Üst üste uğradığım haksızlıklardan sinirlerim bozulmuştu. Sahte öğretmenlikten mi, yoksa sahte hâkimlikten mi, öyle bişeyden yine cezaevindeydim. Korkunç bir çöküntü içindeydim. Kendimi öldürmeyi bile düşünüyordum. Her ne olursa olsun, şu pis ortamdan birazcık olsun kurtulmak istiyordum. Bu bunalımdan olacak, kendi kendime yüksek sesle konuşmaya başlamıştım. Cezaevinin avlusunda yada koridorda volta atarken, ellerimi kollarımı oynatarak kendi kendime konuşuyor, başımı belaya sokanları, bana haksızlık edenleri gözümün önüne getirip onlarla tartışıp kavga ediyordum. Aradabir kendime geliyor, ama az sonra denetimimi yitirip yine kendi kendime konuşmaya başlıyordum. Kendimi tutamıyordum. Cezaevinde alay etmeye, dalga geçmeye başlamışlardı benimle. Koğuştakilerin başvurusu üzerine beni cezaevinin hastanesine götürdüler. İşte o zaman, bisüre için olsa da, cezaevinden kurtulma umudu belirdi bende. Doktorun önünde işi iyice deliliğe vurdum. Cezaevinden akıl hastanesine gönderdiler. Orda, kendimi deli diye yutturmayı başardım. Akıl hastaları arasında bizaman yaşamak bir değişiklik olacaktı. Gerçek akıl hastası olmadığıma göre, istediğim zaman, iyileştim diye burdan çıkabilirim diye düşünüyordum.

Akıl hastanesinde tedavi oldum, yani artık kendi kendime konuşmaktan vazgeçtim. Beni tedavi eden doktorlar değil, orda tanıştığım bir deliydi. Mahkûm deliler koğuşunda – deliler kendilerine deli denilmesinden hoşlanmazlar – bir yaşlı deliyle, yani akıl hastasıyla arkadaş olmuştum. Çünkü, bu deliler koğuşunda ençok deli olan, hatta hiç deli olmayan oydu. Onunla yazgımız birdi, birbirimize çok benziyorduk. Ben cezaevinden kurtulamıyordum, o da akıl hastanesinden... Bu adam, bir taşra ilinde davavekilliği yapıyormuş. O da benim gibi bir sabıkalıydı. Ben sahtecilikten sabıkalıyım, o da büyüklere hakaretten. Bu adam, büyüklere, ileri gelenlere hakaret etmeden duramıyormuş. Bunun dışında hiçbir deliliği yok. Büyüklere, ileri gelenlere hakaret etmekteki inadı sayılmazsa, hatta çok akıllı, dengeli bir adam bile denilebilir. Bu adamın hakareti mektupla oluyor. Memlekette bilinen, tanınan ne kadar ileri gelen büyük adam varsa, hepsine hakaret dolu mektuplar postalıyor. Kırk yıldanberi böyleymiş. Sabıkalı olduğundan, hakaret yazılı mektupları postaya verirken enseliyorlar. Önceleri, mahkemeye verip mahkûm eder, cezaevine atarlarmış. Ama baş edememişler. Çünkü cezaevinden çıktığı gün, yine o hakaret mektuplarını göndermeye başlarmış. Sonunda, zavallının akıl hastası olduğu anlaşılmış. Dünyada bakın, ne hastalıklar var; büyüklere hakaret hastalığı... Artık bu kez, ileri gelenlere yazdığı hakaret mektuplarını postalarken her yakalanışında cezaevine değil, akıl hastanesine tıkıyorlarmış. Akıl hastanesinden kurtulursa, yine o hakaret mektuplarını yazıp büyüklere göndereceğini söylerdi. Ama zavallının akıl hastanesinden kurtulacağı yoktu. Çünkü, hekimlere göre, ıslah ve tedavi edilemez bir hasta olduğu anlaşılmıştı. Hastaneden bile ileri gelen büyüklere hakaret mektupları yazar, bunları başkalarına gizlice postalatmaya çalışırdı.

Çoluk çocuğu olan, düzenli, dengeli bir adam olduğu için, onun bu saplantısına çok şaşıyordum. Bigün kendisine neden böyle yaptığını, niçin kendisine yazık ettiğini sormuştum.

– Nasıl olsa bikere ayaktopu olmuşum... dedi.

Ne demek istediğini anlayamadım.

Aradabir aynı soruyu sorardım, o da bana hep,

– Nasıl olsa bikere ayaktopu olmuşum... derdi.

Sonra bana yaşamını anlattı. İlkin anlattıklarına inanıyordum, ama sonra sonra öyle şeyler anlattı ki, inanılır gibi değil. Yalan söylüyordu. Çünkü durmadan haksızlıklara uğradığını, herkesten kötülük gördüğünü anlatıyordu. Ayrı ayrı belki yüz insanın başına gelebilecek haksızlıklar yalnız onun başına gelmişti.

Bigün yine başına gelenleri anlatırken, birden en olmadık yerinde sözünü kesip yüzüme baktı, gözlerini uzun uzun gözlerime dikti.

– İnanmıyorsun! dedi.

– E, bu kadar da olmaz, dedim, yahu bütün insanlar mı kötü? Herkes sana kötülük etmek için ağızbirliği mi etti?

Bir acı gülümseyişi vardı, karşısındakine acır gibi, işte öyle gülerek,

– Elbette, dedi, bikere ayaktopu olunca, artık herkes tekmeler.

Sık sık tekrarladığı bu ayaktopu olmanın ne anlama geldiğini sordum. Şöyle anlattı:

– Her insan yaşamında haksızlığa uğrayabilir. Haksızlığa uğradıktan sonra, ya kendini toparlar yada toparlayamaz, sendeler. Kimisi de yıkılır. Kendini toparlayıp durabilmişse ne iyi... Ama herkes bunu başaramaz. Haksızlığa uğrayıp kendini toparlayamayan, ayakta durabilmek için, yakını bildiği birisine, bir arkadaşına, tanıdığına gider, uğradığı haksızlığı anlatır, yıkılmaması için ondan yardım ister. Dinleyen adam, onun sendelediğini görünce, düşmemek için kendi üstüne abanacak da ona yük olacak diye korkusundan, yani kendini korumak için, yardım isteyene bir tekme de o atar ki başından gitsin. Tekmeyi yiyen daha çok sendeler, ha düştü ha düşecek... Bir üçüncü dostuna gider yardım etmesi için. Önce ilk uğradığı haksızlığı, sonra başına gelen ikinci kötülüğü anlatır. Dinleyen adam, aman kendi üstüne yıkılmasın da nerde yıkılırsa yıkılsın diye, daha şiddetli bir tekme indirir. İyilik umarken kötülük gören, büsbütün şaşırmıştır. Üst üste tekmelendiği için zor ayakta durabilmektedir. Tekmelerden büsbütün sersemlemiştir. Yardım etmesi için bir başkasına gider. Önce uğradığı haksızlığı, sonra gördüğü ikinci kötülüğü, üçüncü kötülüğü anlatır. Dinleyen adam, elbet bir boku var ki bunca kişi buna kötülük etmiş, aman şundan kurtulayım diye bir tekme de o atar. Bu kez adam dayanamaz, yıkılır. Sürüne sürüne bir başkasına gider, başına gelenleri anlatır. Onu dinleyen inanmaz. Tıpkı senin bana dediğin gibi, "Yahu, bütün haksızlıkları da sana mı yapıyorlar," der. Yalnız deseler iyi, bir tekme de onlar savururlar ki, uzağa gitsin de kurtulsunlar... Böyle böyle, o zavallı insanlıktan çıkar, işte benim gibi bir ayaktopu olur.

– Ve de benim gibi... dedim.

O yaşlı akıl hastası ne kadar da haklıydı. Üstelik, kendim de bir ayaktopu olmuşken, onun uğradığı bunca haksızlığa inanamamıştım.

O yaşlı adam dedi ki bana:

– Tımarhanede olmasaydık, sen de benim arkadaşım olsaydın, ben de sana uğradığım haksızlıkları anlatıp senden yardım isteseydim, bir tekme de sen savuracaktın bana... Önemli olan nedir, bilir misin? Haksızlığa uğrayınca yada başına bir bela gelince, insanın ayağının sürçmemesi, sendelememesi, yere yuvarlanmaması, dik durabilmesidir. Bikez, ayağın sürçtü de, sendeledin de yıkıldın mı, yandın artık, ondan sonra insanlar seni ayaktopu gibi birbirlerine atarak senden kurtulmaya çalışırlar. Hani çocukların bir yakartop oyunu vardır ya, işte öyle bir yakar ayaktopu olursun.

Ben de öyle işte... İnandıramam sizi.

O akıl hastasının sözleri benim için büyük uyarı oldu. Yeniden toparlanıp ayağa kalkacak, bir daha da kimseye ayaktopu olmayacaktım.

Doktora iyileştiğimi söyledim. Muayenemi yapan hekime, zaten hasta olmadığımı, cezaevinde sıkıldığım için bir değişiklik olsun diye kendime deli süsü vererek bu hastaneye geldiğimi anlattım. Hekim, gülümseyerek,

– Delilik numarası yapmak da bir deliliktir... dedi.

Böyle dedi ama, beni hastaneden taburcu olarak çıkardı. Cezaevine döndüm.

O hekimin de bana bir tekme attığını, sonradan öğrendim. Benim için "sahtecilik yapmadan duramayan bir ruh hastası" diye rapor vermiş. Hani o büyüklere hakaret etmeden durmayan adam gibi, ben de sahtecilik yapmadan duramazmışım. Oysa beni itip tekmelemeden, başıma gelenleri dinleseydi, bikez bile gerçekten sahtecilik yapmadığımı, elimde olmadan sahteciliklere itildiğimi anlardı.

Bana atılan en büyük, en sert tekme bu olmuştur. Çünkü, artık kendimi sahtecilikten hiç kurtaramazdım. Yalnız adalet değil, bu kez tıp da beni sahtecilikten mahkûm etmişti. Sahtecilik yapmadan duramayan ruh hastası... Artık hiçkimseye, sahtecilik yapmadığımı, haksızlığa uğradığımı anlatamazdım. Anlatamadım da...

İnsan niçin sahtecilik yapmadan duramazmış? Sonradan bunun nedenini sordum. Bu, zengin olma hastalığıymış bana denilene göre. Bu zengin olma hastalarının kimi yeraltında gömü arar, kimi sahte para basar, kimi kalpazanlık eder, kimi de benim gibi boyuna sahtecilik edermiş. Hekimler böyle söylemişti.

Hastanede tanıdığım o akıl hastasının uyarısıyla, yuvarlandığım yerden kalkıp toparlanmaya, ayaktopu olmaktan kurtulmaya kesin karar verdiğim gün, tıbbın tekmesiyle yeniden yuvarlanmış, yere düşmüştüm. Bile bile yaptığım tek sahtecilik, işte buydu; kendime deli süsü vermek...

Sabıkalıların pekçoğu böyle bir rapor almak için can atar. Çünkü bu rapor, cezayı üçtebire indirir. Ama ben bu rapordan kimseye söz etmem bile... Raporum ortaya çıkarsa, cezaevinden kurtulurum ama, tımarhaneden hiç kurtulamam. Çünkü, sayısız sabıkam var. Bu raporda yazıldığı gibi, tedavisi olanaksız zengin olma ve sahtecilik hastası olduğum anlaşılırsa, beni akıl hastanesine kaparlar, bir daha da ordan hiç çıkarmazlardı.

Yargılandığım zamanlar, adliyedeki sicilimde bulunan bu rapordan iyi ki kimsenin haberi olmadı. Kim kime, dum duma... Hoş, aradan yıllar geçti ya, çoktaaan o rapor kaybolmuştur bile...

Her ne olursa olsun, ayaktopu olmaktan kurtulacağım umudu içimde hiçbir zaman sönmedi.

PAŞAZADELİĞİ NEREDEN GELİYOR?

Neden bana Paşazade denildiğini siz de herkes gibi merak ediyorsunuz. Kimileri beni gerçekten Paşazade sanır. Paşazade olmamı isteyenler bile vardır. Çünkü, gecekondularda yetişmiş bir yoksul çocuğunun hırsız yada dolandırıcı olması doğal sayılır, ama bir paşazadenin sabıkalı dolandırıcı olması şaşırtıcı, olağanüstü bişeydir. İnsanlar da şaşırtıcı, olağanüstü herşeye ilgi duyarlar. Paşazadelikle dolandırıcılık, birbirlerine çok karşıt olduğundandır belki de ilgi duyulması. Hercai Recai diye bir okul arkadaşım vardı. Bu oğlan, yaşam boyu benim başımı hep belaya sokmuştur. Benden sonra onu da okuldan kovmuşlar. İşte bu Hercai Recai, yılda bir-iki Avrupa'ya giderdi. Onun anlattığına göre, –sanırım Almanya demişti– orda bir büyük otel varmış. Otelin restoranında, barında, gece kulübünde hep rahibeler hizmet edermiş; bildiğimiz rahibe giyimli, rahibe kılığında kadınlar. Bunlar gerçekten rahibe değillermiş; oraya müşterileri çekmek için rahibe kılığına sokulmuş oynak kadınlarmış. Otel tıklım tıklımmış. O rahibe kadınlar aman aman güzel kadınlar da değilmiş. Hatta içlerinde çirkinceleri, geçkinleri bile varmış, üstelik çok da pahalıymış otel. Nedir öyleyse insanların bu ilgisi? Rahibeyle orospuluk birbirine çok karşıt da ondan; birbirlerine çok ters düşüyor. Bir rahibeyle yatmış olmak –kaça patlarsa patlasın– erkeklere çekici geliyor.

Belki de buyüzden çokları, benim gibi eski bir dolandırıcının ille de Paşazade olmasını istiyordur.

Belki de yalnız bundan değil; insanların içinde, güçlü yada yüksek yerdeki kişilerin çocuklarının düşkün ve aşağılık olmasını dileyen gizli bir duygu var... Büyük, ünlü, zengin insanların çocukları kötü yollara düşerse, serseri olursa, belki de halk böylece, toplumsal eşitsizlikten, toplumsal adaletsizlikten öcünü almış oluyor.

Benim bir Paşazade olduğum yalanı çok tutup yerleşince ben böyle düşündüm. Oysa hiçbir zaman kendimi hiçkimseye Paşazade diye tanıtmadım. Başımdan geçenlerin en önemsizi budur.

Paşazadeliğim, bu anlattıklarımdan çok daha sonraki bir olaydır. Bu, sözü bile edilemeyecek çok küçük bir olay olduğu halde, sahtecilikte kullandığım bütün takmaadlar unutuldu da, nedense bu kaldı; Paşazade olduğum... Neden böyle olduğunu kesin bilmiyorum.

O günlerde Istanbul'da sıkıyönetim vardı, hem de sıkıyönetim daha yeni kurulduğu için gayetle hızlı ve sıkıydı. Her işte olduğu gibi, başlangıçta çok sıkı başlayan sıkıyönetim de zamanla sıkılığını yitirir, gevşemeye başlar. Onun için bu türlü işlerin başlangıcından hep korkarım. Başımın yeni bir belaya girmemesi için çok dikkat ediyordum. Hercai Recai ile birlikte olduğumuzdan param vardı, durumum iyiydi. Giyimkuşamım da düzgündü. Ne de olsa, yine de sıkıyönetimden kurtulmak için Istanbul'dan başka biyere gitmeyi düşünüyordum. Hâlâ iyi bir iş tutup, namusumla çalışıp yaşayabileceğim umudumu yitirmemiştim. Böyle bir iş kolaçan ediyordum ki, durup dururken işte o bela başıma geldi. Niçin güldünüz? Durup dururken dediğime mi? İnanın ki, durup dururken... İnsan kendi durumunu yorumlarken yansız olamaz. Ama ben elimden geldiğince, nalıncı keseri gibi kendime yontmadan, olayı nasılsa öyle anlatıyorum.

Çok kişinin sinirlendiği kimi davranışlar vardır. Cezaevinde birisi vardı, kapatılmayan kapı kanadının gidip gelip gıcırdamasına deli olurdu. Kimisi de, karşısındakinin, diliyle diş etleri arasındaki kırıntıları temizlemek için çıkardığı o sese çıldırır... Vardır böyle insanı çileden çıkaran şeyler. Ben de yere tükürenlere deli olurum. Elimde değil, kendimi tutamam, yere tükürenlere çıkışırım. Hele kimileri de vardır bu pislerin, yere tükürdükleri balgamı, bir de üstüne basarak, ayaklarıyla döne

döne ezerler. Gel de çıldırma! Buyüzden kaç kişiyle başım belaya girmiştir.

O günlerde gazetelerden birinde bir yazı okumuştum. Sevdiğim bir yazar, Istanbullu hemşerilerin şehirlerini seviyorlarsa, fahri müfettişlik yapmaları gerektiğini yazıyordu. Belediye memurları, müfettişleri yetmez, diyordu yazısında. Istanbul'u seven hemşeriler, şehri kirletenlere, yerlere çöp, kâğıt atanlara, tükürenlere karışmalıydılar. Yazı çok hoşuma gitti. Yazarı, tam benim kafamda biri...

Taksim'den Harbiye'ye doğru yürüyordum. Güzel bir bahar havasıydı. Önümde bir adam koşar gibi gidiyordu. Ben, önümdeki adamın hiç farkında değildim. Ama adam, biyandan koşar gibi giderken, biyandan da gırtlağını hırıltılarla temizleye temizleye yerlere tükürmeye başlayınca adamın farkına vardım. Pis herif! Hem koşuyor, hem de hiç durmadan içinin ağdasını yerlere saçıyordu. Deliye döndüm. Arkasından koşup koluna yapıştım.

– Efendi, yerlere ne diye tükürüyorsun? diye bağırdım.

Adam iriyarıydı, hem de çok iyi giyimli biri. Kolunu elimden kurtarmaya çalışarak,

– Dur yahu, otobüse yetişeceğim... Acele işim var, diyordu.

Ben koluna yapışmıştım, bırakmıyordum. Herkesin işi yok, ordan geçenler, hemen yanımızı, yöremizi çeviriverdiler.

– Neden tükürüyorsun yerlere?

– Sana ne be?

– Ne demek sana ne?

– Bırak kolumu...

– Niçin yerlere tükürdün?

– Sen karışamazsın...

– Karışırım ben...

– Yahu bırak, acele işim var...

– Önce hesap ver bakalım...

– Çattık belaya... Bırak be, otobüs kaçıyor...

Bizi çeviren kalabalık artmıştı. Doğrusu ben de işi ileri götürdüğümü anlamıştım ama, bikez başladığım için, herifi nasıl bırakacağımı bilemiyordum. Biz adamla ileri geri çekişip dururken,

– Sen müfettiş misin yahu? dedi.

– Evet müfettişim, var mı bir diyeceğin? dedim.

Okuduğum gazetedeki yazının etkisinde kalmış olacağım: Belediyeciler yetişmez, her hemşeri birbirinin fahri müfettişi olmalı...

Adam benden kurtulmak için,

– Mademki müfettişsin ceza yazarsın, o kadar... Kaç paraysa cezası vereyim bırak yakamı yahu... İşim var... dedi.

– Sen yere tüküremezsin... dedim.

O iriyarı herif,

– Tükürürüm ulan! diye bağırdıktan sonra "Hak tuu!" diye, hem de bu kez yere değil, benim suratıma tükürdükten sonra,

– Kaç paraysa al cezanı! deyip cebinden çıkardığı on liralığı fırlatıp otobüse koştu. Suratımın ortasına herifin balgamı yapıştığından ben artık keçileri kaçırmışım. Parayı yerde bırakıp "Allah belanı versin!" diyerek dönüp gitmem gerekirken, artık şaşkınlıktan olacak, yerden on liralığı alıp adamın arkasından haykırdım:

– Heeey, dur bakalım!..

Adamın gerçekten yetişilecek acele bir işi olmalı ki, rüzgâr gibi gitti. Ben adamın arkasından koşarken kalabalık da benim arkama takılmıştı. Bir el bileğime yapıştı:

– Sen ne müfettişisin arkadaş?

– Sana ne?

– Ne demek sana ne?

Demin koluna yapıştığım adamın durumuna bu kez ben düşmüştüm. Kalabalıktan biri,

– Gazetelerin yazdığı tükürük müfettişi işte bu olacak... diye alay ediyordu.

Bir kadın,

– Vay dolandırıcı vay, tükürük müfettişiyim diye herkese ceza kesiyor ha... dedi.

Tam belaya çatmıştım. On lirayı tutan elimin tir tir titremesinden büsbütün kuşkulandılar.

– Poliiis, poliiiiis! diye bağıranlar oldu.

Şuracıkta bağırta bağırta kör testereyle adam kesseler, bitek polis bulunmadıktan başka, bitek yurttaş da kurtarmaya gelmezken, üç yandan birden üç polis koşarak gelmedi mi!

– Bu adam belediye müfettişiyim diye yere tükürenlerden para cezası alıp parayı cebine atıyor bay polis...

Polisler, arkamıza takılmış tanıklar kalabalığı önünde beni karakola götürürlerken kendi kendime, "Elin adamı yere tükürmüş sana ne? İsterse işesin, isterse şey yapsın! Sana ne?" diye söylenip duruyordum.

İyi ki herif yere tükürdü de işemedi. İşeseydi de karışsaydım, suratıma tükürdüğü gibi, bu kez, suratıma işedikten sonra, parama hükmüm geçer diye, yere bir elli liralık atıp savuşup gidecekti.

Yine düştüm mü Emniyet Müdürlüğüne!..

Beni tanıyan ikinci şube polisleri,

– Vaaay, şimdi de tükürük müfettişi olmuş! diye alay ediyorlar.

Gazetecileri çağırtıp gösterdiler beni. Poz poz resimlerim çekildi. Ertesi gün, bütün gazetelerin birinci sayfasındaydım: "Fahri tükürük müfettişi yakalandı!"

Daha o zamanlar bana kimse Paşazade demiyor. Paşazadeliğim bu olaydan sonradır.

İşte benim tükürük müfettişi olarak yakalanışım böyledir. Yalnız bu olayda şansım yürüdü. Mahkemede, hayatımda ilk kez sabıkalı bir sahteci olduğum halde tutuklanmaktan kurtuldum. Para kefaleti vererek bu vartayı da atlattım. Dava yürüyecekti, ama ben serbesttim. Gazeteler "Son günlerde Istanbul sokaklarında kendilerine belediyenin tükürük müfettişi süsü vererek, yere tükürenlerden para cezası kesen bitakım açıkgözler, bu yeni dolandırıcılık yoluyla kendilerine yeni bir iş alanı açmışlardır!" diye yazıyorlardı.

Tutuklanmamamın sevinciyle mahkeme salonundan çıkmıştım, adliye koridorunda, çok eski hapisane arkadaşlarımdan biriyle karşılaştım.

Cezaevinde ve polisteki sicilinde ona "Paşam Niyazi" denir. Nasıl bazı insanlar karşısındakilere "Üstad", "Beyim", "Abicim", "Kardeşim", "İki gözüm", "Aslanım", "Mirim" demeyi dil alışkanlığı yapmışlarsa, bu Niyazi de, küçük büyük kim önüne gelirse "Paşam" derdi. Her lafının başında bir paşam... İşte buyüzden ona Paşam Niyazi lakabı takılmıştı. Konuşurken herkes de ona "Paşam" derdi. Aslında Karadenizli, cin gibi bir adam... Genç yaşında Istanbul'a gelip bir lokantada komilik yapmaya başlamış. Ustası olan Rum garson, müşterilerine "Pasam... Basüstüne pasam... Oriste pasam... Evet Pasamu..." dediği için, bizim Niyazi de ustası olan garsondan alışmış herkese paşam demeye...

Bakınız, en olmayacak şeylerden insanın başına ne işler açılıyor. Benim durup dururken Paşazade diye nam salacağımı kim nerden, nasıl bilebilir?

İkimiz de o gün mahkemede tutuklanmamanın sevinci içinde, güzelce bir içelim, dedik. İkimizde de para var. Aslında bizimkisi akılsızlık. Yahu, biyerde sıkıyönetim varsa, artık orda durulur mu? Aklı olan, sıkıyönetimi duyunca ordan kaçar... Demek bizim gözümüz bağlanmış. Olacak işte...

Biz o sevinçle Boğaziçi'nde bir gazinoya gittik. Denize karşı hafiften demleniyoruz. Akşamüstü gitmiştik gazinoya, gece oldu. Tatlı bir yaz gecesi... Denizden gelen ılık bir esinti yalıyor bizi! Sesleniyorum:

– Garsoooon!..

Geliyor:

– Buyrun...

Niyazi'ye dönüyorum:

– Paşam ne emredersiniz?

Paşam Niyazi garsona buyuruyor:

– Oğlum, bize karışık et getir...

Az sonra sesleniyorum:

– Garsoooon!

– Buyur beyim...

Niyazi'ye soruyorum:

– Bir şişe daha emreder misiniz Paşam?

– Evet, getirsin...

Ben dil alışkanlığıyla herkes gibi ona "Paşam, paşam" dedikçe, bu kez garson da ona "Paşam" demeye başladı:

– Başüstüne Paşam... Şimdi Paşam... Emredersiniz Paşam... Buz ister misiniz Paşam?

Paşam aşağı, Paşam yukarı... Garson Niyazi'nin gerçekten paşa olduğuna inanmış. Eee, zaman da sıkıyönetim zamanı dedik ya, yani paşa borusunun öttüğü bir zaman... Garson hemen koşup patronuna,

– Aman patron, demiş, müşterilerimizden bir paşa var, ben ona servis yapıyorum...

Gazinonun Rum sahibinin, o sıkıyönetim günlerinde, paşa lafını duyunca, aklı başından sıçrayıp,

– Vire, ne diyorsun? Doğrudur ki pasa var... diyerek seğirtmiş bizim masaya...

Bir de baktık, göbekli Rum patron, ellerini ovuşturarak, ezilip büzülüp, eğilip bükülerek masamızın başında,

– Hosgelmissiniz vire pasamu, sefalar getirmissiniz gazinomusta... diye diller döküp duruyor.

Paşam Niyazi,

– Hoşbulduk, hoşbulduk... diye sanki gerçekten paşaymış gibi, elinin tersiyle herifi öteye iteliyorsa da, babadan görenek zenatı gazinoculuk olan herif, yılışarak,

– Borek sızak sızak... Midyanın tavasi... Patlızan kizartmasi... deyip duruyor hâlâ...

Herifin bizim "istemez" dediğimize hiç aldırdığı yok... Paşam Niyazi,

– İstemez! dedikçe patron garsonları koşuşturuyor.

– Kos vire, pasam içsin bobrek sote... Kos vire, pasam içsin arnavud ciyer... Kos vire, pasam içsin mayanolu levrek... Yoksam kalkan pasamu?

Paşam Niyazi herifin dalkavukluğuna kızıp,

– Ulan dur bakalım... diye bağırdı, parası senden mi, benden mi çıkıyor?

– Para ne demek pasam... Simdi ayip çok... Seref verdiniz çok bize... Para... Ne para?

O zamanlar sıkıyönetim gazinoları sık sık kapattığı için, paşa deyince, patron nah üçbuçuk atıyor... Allah bilir ya, herif bizi, sıkıyönetimin bir generali sanmış olacak. Ne yalan söyleyeyim, üstünden bunca zaman geçmiş, ne Niyazi, ne ben, herifin bizi gerçekten paşa sandığını ilkin hiç anlamadık. O kadar anlamadık ki, Paşam Niyazi kulağıma eğilip,

– Ulan, herif bizi hacı ağa sandı galiba, iyice yolacak kaz gibi... dedi.

Ben de ona,

– Boş ver, dedim, gecenin tadını bozma, iyi eğleniyoruz...

Nasıl olsa ikimizde de para olduğundan, masaya ne getirseler, aldırmıyoruz. Garsonlar, öteki masaları boşlayıp çevremizde pervane gibi fır fır dönüyorlar. Göbekli Rum patron bize servisi kendisi yapıyor.

– Istakoz pasamu?

– Getir!..

– Karides pasam?

Ben hemen atılıp,

– Ben karides yemem... deyince, Paşam Niyazi de bana,

– Amma da Paşazadesin be... diyerek, benim sözde herşeyi beğenip yemeyen, kibarlık taslayan biri olduğumu anlatmak istedi. Bu kez gazinonun sahibi,

– Koç yumurtası? diye sordu.

– Koç yumurtası da yemem... dedim.

Paşam Niyazi,

– Tam paşazadesin! diye benimle alay etti.

Bu kez patron bana döndü:

– Tarama istersiniz Pasazadem?

– Evet, getir...

Niyazi'ye dönüp "Pasam", bana dönüp "Pasazadem" deyip duruyor herif... Masamızın üstü iyice donandı, o kadar ki, tabaklar masaya sığmayınca, bir masa daha eklediler. Sanki on kişi için hazırlanmış ziyafet masası...

Güçbela patronu başımızdan savdık. Ama üç garson az ötemizde dikilmiş, ne işaret vereceğiz, ne isteyeceğiz diye, ağzımızın içine, gözümüzün ucuna bakıyor... Biz iyice kafaları çekmekteyiz. Deniz güzel, müzik güzel... Herşey yerinde. Derken, bir kadın çıkıp orkestranın önüne, şarkılar söylemeye başlamaz mı! Ya heeey!.. İkimizin de gözü şarkıcı kadının üstünde... Derken, bir başka kadın başladı şarkıya... Bir de şarkıcı oğlan var... Çiftler ortada dans ediyor. Ben o kadar keyiflendim ki,

– Paşam Niyazi oğlum, bu işin sonu bana bok gibi gelir... dedim...

– Hangi işin? dedi.

– Bu geceki keyfimizin sonu...

– Neden yahu? Paramızla eğleniyoruz...

Sanki olacaklar içime doğmuş...

– Paşam, dedim, ben çok denemişimdir, ne zaman şöyle biraz keyiflensem, mutlaka yarıda kesilir ve sonu boka varır. Beş dakikalık keyfim sonradan burnumdan fitil fitil gelir... Öyle keyifli bir gece yaşıyoruz ki, ben iyice işkillenmeye başladım...

Paşam Niyazi,

– Ne olabilirmiş, keyfine bak... deyip kadehi dayadı.

– Şerefe!..

– Şerefe!..

Paşam Niyazi, İspanyol dansı yapan artistlere bakıyor. Daha doğrusu, erkeğine o bakıyor, ben de elindeki kastanyetleri şakırdatarak “Oleee!” çeken kadına dalmışım. Birden patron tepemizde bitip, çenesini İspanyol dansı yapan kapkara kaküllü kadına uzatarak çapkınca göz kırptı,

– Pasam emrederler mi? dedi.

Bendeki anlayışsızlığa bakın ki, ben herif yine bir meze yada çerez getirecek sanıp,

– Yiyecek halimiz kalmadı, sen rakıları tazele... dedim.

Ama Paşam Niyazi herifin dilinden anlamış,

– Kıyak olur Barba ama, dedi, biz o karının dilinden çakmayız be...

– Pasam Türkçe bilir o... Yerli malidir...

İspanyol dansı bitince, patron kadını bizim masaya getirmez mi!.. Meğer, kadın bizim Tepebaşı'ndan bir dilbermiş... Biz çekiyoruz kafaları. Bizim bu Paşam Niyazi'nin bir kötü huyu vardır. Genç yaşlarındanberi cezaevlerinde uzun yıllar geçirmiş olanların kimisinde bu kötü huy görülür. Kadından hoşlanmazlar. Paşam Niyazi de işte bunlardan. Tellak çağırır gibi iki elini birbirine çırpınca, aleste bekleyen garson koşup geldi. Garsona,

– Şu senin patronu çağır bakalım... dedi.

Göbekli patron koşa yuvarlana geldi:

– Buyur pasam...

Kulağına söylüyor ama, dediklerini duyuyorum. Masamızdaki kadınla az önce İspanyol dansı yapan delikanlıyı masaya çağırıyor. Patronda hüner çok... Oğlanı kapıp kolundan getirdi. Masada olduk dört kişi... Paşam Niyazi'nin keyfine diyecek yok... Şişenin biri gidip biri geliyor... Zilzurna sarhoş olduk... Paşam Niyazi, her dediği, her istediği yapıldığından, büsbütün şımarıp,

– Susturun ulan şu dangırtıyı, vurun bir çiftetelli... diye orkestraya seslendi.

Mırın kırın eden olduysa da, gazino sahibi onlara gidip,

– Aman pasanın emridir... demiş.

Sıkıyönetim zamanı, paşanın emrini dinlememek kimin haddine... Bizim hiçbişeyden haberimiz yok, bütün gazino müşterileri bize bakar konuşurlarmış. Şu tersliğe bakın ki, bizim gibi haybeden paşa değil, gerçekten binbaşı olan iki kişi sivil giyinmişler, eşleriyle birlikte gazinodaymışlar. Bizim yaptığımız sululuğa, serseriliğe ençok kızan onlar. Ama onlar Niyazi'yi gerçek paşa sanıp seslerini çıkarmıyorlar.

Orkestranın kasap havası vurmasıyla, Yahudi oğlanını kaptığı gibi Niyazi ortaya çıktı. Derken başkaları da onlara katıldı. Ben bu türlü oynamasını filan hiç sevmezsem de, sarhoşluktan iyice cıvıyan Niyazi'ye söz geçirilmiyor. Beni de, Yahudi kızını da zorla çekip oyuna kaldırdı. Eh, paşa kasap havası oynarsa, geri kalanlar da coşar elbet... Buraya kadar olanlarda pek öyle bir uygunsuzluk yoktu. Lakin Paşam Niyazi, çalgıcılara,

– Çiftetelli vurun ulan! Bahriye çiftetellisi olsun! diye bir nağra savurup da ceketi fora edince, iki binbaşının iyice tepesi atmış... Coşan Niyazi, bizim masa örtüsünü çekince, masada ne varsa yere dökülüp şangır şungur kırıldı. Niyazi de örtüyü beline dolayıp, göbek atmaya başladı. İşte bu sırada, rezilliğimize artık dayanamayan iki binbaşı, yahu bunlar neyin paşasıymış hele bir anlayalım, diyerek Merkez Komutanlığına ve Sıkıyönetim Komutanlığına telefon etmişler. Ordan da, "Şimdi gelip anlarız..." demişler.

Çiftetelliden yorgun düşen Niyazi masaya geldi, iyice saçmalıyordu. Kendisini tutamadığından başını iki eli arasına alıp biyandan mırıldanıyor, biyandan da yanındakine sarkıntılık ediyor. Sanki içime doğmuş gibi, garsonu çağırıp hesap istedim. Garson da patronu çağırdı. Patron yılışa yılışa,

– Aman pasazadem, ayagında öpeyim... Afet... Esap bisey yok... Sizden esap alamam...

– Neden?

Kırk yılda bir gazinosuna şeref vermişiz, hiç bizden hesap alır mıymış! İşte o sırada telefonda bizim rezilliklerimizi duyan komutanlık, kimliğimizi soruşturmak üzere, inzibat subaylarını göndermiş... Bizim yine bişeyden haberimiz yok. Ama nasıl olduysa masada Paşam Niyazi'yle ikimiz kaldık. Patron, inzibat subaylarının geldiğini görüp de, bizim haybeden paşa olduğumuzu anlayınca, yanımızdakileri bir bir çekmiş... Müşteriler ne olacak diye merakla bizi uzaktan dikizliyorlarmış.

Rakının ateşinden göğsünü bağrını açan Paşam Niyazi, kıllı göğsünü Boğaz'ın sert poyraz yeline verdi. Ayazdan aklı başına mı geldi, yoksa büsbütün aklı başından mı gitti, nedir, başladı bir hüngürtüye, hüngür hüngür ağlıyor... Ben biyandan,

– Yapma paşam, etme paşam... diye susturmaya çalışıyorsam da,

– Benim huyumdur, içince böyle ağlarım... Bırak biraz ağlayayım da açılayım... diyor.

Gerçekten de bisüre hüngürdedikten sonra bunun üstüne bir mahzunluktur çöktü. Boğaz'dan, önümüzden şıkır şıkır ışıklar içinde bir gemi geçiyor.

O iki binbaşıyla inzibat subayları bizi çevirmişler, ne konuştuğumuzu dinliyorlarmış.

– Paşam üstüne mahzunluk çöktü... dedim.

Dili dolanarak mırıldanıyor. Derken bu kez de şairliği tuttu... Önümüzden süzülüp akan gemiye elini sallayarak söylenmeye başladı:

– Ey gemi, meçhul gemi!.. Beni de al götür gittiğin yerlere... Bilmediğim meçhul limanlara götür de beni kurtar ey meçhul gemi... Benim kurtuluşumsun sen... Al beni!.. Kurtar beni!..

İyice zırvalıyor... Garsonu çağırıp,

– Bir taksi çevirin... derken bir de baktım yanımda iki subay.

– Adınız?

Söyledim. Paşam Niyazi hâlâ gemiye el sallıyor.

– Şiişşştt... Ulan paşam, kendine gel!.. diye dürtükledim.

Subaylardan biri,

– Nerenin paşasıdır? diye sordu.

Bu soruyu duymuş olacak ki, başını bu yana çevirmeden,

– Mahmutpaşa, Haydarpaşa... diye mırıldanmaya başladı.

Subayın biri bana,

– Sen de yaverisin herhalde... dedi.

Bende şafak atmış tir tir titriyorum. Bizi yakapaça dertop edip cibe attılar, göbekli patron yetişip,

– Aman bizim esap... dedi.

Herif bize yağlı bir kazık atmış... Gerçekten paşa olmadığımızı öğrenince herif bizden paraları aldı.

Yediğimiz o kazık üzerine, o gece götürüldüğümüz yerde bir de dayak yedik ki, eh o kadar olur...

İster dayaktan deyin, ister içkiden, ben kendimden geçmişim. Ertesi sabah sorguya çektiler. Her ne kadar,

– Bu adamın lakabı Paşam Niyazi'dir, herkes buna Paşam der... Ben de Paşa dedim... diye diller döktümse de derdimi anlatamadım.

Bikaç gün sonra gazetelerde çıkan haber şöyleydi:

Kendisine paşa süsü veren bir sahte paşayla, sahte paşanın yaverliğini yapan bir Paşazade yakalandı.

Bu kadar olsa çok iyi... Casus olmamız çok "kuvvetle muhtemel"miş. Kendisine general süsü veren ve casus olması muhtemel sahteci, Boğaz'dan geçen bir Rus gemisine, bazı el işaretleri verirken suçüstü yakalanmış.

Şu belaya bakın siz... İyice cıvık sarhoş olan Paşam Niyazi, önümüzden geçen gemiye, "Beni de al götür o meçhul limanlara kaptaaan!.." diye bağırıp el sallamıştı ya... Biz, onun Rus gemisi olduğunu nerden bilebilirdik? Aylarca sorgu sürdü.

– Niçin Rus gemisine el salladın?

– Ben el sallamadım, Niyazi salladı...

– Niçin salladı?

– Rus gemisi olduğunu bilmiyorduk ki... Bilsek, sallar mıyız hiç... Biz, Köprü'ye giden Boğaziçi vapuru sanmıştık...

– Yalan bir de... "Meçhul limanlara beni de götür kaptan!" ne demek? Köprü iskelesi sizin için meçhul liman mı?

– Efendim, ben el sallamadım... Arkadaşım sarhoştu, sarhoşluk yüzünden el salladı...

– Sarhoş olununca kusulur, ama el sallanmaz... Arkadaşın sarhoş olunca el mi sallıyor?

– Sallıyormuş efendim...

– Başka ne salladı?

– Başka bişey sallamadı.

– Bayrak da sallamış... Bayrakla işaret vermiş kaptana...

– Bayrak sallamadı.

– Sallamış... Beyaz bayrak, yani teslim bayrağı... Görenler var, tanıklar var...

– Bayrak değildi efendim, mendildi o... Evet, beyaz mendil... Ağlıyordu da, gözlerini silmek için...

– Peki, sen ne salladın?

– Ben bişey sallamadım...

– Sallamışsın, sallamışsın... Tanıklar var. Sen de bayrak sallamışsın, mavi bir bayrak...

– Efendim, biz gazinodayken geceydi... Sonra vapur geçerken çok karanlıktı, mavi bayrak görünmez ki vapurdan...

▼

– Karanlıktı da siz gemiyi nasıl gördünüz?
– Geminin ışıkları vardı...
– Salladığın mavi bayrak nerde?
Birden nasılsa aklıma geldi.
– Efendim o bayrak değildi, işte boynumdaki bu kıravat... Bakınız mavi... Belki rüzgârdan sallanmıştır da...

Aylarca hapis yattıktan sonra casus olmadığımız anlaşıldı. Ama, Niyazi kendine general süsü vermekten hüküm giydi. Gazinonun sahibi o göbekli Rum, garsonlar, İspanyol dansı yapan o Yahudi kızla oğlan, bikaç da başka müşteri aleyhimize tanıklık ettiler. Niyazi, gazinoya para vermemek için general olduğunu, ben de paşazade olduğumu söylemişim... Paşazade olduğumu söylemek suç sayılmadı... Çünkü paşazade süsü verilerek kimse dolandırılamazmış. Ama ya yaverlik? Yaverlikten hapı yuttum. Casusluktan kurtulduk ama, Niyazi sahte generallikten, ben de onun yaverliğinden, yani sahte emirsubaylığından, ikimiz de mahkûm olduk.

Paşam Niyazi'nin Paşalığı unutuldu da, benim paşazadeliğim bitürlü unutulmadı.

İşte o zamandanberi bana Paşazade derler... Onca takmaadlarla suç işledim, bu takmaadların hiçbiri tutmadı da, biriki gazetenin bikaç satırla yazdığı Paşazadeliğim tuttu, ne dersiniz? Bunun nedenini çok düşündüm. Bana öyle geliyor ki ezilmiş insanlar, üst sınıftan insanların da aralarına katılmalarını, kendilerinden olup ezilmelerini istiyorlar. Böylece, hem dertlerini, sıkıntılarını o üst sınıf insanlarının da sırtlarına yükleyerek bölüşüyorlar, hem de bir tür intikam alıyorlar... Benim hiç yoktan Paşazade lakabımın yayılması, ezilmiş insanların bir gizli intikamı... "Nasılmış, işte sizlerden birinin oğlu da bizim aramıza düşer..." demek istiyorlar. "Elle gelen düğün-bayram" demişler...

Ben ne kadar Paşazade olmadığımı söyledimse de boşuna... Üstelik benim paşazadeliğim üstüne ne destanlar, ne masallar uydurdular... Her hükümlü, adını bildiği yada duyduğu hangi eski paşa varsa beni onun oğlu yaptı. Ne sadrazamların, ne ordu komutanlarının oğlu olmadım...

PEYGAMBER SÜLALESİNDEN ŞEYH SAİD-İ URYANİ

Cezaevinden çıkmıştım. Hangi işi yapsam, Istanbul'da tutunamayacağımı biliyordum. Büyük kentlerde beni polis yaşatmazdı. Bikez adım sabıkalıya çıktığı için, hiç yoktan yine yakama yapışacaklardı. Istanbul'dan başka büyük kentlerde de tutunamazdım. Param da vardı. Cezaevinde uzunca zaman kaldığımdan, koğuş bakkallığı yaparak, tutuklulara mektup, dilekçe yazarak epiy para biriktirmiştim. Niyetim, Doğu Anadolu'da bir kasabaya yerleşip orada bir iş tutmaktı. Beni tanıyan polislerin gözünden uzak kalmak istiyordum. Nasıl olsa bir iş bulurum kendime. Belki de küçücük bir dükkân açardım. Ne olacak, bir boğazım değil mi...

Istanbul sokaklarında gezmekten bile korkuyordum. Durup dururken polisler beni yakalayıp suçlusu bellisiz biçok suçları üstüme yıkabilirlerdi.

Doğu illerine giden bir otobüse bindim. Gideceğim yerin yalnız adını biliyordum, orda kimseyi tanımıyordum.

Otobüsümüz bütün bigün yol aldıktan sonra gece de yolculuğumuz sürdü. Yol bir sarp dağa sarmıştı. Aysız, kapkaranlık bir gece içinde sarsıla sarsıla yol alıyorduk. Dedim ya, biz toplum dışına düşmüş insanlar çok dalgacı oluruz. İnanınız ki, hayallerimiz hep namuslu, toplumun benimsediği, haysiyetli insan olmak üstünedir. Otobüs sarp yolda döne döne, sarsıla sarsıla yolalırken ben de yarı uyku yarı uyanıklık içinde dalgamı geçiyordum. Bilmediğim, tanımadığım o kasabada inecektim, bir hana, bir otele yerleşecektim.

Ben otobüsün pencere yanındaydım. Sağımdaki yırtık pırtık giyimli, derisi iskeletine yapışmış, ama iri kemikli adama, kasabaya kaçta ulaşacağımızı sormuştum. Adam çenesine sarkan bıyıklarını sıvazlayıp,

– Allah izin verirse ve de... deyip durmuştu.

– Ve de ne olacak? dedim.

– Ve de eşkıya yolumuzu tutmazsa gün ışıyanda varırız...

– Eşkıya mı? Ne eşkıyası?

– He ya, eşkıya... Bildiğimiz eşkıya...

Elimi, ceketimin sol iç cebindeki paraların üstüne attım.

– Buralarda eşkıya var mıdır?

– Ne demek? Eşkıyasız olur muymuş? Eşkıya dağları bekler; dağlar da eşkıyayı... Bizim buranın eşkıyası var ki, başka hiçbiyerde böylesi bulunmaz...

Adam, memleketinin eşkıyasıyla basbayağı övünüyordu.

– Peki candarma yok mu?

Çok doğal bişey söylüyormuş gibi,

– Vaar, dedi, candarmasız memleket olur mu? Candarması da var, eşkıyası da var... Niye şaştın öyle?

– Candarma olan yerde eşkıya nasıl olur?

– Allah Allah... Candarmanın işi ayrı, eşkıyanın işi ayrı... Allah her bir kulunun rızkını ayrı bir yoldan yaratmış... Doktorlar var diye hastalar yok mu? Doktoru da var çok şükür, hastası da... İşte bunun gibi, eşkıyanın işi başka, candarmanın işi başka... Kimse kimsenin işine karışmaz... Karışmaz dedikse, aradabir karışır ya...

– Kim karışır?

– Eşkıya candarmanın işine hiç karışmaz. Aradabir candarma eşkıyanın işine karışır...

– Ne gibi?

– Ne gibi olacak?.. Eşkıyanın işini candarma yapmaya kalkar... İşte o zaman düzen bozulur...

Benim büsbütün şaştığımı görünce,

– Sen nerelisin? diye sordu.

– Istanbulluyum.

– Istanbul denilen memlekette hırsız yok mu, yankesici, dolandırıcı, sahteci yok mu?

– Var...

– Polis yok mu?

– O da var...

– Bak, gördün mü şimdik... Polis de var, hırsız da var... Burası da öyle işte: Eşkıyamız da var, hamdolsun candarmamız da var. Herkesin geçimi ayrı bir yoldan... Kurban olduğum Allah böyle buyurmuş... Dünyanın düzeni bu kardaş... Bizim buranın eşkıyası zorlu olur ki, yedi düvel bilir bunu...

– Şimdi yolumuzu mu kesecekler?

– Bilinmez... Kısmet kardaş... Beçedo, başka bir işe gittiyse biz geçer gideriz yolumuza. Yoook, bu gece nöbet bu yoldaysa önümüzü keser...

Adam sanki vapur tarifesi anlatır gibi konuşuyordu.

Benim yerleşmek için o kasabayı seçmemin nedeni, cezaevinde oralı bir adamla tanışmıştım. Ondan oralarını çok dinlemiştim. Bana,

– Sizin buralarda para çok, demişti, bizim oralarda bin lirası olan zengin sayılır; say ki buraların milyoneri... Cebinde yüz liran oldu mu, baş esnaf sen olursun. Bin liran varsa, başta gelen tüccar sensin... Bizim orda para nerde? Para çok kıymetli...

İşte buyüzden heves etmiştim. Üçbin lira biriktirmiştim. Bu parayla o kasabada yerleşip bir iş tutabilir, namusumla çalışıp geçinebilirim diye düşünmüştüm. Oranın polisi, candarması beni tanımazdı.

Otobüste yol boyunca uyuklaya uyuklaya giderken ne düşler kuruyordum. Bir dükkân açacaktım; içinde herşey satılan Anadolu kasaba dükkânlarından...

Gecenin içinde yol aldıkça, eşkıya korkusu da kalmadı bende. Nerdeyse sabah olacak, kasabaya varacaktık. Bana bu gücü veren de daha çok, şoförün yanında oturan candarma astsubayıydı. Otobüse binip de candarma astsubayını görünce ilkin korkmuştum; yine başıma bir bela gelecek diye... Ama, yanımdaki adamdan eşkıya olaylarını dinleyince, candarma astsubayıyla yolculuk ettiğim için içime bir güven gelmişti.

Uyukluyordum. Düş ile hayal arasında gelecek günlerimi yaşamaktaydım. Aradabir gözümü açıp pencereden dışarı bakıyordum. Hava ağarmak üzereydi. Diş diş kayalar, çalılar artık seçiliyordu. Yol yüksek dağdan geçtiğinden hava soğuktu, iyice büzülmüştüm. Bikaç kurşun vızladı ve arkadan otobüs birden fren yapıp kafam öndeki koltuğa çarpınca korkuyla sıçradım. Biriki kadın çığlığı, çocuk ağlaması... Otobüsten ilk inen şoförle yardımcısı oldu. Arkadan sırayla hepimiz indik. Yolun önünü arkasını, yüzleri kara çoraptan peçeli, elleri tüfekli iki adam kesmişti.

Otobüsten ilk inen şoförle yardımcısı ellerini yukarı kaldırdığı için, arkadan inenler de ellerini yukarı kaldırıyordu. Candarma astsubayını aradı gözlerim. Beden terbiyesi dersine çıkmış gibi, iki elini yana açıp havaya kaldırmış, iki ayağını da iyice açmış, bekliyordu.

Çalıların arkasından çıkan üç kişi yolcuların üstlerini başlarını aramaya başladı. Para, cüzdan, mal, saat, köstek; kadınlardan küpe, bilezik, ne ellerine geçirirlerse çuvala dolduruyorlardı. Candarma astsubayı tir tir titremekteydi, besbelli soğuktan... Dondurucu bir ayaz vardı çünkü...

Hapishanelerin bir yasası vardır: Hırsız hırsızdan çalmaz... Şu eşkıyalara ne desem ki: "Arkadaşlar, ben de sizdenim... Ben de bir sahteciyim, dolandırıcıyım..." Beni bırakırlar mı... Sırtıma tüfeğin namlusu dayanınca dilim tutuldu, soluğum kesilecek nerdeyse... Önüme gelen kara peçeli adam ceplerimi boşalttı. Paralardan başka dolmakalemimi, saatimi, çakımı, çakmağımı, aynamı, herşeyimi aldı. Bunlarla yetinmedi,

– Çıkart! dedi.

Ayakkabılarımı gösteriyordu. Istanbul'dan yeni aldığım ayakkabılarımı da çıkarttım.

Soygun bitince bizi yine otobüse bindirdiler. Eşkıyadan da üç silahlı bindi otobüse. Beş-on kilometre giden otobüsü durdurup, yolculardan bikaçını indirip salıveriyorlardı. Kimisini de tek başına yol üstüne bırakıyorlardı. Beni de biyerde tek başıma bıraktılar. Otobüs çekip gitti. Ayakkabım yok, ayazdan donuyorum. Titreye titreye bir zaman gittim. Sabah olup gün ışıyınca baktım ki, bir dağın tepesine doğru çıkmaktayım. Yorgunluktan, açlıktan, soğuktan bitmişim. Yolun sağ yanı dik yar, uçurum... Sol yanı kayalık sarp ve ilerde seyrek bodur ağaçlar var... Yoldan ayrılıp ağaçlara doğru yöneldim. Şimdi karşıma bir ayı çıkıp beni paralamalı ki tamam olsun...

Lisedeyken, kurmay albay bir müdürümüz vardı, bize sık sık, "Başınıza gelen kötü olayları hemen felaket, iyi olayları da hemen mutluluk saymayınız. Her işin sonunu bekleyiniz. Belki de mutluluk sandığınız felaket, felaket sandığınız da mutluluktur," derdi. Örnek diye başından geçmiş bir olayı anlatırdı. Yüzbaşılığı sırasında Doğu'da savaşırlarken bunların bölüğüne bir teğmen atanmış. Yaşı küçük olduğundan besbelli savaştan korkar, top tüfek sesinden ödü patlarmış. Aman beni gerilerde biyere gönderin diye yalvarmadık adam, yüzsuyu dökmedik yer bırakmamış. Oysa garip, daha yeni evlenmiş de, gerdeğe bile giremeden cepheye gönderilmiş, ondan yanar yakınır dururmuş. Çocuk gibi ağlarmış. Bizim müdür o zaman yüzbaşı ya, tabur komutan vekili olunca, dayanamamış gencecik teğmenin sızıldanmasına, buna bir görev uydurup bir aylığına Istanbul'a göndermiş. Teğmen ayrılırken yüzbaşının eline ayağına kapanıp, "Bana hayatımın en büyük mutluluğunu sağladınız," demiş. Bizim müdür, "Vah," diye yakınır, "keşke göndermeseymişim, nerden bilirdim..." der dururdu. Çünkü teğmen Istanbul'a ayağını attığı gün, daha karısını bile görmeden, iki kavgacıdan birinin attığı kör kurşunla pisipisine ölmüş. Bizim müdür, teğmenin ölümünden hep kendini sorumlu tutar, "Mutluluk diye felaketine koşmuş fukara," derdi.

Evet, insan başına gelenin mutluluk mu, felaket mi, olduğunu baştan ayırdedemiyor.

Ben öteki otobüs yolcularıyla birlikte eşkıyalara soyulup yalınayak dağbaşında kalışımı felaket sandım ya, oysa sonu iyi geldi. Eşkıya ayakkabımı da aldığından, yoldan yukarı ormana doğru yalınayak vurdum. Ağaçları da geçip bir kaya düzlüğüne geldim. Yüksekten tabak gibi görünen düzlüğe baktım. Daha yeni sabah olduğundan, ova sisten buğulu görünmekte... Taa uzaklarda dağınık biriki köy görünmekte, evlerin bacalarından duman tütmekte. Ben şimdi ne etsem diye düşündüm ▼

bir zaman... Yol boyunca yürüyüp de kasaba candarmasına, soyuldum diye başvursam, olmaz. Çünkü kimliğimi sorarlar da sabıkalı olduğum anlaşılır diye korkuyorum. Candarma, "Ulan senin ne işin var buralarda? Sen nerenin adamısın?" diye sorarsa ben yandım. Üstümde satıp savacak bişeyim, ne bileyim, saatim filan da yok ki... Şu uzaktan görünen köylerden birine gitsem mi diye düşünüp dururken, bulunduğum tepeyi bir karabulut kaplamasıyla arkadan bir yağmur bastırdı ki, aman ne yağmur. Biyandan o yüksek yerin soğuğu, biyandan sabahın ayazı, biyandan yağmur, tir tir titriyorum. Yağmur içime işledi, suya girmiş gibiyim. O yana döndüm, bu yana dolandım, başımı sokacak bir kovuk yok. Sözde korunmak için ağaçların altına seğirttim, dallardan oluk gibi su akıyor. Eşkıyanın soyduğu yetmedi, bir de yağmur bastırıp beni bitirdi. Dolanırken dolanırken kayaların arasında mağaraya benzer bir kovuk bulup içine attım kendimi. Ben kovuğa girince yağmur da kesildi, beş dakika geçti geçmedi bir de güneş açtı ki az sonra yerler ısındı, havaya buğu tütüyor. Ben hemen üstümdekileri soyunup anadan doğma çıplak kaldım. Elbisemi, çamaşırlarımı sıkıyorum, şırıl şırıl sular akıyor. Elbisemi, çamaşırlarımı iyice sıkıp kurusun diye çalıların üstüne serdim. Anadan doğma çıplağım ya, beni buralarda kim görecek, insan ayağı değmiş yerler değil. Mağaranın içinde toprak kuru olduğundan, içeri girdim. Soğuktan titriyorum, çenelerim birbirine vuruyor. Köstebek gibi büzülüp kaldım. Bu benim başıma gelenler nedir yahu, diye düşünüp dururken, dışardan bir sesler duymaz mıyım! Allah Allah... Mağara derin olsa içeri kaçıp saklanacağım, ama ancak üç-beş adım derinliği var yok... Dizlerimin üzerinde sürünerek kovuğun ağzına gelip bir de ne baksam, az önce otobüsü soyan beş yolbağcı değil mi? Yüzü karapeçeli, eli tüfekli olanlardan biri beni soyarken, adamın kepçe kulaklarıyla başının da kel olduğunu seçebilmiştim. Birinin de elbisesini tanımıştım. Eyvah!.. Şimdi bunlar beni görmeseler bile, çalılara serili elbisemi, çamaşırlarımı alıp giderlerse, yahu ben bu dağ başlarında tarzan gibi kalacağım... Bulunduğum kovuğun ağzına doğru geliyorlar. Dar zamanda ne yapılır? Ben hemen, "Allahım, ettiğin yeter, elverdi... Beni dağbaşlarında donsuz bırakma!" diye duaya başlayıp, iki elimi dizlerimden geçirip yere çöktüm ve hiç olmazsa yolbağcılarını görmeyeyim de ne olursa olsun diye başımı apışımın arasına sokup beklemeye başladım. Zangır zangır titriyorum. Çenelerimin zangırtısından sara nöbetine tutulmuş gibi tüm bedenim sallanıp silkelenmekte... Soğuktan bir titriyorum, korkudan bin titriyorum. Bunlar konuşarak ta yanıma geldiler. İki çift ayağı yerde gördüm. Onlar da beni görmüş olacaklar ki,

– Allah Allah... Allah Allah!..

– Fesuphanallah... diye söylenerek geri çekildiler.

– İn midir, cin midir?

Evet, şaşırmakta hakları var. Benim adama benzer bir halim kalmamış, inden cinden hiç ayırdım yok...

– İn midir, cin midir?

Başımı kaldırıp, "Ne inim, ne cinim, ben de sizin gibi bir beniâdemim" desem mi? Yoksa sussam mı?

Ellerimin dizlerim üstündeki kenedini bozmadan sıçrayarak kıçın kıçın dibe doğru gittim.

Adamlar bir zaman orda durup fısıl fısıl bişeyler konuştuktan sonra üçü birden kovuğa girdi. Öndeki elime yapıştı, çeker ha çeker... Ben elimi veremem, çünkü önüm açık kalacak... Eşkıyanın bileğine dayanılır mı, herif elimi çekip almasıyla öpüp de başına koymaz mı? Arkadan ötekiler de elimi öptüler. Sonra çekilip gittiler.

Onlar gittikten epiy sonra yavaş yavaş dışarı çıktım. Bir de baktım, kapı ağzında bir çıkınla içi koyun postundan bir gocuk... Olsa olsa bunları bana bırakmışlar. Gocuğa sarınıp çıkını açtım: Saç ekmeği, peynir, kavurma, sovan, bazlama... Açlıktan neredeyse bayılacağım. Bir güzel yedim, karnımı doyurdum.

Elbiseme, çamaşırıma baktım, daha kurumamış. İçi koyun postu gocuğa sarınıp kovukta yattım. Bir zaman, benim bu başıma gelenler nedir diye düşünüp dururken uyuyakalmışım. Bitakım acaip seslerle uyandım, ama uyur gibi yaparak onları anlamaya çalışıyordum. "Uryani", "Şıh, Şıh Hazretleri" gibi sözler duyuyordum. Başımda toplananlar oldukça kalabalıktı.

Bir kadın,

– Rüyamda gördüğüm aynen budur işte, dedi, işte böyle anadan doğma uryan idi. Varıp elini öptüm... "Adını bağışla şeyhim," dedim. "Berhudar ol evladım. Benim adım Şeyh Said-i Uryani," dedi. "Üç vakitte Künt dağında bir mağarada zahir olacağım!" dedi. "Varıp ehaliye tiz tebşir eyle," dedi. "Bilesiz ki selamet pek yakındır," dedi ve de rüyamda gördüğüm bu zattır.

Benden konuşuyorlardı. İnanınız ki burda hiçbir sahteciliğim yok, ama insan çevresine uymak zorunda kalıyor ister istemez... "Ya Allah, bismillah" deyip doğruldum, sırtımı kayaya verip yaslandım. Üstümde don bile olmadığından, gocuğu elimle önüme ardıma kapamasam, beni rüyasında uryan gören kadının dediği gibi heryanım "zahir" olup rezil olacağım. Ben kayaya yaslanır yaslanmaz, öndeki karasakallı,

– Hoşgeldiniz, sefalar getirdiniz Uryani Baba... dedi.

Evet, sahtecilik etmedimse de, kurnazlık da etmedim diyemem. Dağbaşında eşkıyaya soyulup bilmediğim yaban yerlerde aç susuz, çırılçıplak kalmıştım, başka ne yapabilirdim ki... "Hayır, ben Uryani filan değilim," diyemedim. Hepsi kadın-erkek sırayla elimi, ayağımı öptüler. Beni rüyasında gördüğünü söyleyen kadının dediği gibi ben de elimi öpenlere "berhudar olun" diyordum. Sonra karşıma sıralanıp diz çöktüler. Onlar dışarda, ben mağaramsı kovuğun ağzındayım. Bir an İncil'deki bazı öykülerin renkli resimlendirilmiş küçük kitapları gözümün önüne geldi. Kovuğun ağzında çıplak olarak gocuğa sarınmış duruşumu ve karşımda saygıyla diz çöküp oturan kadınlı erkekli o yoksul kılıklı insanlar, bana o İncil öykülerindeki resimleri anımsattı.

Hayatımda çok mutlu olabileceğim günler de yaşadım. Ama bugünlerin kısa süreceğini, sonunda nasıl olsa rezil olacağımı bildiğim için, o günlerin hiç tadını çıkaramadım. İşte benim sahte şeyh oluşum böyle başladı.

Ünlü Şeyh Ahmet Said-i Uryani olmuştum. Dolaylardaki bütün köylerden hastalar, dertliler bana gelip hayırduamı alıp gidiyorlardı. Ünüm gün geçtikçe yayılıyordu. Ayağımın bastığı toprağı bile kutsal sayıp, avuçlarıyla alıp götürüyorlar, her hastalığa ilaç diye kullanıyorlardı. Oturduğum yarı mağaranın kapısında eşelenmekten toprak kalmamıştı. Bu topraktan merhem, macun, şurup, hap gibi hertürlü ilaç yapıyorlardı. Beni güzel köylerden birine yerleştirmek için çok üstelediler se de, saltanatımın biraz daha uzun sürmesi için, evliyalık numarasına vurup, buradan ayrılmayacağımı, böyle buyruk verildiğini söyledim. Buyruk elbet göksel ve Tanrısaldı. Kimse nerden geldiğimi sormuyor, ama onlar kendiliklerinden benim üstüme söylentiler uyduruyorlardı. Kimisine göre Buhara'dan, Semerkant'tan, Horasan'dan; kimisine göre Şiraz'dan, Hicaz'dan gelmiştim. Buhara yada Aşkabat dedikleri zaman, gezegenler kadar uzak biyer sanıyorlardı. Köylerden birine gidip yerleşirsem, enselenmemem daha çabuk olurdu. Bu kez, burdan gitmeye hiç niyetli değildim. Yaşadığım kadar yaşarım diyerek, kendimi hayatın akışına bırakmıştım. Rüya gibi bişey, evet. Bana da o günler şimdi inanılmaz bir rüya gibi geliyor. Tabii o kovukta kalmadım. Köylerden birine gitmeyince, bana o dağ başında geniş bir ev yaptılar. Kapımda iki delikanlı herzaman nöbet tutuyordu. Hertürlü hizmetime bakan kadınlar beni hiç yalnız bırakmıyorlardı. Aralarına katılmadığım, dağ başında oturduğum için akıllılık ettiğimi sonradan anladım. Beni oturduğum dağ kadar yüksek, zor erişilir sanıyorlardı.

Kapımın eşiğinden bir avuç toprak almak için, koyun, kuzu, tulumla peynir, çömlekle yağ, bal getiriyorlardı. Kısa zamanda bir koyun sürüm olmuştu.

Günlerden bigün,

– Bey, ziyaretinize gelmek için izin ister, ne diyelim? diye sordular.

Herşeyi bilir ve gaipten haber alır geçindiğim için, "Bey de kimdir?" diye sormadım.

– Buyursun, gelsin... dedim.

Evdekilerle ve yanıma gelenlerle çokaz konuştuğum için canım sıkılmaya da başlamıştı. Yani rahat batıyordu artık...

Yüzgöz olmamak için onlarla pek az ve seyrek konuşuyordum. Bu durum, çok daha saygı görmemi sağlıyordu. Bey'i işte bunun için merak ediyordum. Hakkında pek az bilgi edinebilmiştim. Benim şeyhlik sürdüğüm çevredeki onsekiz köyün sahibiydi. Yani köylerin tapusu elindeydi.

Namaz zamanları "namaz niyaz vaktidir" deyip odama çekilir, perdeleri örter uyurdum. Bigün yine tıka basa yediğim öğle yemeğinden sonra iyice uyku bastırıp gözlerim kapanmaya başladığı için "namaz niyaz vaktidir" deyip odama çekilip yatmıştım. Ne kadar zaman uyuduğumu bilemiyorum. Çünkü kimi günler öğleyin girdiğim yataktan, ikindi ve akşam namazlarını da kılmış olarak çıkar, akşam yemeğine otururdum.

Ben yumuşacık üç şilte üstünde horul horul uyurken, kendi horlamamdan ürküp uyandım. Dışarda bitakım sesler duydum. Kulağımı kapıya verdim. Benim kapı nöbetçim olan delikanlı,

– Şeyh Said-i Uryani Hazretleri zikirdedirler, zikreyliyorlar... diyordu.

Başka biri de ona,

– Ulan bu ne biçim zikir, çekil kapıdan... Herifin horultusundan camlar zangırdayıp duvarlar sarsılmakta... Bu şıh hazretleri, herbir deliğinden çıkan seda ile evi yıkacak... Uyandır şıh hazretlerini! diye bağırıyordu.

Nöbetçi delikanlı,

– Olamaz, diyordu, Şeyh Uryani zikirdeyken hacete varılmaz!..

– Zikir değil dedik...

– Zikirdir... Sedasının gayetle yüksek oluşu, derun-u dilden ah eylediğindendir. Bizim şeyhimiz zikrederken, beş bölük asker kadar ses çıkarır göğsünden, kurban olduğum... Allah dedikçe gök gürler gibidir...

– Öyleyse zikir bitti ki şeyhin horultusu da dindi... Uyandır şunu.

Ben nöbetçi delikanlılara iyice öğrettiğim için o da,

– Zikir bitince tesbih çekip istihareye yatar daim... Az sonra kendi çıkar... dedi.

Dışardaki adamın nöbetçiye kafa tutuşuna bakarak, hükümet kuvvetlerince basıldığımı sanıp kapı arkasında titrerken, o adam her kimse,

– Ulan, Bey at üstünde bekletilir mi? deyince, ben o zaman Bey'in geldiğini anladım.

– Bey gelmiştir, buyursun. Alın içeri! diye kapının arkasından bağırınca nöbetçi delikanlı o adama,

– Gördün mü işte, dedi, şeyh hazretleri keramet sahibi olduğundan Bey'in geldiğini bildi. Kale duvarının arkasından dünyanın ötebaşında olan biten işleri görür ve de duyar bizim şıhımız.

– Kimdir orda? diye gürledim.

Nöbetçi,

– Bey'in kâhyasıdır... dedi.

Ben de,

– Evet bildik, kâhyadır... deyince kâhyanın,

– Evet, bizi bildi, nerden bildi, nasıl bildi... dediğini duydum.

– Beklesin, gelmekteyiz... deyip odamın öbür kapısından kadınlara seslendim:

– Misafir kabul olunacak!..

Giyinip büyük odaya geçtim. Taht gibi yüksekte yapılmış, halılarla döşenmiş sedire oturdum. Pencereden bakınca, dışarda sekiz-on atlı gördüm. Öndeki besbelli Bey olacak... Varıp kapıya, "Buyrun, buyrun!" mu desem, atının yularından tutup inmesine yardım mı etsem, yoksa yerimden kıpırdamasam mı? Şeyh olduğumdanberi koyverdiğim sakalımı sıvazlayıp bekledim. Kapı açıldı. İnceden bir delikanlıyla, arkasında beş kişi içeri girdi. İnceden delikanlı otuzunda gösteriyor. Adamları kara bıyıklı, enine boyuna adamlar... Ben heykel olmuşum, hiç kımıldamıyorum. Önde yürüyen ince adam Bey olacak. Bey, ilkin yer öpüp eteğime vardı, elime sarıldı. "Berhudar ol!" deyip elimi çektim. Yer minderlerine diz çöktüler. Bu işin adabını bilen benim adamlarım da odaya girip yanı başımda yer gösterip Bey'i buyur ettiler.

Bey'i yakından görünce hiç de genç olmadığını anladım, kırkını bile geçkin...

– Duanızı almaya geldik efendim... dedi.

▼

– Duam her daim üstünüzdedir... dedim.

Kahveler geldi. Şurdan burdan konuştuk. Bey, konağına şeref vermemi rica ediyordu.

– Hayhay, davetiniz kabulümüzdür... dedim.

Bir resmî nezaket ziyareti olduğundan, yine elimi eteğimi öpüp çıktılar. Ben yine yerimden kalkmadım. Adamlarım onları uğurlayıp yolcu etti.

Bikaç gün sonra, konağına geleceğim diye Bey'e haber saldım. Ama konak nerdedir, nasıl gidilir, neyle gidilir, hiçbişey bilmiyordum. Herşeyi bilir geçindiğim için de kimseye bişey soramıyordum. Sorsam büyü bozulacak. Sözleştiğimiz günün sabahında on atlı, yedeğinde on atla geldi. Bunları Bey göndermiş. Adamlarımla birlikte atlara bindik. Ama ben binmesini bilmediğimden atın üstünde duramıyorum. Bir de attan düşersem, iki paralık olacağım. Hiç Şeyh Uryani attan düşer mi? Uçsam şaşmazlar da, attan düşersem şaşarlar.

Biyanımda Bey'in kâhyası, biyanımda da beni otobüs yolculuğunda soyanların başı Meko gidiyordu. Meko'ya,

– Meko oğul, ata merhametimiz geldi, yayan gitmemiz gerek. Ama senden başka kimse istemem yanımda... dedim.

Meko bu sözümden kendine bir övünme payı da çıkarmıştı; demek yalnız ona güveniyor, onu seviyordum.

Meko'yla atlarımızdan indik. Atlılar bizden uzaklaştı.

Meko,

– Keseden gidersek evelallah biz onlardan er varırız... dedi.

Dağların kurdu Meko, buralarda candarma önünde çok oyunlar oynadığından, buraların bütün kese yollarını biliyordu. Yanında beş-altı adamı olmadan yola çıkmayan Meko, bana, yani şıh hazretlerine güvendiği için benimle yalnız gelmekteydi. Çünkü ben bir candarma taburuna bedeldim. Oysa ben de Meko'ya güveniyordum. O yanımdayken, yedi dağın eşkıyası olsa beni soyamazdı.

Hava da soğuk olduğundan hızlı yürüyor, taştan taşa sıçrayarak, kayadan kayaya atlayarak gidiyorduk. Bir saat gittik gitmedik, Bey'in çiftliğine ulaştık. Bey'in adamları seğirtip geldi.

Arkadan Bey de koşup karşıladı. Bey hemen elime varıp öptü. Ben elimi çekip koyverdiğim sakalımı sıvazlayarak,

– Berhudar ol evlat... dedim, ama "evlat" dediğim Bey, benden enaz beş-altı yaş büyüktü.

Bey,

– Adamlarımız neredeler? diye sordu.

Meko,

– Onlar yoldalar... dedi.

Gerçekten de biz, Meko'nun dediği gibi, kese yoldan, atlılardan önce gelmiştik.

Bey'in konağına girdik, beni şaşılacak kadar lüks ve görkemli döşenmiş bir salona aldı. Bu salon, Istanbul'daki zengin evlerinin salonlarından hiç ayırımsız olduğu için çok şaşmıştım. Salonda bir kitaplık, kitaplıkta ciltli kitaplar vardı. Kahveler geldi. Kahvelerimizi içerken Bey, yakında Istanbul'a gideceğini, yılın ancak bikaç ayını burda geçirdiğini, geri kalan zamanlarda Istanbul'da yaşadıklarını, iki oğlunun İngiltere'de okuduğunu, evli olan kızının da İsviçre'de bulunduğunu söyleyince şaşkınlığım büsbütün arttı. Birara,

– Bana az müsaade Şeyh Efendi... deyip dışarı çıktı.

Dışardaki gürültülerden, atlıların geldiğini anlamıştım. Bey geldi,

– Buyrun sofraya Şeyh'im... dedi.

Yemek odasına geçtik, sofraya oturduk. O zamana kadar ben hayatımda böyle lüks bir sofra görmemiştim. Bey'in iki adamı karşımızda elpençe duruyor, bir kadın da soframıza hizmet ediyordu. Beni ençok şaşırtan sofrada rakı şişesinin olmasıydı. Bey kendi eliyle kadehleri doldurmaz mı? Aman bu ne iş... Ben hemen sofuluğa vurup,

– Bize haramdır, içmek gerekmez, siz buyrun Bey, afiyet olsun... dedim.

Keşke demez olaymışım da, yalnız kadehtekini değil, şişedeki bütün rakıyı içseymişim. Ben böyle söyler söylemez, o zamana kadar bana büyük saygı gösteren Bey birdenbire yılışarak,

– İç ulan şeyoğluşey, bize de mi lolo! demez mi...

Bey'in yüzüne baktım, gayet ciddi... Yahu, ben şimdi ne yapsam? Böyle zamanlarda ne yapılır? Yılış yılış gülünür... Ben de sırıtarak,

– Siz buyrun, benim aptesim bozulur... dedim.

Baktım Bey'in yüzü bulutlandı ve eli sinirli sinirli oynamaya başladı. Ve,

– İç dedik, koca dürzü!.. diye bağırdı.

Ben, karşımda hizmet için elpençe beklemekte olanlara baktım. Bey, elinin tersiyle havayı itince, o iki adamla, sofraya hizmet eden kadın dışarı çıktı. Bey'le biz yalnız kalınca, Bey kadehini kaldırıp,

– Şerefine koca Şeyh Hazretleri... dedi.

Ben de kadehi kaldırıp, hiç ses çıkarmadan içtim. Bey'in birden değişen bu davranışının ne demek olduğunu da anlayamadım. Ben şeyhliği iyice benimsemiş olduğumdan, herkesten saygı görmeye alışmıştım. Bey de herkes gibi saygılı davranırken, şimdi bu herifin birdenbire sövüp sayması neyin nesi? Hani iki kadeh rakı içse, sarhoş oldu da, ondan diyeceğim... Ama içmedi de daha... Ben ilk kadehi kafama dikince,

– Ulan aferin koca deyyus, dedi, içmeseydin ensene yumruğu indiriyordum ki, asıl o zaman aptesin bozulacaktı, hem de altına pislediğinden...

Herif birdenbire sululanmıştı. İkinci kadehi de içtik.

Bey,

– Ben inandım, sen bu şeyhliği becereceksin, beğendim seni... dedi.

Başıma gelen bu bela nedir, ben bu beladan nasıl edip de kurtulacağım hey Allahım, diye düşündüğümden cevap veremedim. Bey sordu:

– Sen buraya nerden geldin?

Şimdi ne desem bu herife ben? Kaşgar'dan mı geldim desem, Buhara'dan mı geldim desem, yoksa Horasan'dan mı diye düşünüp dururken,

– Ne cehennemin dibinden gelirsen gel, dedi, ama doğru söyle, hiç hapisaneye girdin mi?

Eyvah!.. Yoksa herif beni kodesten mi tanıyor?

– Hâşâ... dedim, benim öyle yerlerde işim yok!..

– Bak heleee... Suratından sabıka defterleri dolmuş bir namussuza benzersin ya, neyse dediğine inandım... Lakin hapisaneye girmemiş olmana üzüldüm, yazık...

– Neden?

– Hapisaneye bikaç kez girip çıkmış olsaydın, ilmini tamamlamış olacaktın ki, çok iyi olacaktı. O zaman eksiksiz şeyh olurdun... Demek bir eksiğin kalmış...

Ben bu sözler üzerine kasılıp,

– Bizim şeyhliğimiz ocaktandır... deyince Bey,

– Ulan zibidi, dedi, bizim haberimiz olmadan buralardan kuş uçabilir mi ki, sen bu şeyhliği kendi kerametin biliyorsun... Seni kaya kovuğunda anadan doğma çıplak buldukları zaman haber bize geldi. "Soyunuk bir herif bulduk. Soyulacak üstünde daha başka bişey olmadığından, kurda kuşa bırakıp geldik, ne yapalım Bey?" diye sordular. Bize de o sıralar çok acele bir şeyh lazım olduğundan, "Ulan siz ne halt ettiniz... Bizim beklemekte ve aramakta olduğumuz şeyh hazretleri odur... Namussuz şeyhi gökte ararken yerde bulduk. Aman herif anadan doğma soyunuk mu? Öyleyse Şeyh Uryani Hazretleridir. El üstünde tutun, yağla balla besleyin!" diye emir verdik. Adamlarım da bana, "Bey, bunun adı Uryani değil, biz sorduk adının Ahmet olduğunu söyledi," dediler. "Yahu, herif çıplak olduğundan tebdil kılık gezemiyor, tebdil isim geziyor. Ahmet dediğine bakmayın. Adını sizden gizlemiştir. Şeyh Uryani Hazretleri diyerek eline ayağına varın siz..." dedim. Sen de işte böylece şeyh oldun sayemizde...

Baktım ki Bey'e şeyhlik meyhlik yutturulacak gibi değil, ben de,

– Sayenizde... dedim.

– Habercilerim gelip de, "Şeyh Uryani köye inmek istemiyor, dağda kalacakmış," dedikleri zaman, "Ulan bu bizim şeyh umduğumdan da akıllı bir pezevenkmiş..." deyip senin aklını çok beğendim. Aferin koca dürzü... Köye inseydin köylüyle yüz-göz olurdun. Bey kısmı, şeyh kısmı halktan uzak ▼

duracak ki, gözlerinde büyüsün, kendilerinden biri olmadığı anlaşılsın... "Şeyh Uryani Hazretleri, köye inmek istemiyor," dedikleri zaman, ulan bu namussuz mapus damlarında iyi staj görmüş olmalı ki, bu akılları biliyor diye düşündüm. Mapusta yatmamış adamda böylesi akıllar ne arasın... Sana, "Mapusta yattın mı?" diye soruşumun sebebi bu... Şimdi doğru söyle bakalım, mapusta yattın mı hiç?

Yalan söylesem olmayacak. Onun için sırıtarak,

– Eh, azbuçuk yattık Bey... dedim.

– Hangi suçtan?

Yahu, dolandırıcılıktan denir mi!

– Adam vurmaktan... dedim.

"Adam öldürmekten" diyecektim ya, yalanın o kadar büyüğüne dilim varmadı. Bey yüzüme alıcı gözüyle bakıp,

– Ulan sende adam vuracak surat yok, dedi, doğru söyle namussuz, hırsızlıktan mırsızlıktan mı? Sen gece işi yapacak yürekliye de benzemezsin, kapkaççı olsan gerek. Pazaryerinde bir kocakarının çantasını kapıp kaçarken mi enselendin?

– Dolandırıcılıktan düştüm bikaç kez ya, aslı yok, hepsi iftira...

– Hah, şimdi oldu... Daha çok beğendim. Sen bu şeyhliği iyi becereceksin... Ulan senin gibisi aramakla bulunmaz, meğer ki rastgeline... Seni Allah gönderdi demek. Ismarlama gibi şeyhlik uygun düştü sana...

Artık birbirimizle kaynaştığımızdan,

– Afedersiniz Bey, dedim, sizin şeyh aramanızın sebebi nedir?

– Şeyhsiz olur mu bura halkı, bir şeyh lazım... Eskiden iyi kötü bir şeyhimiz vardı; iyi de bir pezevenkti, senden iyi olmasın, vardı lakin kanunları bozduğundan, başı belaya girdi, sürgün edildi. Bizim bura insanları da şeyhsiz kaldı. Burda ekmeksiz yaşanır, şeyhsiz yaşanamaz... Çoktanberi bir şeyh arayıp duruyorduk. O yana bu yana, tanıdıklara, arkadaşlara, "Aman bize uygun bir şeyh bulup gönderin!" diye haberler saldıksa da, bir uygunu düşmediydi. Sonunda seni Allah gönderdi işte...

Bizim buranın köylülerinden, yerlilerinden it sürüsü kadar şeyh olacak herif var ya... "Aman Bey, beni şeyh yap!" diye ayağımıza kapandılarsa da hiçbirini tayin etmedim.

– Tayin mi?

– Tayin ya... Ne sandın?

– Çok merak ettiğimden soruyorum; afedersiniz Bey, neden buralılardan birini şeyhliğe tayin etmediniz?

Kadehini kaldırıp benimkiyle tokuşturduktan sonra,

– Edilmez, dedi, yerli olunca ocaktan şeyh olacak, yani babadan oğula sülaleden gelecek şeyhlik... Anadan doğma değil de, böyle senin gibi sonradan olma şeyh olunca yabancı gerek. Çünkü, yerli oldu mu, ağzıyla kuş tutsa, herkes birbirinin ne bok olduğunu bildiğinden o şeyhe iki paralık saygı duyulmaz. Onun için yabancı olsun da, isterse eşek sürücüsü olsun. Neden demişler, "Hiçkimse kendi köyünden peygamber çıkamaz!" diye... Senin köye inmeyip dağ başına tünemeni işte bunun için beğendim. Büyük adam, halka karışmayacak ki, büyük adam olsun. Köroğlu'nun dediği gibi, "Delikli demir icat oldu, mertlik bozuldu." İşte onun gibi, "Demokrasi icat oldu, büyüklük bozuldu." Demokrasi deyip de bikez halkın arasına girdin mi hapı yuttun...

Evet, demokrasidir, amenna... Demokrasimize toz kondurtmayız... Demokrasi olduğundan halktan uzak durulmayacak. Sık sık halkın arasına girilecek. Velakin, demokrasi uğruna halkın arasına bir dalıp hemen çıkacaksın yine.

Anladın mı şimdi şeyh efendi, demokrasi diye yanılarak bir kere halkın içine girdin mi, işin bitiktir. Evet, eski şeyh iyiydi, hoştu, yedi göbek sinsilesinden şeyhti. Gelgelelim kanunu bozdu. Kanunu bozunca da sepetlendi.

Çok merak ettiğim için,

– Eski şeyhin bozduğu kanun neydi? diye sordum.

– Dur hele, acele etme, dedi, alacağın her dersin sırası var.

– Hayır, bilmeden belki ben de bozarım da kanunu...

– Evet, o zaman yandın. Aman bilmeden bir halt karıştırıp bizi yine şeyhsiz bırakma da, yeniden şeyh arama telaşına düşmeyelim. Senin gibi ipten kazıktan kurtulmuşunu bulmak herzaman ele geçer fırsat değildir.

Bey çok ileri gidiyordu artık, ama korkudan ses çıkaramıyordum. O devam etti:

– Kanunun inceliklerini sonradan yavaş yavaş öğrenirsin. Şimdi birden zihnini karıştırma, yalnız şu kadarını söyleyeyim, buraların kanunu üçlü zagondur. Üçlü zagonu hiçbir zaman bozmayacaksın. Bak, ne gibi mesela? Tıpkı hapisane zagonu gibi. Hapisanede bir adam eroin satmak istese ne gerekir? Dışardan eroin gönderecek bir eroin tüccarı bulunacak, bir... İçerde kendisi hapisane ağası olacak, iki... E, peki dışardan içeri eroin nasıl girecek? Bunun için de, hapisane idaresinin gizliden eli olacak, üç... Bu üçü biraraya gelip sacayak olmadıkça, kaabili yok, hapisanede eroin satılmaz ve eroinci mahkûmlar krizden kıvranırlar solucan gibi... Bu iş de işte tıpkı buna benzer köpoğlu şeyh efendi! Burada da üçlü zagon var. Biri beydir, işte ben... İkincisi şeyhtir, işte sen... Üçüncüsü hükümettir, işte candarma komutanı...

Der demez ben bitmiştim ki, Bey,

– Candarma lafını duyunca suratın sarı-yeşile döndü ulan koca şeyh... dedi. Candarmaya arkanı vereceksin, anladın mı?

– Demek eski şeyh...

– Eski şeyhi hiç karıştırma, çok halt karıştırdı boynuzlu. Benimle arası iyiydi, candarmayla da iyiydi...

– Öyleyse?

– Ulan hükümet, dedik... Buraya partimizin bir büyüğü geldi mi, İngilizlerin lordlar kamarasındaki herifleri gibi gayetle inceden siyaset yapacaksın. İşte bizim şeyh, bu ince siyaseti beceremediğinden gümbürtüye gitti. Herneyse, ilk dersini aldın... iyi belle... Bu dediğim üçlü birleşip sacayak olmazsa, buranın köylü milleti, tıpkı hapisanede eroinsiz kalmışlar gibi krize tutulurlar Allah korusun... Bizim şeyh bulmak için telaşımızın sebebi buydu. İnsana benzer böyle senin gibi bir mahluk bulamazsa, bizim köylümüz, o zaman içi göçmüş meşeden şeyh yapar. Sen şimdi keramet sahibi bir şeyhsin. Ben demin dışarı çıkmıştım ya, ne diyorlardı senin için, biliyor musun? Sen attan inip de bizim koca eşkıya ile birlikte kese yoldan buraya gelmedin mi?

– Evet...

– Ve siz yayan olaraktan keseden geldiğinizden atlılardan önce buraya ulaştınız ya...

– Evet...

– Şimdi seni keseden getiren eşkıya ne diyor dışarda? Diyor ki: Atlılar yola çıkıp da siz orada kalınca, sen eşkıyabaşıya, "Namaza durmamız gerektir," demişsin sözde...

– Demedim öyle şey...

– Elbet demedin canım, lafın gerisini dinle... Namaza durmuşsunuz, sen önde imam olmuşsun, bu namlı soyguncu da, işlediği sayısız cinayet ve soygunlardan ötürü bir cami cemaate bedel saydığından kendini, o da ardında cemaat olmuş. İki rekât namaz kılmışsınız. Son rekâtta, "Esselâmüaleyküm ve rahmetullah," deyip de selama durup başınızı sağa çevirmişsiniz ki, eşkıya ne görsün...

– Ne görmüş?

– Ulan hâlâ sorarsın... Bir de bakmış ki siz burdasınız. Olduğunuz yerde, namaz kılarken göz açıp kapayasıya uçup buraya gelmişsiniz. Sendeki keramete bak... Atlıların dört nala at sürüp sizden bir saat sonra gelmesi ne hikmet? İşte senin kerametin... Eşkıyabaşı anlatıyor bunu, çevresine toplanmış avanaklar da ağızlarını bir karış açmış, "Allah Allah... Allah Allah!.." diye dinliyorlar.

– Yalan... Biz yürüyerek, eşkıyabaşının kılavuzluk ettiği kese yoldan geldik...

– Canım elbet yalan... Bu lafların tüm yalan olduğunu, uyduran eşkıyabaşı da bilmekte, dinleyen avanaklar da bilmekte, sen de bilmektesin, ben de bilmekteyim... Buranın insanları, senin evin bulunduğu Künt dağından buraya kese yoldan yarım saatte gelindiğini bilmez olur mu hiç... Bebeler bile bilir... Eşkıyabaşının uydurmasına karşılık, benim kâhyam olacak dürzü ne diyor? O da "Allah Allah..." diyor, "Biz atla geliyorduk," diyor, "bir de baktım, önümde bir ak bulut belirdi, ak bulutun üstünde bir kır at belirdi. Kır atın üstünde bizim Şeyh Said-i Uryani Hazretleri belirdi. Şeyh Hazretleri atın üstünde uçmaktaydı," diyor. Benim kâhya böyle deyince, öbürleri de, "Evet, biz de aynen böyle görüp şaştık... Hey Allah, bu Şeyh Said-i Uryani şimdi gözümüzün önünde attan inip yayan yapıldak yola düşmedi mi, bu ne keramet... dedik!" diyorlar...

– Ama, dedim, beni Künt dağındaki kaya kovuğunda anadan doğma çıplak ve soğuktan titrer buldukları zaman, bir kadın geldi, ordakilere beni rüyasında görmüş olduğunu söyledi. "Rüyamda gördüğüm mübarek zat aynen budur işte!" demişti.

Ben bu sözlerimle kendi gözümde durumumu "meşru kılmak", sağlamlaştırmak istiyordum. Çok zeki bir adam olan Bey, bunu anladığı için,

– Ulan, sen sakalından katır kuyruğuna bağlanıp bu dağlarda sürütülecek herifsin... dedi, ulan rezil, senin bu zavallılardan ne farkın var... Bak, şimdi sen de bir yalan uydurup kendi yalanına doğruymuş gibi inanmaktasın. Niçin? Çünkü, çulsuz garibin birisin ki, burdan sepetlenip dehlenirsen, aç susuz kalacağını ve darda kalınca bir rezil hırsızlıkla yine mapus damına düşeceğini iyi bilmektesin. Umarsız kaldığından, kendi uydurduğun yalana ve işine gelen başkalarının yalanına inanmaktasın.

Bey'e sordum,

– Şimdi bütün bu köylüler, benim gerçekten Şeyh Said-i Uryani olmadığımı biliyorlar mı?

– Biliyorlar... Hem de benden daha iyisini...

– Kendi yalanlarına inanıyorlar, öyle mi?

– Evet, öyle...

– Peki, neden?

– Biz sabahtanberi maval mı söylemekteyiz? Seni neden örnek gösterdik hey budala? Ulan çaresiz kaldığından yalan uydurup, kendi yalanına inanmaktasın. Sende bu akılsızlık varken, ben senin mapusta yattığına da inanmayacağım. Çünkü mapusta yatmış adamın senin kadar akılsızı bulunamaz. Mapus damının taşları, tuğlaları bile, anlatılanları dinleye dinleye azbuçuk akıllanıp insana yakın olmuştur. Söyle bakalım: Mapus kişi neden çok dalga geçer? Çünkü, umarı, kurtuluşu yok oğlum. Duvarlar arasına gömülmüş herif, mecburdur yalan uydurup kendi yalanına inanmaya. Aslında buna yalan demek bile doğru değil. Çünkü yalan, bir çıkar düşünerek karşısındakini kandırmak için uydurulmuşsa yalandır. Mapustaki adam sıkıştırılmış ve kıstırılmış ve umarsız kaldığından kendisi için hayal kurar. Başlar kendini kandırmaya. Derken kendi yalanını gittikçe allar pullar. Anlata anlata, kendi uydurduğuna kendi de inanmaya başlar. Bunun neresi yalan yahu... Hani insan, rüyasında uçar. Neden uçar bakalım? Çünkü herif, korkunç rüyasında iyicene sıkıştırılmıştır. Uçmayıp da ne bok yesin... Uçacak mecburi... Oysa gerçekte insanoğlu kuş mu ki uçsun? Bura insanlarının yalan söylemesi, korkulu rüyada darda kalan insanın kollarını çırpıp uçmasına benzer. Bizim bura insanları bile bile yalan söyler. Kendi yalanına kendi inanır önce. Onu dinleyenler de bilir yalan olduğunu, yine de inanır. Çünkü inanmak zorundadır. Böylesi yalana yalan denilmez. Senin şimdi bir düzenbaz olduğunu ben nasıl biliyorsam, eşkıyabaşımız da biliyor, benim kâhya olacak dürzü de biliyor. Seni kaya kovuğunda anadan doğma titrerken görüp: "İşte rüyamda gördüğüm mübarek zat budur" diyen karı da biliyor, bütün köylü de biliyor. Bile bile bu yalanlar... Çünkü köylüye bir şeyh gerekli...

– Ama niçin? diye sordum.

– Niçin olacak... Besbelli işte. Burda yaşayan insanların doktoru yok, ebesi yok, ilacı yok, yolu yok, işi yok, parası yok... Hiçbişeyi olmayınca, hiç olmazsa şeyhimiz olsun diyorlar... Ulan kara sakalına tükürdüğümün gavatı, senin pis ayağını bastığın murdar toprağı bu köylü alıp yarasına merhem, çürük ciğerine ilaç, kısır karısına şurup yapıyorsa, bir boka yaramadığını bilmediğinden mi sanıyorsun? Ulan, ilaç yok, para yok... Başka ne halt etsin! Bir umut işte, boş da olsa umut... Bu adamların insan gibi yaşayacak evi, işi gücü, doktoru, ilacı olsa, sakalına teneke bağlar da sıkıştığın yere kadar kovalar...

Bey'in konuşmalarından içime bir ağırlık çökmüştü.

– Peki hükümet? dedim.

– Hükümet mi, bak hele... Ulan hükümet ne yapsın? Hükümetimizin merhemi olsa kendi keline sürer... Ağa olmayınca, bey olmayınca, şeyh olmayınca, hükümet bu insanlarla baş edebilir mi? Edemez! Şimdi sen kendi işini anladın mı? Bibakıma şimdi sen hükümetin resmî olmayan bir adamısın ki, hükümetin resmî adamı senin yanında kaç para eder...

Bey de, ben de iyice sarhoş olmuştuk... Gece Bey'in misafiri oldum. Sabah kahvaltısında Bey, sululuğu bırakmamıştı. Benimle hep alay ederek konuşuyordu.

– Ulan Şıh, bak şu dolapta kitaplar var. O kitaplardan beğendiklerini seç de al. Oku da kafan işlesin, dedi.

Kitaplıktaki kitapları karıştırınca şaşıp kaldım. Çünkü kitapların çoğu, derebeyliğe, şeyhliğe karşı olanlardı. Yasak diye duyup bildiğim kitapları toplamıştı. Bana, "Ordan kendine kitap seç!" diyerek beni sınıyor olmalıydı. Ben de, adlarını çoktan unuttuğum iki kitap aldım terekten. İkisi de hükümetimizi tutan, destekleyen iki yazarımızın kitabıydı.

Bey,

– Ver bakayım şunları, dedi.

Verdim.

Aklısıra beni, hükümete karşı mıyım, değil miyim diye sınayacaktı.

– Seçe seçe bunları mı seçtin? Ne boka yarar ulan bunlar? dedi.

Kitaplıktan aldığı bir kitabı verdi:

– Al şu kitabı iyice oku da ona göre köylüye davran!

Kitabın adı hâlâ aklımda: "İslamlık Açısından Şeyhlik ve Ağalık".

– İyice oku da, İslamlıkta hem kendi yerini, hem benim yerimi iyice öğren! dedi.

Bizi, kendi adamlarıyla yolcu ederken, yine beni şaşırtan bişey oldu. Avluda ata binerken Bey bana bir saygı, bir saygı gösteriyordu ki, tıpkı beni ilk gördüğü günkü gibi... Dün bütün akşam ve gece gayet sululaşıp sövüp sayan herifin bu aşırı saygılılığı beni şaşırtmıştı. Kır atımı binek taşına çekmişlerdi. O koca Bey binek taşına çıkmama yardım ettikten başka, kendi eliyle ayağımı üzengiye yerleştirdi. Bütün bu köpekleşmesi yetmezmiş gibi, bir de tutup elimi öpünce büsbütün şaşırdım. Gizli bişey söylermiş gibi kulağına eğilip,

– Akşamdanberi sövüp sayar dururken, şimdi bu saygı gösterileri de ne demek oluyor ulan bey oğlu bey... diye fısıldadım...

Bey, içki sofrasında bana o kadar sövüp saymıştı ki, ben de haysiyetimi korumak, ondan aşağı kalmamak için aşağılama olsun diye ona "bey oğlu bey" demeye başlamıştım. At üstünde olduğumdan Bey de ayakları üstünde yükselerek benim kulağıma uzanıp,

– Bu işin raconu böyle ister, ben saygı göstereceğim ki, bu köylü insanı da seni bir adam belleyip saysınlar. Ulan ırzı kırık, düzmece şeyh, atalarımız ne buyurmuş: "Keskin zekâ keramete kıç attırır!" buyurmuş. Göreyim seni keramete kıç attır ki, ermişliğinden hiç kuşku kalmasın... deyip bir daha ellerime sarılıp sarılıp, iki elimi öperek, köylülerin duyması için yüksek sesle,

– Aman Şeyh'im, biz günahkârları duadan eksik etme!.. dedi.

Arkamda, sağımda, solumda atlılarla çıktık yola... Az gidince, gelişimizde olduğu gibi ben yine,

– Ata merhametimiz geldi, inmemiz gerek... deyip attan inmeye davranırken, eşkıyabaşı yanıma geldi, yavaşça bana,

– Aman Şeyh'im, dedi, gelirken dağdan iniş aşağı geldiğimizden kolay ve de çabuk geldik. Dönerken yaya çıkılmaz bu dik yokuş... Anamız ağlar. Sekiz saat yürüsek varamayız. Aman sen sen ol, attan ineyim deme...

– İyi ama oğlum, ben at üstünde duramam...

– Hiç kaygılanma, atını yedeğe aldırtırım...

İşte böyle... Ben bir kral yaşayışı içindeydim. Aradabir bu işin sonu nereye varacak diye düşünüyor, ama kendimi unutmak için hemen şarap destisine uzanıyordum. Günler işte böyle geçerken, günlerden bigün,

– Bedri Kaymakam (yarbay) gelecek, haber saldı... dediler. Bunu söyleyen bizim eşkıyabaşıya,

– Bedri Kaymakam kim? diye sordum.

Bilmeyişime pek şaştı ama, şaştığını belli etmemeye çalışarak,

– Bedri Kaymakam, gayet zorlu bir candarma komutanıdır ki... diye anlatmaya başladı. Bu Bedri Kaymakamdan önce, bu dağlar hep eşkıya yatağıymış. Hükümet kuvvetleri, bu dağlardan eşkıyayı bitürlü söküp atamıyormuş. Hergün bir yolbağcılığı, bir baskın olurmuş, şosadan makine "otobüs, otomobil" geçemezmiş. Öylesine azmış ki eşkıyalar, candarma ve başka kuvvetler baş edemez olmuşlar.. Gazeteler, "asayiş kalmadı" diye cayırtıyı koparmışlar. Bütün buralarda can, mal, ırz güvenliği kalmamış. Kaç candarma müfrezesini önlerine katıp kovalamışlar. Sık sık değiştirilen candarma komutanlarının hiçbiri eşkıya ile baş edemezmiş. Sonunda (Çok şükür! diyordu bizim eşkıyabaşı) bu Bedri Kaymakam gelmiş de, eşkıyanın köküne kibrit suyu dökmüş, kökünü kazıyıp kurutmuş.

Bana bunları anlatan, benim de bulunduğum otobüsün daha bikaç ay önce yolunu kesip adamlarıyla yolcuları soyan eşkıya idi.

– Peki bu Bedri Kaymakam nasıl becerdi bu işi? diye sordum.

Bedri Kaymakam hükümete söz vermiş ki, "Altı ay bana hiç ilişmezseniz, ben kanun dairesinde bura eşkıyasının kökünü kazırım!" Hükümet de başka bişey yapmak elinden gelmeyince, "Peki, altı ay sana mühlet... Her ne yaparsan yap, bizden sana ferman, yeter ki şu eşkıyayı bitir. Aman yalnız kanunsuz bir iş yapma!" demiş. Bu Bedri Kaymakam kanunsuz hiçbişey yapmadan, daha altı aya da kalmadan eşkıyanın kökünü kazımış.

– Nasıl yaptı bu işi?

– Kolayını buldu şeyhim. Bizim bura insanı yokluktan, yoksulluktan dağa çıkar. İş olmayınca başka ne halt edelim? Bedri Kaymakam, geldiğinin ilk iki ayı eşkıyaya hiç ilişmedi. İlişmeyince, buraların dağı taşı vıcır vıcır eşkıya doldu. Öyle ki, bir kaya kovuğunu üç eşkıya çetesi paylaşamıyor. Senin, benim diye vuruşuyorlar. Dağları karınca gibi eşkıya sardı. Yeni eşkıyanın sayısı, eşkıya olmayanların sayısını aşınca, bu eşkıya çeteleri ne yapsınlar, birbirlerini soymak zorunda kaldılar. Bedri Kaymakam hiç ilişmedi, hiçbir candarmasını da üstlerine gönderip kimsenin burnunu kanatmadı. Bundan ötürü, eşkıya milleti kendinden gayetle memnun kaldığından "Allah seni başımızdan eksik etmeye..." diye dua etmeye başladılar.

Eşkıya çeteleri birbirini soyarken vuruşmaya, kırılmaya başladı. Bu vuruşmalarda ölen ölür, kalanları da adam öldürme suçundan Bedri Kaymakam yine kendilerine yakalatır, mahkeme yoluyla hapse attırırmış. İşte böyle böyle eşkıyaların sayısı azalmış.

Bigün Bedri Kaymakam, bu bizim eşkıyabaşını çağırtmış. Korkudan gidemiyormuş; yakalar da hapse attırır diye... Çünkü o zamana kadar çok canlar yakmış bir adam. O zaman Bey, bu bizim eşkıyabaşına,

– Halt etme ulan, git, Bedri Kaymakam yiğit bir adamdır, kapısına amana geleni bastırmaz... deyince gitmek zorunda kalmış.

Komutanlıktan içeri girip, Bedri Kaymakamın ayaklarına kapanarak,

– Aman Komutan, ben ettim sen etme, demiş, sen bana kasabada belediyeden çöpçülük filan gibi aylıklı bir hükümet işi bul, ben eşkıyalıktan cayar düze inerim. Yeter ki, karnımızı doyuracak, sizinki gibi aylıklı bir işimiz olsun...

Bedri Kaymakam,

– Aferin ulan itoğluit, demiş, sen umduğumdan da yiğit çıktın, sen eşkıyalıktan vazgeçmeyeceğin gibi, eşkıyalığı sürdüreceksin. Seni bu dağların kralı tayin ettim. Bundan böyle benden görev alacaksın.

İlk görevi de vermiş. Dağlarda daha iki eşkıya çetesi kalmış, onları pusuya düşürecek. Çünkü başka türlü kral olamıyor. Dağların kralı olması için, kendinden başka eşkıya kalmayacak. Krallıkla eşkıyalık birbirine tıpkı benzermiş. Bir ülkede iki kral, bir dağda iki eşkıya olamazmış.

Bizim eşkıyabaşı,

– Can baş üstüne Komutan! deyip çıkarken, Bedri Kaymakam,

– Dur hele... deyince eşkıyabaşı, "Azkaldı ki korkudan altımı pisleteyazdım" diye korkusunu anlatıyordu.

Bedri Kaymakam demiş ki "Sen şimdi hemen Künt dağlarına var. Ordaki mağaraya gir. Seninle konuşmak için Istanbul'dan bir gazeteci geldi. Çünkü bütün memlekette şimdi senin ünün dolanıyor. Bütün gazeteler senden söz ediyor. Gazeteci senin resimlerini çekip, gazetesinde basacak. Gazetecinin yanına iki candarma katıp senin yanına yollayacağım. Ama, biz senin yerini bilmemiş olacağız. Sen gazeteciyle bizden gizli konuşmuş olacaksın. Gazeteci sana, niçin dağa çıktığını, neden eşkıya olduğunu soracak. Ulan sakın açlıktan, yokluktan eşkıya oldum, deme. "Belediyeden aylıklı bir çöpçülük bulaydım, dağa çıkmazdım" dersen, seni itler gibi sürüterek buraya getirtir, kemiklerini kırarım. Diyeceksin ki gazeteciye "Ben namus uğruna bu yola düştüm" diyeceksin. "Ben vatani vazifemi ifa ederken, bir zalim bey karıma göz koyduğundan, ben de namusumu korumak için..." diyeceksin, anladın mı? Sonra diyeceksin ki "Ben hiç cana kıymadım. Ben zenginlerden alırım, yoksullara veririm. Yoksul kızların çeğizini düzer, düğünlerini yaparım." diyeceksin... Böyle demezsen gözünü patlatırım..."

Bizim eşkıyabaşı "başüstüne" deyip savuşmuş. Künt dağındaki mağarasına kapanmış. Az sonra da Istanbul gazetecisi gelip bununla konuşmuş, resimlerini çekmiş. Eşkıyabaşı öyle bir anlatmış ki, dinlerken gazetecinin gözlerinden sicim gibi yaşlar dökülmüş. "Yahu, sen okur-yazar adamlar gibi ne güzel yalanlar düzüyorsun, beni de ağlattın... Ben bu senin dediklerini daha da allar pullar gazeteye yazarım. Kimde can kalır ağlamaktan; okurların ağlaya ağlaya gözleri şişecek..." demiş.

Bizim eşkıyabaşı,

– Allaha şükür, dedi, buralarda bizden başka eşkıya kalmadı. Evelallah, sonra Bedri Kaymakamın sayesinde eşkıyanın kökünü kuruttuk.

– Ya sen? dedim.
– Ben hükümetin emrindeyim... dedi.
Anladığıma göre çok akıllı, çok kurnaz olan Bedri Kaymakam, buraların nasıl olsa eşkıyasız kalamayacağını bildiğinden, emrinde bir eşkıya çetesi tutarak, hem başka eşkıyaların türemesini önlüyor, hem de buraların eşkıya ihtiyacını sağlamış oluyor. Nasıl olsa eşkıya türeyecek, hiç olmazsa tek olsun ve candarmanın buyruğunda bulunsun... İstese bunu da ortadan kaldırır ama, o zaman bilmediği yerlerde, başka başka eşkıyalar türeyecek.
Bu konuşmamız sırasında, ocaktan ermiş olan şeyhin de neden sepetlenmiş olduğunu öğrendim. Bedri Kaymakam son derecede cumhuriyetçi ve inkılâpçıymış. Eski şeyh, bir eşkıya çetesini korumuş, saklamış. Bunun üzerine "Vay, sen bana karşı nasıl eşkıya çetesini korursun, bizim kendi eşkıyamız varken?.." diye kızan Bedri Kaymakam, cumhuriyetçiliğe ve inkılâpçılığa karşı olduğundan eski şeyhi burdan sürdürmüş. Şeyh giderken de Bedri Kaymakam "Biz istediğimiz gibi bir eşkıyayı nasıl bulduksa, isteğimize uygun bir şeyhi de buluruz; halkımızı hiçbir zaman şeyhsiz bırakmayız." demiş.
Bey de tıpkı böyle söylemişti bana! "Hiçbir sürü başıboş olmaz. Her davar sürüsünün bir sahibi vardır, bir çobanı vardır, bir de çoban köpeği vardır. Çoban köpeğiyle çoban bikaç tane olabilir ama, sürünün sahibi bir tanedir. Halk da sürüye benzer. Başında sahibi olarak bir bey yada ağa bulunacak. Ondan sonra işte senin gibi şeyhi olacak, bir de kendini koruyacak eşkıyası ve adamları olacak..."
Bizim eşkıyabaşı diyordu ki:
– Bu bizim Bedri Kaymakam gayetle sert bir heriftir.
Kızdı mı, bayıltıncaya kadar dövermiş.
İşte ziyaretimize gelecek olan Bedri Kaymakam böyle bir adamdı. Çok cumhuriyetçi ve inkılâpçı olduğunu öğrendiğim için büyük bir korkuya kapılmıştım. Şimdi bu Bedri Kaymakam benim sabıkalı olduğumu da anlarsa, ben yandım, beni bir sopaya çeker ki... Benim dayağa hiç yüzüm yoktur. Acaba bu Bedri Kaymakam benim kimliğimi öğrendi de, beni yakalamaya

mı geliyor? Hemen Bey'e bir mektup yazdım. Adamlarımdan birine,

– Oğlum, çabuk atlan, ok ol fırla! Bu mektubumu Bey'e götür. Bey'in cevabını kap gel, kuş ol uç!.. dedim.

Bey'den yazılı cevap geldi:

"Ar ve namus şişesini kendisi kırmış bulunan muhterem Şeyh Hazretleri efendim,

Candarma komutanı geliyorsa, elbet haberimiz var ve bir düzenimiz var, demektir. Biz sana, haberimiz olmadan buralardan kuş uçamaz demedik mi koca gavat! Sana bu mektubumuzu getiren habercinin başı ağrımaktaymış. Bu mektubumuzu haberciye muska olarak vereceksin. Kendi elinle işbu muskayı yakacaksın ve başı ağrıyan haberci de yanan kâğıdın dumanının zerresini ziyan etmeden içine çekecek. Allahın izniyle baş ağrısı kalmayacaktır. Göster kerametini rezil herif... Mektubumuzu yakmayıp saklayacak olursan, gerisini artık sen düşün... Ellerinizden öperim muhterem efendim, şeyhim..."

Ben mektubu okuyunca şaşakaldım. Haberciye,

– Haydi git! dedim.

Haberci,

– Bey dedi ki... dedi.

– Ne dedi?

– Başım ağrımaktaymış da...

– Kimin başı?

– Benim başım ağrımaktaymış, Bey öyle dedi...

– Eee?

– Muskanın tütsüsüyle baş ağrımız geçecekmiş.

Anladım ki adam sıkıca tembihli... Mektubu kibritle yaktım. Haberci dumanın üstüne eğilip tütsüyü iyice içine çekmeye başladığından öksürüyordu. Sonra Bey'den aldığı buyruğa uyarak külleri de yele savurdu.

O gün bizim eşkıyabaşımız Meko soluk soluğa geldi,

– Aman Şeyh'im, Bedri Kaymakam gelmektedir... dedi.

– Gelirse gelir, ne olacak, hoşgeldi sefageldi... diye Meko'nun ve adamlarının yanında caka satmaya kalktımsa da, Bedri Kaymakam için öyle olaylar anlatmışlardı ki, geleceğini duyunca beni bir korkudur aldı. Biz sabıkalılar zaten her an korku içinde yaşarız. Bizim gibi boynubükükler, toplumdışı edilmişler, şeyh olmak değil ya şeyhülislam olsak oldum olası polisten, candarmadan korkarız. Benim rüyalarıma ençok giren onlardır.

Şeyhliğin gereğince protokolün nasıl olacağını bilmediğimden, karşılama ve uğurlamalarda zorluk çekiyordum. Bey, candarma komutanı, bir hükümet adamı filan gibi insanların arasında şeyhin yeri neresiydi, en başta mı, en geride mi? Bey'le olan durumumu öğrendim. İkimiz yalnız kalınca bana ikidebir "Ulan koca dürzü!" diye sövüp duran Bey'den, herkesin içinde olunca ben önde geliyordum. Başkalarının yanında saygı gösterip, elimi öpüyordu. Ya bu Bedri Kaymakamla durumumuz nasıl olacaktı? Herif gelince koşarak kapıda mı karşılasam, yoksa yolunun üstüne mi çıksam?.. Yoksa keramet ehli ve gaipten haberi olan bir şeyh olarak, postuma oturmuş tesbih çekermiş numarasıyla mı karşılasam?

Bilmezliğimi çaktırmadan adamlarımdan öğrendiğime göre, benden önceki şeyhe de candarma komutanı ziyarete gelirmiş, ama şeyh "istiharedeyim" diyerek, gelenleri yarım saat kapısında bekletmeden içeri almazmış...

Şimdi ben bu numaralara girersem, dağbaşlarındaki kudurmuş kurtların yüreğine korku salmış olan eşkıya kırımcısı bu Bedri Kaymakam, "Ulan biz hükümet kuvveti olarak gelmiş olalım da, sen kıçını yay otur, öyle mi?" diyerek beni bir sopaya yatırırsa...

Tarih öğretmenimizin bir derste anlattıklarını hiç unutmam. Elçiler huzuruna gelecekleri zaman sadrazam, onlara ayağa kalkmamak için ayakta durur beklermiş. Çünkü, elçiyi görünce ayağa kalksa, padişahtan başka kendinden üstün bir insan bulunmayan koskoca bir sadrazamın, iki paralık bir elçi parçasına ayağa kalkması uygun düşmez. Ayağa kalkmasa nezakete aykırı... Buyüzden, sanki elçi için değil de, kendiliğinden ayaktaymış gibi dururmuş. Ben de buraların bir sadrazamı sayılmaz mıyım? Öyleyse sadrazam numarası yapmam gerekir. Odamın içinde dolanıp, pencereyi dikizlemekteyim.

Hem avluda, hem oda kapımda adamlarım beklemekte. Bir makina hırıltısı duyuldu. Duyulmasıyla bir arazi arabası avluya girdi. Arabadan bikaç kişi indi. Korkudan, inenler kimdir, seçemedim. Bu arabanın bizim buralara nasıl tırmandığına pek şaştım.

Dışardan bir ses duydum. Ses dersem, sözün gelişi öyle... Yoksa buna insan sesi denilemez. Evet, sözleri insanca, gelgelelim sesi insanca değil. Sanki bir gökgürlemesi...

– Şeyh Efendi hazretleri bizi kabul buyuracaklar mı?

Amanın, böyle bir gümbürtüyü kabul buyurmamak kimin haddine? Yahu bu Bedri Kaymakamın eşkıyanın taş kesilmiş yüreğine bile korku salması boşuna değilmiş. Adam, yol ağzına çıkıp da "Geliyorum haaa!" diye bir seslense, rüzgârın sesini ulaştırdığı yerlerdeki eşkıyalar korkudan pat pat yere serilir. Adamlarımın verdikleri cevapları duyamıyordum, belki de korkudan sesleri kısıldı. Birden aklıma ne geldi bilir misin? Bedri Kaymakamın ayaklarının dibine kendimi atayım: "Ben ettim sen etme!" diye yalvarmaya başlayayım. Çünkü bu Bedri Kaymakam benim sabıkalı sahteci olduğumu biliyorsa yada anlarsa beni burdan sağ çıkarmaz. Bana onun için anlatılanlar bu yolda... Burda kanun manun sökmez, insanı kimvurduya getirirlermiş...

Bir gümbürtü daha:

– Namazda, niyazdalar mı? Duadalar mı yoksa şeyh efendi?

Aman... Kapının arkasından "Evet, duadayım..." diye fısıldasam da, arka pencereden atlayıp sıvışıp gitsem mi? Yahu şeyhlik benim neyime... Her sahtecilik bitti de, şimdi de sahte şeyhlik mi kaldı?.. Param da var üstelik, pencereden kaçıp, bayır aşağı kasabanın yolunu tutsam mı? O zaman da bu Bedri Kaymakam, arazi arabasına atlayıp beni yolda ensemden yakalamaz mı!..

– İzin var mı? Destuuur!..

Bu uzun desturla birlikte, kapının kanadı küt diye arkaya çarpınca, duvarın sıvaları döküldü ve önce bir çizmeli ayak göründü. Anlaşılan çizmeli ayağıyla tekmeleyerek, kapıyı çarpıp huzuruma giriyor. Ulan, bir de "İzin var mı?" diye soruyor.

İzin varken kapıyı tekmeleyen herif, izin vermezsek evi başımıza yıkacak... "Hey büyük Allahım..." diyorum içimden. "Sen bana gerçekten bir şeyh kerameti ver ki, ben bu Bedri Kaymakam denilen herifi, üstüne bir üfürmeyle taştan heykele çevireyim ve amana gelmeyince herifi çözüp yumuşatmayayım..."

Gülmeyin, gülmeyin... Size daha önce de söyledim, biz umarsız kalmış sabıkalılar çok ezik olduğumuzdan hep hayal kurar, olmayacak şeylere kendimizi inandırmaya çalışırız...

Önce kendisi, sonra çizmesi girdi... Allah Allah!.. O sis düdüğü sesli Bedri Kaymakam bu mu? Yahu bu, altı karış beberuhi... Elbisesiyle, çizmesinin çamuruyla tartsan, elli kilo ya gelir ya gelmez... Bu ses, bu adamın neresinden ve nasıl çıkar... Ağzından desen, o sese ağız dayanmaz, yırtılır. Karnından desen, öyle bir gümbürtü bu bir avuçluk karna, sığmaz patlatır. Yani, adamın tüm gövdesi ses olsa, yine bu kadar ses olmamak gerekir... Korkudan zangır zangır titriyorum. Bikaç kez önüne varıp "Hoşgeldiniz!" demek istedimse de, dudaklarım kıpır kıpır kıpırdanıyor, ama ağzımdan ses çıkmıyor. Artık beni nasıl bir korku sarmış, anlayın ki, candarma yarbayı dudaklarımın kıpırdayışını görünce, arkasını dönüp, elpençe divan duran kendi adamlarından birine,

– Ulan baksana eşşekoğlueşşek... Şeyh Efendi hazretleri dua ediyorlarmış... Ben sana izin var mı diye sor, demedim mi? diye gürleyip bir sille çaldı ki, adam bikaç kez topaç gibi dönüp duvara çarptı.

Ama ben de candarma yarbayının numarasını çaktım... Çünkü bu numara aynen hapisane ağasının numarasıdır. Ee, biz eski hapisaneciyiz. Hapisaneye yeni gelen bir acemiden ağa çok haraç almak isterse, adama gözdağı vermek için, yanında bu iş için tuttuğu birine, tıpkı bu candarma yarbayı gibi, bir bahane uydurup söver, sonra da adamını şamarlar... Çoğu zaman bu numara, yeni mahkûm koğuşa girer girmez daha çay ocağındayken yapılır. Salt bu şamarı yemek için ağanın beslediği adamlar vardır. Adamına sövüp şamarı patlatır, şamarın sesi duvarlarda yankılanırken de, hapisaneye yeni gelen adamın önüne çay tepsisini uzatıp "Allah kurtarsın" derler. Adam da dayak korkusundan elliliği, yüzlüğü tepsiye bastırır.

Bedri Kaymakamın numarasını çaktım. Elpençe duran adama sövüp tokat atarak, beni korkutmaya çalışıyordu. Oysa benim artık korkacak halim mi kalmış... Hâlâ korkudan titremekteyim, dudaklarım da kıpır kıpır oynamakta. "Hoşgeldiniz!" diyecek oluyorum, ama sanki köpek kovalıyormuşum gibi ağzımdan,

– Hoş hoş hoş hoş... diye sesler çıkarıyor, sözün gerisini bitürlü getiremiyorum.

Bu hoşhoşları iyi karşılamayan yarbay püskül kaşlarını çatıp,

– Nedir? diye sordu.

Benim büsbütün dilim tutulup,

– Hoş hoş hoş... diyerek korkumdan geri geri çekildim. Sonunda büyük bir çabayla,

– Hoşgeldiniz! diye ağzımdan ince bir düdük sesi çıktı.

Çok aşırı saygılı davranan Yarbay,

– İnayet buyrun, kerem buyrun Şeyh Efendi hazretleri... Rahatsız olmayınız, oturunuz rica ederim... diyerek beni itti, omuzlarımdan tutup beni mindere çökertti.

Hem saygı gösteriyor, hem de kuvvet... Ben kavgacı filan değilimdir ama, ne de olsa okuldayken yaman spor yapardım... Ben bu adamı, başabaş kalsam bitiririm ya, ne yapayım ki ben bir kişiyim, o kalabalık... Çünkü bir kendisi, bir de kendisiyle hükümet... Üstündeki resmî elbise ne demek!.. Bu herif benim elime plajda mayoyla geçecek ki...

– Ayağınızın türabı olayım, oturunuz Şeyh Efendi hazretleri... dedi.

– Es... essss! – Bu es'ler ağzımdan "hast..." der gibi çıkıyordu – es-estağfurullah...

– Şimdiye kadar gelemedik, ziyaretinizde kusur ettik, bağışlayın. Af büyüklerin şanından...

Bu da Bey gibi elimi öpüyordu. Karşılıklı oturduk. Bir de geveze adammış ki, gayet de tatlı dilli. Dereden tepeden konuşurken birden,

– Şeyh Efendi hazretleri, dedi, size herşey malumdur ya, yine de söyleyeyim: Bu bölgede asayişi ben değil, siz sağlayacaksınız. Çünkü bizim candarma kuvvetimiz yetmez. Memleketin bütün candarmasını yalnız bu bölgeye yığsak, yine de baş edemeyiz. Bizim atalardan ve büyüklerimizden duyduğumuz: "Bir şeyh, beş candarma bölüğüne bedeldir." Şimdi siz burada beş candarma alayı demeksiniz. Evelallah, sonra size güveniyoruz.

Hiç de bana anlattıkları gibi değil. Çok kibar, çok terbiyeli ve saygılı bir adam. Bey gibi ağzı bozuk da değil. Ama yine, ne olur, ne olmaz diye çekingen davranıyorum.

– Duyduğum doğruysa, aslınız Semerkant'tan mı, Buhara' dan mı? diye sormaz mı!..

İyi ki cevap vermeme zaman bırakmadan,

– Sizi bir arkadaşıma benzettim, demesiyle, şöyle ışığa dön hele şeyhim! diyerek başımı elleriyle pencere camına döndürüp, sanki ışıkta kumaş muayene edermiş gibi suratıma dikkatli dikkatli baktıktan sonra,

– Allah Allah!.. dedi, sakalın olmasa şeyhim, aynen o... Bu kadar benzeyiş olur...

Sanki başımdan aşağı kaynar sular döküldü. O anlatıyordu:

– Lisedeyken, sizden iyi olmasın, çok iyi bir arkadaşımız vardı. Gayet muzipti. Mutfak nöbeti onda oldu mu, koğuşa karavana karavana ciğer, böbrek kızartmaları, tatlılar getirirdi. Tekme yumruk "Kalk ulan Bedri!" diyerek beni tatlı uykumdan uyandırırdı. Geceyarısı karavana dolusu etleri tıkınırdık...

Sustu, yüzüme bisüre dikkatle baktı. Öyle bir bakış ki: "Ulan hergele, ben seni tanıyorum!" demek istiyordu. En sonunda ben de onu tanımıştım. Bu benim lisedeki iyi arkadaşlarımdan "Sıçan Bedri"ydi. Demek aradan bunca yıl geçtikten sonra candarma yarbayı olmuştu. İçimden, "Bedri, kardeşim!" diye boynuna atılmak isteği geçti. Ama güvenemiyordum. Acaba beni gerçekten tanımış mıydı, yoksa benzettiğini mi sanıyordu? Tanımıştı da, tanımazdan gelir gibi davranışı vardı.

Beni gerçekten tanıyıp tanımadığını anlamak için, ürke ürke,

– Ne oldu sonra? dedim.

– Kim? diye sordu.
– Arkadaşınız?
– Hangi arkadaşım?
– O dediğiniz...
Dudaklarımın titreyişinden kendimi ele vermiştim. Gözlerini gözlerime dikip,
– Kovuldu okuldan, dedi, okula askerî liseler müfettişi bir general gelmişti. Gece, generalin elbisesini giymiş, bizi korkutmak için. Sınıf subayı Balyoz Hakkı enseledi...
Birden sözünü kesip,
– Çok ilgilendiniz... dedi.
Artık ikimiz de birbirimize oyun oynuyorduk. Kim olduğumu biliyor, ben de onun Sıçan Bedri olduğunu biliyorum. Ama ikimiz de birbirimizi tanımaz görünüyorduk. O Bedri Kaymakamdı, ben de Şeyh Said-i Uryani...
Ben onun "çok ilgilendiniz" demesine cevap vermeyince, yine anlamlı anlamlı yüzüme gülümseyerek bakıp,
– Yoksa siz de tanıyor musunuz onu Şeyh'im... dedi.
– Hayır, tanımıyorum... dedim.
– Evet... Sonradan duyduk ki azılı bir sahteci, dolandırıcı olmuş... Gazetelerde sık sık resimleri çıkar. Ama çoktanberi, gazetelerde adı sanı görünmediğine göre, yine kimbilir nerelerde, hangi zavallıları kazıklıyordur...
– Belki cezaevindedir...
– Sanmam!..
Oynadığımız oyunu sonuna kadar götürmek için sordum:
– Okuldan sonra hiç karşılaştınız mı?
– Hayır...
– Görseniz ne yapardınız?
– Şimdi onu elime geçirsem, elbet görevimi yapmak zorundayım; hemen savcılığa teslim ederim.
– Suçsuzken mi?
– Alışmış, kudurmuştan beterdir, o suç işlemeden duramaz artık...
İkimiz de uzun süre sustuk. Bir cıgara yaktı.

– Benim buraya asıl gelişim başka, dedi, Ankara'dan telefon aldım: Burhan Bey geliyormuş. Burhan Beyi tanısanız gerek.

Birden Şeyh Uryani olduğumu unutup,

– Hangi Burhan Bey? diye sorunca o da dalgınlığa gelip,

– Yahu bizim Boru Burhan... dedi.

Sonra birden kendini toplayıp ciddileşerek dedi ki:

– Bizim sınıf arkadaşlarımızdan bir Boru Burhan vardı. Kulağı hep yemek borusunda olduğu için Boru Burhan derdik... İşte o geliyor. Oğlan akıllı çıktı. Okuldayken, onun da aklı benim gibi kıttı ama, oğlanın zekâsı sonradan açıldı. Teğmenken, bir yolunu bulup askerlikten ayrıldı. Şimdi de milletvekili. Biz hâlâ dağ-bayır sürtüp duruyoruz.

İçimi çekip,

– Kısmet... dedim.

– Buraları Burhan Beyin seçim bölgesi olduğundan, seçmenleriyle görüşmek için haftaya geliyor. Biliyorsunuz ya, seçimler yaklaşıyor. Eskiden kolaydı. Ne zaman memlekete demokrasi geldi, bu milletvekillerinin de işi zorlaştı. Hiç değilse yılda, enaz seçimden seçime dört yılda bir, seçim bölgesini gezip dolaşmak, seçmenlerle yarenlik etmek var. Çekilir şey değil... Bize bakma. Bizim işimiz demokrasiden önce de zordu, şimdi de... Ben asıl, işte bu iş için geldim. Burhan Bey sınıf arkadaşımızdır, mutlak seçilmeli bu sefer de... Şeyh'im efendim, himmet sizden, gayret bizden... Burhan Beyin seçilmesi sizin elinizde... Artık bu iyiliği bizden esirgemezsiniz...

– Estağfurullah... Ama ben ne yapabilirim?

– Siz çok şey yaparsınız Şeyh'im... Bu avanaklara, "Burhan Beye oylarınızı vereceksiniz!" dediniz mi, tamam!.. Sizin sözünüzden çıkamazlar. Şimdi ben kalkıp da bunlara, "Burhan Beye oy verin," desem, adım gibi biliyorum ki, inatlarından tersini yaparlar, buralardan Burhan Beye tek oy çıkmaz. Bunların hepsi oylarını Resul Hamido denilen herife verirler. Bakmayın siz, benden korkar, beni sayar gibi göründüklerine... Onların istediği, Resul Hamido'yu milletvekili seçip hapisten kurtarmak... Ben, sınıf arkadaşım olduğu için Burhan Beyi tutuyorum sanmayın... Burhan Bey son derecede Kemalist ve inkılâpçı bir zattır. Resul Hamido gibi gerici değil... Siz Bey'i tanıyorsunuz, Bey'i... Duyduğumuza göre birbirinizi severmişsiniz...

– Evet...

– Bir de Selahattin Bey var, otuz köy sahibi... Buraya uzaktır oturduğu yer. Gittim ona geçenlerde, "Sizden bir ricam var!" dedim. Herif cin gibi. Hemen ne isteyeceğimi anladı ama, anlamazdan gelip, "Buyur Komutan Bey!" dedi. "Emrin can baş üstüne..." "Sen istersen Burhan Bey seçilir... Senden ricam budur," dedim. Dedi ki: "De ki bana, üçyüz atlı çıkar, başüstüne çıkarayım... De ki bana, oğullarını ver, askere alacağım, başüstüne dört oğlum var, al götür... De ki bana, benim candarma alayını bir ay besle... Bir ay değil, bir yıl yağla balla, etle sütle besleyeyim... De ki bana, falan filan ve falan adamlar düşmanımdırlar, vurdur... Başüstüne, hemen vurdurayım... Ama... Ola ki benden Resul Hamido'ya oy verilmemesini istemeyesin... Yapamam... Kusura kalma..."

Onun için Burhan Beyin seçilmesinin umudu, bir bu bölgeye kalıyor. Bey razı... Çünkü Resul Hamido'yla araları hiç iyi değil, bir anlaşmazlıkları var aralarında... Siz de bu işe "he" derseniz, oldu gitti... Burhan Bey seçilir. Dediğim gibi, son derecede Kemalisttir... Sizin gibi saygıdeğer şeyhlere büyük saygısı vardır. Aptesinde namazında, dini bütün bir Müslümandır. Bir hafta sonra gelecek. Ben yanında olmayacağım ki, candarma siyasete karışıyor filan diye dedikodu çıkarmasınlar... Benim ricam bu, artık gerisini siz bilirsiniz...

Bu "gerisini siz bilirsiniz"i, "dediğimi yapmazsan ananı bellerim sonra" der gibi söylüyordu.

– Ulaaan, nerdesiniz? Eşkıyaya mı basıldınız babasının oğulları! diye o sıtma görmemiş gür sesiyle camları zangırdatınca, kapı açılıp üç candarma eri birden girip, topuklarını çarparak selamı bastılar. Erlerin arkasında da benim iki adamım vardı. Bedri Kaymakam onların yanında yine aşırı saygıyla,

– Dualarınızı beklerim Şeyh Efendim hazretleri... dedikten sonra dışarı çıktı.

Araba motorunun gümbürtüsü uzaklaşınca, üç gün üç ton yük taşımışım gibi yorgun düştüm sedire...

Ben siyasetten ne anlarım canım? Param pulum var. Pılıyı pırtıyı toplayıp kaçsam burdan diye düşünüyorum ama, Bedri Kaymakam her nereye kaçsam, avcı şahin kuşu gibi biner tepeme, beni yakalar. "Gerisini siz bilirsiniz" demesi, işte bu demekti. Bu kez büyük işlere daldım, burnumun ucuna kadar siyaset batağına battım ki, kurtuluşum yok...

Bana yazmamı söylüyorsunuz. Kuzum, bunlar nasıl yazılabilir? Yazılsa da yayınlanabilir mi? Bu kirli çamaşırlar ortaya çıktı mı, kokusu dünyayı sarar.

Neyse... Bizim Boru Burhan'ın geleceği gün, sabah erkenden Bedri Kaymakam, bir atlı candarma çavuşuyla haber gönderdi:

– Yarbayımın selamları var efendim. Bugün öğleden sonra Ankara'dan misafirimiz gelecekmiş. Yarbayım dedi ki; yani rica etti ki: Gelecek misafiri ne kadar çok kalabalık önünde karşılarsanız o kadar iyi olurmuş...

– Peki, dedim, ben de Yarbaya selamlar ederim...

Benim köylülere haber salıp onları toplamamın hiç gereği kalmadı. Çünkü Yarbay biyandan, Bey biyandan daha önceden köylere haber göndermişler. Köylerin muhtarları, ileri gelenleri, yaşlıları geldiler. Benim büyük oda doldu, taştı. Gelenlerin hiçbiri de hediyesiz gelmiyor. Bunca şey yenilip içilmekle tüketilemeyeceği için, toplanan öteberiyi arada yoksul köylülere dağıttıkça, sanki bu dağıttıklarım bana gökten geliyormuş gibi, kerametime büsbütün şaşıyorlar yada Bey'in düşüncesine göre şaşmış gibi görünüyorlar.

İkindiye doğru, yanında iki kişiyle Boru Burhan geldi. Ben artık işi iyicene şeyhliğe vurup, oturduğum post üstünden kımıldamıyorum. Boru Burhan odaya girmesiyle birden hızlanıp bana koştu. Önce postu, sonra abamın eteğini, sonra da mesli ayağımı öptü.

– Berhudar ol evlat!.. Geç otur! dedim.

Ama gülesim de geldi... Yahu, bu bizim Boru Burhan...

Acaba bizim Sıçan Bedri, benim gerçek kimliğimi Boru Burhan'a söylemiş miydi? Yoksa Boru Burhan beni tanımadı da gerçekten şeyh mi sanıyor?

– Hoşgeldiniz Burhan Bey! dedim.

– Aman Şeyh'im, keramet buyurdunuz. Adımı söylemeye cüret edemedim. Ama size herşey malum olduğundan, adımı bildiniz...

Öyle köpekleniyor, öyle köpekleniyor ki, dille anlatılır gibi değil. Ben bunu iyice bozmak için,

– Sebeb-i ziyaretiniz? dedim.

– Efendim, size malumdur, dedi, taa Ankara'dan kalkıp buralara gelmemin tek sebebi sizi görüp, elinizi öpmek, hayırduanızı almak... Mübarek adınızı çoktanberi duymaktayız. Bendeniz çok seyahat ederim. Her gittiğim yerde adınız ve kerametleriniz dillerde dolanıyor. Bendeniz çoktanberi ziyaretinize gelmek istiyordum. Ama dünya derdinden vakit bulamıyordum. Nihayet rüyamda ayan olunca, her işi bırakıp mübarek elinizi öpmek için koşup geldim. Demek kısmet bugünmüş.

Vay köpoğluköpek!.. Sözlerinin etkisini anlamak için, her kelimesinde köylülerin yüzüne bakarak, şeyhlerine ne büyük saygısı olduğunu anlatmak istiyordu. Söylediğine göre, yalnız benim duamı almak için gelmişti. Başkaca hiçbir niyeti yoktu. Çünkü, bana olan bağlılığını, köylerin ileri gelenlerine göstermişti. Ne diye köy köy dolaşıp da, o sözden anlamaz insanlarla konuşacağım diye yorulacaktı! Benim uygunluğumu kazanması, seçilmesi için yeterdi.

Kahvelerimizi içtikten sonra,

– Şeyh'im, ben ikindiyi eda etmedim, müsaade buyurulursa, bir kenarda ikindi namazımı kılayım... dedi.

Bak şu hergeleye şimdi. Ulan bunlar nasıl numaralar? İkindi namazını kim kıldı ki, sen kılacaksın?..

– Biz kıldık Allah kabul etsin. Siz yan odaya geçip namazınızı kılın! dedim.

Yan odaya geçti. Namaz kılmayacağını bildiğim gibi, nasıl namaz kılınacağını da bildiğini sanmıyordum.

Namazdan sonra "Şeyh'im, Bey size söylemiştir", "Size komutan söylemiştir" diye yalvar yalvar yalvarıyor. Sözünü kesip,

– Bize malum... diyorum.

Her ne dese, daha ağzını açarken, elimi havaya kaldırıp, bilgiç bilgiç,

– Bize malum... diyorum.

Kim olduğumu tanıyıp tanımadığını, Sıçan Bedri'nin kim olduğumu ona söyleyip söylemediğini anlamak için, okuldaki günlerimizden, anılarımızdan anlatmaya başladım. Büyük bir şaşkınlık içinde dinlemesinden beni tanımadığını anlayıp rahatladım. Onun okuldaki hayatından bazı sahneleri anlattıkça, şaşarak,

– Peki ama nerden biliyorsunuz? diye soruyor, ben de,

– Bize malum!.. diyordum.

Yüzbaşı Balyoz Hakkı'dan yediği dayağı da anlatınca, Şeyh Said-i Uryani Hazretlerinin huzurunda olduğunu unutup, elini ağzına götürerek, sanki kendi kendine konuşur gibi,

– Yahu, galiba sahiden malum... dediğini duydum.

Çok iyi biliyorum ki, burdan gidince, Yarbay Bedri'ye soracak, kim olduğumu öğrenecek. Ama o zamana kadar da merakından çatlayacak...

Neyse, bu bölgede oyları toplaması ve seçilmesi için elimizden geleni yapacağımıza söz verip herifi başımızdan savdık...

Bakınız azizim, şimdi bile olayı size anlatırken, tıpkı o zamanki şeyhlik halimle konuşmaya başladım. "Herifi başımızdan savdık!" diyorum, baksanıza... Bey, şeyh falan filan "Savdım", "Yaptım", "Ettim" demez, "Savdık", "Yaptık", "Ettik" der... Çünkü şeyh, bey, ağa, bunlar tek kişi değil ki, bunlar çoğul...

Boru Burhan'ı başımdan savdım ama, nasıl edip de seçimde kazandıracağım diye düşünmeye başladım. Öyle ya, ben bu adamlara, "Boru Burhan Beyi seçin!" dememle seçerler mi? Seçmezler... Size de öyle geliyor değil mi? Ya... Yanlışmış beyim... Bu adamlara doğrudan doğruya, ben bir keramet sahibi şeyh olarak, "Oylarınızı filancaya vereceksiniz!" diyecekmişim. Usul böyleymiş... Ben bu usulü bilmediğimden, ya bana, "O dediğin herifin ne meymeneti var da, ona oy verelim?" diye soracaklar sanıyorum. Yahu bu adamlar hiçbişey sormaz. Biliyorum sormadıklarını. Ben her nasılsa dalgınlığa gelip sorarlar diye düşündüm. Ne demeliyim ben bu insanlara ki, oylarını Burhan'a versinler... "Yurttaşlar, Burhan Beyi seçerseniz, şunu, şunu, şu, şu, şu işleri yapacak..." demeliyim ki, oylarını ona versinler. Yani, ben öyle sanıyorum. Ya bir de beceremezsem diye öyle de korkuyorum ki... Burhan Bey seçilmiş, seçilmemiş umurumda değil ama, Bey de, Bedri Kaymakam da onun seçilmesini istiyorlar. Seçilmezse benim yüzümden seçilmemiş olacak ki, işte o zaman yandım, beni daha buralarda barındırmazlar. Kıçıma tekmeyi indirip, "Hadi gülegüle!" deseler, ben çoktan razıyım... Ama heriflerin başıma olmadık belayı saracakları belli... Ne etsem eylesem de herife oyları toplasam diye düşünmekten uykularım kaçıyor.

Aradabir elime Istanbul gazeteleri geçtikçe, okumuyorsam da, haberlerin başlıklarına şöyle bir göz gezdiriyorum. Seçimlerin yaklaştığı günlerde gazeteler iyice ateşlenmiş, haberler alev alev parlıyor, haber başlıklarından bile kıvılcımlar saçılıyor. İşte ben o günlerde gazetelerde görüyordum: Toprak reformu, toprak reformu, toprak reformu... Nedir bu toprak reformu, bildiğim yok. Yalnız gazetelerde gördüğüm haber başlıklarından öğrendiğim kadarıyla, köylüye toprak dağıtılacak, toprak reformu bu... Partilerin birinin başkanı, "Hükümeti biz alırsak, toprak reformu yapacağız!" diye ötekilerin hepsinden çok bağırıyor olmalı ki, gazeteler ençok onun sözlerine yer veriyor. Ben bir geceyarısından sonra yine derin düşüncelere daldığımdan uykum kaçmıştı. Nasıl etsem de şu Burhan Beye oy kazandırsam diye düşünüp dururken, birden büyük bir keşifte bulunup yataktan fırladım. Tamam... Toprak reformu canım... Bizim Bey ille de okuyayım diye bana bir kitap vermemiş miydi? Hemen aradım buldum. Bey denilen herif bana bu kitabı niye verdi?

O kitap şimdi burda olmalıydı da okumalıydınız. Kitabın her kelimesi zehir saçıyor ve her cümlesi dünyayı yangına verecek ateş... Yıllar geçti ama aklımdadır: Topraklar köylüye verilmezseymiş, köylü kişiliğine, özgürlüğüne kavuşamazmış... Doğuda her ağanın binlerce, hatta kimisinin yüzbinlerce dönüm arazisi, biçok köyü varmış. Bu beylerin herbiri küçük bir hükümetmiş. Köylüyü, bu beylerden kurtarmak gerekirmiş. Gelgelelim, şeyhler, beyler, toprak reformunun yapılmasını istemezlermiş. Kendilerini peygamberlerin vekili sayan, peygamber soyundan geldiklerini uydurup kendilerine seyyit dedirten şeyhler, köylüye toprak dağıtılmasını hiç istemezlermiş. Çünkü kendisine toprak dağıtılan köylü uyanırmış, şeyhlerin uydurduğu kerametlere inanmaz ve şeyhleri başından hittir edermiş...

Bu kitap benim zihnimi büsbütün karıştırdı. Kitapta beylerin toprak dağıtılmasını istemedikleri yazılı. Ve ben de oldum olası böyle bilirdim. Oysa bizim Bey, "Aman toprak reformu yapılsın!" diyor da başka bişey demiyor...

Şimdi, bizim buranın köylülerine derimki, "Eğer siz oylarınızı Burhan Beye verirseniz, Burhan Bey de seçilirse, söz veriyor ki size toprak dağıtacak..."

Ben bunu dedim mi, bütün bu köylüler, hepsi Burhan Beye oy verirler. Çünkü hiçbirinin bir karış toprağı yok. Hepsi de Bey'in tapulu tarlaları üstünde çalışıyorlar. Herifler, toprağa kavuşacaklarını duydular mı, sevinçten göbek atıp oynamaya başlarlar. Burhan Bey de seçilir. Ama sonra kimseye tarla, toprak dağıtmazmış... Dağıtmaz... Adam toprağı nerden bulsun da dağıtsın, toprak tüccarı mı ki... Hele bir seçilsin de, olacakları ondan sonra, o zaman düşünürüz...

Ertesi sabah erkenden köylülere haber salarım: Burhan Bey seçilirse toprak dağıtacak, tarla bağışlayacak, arazi verecek!

Böyle bir keşifte bulundum, artık uyusam ya... Yatağa girdim ama, gözümü uyku tutmuyor. Oysa, gecelerdir hep bu seçim derdinden uykusuz olduğum için, o gece uyuyayım diye bolca şarabı çekip benim ev işlerime bakan kadınla iyice oynaşıp yorulmuş ve geç vakit yatağa girmiştim. Yine de uyuyamıyorum. Hapisanenin dalgacılık hastalığı sardı beni. Aklıma toprak dağıtmak geldi ya, şimdi bunu kuruyorum. Köylüye nasıl toprak dağıtılacağını düşünüyorum... Hepsi dolmuş, bir kargaşalık...

Kadınlı, erkekli bağırıp çağırıyorlar... Ben onlara, "Durun hele! Ne bu gürültü... Kesin sesi!.. Sıraya girin, sıraya!.. Girmeyene toprak yok!" diyorum. Bu dalga geçmek hastalığı böyledir işte, insan en küçük ayrıntılara kadar düşünür ve düşüncesinde yaşar... Benim sözüm üzerine köylüler kaynaşıp sıraya giriyorlar. Her köyün muhtarı, onları itekaka sıraya sokuyor. Bu kez sıradakilerden sesler yükseliyor:

– Ben sulak yerden tarla isterim!..

– Ben de...

– Kıraç tarla verirsen almam vallaha...

– Ben dingin yerden tarla istemem, sel basar...

Derken bunlar iyi tarlaları bölüşmek yüzünden kavgaya başlıyorlar, çoluk çocuk hepsi birbirine giriyor.

– Duruuuun! diye bağırıyorum, ulan siz böyle yaparsanız, sonra hiçbirinize tarla marla vermem haaa!.. Susun! Biz Şeyh Said-i Uryani değil miyiz? Elbet kime nerden, ne kadar, hangi tarla verileceğini biliriz...

Hiç sesini çıkarmadan önümde duranlardan birine soruyorum:

– Sen nerden istiyorsun tarlanı, düzde mi olsun, yamaçta mı, yoksa sulakta mı?

Adam başını kaldırmadan,

– Şeyh'im, ben tarla istemiyorum, diyor.

– Neden?

– Kimin tarlasını kime vereceksin? Buraları hep Bey'in arazisi değil mi? Tarlasını almaya kalkarsak bu Bey bizi sopadan geçirip de buralardan tir etmez mi? Biz o zaman çalışmaya yer de bulamayız... Hayır, istemem. Olmaz... Katiyyen istemem...

Birden aklım başıma geldi. Yahu, ben ne yapıyorum, kimin toprağını, tarlasını, kime dağıtıyorum? Bir de bunları Bey duyarsa? Eyvah ben yandım...

Bu kez de Bey'in korkusundan uykum kaçtı. Sabaha kadar gözümü kırpmadım. Gün yeni ağarmıştı ki, kapım vuruldu.

– Kimdir? Nedir bu vakit? diye sordum.

Adamım, kapının ardından seslendi:

– Destur şeyhim... İznin olursa bir haberim var. Bey, atlılar göndermiş... Bey'in atlıları avluda bekler...

– Neymiş yahu? Sabahın bu saatinde ne atlıları... Düşman üstüne sefer mi var? Bey bizden sefere izin dilerse, verdik izni... Gitsin!

Adam kapının arkasından,

– Evet, Bey gidesiymiş, dedi, gitmeden önce sizinle meşveret edecekmiş de...

– Yoksa buraya mı gelmiş bu kör karanlıkta?

– Kendi gelmemiş... Siz gidecekmişsiniz... Atlılar göndermiş sizi aldırmaya...

Beni nasıl bir korku aldı, anlatamam... Ölüm korkusu bile böyle olmaz... Altyanı ölüm ölümdür... Ama bu Bey insanı birden de öldürmez, işkenceler eder ki, hiç dayanamam... Yahu bu Bey, benim, tarlalarını dağıtacağımı nerden duydu da beni sabah karanlığında çağırtır... Ben bunu kimselere de söylemedim. Dağıtmayı bırak, yalnızca düşündüm, o kadar... Düşünmeyle ne olur, suç mu? Hem de vazgeçtim... Allah Allah!.. Yahu, asıl keramet ehli ben değilim. O... Herif gece yatakta aklımdan geçenleri seziyor... Yoksa gece uyukladım da... Uyuklarken sayıkladım da... Sayıklarken, "Bey'in topraklarını dağıtıyorum..." dedim deee... Benim güvenip kapıma nöbetçi tuttuklarım, Bey'in casusları olup daaa... Bu nöbetçi dümbükleri benim sayıklamamı duyup daaa... Gecenin bir vakti Bey'e koşup, "Şeyh Uryani senin topraklarını dağıtıyor!" dediler deeee... Ben yandım, yandım... Bu Bey beni kıyım kıyım kıyar... Yahu Bey'e topraklarını dağıtacağımı duyurdularsa, sonradan yanıldığımı anlayıp da vazgeçtiğimi neden duyurmadılar?..

Hayır, gidilmez Bey'e... Ama kapım güm güm dövülmekte... Perdeyi aralayıp avluya baktım ki, Allah Allah!.. Nedir bu? Atlılar hep kuşanmış, sayıları da bellisiz, çok... Anlaşılan, güzellikle gitmezsem, bunlar beni zorla toptorba edip götürecekler. İyice dermanım tükendi. Zorla giyindim, çıktım dışarı... Bey'in kâhyası orda...

– Hoşgeldin Kâhya Ağa! diye yılıştımsa da, herif buz soğukluğunda,

– Hoşbulduk... Bey ister, acele gidilecek... dedi.

– Neymiş? Acele bir iş mi? Sabah namazını da eda etmeye ruhsat yok mu?

– Bey, "Acele, çok acele..." dedi.

Demek düşündüğüm doğru... İki kişi, iki ayağımdan tutup beni atın üstüne oturttular.

Geçen kez yaptığım gibi, "Ata merhametimiz geldi," deyip attan insem mi? Attan inmeye korlar mı? Attan inince... Keramet ehliyiz deyip keseden yola vursam mı? Bizi yalnız başımıza yola korlar mı? Yolda bir başımıza düşebilirsek, burdan veredip şehre yollansak ve de ordan taaa cehennemin dibine kadar kaçsak mı? Hayır, bu atlıların beni bırakacakları yok...

İçimden, "Belki başka bişeydir... Gece, herifin tarlalarını dağıtacağımı aklımdan geçirdiğimi nereden duymuş olabilir ki... Başka bişey için çağırıyordur..." deyip avunuyorum. Ama başka bişey için bu kadar erken saatte ne diye beni çağırsın? Sonra koskoca bir Şeyh Said-i Uryani, Bey'in ayağına gider mi!

Bey'in konağına gidene kadar, ölüm terleri döktüm. Konağa gelip de, Bey'i kapıda beni karşılamaya çıkmış görünce biraz rahatlar gibi oldum. Bey koşup geldi, sağ ayağımı kendi eliyle üzengiden çıkardı ki bu en büyük saygıdır... "Aman estağfurullah..." diye feryat ettim.

– Şeyh'im özür dilerim, sizi rahatsız ettim... Lakin benim hemen gitmem gerekli de veda etmek için...

– Gitmeniz mi gerekli?

– Evet...

Konuşarak yan yana konaktan girip odasına geçtik. İkimiz yalnız kalıncaya yine birden sululaşıp,

– Biraz sonra Istanbul'a gidiyorum... dedi.

O kadar sevinmiştim ki,

– Gülegüleee!.. diye bağırdığımı, kendi haykırmamdan anladım.

Bey'in dediğine göre, seçimler sırası burda bulunması doğru değilmiş. Halka baskı yapıyor, yok filan partiyi, yok fişmekan adayı tutuyor diye dedikodu çıkarırlarmış. Bir Bey herzaman yansız olmalıymış. Evet, partili beyler de varmış. Ama onlar bir kere soysopcak politika pisliğine girmişler. Ailenin kaç adamı varsa, herbiri birer partiye dağılmış olduğundan, hangi parti iktidarda olsa, aileye zarar gelmiyor ve böylece aile yine yansız kalıyormuş. Bu beyin çocuklarından hiçbirinin particilik zenaatinde ve beylik sürmekte gözü yokmuş.

Bey diyordu ki:

– Allah bilir ya, al benden de o kadar... Particiliği de, beyliği de, ağalığı da onların olsun... Şu toprak reformu olsa da kurtulsak dağbaşlarından canım. Nedir benim çektiğim?

Der demez, ben elimde olmadan yerimden sıçradım. Yahu, ne diyor bu Bey? Toprak reformu mu diyor? Besbelli işte, benim ağzımı arıyor. Demek, gerçekten biri, benim dün gece sayıkladıklarımı gelip buna ihbar etmiş.

Biraz geri sıçrayarak,

– Allah göstermesin, Allah göstermesin... diye tekrarladım.

– Neyi Allah göstermesin? dedi.

– Toprak reformu denilen belayı? dedim.

– Ulan seni şeyh yapanın... Bilir misin toprak reformu nedir de söylersin?..

– Aman Bey, atanızdan, dedenizden kalma, tapulu has malınız olan topraklarınızı, tarlalarınızı elinizden alıp, bu çulsuz çaputsuz, pılıpırtısız takımına dağıtacaklar...

– İyi ya yahu, varsın dağıtsınlar... Benim başka kurtuluşum var mı? Ben bu dağ başlarında mı çürüyeceğim be... Ben niçin yıllardanberi sosyal adaletçiyim, işte bunun için...

Bak hele, ağzımı arıyor benim... Ağzımdan laf kaçıracağım da, yoksul köylüye acıyacağım da, onsekiz köy bir beyin nesine diyeceğim de, herif, "Vaaay, demek koynumuzda yılan besliyoruz, öyle mi!" deyip, otobüs yolculuğunda soyulduğum günkü gibi, beni Künt dağı başına donsuz gömleksiz bırakacak...

– Olmaz öyle şey! diye bağırdım, siz isteseniz de biz istemeyiz... Sosyal adaletmiş!.. Ne demek? Bunlar benim bildiğim, düpedüz kızıl gâvur lafları, komünist lafları...

– Susss!.. ulan sen Künt dağına şeyh olacak değil, hükümetin içine girecek adammışsın... İşte şimdi hükümet gibi konuştun...

Babadan kalma köylerimizi dağıtacaklarmış... Dağıtsınlar... Bizim de istediğimiz bu ya...

Ağzımı aramak istemediğini artık anlamıştım. Ama onsekiz köy sahibi bir beyin nasıl olup da sosyal adaletten, toprak reformundan yana olduğunu bitürlü anlayamıyordum. Elinden bütün toprakları alıp topraksızlara dağıtacaklar... Demek, dedikleri gibi, iyi yürekli, yoksullara acıyan bir adam... Hay Allah razı olsun, diye geçirdim içimden...

Söylenmeye başladı:

– Onsekiz köy sahibiymişim... Olmaz olaydım... Herkesin gözü üstümüzde... Adımız bikez beye çıkmış... Şimdi ben burdan Istanbul'a gittim mi, bütün bura dolaylarındaki insanlardan günde ençok üç-beş kişi gelir yanıma. Ne yapacaksın? Adımız beye çıkmış. İster istemez yedirip içireceksin, yatırıp ağırlayacaksın... Hergün böyle bu... Ayrıca bir apartmanımı, bu adamlar için han gibi kullanıyorum. Yemeleri, içmeleri de bizden... Bey olmuşum da ne olmuşum... Her yıl gelip üç-beş ay bu dağ başlarında sürteceğim... Ne verir bu kel-kıraç topraklar? Evet, toprak reformu olsa da kurtulsak...

– Topraklar elinizden alınınca?

– Yahu Şeyh, alsınlar dedik... Bu toprakları kim alacak?.. Hükümet eşkıya mı ki, paramızı vermeden arazimizi elimizden alsın... Elbet parasını verip toprağımızı alacak, köylüye dağıtacak... Oh! gördün mü ne güzel...

Biz bu toprakları, köyleri hükümetimize toptan satmalıyız ki yangelelim yanpalıyalım şehirde... Bir daha bu dağ başlarına gelirsem, ayağım kırılsın... Herkesin gözü toprak ağalarında... Yahu, şehirdeki apartman ağalarını gören var mı? Benim kaç köyüm var? Onsekiz... Her köyü bir apartmana satıyorum, var mı bir diyeceğin? Istanbul gibi, Ankara gibi yerde onsekiz apartıman ne demek? Hadi, onyedi apartımana, onbeş apartımana sattım, on apartımana sattım ulan... Peşin on apartımana... Bana bu köyler, her yıl on apartıman gelirini getirir mi? Yooo... Ama hükümet toprağımızı alınca, paramızın hepsini peşin vermezmiş de takside bağlarmış... Bağlasın... Onun peşin verdiği bize yeter de artar bile... Gerikalan taksidi de çift katlı ekmek kadayıfının üstüne kaymağı... Ben niçin yıllarca demokrasi diye bağırdım durdum? İşte bundan... Demokrasi oldu mu, önünde sonunda, ister istemez sosyal adalet olacak. Sosyal adalet olunca da hükümet mecbur, bize paraları verip elimizden satın alacağı bu toprakları köylüye dağıtmaya... Ama her köy sahibi istemez bunu...

– Tabii... Sizin gibi namuslu bey nerde?

– Ne namusu yahu... Herifin elinde, kan değerinde toprağı var, bizimkiler gibi kel-kurak değil... Onun için istemediler demokrasiyi ki, sonunda toprak reformu olup da kan değerinde toprakları ellerinden gitmesin... Ama hükümet hükümet değil ki... Ben neden bu Burhan Beyi tutarım? İşte bunun için... Bunun gibileri Meclis'e doldurduk mu, tamam... Dangalak köylü anlasa bunu... Anlasa ki, toprak reformu çok iyi bişeydir, ama anlamaz... Katiyyen istemez toprak reformunu...

Bu konuda epiy anlattıktan sonra,

– Daldık, dedi, seni erken çağırtmamın sebebi şu: Ben az sonra gidiyorum. Bir daha buralara ne zaman dönerim, bilinmez... Hele şu seçimlerin sonunu alalım da... Burhan Bey gelmiş, konuşup görüşmüşsünüz. Seni çok beğenmiş... Bedri Kaymakam da söylemiş sana... Şimdi sen ne yapıp edip... anladın mı, bu Burhan Beye bizim buralardan oy kazandıracaksın...

– Biz elimizden geleni...

– Ne demek... Elinden geleniymiş... – Birden bağırdı – Olacak!

Bey beni uğurladı, döndüm.

Bu toprak reformunun başıma ne işler açacağını ben nerden bilirim? Ben yine hiçkimseye toprak moprak dağıtılacak diyecek değildim. Beni aldatan öteki aday oldu. Boru Burhan'ın ayağı uğurlu mu geldi nedir, şehirden kopan adaylar doğru bana el öpmeye, hayırduamı almak için gelmeye başladılar. Atatürkçülükte hiçbiri bizim Boru Burhan'dan aşağı kalmadığından, hepsi de seçmenlerin gözüne girmek için, kalabalık içinde bana saygılarını göstermeye çalışıyorlardı. Kendime güvenim gittikçe artmıştı. Demek ne istersem o olacaktı. İşte elimi öpmeye gelen adaylardan bir akıllısıyla konuşurken, partisi seçilip iktidara gelirse, neler yapacaklarını sordum. Toprak reformu yapacaklarını söyledi. Sonradan da adamlarımdan duyduğuma göre, köy köy dolaşan bu aday, köylülere şöyle diyormuş:

– Bunca yüzyıldır sömürülüyorsunuz, nedir sizin çektiğiniz yurttaşlarım! Biz sizi bu yoksulluktan kurtaracağız.

Köylüler içinden bir aksakallı,

– Nasıl kurtaracaksınız? diye sorunca o da,

– Hiç bir bey onsekiz köy sahibi olabilir mi? demiş. Bu ne büyük haksızlıktır. Bey'in elindeki tarlaları alıp size vereceğiz.. Siz de tarla torba sahibi olacaksınız...

Aday anlatırken anlatırken, köylüler birer-ikişer dağılıp herifi kahve sandalyesinin üstünde, tünekte horoz gibi tek başına bırakmışlar.

Bana bunları anlatan eşkıyabaşı Meko'ya,

– Peki neden öyle yapmışlar? diye sordum, toprak istemiyorlar mı?

Meko,

– I-ııh!.. dedi.

– Neden Meko? Sen de istemez misin?

– İstemem Şıh Efendim...

Hiç istemez olur mu? İster, bal gibi de ister ama, Bey'in kulağına gider korkusundan, istemem, diyor.

Evet... Boru Burhan adına seçim propagandası yapmak için, köylere, kasabaya inmem, halk arasına girmem gerekiyordu. Ama Bey'in dediklerini de unutmuyordum. Kış ayazında denize dalmak neyse, halkın içine girmek de öyle olacak, bir girip bir çıkacaksın... Yoook, öyle yapmaz da, halkın içinde kalakalırsan, halk bakar ki, Şeyh'te de, kendisinde de iki göz var, Şeyh'te de kendisinde de ağız var, Şeyh'te de... Hiçbir farkı yok... Şeyh'in de kendisi gibi bir insan olduğunu anlayınca, gözünde değeri kalmaz... Bey'den daha çok akıllar öğrendim ki, yazılsa, her insanın her yaşta öğrenmesi gerekli bilgiler olur.

Kasabaya gittim ki, ahaliye, "Burhan Beyi seçin, oyunuzu ona verin!" diyeceğim. Günlerden cuma... Mübarek gün indim ki kasabaya, camide cuma namazı da kılar, öyle dönerim. Bu benim o kasabaya ilk inişim. Ama beyim, buralarda benim namım yayılmış, adım almış yürümüş ki, nasıl anlatmalı bilmem... Hind'in, Yemen'in padişahı da ancak işte böyle karşılanır. Siz şu tersliğe bakın, benim kasabaya indiğim gün, milletvekillerinden biri de seçim propagandası için oraya gelmiş. Ama adamı karşılayan olmamış.. Kendi partisinden bir-iki karşılayıcı çıkmış, o kadar... Oysa, başka zamanlar kasabaya geldi mi, yediden yetmişe yoluna dökülürlermiş... Bütün kasaba halkı bana karşılayıcı çıktıklarından, milletvekili öksüz oğlan gibi ortalarda kalakalmış. Ama gayetle zihni açık ve de gayetle usta politikacı olduğundan, benim kasabaya geldiğimi duyunca,

– Aman... Beni anam kadir gecesi mi doğurdu... Bu ne kısmet! Beni Şeyh Efendi hazretlerinin huzuruna götürün!.. demiş.

Ben caminin kapısındayken, bir de baktım, beni çevirmiş olan kalabalığı yara yara, ortalığı dalgalandırarak bir adam üstüme doğru atılmakta... Herif geldi, gelmesiyle ayağıma kapanıp,

– Bastığın yere kurban olayım Şeyh Uryani Hazretleri... Ben seni göklerde ararken yerde buldum... Her gece rüyama girmektesin... Niyaza geldim... diye dilenci dualarına başladı.

Muhafızım olarak yanımda getirdiğim eşkıyabaşı Meko'nun kulağına,

– Kim bu aşağılık herif? diye sordum.

Meko da, adamın buranın eski milletvekili olduğunu söyleyince, herifi elinden tutup "estağfurullah..." diyerek yerden kaldırdım... Cuma namazına daha vakit olduğundan, çarşıyı dolanmaya çıktık. Milletvekili koluma girmiş ki, çarşı esnafı onu kolumda görsün de gözlerinde değeri artsın... Eski milletvekiliyle beni yan yana görünce ahali de coştu mu... İki üç takım davul zurnayla yolumuzun üstüne çıktılar... Davul zurna tabii bana değil, milletvekiline... Eskiden her gelişinde davul zurnayla karşılanırmış. Ama bu kez benim kasabaya gelişim yüzünden, kendisine karşılama töreni yapamamışlar. Şimdi ikimiz birlikte olunca, adamın partisi de fırsattır deyip davulları, zurnaları ortaya çıkarmış ki, sanki ben de onun partisini tutuyormuşum gibi gösterecekler... Yahu, biz, Boru Burhan'ı seçtirelim derken, şimdi onun rakibi olan bu adamı bir daha mı seçtireceğiz? Herif de balçık gibi, bulaşık ki, bitürlü elinden sıyrılamıyorum.

– Bana izin... dedikçe, elime ayağıma yapışıp,

– Aman şeyhim, fakiri yalnız bırakma! diye yalvarıyor.

Böyle diye diye beni kendi partisinin binasına soktu. Ben oranın parti yeri olduğunu bileydim, içeri girmezdim ya, neresi olduğunu bilemedim... İçeri girdik. Demli çaylar geldi. Binanın önünde davullar dövülmekte, zurnalar çalınmakta...

Milletvekili, dışarda davul zurna çalarak oynayanları gösterip,

– Cumhuriyetin onuncu yıldönümü şenliği gibi... dedi.

Herifi bozmak istediğimden,

– Neden onuncu yıldönümü de yirminci yıldönümü töreni gibi değil? dedim.

– Çünkü, dedi, onuncu yılında cumhuriyet taze olduğundan şenliği de yamandı, içtendi. Onuncu yıldönümünden sonra cumhuriyeti her yıl daha çok eskittiklerinden, artık cumhuriyet bayramlarının eski tadı kalmadı, angaryaya döndü... Bayramlar yıprandı.

Baktım, adam esprili... Nükteli konuşmaları hoşuma gitti. Bu da Bey gibi. Odada ikimiz kalınca, kalabalık içinde bana gösterdiği aşırı saygısı kalmadı.

– Onuncu yıldönümünden sonra cumhuriyetin eskidiğini nerden çıkardın? diye sordum.

Her ne kadar şeyh isem de, bir milletvekiline karşı, ne olur ne olmaz diyerek, ondan daha cumhuriyetçi görünmek için ekledim:

– Allah sayesinde cumhuriyetimiz her yıl, daha tazelenip, filizlenip gürleşip yeşillenmekte, çiçeklenmekte... ve de dal budak salmakta... Niçin her yıl eskisin?

– Niçin mi? dedi, baksana yahu... Milleti kandırıp oylarını alacağız da milletvekili seçileceğiz diye, senin gibi hoca takımının, şeyh takımının eteğini yalamaya, kıçını öpmeye başladık... Daha ne olsun!.. Cumhuriyetin onuncu yılında fare delikleri karaborsaya inmişti. Çünkü senin gibilerin pek çoğu kaçıp gizlenecek fare deliği bile bulamıyorlardı...

Böyle söyleyip birdenbire sordu:

– Sen ne çocuğusun?

Ulan, bu ne biçim laf? Bak şu terbiyesize! "Sen ne çocuğusun?" ne demek! Eşek herif!..

– Ne demek istiyorsunuz yani? dedim.

– Hiç... dedi, ne çocuğusun diye sordum, o kadar...

– Peki, sen ne çocuğusun? dedim.

– Ben cumhuriyet çocuğuyum! dedi.

– Haaa, o başka... Tabii ben de cumhuriyet çocuğuyum...

Evet... Adamın şakaları hoşuma gitti...

Pencereden, eliyle dışarda davul zurna çalanları gösterip,

– Şeyh Efendi, dedi, bu davulların, zurnaların ne dediğini anlıyor musunuz?

– Ne gibi yani? Davul zurna ne der? İnsan mı ki?..

– Evet, insan gibi konuşur bunlar... Bak, dikkat et, sese kulak ver... Bak, iyi dinle, ne diyor davul: "Nah.. Naah... Naah"!.." diyor, öyle değil mi? Her tokmak vurdukça davul "Nah!" diye bir ses çıkarmıyor mu?

Gerçekten de öyle... Davulcu kolunu gerip gerip tokmağı davula indirdikçe, davuldan "Naah!" diye bir ses çıkıyor. Yorulmuş olan davulcu da tokmağı her indirişinde, "Nah, nah!" diye sesler çıkararak, davulun sesine katılıyordu. İlk kez davuldan "Nah... Naah!.." diye sesler çıktığının farkına varmıştım.

Milletvekili,

– Şimdi de zurnaya kulak verin, sesi iyi dinleyin, dedi, o da "Naaa... na... naaa!.." diye sesler çıkarmıyor mu? Zurnacı koca zurnayı uzatmış "Naa, Naaa..." diye bağırttırıp duruyor...

Evet, öyleydi. Biyandan davul, biyandan zurna "Naaa!" diye bağırıp duruyorlardı. Davulun "Nah!"ları daha tok, zurnanın "Naa!"ları ise daha inceden...

– Evet, ikisi de "Naa!" diyorlar... dedim.

– Peki, kime "Naa!" diyor bunlar?

– Bilmem...

– Düşünmek gerekli, düşünmek... Davulla zurna niçin bu halkın millî çalgısı olmuş?

– Bilmem...

– Bileceksin... Bileceksin ulan sakalına siğdiğimin şeyhi... Gaipten bilmek, öteki dünyadan haber vermek keramet değil, hüner işte bunu bilmek... Neden bu davulla zurna millî çalgı olmuşlar? Bir nedeni olmak gerek... Niçin ut değil, keman değil, flüt değil de davulla zurna? Ha? Niçin? Bunu bilmeyince bu sakalı koyvermek ne işe yarar?

Baktım, bu da Bey gibi terbiyesizliğe başladı, olacak gibi değil,

– Aman cuma namazına geç kalıyorum... diyerek davrandıysam da, cüppemin yeninden tutup beni yere çökertti.

– Öğren bunu söyleyeyim de... dedi.

Gerçekten de ne diyeceğini merak ettiğim için,

– Buyur, dedim, nedenmiş davulla zurnanın millî çalgı oluşu?

– Belli değil mi? Baksana "Naa... Naaa..." diye ses çıkarıyor ikisi de... Arif olan anlar... Bu halk yüzyıllardanberi sesini çıkaramaz. Ağzını açacak oldu mu, başına yumruk iner... O da ne yapsın, bula bula işte bu davulla zurnayı bulmuş ki, kendi yerine davulla zurna konuşsun, kendi diyemediklerini davulla zurna desin... Ne zaman bir kente, kasabaya, köye büyüklerden biri gelse, hemen davulu zurnayı kapar, karşılamaya koşar. Neden? Keyfinden mi? Senin gibi daltırıklar keyfinden sanır... Ulan, adamlar, kendi diyemediklerini davula zurnaya söyletiyorlar. Yüzümüze karşı davulu zurnayı "Naa... Naaa!" diye bar bar bağırtıyorlar. Davulun zurnanın millî çalgı oluşu boşuna mı? Kendilerine sorsan, bunun böyle olduğunu onlar da bilmezler... Ama gerçek böyle... Yıllardanberi gelenek olmuş gayrı... Şimdi bunlar davulu zurnayı yüzümüze karşı "Naaa!.. Naaa!.." diye bağırtır, sonra bütün dertlerini dökmüş gibi boşalır, rahatlarlar... Ne demek "Naa!.." şimdi anladın mı? Yüzyıllardanberi söyleyemeyip de içinde birikenleri, davulun tokmağı, zurnanın ağzıyla dile getiriyorlar. Dünyada hiçbişey boşuna değildir. Bu dünyada her ne varsa, niçin, neden olduğunu düşünüp bulacaksın...

– Aman cuma namazı...

– Duuur!.. Cuma namazına ben de geleceğim, hem de seninle cuma namazı kılacağım ki, sana olan saygımı görüp oyları bana versinler, sonra da beni burdan uğurlarken çalacakları davulla zurnaların "Naa!.. Na..."larını hak edeyim.

Çıktık ordan... Gerçekten de davulla zurna "Naa!.. Naa!.." deyip duruyordu arkamızdan...

Aradan yıllar geçti, ben o adamın sözlerini hiç unutmadım. Şimdi ne zaman bir davul zurna sesi duysam, o ses bana başka türlü gelir. Halk, yüzyılların baskısından intikamını alıyormuşçasına sanki kendisi, "Naaa... Naaa..." diye bağırıyormuş gibidir.

Cuma namazından sonra hemen döndüm. Duyduğuma göre, bu dediğim milletvekili de, halka toprak, tarla dağıtacağını vadetmiş.

– Ne kadar toprak dağıtacakmış? diye sordum.

– Ev başına yirmi dönüm... dediler.

Düşündüm ki, bu adam köylüye böyle demişse, bütün oyları alır, milletvekili seçilir. Bizim Boru Burhan da hava alır... Onun hava alması umurumda değil, lakin sözümü geçiremedim diye, "Böyle şeyh olmaz, başka birini bulalım..." deyip beni burdan sepetlerler. Onun için daha da baskın çıkmak gerekliydi. Ben gittiğim yerlerde duyurdum ki, bu Burhan Bey milletvekili seçilirse, öbürü dam başına yirmi dönüm mü dağıtıyor, Burhan Bey, dam başına değil, adam başına otuz dönüm tarla dağıtacak... Hem de nasıl adam başına? Erkeğine, karısına, çocuğuna, yaşlısına, yeni doğan bebelere de... Ben böyle söyleyip geziyorum ya, o sıra nedense halkın bana eskisi kadar saygısı olmadığını da fark ettim. Oysa ben kendi kuyumu kazarmışım da haberim yokmuş...

Yakın zamanlara kadar, sahte şeyhliğim hakkında haber çıkan gazeteleri saklıyordum. Aslında, şimdiye kadar benim için gazetelerde çıkan bütün haberleri kesip sakladım ya, ama bir düzenli hayatım olmadı ki... Hiçbiri kalmadı elimde...

Gazetelerin çoğu "bir sahte şeyh alem yaparken yakalandı" diye yazıyordu. "Peygamber sülalesinden olduğunu ileri sürerek saf kadınları kandıran sahte bir şeyh" olmuştum ve gazetelerin yazdığına göre "Cumhuriyet inkılâplarına karşı halkı kışkırtan" bir yobazdım.

Ben nasıl o tuzağa düştüm yahu... Yakın köyden hizmetime gelen kadınlar içinde Fadik derler biri vardı... Ben bu yaşa gelesiye çok oynak karı görmüşümdür hamdolsun, ama böylesini görmedim ve görülmüş bir afet değildi... Ben bir keramet sahibi Şeyh Uryani olup da hangi kadın benim isteğime boyun eğmeye gönüllü olmaz. Sevabı var ki, bütün günahlarını karşılar. Böyle olunca, hizmetime girmek için yarışan kadınlar, sevaba girmek için de kollarıma atılıyorlardı. Benim için bu şeyhlik, ilk başta ekmek derdi olduğundan kadın madın gözüm görmüyordu. İyi ama beyim, yersin içersin, yan gelip yatarsın, besiye çekilmiş boğaya dönmüşüm... Evet, ilkin kadınlar ne kadar cilvelense oralı olmuyordum. Gözünden hiçbişey kaçmayan Bey de bunu anlamış olmalı ki, bir gece onun evinde rakı içiyorduk, durup dururken, bir aç dilencinin, kendisini yedirip içirip, giydirip, koruyan adamın karısına nasıl göz diktiğini anlatan açıksaçık bir hikâye söyledi. Anlattığı hikâyenin benim üstüme olduğu açıktı.

Bey'in ne demeye getirdiğini anlamıştım ama o bununla yetinmeyip,

– Ulan şeyh gibi kara sakalına sıvadığımın sefili, şimdi iyicene senin bitin kanlandı... Sen artık tek duramazsın... Duyduğumuza göre karı takımıyla arayı düzmüşsün... Suç senin değil, bize bir şeyh gerekli olduğundan, sana acımak zorunda kalıp aş-azık veren bizde... demişti.

Ben de,

– Töbe... Aptessiz yere basmış ve de harama uçkur çözmüş değiliz... diyerek sakal sıvazlamıştım.

– Hele kaldır kadehi... Şerefe koca Şeyh Uryani... Sen, eşikten içeri adımı attırılacak bir ırz ehli değilsin ya, neyliyelim ki, dar bir zamanımıza yetiştin...

Evet, hatunlarla iyiydi aram... Gelgelelim o Fadik... Vay Fadik vay... Sırmalı işli bindallısı içinde kıvrım kıvrım kıvranır, döküm döküm dökülür... Karı beni çıldırtacak canım... Oysa bunlar hep bana tuzakmış ve beni tuzağa düşürmek için zamanını beklerlermiş. Ben, bizim Boru Burhan seçimi kazansın diye, köylüye, ona oy verirseniz ebesine, bebesine, baş başına şu kadar dönüm tarla verecek deyince, öyle bir halt etmişim ki!

Hey Fadik... Bindallının sırma kuşağını sıkmış da, göğsü bir fırlamış ki... Bana öyle gelirdi ki, bindallının üstünden göğsüne bir fiske vursam, Çin fağfuruna değmişim gibi bir zaman çın çın çınlayacak ve göğsü titreşerek ses verecek... Kadın teninde böyle yanık, yağız esmer tatlısı görülmemiş... Bu Fadik beni deli edecek... Ne zaman üzerine varası olsam, kıbleye dönmesiyle "Allahüekber" der namaza durur. Ulan etme, bitirdin beni... Namaz kılamayacağı dar yerde kıstırası olsam,

– Orucum şeyhim... der.

– Kız, oruç ayı değil...

– Üç ayları tutmaktayım...

– Kız üç aylar değil şimdi...

– Üç ayları karşılamaktayım...

Ben karının halis Müslümanına çattım. Bir punduna getirip de, elimi şöyle bir kabasına çarpsam, yahu yere düşmüş lastik top gibi, elim bikaç kez sıçrar.

Yangısına dayanamam, Fadik'i savarım başımdan, köyüne gönderirim. Ama duramam... Yalandan, hastayım diye döşeklere serilirim.

– Fadik gelsin, baksın bana...

Gelir Fadik...

Burhan Bey adına propaganda için köylerde dolaşmaktan yorulduğum günlerdeydi. Fadik'i kıstırdım.

– Olamaz... dedi.

– Sen Müslüman değil misin?

– N'olmuş... Müslümanım hamdolsun...

– Kız, bu ne biçim Müslümanlık... Böyle taş yürekli Müslümanlık olur mu... Şeyh Uryani'yi yakıp kül etmekle cehennem ateşine odun olmaktasın.

– Müslümanlıkta el avradına el değdirmek var mı ki...

– Ne demek? Peygamber Efendimiz dörde kadar buyurmamış mı? Demek sen şimdi Peygamber Efendimizin buyruğuna karşı gelip kıyım kıyım kıyılacak kâfir olmaktasın... Ben seni...

– Peygamber Efendimiz başka, sen başka...

– Ne demek... Ben Peygamber sülalesinden gelmiyor muyum...

Evet, ben bu yalanı söyledim. Peygamber sülalesinden geliyorum, dedim. Bakın, burası doğru... Ama başıma çorap öreceklerini nerden bilirim.

Fadik, Peygamber sülalesinden olduğumu anlayınca çözüldü.

Ertesi sabah, erkenden yola çıkıp yine köylere gitmem gerekiyor. Gelgelelim Fadik yataktan kalkmaz... Kalkmadığı gibi, elime ayağıma sarılıp beni de bırakmaz... Aradabir döşekten fırlayıp, perdeyi aralıyor, pencereden dışarı bakıyor. Bakmasıyla dönüp yatağa dalıyor.

– Kız yeter, elverdi... Bırak beni.

Ne desem Fadik'e söz geçiremiyorum...

– Kız dur, sabah namazını kaçırdık...

– Nafilesi var...

Başladık biz döşek oyununa... Oyun dersem, iyice boğuşma... Kadın deyip geçme beyim, bu Fadik gibi zorlusuyla baş edilemez... Ben bir kahpeliğe gelmişim de haberim yok...

– Kız bırak... Oynaşma, yeter... elverdi kız... Gıdıklama, dur... Sarılma ulan, bittim...

Derken beyim, dışarda nal sesleri, tüfek sesleri, nağralar... Fadik güle güle,

– Basıldık! dedi.

– Basıldık mı? Ulan... Biz koca Şeyh Uryani olup da, ne demek olsun... Ya bismillah... diye yekinip dikildim.

– Ver ordan cüppemi...

Fadik gülmekten katılarak, boyuna,

– Basıldık... diyor.

Handiyse sevincinden göbek atacak kahpe... Ben hâlâ oynanan oyunu sezememiştim...

– Ya Allah, ya bismillah...

Edepsizliği iyice ele alan Fadik,

– Keramet sahibi değil misin, göster kerametini... diyor.

– Ulan, sırası mı? Keramet göstermeyi bırak, edep yerimiz görünecek, ver şu cüppeyi...

Kapının kanadı duvara çarpmasıyla içeri doldular... Candarmalar, muhtar, köylüler, karısı, erkeği, çocuğu içeri doldu... Ben işi yine şeyhliğe vurup celallenmek istedimse de, beni donpaça yakalayıp sallasırt ederek avluya attılar... Vuran vurana...

– Durun ulan imansızlar... N'oldu ki...

Dipçikler, palaskalar, kayışlar, sopalar, urganlar, başıma, belime iniyor...

– Ulan ırz düşmanı!..

– Ulan senin şeyh gibi...

Sövmenin bini bir para... Hiçbişeye canım yanmıyor da, benim kendi adamlarım beni ençok dövüyor... Kapımda beslediğim adamlar... Heleee... Kapımda beslediğim de demez miyim? Evet, ben o sıra şeyhliği iyice benimsemişim... Kolay değil, aylarca şeyhlik ettiğimden, iyicene alışmışım da, kapımdaki adamları ben besliyorum sanmaya başlamışım...

Ya bizim eşkıyabaşımız Meko'ya ne dersiniz? Vuruyor ki, Allah yarattı demeden...

– Dur oğlum Meko, dur... Şeyhe kalkan el taş kesilir...

– Şeyh hemi, şeyh... Ulan ben senin gibi şeyhin... Kimin tarlasını toprağını kime dağıtıyorsun rezil...

Bu söz üzerine ben ayar gibi oldum...

Ya Bey'in kâhyasına ne dersiniz...

– Ulan babanın malını mı dağıtıyorsun, it!..

Ben yere baygın düştüm. Baygınlığım yalandan... Baktım ki vura vura öldürecekler, baygınlığa vurup,

– Aman bittim... diye bir çığlık atıp yere serildim.

Candarma erlerinin başındaki astsubay,

– Durun ulan, geberteceksiniz pezevengi... diye bağırdı.

Ben yattığım yerde, içimden, "Aman ne iyi adam, Allah razı olsun..." diye geçirirken o,

– Bedri Kaymakam, leşini istemem, canlı getireceksiniz kasabaya kadar dedi... deyince ben iyice bittim.

Bu söz üzerine sopalar üstümden kalktı. Astsubay,

– Bikaç kova soğuk su getirin de, boşaltın rezilin üstüne, ayılsın... dedi.

Suları başımdan aşağı boca ettiler kova kova... Çamura belendim.

– Bağlayın da sürüyün rezili...

İnsafsızlar pantolon giymeme bile bırakmadılar. Uzun paçalı donla, içgömleğiyle beni ayağa dikip, ellerimi bağladılar, ipin ucunu da bir atlı candarmaya verdiler.

– Yürü len itoğluit!..

Atlı candarmaların arasında, arkamda köylüler... Ayaklarım yalın, üstümden sular sızmakta, heryanımdan çamurlar akmakta... Dağtepe yürümekten tabanlarım kanadı. Düştüm, kalktım, ittiler, kaktılar... Saatlerce yürüyüp kasabaya vardık ki, bütün kasaba halkı hükümet alanına toplanmış... Benim bildiğim bu kasaba halkı bu kadar kalabalık olmayacaktı. Demek, köylerden de beni görmeye gelmişler... Çünkü bu kasaba halkının hiçbir eğlencesi olmadığından, böyle kırk yılda bir cümbüş olunca, seyre koşmuşlar... Hükümet konağı önüne gelir gelmez, hep birden üstüme saldırdılar. Beni paramparça edecekler.

Sonradan bu olayı çok düşündüm. Neden bu adamlar bana saldırıyor, beni öldürmek istiyorlar? Beni tanımazlar, etmezler... Ben kendilerine de bişey yapmış değilim. Böyleyken nedir benden istedikleri? Kana susamış gibi saldırıyorlar, canıma susamışlar... Bana öyle geliyor ki, bütün hayatları boyunca ezilmişliklerinin, yoksulluklarının acısını benden, benim gibilerden çıkarmak, boşalıp rahatlamak istiyorlar. Nerden bunlar aklıma geldi? Hani o milletvekili adayı, davulun "Nah, naah!.."

diye, zurnanın da "Naa, naaa!.." diye bişey anlatmak istediğini yorumlamıştı ya, işte ordan aklıma geldi bunlar... Bu adamlar o kadar çok acı çekmişler ki, bu acıyı birilerinden çıkarmaları gerekli. Bu işi hükümete karşı gelerek yapamazlar. Yapsalar, daha çok ezilecekler. Onun için hazır hükümetin de suçladığı birini yakalamışken, arkalarında hükümetin desteği, o adamı parçalayıp, döve döve öldürüp rahatlayacaklar. Dövecekleri, ezecekleri adam, kim olursa olsun, önemli değil, yeter ki sonunda hükümet yine karşılarına dikilip kendilerini sorguya çekmesin... Birisini kim-vurduya getirip, işin içinden suçsuz kurtulacaklar... Hani, davulun tokmağı davula iner gibi... Davula mı iniyor, yoksa davulcunun tasarladığı birinin başına mı, belli değil...

Ben kendim de bu duyguyu çok duymuşumdur. Öyle haksızlıklara uğradım ki, artık başkaldırmak istedim. Ama kime? Emniyet Müdürlüğünde polislerden dayak yedikten sonra, duvarları yumrukladığım, kapıları dişlediğim çok olmuştur hırsımdan... Duvar yerine, kapı yerine bir canlı geçse elime, bana yapılan bütün haksızlıklardan onu sorumlu sayıp, boğabilirdim...

Ama ben hükümet alanında dayak yerken, bunları değil, canımı kurtarmayı düşünüyordum. Evet, candarmalar olmasaydı, beni orda parçalayacaklardı. Linç edilmekten beni candarmalar kurtardı. Candarma erleri halka,

– Bırakın ulan, komutan canlı istedi, bırakın! diye bağırarak, beni sürükleye sürükleye candarma komutanlığından içeri sokarlarken halk candarmalara yalvarıyordu:

– Hiç olmazsa, bırakın da suratına tükürelim!

Kadınlı erkekli suratıma tükürüyorlardı. Çünkü ben ırz düşmanıydım. Suratıma tüküren kadınlar, belki de kendilerini zorlamış yada kandırmış olan başka erkeklerin intikamını benden alıyorlardı. Erkekler de öyle... Suratlarına tüküremedikleri, başka erkeklerin yerine, suratına tükürülecek birini hazır ellerine geçirmişlerken, bu fırsatı kaçırmak istemiyorlardı. Böylece kendi namuslarını da temizlemiş olacaklardı.

Siz aç kurtların birbirlerini nasıl yediklerini bilir misiniz? Bana bunu, gençliğimde bir yaşlı mahkûm anlatmıştı. Zimmet, rüşvet, suistimal gibi suçlardan mahkûm olan memurlardan hiçbirinin şimdiye kadar suçunu kabul ettiğini görmedim. Sorarsanız, hepsi de suçsuzdur, haksız yere mahkûm olmuşlardır. Yalnız içlerinde biri, bana işte bu kurtların nasıl birbirlerini yediklerini anlatan yaşlı memuru gördüm, suçlu olduğunu kabul eden... "Evet, rüşvet aldım," diyordu, "ama rüşveti ben yalnız almıyordum ki... Bizim dairedeki bütün memurlar, hepsi de mevkilerine göre rüşvet alıyorlardı. Bizim dairedeki rüşvet rezaletlerini duymayan kalmayınca, içimizden birini feda ederek, dairenin ve öteki memurların namusunu temize çıkarmak gerekiyordu. Arkadaşlar seçe seçe, aralarından tutup beni seçtiler. Neden? Çünkü, içlerinde en zayıfı, en zavallısı bendim, ençok rüşvet alanı bendim... Tıpkı aç kurtların birbirini yemeleri gibi... Çok zorlu kış günlerinde kurt sürüsü bir av bulmak için, o yana dolanır, bu yana dolanır, bişey bulamazsa, kasabalara, köylere dalar... Açlık bu... Ahırlara, ağıllara saldırır. Oralarda da yiyecek bişey bulamazsa, o zaman aç kurtlar uzak bir dağda çepeçevre otururlar. Hepsi gözlerini, birbirinin gözüne diker. Aç kurt gözleri... Gözlerini hiç kırpmadan bakışırlar. İçlerinden biri yorulup yada yanılıp gözünü az kırpacak olsa, öbürleri hep birden üstüne saldıracaklar, parçalayacaklar.

Onun için can korkusuyla aç kurtların gözleri daha ışıklı yanar. Saatler sürer böylece... Ama en sonunda, içlerinden en zayıfı, en yorgunu, en açı hangisiyse ilkin onun başı yavaş yavaş eğilir, soğuktan ve açlıktan bastıran uykuya dayanamaz, gözleri kapanır. Kurt sürüsünün en zavallısının gözünü kırpması demek, kendisini ölüme bırakması demektir. Hemen öbür kurtlar, açlıktan, yorgunluktan uyuklamaya başlayan arkadaşlarının üstüne atılır, onu parçalar, yerler. Sonra yine çepeçevre toplanır, birbirlerinin gözlerinin içine bakmaya başlarlar. Gündüz böyle, gece böyle... Yine içlerinden biri dayanamaz, gözlerini kırpıştırır... Hadi bu kez de onun üzerine... Bizim dairedeki arkadaşlar da kendi canlarını kurtarmak için gözlerini dört açıp bana baktılar, hepsi de gözünü bana dikti... İçlerinde en yorgun, en zavallı bendim..."

Yıllarca önce, o yaşlı mahkûm memurun anlattığı aç kurtlar olayını hiç unutmadım. Çünkü güçlü ve aç kurtlar benim de üstüme saldırıyorlardı durmadan... Bizim insanlarımız da böyledir işte... Hükümet alanında beni, eli kolu bağlı yakalamışlar, üstüme saldırıyorlar, vuruyorlar, suratıma tükürüyorlar... Böyle yaparak kurtulacaklarını, kendilerini kurtaracaklarını sanıyorlar... Candarmalar korumasalardı, beni orda parçalayacaklardı. Attıkları taşlardan başım yarılmış, kan akıyordu.

Candarmalar sürükleye sürükleye hükümet konağının merdiveninden beni çıkarıyorlardı. Ben taş merdivenlere serilmiştim. Candarmanın biri, elime bağlı ipi çektiği için, başımı kaldırıp bakınca, basamakta, bir çift mahmuzlu çizme gördüm; evet, Bedri Kaymakamın ayakları... Cankurtarana sarılır gibi, bağlı ellerimi çizmelere doğru uzatarak,

– Aman komutanım, canımı kurtar!.. deyince, mahmuzlu çizmelerden biri yerdeki başımı dürtüp itti. Anladım ki, bizim Sıçan Bedri'den de umar yok... Beni sürükleyerek içeri aldılar, sonra karanlık biyere tıkıp üstüme kapıyı kapadılar. Toprak yere serilip yalnız başıma kalınca, "Ben ne yaptım, kime ne ettim de bunlar başıma geldi?" diye düşünmeye başladım. Kendimden geçmişim... Ne kadar zaman baygın kaldığımı bilmiyorum. İçeri giren bir candarma ipleri çözdü, beni zorla ayağa kaldırdı. Ayakta zor duruyordum. Beni üst katta bir odaya götürdü. Bir de baktım, karşımda Yarbay Bedri... Candarma eri dışarı çıktı, ikimiz kaldık...

– Ulan, Peygamber sülalesindenim diyerek sahte şeyhlik eder, zavallı köylüyü kandırırsın ha...

– Ben mi?

– Yok, baban... Peygamber sülalesi ha?

– Tövbe, yalan komutanım...

– Yalan ha?.. Kısır kadını, gebe bırakacağım diye, göbeğine dua yazdığın da mı yalan?

"Getirin şikâyetçi kadını!.." diye dışarı seslendi. Gele gele Fadik geldi. Ne ezberletilmiş, öğretilmişse bülbül gibi söyledi. Ben onu Peygamber sülalesindenim diye kandırmışım da, gel göbeğine dua yazayım demişim de... Feryadına koşan köylüler, yatak odamda soyunuk kadını kovalarken beni yakalamışlar da... Candarmaya şikâyet etmişler de... Ben, cumhuriyet kanunlarına ve inkılaplarına karşı gelip, başımıza halife gerek demişim de... Tanıklar geldi, tanıklık etti... Sorgular yapıldı, tutanaklar düzenlendi... Odadan herkes çıktı. Sıçan Bedri'yle yine yalnız kalmıştık... Artık yaşamaktan bıktığım için, ne olursa olsun diyerek,

– Bana bak Bedri!.. dedim.

Benim bu birden senli benli oluşuma şaşıran Bedri,

– Hött!.. diye bağırıp beni korkutacak olduysa da, ben yine soğukkanlılıkla, sandalyeye oturup,

– Boş ver, dedim, ne yapsan umurumda değil... Sen benim kim olduğumu biliyorsun, ben de senin Sıçan Bedri olduğunu biliyorum. Artık birbirimize numara yapmayalım... Senin ne mal olduğunu daha okuldayken biliyordum... Bunca yıl okulda arkadaşlık ettik... Olan oldu, bana yapacaklarını yaptın... Yalnız benim merak ettiğim bişey var, onu öğrenmek istiyorum. Ben kime ne yaptım da, ne kötülük ettim de başıma bunca belayı getirdin?

Belki bu sözleri çok dokunaklı söylemiş olduğum için, Bedri'nin gözleri doldu:

– Benim seni ne kadar sevdiğimi bilmezsin...

Nerdeyse ağlayacak gibiydi.

– Seviyorsun da peki, bu yaptığın nedir? dedim, sen benim halife gelsin dediğime inanıyor musun?

– İnanmıyorum.

– Kadının göbeğine dua yazdığıma inanıyor musun?

– İnanmıyorum... Ne yapayım... Sana çok acıyorum... Sen böyle olacak insan değildin... Ama arkadaşlık başka, görev başka... Ben şimdi görev başındayım... Senin sabıka kayıtların çoktan karakola gelmişti. Senin sınıf arkadaşım olduğunu daha Künt dağına gelip seni görmeden de biliyordum.

– Peki bu oyunu bana neden oynadınız? Ben şeyh mi olmak istedim de beni dağbaşında çırılçıplak yakalayıp zorla şeyh yaptılar?

– Bunlar hep memleket meselesi... Memleketin âli menfaatleri böyle icap ettiriyordu. Sana bunları söylemem de doğru değil... Bunlar esrar-ı devlettir. Ama, ben senin namusuna, yurtseverliğine güvendiğim için bunları söylüyorum. Biliyorum ki kimseye, Yarbay Bedri bana bunları söyledi demezsin... Bize o sırada bir şeyh gerekliydi. Bey, bize seni salık verdi. Arkadaşım olduğunu anlayınca, ben de peki dedim. Sonra Burhan Bey de seni uygun buldu... Ama senin bu potları kıracağını biz nerden bilirdik kardeşim?

– Ben ne pot kırdım ki?

– Daha ne yapacaksın? Artık bu bölgede hiçkimse Burhan Beye oy vermez, herifi mahvettin... Bizim Boru Burhan, yıllardanberi seçildiği kendi seçim bölgesinden tek oy alamayacak. Bir çuval inciri bok ettin be... Benim de durumum sarsıldı...

– Ne yaptım yahu?

– Ulan hâlâ bilmezden geliyorsun... Ankara'dan haber gelmese, ben de bilmeyecektim... Köylüler seni şikâyet etmişler... Kardeşim, bu adamlara hiç size toprak dağıtacağız, toprak reformu yapacağız, denir mi, denir mi ulan...

Gittikçe kızıyordu.

– Burhan Beye oy verirseniz, seçilirse, size toprak dağıtacak, demişsin...

– Dedim... Kötü mü yaptım yani?

– Senin bu kadar eşşek olduğunu bilmezdim... Kimin toprağını kime dağıtıyorsun be?

– Bey'in topraklarını... Kendisi bana öyle söyledi. "Ben toprak reformundan yanayım, hükümet şu elimdeki köylerin topraklarını satın alıp köylüye dağıtsa da, ben de kurtulsam... O parayla gider, Istanbul'dan apartımanlar satın alır, kirasıyla gerçekten bey gibi yaşarım... Nedir benim bu kısır, bu verimsiz topraklardan çektiğim..." dedi.

– Ulan, Bey seni bir adam sanmış, bir sırrını söylemiş sana... Tabii o ister toprak reformunu... Bu dangalaklarla, bu ayılarla uğraşmak kolay mı? Satar topraklarını hükümete, kurtulur bu beladan... Gider Istanbul'a keyfine bakar... Ama bu onun içinden geçirdiği bişey... Hiç bu açığa vurulur mu? Kendisi köylülere size toprak vereceğim, der mi? Demez, hiçbir zaman demez...

Zihnim büsbütün karışmıştı. Bu ne biçim iş? Köyler sahibi bir bey, toprak reformundan yana olsun da, toprağa sahip olacak yoksul köylüler toprak reformuna karşı olsunlar...

– İyi ama, dedim, öbür aday köyleri gezip toprak reformundan yana olduğunu söylüyor...

– Söylesin... Bakalım bitek oy alabilecek mi!.. Alamaz...

– Öyleyse bunca gazete ne diye toprak reformu yapılsın, diye yazıyor?

– Gazetedir, yazar... Bu dünyada herkesin bir işi var... Gazetecinin işi de yazmak... Biz ne diye demokrasiye girdik... İşte bunun için... Herkes düşüncesini söylesin... Biri toprak reformu olsun, biri olmasın diyecek ki, demokrasi olsun... Başka türlü demokrasi olur mu avanak? Ulan sen okuldayken cin gibi oğlandın... Sonradan kafan betonlaşmış demek... Yahu, sen bu kafasızlıkla nasıl bunca adamı dolandırıp da, sabıkalı sahteci oldun, tuh!.. Ulan, köylü toprak istemedikten sonra zorla mı vereceksin be, istemiyor herifler işte...

Evet, ben de yavaş yavaş sezer gibi oluyorum... "Burhan Bey seçilirse toprak dağıtımı kanunu getirecek," deyince, yüzüme düşman düşman bakıp hiç seslerini çıkarmıyorlardı. Demek bundanmış... Peki ama, neden toprak istemiyor bunlar?

– İstemezler elbet... Kim toprak verecek bunlara?

– Devlet...

– Devlet mi?

– Hükümet...

– Hükümet ya... Yahu hükümet avucuna altın doldurup da uzatsa, hiçbir köylü almaz be... Çünkü sonunda nasıl olsa bir kazık yiyeceğini bilir adam... "Bana altın verecek ama," der, "karşılığında kimbilir neyimi alacak, sonra burnumdan getirecek anamdan emdiğim sütü..." Bunca yıldır denemiş adamlar, güvenmezler... Beş dönüm tarla verip anamı ağlatacak sonra der... Korkar adamlar... "Madem hükümet toprak veriyor, bunun altında mutlaka bir oyun vardır," diye düşünür... Anladın mı şimdi budala? Bey, topraklarını devlete satacağım diye göbek atar ama, bunu hiçbir zaman köylüye söylemez. Gizliden gizli, hükümeti toprak reformuna zorlar, ama dıştan da ister görünmez toprak reformunu... Sonra toprak reformu olunca o da köylüye, "Ne yapayım zorla aldılar elimden kan pahası topraklarımı bedava!.." diye dert yanar...

– İnce işler...

– İnce işler ya... Sen candarma komutanı olmayı kolay mı sanmıştın! Biz burda nelerle uğraşıyoruz oğlum... Candarma komutanlığı demek, yalnız karakol önünden geçen yurttaşı karakol tabelasına yan baktın diye yakalayıp falakaya çekmek değil...

– Bişey sormak istiyorum, sen kendin, toprak reformundan yana mısın?

– Elbette... Bu zavallı köylü başka türlü nasıl kalkınır...

– Sen toprak reformundan yanasın, Bey toprak reformundan yana, köylü dersen o da öyle... Herkes toprak reformu istiyor. Ama bunu açığa vurdum diye, başıma olmadık bela geldi. Hadi köylüyü anlıyorum; hükümete güvensizliğinden, hükümetle Bey'in elele olduğunu bildiğinden, toprak istediğini açıkça söylemiyor. Ya Bey'e ne oluyor da, toprak reformu istediği halde istemez görünüyor?

– Yahu, bu bir pazarlık işi. Hükümete topraklarını satmak istemiyormuş gibi görünecek ki, fiyatı artırsın. Sen buralarını, Ege'nin, Çukurova'nın, kan damlasa can fışkıracak bereketli toprakları mı sandın ki, toprak ağaları topraklarını satmak istemesin...

Herşeyi anlamıştım.

– Şimdi benim kurtuluşum?

– Senin kurtuluşun geçti artık... Sen yandın...

Bu sırada kapı vuruldu. Sıçan Bedri'nin birden suratı değişti, sertleşti.

– Kalk ayağa! Görev başka, arkadaşlık başka... Artık arkadaşlık bitti, şimdi görev başlıyor... Kalk toparlan ulan...

Süklüm püklüm ayağa kalktım. Beni iyice azarladıktan sonra, o çelimsiz bedeninin neresinden çıktığını anlayamadığım sis düdüğü sesiyle,

– Geel!.. diye kapıya doğru gürledi.

İçeri giren candarmaya,

– Alın, götürün savcılığa!.. dedi.

İşte benim şeyhlik serüvenim de böyle sona erdi. Bütün gazeteler resimlerimle donanarak: "Kendisine Peygamber sülalesinden şeyh süsü vererek saf köylüleri cumhuriyet ve inkılâplarımıza karşı kışkırtmaya yeltenen sabıkalı sahteci Paşazade, kısır bir köylü kadının göbeğine döl duası yazarken yakalanınca halk linç edecekken candarma tarafından kurtarıldı."

"BİZİMKİLERDEN BİR BEN"

Karantina Koğuşunun yüksek tavanlı dar koridorunda ses çok yankılanırdı. Dandini Fikret'in o hımhım boğuk sesiyse insanı büsbütün tedirgin ediyordu. Bütün koğuşları, bütün kısımları gezen Dandini Fikret, Paşazade geldiğindenberi, Karantina Koğuşuna günde bikaç kez uğruyordu. Paşazade'nin gelişinin ilk günleri, Karantina Koğuşuna girince pek öyle yüksek sesle bağırmaz, Paşazade'yle fiskos eder, giderdi. Ama Paşazade'nin gelişinden üç-dört gün sonra, elden düşme, kullanılmış malları satmak için eskisinden daha çok bağırarak yine çığırtkanlığa başlamıştı. Sezinlediğime göre, Paşazade'nin artık satılacak malı kalmadığını anlamıştı da ondan sesini yükseltmişti. Ne denli fısıltıyla konuşsalar, Paşazade'yle Dandini'nin aralarında neler konuştuklarını kestirebiliyordum. Paşazade, satması için Dandini Fikret'e verdiği eşyasının, Karantina Koğuşunda satılmamasını, başka kısımlarda, başka koğuşlarda satılmasını istiyordu. Çünkü, parasızlığının, düşkünlüğünün burada anlaşılmasını istemiyordu. Sanıyorum ki, ençok da benim anlamamdan çekiniyordu. Yoksul düştüğünü anlarsam, belki de, gözümde saygınlığının kalmayacağını sanıyordu.

Koğuşta konuşulanlardan anladığıma göre, kimisi, Paşazade'nin cezaevine cebinde beşyüz lirayla girmiş olduğuna inanıyor, kimisi de feleğin çemberinden geçmiş öyle bir ünlü sahtecinin beşyüz liraya para demeyeceğini, zulasında –yani gizli yerinde– binlerce lirası olduğunu iddia ediyordu. Onlar, Paşazade için, elbet "ünlü bir sahteci" demiyor, "kaşarlanmış dolandırıcı" yada "kıçının kılları ağarmış bir sahtekâr" diyorlardı.

Bu sonuncular, yanında beşyüz liradan artık parası olmayanın, geldiğinin daha ilk günü, berbere, hamamcıya, çaycıya, meydancıya filan o kadar çok bahşiş veremeyeceğini söylüyorlardı. Beşyüz liradan başka parası yoktuysa, bu para, daha ilk günü bitmiş olmalıydı. Öbürleriyse, sahteciliğin raconu olarak, Paşazade'nin bol keseden para savurması gerektiğini ve böyle de yapmış olduğunu söylüyorlardı. Onlara göre, "Bir sahteci, cebinde elli lirayla bir lokantaya gitse, bütün yediği yemek de diyelim otuz lira tutsa, cebindeki elli lirayı garsona bahşiş diye verip, yemeğin parasını da vermeden savuşmaya bakar"dı.

Bana kalırsa, cebindeki beşyüz lirayı gelişinin ilk günü savurup savurmadığım bilemem ama, Paşazade'nin gerçekten parası tükenmiş olmalıydı. Dandini Fikret'le fısıldaşmalarının birinden sonra, Paşazade'nin altın kaplama çakmağı yok olmuştu. O gün, yine Serkıldoryan paketinden bana verdiği cıgaramı, kibritle yakmıştı. Kendisi de, başka bir Serkıldoryan paketinden aldığı cıgarayı içmişti. Ama onun Serkıldoryan paketinde, önceden yerleştirdiği Köylü cıgaraları vardı. Bu olaydan bikaç gün sonra da, ortalarından böldüğü yarım cıgaraları içmeye başladı. Cıgaranın çok dokuncasını gördüğünü, öksürttüğünü söylüyordu, buyüzden cıgaraları yarımşar içmeye başlamıştı. Oysa ben gerçeği anlamıştım. Paralar suyunu çekmişti ve Dandini'ye sattıracağı da çokaz şey kalmıştı. Buyüzden, daha da tutumlu olmak zorundaydı; bütün cıgara yerine cıgaraları yarım yarım içiyordu.

O günlerde Dandini Fikret, Paşazade'yle burun buruna verip fısıl fısıl konuşur, Karantina Koğuşunda da mal satmak için yüksek sesle çığırtkanlık yapmazdı. Çünkü, Paşazade'nin bavulunda satışa çıkacak daha epiyce mal olduğunu sandığı için, onu kızdırmak istemiyordu. Böyle olduğunu elbet kesinlikle bilmiyorum, ama böyle olduğunu kestiriyordum.

Ne zaman Dandini Fikret'e bavulunu da sattırdı, artık ondan sonra Dandini'nin Paşazade'ye, yalancıktan bile olsa, en küçük saygısı kalmadı. Önceleri onunla konuşurken "Paşazadem" derken, bavulun satışından sonra "Moruk" yada "Ulan Moruk!" demeye başladı. Üstelik, Dandini bizim hücreye girer, eskisi gibi fısıldaşma gereğini duymaz, yüksek sesle Paşazade'ye satışın hesabını vermeye kalkardı. O zaman Paşazade telaşlanır, kaşgöz işaretiyle susmasını anlatmaya çalışır, ama Dandini Fikret anlamazdan gelip, Paşazade'yi rezil etmek için daha da yüksek sesle konuşurdu. Paşazade, hücreden koridora çıkmak zorunda kalırdı. Dandini, ezilmişliğinin hıncını Paşazade'den çıkarıyordu.

Paşazade, ilk eşyasını, Dandini Fikret'in kendisine getirdiği yatak-yorganın parasını ödemek için satmış olmalıydı.

Dandini Fikret, o hastalıklı hımhım sesiyle, Karantina Koğuşunun uzun koridorunu, tekerleme biçimine soktuğu çığırtkanlığını tekrarlayarak çınçın çınlatıyordu:

– Hırsız, uğursuz kardeşlerim! Yankesici arkadaşlarım! Dolandırıcı yoldaşlarım! Soyguncu, yolbağcı, kalpazan, dızdızcı, papelci, üçkâğıtçı, tırnakçı, kaldırımcı, kapkaççı omuzdaşlarım! Otel faresi, kamyon faresi, cepçi, muslukçu, cızlamcı ağbilerim! Dandini Fikret geldi... Gecekuşları, şemsiyeci, bir koy beş alcı, kedici, sövüşçü, çarıkçı dostlarım! Babacımcı oğlanlarım! Kerizci çocuklarım, beyazcılar, nefesçiler, sarıkızcılar, dumancılar, dalgacılar!.. Duymayan kalmasın... Sonra duyduk duymadık demeyin. Benden günah gitti... Uyanın, Dandini Fikret geldi... Bedavadan ucuz bunlar. Bakın da gene almayın, bakması parayla değil kardeşler! Haniya, var mı böyle bir palto isteyen? Bööööyle bir paltoooo... Bu palto, şubatı ağustos yapıyor. Var mı isteyen böyle bir paltooo...

Dandini Fikret'in boğuk sesini duyar duymaz tedirgin olan Paşazade, hele sattığı şeyin palto olduğunu da öğrenince büsbütün sinirlendi. O sırada benimle konuşmaktaydı. Kalktı. Büyük bir incelikle, yüzünde o acı ama yapma gülümseyiş,

– Pardon, bir dakikanızı rica ediyorum... diyerek locadan çıktı.

Bu arada, Dandini Fikret'in koridorda birisiyle yüksek sesle konuştuğunu duyuyordum:

– Al şu paltoyu... ağam... Bunun yalnız dikişi beşyüz papel...

– Kimin ulan bu palto?

– Paşazade'nin. Geçende Moruk'un bavulunu okuttuk, bugün de paltosunu okula gönderiyoruz.

Paşazade'yi içerletsinler diye özellikle yüksek sesle böyle konuşuyorlardı.

Tam o sırada Paşazade teleserek koridora çıkmıştı. O çıkınca da, alaylı gülüşmeler arasında konuşanların sesleri uzaklaşmıştı.

Paşazade gittikçe daha çok ilgimi çekiyordu. Onu gerçek yüzüyle tanımayı çok istiyordum. Ama gerçek yüzü hangisiydi? Var mıydı böyle bir gerçek yüzü? Benimle konuşmalarında, bana anlattıklarında, kendisini, raslantılarla başına üst üste belalar gelmiş, gerçekteyse namuslu bir kişi olarak tanıtmaya çalışıyordu. Beni ençok kuşkulandıran da bu davranışıydı. Sanki, bu davranışıyla başka türlü bir sahtecilik yapıyordu. Sahte yargıçlığı, sahte subaylığı, hatta sahte deliliği gibi, bana karşı belki de sahte namusluluk gösterisinde bulunuyor, kendisine namuslu insan süsü veriyordu. Anlattığı sahtecilik serüvenleri içinde beni ençok düşündüren, sahte deliliğiydi. Onunki, kendisinin anlattığı gibi gerçekten bir sahte delilik miydi, yoksa o akıl hastanesinden verilen rapordaki gibi, çok para elde etmek tutkusuna kapılmış, buyüzden de sahtecilik yapmadan duramayan bir ruh hastası mıydı? Ünlü bir sahtecilik sabıkalısıyken, bunca sahteciliklerinin hiçbirini isteyerek yapmadığını söylüyordu. O, bu sahteciliklere istemeden, zorla itilmişti. Suçlu olan, kendisi değil, toplumdu. Çünkü, önündeki bütün yollar kapatılmış, yalnız önünde tek yol açık bırakılmıştı. O da açık olan o tek yoldan gitmek zorunda kalmıştı.

Bunca sahtecilikleri içinde yalnız sahte deliliğini benimsemiş olması, onun gerçekten para sahibi olma delisi olduğunda beni daha çok kuşkulandırıyordu.

Eskiden söylediği sözleri, sonraki söz ve davranışlarıyla birleştirince, o sözler yeni bir anlam kazanıyordu. Okuldan kovuluşunu anlatırken, sokakta birbaşına kaldığı o umarsız gününde bile, hiç umutsuzluğa kapılmadığını, bütün bu büyük kentin, hiç değilse büyük bir bölümünün kendisinin olacağını tasarladığını söylemişti. Sonradan, bu tutkulu duygusunu, değişik biçimlerde de olsa, sık sık tekrarladı. Her cezaevinden çıkışında, zengin olmak için daha çok yürekleniyordu, hiç umutsuzluğa, karamsarlığa kapılmıyordu. Her cezaevinden çıkışında, bu zengin olma duygusunun daha da arttığını söylemişti. Bu sözü, ilk söyleyişinde doğal karşılamıştım. Ama bunu sık sık tekrarlayınca ve ne denli düşkünleşirse, bu duygusunun da o denli arttığını söyleyince, ister istemez, kendisine akıl hastanesinden verilen raporla, onun bu duygusu arasında bir ilişki kurmuştum.

Yine bir sahtecilik suçundan yattığı cezaevinden çıkışında, duygusunu şöyle anlatmıştı:

Üstüm başım dökülüyordu. Ama yine de kentin en işlek caddesinden, sanki bir kralmışım gibi geçtim. Çünkü, bu caddenin iki yanına dizilmiş bu lüks mağazaların, yapıların çoğu benim olacaktı günün birinde... Ne derler ona hani, tiren kalkmadan önce, biriki metre geri gider de, sonra ilerler... Atlamak isteyen de hız almak için, önce geri geri gider, hız alıp öyle atlar ileri... İşte ben de öyle, başıma gelen bu belalarla, hız almak için geri gidiyordum, ama sıçrayıp en ileriye atılacaktım...

Bunu söylerken, tüylü ve gölgeli iki geniş yuvarlak içindeki iğnebaşı gibi gözbebekleri yalım yalım parlıyordu. Tutkusunun yalımı, gözbebeklerinde yansıyordu. Durmadan oynayan gözbebekleri, böyle tutkuyla yandığı zamanlar daha da devingen oluyordu.

"Karnımı doyuracak paramın olmadığı kimi günler, elim boş cebimde, kimi büyük yapıların altlarındaki lüks mağazaların önünde durur, ilerde burasını satın almalı mıyım, almamalı mıyım, diye yapıya bakarak ciddi ciddi düşünürdüm," demişti bigün.

Bunca tutkulu insanın, başarı olasılığı da bulunmalıydı. Oysa Paşazade, bana anlattıklarına göre, hiçbir zaman, kısa süreli bile olsa, zenginliğe kavuşamamıştı. Bunun nedenini sorduğumda şöyle demişti:

"Bir dolandırıcıyla, başarıp zengin olmuş insan arasındaki fark, dolandırıcının tam başaracağı sırada yakalanmış olması, başarmış olanın da dolandırdığı sırada yakalanmamış olmasıdır."

O zengin olmamıştı, çünkü –kendi dediğine göre– hiçbir zaman gerçekten dolandırıcılık yapmamış, elinde olmadan, hiç istemeden dolandırıcılığa, sahteciliğe itilmişti.

Onun bir saplantısı da tek yol düşüncesiydi. Bu saplantı, gençliğinde rüyasına girmiş yada gördüğü o rüyanın yaşam boyu etkisinde kalmıştı. Tek yol, onda bir tebelleş düşünüydü. Böylece, birey olarak kendisini gerçekte suçlu saymıyor, bütün yolları kapatıp ona yalnız o tek yolu açık bırakan toplumu suçlu görüyordu.

Kendisine, sürekli haksızlıklara uğramış bir adam süsü vererek beni kandırmaya mı çalışıyordu? Ama niçin kandırsın? Benden hiçbir çıkarı yoktu ki... Yaşamını kitaplaştıracağım da kesin değildi. Kendisine böyle bişey de söylememiştim. Beni kandırıp karşılığında benden ne alabilirdi? Çok düşündüm bunu, sonunda buldum yada bulduğumu sandım. Beni kandırması karşılığında benden değer alıyordu! Ona değer veriyordum. Ona herhangibir sahteciymiş gibi bakmıyor, düzensiz toplumun kötü rastlantıları yüzünden başı belalara uğramış bir zavallı diye kendisine hak vererek bakıyordum; yani kendisine böyle bakmamı istiyordu. Beni de buyüzden bir başka türlü dolandırıyor... muydu? Kesin olarak bilemiyordum. Sık sık tekrarladığı bir de düşmüş olduğu çaresizlik durumlarıydı. Bir dağ başında nasıl şeyh olduğunu anlatırken, Bey ona şöyle demişti:

"Biz sabahtanberi maval mı söylemekteyiz? Seni neden örnek gösterdik hey budala? Ulan, çaresiz kaldığından yalan uydurup, kendi yalanına inanmaktasın."

Gerçekten böyle bir Bey var mıydı? O Bey mi böyle konuşmuştu, yoksa uydurduğu –yada yarattığı– O Bey'in ağzından böyle konuşan Paşazade'nin kendisi miydi? Belki Bey diye böyle birisi hiç yoktu, belki de şeyhlik olayı baştan sona Paşazade'nin uydurmasıydı. Ama böyle bir olay, bu denli ayrıntılarıyla ve bu denli gerçeklikle nasıl uydurulabilirdi?

Evet, söyledikleri yalan bile olsa, içinde bir gerçek saklıydı ama, doğrusu ben, bile bile, yalanları dinlemek istemiyordum.

Kandırılmam kuşkusu yüzünden yine ondan uzak durmaya karar verdiğim bigün, Paşazade'nin bir sözü beni çok duygulandırmıştı. O gün, ziyaret günüydü. Ziyaretçileri gelenlerin adları bir liste olarak okunuyordu. Paşazade, hamam yanındaki duvar dibine, dizlerini dikip çömelmişti. Orda bikaç kişi daha vardı. Ben arkadaydım. Paşazade, beni görmüyor, benim orda olduğumu bilmiyordu. Merdivende bir hükümlü, bağırarak, ziyaretçileri gelenlerin listesini okuyordu. Listeyi okuyan adam içeri girmişti. Ordakilerden biri Paşazade'ye,

– Sizinkilerden kimse gelmedi mi Paşazade? diye sordu.

Paşazade, bir kibrit çöpüyle önündeki tozlu toprağın üstüne çizgiler çizerken, başını kaldırmadan, bikaç kez,

– Bizimkilerden mi? Bizimkilerden mi? diye kendi kendine sorduktan sonra, başını soruyu sorana kaldırıp,

– Bizimkilerden bir ben... bir ben varım! demişti.

Önemli bulunmayabilir ama, Paşazade'nin bu yalın sözü, beni çok duygulandırmıştı. Korkunç bir acıma duygusuna kapıldım. O zaman, daha önce kendisi için söylemiş olduğu şu sözlerini anımsadım:

"Çok zaman, daha doğrusu herzaman, kendime acımışımdır. Hem de, başka birisine acırmışım gibi kendime acırım. Sanki iki kişi olurum, biri bence olmam gereken, ama bitürlü olamadığım, öbürü de olmak istemezken olduğum şimdiki insan... O olmayı özlediğim, olmam gerektiğine inandığım insan olarak, bu olduğum insana hep acırım."

KENDİNE TEĞMEN SÜSÜ VEREN SAHTE SUBAY

Okuldan kovulduktan sonra sınıf arkadaşlarımla karşılaşmak istemiyordum. Onlar, Harp Okuluna geçmişler, subay çıkmışlardı. Durumumu birazcık düzeltebilsem, kazancım, güvenceli bir işim olsa elbet arkadaşlarımla görüşmek isterdim. Böyle bir duruma gelinceye dek onlarla karşılaşmaktan çekiniyordum.

Her ne olursa olsun, çalışabileceğim bir iş bulabilmek için, heryere başvuruyordum. Kıştı. Hava çok soğuktu. Yerlerde çamurlu kar vardı. Ayakkabılarımın tabanı delik olduğundan, tabandan içeri kar suyu giriyordu. Ayakkabılarımın içi vıcık vıcıktı.

Arkamdan adımın seslenildiğini duydum. Dönüp baktım. Bakmamla ne yapacağımı şaşırıp kaldım. Bana seslenen sınıf arkadaşım Hercai Recai idi.

Daha önceleri sokakta karşılaştığım sınıf arkadaşlarım beni görmezden gelmişlerdi. Ben de onları görmezden gelmeye çalıştım. Adımı seslendiği için, Recai'yi görmezden gelemezdim. Arkamdan gelip elini omzuma koymuş, sonra da bana sarılmıştı. Doğrusu, bu içtenliği ondan hiç ummazdım. Okuldayken, ona hiçbir zaman kanım kaynamamıştı. Çünkü, içinden pazarlıklı, sinsi bir çocuktu. Öğrenciyken de şık giyinirdi. Okulun verdiği elbiseyi beğenmez, çok daha iyi kumaştan özel terziye diktirdiği elbise ve kaput giyerdi. Ona Hercai dememizin nedeni, hercaimeşrep dedikleri gelgeç gönüllü olmasındandı. Kız arkadaşları, sevgilileri vardı. Bize, sık sık sevgili değiştirdiğini anlatırdı. Ona Hercai lakabı takmamızın nedeni belki bunlardı. Belki de adı Recai'ye uyaklı olduğu için Hercai lakabını uygun bulmuştuk. Her ne olursa olsun, öbür çocukların çoğu gibi, kendisine lakap takılmış olmasından kızmaz, tersine, hercailiğinden mutlu görünürdü. Hatta övünürdü de... Kız liselerindeki kız öğrencilerden aldığı, ciltli, yaprak kenarları yaldızlı anket ve hatıra defterlerindeki sorulara verdiği cevapların altına takmaad olarak "Hercai Menekşesi" yada yalnızca "Hercai" yazardı.

Okuldan ayrıldıktan sonra Hercai Recai'yle ilk karşılaşmamız böyle olmuştu. Onun subay çıkmış olması gerekiyordu.

– Sivil giyinmişsin... dedim.

– Sivilim de ondan... dedi.

Ben daha sormadan benden az sonra okuldan çıkarıldığını söyledi. Anlattıklarından aşağı yukarı anlayabildiğime göre, okul revirinin hekimine, hasta değilken, kendisini hastaneye göndertmenin yolunu bulmuş; hastanenin sağlık kurulundan da hava değişimi raporu almış. Oysa bu raporu, kendisi düzenlemiş. Resmî sağlık raporunun üzerinde yaptığı bozmalar, değiştirmeler anlaşılınca, hiç gözünün yaşına bakmamışlar, sahte rapor düzenlediği için, okuldan sepetlemişler. Demek, aşağı yukarı üç yıldanberi sivildi. Ben bişey demeden,

– Zaten, dedi, ben subay olacak adam değildim. Ama sana yazık oldu.

İyi giyimli olduğuna göre, işleri yolunda demekti.

Benimse, ayakkabılarımın içine kar suyu dolduğundan, yere her basışımda, ayağımın altından, cırk cırk diye sesler çıkıyordu. Üstüm başım bitikti. Utanılacak durumda olduğumdan, ondan çabuk ayrılmak istiyordum. Acele işim olduğunu bahane edip ayrılabilirdim. İşte böyle... Ne diyeyim, Hercai Recai'den ayrılabilseydim, bütün hayatımın biçimi değişebilirdi. Ama kim bir arkadaşıyla beş dakikalık bir karşılaşma yüzünden, bütün geleceğinin değişeceğini bilebilir? Koluma girmişti. Kolundan çıkıp ayrılamıyordum. Onun gösterdiği içtenliğe karşı kabalık olacaktı. O da bana ne iş yaptığımı sorar diye, onun ne iş yaptığını soramıyordum. Daha çok o konuşuyordu.

– Hadi eve gidelim... dedi.

Sesimi çıkarmayınca,

– Ama önce sana ayakkabı alalım da öyle gideriz eve... dedi.

Ne olur, ne de olmaz diyebildim. Ama yüzüme ateş bastığını duydum. Mağazaların önünden geçiyorduk. Büyük bir ayakkabıcının önünde durduk.

– Şu vitrindekilerden beğendiğin var mı? diye sordu.
Bişey söylemiş olmak için,
– Sağol, ama boş ver... dedim.
– Ne boş veri ulan, beğen birini... diye eski arkadaşlık havasında üsteledi.
– Bilmem ki... Şu iyi sanırım, diye bir ayakkabı gösterdim.
Bunun üzerine yine koluma girdi, yürüdük. İçimden, benimle dalga geçiyor, diye geçirdim. Her ayakkabı mağazası önüne geldikçe vitrine bakıyordu. Beş-on vitrin önünde durup, içerdeki ayakkabıları seyrettik. Sonunda, bir vitrindeki ayakkabıyı gösterip,
– Bak, dedi, bu da senin o beğendiğin ayakkabının aynı değil mi?
Tıpkısıydı.
– Aynı model olacak... dedim.
Kaç numara giydiğimi sordu.
– Kırkiki... dedim.
– Şimdi, dedi, bu mağazaya gireceğiz. Sen arkamda durursun. Ben ne dersem, başüstüne, dersin.
Girdik mağazaya. Tezgâhtar atılıp,
– Buyrun... dedi.
Hercai Recai bana sertçe,
– Sen orda bekle! dedi.
– Başüstüne! deyip kapının içerdeki girişte durdum.
Tezgâhtara, vitrinde beğendiğim ayakkabıyı gösterip,
– Şunu çıkarın... dedi.
Tezgâhtar, raftaki kutulardan birinden, beğendiğim o ayakkabının bir benzerini çıkardı.
– Kaç numara?
– Kırk.
– Kırkikisi var mı?
– Var beyim.
Tezgâhtar kırkiki numarasını çıkardı.
– Bunun kahverengisi olsun.
Tezgâhtar kahverengisini çıkardı.

– Biraz daha açık renklisi...

Tezgâhtar, epiyce kutu karıştırdıktan sonra daha açık kahverenklisini çıkardı.

Eliyle yokladı ayakkabıyı, sonra,

– Derisi daha yumuşak olanı yok mu?

– Bu yumuşaktır, ama daha yumuşağı da var.

Daha yumuşağını çıkardı.

Tezgâhtara verdiği zahmet için ben utanıyordum. İçimden, "Hay Allah, şu paranın gözü kör olsun... Bana bir iyilik yapacak, burnumdan getiriyor," diye geçiriyordum. Bu kez,

– Daha taraklısı var mı? diye sordu.

Tezgâhtar,

– Var beyim... dedi ama, sanırım, bir zorbeğenirlik daha gösterirse, ya ayakkabıyı kafasına atacak, ya ikimize de kapıyı gösterecekti.

Raftaki kutulara bakıp, daha taraklısını çıkardı. Recai aldı ayakkabıyı, evirdi çevirdi, altına üstüne baktı bir zaman, sonra fiyatını sordu. Ondan sonra da çekişe çekişe pazarlığa girişti. Öyle pazarlık etti ki, pazarlığı hiç sevmediğim için, bayılacak gibi oluyordum. Sonunda uyuştu.

– Bu ayakkabıyı babam için alacağım... deyince ben şaşırıp kaldım. Hani ayakkabıyı bana alacaktı!..

Arkadan da,

– Babam hastadır, evde yatıyor... Sokağa çıkamaz. Bu ayakkabının tekini alayım. – Beni göstererek – Bizim adam götürsün eve. Babam giyip baksın. Ayağına olursa, bizim adam gelir, ayakkabının öbür tekini de alır... dedi.

Tezgâhtarın cevap vermesine fırsat bırakmadan bana,

– Al ayakkabının tekini. Atla bir taksiye, çabuk babama götür! dedi.

– Başüstüne! dedim.

Tezgâhtara,

– Sarın bu teki! dedi.

Tezgâhtar da tıpkı benim gibi,

– Başüstüne... dedi.

– Kaç para bırakayım? diye cüzdanını çıkararak sordu.
– Öteki teki de alınca ödersiniz... dedi tezgâhtar.
Bana,
– Al paketi! dedi.
– Başüstüne... deyip paketçi kızdan sarılı ayakkabıyı aldım.
– Bir saate kalmaz, gelir bizim adam... dedi.
Tezgâhtar,
– Ne acelesi var beyim, akşama da gelse olur... dedi.
O önde, ben arkada, çıktık mağazadan.
Bisüre konuşmadan gittikten sonra,
– Ne olacak bu tek ayakkabı? diye sordum.
– Öbür tekini verecek bir enayi daha bulunur elbet... dedi.
Gazeteciden aldığı gazeteyle ayakkabı paketini iyice sardı.
Vitrinine ilk baktığımız ayakkabıcıya geldik. İçeri girdik. Önceki mağazada yaptıklarının tıpkısını burda da yaptı. Bisürü zorbeğenirlik gösterisinde bulundu. Tezgâhtarı canından bezdirdi. Belki de bu adam, tezgâhtar değil, dükkânın sahibiydi. Sonra çok sıkı pazarlığa girişti. Pazarlıkta uyuşup da yine evde hasta yatan babasının denemesi için ayakkabının tekini isteyince, adam, sağ teki paketçiye verdi. O zaman,
– Sol teki veriniz, çünkü babamın sol ayağında nasır var. Solu olursa, sağı nasıl olsa olur... dedi.
Bana yine,
– Al paketi! diye buyurdu.
– Başüstüne.. deyip tek ayakkabının sarılı olduğu paketi aldım.
Aynı sözleri tekrarladı:
– Çabuk dön, taksiyle... Beyler merak eder.
Adam,
– Aman efendim, hiç acelesi yok... Akşama getirsin... dedi.
Recai, yine cüzdana davrandıysa da adam parayı öbür teki de verince alacağını söyledi.
Teşekkür etti. Çıktık mağazadan.
Bir çorapçıdan da bir çift çorap aldı.

Bir ara sokağa saptık. Bir apartımana girdik. Apartımanın girişinde,

– Çıkar ayağındakileri de, giy şunları... dedi.

Tabanı delik eski ayakkabılarla ıslak çorapları çıkardım. Yeni çorapla, yeni ayakkabıları giydim. Sağ, sol ayakkabı birbirine uymuştu. Tam o sırada, dairesinden çıkan kapıcıya, adını söylediği bir doktorun muayenehanesinin bu apartımanda mı olduğunu sordu. Kapıcı, elini uzatarak, karşıdaki apartımana asılı tabelayı gösterdi. Recai'nin daha önce bu tabeladaki adı okuyarak, kapıcının bizden kuşkulanmaması için, doktorun muayenehanesini sorduğunu anladım.

İşte Hercai Recai'nin bana iyiliği budur. Buna, ilk kötülüğü de denilebilir. Şu olay bile Recai'nin nasıl bir insan olduğunu anlatmaya yeter sanırım.

Üstüm başım dökülüyordu ama, ayaklarım rahattı, yeni ayakkabılarım içinde ısınmıştı.

– Acıktık yahu... dedi.

Lüks bir restorana girdik. Pahalı yemekler ısmarladı. Şarap da içtik.

Yemekte konuşurken, ayakkabıcı, tek ayakkabı için para isteseydi, ne yapacağını sordum.

– Verecektim... İki saat sonra da sen o tek ayakkabıyı geri götürüp, "Beyefendinin babasının ayağına uymadı, başka da istemiyor." deyip parayı geri alacaktın... dedi.

Recai'ye göre, elbet bizden para almadan, ayakkabının tekini verecek bir tokgözlü ayakkabıcı nasıl olsa bulunacaktı. Bir değil, iki tane tokgözlü ayakkabıcı.

Nasıl olsa parasını vermeyeceğine göre, neden o kadar zorbeğenirlik gösterdiğini, neden o kadar sıkı pazarlık ettiğini sordum. Bunu, gerçek müşteri olduğumuza adamı iyice inandırmak için yapmış, yoksa dolandıracağından kuşkulanırmış adam...

Garsondan hesabı istedi. Garson hesap kâğıdını masaya bıraktı. Garsona,

– Patronunu çağır! dedi.

Ama o patronu beklemeden kalktı. Bana da arkasından gelmemi işaret etti. Restoranın mutfağına daldı. Mutfağa girer girmez, ortalığı karıştırdı, tencereleri açıp baktı.

– Bu ne pislik! diye bağırmaya başladı.

Beyaz külahlı aşçıbaşı Recai'nin çevresinde dolanarak anlaşılmaz bişeyler mırıldanıyordu. Ama Recai, durmadan,

– Bu ne pislik!.. diye bağırmaktaydı.

Restoranın patronu alacak adam telaşla geldi. Recai'nin bağırmasını salondaki müşterileri duymasın diye mutfağın kapısını kapadı. Recai, patronu görmemişcesine,

– Burasını bizim belediyedekiler hiç mi kontrol etmiyor? diye bağırdı.

Recai'nin arkasına sinen patron,

– Mutfağımız herzaman temizdir, pırıl pırıldır beyfendi... dedi.

Recai,

– Bu mu, bu mu temizlik! diyerek, biri rafta, biri de ak fayansın üstünde yürüyen iki hamamböceğini gösterdi.

Patronla aşçıbaşı, ağızlarını da, gözlerini de açmışlar, sanki hamamböceği değil de, mutfakta fil görmüşler gibi şaşkınlık içinde bakıyorlardı.

Recai,

– Şimdi bir tutanak düzenleyeceğiz... dedi.

– Aman beyfendi... diye patron eline yapıştı Recai'nin.

– Hem para cezası, hem de kapanacak burası... Kapıya da belediye kararı asılacak.

Patron yalvarıyordu. Burası eski bir restorandı. Para cezasını vermeye hazırdı, ama duyulursa ki mutfağında hamamböceği var, rezil olacaktı. Recai, hem de, gazetelerin yazacağını söylüyordu.

– Telefon nerde? diye bağırarak sordu.

Önceden telefonun yerini biliyordu ki, kendisine gösterilmeden gitti, alıcıyı kaldırıp bir numara çevirdi:

– Allo... Belediye... Belediye mi? Kim var orda...

Patronun yüzü ter içinde kalmıştı. Recai'nin yanına gidip kulağına bişeyler fısıldadı. Recai telefonu kapadı. Patron,

Recai'nin koluna girdi. Birlikte, yana geçtiler. Az sonra çıktılar ordan. Patron elini sıktığı Recai'ye,

– Gülegüle Müfettiş Bey... dedi.

Recai,

– Ne müfettişi, dedi, ben müfettiş filan değilim... Herhangibir yurttaşım, lokantanızın bir müşterisiyim...

Patron çok bozulmuştu, ama bozuntuya vermeden,

– Bekleriz, yine buyrun beyfendi... dedi.

Sokağa çıktık.

Şu olup bitenlerin şaşkınlığından dilim tutulmuş gibiydi.

– Hadi, eve gidiyoruz... dedi.

Evi oldukça yakınmış. Evine gidinceye kadar ya hiç konuşmadık yada konuştuklarımızdan hiçbişey hatırlamıyorum. Bir apartmanın büyük bir dairesinde pansiyoner olarak kalıyormuş. Dairenin sahibi, yaşlıca bir Rum kadındı. Recai'ye,

– Az önce telefon ettiniz, sizdiniz? Sesinizi benzettim... Nedir, belediye belediye belediye bağırdınız? diye sordu.

Recai,

– Madam, bize birer kahve yapar mısın? dedi.

Güzel eşyalı bir odadaydık.

– Lokantacı, seni belediye müfettişi sandı galiba... dedim.

– Öyle sandı da, beşyüz lira verdi... dedi.

O zamanki beşyüz lira...

– Ama sen, müfettiş olmadığını söyledin...

– Elbette söylerim... Bu alçaklar, hem rüşvet verir, hem de kodamanlardan tanıdıkları vardır, sonradan sahte müfettiş diye yakalatırlar... dedi.

– Bu yaptığın dolandırıcılık... dedim.

– Dolandırıcı olsam, kendime müfettiş süsü verirdim... dedi.

– Şansın varmış ki, mutfakta hamamböceği bulundu... Ya hamamböceği bulunmasaydı, yemek parasını ödeyecektin... dedim.

Alaylı gülümseyerek cebinden bir kibrit kutusu çıkardı,

– İşi hiçbir zaman şansa bırakmamalı... diyerek kibrit kutusunu açtı, kutudan üç tane hamamböceği fırladı. Onları yeniden kutuya soktu.

O zaman, lokantanın mutfağında, neden cıgara çıkarıp kibritle cıgarasını yaktığını anladım. Arada elçabukluğuna getirip, öbür kibrit kutusundan iki hamamböceğini kaşla göz arasında oraya bırakıvermişti.

Duvarda güzel bir çerçeve içinde bir Hukuk Fakültesi diploması vardı. Diplomada, Recai'nin resmini görünce pek şaştım. Yakından baktım. Onun kimliği yazılıydı diplomada.

Diplomaya dikkatle baktığımı görünce,

– İstersen sana da bir diploma çıkarayım... dedi.

O sırada madam, kahvelerimizi getirmişti.

Gece biyere gidip eğlenmemizi önerdi ama, bunu çok istediğim halde, korkuya benzer şaşılası bir duyguya kapıldığım için, teşekkür ederek izin istedim.

– Ne zaman başın sıkışırsa, bişeye ihtiyacın olursa, bekliyorum, gel... dedi.

Para da verdi. Almamazlık edemedim. Geçmiş gün, ne kadar verdiğini unuttum. Ayrılırken sarılıp öpüştük.

Hercai Recai'yle buluşmamızdan bikaç gün sonra bigün gazetede bir bankanın ilanını gördüm. O banka, ilanında, müdür, muhasebeci, müfettiş, müfettiş muavini, memur ve müstahdem aradığını bildiriyordu. Bunların hepsi de sınavla alınacaktı. Aranan şartlarsa, sınava girebilmek için memurların lise mezunu olmaları gerekiyordu. Bu durumda ben ancak müstahdem olabilirdim. Evet, ona da razıydım. Tek bir işim olsun... Önemli olan benim için, ilk adımımı atmaktı. İlk adımımı atmak istiyordum. Ondan sonra, nasıl olsa önce yürüyecek, sonra koşa koşa tırmanıp yükselecektim.

Ayakkabılarım yepyeniydi ama, elbisem dökülüyordu. Bu kılıkta sınava girersem, kazanma şansım olamazdı. Hercai Recai, ne zaman bir ihtiyacım olursa kendisine gitmemi içtenlikle söylemişti. Açıkça söyleyeyim ki, arada geçen üç yıl içinde ondaki o korkunç değişikliği gördükten sonra, Recai'ye çekine çekine gittim. İlk gittiğimde evde yoktu. Gece uğradım. Yine yoktu. Bekledim kapısında. Gecenin geç saatinde arabayla geldi. Sarhoştu. Anlattım durumu. Bana, salt sınava girebilmem için bir günlüğüne eski bir elbisesini verebilir miydi? Odasına çıktık. Gardrobunu açtı.

– Beğendiğini al, giy... Senin olsun... dedi.

Elbiselerinin hepsi de yeni sayılırdı. Bir takım çıkarıp giydim. Gömlekle boyunbağı da aldım. Hava soğuktu ama, artık palto yada pardösü istemeye utandım. Palto da vermek onun aklına gelmediyse, sanırım, sarhoşluğundandı.

Ayrılırken,

– Sonucu bana bildir... dedi.

On kadar müstahdem alınacaktı. Oysa sınava girmeye gelen ikiyüzden çoktuk. Kendileriyle sınava gireceklerime bakınca, kendimden utandım. Bunların çoğu, ya ilkokulu ancak bitirmiş yada yarıda bırakmıştı. Ben, bunlarla yarışma sınavına girmek zorunda kalıyordum. İlkin bir sözlü sınavdan geçiyorduk. Ne sorulduğunu unuttum, ama elbet çok kolay bir soruydu. Bu sözlü sınav elemesinden sonra, elli kişi kalmıştık. Yazılı sınavda da kazandığıma kesinlikle inanıyordum. Nasıl olur da, bu adamlar arasında sınavı kazanamazdım.

On-onbeş gün sonra sonucu öğrenecektik.

Sonucu öğrenmeye Recai'yle birlikte gitmiştik. Hademelik sınavına girdiğim için Recai bana hem kızıyor, hem de benimle alay ediyordu. Sonuçları öğrenmeye boşuna gittiğimizi, çünkü, nasıl olsa benim sınavı kazanamayacağımı söylüyordu. Sonunda kızdım,

– Yahu, diye bağırdım, nasıl kazanamam, dangıl dungul zavallılar, içlerinde ilkokulu bitirmişler bile azdı. Bütün soruları da bildim...

Recai, kahkahalar atarak,

– Tamam, dedi, işte o zaman hiç kazanamamışsın demektir... Yandın, kazanmadığın besbelli... Var mısın bahse. Kazandınsa, benden sana istediğin gibi bir ziyafet... Kazanamadıysan, ilerde, paran olunca, sen bana bir ziyafet çekeceksin...

Sınav olduğumuz yere gittik. Daha önce de gördüğüm ordaki bir kadın memura, sınav sonuçlarını nerden öğrenebileceğimi sordum. Kadın, düzgün giyinişime bakıp,

– Müfettiş muavinliği için miydi? dedi.
– Hayır... dedim.
Ama hademelik için olduğunu söyleyemedim.
– Memurluk sınavı mı? diye yine sordu.
– Müstahdemlik için... dedim.
Kadın,
– Maalesef... Kazanamadınız... dedi.
Bankadan çıktık. Sanki kanım donmuştu. Kesseler kanım akmazdı.
Benimle sınava giren o insanlar içinde ben nasıl olur da sınavı kazanamamış olurdum! Recai,
– Şimdi anladın mı? dedi.
– Anladım, kazanamamışım işte... dedim.
– Sana onu sormuyorum, dedi, neden kazanamadığını anladın mı? Oğlum, sen adam olmazsın... İşlet şu kafanı be... Kadın senin adını bilmiyor, sanını bilmiyor, kim olduğunu bilmiyor, daha müfettişlik için mi, hademelik için mi sınava girdiğini bile bilmiyor, hem de kimliğini bile sormadan, sınavı kazanamadığını nasıl biliyor da sana "maalesef" diyor?
– Gerçek yahu... Nerden biliyor?
– Oğlum, ben o kadından bile önce bildim, senin kazanamayacağını... Çünkü, kimlerin kazanacağı, sınav yapılmadan önce bellidir.
– Öyleyse o sınavı ne diye yapıyorlar, alay mı ediyorlar bizimle?..
– Yok canım, niçin alay etsinler senin gibi gariplerle? Onlar görevlerini yapıyorlar. Bankanın yasası, tüzüğü filan, sınav yapın diyor, onlar da sınav yapıyorlar işte... Sen böyle bir bankanın müdürü olacak adamken, hademe olmaya kalkarsan, elbet yarışma sınavını kazanamazsın...
Doğrusu, bu Hercai Recai bana çok dersler vermiştir.
O gün çok üzgündüm. Recai beni bırakmadı.
– Ben seni, dedi, hademe olamadığın bu bankaya memur yaptırayım.
Sesimi çıkarmadım.

Çektiği vesikalık fotografı on dakika içinde veren bir fotografçıya gittik. Orda benim oniki vesikalık fotografım çekildi. Sonra, Recai'nin evine gittik. Önüme bir kâğıt uzattı.

– Yaz! dedi.

O söyledi, ben yazdım.

O bankanın genel müdürlüğüne... Memur olmak isteğimin kabulünü arz ve rica ediyordum. Bastım imzayı. Adres olarak da Recai'nin ev adresini yazdım.

Hiç umudum yoktu. Ama yine de aradabir Recai'nin evine gidip, bankadan bir haber gelip gelmediğini soruyordum. Ya ikinci, ya üçüncü gidişimdi... Çok şaşılası bişey, dilekçeyi verdikten iki hafta kadar sonra cevap gelmişti. Recai, beni görünce,

– Müjde... dedi.

Zarfı verdi.

O bankanın İzmit şubesine memur olmuştum. Öyle heyecanlandım ki, gelen yazıyı öptüm, ağlamaya başladım. İşte, ilk adımı atıyordum. Önemli olan ilk adımdı. Artık adım adım yürür, sonra koşar, sonra da tırmanır, yükselirdim.

Hercai Recai,

– Ağlama ulan, yüreğimi parçalayacaksın... diye benimle alay etti.

Ne de olsa, o benim çektiklerimi bilemezdi ki... İzmit şubesine atanmış olmama daha da çok sevindim. Bu büyük, kalabalık kentten hem uzaktım, hem de oraya çok yakın... İstersem, hafta sonlarını Istanbul'da geçirebilirdim.

Tirenle İzmit'e giderken, bir insanın bütün bir hayatını dolduracak kadar hayal kurmuştum. Anababamdan hiç haberim yoktu. Onlar da benim ne olduğumu bilmiyorlardı. Bitürlü toparlanamıyordum ki, onlara mektup yazayım. Çünkü durumum, anlatılacak gibi değildi. Bankadan alacağım ilk aylığımın birazını anababama gönderecektim. Durumum düzeldikçe artıracaktım onlara göndereceğim parayı. Bir yada birbuçuk odalı biyer kiralayacaktım kendime. Çok çalışacaktım. Hemen göze girecektim. Dışardan sınavlara girip liseyi de bitirecektim.

Hercai Recai, "Müdür olacağın bankaya hademe olmak için sınava giriyorsun!" diye benimle alay etmişti. Ama ben, gerçekten de bu bankanın bigün müdürü olacaktım... Ne düşler kuruyordum tirende...

O İzmit yolu, bitip tükenmek bilmiyordu sanki... Bana bir yıl yolculuk etmişim gibi geldi. Oysa hemen bankaya gidip işe başlamak istiyordum. Sanki, banka batmak üzereydi de, ben hemen gidip bankayı kurtarıverecektim. Bir saat geç işe başlamam bile, bankaya büyük zarar demekti...

İzmit'e vardığımda, ikindi olmuştu. Bir saat sonra filan banka kapanırdı. O saatte bankaya gitmemin bir anlamı olamazdı. Ertesi sabah erkenden gidecektim. Önce bir ucuzca otel aradım, ucuz ama temiz. Otelin kâtibi, bana iki kişilik bir oda verdi. Odada iki karyola vardı. O karyolada bir yedeksubay yatıyormuş. Otel kâtibi,

– Sizin yaşınızda bir genç... Onun için size bu odayı verdim. Anlaşırsınız... Akşamları bu saatlerde gelir... dedi.

Gerçekten de az sonra oda arkadaşım yedeksubay geldi. Birden kanım kaynadı. İçten, cana yakın biriydi. Biriki saatte yakınlaştık birbirimize. O da benim gibi az para harcamak zorundaymış. Ne de olsa, otelde kalmanın, lokantalarda yemek yemenin pahalıya geldiğini söylüyordu. İster miydim, onunla ortaklaşa, iki odalı bir küçük ev tutmak? Bu bize daha ucuza gelirdi. Üstelik çok daha rahat ederdik. Gerektiğinde evimize misafir bile çağırabilirdik, kız arkadaşlarımızı filan...

Onun bu önerilerine benim de aklım yattı. Anladığıma göre, kadın ilişkilerine düşkündü. Ama olsun, bana ne... Ben başka açıdan onunla birlikte bir ev kiralamayı istiyordum. Kendi evimde soyunup dökünür, dışardan lise bitirme sınavları için daha iyi çalışabilirdim. Kendi yemeğimizi kendimiz yapardık.

Şansım dönmüştü. Tam kafa dengim bir arkadaş da bulmuştum. Öyle mutluydum ki, içim içime sığmıyordu. Akşam yemeğimizi bir lokantada birlikte yemiştik. Sonra odamıza çekilmiştik. O yedeksubayın komidinin üstünde biçok kitabı vardı. Onlardan birini alıp okumaya başladım.

Yedeksubay,

– Senden bir ricam var... dedi.

– Estağfurullah, buyur... dedim...

Altı aydanberi İzmit'te olduğu için, burda bir kadın arkadaş edinmiş. Bu gece onunla buluşmak istiyormuş. Ama sivil elbisesi yokmuş. Subay elbisesiyle de kadınla rahat gezemiyorlarmış. Acaba, bu gece için, biriki saatliğine, sivil elbisemi kendisine verir miydim?

E bunda ne var... Bikaç saat içinde, on yıllık arkadaş gibi olmuştuk. Nasıl olsa, aynı eve taşınıp birlikte yaşayacaktık...

– Elbette... Olursa, al giy... dedim.

Soyunup verdim. Bu elbise, Hercai Recai'nin bana verdiği elbiseydi. Ama oldukça yeni ve iyiydi. Subay elbisesini çıkarıp benimkini giydi. Tıpatıp oldu. O zaman, sırtımdaki elbisenin ne kadar güzel olduğunu, onun sırtında görünce anladım. İkimizin de yalnız bir kat elbisemiz vardı, benimki sivil, onunki asker elbisesi...

Çıktı, gitti.

Ben de yatağa uzanıp, o kitaplardan birini okumaya başladım. Geceyarısını geçti, arkadaşım dönmedi. Aradabir kitaba dalıp gidiyordum. Daha geç kalıp uyumazsam, erken kalkamam diye düşündüm. Erkenden bankaya gitmeliydim. Lambayı söndürüp uyudum.

Erkenden uyandım. Bir de baktım, yedeksubayın yatağı boş ve hiç bozulmamış. Gelmemiş miydi... Uyku sersemliğiyle, erkenden gelip, birliğine gitmiş olabileceğini düşündüm ama, sonradan aklım başıma geldi, üstündeki benim sivil elbisemle görevine gidemezdi ya... Onun subay elbisesi odadaydı.

Saat sekiz, saat dokuz... Yedeksubay yok ortalarda. Deli olacağım... Otelin bir adamını çağırıp, yedeksubayın nerde olabileceğini sordum. Bilemeyeceğini söyledi. Öğlen oldu, hâlâ yok bizimkisi... Deli olmak işten değil. Bir gelse şu delikanlı, kendisiyle ortaklaşa bir evde birlikte oturmayacağımı yüzüne karşı söyleyecektim. Akşam oldu, yine yok... Ah bir gelse... Değil birlikte oturmak, suratının ortasına bir yumruk indirip döve döve pestilini çıkaracaktım. Yeter ki bir gelsin... Gece oldu. Ben odada hapis kalmıştım. Odama getirttiğim yemeği yedim.

Gözümü uyku tutmadı. Artık ikinci gece gelir diye düşünüyordum. Bir gelse... Bir sivil elbiseme kavuşsam... Sabah erkenden, atandığım bankaya koşacaktım. Bankaya mı? Hayır, banka değil, bankam! Bu banka benim için herhangibir banka değil, benim bankamdı.

Sabahın maviliği, odama doluyor, yavaş yavaş sabah oluyordu. Yedeksubayın dönüşünden artık umudumu kesmiştim. Ne yapmam gerektiğini düşündüm. Tam şansımın döndüğü zamanda başıma bu bela gelmişti. Ne yapıp edip, bankadaki, yani bankamdaki işimi kaçırmamalıydım.

Tıraş oldum, yüzümü yıkadım. Don-gömlekle sokağa çıkamayacağıma göre, yedeksubayın elbisesini giydim. Otel odasının duvarındaki sırları dökülmüş aynada kendimi seyrettim. Aynada yüzümü görmekle yetinmedim. Zincirini çivisinden çıkardığım aynayı, göğsüme, kalçama tutarak, subay elbisesi içindeki heryanımı parça parça ve ayrı ayrı seyrettim. Sonra aynayı duvara dayadım. Karşısına geçip, subay pantolonu içindeki bacaklarımı seyrettim. Yazık ki, sırları dökülmüş ve bir ucu kırık aynada kendimi bütün olarak göremiyordum.

Bu elbiseyle öyle memnundum ki kendimden... Birden, sınıf arkadaşlarım gibi bir subay olduğumu sandım. Subay çıkmış olsaydım, demek, böyle olacaktım.

Otel odasında kendimi hapsedemezdim. Yeni atandığım bankaya, yani bankama, işe başlayacağım ilk gün, subay elbisesiyle de gidemezdim. En iyisi, hemen bir otobüse atlayıp Istanbul'a dönmekti. Hercai Recai'yi bulurdum. Başıma gelenleri anlatırdım. Bana bir iyilik daha yapmasını rica ederdim. Ya bir kat elbise alırdı bana, ya kendi elbiselerinden birini daha verirdi yada kendime elbise almam için borç para verirdi. Sabah erkenden yola çıkarsam bütün bu işleri bir gün içinde yapar bitirir, ertesi gün de İzmit'e dönebilirdim. Bankadaki işe, yani bankamdaki işime, iki gün, belki de birbuçuk gün gecikerek başlayabilirdim.

Otel kâtibine, odanın parasını öderken, aynı odada kaldığımız –kalmayı düşündüğümüz– o yedeksubaya, gelince, beni beklemesini söylemesini rica ettim.

Istanbul'a otobüsle daha çabuk gidebileceğimi düşünmüştüm. Ama o günlerde, şimdiki gibi çok otobüs yoktu ki... Sık sık otobüsler işlemezdi. Otobüsün, tirenden sonra kalkacağını öğrenince, ister istemez Istanbul'a ilk gidecek tiren için bilet aldım. Anlatılamaz bir acelecilikle taşıyordum, içim içime sığmıyordu. İstasyonda daha tam durmadan tirene atladım, sanki tireni daha çabuk gitmeye zorlayabilirmişim gibi... Kompartımanda bir genç kadınla bir yaşlı adam vardı. Genç kadın, yaşıtım mıydı, yoksa benden biriki yaş daha mı büyüktü? Yirmi, yirmibeş yaş arasındaki kadınların yaşlarını kestirmek zordur. Onlara onsekiz de, otuz da denilebilir. Yaşlı adamı bu genç kadının babası sanmıştım ilkin. Ama hiç konuşmuyorlardı. Kadın fıkırfıkırdı. Elleri, ayakları, başı, hiç durmadan kıpırdıyordu. Yaşlı adam koridora çıkınca, kadınla ilintisi olmadığını anladım.

Konuşmaya nasıl başladığımızı hatırlamıyorum bile şimdi. Yaşlı adam, kompartımandaki sepetini alıp, tirenin durduğu ilk istasyonda indi.

Kadınla ilk nasıl, sonra da neler konuştuğumuzu hatırlamıyorum ama, kadının kolaycacık sevinmesini bilen, kolayca gülen, gülünce yalnız ağzıyla değil, ayaklarından saçlarına kadar herşeyiyle gülen güzel bir kadın olduğunu hiç unutamıyorum. O kısa tiren yolculuğunda anlaşıp kaynaşmamız da sanırım buyüzden oldu. Ne söylesem gülüyordu ama ben de her ne söylesem onu güldürmek için söylüyordum. Sözlerime gülmesi beni mutlu ediyordu. Hayatımda ilk kez böyle bir mutluluk tadıyordum. O güne kadar, hiçbir kız arkadaşım, hatta kadın yakınım bile olmamıştı. Hele bir dişi olarak kadını hiç tanımamıştım. Küçük yaşımdanberi yatılı okulda okumuştum. İşte buyüzden, okuldayken Hercai Recai'nin anlattığı kız arkadaşlarıyla ilişkilerini, hatta kadınlarla olan erkeksi yakınlığını büyük ilgiyle dinlerdim. Bana o, benim hiçbir zaman adımımı atamayacağım bir başka dünyada atlayıp sıçrayan biri gibi gelirdi. İşte o gün, tirende, hiçbir zaman ulaşamayacağımı, dokunamayacağımı sandığım şey, karşımdaydı ve her sözümle onu güldürmek istiyordum ve o da her sözüme kahkahalarla gülüyordu.

Bilirsiniz, hani bitkilerin gelişimini anlatan öğretici filmler vardır; o filmlerde bikaç saniyenin içinde bir goncanın büyüdüğü, çiçeklerin yaprak yaprak renklenip açıldığı, koca bir gülün ortaya çıktığı görülür. İşte o genç kadın, karşımda her sözüme gülerken, sanki dediğim o filmlerdeki gibi yaprak yaprak açılıyor, açılan yaprakları da her kahkahasıyla yere düşüyordu. Ama hiç bitmiyordu, durmadan yaprak yaprak açılıyordu. Hiç unutamadım o günü...

Ucundan kıyısından birbirimize hayatımızı da anlatmıştık. Ben, ister istemez yalan söylemiştim. Bu kadar güzel ve bana bu kadar yakınlık gösteren kadına, okuldan kovulduğumu, başıma gelen belaları, bir yedeksubayın sivil elbisemi giyip kaçtığı için onun subay elbisesini giymek zorunda kaldığımı elbet anlatamazdım. Bir arkadaşımdan eğreti bir sivil elbise almak için Istanbul'a gittiğimi anlatmamın da hiçbir gereği yoktu. İşte buyüzden kadına, subay olduğumu, Istanbul'a izinli gittiğimi söylemiştim. Şimdi size kendimi savunmak için söylemiyorum, doğrusu budur: Ben o genç kadınla ilgimin bu tiren yolculuğunda bitmeyeceğini bilseydim, inanınız, bu yalanı da söylemezdim. Ama bunu nerden bilebilirdim? Kim, beş dakika sonrasını bilebilir ki? Beş dakika sonramızı, beş dakika önceden kendimizin hazırladığımıza inanırım ama, geleceğimizin ancak kaçta kaçını kendimiz yapabiliyoruz, ne kadarı bizim elimizde değil? *(Paşazade'nin sözünün burasında meydancı hücremize girdi. İdareden beni çağırdıklarını söyledi. O zaman Paşazade gülerek, "İşte bunu önceden bilemezdiniz. Bakalım, neyle karşılaşacaksınız... Anlatmak istediğim budur," dedi. İdareden hücreye dönüşümde, Paşazade'ye hiç de şaşırtıcı bişeyle karşılaşmadığımı, bir arkadaşımın, kendisinden istediğim kitaplarımı alıp getirdiğini, kapıya bıraktığını, beni de kitaplarımı almam için idareye çağırdıklarını söyledim.)*

Bu güzel kadının evli olup olmadığını öğrenmek istiyordum. Nasıl bir yolunu bulup da bunu öğreneyim diye düşünürken, kendisi bunu söylemişti: Kocasından yeni boşanmıştı, ama kocasıyla birlikte yaşadıkları evden çıkmamıştı daha. Ailesi de Istanbul'da değildi.

Bir kadının süründüğü güzel kokuyu bu kadar yakından ilk duyuyordum. Her kahkahasında o güzel koku yeni dalgalara yayılıyordu. Kısacası, bir mutluluk yolculuğuydu benim için o gün...

Haydarpaşa'da tirenden indiğimizde, birbirimizden ayrılamadık. Kopamadık, demek daha doğru olur. Birlikte evine gitmemizi önerdi.

O, benim yaşadığım ilk dişiydi. Erkekliğimi, ilk onda ispatlamıştım o gece... Neler kuruyordum: Ona gerçeği anlatmalıydım, yani subay olmadığımı, bir bankaya küçük memur olarak yeni atandığımı filan... Evlenirdik, mutlu bir yuvamız olurdu...

Korkunç bir gürültüyle yataktan fırladım. Oda kapkaranlıktı. Bir keskin alev, şimşek çakar gibi, daha doğrusu bir ince delikten bir ateş fışkırır gibi, yanıp söndü. Bir patlama sesi... Son duyduğum da bir kadın çığlığıydı... Öyle bir çığlık ki, sivri tırnaklarla bir yaranın kabuğu kazınırcasına...

Gözümü hastanede açtım, askerî hastanedeydim. Subay olduğumu sandıkları için, beni askerî hastaneye yatırmışlar. İki gün kendimi bilmeden yatmışım. Kurşun, sol omzumdan girmiş...

Ben ona subay olduğum yalanını söylemiştim. O da bana, kocasından boşandığı yalanını söylemiş. Ama, gerçekten de boşanmak için dava açmışlar. Karısından ayrılmak istemeyen kıskanç koca, o gece bizi evinde bastırmış.

Hastanede kendime gelince, kimliğimi, hangi askerî birlikten olduğumu sordular. Kadın da sorgulanmasında, benim subay olduğumu söylediği için, sahte subay olduğum hemen ortaya çıkmıştı. Zina ve sahte subaylık suçlarından yargılanırken, iki sahteciliğim daha ortaya çıkmıştı: Sahte lise diploması düzenlemek, ileri gelen kişilerin kartvizitlerini kullanmak ve imzalarını taklit ederek kendime çıkar sağlamak, böylece sahte banka memurluğu elde etmek...

Bütün bunları, Hercai Recai'nin, bana iyilik olsun diye yaptığını anlamıştım. Yargılanırken onun adını vermedim. Yiğitliğimden filan değil, onun adını söylemem, nasıl olsa benim cezamı azaltmayacaktı da ondan...

Sahte subay yakalandı, kendine teğmen süsü veren bir sahteci yakalandı diye gazeteler öyle yaygara kopardılar ki, bire bin katarak beni öyle dillerine ve kalemlerine doladılar ki, birden günün adamı oldum.

Hükmü çekip cezaevinden çıktığım zaman hiç de yılgın değildim. Hatta, eskisinden daha da yürekliydim. Başıma gelen belalar, beni daha çok kamçılıyor, tutkularımı daha da artırıyordu.

SABIKALI KADIN AVCISI PAŞAZADE

Sakat doğmuş insanlar gibiydi Hercai Recai. Onun bedeninde değil, ruhunda bir sakatlık vardı. Onca yıl yatılı okulda birlikte bulunmuştuk da, ondaki bu ruh bozukluğunu anlayamamıştım. Çünkü, çok sinsiydi. Buyüzden de sınıfımızda bitek candan arkadaşı yoktu. Yine de hafta izninden okula dönüşünde çoğumuz onun kız arkadaşlarıyla olan serüvenlerini dinlemeye can atardık.

Ruh hastasıydı. Çünkü o, bir çıkarı için, bir işi için değil, kötülüğü, kötülük olsun diye yapardı. Kötülüğünün, kötülük yapmaktan başka hiçbir amacı yoktu. Kimileri böylelerine zeki der... Belki de öyle, olağanüstü, ama kötü bir zekâ.

Cezaevinden çıkınca neden Recai'ye gitmiştim? Önce, o zamana kadar onun bu kadar da kötü olduğunu bilmiyordum. Bundan başka, cezaevine onun yüzünden düşmüş sayılırdım. Benim haberim bile olmadan bana sahte lise diploması, sahte tavsiye kartları uydurarak, beni banka memuru yaptırmıştı. Onu iyice tanımadan önce, bana iyilik için bunları yaptığını sanıyordum. Sonradan gördüm ki, onun hiç de benim iyiliğimi filan düşündüğü yoktu. Bunlardan başka ona gidişimin en önemli nedeni, gidecek, başvuracak, yardım isteyecek başka hiçkimsem yoktu. Yani çaresizdim. Beni ona götüren yoldan başka bütün yollar bana kapalıydı. *(Paşazade bir saplantı düşünü olarak, sık sık bu sözü yineliyordu. O, çaresizdi. Başka hiçbir çaresi yoktu. Bütün yollar kapatılmış, onun gidebileceği yalnız tek yol açık bırakılmıştı. O da bu tek yoldan gitmek zorunda bırakılmıştı.)*

Cezaevindeyken beni hiç sorup aramamıştı. Onda zaten bağlılık, arkadaşlık, dostluk gibi duygular yoktu. Beni, sanki az önce yanından ayrılmışım gibi karşıladı.

İstese çok zengin olabilirdi; elbet çalışarak, hak ederek değil... Zengin değildi ama, herzaman çok zenginmiş gibi yaşayabiliyordu. Parasını son kuruşuna kadar harcar, hiç parası kalmayınca yeni bir vurgun düşünürdü. Niçin böyle yaptığını sorduğumda, ancak parası kalmayınca kafasının çalıştığını söylemişti.

Bütün bu yeryüzünde kötülük diye hiçbişey kalmasa, bu Recai, tarihteki bütün kötülükleri tek başına yeniden dünyaya dağıtabilirdi. Onun yapamayacağı hiçbir melanet düşünülemez. Çok düşünmüşümdür: Bir insan niçin bu kadar kötü olabilir? Bana öyle geliyor ki, herkesi kandırabilecek, herkese kazık atabilecek bir zekâsı olduğunu, başkalarından çok kendisine ispat etmeye çalışıyordu. Bütün insanlara üstün olduğuna inanmak istiyordu.

Bigün Taksim alanındaydık, bisüre olduğu yerde durdu,

– Şu insanları görüyor musun? diye kalabalığı gösterdi.

Sesimi çıkarmadan yüzüne baktım.

– Bütün bu ahmaklar ve daha da başkaları ve bu kenti dolduranlar ve bütün bu memlekette yaşayanların hepsi, bütün bunlar, hep benim için çalışıyorlar.

– Bunca enayi varken, biraz aklı olan nasıl parasız kalır... diye ekledi.

Bu sözüyle, aptal yerine koyarak beni aşağılıyordu.

Parasız kaldığı bir gece, pansiyoner olarak oturduğu evin, çinko yağmur oluklarını ve borularını söküp sattığını söylersem nasıl bir insan olduğunu anlarsınız. Bunu, yalnızca parasız olduğu için yapmadı, ev sahibi yaşlı kadına kötülük olsun diye yaptı. Bununla da yetinmedi, daha büyük bir alçaklık yaptı. Bir gece, o yaşlı ev sahibi kadını, bir zampara hacıağaya sattı. Zavallı yaşlı kadının bundan haberi bile yoktu. Sokakta pazarlık ettiği zamparadan parayı alıp cebine indirmiş, sonra da adamı eve getirmişti. Yaşlı kadının kapısını açıp, zamparayı içeri salmıştı gecenin bir zamanı... Az sonra, yaşlı kadının çığlıklarını, zampara hacıağanın da bağırıp çağırmalarını duymuştuk. Recai, keyf içindeydi. Gülüyordu. Kadının, sonunda razı olup, üstelik memnun da kalacağını söylüyor, kahkahalar atıyordu. Odadan bağırıp çağırmalar gelirken, biz de evden çıkmıştık.

Bigün durup dururken,

– Hadi Ankara'ya gidiyoruz... demişti.

Hem işsiz, hem parasız olduğumdan ondan ayrılamıyordum.

Ankara'da lüks bir otele yerleştik.

Resepsiyona telefon edip, odaya iki gazete getirmelerini istedi.

Az sonra getirilen iki gazeteden birini bana verdi; birini kendi aldı. Yatağa uzanıp gazeteyi okumaya başladı.

Bendeki gazetenin birinci sayfasında, öldürücü ve çok bulaşıcı bir hastalık olan Paçavra hastalığının yaygınlığından söz ediliyordu. Sağlık bakanı hastalığa karşı yurttaşları uyarıyordu. Uzmanlar da, hastalığa karşı alınacak önlemleri anlatmışlardı. Telefon aygıtlarından bile, paçavra hastalığının virüsleri insandan insana geçiyordu. Buyüzden, hastalığın salgın olduğu bu sıralarda, genel telefonların bile kullanılması tehlikeliydi; kullanmak zorunluysa telefon ağza çok yaklaştırılmamalıydı.

Yatağına uzanmış, gazetesini okuyan Recai, birden gazeteyi atıp fırladı,

– Tamam! diye bağırdı.

Ne olduğunu sordum.

– Vurduk voliyi... dedi.

Herkesi küçümseyen, zekâsını başkalarına göstermek ve kendisine ispat etmek isteyen bir deli olduğu için, birlikte çalışsak da, ne yapacağımızı bana bile önceden söylemezdi.

– Hadi kalk, işimiz var...

Yine kimbilir nasıl bir delilik yapacak, beni de kullanacaktı.

Sokağa çıktık. Arayıp sorarak bir küçük basımevi buldu. Yirmi cilt makbuz koçanı yapılmasını istiyordu. Her koçanda ellişer makbuz olacaktı. Makbuza neler yazılacağını ve bu yazıların hangi biçimde olacağını uzun uzun anlattı basımevi sahibine; bir kâğıda yazarak da gösterdi. Başlığı "Ankara İli –Sağlık Hizmeti– 3 No.lu dezenfektasyon ekibi" yazılacaktı. Yazdıklarını okuyunca, dezenfektasyon sözünün yanlış olduğunu söyledim.

– Ne yapacağımı biliyorsun da mı, yanlış diyorsun? dedi.

– Bilmiyorum ama, sanırım, dezenfeksiyon yazmak istedin... dedim.

Düzeltti: "3 No.lu dezenfeksiyon ekibi".

Makbuzda basılmak üzere daha biçok şeyler yazdı. "Kontrol tarihi. Sorumlu görevli. Kaçıncı bölge olduğu. Adres." gibi...

Basımevi sahibi, üç gün sonra makbuzları vereceğini söyledi. Bizimki yine sıkı pazarlığa girişti. Adamın istediği parayı vermesi için, makbuzları iki günde almalıydı.

Makbuzları alacağımız gün, eskici dükkânlarını dolaştık. Eskicilerde araya taraya bir püskürteç buldu. Sinek öldürücü sıvı sıkan pompalardan az daha büyük bir püskürteçti. Belki de, çiçeklere ilaç sıkmak için kullanılan bir aygıttı. Su doldurup püskürterek, püskürtecin sağlamlığını kontrol etti. Başka bir eskici dükkânından da o püskürtecin sığabileceği kullanılmış büyük bir çanta satın aldı. Sonra basımevine gittik. Basımevi sahibi, işi yetiştiremediğini, basımın bittiğini ama ciltlemenin ancak ertesi günü tamamlanacağını söyledi. Recai buna o kadar çok kızdı ki, şaştım buna... Çünkü, ortada bu kadar kızılacak bişey yoktu. Sonra basımevi sahibine, ters ters,

– Peki, peki, dedi, öyleyse bize, basılmış makbuz yapraklarından on-onbeş tane ver... Zararı yok, ciltsiz olsun. Yarın da gelir, ciltli makbuzları alırız.

Basımevi sahibi, bir tomar makbuz yaprağı verdi.

Otele döndüğümüzde,

– Nasıl olsa bugün yetiştiremeyeceğini biliyordum... Ciltler hazır olsaydı, bende verecek para da yoktu ya... dedi.

Para ödemeden basımevinden ciltsiz makbuz yaprakları alabilmek için o sert çıkışı yapmış olduğunu anladım.

Püskürtece, musluktan su doldurdu. Bana verdi.

– Nereye sık dersem, oraya püskürteceksin... dedi.

İçi su dolu püskürteci çantaya koyduk.

Büyük bir hana girdik. Galiba, hanın içinde ilk girdiğimiz yer, bir sigortacı yazıhanesiydi. Recai öndeydi. Çok aşırı nezaketle selam verdikten sonra,

– Beyfendi, telefonunuz var değil mi? diye sordu.

Adam,

– Var, dedi.

– Biz, Ankara İli, Sağlık Hizmetlerinden geliyoruz; dezenfeksiyon ekibi olarak...

Adam,

– Evet? diye sordu.

– Biliyorsunuz, paçavra hastalığı çok yaygın da... Ençok da telefonlardan bulaşıyor insana... Telefonunuzun dezenfekte edilmesini istemez misiniz?

Adam öyle bir sevindi ki buna,

– Elbet, elbet... Buyrun... dedi.

Masa üstündeki telefona doğru yürüyen Recai, bana telefonu gösterip,

– Sık oğlum... dedi.

Ben hemen çantayı açıp püskürteci çıkarmamla, suyu telefona püskürtmeye başladım.

Ordaki adamın duymayacağı bir sesle,

– Ulan, ne yapıyorsun be... Telefonu aç da, alıcının içine püskürt! dedi.

Telefonun alıcısını kaldırdım. Püskürteçten suyu fışkırtmamla, telefondan,

– Ne oluyor orda yahu? diye bir kalın ses duyunca, ben zaten ha yakalandık ha yakalanacağız diye korku içinde olduğumdan, elimdeki püskürteci bırakıverdim.

Recai'ye, "işte enselendik" anlamına,

– Tamam işte, beğendin mi! diye bağırdım.

Recai hiç oralı olmadan,

– Beğenmedim, daha sık, iyice püskürt... dedi.

Bu sırada, yazıhanedeki adam, başını yandaki kapıya doğru uzatıp oraya seslendi:

– Bişey yok, bişey yok... Sağlık memurları geldi, telefonu dezenfekte ediyorlar.

O zaman, aradaki kapı açıldı. Bir adam çıktı. Gülerek,

– Tam konuşurken telefondan fıs fıs diye sesler gelince ben de şaşırdım... dedi.

Olanları ancak anlayabilmiştim. Yazıhanenin iki odasında paralel telefon vardı. İçerdeki telefonda birisi konuşuyordu. Ben de o sırada telefonu açıp sözde dezenfekte için su fışkırtmıştım. Adam o yüzden, "Ne oluyor orda yahu?" diye bağırmıştı.

Telefon aygıtı, püskürttüğüm sudan sırılsıklam olmuştu. Recai de, elindeki makbuz kâğıdına bişeyler yazıp imzaladı, adama verdi. Adam, bir on liralık uzatıp,

– Çok teşekkür ederim... diyerek makbuzu aldı.

Öbür odadan çıkan adam,

– Aman, çok rica ederim, bu telefonu da dezenfekte edin, ne olur... dedi.

Nerdeyse yalvaracaktı.

İçeri geçip onun telefonunu da püskürteçle ıslattım. Recai bir makbuz daha doldurup ondan da on lira aldı.

Teşekkür üstüne teşekkür ediyorlardı.

Hanın o katında başka bir yazıhaneye girdik.

– Beyfendi, biz Ankara İli Sağlık Hizmetlerinden geliyoruz, dezenfeksiyon ekibi olarak... Paçavra hastalığı mikroplarına karşı... Telefonunuzu dezenfekte ettirmek ister misiniz? Biliyorsunuz virüsü çok bulaşıcı da hastalığın...

Her kapısını açtığımız odada aynı sözler. Hepsi de bizi ilgiyle karşılıyordu.

İçeri girince Recai, bana,

– Sık oğlum... diyordu.

Ben de telefonları suluyordum.

Kimileri, makbuzu alıp Recai'ye parayı verirken,

– Bu dezenfeksiyonun etkisi ne kadar sürer? diye soruyordu.

Recai bilgiç bilgiç,

– Ençok bir ay... diyordu.

– Ya bir ay sonra?

– Yine uğrarız beyfendi...

– Aman ne olur, ihmal etmeyin...

Makbuz karşılığı on lira verdikten sonra, daha sık gelip telefonlarını ıslatmamız için fazladan bir beş lira yada on lira daha verenler bile oluyordu. O zamanki beş lira, on lira, şimdinin çok parası...

Kimisi de, telefon yoluyla paçavra hastalığının bulaşmaması için ne gibi sağlık önlemleri alınması gerektiğini soruyordu. Hercai Recai, uzman bir hekim gibi, ciddi ciddi,

– Konuşurken ağzınızı olabildiğince telefondan uzak tutunuz... Hatta, ağzınıza bir mendil kapayarak konuşsanız daha iyi... Sonra, sakın telefona doğru hapşırmayın konuşurken... diyordu.

Yazıhane sahiplerinden biri, Recai'nin bu sözü üzerine, yanında çalıştırdığı anlaşılan bir genci,

– Yaa, gördün mü... Ben sana hep söylerim, telefonla konuşurken öksürme diye... Sen ne zaman telefonu alsan eline hemen öksürürsün be... diye azarladı.

Daha o handaki odaların yarısına bile girip telefonlarını ıslatmadan, elimizdeki makbuz yaprakları bitmişti. Herkes de ille telefonunu ıslattırmak istiyordu.

Recai,

– Makbuz bitti efendim, öğleden sonra geleceğiz yine... dedikçe,

– Ne önemi var canım, makbuzsuz oluversin... diyorlardı.

Ama Recai, çok namuslu bir görevli gösterisiyle, kesinlikle makbuz vermeden para alamayacağını söylüyordu onlara.

Otele döndük. Hercai Recai'nin cepleri para dolmuştu. Ceplerinden çıkardığı paraları yatağının üstüne yığdı.

– Gördün ya, dedi, herkes bize çalışıyor işte...

Yakalanabileceğimizi, korktuğumu söyledim.

Hiçbir suç işlemediğimizi söyledi. Makbuzlardaki başlık, bir özel addı: "Ankara İli Sağlık Hizmeti"... Herkes böyle bir iş kurabilirdi. Bir devlet dairesi adına para toplamıyorduk, sahtecilik yapmıyorduk ki, bizi suçlasınlardı. Ama, dezenfekte ediyoruz diye telefonlara musluk suyu sıkıyorduk.

– Bak, bu doğru... dedi.

Paramız olmadığı için, su sıkıyormuşuz. Şimdi paramız olduğuna göre, eczaneden mikrop öldürücü olarak permanganat alıp, püskürteç pompası içindeki suya karıştıracakmışız.

Parasını ödeyip basımevinden bütün makbuzları aldık. Basımevi sahibine teşekkür edip fazladan para da verdi. İlk gidişimizdeki o sıkı pazarlığı, sağlam bir müşteri olduğuna adamı inandırıp, para ödemeden biriki makbuz yada bir tomar makbuz yaprağı alabilmek içindi. Artık onun numaralarını yavaş yavaş öğreniyordum.

Püskürtecin deposuna permanganatlı su doldurmuştuk. Her sabah erkenden işe çıkıyor, bütün gün para topluyorduk. Öyle ki, para toplamaya yetişilecek gibi değildi. Çok paramız olmuştu. Yakalanacağımız korkusu içindeydim. Bu korkumu açığa vurunca,

– Nasıl olsa bugünlerde bombası patlar, elimizi çabuk tutalım da, musluk akarken küpümüzü dolduralım... diyordu.

Bigün korktuğum başıma geldi. Bir avukatın yazıhanesine girmiştik. Recai, yine o sözleri söylüyordu:

– Beyfendi, biz Ankara İli Sağlık Hizmetlerinden... falan filan...

Ben masadaki telefonun alıcısını kaldırmış permanganatlı suyu püskürtüyordum. Çok yer dolaşabilmek için, işimizi çabuk çabuk yaptığımızdan, ben yazıhanedeki avukatın yüzüne bile bakmamıştım. Kendi işimi görüyordum.

Masadan uzanan el, bileğimi tuttu.

– Dur!

Bir de başımı kaldırıp masadaki adama baktım ki... Bakmakla, dizlerimin bağı çözüldü. Elimdeki pompayı bırakıverdim.

Bileğimden tutan avukatı tanıyordum. Gülüyordu, ama öyle gülüyordu ki, işte şimdi ocağıma düştün, der gibi...

Cezaevine ya ilk, ya ikinci düşüşümdü. Gelenim gidenim, arayıp soranım yoktu. Kimi hükümlülere dilekçe filan yazarak cıgara paramı filan çıkarmaya çalışıyordum. Bir eroin kaçakçısına da, geçmiş gün unuttum, adliyedeki bir işi için dilekçe yazmıştım. Bir zaman sonra bu kaçakçı, avukatının benimle görüşmek istediğini söyledi. Gittim. Cezaevi müdürünün odasında görüştük. Gençti o zaman, ama cin gibi... Benim, kaçakçı için yazdığım dilekçemden başka, daha biriki hükümlü için de yazdığım dilekçeleri okumuş. Çok beğenmiş. Yazdığım dilekçeler etkili oluyormuş.

Türk Ceza Kanununun maddelerini ve bu maddelerin gerekçelerini okuduktan sonra dilekçeleri yazdığımı söyleyince pek şaştı. Sonunda bana bir öneride bulundu. Bibakıma, iş ortaklığı gibi bişey... Birlikte çalışacakmışız. Nasıl mı? Ben cezaevi içinde, o dışardan... Kendisine, cezaevindekilerden müşteri bulacaktım. Elbet, ne kadar zengin müşteri bulursam, o kadar iyiydi benim için de... Çünkü, her bulduğum müşteri için, avukatın alacağı paradan ben de payımı alacaktım. Hele cinayet işlemiş zenginlerden, kaçakçılardan ona müşteri bulursam, çok para kazanabilirdim.

Düpedüz bir üçkâğıtçıydı. Beni de avukat simsarı olarak kullanmak istiyordu. Gençti. Büyük cinayet ve kaçakçılık davalarıyla ünlenmek, ünlenerek de zengin olmak istiyordu. Bunu, benimle konuşmasından anlamam hiç de zor olmadı.

Önerisini kabul edemeyeceğimi söyledim. Sanki kendisini aşağılamışım gibi sinirlendi, kızdı. Birlikte çalışarak, kendisine yardım edersem, benim davalarıma da bakacağını, para almadan avukatlığımı yapacağını söyledi. Davalarım mı? Avukatlığım mı? Ben nasıl olsa mahkûm olmuştum.

Hiç unutamıyorum o davranışını. Gözlerini öyle kıstı ki, gözkapakları arası bir düz çizgi oldu, o düz çizginin içinde gözbebekleri bile görünmüyordu.

– Ama, dedi, daha senin başın çok belaya girer... Nasıl olsa bir avukata ihtiyacın olacak...

Ne demek istiyordu yani? "Ben hancı, sen yolcuyken..." mi demek istiyordu? "Tilkinin dönüp dolaşıp geleceği yer kürkçü dükkânı" mı demek istiyordu? Oysa ben, kesin olarak, bir daha cezaevine girmemeye, doğru yoldan ayrılmamaya, çalışarak hayatımı kazanmaya kararlıydım. Sanki daha önce, tersini düşünmüşüm gibi... Sanki, doğru yoldan ayrılmamak elimdeymiş gibi... Sanki ben isteyerek bu durumlara düşüyormuşum gibi...

Açıkça ve biraz da sertçe avukatın önerisini reddetmiştim. Pis pis sırıtarak,

– Eh, sen bilirsin, demişti, ben sana bir iyilik yapmak istedim. Ama sen anlamadın... Nasıl olsa senin başın daha çook dertlere girer...

Şimdi yazıhanesinde bileğimden tuttuğunda da, tıpkı o zamanki gibi yine pis pis sırıtıyordu. Bileğimi bırakıp, Recai'nin yazıp imzalayıp verdiği makbuzu aldı, inceledi. Sonra anlamlı anlamlı başını sallayıp bikaç kez "Hımmm..." sesleri çıkararak homurdandı.

İkimize de,

– Buyrun, oturun! dedi ama bu sözü "Otur ulan!" dermiş gibi söyledi.

Suçüstü yakalanmıştık. Adamın elindeydik.

Oturduk. Bana,

– Artık ünün aldı yürüdü... dedi.

Sesimi çıkarmadım.

– Hatırlıyor musun, ben sana söylemiştim... dedi.

Yine sustum.

Yine birlikte çalışabilirmişiz. Amacı, bana yardım etmek, beni doğru yola sokmakmış. Onun gerçek amacını biliyordum. Ama ne yapabilirdim, başka hiçbir çarem yoktu ki... Görüyorsunuz ya, nasıl bütün yollar kapanıyor da, yalnızca o tek yol açılıyor önümde... İsteristemez, dediğini kabul ettim. Artık onun avukat kâtibi olmuştum. Ne de olsa avukat kâtipliği bir işti ve elbette "Ankara İli, Sağlık Hizmetleri, dezenfeksiyon ekibi" diye telefonları püskürteçle sulayıp insanları dolandırmaktan çok daha iyiydi.

Hercai Recai,

– Oğlum, bu işin kokusu çıkacak... deyip ayrılmıştı.

Nereye gittiğini bilmiyordum. Ama alçaklığı gereği, kazandığımız onca paradan bana hiçbişey vermedi. Ben de istemedim. Cimriliğinden, paragöz olduğundan değil, salt kötülük olsun diye böyle davranmıştı. Tıpkı, bir kuşun ötmesi, bir kedinin miyavlaması, arının sokması, nasıl doğalarının gereğiyse Recai için de kötülük yapmak doğası gereğiydi. Elinde değildi kötülük yapmamak...

Avukat kâtipliğim, benim için bir hukuk stajı gibi olmuştu. Çünkü, işime dört elle sarılmıştım. Bikaç ay sonra avukatın adliyedeki, mahkemelerdeki bütün işlerini izlemeye başlamıştım. İşimde başarılı olabilmem için, bütün dava dosyalarını okuyup inceliyordum.

İlk zamanlar, avukatın çantasını taşıyordum, yazıhanesini temizliyordum, ayak işlerine bakıyordum. Ama bir zaman sonra, gerçek bir avukat kâtibi olmuştum. Avukat, duruşmalara yada başka işlerine gittiğinde, yazıhaneyi ben tek başıma yönetebiliyordum. Biçok dalavereli iş sahiplerinin avukatlığını almış olan avukat, artık ün basamaklarını çıkmaktaydı. Benden de çok memnundu. Biçok karışık işlerinde beni aracı olarak kullanıyordu; özellikle para işlerinde...

Bigün yazıhanede, büyük bir kaçakçı olan bir müvekkilimizle görüşüyordum. Kapı açıldı. İki kişi girdi içeri. İkisi de, donmuş bakışlarla beni süzüp gülümsüyordu.

– Buyrun... dedim.

O iki kişiden biri,

– Sen Paşazade değil misin? dedi.

Başımdan aşağı kaynar sular boşaldı. Çünkü "Paşazade" benim sahtecilik adımdı.

– Kimsiniz, sizi tanımıyorum... dedim.

– Gel bizimle, tanışırız...

Haydi Emniyet Müdürlüğü, İkinci Şube... İkisinin arasındaydım. Şeflerine,

– Getirdik beyim... dedi biri.

Bir yanlışlık olacağını, hiçbir suç işlemediğimi anlatıyor ve suçumun ne olduğunu, hangi suçtan sanık olduğumu sorup duruyordum. Ama kime? Cevapları, "Sus ulan!"dan başka bişey değildi. Birisi, yumruğuyla çenemi iterek cevap verdi. Daha ileri gitsem, benim için çok daha kötü olacağını eski denemelerden biliyordum. Sustum, olacakları beklemeye başladım.

Ertesi gün, başka iki polisle Istanbul'a gönderildim. Neden tutuklandıklarını bilmiyordum. Olsa olsa, Ankara İli Sağlık Hizmeti Dezenfekte ekibi diye işyerlerinin telefonlarına su sıkıp para aldığımız için sorguya çekebilirlerdi. Ama bunun için de Istanbul'a götürmemeleri gerekirdi. Biz o işi Ankara'da yapmıştık. Üstelik, Recai'nin de dediği gibi, yaptığımız bir suç da değildi. Bir devlet dairesi adını kullanmamıştık. Sahtecilik yapmamıştık. Para karşılığında, telefonları permanganatlı suyla gerçekten dezenfekte etmiş, bunu da telefon sahiplerinin isteğiyle, hatta ricalarıyla yapmıştık.

Istanbul Emniyet Müdürlüğünün müteferrika denilen o pis yerine attılar beni. Ertesi gün, İkinci Şubede bir odaya çıkardılar. Odada bikaç sivil polis bir de koltuğa oturmuş azçok insana benzer bir yaratık ama, kadın desem kadına benzemiyor, erkek desem erkeğe benzemiyor.

O şubenin komiserlerinden olduğunu sandığım adam, beni gösterip, o koltukta oturana sordu:

– Bak bakalım, bu mu hanım?

Komiserin hanım demesinden, koltukta oturanın kadın olduğunu anladım. Sanki bir kurbağanın başını büyüte büyüte bir insan başı yapıp, getirmiş, bu kadının boynunun üstüne koymuşlar. Böyle çirkin böyle iğrenç insan olur şey değil... Şiş ve kanlı gözlerinden çok ağlamış olduğu belli. Hâlâ da gözlerinden yaşlar akıyor. Merakla, korkuyla baktığım kadın, sık sık gözyaşlarını sildiği mendilinin ucunu dişlerinin arasında çiğneye çiğneye,

– Evet Beyfendi, bu! Ta kendisi... dedi.

Komiser bana,

– Hani yanlışlık vardı ulan, hani suçun yoktu? dedi.

Benim aklım hep telefonları dezenfekte edişimizde olduğundan, yemin ederek,

– Ben bu hanımın telefonuna ilaç püskürtmedim... dedim.

Polisler gülüştüler. Komiser,

– Ne telefonu, ne ilacı ulan? dedi.

Sormasından anladım ki, bizim telefon dalgasını bilmiyor. Sesimi çıkarmadım. İyi ki uyanık davranıp da, bu telefon konusu üstünde durmadı.

– Bu hanımı tanıyor musun? dedi.

Kadın dediği o maymunla insan kırması yaratığa gerçekten dikkatle baktım.

– Hayır, tanımıyorum... dedim.

Kadın denilen yaratık bu kez sesli sesli bir ağlama tutturup,

– Demek, şimdi de beni tanımıyorsun... dedi.

Daha dikkatle baktım. Hayır, tanımıyordum.

– Nerden tanışıyoruz hanımefendi? diye sordum.

Kadın hıçkırmaya da başlayarak,

– Hain!.. Ne diller dökmüştün bana... Demek hepsi beni kandırıncaya kadarmış... dedi.

– Kim?

– Bir de soruyor utanmadan... Beni iğfal ederken iyi miydi?

Nasıl bir belaya uğradığımı hiç anlayamadığımdan aptal aptal sordum:

– Hanımefendi, rica ederim... Hiç haberim yok benim. Yalvarırım söyleyin doğrusunu: Ben sizi ne zaman iğfal ettim?

Kadın yada kadın denilen o yaratık,

– Zamanını sen benden iyi bilirsin... Çünkü ben kendimde bile değildim, dedi.

Başımı derde sokacağımı anladığımdan yalvarmaya başladım:

– Ayağınızı öpeyim... İyi bakın bana. O dediğiniz ben değilim. Beni birisine benzetmiş olacaksınız.

Bu kez komiser,

– Ulan, dedi, seni o benzetmedi, ama asıl ben seni bir güzel benzeteceğim.

Kadın da,

– Nasıl da gözümün içine baka baka, utanmadan yalan söylüyor... dedi.

– İnsan insana benzer... "İnsan çift yaratılmış" derler... İyice bakın bana! diyerek kadına yüzümü uzattım.

Komiser söze girip kadına, yani azçok kadına benzer o yaratığa,

– Hadi kızım, sen evine git... Hiç merak etme, bu dolandırıcıya her neyini kaptırdınsa hepsini geri alırız. Hem de anasının emdiği sütü fitil fitil burnundan getiririz... dedi.

O kadın gibi yaratık ayağa fırladı birden, bana atıldı. Önce beni dövecek sanmıştım. Oysa iki koluyla boynuma sarılıp,

– Akiiiif... Akiif! Neden benim umutlarımı kırdın, neden o güzel hayallerimi yıktın... Nasıl yaptın bana bunu vicdansız! demeye başladı. Nerdeyse beni öpecek...

Hay Allah bin belanı versin senin karı!

Ayağa kalkınca çirkinliği daha da arttı, çünkü, o kurbağa yüzünden başka ecişbücüş, yamrıyumru, yanpiri yanpiri çarpık bişeydi...

Ellerimle kadını üstümden silkip, masada oturan komiser olduğunu sandığım sivil memura,

– Siz de duydunuz ya efendim, bana Akif diyor. Beni Akif adında birine benzetiyor... dedim.

Komiser bir kızsın bu sözüme... Birden parlayıp fırladı yerinden, üstüme atıldı. Bana vurdu vuracakken o kadın dedikleri yaratık, komiserle aramıza girip ve bana arka çıkıp ve beni o ecişbücüş gövdesinin siperine alıp, komisere,

– Kıymayın, ne olur Komiser Bey, kıymayın... Bana vurun, ona vurmayın! diye yalvarmaya başlamadı mı!

Komiser,

– Ulan, dedi, kendi adınla kızcağızı hem iğfal edip, hem de ziynetlerini, mücevherlerini elinden alacak değildin ya, it!

Kadın hâlâ söyleniyordu:

– Akif, neden yaptın bunu... Hani seninle mutlu aile yuvamızı kuracaktık... Hani çocuklarımız olacaktı, bir futbol takımı kuracak kadar... Ah zalim, hiç acımadın mı bana... Zalim... Akif!..

Nasıl bir belanın içine düştüğümü bitürlü anlayamıyordum.

İçim ezilerek,

– Lütfen ağlamayın, içim parçalanıyor hanımefendi... dedim.

Yufkayürekli insanımdır. Gerçekten de kadına acıyordum. Üstelik, düştüğüm bu durumdan da ağlamaklı olmuştum.

– Yapmayın! diye inledim.

O da bana,

– Asıl sen yapma hain Akif... dedi.

– Vallahi benzetiyorsunuz... dedim.

Komiser,

– Dur hele şimdi benzeteceğim ben seni... –Ayakta duranlara– Alın götürün bunu... Gazeteciler görsün... dedi.

Polisler beni basın odası denilen yere götürdüler. Ağlarını kurmuş sinek bekleyen örümcekler gibi, gazeteciler, gazete fotografçıları orda beni beklemekteymişler. Beni görür görmez, flaşlarını patlatıp resimlerimi çekmeye başladılar. Bu kadarla yetinmediler. İki yanımda duran iki polis,

– Şu yana bak!

– Başını kaldır... Daha kaldır!

– Sağa dön!..

– Sola çevir yüzünü! diye, gazete fotografçıları için bana pozlar verdiriyorlardı. Polisin biri, eliyle çenemi yukarı kaldırıp suratımın fotografta iyi görünmesini sağlamaya, öbürü de enseme yumruğuyla vurup flaş patlarken gözlerimi kapamamamı sağlamaya çalışıyordu.

İki polis, iki koluma yapışmış olarak, birlikte resimlerimizin çekilmesini de istiyorlardı. Gazetelerde bu resimler çıkacak, onlar da bu resimlerde kollarıma yapışmış olarak, azılı bir sahteciyi yakalamış kahramanlar diye tanınacaklardı.

Gazete fotografçıları da, "Bir de şöyle çekelim...", "Bir de böyle olsun!" diye beni o yana bu yana çevirtiyorlardı. Canım boğazıma gelmişti. Beni, bir de şöyle, bir de böyle diye, o yana bu yana döndürten fotografçıya, dayanamayıp artık terbiyesizliği ele alarak,

– Striptiz yapayım da istersen bir de öyle çek! dedim.

Fotograf çekimi bitince, gazeteciler sormaya başladılar. Dolandırdığım o kızdan aldığım bilezikleri, yüzükleri, küpeleri, kolyeleri ne yapmıştım? Nerdeydi onlar? Kime vermiş yada satmıştım?

Bunların hiçbirinden haberim olmadığını, kız dedikleri o kaknemi de hayatımda hiç görmemiş olduğumu söyleyince, sağımdaki polis, gazetecilere,

– Komiserim, benzetin dedi... Şimdi güzelce benzeteceğiz. O zaman bülbül olur, okur hepsini... dedi.

▼

Beni başka yere soktular.

"Beyfendi... N'olur... Bir dakika... Dinleyin... Rica ederim... Lütfen..." dedimse de, acaba kime dedim? Dinleyen olmadı. Beni öyle bir benzettiler ki, yirmidört saat müteferrikada kendime gelemedim. Kendime geldiğimde de, bedenimdeki her kemiğim dört-beş yerinden kırılmış gibiydi. Müteferrikadakiler dışardan aldırdıkları o günkü gazeteleri getirip benimle ilgili haberleri gösterdiler. Gazetelerde boy boy, poz poz resimlerim basılmıştı: Polis, parmaklarını çeneme geçirmiş, yüzümü zorla objektife çevirirken... İki polis iki yanımda, pençe gibi elleriyle kollarıma yapışmışken... Daha da ne pozlarda...

Zaman geçti, gazetelerin neler yazdıklarını unuttum. Ama biri hâlâ aklımda: "Donjuan Akif evlenme vaadiyle bir kızın ölçüsünü aldı".

Olacak şey değil... Birden ve hiç elimde olmadan Donjuan Akif olup çıkıvermiştim. Ya şu kızın ölçüsü ne oluyor? Bana "Hain... Akif..." diye tebelleş olan o yamrıyumru yaratık var ya, ben sözde subayım diye kendimi ona tanıtmıştım ve evlenme vaadinde bulunmuşum. O masum sığırcık yavrusu da kanmış. Nikâhtan önce ben buna sözde: "Sana hiç olmazsa bikaç tane mücevher hediye alayım. Ancak önce senin ölçünü almam gerekli. Parmağındaki yüzüğü, kolundaki bileziği, boynundaki kolyeyi ver de, kuyumcuya götüreyim, bu ölçü üzerine sana çok değerli mücevherler alayım," demişim. O masum sığırcık yavrusu da, bana deliler gibi tutkun ya, olur mu olmaz mı diye hiç düşünmeden, takı diye nesi var nesi yoksa, hepsini çıkarıp bana vermiş. Beklemiş, günler geçmiş. Ne gelen var, ne haber... O masum sığırcık yavrusu, sevgilisinin gelmediğini görünce, yine de dolandırıldığını anlamamış da, beni kayboldu sanarak, Emniyet Müdürlüğüne başvurmuş. "Akif adlı nişanlım, bana mücevher almaya gitti. Bir haftadır dönmedi. Kayboldu." demiş. Benim bulunmamı istemiş. Anlatırken de, sevgilisinin ölçüsünü de aldığını söyleyince polis, kızın hem iğfal edilip hem de dolandırıldığını anlamış. Kim bu Akif? Teğmendi... Sahte teğmen olarak kadınları dolandıranlar kimler? Eh, benim de böyle bir sabıkam var ya... Sabıka defterinde de, resmim, parmak izim filan var ya... Dayamışlar, sabıka dosyasını kızın önüne: Sahte subay olanların resimleri... Kız, kendine subay süsü verenlerin resimlerine bir bir bakmış bakmış, sonunda, benim resmimi gösterip,

– İşte Akif bu! demiş.

Eh, polisin eli uzun, o uzun elini uzatıp beni Ankara'da yakalayıp buraya getirmişler.

Hepsi neyse de, o insana biraz benzer ama daha çok da benzemez olan yaratık, neden onca sabıkalı kadın avcısı arasından beni seçti? İşte bunu bitürlü anlayamıyordum.

Çilem, bu kadarla kalsa iyiydi... Daha da pekçok çilem varmış çekilecek.

Yine o komiserin odasına çağırdılar. Bu kez, aynı koltukta başka bir kadın oturuyordu. Hiç olmazsa bu, gerçekten kadındı. Güzel değildi, ama ne de olsa kadındı işte...

Komiser, kadını gösterip,

– Bu hanımı da tanımıyorsun, değil mi? diye alay etti.

– Tanımıyorum... dedim.

Kadın,

– Tuuu, yazıklar olsun... Hiç olmazsa, mesleğinin şerefinden utan! demez mi!

Hangi mesleğimin şerefiymiş! Ben altyanı şunun şurasında bikaç ay avukat kâtipliği yaptım, hepsi bu...

Bu kadın da bana "Mazlum" deyip duruyordu.

– Mazlum, bana bunu yapmayacaktın, Mazlum...

Bu kadını sahte subay kılığıyla evlenme vaadiyle dolandırmışım.

Komisere, "Ben bu hanımı tanımıyorum..." demedim. Böyle desem, dünkü gibi yine döve döve kemiklerimi kıracaklardı. Başımı önüme eğip, sesimi çıkarmadım.

Bir hafta içinde beş kadınla daha yüzleştirdiler. İçlerinden yalnız biri, sahte subay kılığıyla kendisini dolandıranın benim olmadığımı söyledi. Ben, komiserin odasına girmeden önce artık kadını benim dolandırdığıma inandırmaya nasıl çalışmışlarsa, kadın beni görünce,

▼

– Allah var... Ben yalan söyleyemem, bu adam değildi... dedi.

Kendisini sahte subay olarak dolandırdığımı iddia eden kadınlardan biri o kadar yalancıydı ki, benim Ankara'da bulunduğum tarihte, kendisiyle tanışmış olduğumu söylüyordu.

Gazeteler hergün benim için yazıyorlardı. Biri bin yapmışlardı: Kendisine subay süsü vererek yirmiden çok kadını evlenme vaadiyle iğfal edip dolandıran Paşazade... Ünlü kadın avcısı Paşazade'nin dolandırdığı kadınların sayısı hergün artıyor.

Bana öyle geliyor ki, gazetelerde bu yazıları okuyan kimi zavallı kadınlar, beni gerçekten paşazade sanıp, belki evlenebilirler umuduyla, belki de dolandırdığım yazılan mallardan kimisine sahip olabilirler diye, "Efendim beni de evlenme vaadiyle dolandırdı..." diye Emniyet Müdürlüğüne başvuruyorlardı. Çünkü gazeteler, sahte subay olarak kandırdığım kadınlardan aldığım malları yaza yaza bitiremiyorlardı: Değeri biçilmez tarihi ziynetler, elmaslar, gerçek inciler, altın kemerler, pırlanta taşlı yüzükler, platin gerdanlıklar, yakut taşlı kolyeler... Daha neler neler... Kimi kadının çiftliğinin, geniş arazilerinin, kimisinin de evinin, apartmanlarının tapusunu üstüme geçirmiştim. Bütün bunlar, kadınların iştahını açabilirdi. Belki de kadınların kimisi ruh hastasıydı. Evet ruh hastaları da olabilirler, çünkü, evlenme vaadiyle kendisini dolandırdığım kadınlardan biri hem çok yaşlıydı, hem de bu kadının evli olduğu sonradan ortaya çıkmıştı.

Gazeteler, dolandırdığım kadınların sayısını yirmiye çıkarmıştı, ama gerçekte bu iddiada bulunanlar, dört kadındı. Bir kadın da Ankara'dan, başvurarak kendisini dolandırdığım iddiasında bulunmuştu.

Bu kadınların içinde, eli yüzü düzgün, birazcık olsun güzelce, hatta sözü söyleşisi yerinde bitek kadın bile yoktu.

Onlarla yüzleştirildiğimde, ilkinde yaptığım gibi, tanımadığımı söylemiyordum. Çünkü nasıl olsa, polisi inandıramıyordum. Üstelik boşuna onca dayak yiyecektim.

Kendisini iğfal ettiğimi söyleyen bir kadını tanımadığımı söyleyince, sorgumu yapan polis,

– Ulan şimdi tanıştırdık ya seni... Hâlâ utanmadan tanımıyorum diye yalan söylüyorsun... diyerek benimle alay etmişti.

Mahkemede,

– Ben bu kadınların hiçbirini tanımam. Hayatımda bikere bile yüzlerini görmüş değilim? Bu işde bir yanlışlık var efendim. Olsa olsa, bu hanımlar beni başka birine benzetiyor olmalılar... demiştim hâkime.

Hâkim, alaylı alaylı gülümseyerek,

– Bu hanımların hepsi de mi seni başka birine benzetiyorlar... dedi.

Hâkimin yerinde olsam, ben de onun gibi düşünürdüm. Adam haklı...

Savcı, adli sicilimin getirilmesini istemişti. Adliyeden gelen sicilimde daha önce de sahte subay olarak bir kadınla zina yaparken suçüstü yakalandığım bildiriliyordu. Sabıkam ortaya çıkmıştı.

Cezaevindeki en rahat günlerimi o zaman geçirmiştim. Çünkü, kendilerini dolandırdığımı iddia eden kadınlardan ikisi, her hafta ziyaretime geliyor, bana yiyecek, giyecek, herşey getiriyorlardı. Bunlardan biri Emniyet Müdürlüğündeki komiserin odasında, "Ah Akif, yaktın beni... Zalim Akif!" diye salyasümük ağlayarak ikidebir boynuma sarılan ecişbücüş, yamrıyumru yaratık... Öbürü de, "Mazlum, neden bana bunu yaptın..." diyen kadındı.

Bunların neden beni ziyarete geldiklerini daha ikinci gelişlerinde anlamıştım. İkisi de, benimle evlenmeyi düşünüyordu. Benim mahkûm edilmem, onların şahsi şikâyetlerine bağlı olduğu için, şikâyetlerinden vazgeçerlerse, hapisten kurtulabilirmişim. Ama doğru değildi bu... Çünkü ben, yalnız o iki kadını değil, kendime subay süsü vererek onlardan başka daha dört kadını da dolandırmış olduğum için mahkûm edilmiştim. Bu kadınların hepsinin şikâyetlerinden vazgeçmeleri gerekirdi ki, hapisten kurtulabileyim. Altı kadınla birden evlenemeyeceğime göre, kurtuluşum yoktu.

Bununla birlikte, ziyaretime gelen o iki kadının benimle evlenme umutlarını kırmadım. Ama evlenme umudu da vermedim. Amacım bana niçin bu kötülüğü yaptıklarını öğrenmekti.

Kendisini teğmen Mazlum olarak dolandırdığımı söyleyen kadına, ziyaretime geldiği bigün bunu sordum. Kendisiyle evlenmemi istiyorsa, bana gerçeği söylemeliydi! Tam açık olarak söylemedi, ama anlamıştım sözlerinden. Onu gerçekten teğmen olduğunu söyleyen biri dolandırmıştı, hem de çok dolandırılmıştı. Elinden giden çok pahalı ziynet eşyasının acısını unutamıyordu. Benim gibi biçok kadınları dolandırmış olan ünlü bir kadın avcısının yakalandığını gazetelerden öğrenince, yeni bir umuda kapılmıştı: Kendi ziynet eşyası nasıl olsa uçmuştu. Bendeki ziynet eşyasından kimilerine, kendisinin diye sahip çıkabilirdi. Polisler de "kadınlardan aldığım bütün malları geri alacaklarına" söz vererek onun umutlarını kamçılamışlardı. Hiçbir kadından ziynet eşyası almadığım için, dolandırdığım söylenilen değerli takılardan hiçbiri bende bulunamamıştı. Bu kez de kadın, ziynetleri, takıları nasıl olsa gitti, hiç değilse koca olabilecek adam elimden kaçmasın diye, cezaevinde ziyaretime gelmeye başlamıştı.

İki kadını, ayrı zamanlarda ziyaretime çağırdığım için karşılaşmamışlardı. Ziyaret günleri, biri öğleden önce, öbürü de öğleden sonra gelirdi. Nasılsa bigün cezaevi kapısı önünde bunlar karşılaşıp, kapı açılıncaya kadar gevezelik ederlerken, aynı adamı ziyaret ettiklerini anlayınca, beni paylaşamamışlar. İkisi de benim, kendi nişanlısı olduğumu söyleyerek önce söz dalaşına başlayıp, sonra saç saça baş başa birbirlerine girmişler. O bana, "Ah zalim Akif..." diyen ecişbücüş olanı, ötekini azkalsın parçalayacakmış... Kadını yara bere, kan ter içinde, üstübaşı parçalanmış olarak elinden zor kurtarıp kaçırmışlar. Ecişbücüş, yamrıyumru olanın, ötekini dövmesi çok normaldi. Çünkü, hayatında bikez erkeği çıplak olarak tanımıştı, o tanıdığı erkek olmasam bile, onun yerini tutacak olan beni elinden kaçırmamak için canını dişine takıp hasmını dövmüştü. Her ziyaretime gelişinde anlattıklarını birleştirerek, niçin bana iftira ettiğini anlamıştım. Bu zavallı, kendini bildi bileli hizmetçilik yapıyordu. O kadar çirkindi ki, o yaşına kadar hayatına hiç erkek girmemişti. O yaşına kadar diyorum, ama o yaşının hangi yaş olduğunu bilemiyorum. Kurbağa suratından yaşı anlaşılamazdı. Belki kırkını geçmişti. Yıllardanberi hizmetçilikten kazandıklarını altın, gümüş takılarına yatırmıştı. Bunları, zengin olup daha kolay evleneceği umudu içinde satın alıyordu. Onun bu takılarını elinden almayı gözüne kestiren bir sahteci, subay kılığına girerek zavallıyı kandırmıştı. Bir subay, hayallerinin bile ötesinde bir koca adayıydı. Buyüzden de hiç kuşkulanmadan, bütün varını yoğunu sahte subaya vermişti. Nişanlısı bunları ondan, kuyumcuya ölçüsünü aldırtmak için almıştı. Ölçüsüne göre daha da değerli takılar alacaktı ona. Sahte subay dönmeyince uzun zaman, Emniyet Müdürlüğüne dolandırıldığı için değil, nişanlısının başına bir bela gelmiş olabilir diye başvurmuştu. Emniyet Müdürlüğünde, elbet dolandırıldığını anlamışlar, sahte subay sanıklarının resimleri bulunan dosyayı önüne koyup,

– Bak bakalım, hangisi? diye sormuşlardı.

Resimlere bakmış, kendisini dolandıranın resmini bulamamıştı. Ya, o sahte subayın bu ilk işiydi, sabıkalı olmadığından polis arşivinde resmi yoktu yada kadın, resmimi görünce beni daha çok beğenmişti. Sanki resimleri önüne koyup "Hangisi?" diye sormamışlar da, "Seç birini!" demişlerdi. O da beni seçmişti gönlüne göre... Çünkü, takılarının uçtuğuna yanmıyor, bir kocayı kaçırdığına yanıyordu. O olmazsa ben olurdum. İşte buyüzden salya-sümük ağlayarak ikidebir, "Ah Akif!.. Zalim Akif!" deyip deyip boynuma sarılıyordu.

Bu ikisinin dışında kalan kadınların, neden kendilerini benim dolandırdığım yalanını söylediklerini bilemiyorum. Belki de polis, hazır benim gibi sahte subaylıktan sabıkalı birini ele geçirmişken, kendilerini bir subayın dolandırdığını söyleyen kadınlara, resmimi gösterip, "İyi bak hanım, bu olacak bu..." diyerek onları etkilemişti.

Belki de bu kadınların kimisi ruh hastasıydı. Başlarından hiç de böyle bişey geçmemiş olduğu halde, "Bizi bu sahte subay iğfal edip dolandırdı!" diye şikâyet etmişlerdi. Böylesi de olabilir, çünkü bu kadınlardan biri, resmimi çeken gazete fotografçılarına, ille kendisinin de resmi çekilsin diye yalvarıyor ve resminde güzel çıkması için de boyuna makyaj yapıyor ve baldırlarını gösterecek biçimde pozlar alıyordu.

O ecişbücüş hizmetçiye beni bir ziyaretinde,

– Allahtan korkmaz, kuldan utanmaz, onca sabıkalı resmi içinde, neden benimkini seçtin? diye şaka yaptığımda, birden şaşırıp şu itirafta bulunmuştu:

– N'aapiiim şekerim, içlerinde en yakışıklısı, en adama benzeyeni sendin. Seni beğendim.

O gün onu,

– Allah belanı versin! Yıkıl git, bir daha gözüm görmesin... diye kovmuştum.

Ama o hâlâ,

– Aşkımı reddetme! Biriktirdiğim daha çok param var, seni hapisanede gül gibi beslerim... diye yalvarıyordu.

– Defool!

Bu kez de,

– Hayatımın hazinesini senin için saklıyorum, ben kızoğlankızım... demez mi!

Kan tepeme sıçradı.

– İnşallah bin yaşına kadar yaşar ve hep kızoğlankız kalırsın ulan! diye bağırdım.

Ağlayarak gidince de öyle bir acıma duydum ki, anlatılır gibi değil.

Bu benim ikinci sahte subaylıktan hapisliğimdi. Ondan sonra kaç kez sahte subaylıktan, sahte subay olarak dolandırıcılıktan, kadın avcılığından cezaevine düştüğümü kesin olarak bilemiyorum; belki yirmi, belki otuz, belki daha çok... Artık ünlü bir kadın avcısıydım.

Bir tarihte bir gazeteci gelmiş, kadın avcılığı üzerine anılarımı anlatmamı istemişti benden. Ben anlatacaktım, o da yazacaktı. Okurlar, benim serüvenlerimi çok merak ediyorlarmış. Anılarım yayınlanırsa, gazetenin satışı artacakmış. Bana da buna karşılık para ödeyeceklerdi.

Bu genç gazeteciye, hayatımda bikez bile kadın avcılığı yapmamış olduğumu söylediğimde, alaylı alaylı gülmüştü,

– Bize olsun yapma Paşazade... demişti.

Onun bu sözü, polislerin aşağılamasından çok daha ağır gelmişti bana.

Ama bu genç gazeteciyi bu sözüme inanmamakta haksız da bulmuyordum. Yirmi-otuz kez kadın avcılığından cezaevine düşmüş biri, hayatında hiç kadın avcılığı yapmadığını söylerse buna kim inanırdı?

Sonunda bu gazeteciyle şöyle bir anlaşmaya vardık. Ben ona gerçek hayatımdan kimi şeyler anlatacaktım, o da benim kadın avcılığım üzerine kendiliğinden serüvenler yazacaktı, yani düpedüz uyduracaktı.

Ben bu olaydan, insanların yalana ne çok düşkün olduklarını öğrendim. Genç gazeteci uyduruyor, bu uydurmaları gazetede çıkıyor ve gazete kapışılıyordu. Benim de ünüm gittikçe yayılıyordu. Evet, biz insanlar, gerçekten çok, gerçek dışına, gerçek olmayana ilgi duyuyoruz. Hatta gerçeklerden hoşlanmıyoruz bile... Yalan, ne çekici!

Gazeteci bana bir de baba adı uydurmuştu, hem de uyduruk babam paşaydı. Babam, Arif Paşaydı. Ben Arif Paşazadeydim. Sülün gibi bir delikanlıydım. Kâğıthane'deki kasra girip çıkan sultan hanımlar beni çekiyorlardı. Bir cuma günü Eyüp Sultan Türbesi önüne Naciye ve Emine Sultanlar gelmişti. İki sultan da avludaki sebilin kısmet musluklarını açmışlardı. Kendilerine uygun koca arıyorlar, demekti. Bunu fırsat bilip yanlarına sokulmuş, onlarla konuşmuş ve kendimi,

– Yusuf İzzettin'in torunu... diye tanıtmıştım.

Bu tanışıklıktan sonra saraya girip çıkmaya başlamıştım.

Bütün bunlar olabilir mi diye düşünülmüyordu. Doğrudan çok yalana inanmaya hazırdılar.

Saraya girip çıkarken başmabeyinciyle tanışıyorum. Beni çok beğenip manevi evlat yapıyor.

Bigün Çiftehavuzlar'da faytonla dolaşırken Gümüşsuyu Hastanesi Baştabibi Arif Paşanın kızı Ruhsar'la tanışırım. Ruhsar'ın babası da Arif, benim babam da... Zavallı Ruhsar! Bedbaht Ruhsar! Tam onbeş yıl benim tuzağımdan kurtulamaz, veremden ölünceye kadar...

Ağıma düşen kadınlar pekçoktur, hepsi de soylu aile kızlarıdır: Behçet Paşanın kızı Muazzez, onunla Küçüksu'da kayıkla gezerken tanışırım. Soğukçeşme Telgraf Müdürü Fuat Beyin kızı Seher Hanım... Hele bu Seher Hanımla evlenişimi, genç gazeteci öyle ballandıra ağdalandıra yazmıştı ki, okurlar merak içinde kalıp, gazeteyi alır almaz önce benim bu anılarımı okuyorlardı.

Sırmalı, apoletli gemi süvarisi elbisesi giyip Fuat Beyin evine gitmişim, kendimi Gülcemal gemisinin süvarisi diye tanıtıp, Allahın emri ve peygamberin kavliyle, kızı Seher Hanımla evlenmek istediğimi söylemişim. Neden mi süvari elbisesi giymişim? çünkü, Seher Hanım süvarilere, denizcilere çok düşkünmüş. Dünya güzeli bir kız olduğundan, görücüler kapısının eşiğini aşındırıyormuş ama, Seher Hanım denizci isterim diyor, başka demiyormuş.

O zamanlar evlilik, imam nikâhıyla olduğundan, karı üstüne karı alıyormuşum. Ruhsar'ın üstüne Muazzez, Muazzez'in üstüne Seher... Öylesine yemiş içmişim, harvurup harman savurmuşum ki, bu soylu ailelerin servetlerinin dibine darı ekmişim. Köşkler, konaklar, yalılar satılıp savulmuş...

Bunların hiçbirini ben anlatmamıştım, ben uydurmamıştım. İstesem de uyduramazdım. Herşeyden önce, gazetecinin yazdığı bu anılar, tarih bakımından uymaz, benim yaşımı tutmazdı. Herkes yalana inanmaya gönüllü olduğundan, bu anlatılanlara bu adamın yaşı uyuyor mu diye düşünen yoktu.

Gazetedeki bu tefrika aylarca sürdü. İlgi gördükçe, genç gazeteci uzatıyor, daha çok uyduruyordu. Benim anılarım olarak yazılanlar arasında bir olayı gerçekten ben anlatmıştım. Ama bu da doğru değildi. Baktım ki, yalan çok ilgi görüyor, ben de bir yalan uydurmuştum.

Bu yalanı dinlemek ister misiniz?

Darda kaldığım günler... Ne yapacağım diye düşünüyorum. Eh bizim gibilerin gözü açık, kulağı delik olacak... Kalyoncukulluğu'nda bir küçük hallaç dükkânı var. Ben dükkânın önünden ağır ağır geçerken, kapıcı kılıklı bir adamla hallaç arasındaki konuşmayı duydum. Kapıcı, atılacak şilteler için hallacı yakındaki bir apartımana çağırıyordu. Hallaç da çok işi olduğundan ancak ertesi günü gidebileceğini söylüyordu.

Bu konuşmalara hemen kulak kabarttım. Yalnız buna değil, dolandırıcılık mesleğimiz gereği, biz bütün konuşmalara kulak kabartmalıyız. Usta bir dolandırıcı, isterse, başkalarının her konuşmasına kulak kabartarak, konuşmasını dinlediği herkesi dolandırabilir.

Başlangıçta, kapıcıyla hallacın konuşmalarından yağlı bir iş çıkarabileceğimi düşünmemiştim bile. Ama kapıcı, döşeklerini attırmak isteyen madamın acele ettiğini söyleyince aydım. Bir kadın... Bir apartımanda... Madam dediğine göre de yabancı bir kadın... Tam iş saati olduğuna göre, kocası işinde, madam evinde yalnız olabilirdi.

O zamanlar, polisin yabancılar üzerinde baskısı çoktu. Yalnız yabancıların değil, azınlık olanların bile polisten ödü patlardı. Bırak azınlığı, çoğunluktan olsan ne olacak... Polis baskısı herkese çok ağırdı ama, ille de azınlıklara...

Hallaç, ertesi sabah erkenden geleceğini söyledi. Kapıcı da evin adresini söyledikten başka bir de yerini güzelce anlattı. Dolandırıcının belleği kuvvetli olacak. Ordan sıyrılıp doğru o apartımana... Kapının üstünde yabancı adı gördüm. Orası olacaktı. Çaldım zili. Kapı açılmadı. İçerden, yabancı ağzıyla bir kadın sesi duyuldu:

– Kim o?

– Madam, hallaç geldi... Hallaç istiyormuşsunuz.

Kapı açıldı. Kapının açılmasıyla ben de bittim. Allah Allah!.. Evet, kadının güzeli olur ama, böyle soluk kesici güzel de mi olur... Evet, soluk kesici! Karşımda bir alev dikilmiş sandım. O alev, mavi ipekten bir sabahlığa sarınmışsa da kuğu boynu göğsünün yarığına kadar açıkta... Çıplak ayakları, yine mavi ipekten ponponlu terlik içinde...

– Ben hallacım... dedim.

Hallaç iki eli boş gelir mi? Hani, neyle atacağım yünü, pamuğu? Kadın cin gibi,

– Nerde aletin? diye sordu.

– Hele bir atılacak yatağı yorganı görelim, pazarlıkta uyuşalım, aletimi dükkândan alır gelirim... dedim.

O zaman beni içeri aldı. Kapıyı kapadım.

Kadını görmeden önce benim niyetim, evde kendisinden başka kimse yoksa, siyasi polis olduğumu, arama yapacağımı söylemekti. Biliyordum ki, polis olduğumu söyleyince, hiçbir suçu olmasa bile, eli ayağı titreyecekti. Ben de gardrobu, dolapları, gözleri, komidinleri, büfeleri, heryanı didik didik araştırıp, Allah ne verdiyse, yükte hafif pahada ağır olan ne varsa, derleyip toparlayıp gidecektim. Ama kadını görünce, niyetimi büsbütün bozdum. Mücevherleri, takıları alıp da bu kadını boş bırakmak olmazdı. Yalnız, nasıl etmeliydim de, kadını bağırtıp çağırtmadan, bu işi gönül rızasıyla yapmalıydım.

Kadın Yahudiydi. Ancak yirmibeş yaşında vardı. Çok zengin oldukları, evdeki eşyadan belliydi.

– Nerde atılacak yatak yorgan? diye sordum.

Kadın önüme geçip yürüdü. Efendim, yürümüyor, akıp süzülüyor önümde ve süzülürken de iki yana bir dalgalanması var, baktıkça eriyorum ki, nerdeyse eriyip yerlere yıvışacağım.

Yatak odasına girdik. O yatak odasının kokusuyla azkaldı bayılacaktım, cennetin de kokusu işte böyle olur ancak... Elimi cebime atıp, bir karton çıkardım, kadına doğru uzattım:

– Polis! Hallaç diye evinize girdim, arama yapacağım...

Bu kez bayılma sırası kadına geldi. O kaysı derili çil yüzü, birden aka kesti. Gardroba dayanmasa düşecekti yere. Ah, dayanmasaydı da, sözde düşmesin diye tutsaydım.

Polis kimliği diye kadına uzattığım, nerden elime geçmişse, banliyö tirenlerinin basılı tarifesiydi. Ama Yahudi kadınının polis dedikten sonra, uzattığım şeyin ne olduğuna bakacak hali kalmamıştı.

– Arayacağım... dedim.

Yahudi ağzıyla,

– Arayın! dedi.

– Önce üstünüzü arayacağım... Eller yukarı! dedim.

İki elini yukarı kaldırınca, cennetin nizamiye kapısının perdesi açılır gibi, o mavi sabahlığının önü açıldı. Yahu, bu kılıkta kadının üstünde polis ne arayabilir? Ama benim maksadım, kadının karşı koyup koymayacağı, bağırıp bağırmayacağını anlamaktı. Anladım ki, ne kadar korksa da, kadının başeğeceği yok... Sanki ateşe değiyormuşum gibi, koltuk altlarında ellerimi dolaştırıp çektim...

Artık yalvarıp yakarıp, kadını merhamete getirmekten başka çare yoktu. Ben de öyle yaptım. Sevaba gireceğini söyledim. Bir garibi sevindirmesini söyledim. Ama her ne dedimse taş yüreği yumuşamadı. Hatta üstüne bir yumuşak gidişimde, birden elini telefona attı. Önlemeye kalksam, bağıracağını, çığlık atacağını anladım.

– Peki, peki, bırak telefonu, gidiyorum... dedim.

İnsana, böyle zamanda etse etse ancak Allah yardım edebilir. Allahtan başkasının böyle zamanda yardıma gücü yetmez. Bana da Allah yardım etti. Kadına hallaç olmayıp polis olduğumu söylediğim halde, biraz daha konuşabileyim diye, karyolanın üstünden yorganı kaldırıp,

– Atılacak yatak bu mu? dedim.

– Evet... dedi.

Bu kez yatağı kaldırdım. Altta bir yatak daha vardı. İlk yatağı kaldırınca iki yatağın arasında ne görsem iyi... Hey kurban olduğum Allah, fakirin yardımına senden başka kim gelir? İki yatağın arasında bir bayrak görmeyeyim mi? Birden yüzümü asıp ve kaşlarımı çatıp,

– Bu ne? diye bağırdım.

Kadın, yelde ak kavak yaprakları gibi tir tir titreyerek, yine o Yahudi ağzıyla,

– Bayrak!.. dedi.

– Bayrak ha? Ulan bu ne bayrağı?

– Bizim bayrak... diye inledi.

– Ne demek bizim bayrak? Söyle o bayrak, ne bayrağı?

– Türk bayrağı.

– Tamam, Türk bayrağı. Niye yatağın altına koydun Türk bayrağını?

– Cumhuriyet bayramında, Zafer bayramında, bütün bayramlarda biz Türk bayrağı asarız. Bayrak ütülü dursun diye oraya koydum...

Yahudi kadınının Yahudi ağzıyla konuşmasına azkaldı gülecektim. Gülünce de işin ciddiyeti bozulacak, kadın artık korkmayacaktı. Bayrak diyemiyor "baryaaak" diyordu. Bayram yerine de "baryaaam" diyordu. "Ütülü" demek için "yutuluuu" diyordu.

– Kocan var mı?

Kocası olunca kendisine acıyacağımı sanarak sevinçle,

– Var! diye bağırdı.

– Bu yatakta kocanla beraber mi yatıyorsunuz?

– Evet...

– Demek, Türk bayrağının üstünde her gece kocanla beraber yatıyorsun, öyle mi? Söyle çabuk...

– Eveeet...

– Türk bayrağı altınızda? Bayrağımızın üstünde yatıyorsunuz, ha?

Sesini çıkarmadı. Tir tir titriyordu.

– Kocanla sen, bu yatakta geceleri ne yapıyorsunuz?

– Yatıyoruz.

– Anladık yatıyorsunuz, yatınca ne yapıyorsunuz?

– Uyuyoruz.

– Ulan, boyuna uyuyor musunuz? Başka? Başka ne yapıyorsunuz? Ha? Türk bayrağının üstünde ne yapıyorsunuz?

– Hiç... Bişey yapmıyoruz.

– Ulan, nasıl bişey yapmazsınız... Kocanla her gece sabaha kadar kardeş kardeş mi yatarsınız?

Susuyordu.

– Bu yatakta ş'apmıyor musunuz siz ulan?

Başını eğdi.

– Yaaa demek, Türk bayrağının üstünde ş'aparsınız ha? Hımmm...

Doğru telefona gittim, alıcıyı kaldırıp,

– Söyle ulan, ben şimdi sana ne yapayım? Hem de Türk bayrağının üstünde? Söyle çabuk, ne yapayım şimdi ben sana?

Kadın başını eğdi,

– Ne istersen yap... dedi.

– Söyle! Söyle şimdi ben sana ne yapayım?

– İstediğini yap!

Tamam, yola gelmişti. Hem de kadının gönül rızasıyla. Artık bağırıp çağıramazdı. Mademki kadın kendisi, istediğini yap, diyordu, böyle bir kadını reddetmek erkekliğe sığmazdı.

Yataktan kalkarken,

– Baryaak altımızdaydı... dedi.

Bozuldum.

– Ben Türk olduğumdan olabilir... dedim.

Ama polislik görevimi de ihmal ettiğimi sanmayın. Evin bütün girdisini çıktısını aradım. Ufak tefek, ama pahalı ne buldumsa cebime indirip çıktım evden. Ah kafa işte... O arama taramayı yapmayıp evden bişey almasaydım, her istediğim zaman –elbet kocasının evde olmadığı zamanlar– o güzel kadının misafiri olabilirdim.

Gazetede yayınlanan anılarım içinde, daha doğrusu, benim anılarımmış gibi, o genç gazetecinin uydurdukları içinde, okurların ençok ilgisini çeken, benim uydurduğum bu bölüm olmuştu. Hatta o gazeteci bana;

– Aman Paşazade, demişti, iyi ki sen gazeteci olmamışsın. Hepimize taş çıkartırdın...

Ben de ona şu karşılığı vermiştim:

– Ben sabıkalı bir dolandırıcıyım. Buyüzden de dolandırdığım zaman, bitek kişiyi dolandırırım. Ama sen gazeteci olarak, yazdığın gazetenin bütün okurlarını, binlerce, onbinlerce kişiyi birden dolandırıyorsun. Onun için, ikimiz de aynı meslekteniz ama, bu meslekte, sen, benden daha baskınsın.

SAHTE ALAMAN MÜSLÜMANI

O başka türlü... İyi kızdı zavallı. Bakınız nasıl oldu? Hapisaneden çıktıktan sonra, daha o zaman umutlarımı yitirmemiştim, ama büyük kentte yaşamaktan da korkar olmuştum. Sabıkalı olduğumdan yine başıma bir bela gelebilirdi. Onun için Istanbul'dan uzaklara gittim, biçok yerleri dolaştım. Ama nereye gittimse insanlar beni açık bıraktıkları o tek yola sokmaya çalıştılar. Ben o tek yola sapmamaya çalıştım, onlar beni itmeye... Anadolu'da pekçok yerleri dolaştım, nereye gittimse kendime o tek yoldan başka yol açamadım. Yavaş yavaş umudum da kırılıyordu. Cebimdeki parayı verip aldığım biletle bir gecelik tiren yolculuğundan sonra bir istasyonda indim. Kent, istasyondan kırkbeş dakika kadar içerdeydi. Hiç param yoktu. Yürüyerek kente gittim. Yorgun ve açtım. Kent yeni uyanıyor, dükkânların kepenkleri yeni açılıyordu. Bir cami önüne gelmiştim. Cami avlusuna girdim, muslukta yüzümü yıkadıktan sonra avlu duvarının dibine oturdum. Ne yapacağımı düşünmeye başladım. Burda ne kadar kaldığımı bilemiyorum, uyuşmuş gibiydim, belki de uyuyakalmıştım.

Yanı başımda,

– Esselamünaleyküm... diyen sesle uyandım.

Döndüm baktım, sakallı ama genç bir adam, ancak kırkkırkbeş yaşlarında... Çok canım sıkılıyordu, konuşmak istemediğim için selamına karşılık bile vermedim. O bir daha,

– Esselamünaleyküm... dedi.

Yine aldırmadım. Bu kez,

– Duymuyor musun selam veriyorum, Allahın selamı... dedikten sonra "esselamünaleyküm" diye çok daha yüksek sesle bağırdı. Hiç aldırmadım.

Sakallının yanına bir adam daha geldi,

– Kimmiş? diye sordu.

– Bilmem... Yabancı besbelli... Hiç konuşmuyor.

– Sağır mı yoksa, sor bakalım...

– Besbelli sağır...

Açlıktan, susuzluktan konuşacak, bunlarla gevezelik edecek halim yoktu da ondan susuyordum.

Sonradan gelen adam elini ağzına boru yapıp kulağımın dibinde bağırdı:

– Duymuyor musun? Ağır mı işitiyorsun?

– Yaa... diye baştan savma bir cevap verdim.

– Nerden geliyorsun?

Yine,

– Yaa... dedim.

Bikaç kişi daha başıma toplanmıştı. Son gelen,

– Kimmiş? diye sordu.

Sakallı,

– Bilmem... dedi, konuşmuyor, bir "ya ya" diyor, "ya"dan başka bişey demiyor...

– "Ya ya" mı diyor, sakın bu Alaman olmaya... Tamam, hem de Alamandır. Bu Alaman milleti hep "ya ya" der. Öyle değil mi Hüsiin Çavuş, sen daha iyisini bilirsin!

Yaşlı bir adam,

– Öyledir, dedi, boyuna "ya ya" diyorsa Alaman gâvurudur. Alaman gâvuru, gâvurun iyisidir.

Başka birisi,

– Evet, dedi, bu herif halis Alaman... İşte elbisesinden de belli...

Konuşmaları hoşuma gidiyor, gülesim geliyordu. Bikez baştan konuşmamış olduğum için, sonradan bitürlü konuşamıyordum. İşi sağırlığa yada gerçekten Almanlığa vuracaktım. Başımdaki kolonyel şapkayla, diz yerlerine meşin yama vurduğum eski kadife pantolondan beni bir yabancıya benzetmişlerdi.

– Hiç kuşkunuz olmasın, Alaman bu... Elbisesi ortada işte, gösteriyor...

Biri bana sordu:

– Alaman mısın sen yoksa?
– Yaa, yaa...
Çevresindekilere döndü:
– Alamanmış herif yahu, ondan konuşamıyor, biz de herifi sağır sandık boşuna... Pekiy bir Alamanca bilen yok mu... Yahu bu Alamanlarla birlik harbe girdim dersin Hüseyin Amca, hele konuş bakalım, sor ki neden buraya düşmüş bu Alaman fukarası?
Hüseyin Amca dedikleri adam,
– Aradan yıllar geçti, dedi, bildiğim Alamancayı da unuttum gitti...
– Yahu unutulur mu?
– Unutulmaz mı... Hem benim bildiğim askerîyenin Alamancasıydı. Alamanın sivil kısmı, askerîyeden Alamanla konuşmak için yanında tercüman gezdirir.
– Onu bunu bırakın yahu, bu Alaman fukarasını cami köşesinde mi bırakacağız şimdi?
Bu sırada karşı dükkânlardan bir adam koşarak geldi, soluk soluğa sordu:
– Yahu, bu adam Alaman mıymış?
– Alamanmış...
O koşup gelene, ordakilerden biri sordu:
– Ne oldu Ömer Efendi?
– Ne olacağı var mı hemşeriler, sabah erkenden dükkâna geldim. Besmeleyi çekip kepengi açarken bir de karşıya baktım, işte bu Alaman, caminin musluğunda aptes alıyor. Alaman olduğunu bilmediğimden, acep bu din ehli yabancı nerden ola dedim kendi kendime...
Cami avlusundaki musluklardan birinde yüzümü yıkamıştım ya, artık aptes aldım olmuştum.
Kalabalıktan biri Ömer Efendiye sordu:
– Namaz da kıldı mı yoksa?
Ömer Efendi,
– Kıldı! demez mi! Evet kıldı. Daha kuşluk vakti. Cami kapısı kapalı olduğundan, aha şurada çayırın üstünde namazını kıldı...

– Essahtan namaz mı Ömer Efendi?
– Yok değil... Tam tamına namaz değildi, namaza benzetiyordu hani...
İçlerinden biri,
– Yoksa bu Alaman fukarası buraya Müslüman olmaya gelmiş olmasın hemşeriler... dedi.
– Evet, öyledir...
– Hiç şüpheniz olmasın...
– Yoksa sabahın kör karanlığında bizim camide işi ne?.. Demek Müslüman olmaya gelmiş...
Ömer Efendi bana sözüm ona, bir Almana anlatır gibi, elleriyle, başıyla, gözleriyle de kelimelerine yardımcı olarak sordu:
– Sen!.. Sen!.. Sen, Müslüman?.. Müslüman sen? Olacak... Müslüman olacak, he mi?..
Öyle zor duruma düşmüştüm ki, bitürlü,
– Vatandaşlar, ben Müslümanım, adım da şudur... diyemiyordum.
Bikez baştan onlarla konuşamamış, her sorduklarına "ya, ya..." demiştim. Şimdi Türkçe konuşsam, demindenberi kendileriyle alay ettiğimi sanacaklardı. Nasıl olsa biraz dinlenip buradan çekip gidecek değil miydim... Karşımda çömelmiş,
– Sen... Sen... Müslüman!.. diye soran Ömer Efendi olduğunu öğrendiğim çember sakallı adama,
– Ya... dedim.
Bir daha sordu:
– Müslüman olacak sen?
– Ya!..
Böyle der demez önce Ömer Efendi, sonra öbürleri teker teker, iki kollarını açarak boynuma sarıldılar. Beni kucakladılar ve öptüler. İster istemez ben de onları öpmek, kucaklamak zorunda kalmıştım.
Kalabalık gittikçe artmıştı. İçlerinden biri,
– Din kardeşimizi ağırlamak gerek... dedi.
Ömer Efendi koluma girip beni oturmakta olduğum çimenin üstünden kaldırdı, sanki bir Alman anlarmış gibi,

– Buyrun fakirhaneye gidelim... dedi.

Kalabalığa da,

– Bunun sevabı da bana yeter gayrı, dedi, bir Hıristiyanı Müslüman yapmak ve Müslüman olduktan sonra da misafir etmek yedi hacca bedeldir.

Birlikte yürüdük. Arkamızdan bikaç kişi seslendi:

– Ömer Efendi, yarın da bizim misafirimiz olsun...

– Akşam yemeğini de bizde yiyelim Ömer Efendi...

Dükkânının önünden geçerken Ömer Efendi, içerde birisine seslendi:

– Oğlum... Ben eve gidiyorum. Beni sorar ararlarsa gayet itibarlı bir misafiri var, eve götürdü dersin...

Dar sokaklardan, inişli çıkışlı, koca koca kaldırım taşları fırlamış yollardan sağa sola saparak epiy gittikten sonra bir yokuşa vurduk. Açlıktan nerdeyse yığılıp kalacaktım. Yolda Ömer Efendinin hâlinden bana bişeyler söylemek istediğini anlıyordum, ama söyleyemiyordu.

Sonunda,

– Adın ne senin, adın? diye sordu.

Birdenbire kendime bir Alman adı uyduramadığım için anlamazmış gibi yaptım. Anlaşamadığımıza canı sıkılan Ömer Efendi, tesbihini çekerek "Lahavle..." dedi, sonra da kendi kendine mırıldanır gibi,

– Sana burada Türkçe öğretiriz... dedi.

Yokuştan epiy çıktıktan sonra tepede bahçeli bir eve geldik. Ömer Efendi, tahta kapı kanadının üstündeki kadın eli biçiminde demirden kapı tokmağını bikaç kez vurunca içerden derinlerden,

– Kim ooo? diye bir ses yankılandı.

Ömer Efendi,

– Asiye!.. Aç kızım! diye seslendi.

Kapı açıldı. Kapının arkasında kimse olmadığından kapının iple açıldığını anladım. Ömer Efendi, "Ya bismillah..." diyerek kapıdan girdi. Bahçeden geçtik. Geniş evin serin taşlığına girince, Ömer Efendi,

– Destuuur!.. Misafir var, kimse olmasın!.. diye bağırdı.

İkinci katta geniş bir odaya girdik. Odanın üç duvar boyu, üstü halılarla örtülü sedirdi. Oturduk. Ömer Efendi dışarı çıktı, az sonra döndü. Biraz sonra da bir delikanlı kalaylı bir sini içinde yiyecekler getirdi. Tüten sıcak sütün buğusu mis gibi kokuyordu. Siniyi açılır kapanır bir dört ayaklı üstüne koydular.

Ömer Efendi,

– Uzaktan gelmişsin, açsındır, buyur!.. dedi, sonra da anlayabilmem için, sağ elinin parmak uçlarını birleştirip bikaç kez ağzına götürüp getirerek, şap şap sesleri de çıkararak, yemek yememi işaret etti.

– Yabancı değilsin, kardeşiz, din kardeşi!.. Burası senin evin... Sıkılma! diye omzumu okşayıp beni odada yalnız bıraktı ki, sıkılmadan rahat yemek yiyebileyim.

Karnım doyduktan sonra kendime geldim, düşünmeye başladım. Bunlara Türk olduğumu nasıl anlatacaktım? Hayır, olmazdı artık... Bikez iş kendiliğinden baştan bozulmuş, beni Alman sanmışlardı. En iyisi en kısa zamanda bu kasabadan çekip gitmekti. Yaya gitmek zorundaydım, param da yoktu.

Ben böylece düşünüp dururken Ömer Efendi yanında bir başka sakallı adamla içeri girdi. Yanındaki adam,

– Selamünaleyküm... dedi.

Azkalsın "aleykümselam..." diyiverecektim de her iş bozulacaktı.

– Aley... derken aklım başıma geldi, toparlandım...

Ömer Efendi sevinerek,

– Söyleyecek, söyleyecek... Konuşacak yahu... dedi, bir Alamanca bilen olsaydı kasabada hey Allah... Türkçeyi öğretiriz ya...

Öbür adam,

– Öğretiriz evelallah... dedi.

Bağdaş kurup sedire oturdular. Bana bakıp bakıp konuşmaya başladılar. Ömer Efendi öbürüne sordu:

– Acep bu Alaman neci ki?

– Bu Alamanlar ya asker olurlar yada âlim olurlar. Bunun suratına bakarsan, bunda asker suratı yok... Bu Alaman âlimi olacak besbelli... İslam olmak istediğine de bakılırsa muhakkak alimdir... Lakin onların ilmi, bizim Müslüman ilmine benzemez hiçbir vakit...

– Evet, benzemez... Bu Alaman milletinin ilmi, hep makine ve mühendislik üstünedir.

– Evet, öyledir... Bu Alamanın suratına bakarsan, halis mühendis olduğu belli...

– Acaba ne mühendisi?

– Bilinmez... Kendi söylemezse bilinmez velakin tayyare mühendisine ve de elektrik mühendisine benzer.

Kendimi tutamayıp gülecektim. Bu kasabadan hemen gitmezsem, bu oyunun sonunun kötüye varacağını anlıyordum.

Sakallı konuk, ev sahibi Ömer Efendiye,

– Madem Müslüman olacakmış da buraya kadar gelmiş, işi tavsatmamalı... Ne dersin Ömer Efendi? Sıcağı sıcağına hemen müftüye haber salalım. Bir Alaman mühendislik alimi geldi, din-i mübin ile müşerref olacak, demeli...

Ömer Efendi bilgiç bilgiç,

– Duur, hele, dedi, bu Alaman milletinde çok iş vardır. Hele bu mühendislik üstüne bir alim olunca...

Misafir, sözü ağzından aldı:

– Evet, anladım... Bizim kasaba ihya olur birader...

– Biz bu Alamanın Müslüman olmaya bizim kasabamıza geldiğini yedi düvele duyuracağız. Istanbul'un gazeteleri hep yazacak...

Sakallı misafir,

– Aman yahu, dedi, sen ne diyorsun, iyice şaşırdın mı Ömer Efendi... Böyle bir Alaman mühendislik âliminin Müslümanlık için bizim kasabaya geldiği duyulursa, Alamanı elimizde komaz, alır götürürler de Istanbul'un üniversite mektebine, mühendishane mektebine hoca yaparlar. İyisi mi biz bu Alamanın burda olduğunu yabancıdan kimseye duyurmayacağız. Herife bir kere Türkçe öğretsek gerisi kolay... Nasıl olsa kandırır, onu burda alakoruz. Velakin biz bu Alamanla konuşamadan Istanbul'dan gelirler, Alamanca bilen çok, alır götürürler.

– Yahu, iyi dedin Şerif Efendi... Bu sendeki akıl... Azkala başımıza konmuş devlet kuşunu elimizden kaçıracaktık...

Şerif Efendi denilen ihtiyarın verdiği akıl benim de işime geliyordu. Istanbul gazetelerinde "İşte Müslüman olacak Alman budur" diye resimlerim basılırsa, yeniden kıyametler kopardı. Ben, polise izimi kaybettirmek istiyordum.

O sıra oda kapısı tıklatıldı. Bir adam daha geldi.

Ömer Efendi cıgara uzattı. Azkalsın "kullanmıyorum" diyecekken "kul" derdemez aklım başıma geldi ama, bir kere de ilk hece ağzımdan çıkmıştı, artık susamazdım. İlk "kul" dedikten sonra, sanki Almanca bişeyler söylüyormuşum gibi, bikaç kez,

– Kul... kul... kul... diye tekrarladım.

Şerif Efendi dedikleri adam bir sevinç coşkusuyla,

– Tamam yahu, tamam... İşte hidayete erdi... Duymadınız mı "kul" diyor işte... dedi.

Ömer Efendi,

– Evet, duyduk... dedi.

– Tamam!.. Kul, ne demek "Kulhüvallahü" diyecek, bilemediğinden diyemiyor zavallı. Kurban olduğum Allah, Alamana bile Müslümanca söyletecek.

Ama öbür adam, bir Alamanın dil bilmeden "Kulhüvallahü" diyemeyeceğini, herhalde başka bişey söylemek istediğimi anlatmaya çalışıyordu ya boşuna... Şerif Efendi şöyle diyordu ona:

– Bir bebe doğduğunda dil bilir mi yahu? Bilmez... Ama sonradan bülbül gibi konuşur. Nasıl oluyor? Cenab-ı Mevlam, dil bilmez bir bebeyi bile konuşturuyor.

Öbürü anlamak istemiyordu.

– İyi ama Şerif Efendi, diyordu, bir bebe birden konuşmuyor ki... Kaç yılda dili öğreniyor, yavaş yavaş...

– Hey gafil, sana bu Alaman hidayete erdi diyorum. Ne demek bu? Bir bebe doğduğunda hiçbir dili bilmez. Bu Alaman, kendi dilini biliyor ya... Koca Alamanı bir bebeyle bir tutuyorsun. Allah neye kaadir değil ki... Ne ister de yapamaz?

– Amenna... Orası öyle...

Bu görüşte daha epiy konuştuktan sonra Ömer Efendi,

▼

– Yol yorgunudur bu herif, taaa Alamanya'dan geliyor birader... Alamanya neresi... Biz bunu yalnız koyalım da uyuyup dinlensin... dedi.

Bana el işaretleriyle uyuyup dinlenmemi anlattı. İki avucunu sağ yanağına yastık gibi dayayıp gözlerini yumdu, sonra da peykeyi gösterdi. Anladım anlamına başımı salladım. Almancada "teşekkür ederim"in "dankeşön" olduğunu nerdense duymuşum.

– Dankeşön... dedim.

Ömer Efendi, sanki yüksek sesle bağırırsa, Alman olan anlarmış gibi, o da bildiği kadar Alman aksanı ile Türkçe olarak bağırdı:

– Lazım bişey sana... Bağıracaksın kapıdan... Anladın mı?

Başımı salladım. Odadan çıktılar. Gerçekten yorgun ve uykusuz olduğum için peykeye uzandım. Okulda keşke Almanca okumuş olsaymışım. Hiç olmazsa bikaç Almanca cümle öğrenmiş olurdum da büsbütün afallamazdım. En büyük korkum, Almanca bilen birisini bulup karşıma getirmeleriydi.

Geceyi burada geçirip sabah erkenden kimsecikler uyanmadan burdan basıp gitmekti niyetim.

Yine hayallere dalmıştım. Eskisi kadar büyük hayaller arkasında değildim. Milyoner olmayı filan düşünmüyordum artık. Tek amacım, kendi halinde, namuslu bir vatandaş olarak yaşamak, her nasılsa elimde olmadan yolundan çıkmış olan hayatımı yeniden düzenlemekti. Başıma ne belalar gelmişti. Geçmişimi düşüne düşüne, gelecek için de kafamda projeler kurarken uyuya kalmışım. Ne kadar uyuduğumu bilmiyorum ama, kendimi rahat ve dinç duyduğuma göre epiy uyumuş olmalıydım. Kapı gıcırtısıyla uyandım, doğruldum. Baktım bir köy delikanlısı yere sofra kuruyor. Ben tedirgin olmayayım diye ayaklarının ucuna basarak odada yürüyor... Örtüyü yaydı, yer sofrasını kurdu, üstüne yemekleri koydu, çıktı.

Rüyada mı yaşıyordum, nedir? Bunca Müslüman yoksulluktan, açlıktan kıvranırken, bitek Hıristiyan Müslüman oldu diye ona gösterilen bu itibarın nedenini bitürlü anlayamıyordum.

Bir güzel karnımı doyurdum. Biraz sonra da delikanlı geldi, sofrayı toplayıp götürdü.

Helaya gidecektim ama, nasıl sormalıydım helanın nerde olduğunu. Odadan çıktım. Bir kız, sofadan, bir demet ışık gibi kayıp geçti. Belki biri baktığımı görür diye ben de arkasından iyice bakamadım. Yalnız çok güzel bir hayal gözlerimde bir an şimşek gibi çakıp kaybolmuştu.

Geniş sofaya açılan kapılar vardı. Bu kapılardan birinin tokmağına peşkir asılmış olduğuna göre hela orası olmalıydı. Peşkiri de Alman gâvuru anlasın diye koymuş olmalıydılar.

Odaya döndüm. Karnım doymuştu, uykumu almıştım, yorgunluğum kalmamıştı. Pencereden baktım, önde yemyeşil bir ova seriliyordu. Ova ile kasaba evlerinin arası sık ağaçlıktı... Ömer Efendinin evi de meyve ağaçlarıyla dolu bir büyük bahçe içindeydi.

Şu adamlar Müslüman olacak Alman diye bana bu kadar itibar edeceklerine, işsiz güçsüz kalmış, namusuyla çalışıp hayatını kazanmak isteyen bir Türk olarak beni kabul etselerdi de şu güzel kasabada bana da küçücük bir iş verselerdi ya... Bir an düşündüm: Ben bunlara Alman değilim, Türküm desem ne olur? Herhalde iyi bişey olmayacaktı. Belki de beni döve döve kovalarlardı yada candarmaya teslim ederlerdi. Oysa ben onlara kendimi Almanım diye tanıtmış değildim ki...

Pencereden seyrettiğim bahçe o kadar hoşuma gitmişti ki, biraz bahçeye çıkayım dedim. Odada bunalmıştım. Bahçeyi seyrettiğim pencere, kapının bulunduğu duvara bitişik ve kapıya yakındı. Kapıyı açar açmaz... Aman Allahım, keşke açmasaydım kapıyı... Demin sofada gördüğüm kız kapının önünde ve eğilmişti. Zavallı, Alaman gâvurunu merak etmiş de onu kapı tahtası çatlağından gözetlemeye çalışıyor olmalıydı. Önünde dikildiğim pencere yanda olduğu için kapıyı açmaya geldiğimi görüp kaçamamıştı. Kapıyı açınca kız yel gibi geçip gitti. Utancımdan yüzüme ateş bastı... Bahçeye çıkmaktan vazgeçtim, yine odaya kapandım.

Akşama doğru Ömer Efendinin,

– Destur, destur!.. diye bağıran sesini duyunca sevindim.

"Destur" dediğine göre yalnız değildi. Ayak sesleri kalabalıktı... Odamın kapısı açıldı, Ömer Efendi, hepsinden yaşlı bir adamı,

– Buyur Müftü Efendi! diye önden aldı odaya.

Sonra beş kişi daha geldi. Biri sabah gördüğüm Şerif Efendiydi.

Müftü,

– Esselamünaleyküm... dedi.

Ne yapacağımı, ne söyleyeceğimi bilemedim. Müftünün elini sıksam mı, öpsem mi? Hey Allah, bir belaya kaldım ki... Nasıl olsa sabah buradan basıp gidecektim. Sabaha kadar susuverirdim. Sarılıp Müftünün elini öptüm...

Müftü,

– Allah hidayet nasip eylesin... dedi.

Hepsi oturdular. Bana bakıp kendi aralarında konuşuyorlardı.

Şerif Efendi,

– Yüzünde nur var, dedi, bunun Müslüman olacağı önceden belliymiş... Hiç şunda kâfir suratı var mı?

Hep birden gülümseyerek yüzüme baktılar.

Müftü,

– Kalbine hidayet erişince, yüzünde nur tecelli eder... dedi.

Bu arada ertesi günü benim Müftülükte İslamlığı kabul işlemimin törenle yapılmasına karar verildi.

Konuklardan biri,

– Önce buna Türkçeyi öğretmeli, dedi, bu Alaman milletinin zihni eveldir, hemen öğreniverir.

– Ondan sonra da burada bir iş bulmalı...

– Elbet... Görevimiz... Din kardeşimiz...

– Bir din kardeşi daha kazandık...

İçimden "sanki çok eksikti de..." diye geçirdim. Bu adamlar sürünen bunca din kardeşlerini hiç görmüyorlar mıydı, bilmem ki...

Müftü,

– Evet, dedi, iş güç sahibi etmeli, sermaye vermeli... Ondan sonra da ev-bark sahibi etmeli, evlendirmek gerekir...

Müftü son sözünü söylerken, oradakiler hep Ömer Efendinin yüzüne bakıyorlardı.

Kapı açıldı, akşam sofrası geliyordu. Herkes sofranın etrafına dizilip, bağdaş kurup oturdu. Bana da Müftü'nün solundaki minderi verdiler.

Müftü,

– Bu Alamanlar, dedi, böyle bizim gibi hepsi bir çanaktan yemeğe alışkın değildir. Bunlar her biri ayrı ayrı tabaktan yer...

Ömer Efendi,

– Allah Allah... dedi, hak dinini kabul edecekse, âdetlerimizi öğrensin!..

Öbürleri de,

– Doğru, doğru!.. dediler.

Müftü kollarını sıvayıp kaşığı eline aldı,

– Bismillah... deyip tahta kaşığı ortadaki kaseye daldırdı, çorbaya girişti.

Bana da tahta bir kaşık uzatıp –anlarmışım gibi–,

– Buyurun, buyurun!.. dediler.

Daldık çorbaya. Arkadan et... Onlar gibi, hiç yadırgamadan ortadaki yemeğe kaşık çalmama memnun oluyorlardı.

Yemekten sonra, benim için herşeyi kararlaştırdılar. Ertesi sabah hak dinini kabul edecek, sonra da bir-iki gün içinde sünnet edilecektim.

İçimden gülmek geldi, kendimi zor tuttum. Bereket versin yemekten sonra hiç oturmadılar, misafir yorgundur düşüncesiyle,

– Allah rahatlık versin! diyerek çekilip gittiler.

Onların arasında Türkçe bilmezmişim gibi konuşmadan durmak zor oluyordu.

Hemen yattım. Sabahleyin gün ağarmadan kalkıp buradan kaçmak niyetindeydim. Ama gece bitürlü gözümü uyku tutmadı. Sabahleyin de uyuyakalmamış mıyım! Gözümü açtığım zaman çoktan güneş çıkmıştı. Hemen kalktım, giyindim. Ayaklarımın ucuna basarak dışarı çıktım. Kapıyı açar açmaz yine o kızı orada görmeyeyim mi! Kız koşarak kaçtı. Artık geriye dönemezdim, merdivenden inerken kızın,

– Baba, baba! Alaman gidiyor baba!.. diye bağırdığını duydum.

Başım yeni bir belaya girecek diye içime bir korku düştü. Adımlarımı hızlandırdım. Sokaklarda tek tük insanlar vardı. Kasabanın dışına çıksam, ya koşarak kaçacak, ya bir çalı arkasına saklanacaktım. Az sonra korktuğum başıma geldi. Arkamdan Ömer Efendi bağırıyordu:

– Hey... Hey yahu...

O da herhalde koşuyor olmalıydı ki, sesini gittikçe yakından duyuyordum. Koşarak kaçamazdım ya... Ömer Efendinin sesi daha da yakınlaşmıştı. Kendi kendine şöyle söyleniyordu:

– Hey Allah, bu gâvurun adını da sorup öğrenmedik ki... Hey arkadaş!.. Nereye yahu din kardeşi?.. Beri bak yahu!.. Dur bre herif, nereye sabahın bir vakti?.. Dur, yavaşla yahu, göğsüm daraldı, beni öldüreceksin... Ulan Alaman, dur!..

İster misin evinden bişey aşırıp kaçtığımı sansın da, bütün kasabalı arkamdan kovalasın...

Dursam bitürlü, kaçsam bitürlü... Dursam, belki de Türkçe bildiğimi anlayacaklar... Yokuşu inip pazaryerine gelince camiyi görür görmez, aklıma bir kurnazlık geldi. Daldım cami avlusuna, dün yaptığım gibi, musluklara gittim. Ömer Efendi de yetişti. Gülerek, sanki anlarmışım gibi,

– Yahu söylesene bre din kardeşi, camiye gideceğim diye... Bizi korkuttun kardeşlik... Hey Allah, sen bu Alamanın kalbine bir hidayet eriştirmişsin ki, herif bizden Müslüman, sabahtan camiye koşuyor...

Ses, el, göz, ağız işaretleriyle bana, İslam dinini kabul etmeden camiye gelinemeyeceğini, ibadet edilemeyeceğini anlatmaya çalışıyordu. Ben de anlamış gibi yaptım.

Birlikte eve döndük. Buradan kolay kolay kurtulamayacağımı anlamıştım. Artık işi oluruna bıraktım.

O gün öğleden sonra Müftülüğe gittik. Büyük bir kalabalık önünde ve Müftünün huzurunda onun dediklerini tekrarlayarak kelime-i şehadet getirdim. Elimden geldiği kadar Alman gibi şehadet getirmiştim. Müftü dualar okudu, Müslüman olmuştum, ikinci Müslümanlık... Sıra bana bir Müslüman adı bulmaya kalmıştı.

– Adın ne senin? diye sordular.

Anlamazlıktan geldim. Meramlarını bitürlü anlatamayınca Müftü,

– Şu mektebin Fransızca muallimini çağırın, belki bu din kardeşimiz Fransızca bilir... dedi.

Az sonra Fransızca öğretmeni geldi. O zaten olup biteni duymuş.

– Müslüman kardeşimiz bu mu? diye sordu.

– Budur, dediler, şununla Frenkçe konuş... Bakalım hele...

Fransızca öğretmeni,

– Bu bizim Fransızcamızdan anlar mı ki... deyince, herifin Fransızcayı çokaz bildiğini anladım.

– Parle vu Franse? dedi.

Okulda öğrenebildiğim kadarıyla herifin hakkından gelebileceğimi anladığımdan,

– Vıy... dedim.

– Adınız ne?

O zamana kadar kendime hazırladığım Almanca bir ad uydurdum:

– Karl...

Allahtan burada iyi ki Almanca öğretmeni yada Almanca bilen biri yokmuş. Fransızca öğretmeni döndü onlara,

– Hemşeriler, efendiler! dedi, aynen dediğiniz gibi... Bu adam dünyanın çok ünlü bir âlimidir. Bunun adını bilip tanımayan yoktur. Avrupa'nın, Amerika'nın neresine gidersen git, bunun adını çocuğa sorsan bilir.

Bir Fransızca öğretmeni ile topu topu iki kısa cümle konuşmuştuk, oysa o, sanki aramızda saatlerce konuşmuşuz gibi anlatıyordu:

– Hemşeriler, bu Her Karl diyor ki, yaşımın genç olduğuna bakmayın, diyor... Bu yaşa kadar bütün dinleri inceledim, diyor. Ve diyor ki, yıllarca dinleri inceledikten sonra, şu sonuç ve kanaate vardım ki Hak dini İslamiyettir. Ve Müslüman olmaya karar verdim, diyor.

Etraftan, "Böyle mi diyor!.. Böyle mi?" diye sesler yükseldi. Fransızca öğretmeni devam etti:

– Evet, dediklerini kelime kelime size çeviriyorum: Bir gece rüyamda, beline kadar ak sakallı nurani yüzlü bir ihtiyar Müslüman girdi.

Fransızca öğretmeni, aradabir bana iki-üç kelime Fransızca bişey söylüyor, anlayamadığımdan, ya "vıy" deyip yada hiçbişey demeden her anlama gelebilecek işaretler yaparak, gülümseyerek geçiştiriyordum.

Kalabalıktan birbirine fısıldayanları duyuyordum:

– Yahu bizim muallim de Fransızcayı bir biliyormuş ki... Aşkolsun...

– Bilir... Dehşetli bilir...

Öğretmen devam ediyordu:

– Rüyamda o nur yüzlü adam bana Almanca olarak dedi ki: Ey Karl, ben Serafil aleyhisselamım. Senin kalbine hidayet erişti. Sen hemen Türkiye denilen memleketin falanca kasabasına var, oranın suyunu iç, ekmeğini, tuzunu ye! Sana kısmet oradadır, orada Müslüman ol, dedi. Ben de Serafil Aleyhisselama, "Falanca kasaba nerededir, bilmiyorum," dedim. O dahi haritada yerini gösterip ayrıca da bir kâğıda sizin bu kasabanızın adresini yazıp bıraktı ve gözden nihan oldu. Gözlerimi açtım ki şafak atmaktadır. Hemen Serafil Aleyhisselam hazretlerinin yazıp bıraktığı adresi alıp, memleketimde hiçkimseye adiyö demeden – bunlar Allahaısmarladık yerine adiyö derler – düştüm yola... Tam dört yıl araya sora nihayet kasabanızı buldum. Velakin kasabanız çok zor biyerdeymiş... diyor.

Orta yaşlı bir adam Fransızca öğretmenine,

– Yahu muallim, dedi, bütün bu lafları hep bu adam mı dedi?

– Evet, bu adam, dedi.

– Yahu, ne zaman dedi?.. Sen ona bir kere fan dedin, o sana bir kere fin dedi, bir fan bir fin ettiniz o kadar... Sen bir saattir bize şöyle dedi, böyle dedi diye anlatıp duruyorsun... Bir çuval laf bir fanfine nasıl sığdı?

Öğretmen bozulur gibi olduysa da hemen kendini toparlayıp,

– Beğenmedinizse başka birini bulun da o konuşsun... dedi.

Bozuntuya uğramanın sıkıntısı içinde gönülsüz gönülsüz gidiyordu ki, kolundan tutup,

– Aman muallim, dediler, sen hele o zevzeğin lafına aldırma da, daha başka neler dedi onu anlat...

Öğretmen suratını asıp,

– Başka bişey demedi, işte hepsi bu kadar... dedi.

(Paşazade başından geçmiş olan bu olayı anlatırken, orda bulunanların hepsinin de Fransızca öğretmeninin attığını bildiklerini söyledi. Öğretmenin uydurduğunu biliyorlarmış. Ama bu uydurmalara inanmak istiyorlarmış. Çünkü içlerinden Fransızca öğretmeninin uydurduğu gibi olmasını diliyorlarmış. Böyle bir yalana inanmayı gereksiniyorlarmış. Nedenini sordum Paşazade'ye. Aşağı yukarı şöyle demeye getirdi: Hepsi de, herhangibir Almanın kendilerine üstün olduğunu kabul etmiş. Kendilerine üstün olan bir Alman, kendi dinlerini kabul ederse, kendilerine üstün olan Almana bile üstün gelecekler. Açığa vurulmamış böyle bir duyguları varmış.)

Sonra öğretmen, dilini damağına vurup cık cık sesleri çıkararak,

– Cahil kısmına laf anlatmak ne kadar zor birader, dedi. Bu Fransızca lisanı gayet kısa bir lisandır; tıpkı sabun gibi... Nasıl bir kalıp sabunu alırsın da köpürt Allah köpürt, köpürt Allah köpürt... Çoğalır da çoğalır, çoğalır da çoğalır... İşte bu Fransızca lisanı da böyledir. Herif sana iki kelime söyler, bu iki kelimenin içinde, eğer anlayabilirsen, dünya kadar anlam vardır, anlat da anlat... Artık senin ferasetine kalmış bir iş; ne kadar anlatsan bitiremezsin...

▼

Sözünü Müftü Efendi kesti:

– Neyse, hayırlı uğurlu olsun... Şimdi biz buna nasıl bir Müslüman adı vereceğiz?

– Bunun esas gâvurluk adı neydi?

– Karl...

– Mademki Karl'mış, öyleyse Kâmil koysak uygundur...

Adım Kâmil olmuştu. Müslüman oldum diye beni el üstünde tutuyorlardı.

Bu kasabada günlerim çok mutlu geçmekteydi, beni misafir etmek, ağırlamak ve memnun bırakmak için birbirleriyle adeta yarışa girmiş gibiydiler. Ama Ömer Efendi, beni hemşerilerine kaptırmak istemiyordu. Kasaba zenginlerinden biri beni evine çağıracak olsa o da benimle birlikte geliyor, yemeği yiyip biraz uyuduktan sonra da, hemen kaçıverecek yaramaz bir çocukmuşum gibi beni yanında eve getiriyordu.

Artık ben de kendimi kapıp koyvermiş, bu hayata alışmıştım. Eskisi gibi ne olacağımı pek düşündüğüm yoktu; ne olursa olsun diyordum. İşte o günlerde doğuştan Müslüman olmanın bu dünyada pek işe yaramadığını, sonradan din değiştirip Müslüman olmanın ne kadar makbule geçtiğini iyice anladım. Avrupa'da, Amerika'da, her nerede olursa olsun, geçim sıkıntısı çeken yoksul Hıristiyanlar memleketimize gelip de, "İslam dinini kabul ettik!" deseler, bizim yamalar içinde tek şalvarı olan yoksullarımız bile, yamalı tek şalvarlarını ayağından çıkartıp ona verir, yemez yedirirler. Nasıl olup da Hıristiyanların bizi büsbütün donsuz, pabuçsuz bırakmak için bunu düşünmediklerine şaşarım.

Bu kadar umursamadan yaşamamın başka bir nedeni daha vardı. Ömer Efendinin kızı Asiye ile ilişkimizi ilerletmiştik. Rica ederim, bunu yanlış anlamayın. Bu çok saf, romantik ve kaçamak bir arkadaşlıktı. Ancak evde kimsenin görüp duyamayacağı yer ve zamanlarda bikaç söz konuşabiliyorduk. Ama ikimiz de böyle fırsatlar yaratmak için çırpınmaktaydık. Ömer Efendinin her halinden, beni damat etmek istediği anlaşılıyordu. Hatta, açıkça söylemese de nikâhın erken kıyılması için

Ömer Efendi sünnet olmamda pek acele ediyordu. Başıma bir de ikinci kez sünnet olmak çıkmıştı. O günlerde beni derin derin düşündüren işte bu sünnet işiydi.

Asiye, üzerimde hiçbir zaman unutamadığım ve unutamayacağım bir etki bırakmıştır. Bu çok güzel ve zeki kız, o kasabanın daracık sınırlarında hapsolunamayacak bir yaradılıştaydı. İçine kapatıldığı dar çerçeveyi kırıp parçalamak istiyordu. Bana gösterdiği ilgi de dünyanın salt bu küçük kasabadan oluşmadığını sezişinden ileri geliyordu sanırım. Bigün bana, büyük bir üzüntüyle, kırküç yaşındaki annesinin bu kasabadan dışarıya hiç çıkmamış olduğunu söylediği zaman, iri parlak gözleri buğulanmıştı.

Ben onlara kendimi yavaş yavaş Türkçe öğreniyormuşum gibi gösteriyordum. Hatta çok çabuk Türkçe öğrenişime şaşarak,

– Maşallah, maşallah... Ne aklı evvel... deyip duruyorlardı.

Bu numaramı yutmayan yalnız Asiye olmuştu. Bigün yine onunla sofada karşılaşmış, fısır fısır konuşuyorduk. Ben Alman taklidi yapmaktaydım. Cümleleri kırarak, kelimeleri bozarak konuşuyordum. Asiye de durmadan gülüyordu. Ben onu acemice Türkçe konuşmamdan hoşlandı da ona gülüyor sanmıştım. Asiye birden,

– Sayıklarken tıpkı Türk gibi konuşuyorsunuz... deyip kaçıverdi.

İşte o zaman ben uyurken Asiye'nin sayıklamalarımı dinlediğini anladım. Allah kahretsin, sayıklarken de Alman taklidi yapamazdım ya... Acaba neler sayıklamıştım? Bunu bikaç kez sordum, en sonunda "Şam babası", "Paşa yedi", "Benim kabahatim yok!" gibi anlaşılmaz sözler sayıkladığımı söyledi. Rüyalarımda sık sık kendimi yine Askerî Okulda görmekteydim.

Asiye olmasa çoktan o kasabadan ayrılacaktım. Ama gün geçtikçe bu kıza bağlanıyordum. Hayatımda Allaha işte ençok o günlerde yalvarmışımdır. Yatakta ağladığım bile olur, boyuna dua eder, Allaha yalvarırdım. Hiç de elimde olmadan lekelenmiş geçmişimle ilgimin kesilmesini istiyordum artık... Bu kasabada namusumla çalışır, hayatımı kazanırdım. Asiye ile evlenirdim, çocuklarımız olurdu. Beş-on yıl sonra bir sabıkalı olduğumu iyice unutturunca çoluğumu çocuğumu alır, buradan gider, Istanbul'a yerleşirdim. Ne güzel hayaller kurmaktaydım.

Orada kalışım bir ayı geçmişti.

Asiye ile evleneceğimiz de yüze çıkmıştı. Resmen nikâhımızın kıyılması benim sünnet olmama kalmıştı. Bu sünnet yüzünden başıma yeni bir bela çıkacağını sezinlediğim için bisürü bahanelerle sünneti geri bıraktırmaktaydım. Neler neler düşünmedim ki... Asiye'ye herşeyi anlatmayı kurdum. Ona başımdan geçenleri bütünüyle anlatmak istiyordum. Beni olduğum gibi kabul ederse ne iyi, etmezse çekip gidecektim burdan. Asiye öyle iyi bir kızdı ki, onu Almanım diye kandırmayı sindiremiyordum. Çünkü nasıl olsa bu yalan günün birinde anlaşılacaktı. Asiye daha şimdiden, evlendikten sonra kendi memleketime onu götürmemi, Almanya'daki annemi babamı görmek istediğini söylüyordu. Kaya kovuğundan çıkmadığıma göre, Almanya'daki ailem hakkında bisürü yalan uydurmuştum. Müslüman olacağımı öğrenince, milyoner olan babam, sözde beni mirasından yoksun ederek evden kovmuştu. Hak dini uğruna milyonları tepmiş bir insandım.

Günlerce, gecelerce düşündüm, ama Asiye'ye doğruyu anlatmaya bitürlü cesaret edemedim.

Sünnetçiyle konuşup anlaşmak da vardı. Ona doğruyu anlatıp yalvarmayı düşündüm.

Ama sünnetçide insana merhamet duyacak surat yoktu. Bu adam hem berber, hem hacamatçı, hem dişçi, hem de sünnetçiydi. Ondan başka da kasabada sünnetçi yoktu. Boyuna elinde bıçak, ustura, kerpeten, insanların orasını burasını kese kese, bir damla acıma duygusu kalmamıştı. İriyarı, kara çalı sakallı, kalın püskül kaşlı bir adamdı. Bu adam ancak parayla kandırılabilirdi. Ama benim de param yoktu. Çok anlayışlı bir adam olan Ömer Efendi, "Artık sen benim evladım sayılırsın!" diyerek arasıra para veriyor, parayı da elime vermiyor, kerevetin üstüne bırakıp gidiyordu.

Bütün ihtiyacım görülmüş olduğundan para harcamıyordum. Elli liram olmuştu. O zaman için elli lira, küçük bir sermaye sayılırdı.

Ömer Efendi bana kasaba terzisinden iki kat da elbise diktirmişti.

Sünnetçiye elli lirayı rüşvet olarak vermeyi iyice kafama koydum. Benim sünnetli, yani daha önceden Müslüman olduğum onunla aramızda sır olarak kalmalıydı.

Sünnetçiye de bitürlü doğruyu söyleyemiyordum. Artık işin daha fazla uzamaya da tahammülü kalmamıştı. Ne olursa olsun, sünnetçinin karşısına çıkacaktım, ya adam işin farkına varıp, rezalet çıkaracak yada beni ikinci kez sünnet edecekti.

Sünnetçi işin farkına varırsa, işte o zaman ayaklarına kapanarak, yalvaracak, herşeyi anlatacaktım. Eğer onda da insanlığın zerresi varsa kalbi merhamete gelirdi.

Sünnet gününe karar verilmişti. Müftü Efendi buna "Cemiyet-i hitan" diyor ve kayınpederim Ömer Efendi, sünnet düğününün pek parlak olmasını, büyük bir ziyafet verilmesini, yalnız kasabanın değil, il eşrafının da davet edilmesini ısrarla istiyordu.

Ben, bütün bu gürültü patırtı arasında yine başıma bir bela geleceğinden korktuğum için, böyle büyük törene gerek olmadığını söylüyor, sessizce sünnet edilmem için kayınpederime rica ediyordum. Ama kayınpederim ricamı dinlemedi ve "Benim hayatta bitek kızım var. Sen de benim damadım değil, evladım olacaksın. Bütün servetim, malım, mülküm sana kalacak. Burası küçük yerdir, insanları çok dedikodu yaparlar. Eğer seni sessiz sedasız sünnet ettirirsek, sünnet olmadın diye laf çıkarırlar. Benim için de biricik kızımı sünnetsiz bir adama verdi diye dedikodu yaparlar. Sağlığımda pek bişey yapamasalar da, bana emr-i hak vaki olunca sizi rahat bırakmazlar. Onun için sünnetin pek şatafatlı ve herkesin senin sünnet edildiğine şahit olması icap eder," dedi. İşte o zaman hapı yuttuğumu anladım; kaynatamın bu sözlerinden anladığıma göre beni davetlilerin huzurunda sünnet ettirecekti.

Bu rezalete katlanıp katlanmamayı çok düşündüm, ama Asiye'den vazgeçemediğim için çaresiz her rezalete boyun eğmeye karar verdim.

Sünnet olmadan bir hafta kadar önceydi. Bir öğleüzeri kaynatam,

– Birisi gelmiş, seni görmek istiyormuş... dedi.

– Kimmiş? diye sordum.

– Tanımıyorum. Vilayetten gelmiş...

Deyince, içim cız etti, azkalsın oraya düşüp kalacaktım. Beni kim tanırdı ki vilayetten gelip arasın? Yine başımda bir bela dönüyordu.

Kayınpederim,

– Ne oldu sana birdenbire, dedi, rengin kül gibi oldu.

– Bişeyim yok... dedim ama, ayakta duramadığım için kerevete çöktüm.

Artık kaçamazdım da...

İş işten geçmişti. Belki adamı, sanki Almanca konuşuyormuşum diye atarak, söylediklerini anlamazdan gelip atlatabilirdim. İster istemez,

– Kimmiş bakalım, buyursun! dedim.

Ben yaşlarda, kıravatlı oluşuna bakılırsa okuryazar olduğu anlaşılan bir adam odaya girdi. Yüzünü güler görünce, biraz korkularım dağıldı. Elimi de sıktı. Anladım, polis değil... İçime serin sular serpildi ama yine konuşamıyor, onun konuşmasını bekliyordum.

– Ben gazeteciyim... dedi.

Vilayet gazetesinde çalışıyormuş. İki-üç büyük Istanbul gazetesinin de muhabiriymiş. Ben, gazetecilerden, polisten daha çok korkarım. Gazeteciler yüzünden başım çok belaya girmiştir.

Yalnız soğuk soğuk sırıtıyor, bişey söylemiyordum.

Gazeteci,

– Sizin gibi genç bir Alman bilgininin İslam dinini kabul edişi bizim için büyük onurdur, dedi, geç haber aldık, yoksa şimdiye kadar çoktan ziyaretinize gelirdik. Sizinle geç ilgilendiğimiz için kusurumuza bakmayın...

İçimden, "Hay Allah belanızı versin!" dedim.

Yanımızda kayınpederim olmasa, Türkçe bilmiyor gibi davranacaktım. Adama sözde Alman ağzıyla,

– Biliyor siz Almanca? dedim.

O da tıpkı sanki Almanmış gibi, kendini kolay anlamam için,

– Bilmiyor ben... dedi, ama siz öğrenmiş iyi türkçe...

– Az az... Yavaş yavaş... dedim.

– İyi, iyi, dedi, bizim gazetede yazdık haberi... Istanbul gazetelerine de bildirdim telefonla... Git röportaj yap, dediler. Siz bişey keşfetmişsiniz, ne keşfettiniz?

Bunun doğru cevabının şöyle olması gerekirdi:

"Yüz kuşaktanberi Müslüman aileden olanlara hiç aldırış etmeyen insanlarımızın, yeni Müslüman olanlara verdiği değeri, yani enayiliğimizi keşfettim."

"Hiçbişey keşfetmedim" de diyemezdim. Çünkü büyük bir Alman mucidi ve genç bir Alman kaşifi olarak bikez adım yayılmıştı.

– Benim var keşif çok... Ama anlamaz siz... Çünkü zor anlamak...

– Evet... Ne gibi icatlarınız var?

– Var icat bende çok... Tayyare motor yaptı ben sessiz... Motor yapmıyor patpat... Var benim bir icat çok büyük, vapur çıkarmıyor duman, ve istemiyor mazot, ve istemiyor kömür, ve istemiyor elektrik...

Daha bisürü şey söyledikten sonra, bunları gazetede yayınlamaması ve Istanbul gazetelerine bildirmemesi için, dilim döndüğü kadar yalvardım. Bu dediklerim yazılırsa ve gazetelerde benim için yazılar çıkarsa, bu, alçakgönüllülüğe aykırı olurdu. Müslümanlık alçakgönüllülük demekti, gurur ve kibir doğru değildi. Oysa gazeteci de, bunlar gazetelerde ne kadar büyük gösterilirse, başka Alman bilginleri de duyar, onlar da Müslüman olur, diyordu.

Yalvarmalarım boşa gitti.

Sünnet günü geldi, çattı. Hayatımda hiç böyle heyecanlandığımı bilmiyorum. Basbayağı büyük bir sünnet düğünü oluyordu. Kuzular çevriliyor, pilavlar pişiriliyor, zerdeler kaynatılıyordu. Bahçe ve ev adamla dolmuştu. Bu kalabalıkta Asiye'yi göremiyordum ki, ona herşeyi anlatayım. Ama en kötüsü gazetecilerin gelmesi oldu. Istanbul'dan, Ankara'dan gazeteciler dolmuştu. Hepsinin de ellerinde fotograf makineleri vardı. Onları da görünce artık dayanamadım, kaçtım evden. Ama daha yüz adım gidememiştim ki, sanki beni kolluyorlarmış gibi arkamdan yetiştiler. Gelenlerin en önünde kayınpederim, hemen yanında da kara sakallı sünnetçi vardı. Suratlarından öyle anladım ki, beni hemen oraya, çalının dibine yatırıp sünnet edecekler.

Kayınpederim,

– Nereye? dedi.

– Hiç, dedim, biraz hava almak istedim.

Artık yüzümün rengi ne hale gelmiş olmalı ki, kayınpederim,

– Korkma, dedi, korkacak bişey yok.

Öbürleri de,

– Bizim sünnetçinin eli çabuktur, duymazsın bile... dediler.

Kara sakallı iri sünnetçi de,

– Hiç duyurmam, hiç... dedi.

Döndük geriye... Yolumuzu kesen gazetecilerden biri,

– Müslüman olunca neler hissettiniz? dedi.

Yine Alman ağzı Türkçeyle,

– Ben yok Türkçe... Anlamıyor... deyip yürüdüm.

Asıl felaket sünnet edileceğim odaya girince oldu. Yatacağım karyola hazırlanmış, süslenmişti. Ben, sünnetçiyle ikimiz baş başa kalacağız sanmıştım. Oysa odanın içinde bisürü adam vardı. Gazeteciler de fotograf makinelerini hazırlamışlardı.

– Olmaz! diye bağırdım, herkes çıksın dışarı!..

Kayınpederim onların da bulunmasını istiyordu. Zorla çıktılar, iki kişi kaldı. Kara sakallı sünnetçi,

– Bunlar kalsın, elini kolunu tutacaklar... dedi.

– Ne gereği var... İstemez! dedimse de dinletemedim.

Biraz sonra foyamın meydana çıkacağını düşündükçe baygınlıklar geçiriyordum, elim ayağım titriyordu.

Onlar benim sünnet korkusundan titrediğimi sanarak, boyuna,

– Korkma, korkma! diyorlardı.

Kara sakallı sünnetçi bana cesaret vermek için yaşlı adamları sünnet edişini anlatıyordu:

– Eskiden kasabamızda Ermeniler de vardı. Müslüman olan kaç Ermeniyi sünnet ettim. Elim gayetle çabuktur. Şıp diye alıveririm, şıp diye, anladın mı, şıp diye... Ruhun duymaz. Bir Kevork vardı. Herif ellidokuz yaşında sünnet olup o da senin gibi Kâmil adını almıştı. Ben işte o ellidokuz yaşındaki Ermeniyi sünnet ettim de bıçağımı, usturamı, çaputumu, çubuğumu toparlayıp ellerimi yıkarken Kevork Efendi sırtüstü yattığı yerden, "Ne zaman sünnet edeceksin, hadi!" demez mi!.. Koca kart herifin ruhu duymadı, anladın mı? "Kevork Efendi sünnet oldun." dedim de "Benimle alay etmeyin. Doğru dürüst sünnet et! Yoksa senin yaptığın sünneti kabul etmem!" dedi. Yani elim gayetle çabuktur... Şıp diye, anladın mı, şıp diye... Hadi!..

Sünnet durumuna geçtim. Suratlarının şaşkınlıktan ne biçim alacağını görmemek için gözlerimi kapadım. Bisüre hiçbir hareket olmadı. Sonra üçü birden,

– Fesubhanallaaah!.. Fesubhanallaaah!.. diye bağırarak odadan çıkıp gittiler, arkalarından koşup yakalamaya kalmadı. Dışardan seslerini duyuyordum. Hâlâ "Fesubhanallaaah!" deyip duruyorlardı. Kulağımı kapıya dayadım. Sünnetçi,

– Allanın hikmeti! diyordu, yahu bu mübarek bir adam...

Kayınpederimin sesini duydum:

– Bitti mi, oldu mu? Aman maşallah... Ne çabuk... Demek sünnet oldu...

Sünnetçi,

– Ne diyorsun Ömer Efendi, sünnet icap etmedi. Senin damadın doğuştan sünnetli... Anadan doğma sünnetli olur derlerdi de inanmazdım. Demek olurmuş... Onu da gördük... dedi.

– Aman, ne diyorsun...

– Evet... İşte bunlar da şahit... Gördüler.

Bu konuşan da Müftü Efendiydi:

– Fesubbanallah... Tevekkeli değil, Hak dinini arayışı bundanmış demek... Daha zamanında hidayete ermiş.

Kayınpederim sordu:

– Şimdi sünnet olmayacak mı hiç?

– Biraz daha icap eder, yarım sünnetli...

Böyle der demez yalnız sesini duyabildiğim bir herif,

– Aman sakın bu Yahudi olmasın... Yahudiler yarım sünnetli olurlar da... dedi.

Kapıyı açıp içeri girdiler. Ben çoktan toparlanmıştım. Sanki hiçbişeyden haberim yokmuş gibi sünnetçiye,

– Ne zaman yapacak sünnet? dedim, yoksa oldu mu? Senin el çok çabuk... şıp diye...

– Şimdi yapacağım... dedi.

Bu kez, "Odada sünnetçiden başka kimse istemem!" diye tutturdum. Nasıl olsa tanık olmaları istenenler, göreceklerini görmüşlerdi. Odada sünnetçiyle ikimiz kalmıştık. Herifin benim için yarım sünnetli deyişinin nedenini anlamıştım. Tam sünnetli olduğumu söylerse, ona yapacak iş kalmayacak, para alamayacaktı.

Kara sakallının suratına baktım. O hazırlığını yapıyordu. Galiba para almak için beni gerçekten ikinci kez sünnet edecekti. Elli lirayı çıkararak ona uzattım:

– Benim sünnetim yarım değil, tamdır!..

Bön bön suratıma bakıyordu.

– Artık sünnet münnet istemez. Sen dışardakilere sünnet ettim dersin, olur biter.

"Bismillah" dedikten sonra elli lirayı cebine koydu.

– Olur ama, dedi, sen yine yalancıktan bağır ki, dışardakiler sünnet oldun bellesinler...

Gerçekten sünnet olsaydım, elbette ar edip gık bile demeyecektim.

Sünnetçi,

– Daha, daha bağır... diyordu.

– Dahası ne? Adam mı boğazlıyorlar?

Yatağa girdim. Odaya dolan gazete fotografçıları şakır şakır resimlerimi çekmeye başladılar.

Bir gazeteci,

– Sünnet olduktan sonra ne hissettiniz? dedi.

– Büyük bir hafiflik... dedim.
Akşama doğru konuklar dağıldı. Kayınpedere kalsa damadının mürüvvetini görmek için sünneti gece yaptıracak, rezillik besbeter olacaktı.
Gece derin düşüncelere daldım. Bu resimler Istanbul, Ankara gazetelerinde çıkınca yer yerinden oynayacaktı. Kendi kendime, bir suçum olup olmadığını düşünüp duruyordum. Aslında benim pek bir suçum yoktu, kimseye zararım dokunmamıştı.
Düğün, nikâh hazırlığına da başlanmıştı. Bir ay sonra nikâhımız kıyılacaktı.
Oraya gazeteler üç gün gecikmeyle gelirdi. Büyük bir sabırsızlıkla o üç günü geçirdim. Sanırım o kasabanın tarihinde hiç o günkü kadar gazete satılmış değildir. Gazeteler tirenle gelir gelmez, bir saat bile sürmeden kapışılıp bittiği için dağıtıcılar telgrafla aynı gazetelerden yüzlerce daha istediler. Okur-yazar olmayanlar da resmimi görmek için gazete alıyorlardı.
Resimlerim gazetelerin birinci sayfalarını donatmıştı.
"Genç bir Alman Müslüman oldu."
"Dünyaca tanınmış bir Alman bilgini hak dinini kabul ederek sünnet oldu."
"Biçok keşif ve icatları olan Prof. Karl Tinbergen'in sünnet töreni çok parlak oldu."
"İslamiyeti kabul ederek Kâmil adını alan ünlü bilgin Karl'ın sünnet olması Hıristiyan dünyasında panik yarattı."
"Yüzden çok keşif ve icadı bulunan Prof. Karl'ın İslamiyeti kabul ederek sünnet olması, batı dünyasında büyük protestolara neden oldu."
Tabii tam böyle değil ama, gazetelerdeki haber başlıkları aşağı yukarı işte bunlara yakın şeylerdi. Gazetelerdeki resimlerimde, ikisi de sakallı olan kayınpederimle sünnetçinin arasında, yatakta görünüyordum.

Resimlerimin çıktığı gazetelerin kasabaya geldiği günün akşamüzeriydi. Ben sözde sünnetli olarak karyolada yatmaktaydım. Sofada yüksek sesle konuşmalar duydum. Sonra yatak odasının kapısı birden açıldı. Üç polis birden, uçup kaçacak bir kuşu yakalayacaklarmış gibi, üstüme atıldı.

– Kalk!
– Çabuk!
– Giyin!

Bu, hiç de beklenmedik bir felaket değildi. Başıma gelecekleri tahmin etmiştim.

Bileklerime kelepçeleri geçirdiler. Ev halkının sessiz bakışları önünde üç polisin arasında evden çıkarıldım. Birara Asiye ile göz göze geldik, ağlıyor, başına bağladığı oyalı yazmasının ucuyla gözlerini siliyordu.

Yollarda birikmiş kasabalının şaşkın bakışları arasında yoldan geçerken yalnız fısıldaşmaları duyuyordum:

– Casus muymuş?
– Deme!..
– Casus ha?..
– Ben anladıydım...
– Casusmuş...
– Belliydi birader. Elin gâvuru Müslüman olacak başka yer bulamadı da burayı mı seçti? Demek casusluğundan...
– Öyleyse bunun Almanlığı da yalan, casussa mutlak İngilizdir!..

Hiç sorguya çekmeden karakolun bodrumuna attılar.

Ertesi günü komisere,

– Benim suçum ne? diye sorunca komiser suratıma iki tokat atıp,

– Ulan, dedi, bizi de Almanım diye dolandıracak mısın yoksa?

Sesimi çıkaramadım, çıkaramazdım ki...

Acaba bir insanın kendisini Almanım diye tanıtmasının bir cezası var mıydı? Olsa olsa bu suçsa, bunun Alman kanunlarında yeri vardır.

Daha ertesi günü gelen tirenle kasabayı çok ilgilendiren iki şey geldi: Biri benim için Istanbul'dan gelen polisler, biri de dolandırıcılığımı yazan gazeteler...

Gazeteler, dolandırıcılığımı, sünnet olduğum haberinden daha büyük göstermişlerdi:

"Sahte Alman yakalandı!"

"Müslüman olmak için geldiğini söyleyen Alman bilgini bütün bir kasaba halkını dolandırdı!"

"Sabıkalı dolandırıcı Paşazade, sünnet olurken yakalandı."

"Dün sünnet olduğunu bildirdiğimiz ünlü Alman bilgininin bir genç kızı iğfal maksadı ile kendisine Alman süsü veren sabıkalı bir sahtekâr olduğu anlaşıldı."

"Kendisine Alman mucidi süsü veren ünlü sabıkalı Paşazade'yi zabıtamız yakalamaya muvaffak oldu."

Istanbul'dan gelen sivil polisler sorgumu yapmaya başladılar. Onlarla birlikte yedi tane de gazeteci gelmişti. Poz poz resimlerimi çekiyorlardı. Ben başımı objektiflerden gizlemek, kaçırmak istedikçe iki-üç polis birden başımı tutup zorla objektiflere çeviriyorlardı.

İfademde, hiçbişeyi gizlemeden, herşeyi olduğu gibi anlattım. Gizleyecek ne vardı ki... Sorularına yorgunluktan "yaa, yaa" dediğim için, Birinci Dünya Savaşında Almanlarla birlikte savaşmış bikaç yaşlı kasabalının beni nasıl Alman sandıklarını anlatırken polisler de gülmeye başladılar.

Sorgumun yapılmasından sonra,

– Görüyorsunuz, dedim, hiçbir suçum yok. Kimseye bir kötülük yapmadım.

– Ya!.. Hiç suçun yok... Suçun yok da biz seni neden yakaladık? Ne zorumuza taa Istanbul'dan kalkıp buralara gelelim... Ulan sen sabıkalı değil misin? Eşraftan bir adamın hanesine yan gelip "Alman âlimiyim, Müslüman olacağım" diye kendini besletmek suç değil mi? Sünnet olacağım diye zavallı masum bir bakireyi iğfal, suç değil mi?

O geceyi de karakolda geçirdim. Ertesi günü karakolun önüne belki beşbin kişi birikmişti.

Önce kaynatamla yüzleştirdiler. Benden şikâyetçi olup olmadığını soruyorlardı. Ömer Efendi şikâyetçiydi:

– Beni dolandırdı efendim... Tuh, tuu! (Yüzüme tükürüyordu) Allahından bulsun, beni dolandırdı. Benden tam tamına üç bin kayme sızdırdı. Ayriyeten beşyüz pangnot sünnet düğünü mesarifi ettim. Paralarımı bitamam isterim... Ayriyeten, Alamanım diye kandırıp ailemizin şerefiyle oynadığından tazminat da isterim...

Kayınvaldem de davacıydı. Sonra Asiye ile yüzleştirildim. Hâlâ ağlıyordu. Ağzını açıp bişey söylemiyordu.

Komiser sordu:

– Kızım, elbet davacısın, değil mi?

Asiye,

– Değilim... dedi.

– Davacı değil misin?

– Ne etti ki davacı olalım? Bize bişey yapmadı. Onun bi suçu yok...

– Size ben Alamanım demiş...

– O bize Alamanım demedi, biz ona Alamansın dedik...

– Ama annen söyledi, senin bileziklerini yüzüğünü, küpeni almış...

– Almadı, yalan hepsi... Hiçbişey de almadı... Beni de istemedi...

Gözlerimin sulandığını görmemesi için başımı duvara çevirdim.

Benden şikâyetçi, davacı olması için Asiye'yi zorlamaları işe yaramadı.

Asiye çıktı. Ondan sonra benden başka davacı olanlar geldi. Davacıların sonu bitürlü alınamıyordu. Yakalandığımı duyan kasabalı karakola doluyordu. Kimisi yüz lirasını, kimisi bin lirasını dolandırdığımı söylüyordu. Hiç tanımadığım, yüzlerini görmediğim adamlar, kendilerini dolandırdığımı iddia ediyorlardı. Kara sakallı sünnetçi de borç olarak yüz lirasını aldığımı söyledi.

Sonu belli... Dolandırıcılıktan, sahtecilikten mahkûm oldum.

"Sizi hapisanede hiç ziyaret eden kadın olmadı mı?" diye sormuştunuz. Oldu, yalnız Asiye... Vilayet hapisanesindeydim. Bir ziyaret günü gelmişti. Ondan utandığım için Istanbul hapisanesine gönderilmemi istemiştim...

SAHTE MERHAMET TÜCCARI

Paşazade, başından geçen olayları, tarih sırasına göre, baştan sona doğru anlatmıyordu. Herhangibir ilişkiyle anımsadığı yada benim sorarak açtığım bir konu üzerine, serüvenlerinden birini anlatıyordu. Anlattığı bu olayları, ilerde genişletip yazmak üzere, belleğimde nasıl kalmışsa öylece geceleri not ediyordum. Sonradan bu notlarımı karıştırırken, aradan yıllar geçmiş olduğu için, kimilerini anımsayamadım bile.

Cezaevinde geceleri tuttuğum bu notlardan Paşazade'nin yaşam öyküsü diyebileceğimiz serüvenlerini yazarken, başından geçenleri tarih sırasına göre kendiliğimden düzenlemeyi doğru bulmadım. O hangi sırayla anlatmışsa, o sırayı bozmadan yazmayı uygun buldum. Onun tarih bakımından karışık anlattığı olayları, kendimce bir tarih sırasına göre düzene sokarsam, sanki, Paşazade'nin anlatışındaki doğallığı bozacakmışım gibi geldi. Buyüzden Paşazade'nin anlattıklarını yapay ve zorlama bir düzenlemeye sokmadım. Paşazade'nin yaşamında bir deprem olmuş gibi, olayların altüst görünmesi, örneğin, kırk yaşındaki bir serüveninin daha önce, yirmibeş yaşındaki serüveninin daha sonra yazılması bundandır.

İlk günler ona "Paşam" yada "Paşazadem" diyen Dandini Fikret, Paşazade kendisine eşyasını sattırdıkça "Paşa", "Ulan Paşa", hatta "Ulan inek Paşa" demeye başlamıştı. Paşazade, bavulunu da Dandini'ye sattırdıktan sonra, onda artık satılacak çokaz şey kaldığını anlayan Dandini, Paşazade'ye "Moruk!", "Ulan Moruk!" diye sesleniyordu. Son günlerdeyse, Moruk'luğu bile ona çok görmüştü; "İnek!" yada "Kart İnek!" demeye başlamıştı.

Bigün koridorda volta atıyordum. Dandini Fikret, ayağındaki şıpıtıkları, koridorun taşlarında uyumlu sesler çıkarttırarak, sürüte sürüte geldi. Bizim locaya girdi. Paşazade içerdeydi. Konuşmalarını duymak için kapı ağzına yanaşıp durdum.

– Yirmi kâğıttan fazla vermiyorlar ulan Kart İnek... diyordu Dandini.

Paşazade'nin sesini duydum:

– İki gündür bütün koğuşları dolaştırıyorum, anam ağladı... Fazla veren yok. Yirmi papele okutayım mı? Sonradan su koyverme haa, iki tekliği de benim hakkım... dedi.

Paşazade'nin sesini duydum:

– Vazgeçtim satmaktan. Getir paltoyu...

Dandini Fikret söylendi:

– Ulan, sen öyle bir kart ineksin ki, on çuval saman yersin, ikiyüz gram süt verirsin, onu da art ayağınla devirirsin...

Birden locaya girdim. Niçin tam o sırada birden girmiştim locaya? Dandini Fikret alçağının, Paşazade'yi daha da aşağılamasını önlemek istemiştim. Benim yanımda böyle ağır sözler söyleyemezdi. Ama birden girişim, niyetimin tam tersi sonuç vermişti. Paşazade, yıllardanberi cezaevlerinde her parasız kalışında böyle aşağılamalarla karşılaşmış, artık buna da alışmıştı. Ama o, benim yanımda aşağılanmak istemiyordu. Dandini'nin aşağılamalarını duymuş olduğumu anladığı için onuru kırılmıştı.

Yoksa başka bir nedenle mi, birden locaya girivermiştim? Belki Paşazade'ye bilinçaltımda bir kızgınlığım vardı. Yoksa, özellikle bana karşı takındığı o saygın kişilikli davranışlarının da sahtecilik olduğunu yüzlemek mi istiyordum?

Ben locaya girince bozuldu.

– Sonra konuşuruz, sonra... diye, elinin tersiyle de havayı iterek, Dandini'ye çıkmasını işaret etti.

Dandini Fikret hiç oralı olmadı, gidip kapı ağzına dayandı.

Paşazade, sanki daha yeni yemek yemiş gibi – Oysa yemek yemediğini kesin olarak biliyordum – kibrit çöpünü kürdan gibi kullanarak dişlerini temizlerken şöyle dedi:

– Nasıl olsa Karantina Koğuşunda tutmazlar artık beni. Başka bir kısma verirler. İyi bir koğuşa vermeleri için para ister de...

Bu sözünün arkasında, sözcüklerle söylemeden bana anlattığı şuydu: Burdan iyi bir koğuşa gidebilmesi için rüşvet vermesi gerekirdi. Rüşvet verebilmek için de paltosunu sattırmak zorundaydı.

Bu sabıkalı dolandırıcının bende saygınlık uyandıran yanı işte buydu; yaşamının uzun yıllarını cezaevlerinin bu aşağılık ortamında geçirmişken, yine de utanma duygusunu yitirmemişti kişiliğine saygısı vardı. Polislerin, yüzünü elleriyle itip zorlayarak gazete fotografçılarına çevirmelerinden bikaç kez yakınmış olması da, utanma duygusunu, kişiliğine saygısını yitirmemiş olduğunu gösteriyordu.

– Buyrun, birer çay içelim... dedi.

Bu önerisini reddetsem kırılabilirdi. Hele çay parasını ödemeye kalkışsam, büsbütün gücenirdi.

Yatağının biyanına oturdum.

Gitmesini söylediği halde kapı ağzında siftinen Dandini'ye, bir genel müdürün odacısına söylediği biçimde,

– Bize, iki çay söyle! dedi.

Locadan çıkan Dandini'nin arkasından seslendi:

– Sen de bir çay iç benden. Ocakçıya söyle, demli olsun; Paşazade için dersin...

Yine Serkıldoryan paketini uzattı. Kendisi de, herzamanki gibi, gözle kaş arasında, başka bir Serkıldoryan paketinden köylü cıgarası aldı. Köylü cıgarasını ortadan bölüp yarısını pakete koydu. Yarım cıgarayı, kâğıttan yapılmış ağızlığına soktu. Kibritle önce benim cıgaramı, sonra kendisininkini yaktı.

Paşazade'nin elinden düşürmediği iri taneli kehribar tesbihiyle, yine kehribardan kocaman ağızlığı, gelişinden beşon gün sonra elinde görünmez olmuştu. Belli ki, Dandini'ye sattırmıştı. Parmakları tesbih çekmeye alışık olduğu için, tesbih yerine parmaklarını oyalayacak başka bişey bulmuştu. Buna fırfırı diyordu. Cıgara paketlerinde iki cıgara tabakası arasına konulmuş olan o dörtgen kâğıtlardan yapıyordu fırfırıyı. O kâğıdı yarıya kadar bir yanından, öbür yarısını da ters yanından bükerek birbirinin üstüne kıvırırdı. Bundan sonra, bitişik iki küçük silindir olan bu fırfırıyı hiç elinden düşürmezdi. Konuşurken, dinlerken, oturur yada yürürken, nasıl hiç ayırdında bile olmadan tesbihini çekiyorduysa, tıpkı tesbihle olduğu gibi, fırfırı dediği bu kâğıttan oyuncakla oynar durur, oyalanırdı. Fırfırıya can sıkıntısından oyalanma makinesi derdi. Fırfırının bitişik iki silindirini, birbirinin üstüne sonsuza dek kıvrılabildiği için, Con Ahmet'in "devridaim" motoru gibi, bitimsiz döndürülen bir oyuncaktı fırfırı.

Kehribar tesbihinin yerine fırfırı yaptığı gibi, yine sattırdığı ağızlığının yerine de ağızlığın işlevini yapacak kâğıttan ağızlıklar yapıyordu. Boş kaldıkça gazete kâğıtlarından ağızlıklar yapardı. İki-üç cıgara içtikten sonra içi zift bağlayan kâğıt ağızlığı atıyor, başkasını kullanıyordu.

Kâğıt ağızlık kullanmanın sağlığa daha uygun olduğunu söyledi. Çünkü kâğıt, dumanı emiyor, içi zifir bağlayınca da atılıyordu. Oysa onun kâğıttan ağızlık kullanmasının, sağlık kaygısından başka bir nedeni vardı. Cıgaraları, tutumlu olmak için yarımşar içmeye başladığındanberi, cıgarayı dibine dek içmeden söndürmek istemiyordu. Cıgarayı ağızlıksız dibine kadar içmeye kalkınca da, cıgarayı tutan parmakları yanıyordu. Oysa, kâğıttan ağızlıklarla, küçücük izmarit kalıncaya kadar cıgarasını içebiliyordu.

İri aynalı şövalye yüzüğü, kehribar tesbih ve ağızlığın satılmasından az sonra parmağında görünmez olmuştu.

Bigün bana, sabıkalılar için cezaevlerinde yaşantının da, tıpkı askerlik, hekimlik, mühendislik filan gibi bir uğraş, hem de zor bir uğraş olduğunu söylemişti. Bu, hapisanecilikti. Hapisanecilik uğraşı diye, çıldırmadan, bozulmadan, fıttırmadan, uzun yıllar cezaevlerinde yatabilmeyi anlatmak istiyordu. Bunun için de, kendini cezaevinin koşullarına uyarlamak gerekiyordu. "Yoksa, keçileri kaçırırsın..." diyordu. Kehribar tesbihi satmak zorunda mı kaldın? Onun yerine fırfırı yapıp, tesbihin eksikliğini duymayacaksın. Kehribar ağızlığı mı sattın? Yerine kâğıt ağızlık yapacaksın.

Cıgarasının ucunda uzayan külü, küllük olarak kullandığı küçük konserve kutusuna silkeledi.

– Bakalım, beni ne günü burdan başka koğuşa verecekler... dedi.

Cezaevi müdürünün, verdiği sözde durup, benim gibi Paşazade'yi de Karantina Koğuşundan çıkarmayacağını sanıyordum. Ama eski bir hapisaneci olan Paşazade'nin dediği çıktı. O gün akşam, bizim locaya, cezaevine gelen hükümlülerden iki kişi daha verdiler. Rahatımız bozulmuştu. Bütün localar tıklım tıklımken, locada bizim iki kişi kalmamız elbet doğru olmazdı. Biriki gün sonra, dört kişi daha verdiler yanımıza. Böylece bizim locaya da, öbürleri gibi, sekiz kişi yerleşmiş oldu.

Locada konuşamıyorduk eskisi gibi. Başkalarının yanında yaşamını anlatmak istemiyordu. Daha çok koridorda yada bahçede yan yana volta atarken anlatıyordu başından geçenleri.

Paşazade'nin paltosu satılmıştı. Dandini Fikret'in paltoyu kaça sattığını, Paşazade'ye kaça sattığını söylediğini bilmiyorum. Paltonun satılışından bikaç gün sonra da, Paşazade, ayağındaki ayakkabılarını da sattırmış olmalıydı ki, ayakkabılarını ne ayağında, ne ranzasının altında görebildim. O gün locadan çıkmadı. Akşamüstü koridora çıktığında, ayaklarında, Dandini Fikret'in şıpıtıkları vardı.

Daha da kötüsü, elbisesini de sattırmıştı. Üstündeki pijamasıyla kalmıştı. Vişneçürüğü üstüne, kahverengi çubuklu, ipekli pijamaydı. Güzel, oldukça da yeni görünüyordu. Kala kala bitek üstündeki pijamayla kalmıştı. Kıştı. Hava soğuktu. Soğuktan büzülmüş durduğu için, bana son günlerde küçülmüş gibi geliyordu.

Bir sabah erkenden Paşazade'yi locadan aldılar, koğuştan çıkardılar. Gardiyan onu götürürken, ben helaların girişindeki muslukta yüzümü yıkamaktaydım.

Birisinin,

– Ulan Moruk, yatağını yorganını almıyor musun? diye seslendiğini duydum.

Bu soruya, Paşazade'nin yerine Dandini Fikret'in genizden çıkan hımhım, hırıltılı sesi yanıt verdi:

– Ne yatağı yorganı be? Onlar artık bu kart ineğin değil... Bir hafta oldu satalı.

Paşazade'yi uğurlayabilmek için, yüzümü yıkayıp kurulamakta telesiyordum. Ama bu konuşmaları duyunca yerimden kımıldamadım; çünkü, böyle acılı ayrılışı sırasında beni görürse, yine onuru kırılacaktı yada bana öyle geliyordu. Paşazade'yi, Karantina Koğuşunun kapısından çıkarken arkasından gördüm. Üstünde o vişneçürüğü ipekli pijama... Öyle ağır ağır yürüyordu ki, ayağındaki o yalınkat şıpıtıklar taşlarda sürtünme sesi bile çıkarmıyor. Elinde ne bir paket, ne bir çıkın... Büzülmüş, kamburlaşmış...

Paşazade'yi, "Âdembaba Koğuşu" denilen, yoksulların, kimsesizlerin, hapisaneci ağzıyla "yolu kesik" olanların koğuşuna göndermişlerdi. Paşazade öyle yoksul düşmüştü ki, Âdembaba Koğuşundan başka onun barınabileceği cezaevinde başka yer yoktu.

Giderken, onurunu kırmamak için onu görmemiştim. Ama onun da bana görünmeden, bir allasmarladık bile demeden gidişine bayağı kırılmıştım. Sonradan, düşkün durumunu görmemem için beni görmeden gitmiş olabileceğini düşündüm. Çünkü, Paşazade, Karantina Koğuşunun kapısından çıkarken, ellerini ağızlarına koyup şaşılası sesler çıkartarak onunla alay edenler, bağıranlar, yuh çekenler, sövenler, aşağılayanlar, "Kart inek!" diye seslenenler vardı. Belki de benim kendisini bir daha hiç görmeyeceğimi, hiç karşılaşmayacağımızı, cezaevi dışında görsem de çokları gibi onu görmezden geleceğimi, tanımış olsam bile şöyle bir selamlayıp geçeceğimi sanmıştı. Oysa, cezaevi müdürü, bana bütün koğuşları gezip dolaşma özgürlüğü vermişti. Âdembaba Koğuşuna gidip Paşazade'yi görebilirdim. Böyleyken, Paşazade'yi görmeye Âdembaba Koğuşuna gitmedim. Çünkü, başından geçmiş gibi, gerçekmiş gibi anlattığı uydurma olaylarla, yalanlarıyla beni de kandırdığı, bir anlama dolandırıldığım duygusu vardı içimde. Bibakıma, onun bu yalanlarını geceleri yazarak, ben de onun yalanlarına ister istemez katılmış oluyordum. Onun anlattıkları, tümüyle doğru olsaydı bile, ben sonradan anlattıklarını yazarken, onun ağzından çıkanların tıpkısını yazamıyordum ki... Sözcükleri de, tümceleri de ister istemez değiştirerek yazıyordum. Yani, onun anlattıklarını yazıyorum diye, kendi sözlerimi, dolayısıyla da bir oranda kendimi yazmış olmuyor muydum? Herşeyden önce, onun anlattıklarını, onun sözcükleriyle, onun anlatı biçimiyle değil, kendi sözcüklerim ve anlatı biçimimle yazıyordum. Böylece yazdıklarım, onun bana anlattıkları mı oluyordu, yoksa onun bana anlattıkları benim yazdığım biçimde mi anlatılmış oluyordu? Gerçek olan hangisiydi? Bana anlattıkları mı, benim yazdıklarım mı? Yoksa hepsi mi uydurmaydı? Kaç yalan, kaç kez birbirine karışıyordu...

Onun anlattıkları yalan olsa da olmasa da, ben ister istemez, bir yalana katılmış oluyordum. Anlatılan bir olay doğru olmadıktan sonra, ne diye onu ikinci kez yazıyla yalanlaştırarak yalanı katmerleştirecektim? İşte bütün bu duyguların etkisi altında Paşazade'yi görmek için Âdembaba Koğuşuna gitmedim. Günlerimi kitap okumakla geçiriyordum. Cezaevi kitaplığında epiyce kitap vardı. Kitap demirbaş defterine bakılırsa, kitaplardan çoğu kitaplıktan eksilmişti. Bunların aşırılmış olduğu açıktı. Ama aşırılanlar, kitaplıkta kalanlara göre değersiz olanlardı. Değerli kitapları beğenmemiş olacaklardı ki, onları almamışlardı. Kitaplık, kitapların çalınmasını önlemek için olacak, hükümlülere kapalıydı. Bana bir ayrıcalık tanımışlardı. Hükümlüler, kitaplığa sokulamadığına göre, kitaplıktan kitapları kimlerin aşırdığını anlamak zordu.

Paşazade konusunda, o Âdembaba Koğuşuna gittikten sonra bişey dikkatimi çekti. Cezaevindeki sabıkalıların, onu yıllardanberi tanıyanların, yıllardır cezaevlerinde birlikte yaşadığı insanların hepsi de Paşazade'ye düşmandı. Şu eroinci, firengili Dandini Fikret bile, başkalarının anlattığına göre, Paşazade'nin zengin turistler gibi bavullar dolusu eşyayla cezaevine geldiği zamanlar, onun eşyasını satarak çok para kazandığı halde, Paşazade'ye düşmandı. Son olarak da, Paşazade'nin kehribar tesbihini, ağızlığını, saatini, bavulundaki bütün eşyasını, bavulunu, paltosunu, üstündeki elbise ve ayakkabısını sattığına ben tanık olmuştum. Paşazade'nin, insanı şaşırtan eliaçıklığını, kendi karnı açken bile kendisine düşman olan bu insanlara çay ısmarladığını, cıgara verdiğini de görmüştüm. Böyleyken, niçin Paşazade'ye düşmandılar? Çok düşündüm bunu. Sonunda, Paşazade'nin hem kendilerinden olduğunu, hem de olmadığını sezinledikleri, Paşazade'nin hepsine üstün biyanı bulunduğu için, ona karşı gizli bir düşmanlık besledikleri, Paşazade'nin parasal durumu iyiyken düşmanlıklarını açığa vuramadıkları, ama yoksullaşınca gizli düşmanlıkları yüze çıkıp, ondan intikam aldıkları sonucuna vardım.

Paşazade, Karantina Koğuşundan gittikten sonra, onu tanıyanların hepsi de aleyhinde bulunmaya, düşmanlıklarını kusmaya başladılar. Başka koğuştakiler de Paşazade'nin aleyhindeydiler.

Çok daha şaşılası bişey oldu. Paşazade, bulunduğumuz koğuştan gittikten sonra ona duyulan düşmanlık iyice alevlenip arttı, ama bir zaman sonra bu düşmanlık gittikçe söndü. Daha sonra da bir acıma başladı herkeste Paşazade'ye. Bir zaman sonra da, cezaevine gelmeden önceki gibi, Paşazade yine yüceltilmeye başlandı. Olağanüstü serüvenleri anlatılıyordu. Paşazade, gittikçe destanlaştırılmaktaydı.

Onbeş-yirmi gün içindeki bu değişiklik beni çok şaşırttı. Niçin düşman kesildiklerini kendimce yorumlamıştım, ama düşman kesilenlerin kısa zamanda, neden yavaş yavaş Paşazade'yi saygınlaştırdıklarını, destanlaştırdıklarını anlamak zordu. Paşazade çok ezilmişti de, ona acımışlar mıydı? Hiç sanmıyorum. Ezilmişe hiç acımıyorlar, tersine, başkalarının ezilmişliğini görmekten – kendilerini bisüre için olsun ezilmekten kurtulmuş saydıkları için – üstünlük duygusuna kapılıyorlardı.

Paşazade yanlarında, yakınlarında oldukça onu kendilerinden biri olarak görmek istiyorlar, ama Paşazade hepsinden üstün kişiliğiyle onlardan biri olmadığından, birlikte olduğu insanlarda kıskançlık ve çekememezlik, giderek düşmanlık duyguları yaratıyordu.

Paşazade kendilerinden uzaklaşınca da duyguları değişiyordu; tıpkı bir ölünün bu dünyadan uzaklaşıp artık rekabetsiz biyere göçtüğü için saygınlaşması gibi... Paşazade, kendilerinden uzaklaşınca, kendi olmak istedikleri, kendileri için hayal ettikleri yere onu yüceltiyorlardı.

Öyle sanıyorum ki, Paşazade Âdembaba Koğuşuna gittikten sonra ortalarda hiç görünmediği için, zaman ve mesafe olarak onlardan uzaklaşmıştı. Paşazade, cezaevine girmeden önce de aralarında zaman ve mesafe vardı. Zaman ve mesafe girince aralarına, bu uzaklaşmayla bir yabancılaşma başlamıştı; buyüzden de değerlendirme ölçüleri değişmişti. Bütün bu dolandırıcılara, sahtecilere, kalpazanlara, hırsızlara, kendilerini özleştirecekleri yine kendilerinden bir kahraman gerekiyordu. O kahramanı yüceltikçe, onun kişiliğinde özdeşleşerek kendileri de yüceliyorlardı. Bu kahraman da, Paşazade'ydi.

Paşazade'yi yeniden övmeye, yüceltmeye, onu destanlaştıran olaylar anlatmaya başlamışlardı. Bu anlatılanlardan biri çok ilginçti. Beş-altı yıl önce, Paşazade yine cezaevindeyken geçmişti bu olay. Anlatanların ağzından aktarıyorum olayı.

*

Çok yakışıklı, yakışıklıdan da öte, kız güzeli bir delikanlıydı. Yanakları tozpembe, dudakları al, kirpikleri kendiliğinden sürmeli... Yaşı yirmibeş ama, daha da genç görünüyor.

Bu delikanlının daha önceleri, ne zamandanberi ağladığını tutuklular bilmiyorlardı, ama cezaevine adımını attığındanberi durmadan ağlamaktaydı. Ağlamadığı zamanlar da, gözleri buğulu, yüzü ağlamaklıydı.

Nişanlısını kıskançlık yüzünden, tabancayla vurmuş, kurşun kızın yüzünde iz bırakarak güzelliğini bozmuştu. Delikanlı bunun bir kaza olduğunu, yeminler ederek söyleyip duruyordu. Zengin bir ailenin çocuğu olduğu için, zorlu avukatların savunmalarıyla tutuksuz yargılanmış, ama sonunda üç yıl hapse hüküm giyince cezaevine sokulmuştu.

Salt kadınsı güzel değil, belli ki, dayanıksız bir gençti. Dayanıksız, korkak olması, cezaevinin azılı sapıkları için çok daha elverişliydi.

Bu güzel delikanlının gelişi, cezaevine adımını attığındanberi, koğuşlarda konuşulan güncel konu olmuştu.

Karantina Koğuşunda onbeş gününü geçiren delikanlıyı, Paşazade'nin bulunduğu koğuşa vermişlerdi. Daha koğuşa girişinden başlayarak, Paşazade bu gençle çok yakından ilgilenmeye başladı. Bu, aşırı bir ilgiydi. Çocuğu kendi ranzasına aldı; ranzanın üstünde Paşazade, altında çocuk yatıyordu. Herzaman birlikteydiler. Koridorda, bahçede, ağır ağır yürüyerek fısıl fısıl konuşurlardı.

Paşazade için çıkarılan dedikoduyla çalkalanıyordu cezaevi. Bu dedikoduları çıkaranlar, delikanlıyı Paşazade'den soğutmak isteyen sapıklardı. Onu çoktan tanıyan eski hapisaneciler, bu yaştan sonra Paşazade'nin huy değiştirip azdığını söylüyorlardı.

– Ulan o eğri dinli, azsa ne olur, azmasa ne olur be... Helada hiç görmediniz mi moruğu? Küçüksu dökecekken elini sokuyor pantolonundan içeri, karıştırıyor ha karıştırıyor, belki on dakika karıştırdıktan sonra, bin güçlükle aletini bulup çişini ediyor pezevenk... Günün birinde büsbütün kaybedecek de hiç bulamayıp çişini edemeyecek, sidik zorlamasından geberecek...

– Öyle deme oğlum, bu yaştan sonra azmak çok kötüdür, devası bulunmaz çünkü... Böylelerine "mahbupperest" derler ki, bunların kıskançlığı "Arabın aşkı"ndan da beterdir.

– Hak aşığı denilen cinsten...

– Evet. Hak aşığı ne demek? Herifin insan aşkına gücü yetmeyince Hak aşığı olup çıkıyor.

Karantina Koğuşundan, karantina sürelerini doldurmuş tutukluların başka koğuşlara dağıtıldığı bir akşamüstü, Paşazade'nin bulunduğu koğuşa bir delikanlı verdiler. Bu delikanlı, belediye cezasına çarptırılmış bir gezginci satıcıydı. Cezası çok kısaydı. Kendisini savunmasını beceremediğinden hâkim cezasını tecil etmemişti. Köyünden para kazanmak için Istanbul'a gelmiş, hemşerilerinin bulunduğu bir hana yerleşmiş, onların yardımıyla sokak satıcılığına başlamıştı. Kısa cezasının bitmesine onbeş günü kalmıştı. Aptala yakın saf bir köy delikanlısıydı.

Paşazade, bu köylü gençle de ilgilenmeye başladı. Onunla ilgilenmeye başladıktan sonra da, öteki delikanlıyla ilgisini büsbütün kesti. Köylü delikanlıyı bütün işlerinde kullanıyordu. Delikanlı, Paşazade'nin yatağını yapıyor, çamaşırını yıkıyor, yemeğini getiriyor, çayını, kahvesini eksik etmiyordu. Paşazade de onu kolluyor, başkalarıyla konuşmasına bile zaman bırakmıyordu.

Bu aptala yakın saf köy delikanlısı, koğuşa gelişinin haftasında hastalandı. O zaman Paşazade, delikanlıya ilgisini daha da artırdı. Cezaevi revirinde iyi bakmazlar diye, delikanlıyı viziteye bile yazdırmadı.

Karlar erimiş. Cezaevinin orta bahçesinde eriyen karlar, yıvış yıvış kahverengi çamur olmuş. Bahçede kimseler yok. Aradabir, kapıaltından kısımlara gidip gelenler oluyor.

Rutubetten yoğunlaşmış hava, kadınlar bölümündeki tutukluların aradabir yükselen dişi çığlıklarını, koğuşların demir parmaklıklı pencerelerinden içeri iletiyor.

Cezaevinde sabah uykusu yeni yeni çözülüyor. Maltızlar, teneke mangallar yakılıyor, sular kaynatılıyor, çaylar demleniyor.

Cezaevi meydancısının, camları zangırdatan, ortalığı çınlatan sesi duyuluyor:

– Listeeee! Tahliyeciler, tahliyeciler, tahliyecileeeer!

Kapıaltı merdiveninin üst basamağındaki meydancı, elindeki listeden tahliye edileceklerin adlarını okuyordu. Tahliye edilecek onbeş-yirmi kadar tutuklunun adı okundu.

Daha geceden yataklarını, eşyalarını denk yapmış bekleşen tahliyeciler, sırtlarında denkleri, ellerinde bohçaları, paketleri, çantaları, bahçeden geçip kapıaltına yöneldiler. Paralılar, denklerini başkalarına taşıtıyorlardı. Âdembabalar sıralanmışlar, tahliyecilerden bahşiş koparıyorlardı.

Tahliyeciler uğurlandıktan sonra, böyle zamanlarda hep olduğu gibi, duyulan küskün sessizliğin ağırlığı geride kalanların üstüne çöktü.

Geçip giden günde hiçbir olağanüstülük yoktu. Yine o amansız kış akşamı, cezaevine erkenden abanmıştı. Hükümlüler koğuşlarına çekilmişlerdi. Gardiyanlar sayım için koğuşlara geliyorlardı.

Nöbetçi gardiyanla birlikte başgardiyan da Paşazade'nin olduğu koğuşa girdi. Başgardiyanın sayımlara geldiği pek olmazdı. O akşam niçin gelmişti başgardiyan?

Koğuşta sıra olmuş hükümlüler sayıldı. Bir kişi eksik çıktı. İki kez daha sayıldı. Yine bir kişi eksikti. Bu kez başgardiyan, elindeki defterden adları teker teker okuyarak yoklama yaptı. Eksik olan anlaşılmıştı: Nişanlısını yaralayıp üç yıl hapse hükümlü genç... Nereye gitmiş olabilir? Heryan aranmaya başlandı. Helalar da aranıyordu. Koğuş meydancısıyla iki hükümlü, yumruklayarak, tekmeleyerek hela kapılarını ardına kadar açtılar. Helalardan birinin kapısı açılmıyordu, içerden mandallıydı.

Kapıyı yumruklayıp,

– Kim var içerde? diye bağırdılar.

Bir iniltiden başka ses gelmedi içerden.

– Çık ulan dışarı!

İçerde inleyen adamın sesi duyuldu:

– Sürgünüm var ağam, içim gidiyor... Çıkamam...

– Çık ulan, başgardiyan çağırıyor...

Kapısı kırılarak heladan çıkarılan, o yakışıklı delikanlı değil, aptala yakın saf olan köylü delikanlıydı. Onun da bugün, daha sabahtan tahliye edilmiş olması gerekirdi.

Saf köylü delikanlı, uçkurunu toplamaya çalışarak koğuşa girdi. Hükümlüler gülüşüyorlardı.

Başgardiyan,

– Nerdeydin ulan? diye bağırınca, köylü delikanlı, belki korkudan, belki de gerçekten hasta olduğundan,

– Amanın... diye inleyerek yeniden pantolonuna davranıp helaya seğirtmek için döndüyse de, kolundan tuttular.

– Nerdeydin oğlum, söylesene!

Yumrukları karnında ikibüklüm kıvranan delikanlı,

– Sürgünüm var başefendi, sürgünüm var, içim gidiyor... dedi.

Nöbetçi gardiyan,

– Sen bugün neden tahliye edilmedin? Senin tahliye günündü... dedi.

Delikanlı, kıvranmaktan cevap veremiyordu. Gözü, kaçıp helaya gitmekteydi.

Başgardiyan,

– Niye tahliye olmadın? diye bir daha sordu.

Delikanlı,

– Ayakyolundan çıkamadım ki başefendi, hep ayakyolundaydım... Tahliyeden, mahliyeden hiç haberim yok...

Bütün gün delikanlıyı kimse görmemişti ortalarda. Demek, bütün günü helada geçirmişti. Tahliyecilerin adları okunduğu sırada da, helada olduğundan, kendi adını duymamış olacaktı. Demek, hangi gün tahliye olunacağını da önceden bilmiyordu. Saftan öte, aptalın biri... İyi ama, listede adları okunanların hepsi tahliye edilmişti o gün. Ya o yakışıklı delikanlıya ne olmuştu? Giz, kolaylıkla çözüldü. O üç yıl hapse hükümlü delikanlı, tahliyecilerin arasına girmiş, köylü delikanlının yerine, sanki oymuş gibi tahliye edilmişti. Nasıl tanımamışlardı? Köylü delikanlının cezası az olduğundan, dikkat etmemiş olacaklardı. Sonra ikisi de cezaevine daha yeni girmişlerdi, tanınmıyorlardı.

Kısa bir soruşturmadan sonra, köylü delikanlının, öbürünün kaçmasında bir suçu ve sorumu olmadığı anlaşıldı ve ertesi günü, oldukça zorlukla tahliye edildi. Çünkü, ishali geçmemişti, heladan çıkarmak zor olmuştu. Cezaevi kapısından çıkacakken bikaç kez geri dönüp kendini helaya atmıştı. Ona kalsa, heladan hiç çıkmayacaktı. En sonunda, eli pantolon kemerinde, kıvranıp duran delikanlı, arkasından itile kakıla, candarmaların da çabaları ve yardımlarıyla cezaevinden kapı dışarı edilebildi.

Cezaevlerinde hiçbişey gizli kalamayacağı için, bir zaman sonra gerçek anlaşıldı ve işin içyüzü dilden dile fısıldandı. Kısa hapis cezası olan köylünün yerine, üç yıllık hapis cezası olan delikanlının tahliyesi için düzen kuran Paşazade'ydi. Bir azılı cinsel sapığın saldırısından yakışıklı genci kurtarabilmek için böyle bir düzen kurmuştu. Köylü gence, para karşılığında, hasta olduğunu söyletmişti. Sonra da, bu gence, ilaç diye boyuna ingiliztuzuyla hintyağı içirtmişti. Öyle ki, zavallı delikanlı gerçekten de heladan çıkamaz olmuştu son günü. Cezaevine meteliksiz girmiş olan köylü delikanlının, itile kakıla tahliye olunduğu gün, yoluna dizilmiş olan ve kendisine her "Yolun açık olsun arkadaşım..." diyen Âdembabaya, bir eli pantolonunda, öbür eliyle para dağıtışı herkesi şaşırtmıştı. Paşazade'nin hasta olduğunu söyleyen köylü delikanlıyı niçin hintyağı ve ingiliztuzuyla tedavi etmeye kalkıştığı böylece anlaşılmıştı.

Paşazade tahliye olunduktan sonra bütün bunları açıklayan, cezaevi revirinde çalışan bir hükümlü olmuştu. Çünkü, revirden aşırıp büyük parayla Paşazade'ye ingiliztuzuyla hintyağını satan kendisiydi. Köylü delikanlının hiç de göründüğü kadar enayi olmadığı da anlaşılmıştı. Her ingiliztuzu, hintyağı içişine karşılık, çekişe çekişe pazarlık ederek Paşazade'den para aldığı söyleniyordu. Köylü delikanlının yerine tahliyeciler arasına sızıp cezaevinden sıvışan o güzel delikanlının da sonradan savcılığa teslim olup başka bir cezaevine gönderildiği duyuldu.

*

Beni de, Karantina Koğuşundan alıp başka bir koğuşa vermişlerdi.

Bir zaman sonra, Paşazade'ye alışmış olduğumu, hatta onu özlemiş bile olduğumu anladım. Cezaevinde, onun yerine koyabileceğim başka birisi olsa, belki de onu hiç aramazdım. Ama konuşup söyleşebileceğim, anlattıklarını – hatta yalan bile olsa – dinleyebileceğim tek insan oydu. Âdembaba Koğuşunda ne yaptığını, nasıl yaşadığını merak ediyordum. Üstündeki ipekli pijamasından başka satabileceği hiçbişeyi kalmamıştı. Onu da satarsa çırılçıplak kalacaktı. Bahçede de hiç görünmüyordu. Demek, koğuştan çıktığı yoktu.

O güne dek Âdembaba Koğuşuna hiç gitmemiştim.

Âdembaba Koğuşu, kısmın ikinci katındaydı. Ben dış kapıdan girerken, merdivenden inen Dandini Fikret'in hımhım sesini duydum; yine o tekerleme biçimine soktuğu sözlerle çığırtkanlık ediyordu:

– Hırsız kardeşlerim! Kapkaççı arkadaşlarım! Gecekuşu yoldaşlarım! Babacımcı oğlanlarım! Dızdızcı omuzdaşlarım! Yolbağcı aslanlarım! Papelci yiğitlerim! Sövüşçü tosunlarım! Gözünü budaktan sakınmaz varilcilerim, kasa hırsızlarım! Dolandırıcılar, sahteciler, otel fareleri, kamyon fareleri, kalpazanlar, zarfçılar, tırnakçılar, üçkâğıtçılar, kaldırımcılar! Hırsız uğursuz takımı, heeey! Duyduk duymadık demeyin sonra... Dandini Fikret geldi gidiyor. Haniya var mı böyle bir gocuk isteyen? Gocuğa bakın kardeşlerim, gocuğa... Bu gocuğun yanında kalorifer bok yemiş. Haniya, var mı böyle bir pijama isteyen? Şu pijamaya bakın kardeşler! Damatlık pijamadır bu, halis Bursa ipeğinden... Yumuşacıktır ve de kızoğlankız baldırı gibi parlak ve de kaygandır. Bu pijamayı giyince gelin de istemez kardeşlerim... Bu pijamayı giyen, gelin olmadan kendi kendine gerdeğe girecek... Şu pijamaya bak bir, karıya yumulup yatmak kaç para... Bu ipekli pijamayı giyip kendine sarılmalısın kış gecesi, keyfini getirmelisin kardeşler! Haniya, var mı böyle bir pijamayı giymek isteyen... Sonra aman duymadık demeyin, iş işten geçmiş olur kardeşler. Dandini Fikret geldi gidiyor...

Dandini Fikret yanımdan geçerken, sağ kolundan sarkan vişneçürüğü üzerine kahverengi çubuklu pijamayı tanımıştım. Zavallı Paşazade'nin pijaması...

Konuşmam gerekmezdi ama, nedense söylemiş olmak için,

– Dandini, Paşazade koğuşta mı? diye sordum.

Çatallı boğuk sesiyle yılışarak,

– Başka nerde olabilirmiş! Pijamayı da soyundu, şimdi tam Âdembaba oldu kart inek... Anadan doğma yatağında titriyor zağar iti gibi...

Âdembaba Koğuşuna girdim. Havası pis, kokusu pis, rengi pis, biçimi pis, mide bulandırıcı, bütün görünümüyle iğrenç pislikte biyer. Koğuş soğuktu. Koğuştakilerin üstlerinde giysi diye en göze batan şey, çuval yada çuvala benzer şeylerdi.

Paşazade, koğuşun sol dibindeki ranzanın alt yatağındaydı. Sırtına, kullanım süresini beş-altı kez doldurmuş, eski, yırtık pırtık, kirli bir battaniye almıştı, sarınmıştı battaniyeye. Kuru ot dolu şilte üzerinde bağdaş kurmuş, ikibüklüm duruyordu. Başını eğmiş, kitap okuyordu. Gözlüğünü takmış olması beni şaşırttı. Çünkü gözlüğü, satmadığı ve sahibi olduğu tek malı olarak kendine kalmıştı. Sarındığı battaniyenin arasından, kirden rengi bellisizleşmiş fanelayla, donun dizkapağı bölümü görünüyordu. İpekli pijamasını da çıkarınca, sanki o pijamayla birlikte bütün saygınlığı da üstünden akıp gitmişti. Sanki karşımda başka bir insan varmış gibiydi.

Selam verdim. Başını kaldırdı. Gözlük camlarının üstünden baktı. Beni görünce, ilkin ne yapacağını, ne söyleyeceğini şaşırdı. Sanki, utanılası bir durumda suçüstü yakalanmış gibiydi.

– Merhaba efendim... dedi.

Bir "efendim" sözcüğüyle yeniden saygınlık kazanmasını bildi. O "efendim" sözcüğü, sanki onun bu Âdembaba Koğuşuna yanlışlıkla düştüğü izlenimini veriyordu.

Doğrulmak istedi. Ama sırtındaki battaniye kayarsa kirli fanela ve donun yırtıklarından çıplak teni görüneceği için, kıpırdanmakla yetindi.

– Buyrun... diye yer gösterdi yatağının üstünde, oturmam için.

Yatağı çarşafsızdı. Oturunca, şilteye doldurulmuş kuru otun varlığını elimle duydum.

Gözlüğünü çıkardı. Kitabı da biyana koydu.

– Nasılsınız? dedim.

Bu sabıkalı dolandırıcı, işte bu en düşkün konumuyla bile, sanki bana "Nasılsın?" demek senli-benliliğine izin vermiyordu.

Sorum üzerine, o herzamanki ağlamak mı gülmek mi olduğu kestirilemeyen çizgiler yüzünü kırıştırdı. Sanki, nasıl olduğunu bütün ayrıntılarıyla anlatmak istercesine,

– Görüyorsunuz işte! dedi.

Söz olsun diye,

– Ne okuyordunuz? diye sordum.

– Başı, sonu kopmuş çok kötü bir roman... Ortasından da yaprakları kopmuş ya... Dördüncü kez okuyorum.

– Dördüncü kez mi?

– Şimdilik dördüncü kez... Kimbilir daha kaç kez okuyacağım bu rezil romanı... Okudukça, romanın başından, sonundan, ortasından kopuk sayfalarda neler yazılı olduğunu, yani yazılı olması gerektiğini düşünüyorum. Her okuyuşumda, biraz daha içine giriyorum anlatılanların, sanki kopuk sayfaları da okuyormuşum yada okumuşum gibi oluyorum. Daha bikaç kez okursam, kitapta bulunmayan sayfaları yazabilirim, aşağı yukarı yazarının yazdığı gibi... İyi bir eğlence değil mi?

Kendini eğlendirebilmek, avunacak bişey bulmak da iyi bir hapisaneciliğin gereklerindenmiş.

– Bu yine bişey değil, hiç olmazsa bu roman parçası kırk-elli sayfa var... diye anlatmaya başladı.

Yıllar önce, bir polis karakolunun nezarethanesine atmışlar. O zamanki yasalara göre sanığı istedikleri sürece gözetim altında kapalı tutabilirlermiş. Günlerce kalmış orda. O yer, karakolun bodrumundaymış. Pencere sayılan avuç kadarlık bir delikten girip yapının içinden dolana dolana gelen ışık orasını iyice aydınlatamıyormuş. Bakkaldan zeytin aldırtmış. Zeytinin sarılı olduğu gazete parçası orda onun en büyük avuntusu olmuş. O gazete parçasıyla orda günlerini keçileri kaçırmadan geçirmeyi başarabilmiş. Gazete parçasında, bir roman tefrikası varmış. O tefrika parçasını günde onbeş-yirmi kez okur, romanın başının nasıl olduğunu, sonunun da nasıl olması gerektiğini düşünürmüş. Bu günlerce böyle sürmüş. Sonunda, hiç ayrımsamadan o tefrika parçasını ezberlemiş olduğunu görmüş.

Aradan yıllar geçti, hâlâ o tefrika parçası bugün de ezberimdedir... dedi ve koskoca adam, öğretmeninin verdiği bir ezber ödevini okuyan küçük bir öğrenci gibi, çabuk çabuk okumaya başladı. Roman parçasını ezbere okurken içime fenalık geldi, bayılacak gibi olmuştum. Sanki, anlattığı o bodrumda ben vardım ve roman parçasını gazeteden ben okuyordum. Bir kitap sayfasından daha çoğunu ezbere okumuştu ki, bitmeyince,

– Yeter, fena oluyorum... dedim.

Paşazade'nin ezbere okuduğu roman bölümünü buraya aktarmak isterdim ama olanaksız. Okuduğu o parçadan belleğimde kalan iki şeydir. Biri, "....sine kadar beklemeye tahammülüm yoktu." diye o parçanın başladığıydı. Bunu unutamıyorum ben de. Gazete öyle biyerden koparılmış ki, roman tefrikası "....sine" diye başlıyormuş, Paşazade de öylece ezberlemiş. Bu "sine", olsa olsa "gelmesine", "sevmesine" filan gibi bir sözcüğün sonuydu. O roman parçasından belleğimde kalan ikinci şey de, Paşazade'nin ezbere okuduğu parçanın, açıksaçık bir aşk ihaneti sahnesi oluşuydu.

Bunca zaman nasıl olup da o roman parçasını unutmamış olduğuna şaştığımı söyledim. Ne olağanüstü bir bellek!

Paşazade tam tersine çok unutkan olduğunu, ama haftalar boyu, bir küçük roman parçası günde onbeş-yirmi kez tekrarlanırsa, zorunlu olarak belleğe yerleşeceğini söyledi.

Ortasından gelişigüzel biyerinden koparılmış bir roman parçasını günlerce okuyarak, o romanın başını ve sonunu tasarlayarak, düşünerek, yüzlerce olasılıklar bulup romanı yeniden kurmaya çalışmak bana çok olağanüstü bir çaba göründü.

Arayıp sormadığım, yanına gitmediğim günlerde onu niçin bu denli özlemiş olduğumu o zaman anladım; bu konuşmasıyla da belliydi ki, Paşazade, cezaevlerinde bulunamayacak, rastlanmayacak kişilikte bir adamdı. Yalnız cezaevlerinde değil, yüksek düzeyde insanlar arasında bile onun gibisini bulmak kolay değildi.

– Siz nasılsınız, neler yapıyorsunuz? diye sordu.

Ben de kitap okuduğumu söyledim. Yeni verildiğim koğuş kalabalık ve gürültülü olduğundan, cezaevinin kitaplığında okuduğumu söyledim. Kitaplıktan biçok kitabın çalındığını, ama değerli kitapların kaldığını anlattım.

– Niçin beğenmediğiniz, başı sonu olmayan bir romanı tekrar tekrar okuyacaksınız? Ben size isterseniz kitaplıktan okumanız için kitap getireyim.

O gülme mi, ağlama mı olduğu bellisiz acılı çizgiler yine yüzünde tortulandı.

– Niçin güldünüz? diye sordum.

– Gülmedim, dedi, ben ordaki kitapların hepsini okudum da... Hem de kimisini iki kez... Kolay değil, bu cezaevine çok girip çıktım, yıllarımı geçirdim burda...

– Öyleyse, ben size evden kitap getirteyim, dedim, nasıl kitaplar istersiniz?

Bu soruyu sorduktan sonra, onun yanıtını beklemeden, şu uygunsuz sözümle pot kırdım:

– Dostoyevski'nin romanlarından ister misiniz? "Suç ve Ceza"yı yada "Ölüler Evinden Anılar"ı?

Söylerken, bu iki romanın Paşazade'nin kişiliğiyle olan ilişkisini hiç düşünememiştim, belki de bir bilinçaltı duyguyla birden bu iki eseri söyleyivermiştim.

Görünmez bir maske gibi yine o acılı çizgilerle yüzü değişti.

– Teşekkür ederim, dedi, ama okudum ikisini de... Olsun, yine getirsinler söyleyin de... Daha başka romanlar da rica ederim.

Paşazade öyle bir davranışta bulundu ki, onun izi bende yaşamım boyunca sürecek. Elini, kuru ot dolu şiltenin altına attı. Ordan Serkıldoryan paketini çıkardı. Paket, yatağın da baskısıyla iyice ezilmiş, orda dura dura zamanla da çok yıpranmıştı; öyle ki, Paşazade kapağını bile zor açtı.

Paketi uzattı.

Gözlerim buğulandı. Bisüre konuşamadım.

Parmaklarımla paketin içinde cıgara arandım. Bir cıgara buldum. Belki de başka cıgara kalmamıştı pakette. Aldığım cıgara yassılmıştı, tütünü de epiy dökülüp boşalmıştı.

Belki bu olay, başkaları için bu denli etkili değildir. Ama cezaevinin insanı aşırı duyarlı yapan, hatta her bakımdan güçsüzleştiren başka bir havası vardır; ben işte o hava içinde olduğumdan belki, çok duygulandım ve üzüldüm.

Yine yarım cıgara koydu kâğıttan ağızlığına. O yarım cıgarayı, hangi paketten aldığının ayırdına varamadım. Cıgaralarımızı yakmak için kibrit arandı. Öyle bir arandı ki, kibriti olmadığını ▾

bile bile arandığı, benim çakmağımı çıkarmamı beklediği belli oluyordu. Çakmağımla cıgaralarımızı yaktım.

Doğal bir konuşma ortamı yaratmak için, az önceki kitap konusuna döndüm. Romanlardan konuştum. Çok iyi ansıyorum, bana,

– Romanda anlatılanlar gerçek mi, yani gerçekten olmuş, gerçekten yaşanmış olaylar mı? diye sormuştu.

Bu soruyu sorarken, bana anlattığı serüvenlerinin gerçek olmadığından kuşkulandığımı sezinlemiş gibiydi.

– Gerçek olanları da vardır, olmayanları da...

Örneğin, az önce kendisi için getirteceğimi söylediğim iki kitaptan "Ölüler Evinden Anılar" bir gerçek yaşamı ve gerçek izlenimleri yansıtıyor, "Suç ve Ceza" ise, gerçekten yaşanmış bir yaşamı anlatmıyordu.

Paşazade,

– Biz romanı okurken, romanda anlatılanların gerçek olup olmadığını, gerçekten yaşanmış mı değil mi, hiç düşünmeyiz... dedi.

– Evet...

– Yani yalan da olsa yazılanlar önemli değil. Uydurma, yalan olduklarını bile bile niçin okuruz romanları? Üstelik, anlatılanların gerçekten olmadığını, yaşanılmadığını biliriz de, yine de o uydurmalardan etkileniriz, duygulanırız, üzülür, ağlar yada seviniriz. Nasıl oluyor bu?

Bu sorunun altında gizli olan, neden onun anlattıklarına inanmadığım sorusuydu. Demek, anlattıklarının doğruluğundan kuşkulandığımı biliyordu.

– Bilmem, dedim.

– Siz daha iyi bilirsiniz, dedi, önemli olan, anlatılanın gerçekten yaşanmış olup olmaması değil, bizi inandırmasıdır. Bundan da önemlisi, anlatılan ister gerçekten yaşanmış olsun, ister olmasın, bize bir gerçeği, hayatın bir gerçek yanını anlatmış, göstermiş olmasıdır.

Bu konuda konuşmalarımızı sözcük sözcük yazmak isterdim. Ne yazık ki, hepsini, ayrıntılarıyla anımsayamıyorum.

Paşazade'yle o güne dek olan konuşmalarımızın en ciddisi bu olmuştu. Hem de ben, yaşamının büyük bölümü cezaevlerinde geçen bu sabıkalı dolandırıcının, nasıl olup da bu kadar bilgili, hatta kültürlü oluşunun gizini, o günkü konuşmasından anlamıştım. Paşazade, sahte hâkimlik, sahte hekimlik, sahte öğretmenlik, sahte subaylıklar yapmış, yani aydın bir kişi olarak pekçok görevlerde bulunmuştu. Elbette bilgili olacaktı. Ama ben, onun kadar kültürü olmayan çok öğretmen, çok subay, çok hekim görmüştüm. Demek, bu özgün görüşleri, salt sahteci olarak yaptığı işlerden gelmiyordu. Çok, pekçok kitap okumuştu. Çok roman okumuştu. Sanırım, kültürünün kaynağı bunlardı. Paşazade, cezaevi dışında insana ilginç gelmeyebilirdi. Ama cezaevinde, cezaevinin ortamıyla çelişik bir kişiliği olduğundan bana ilginç ve çekici geliyordu.

Birara şöyle dedi:

– Son yıllardaki bikaç suçuma kadar, hiçbir zaman, hiçkimseyi, bilerek, isteyerek dolandırmak istemedim. Böyleyken, hiç istemeden, elimde bile olmadan başkalarını dolandırmış oluyordum. Şaşmakta haklısınız buna... Doğru, şaşılacak şey, hep ters rastlantıların benim başıma gelmesi... Bunun ne demek olduğunu, başına gelmeyenler bilemez. Dikkat ediniz, tesadüfler hep durumu iyi olanlardan yanadır. İşte böyleleri "insan, kendi hayatını kendi yapar" derler. Büsbütün de haksız değillerdir. Çünkü, hayatını kendileri yapanlar da vardır. Ama başarmış olanlar böyle söylüyorlar. Toplumda kendi hayatlarını kendileri yaparak başarmış olanlar kaçta kaçtır? Başarmış olanlar sivriliyor. Toplumda da onların sözleri geçiyor, geçerli oluyor. Şimdi ben çıksam da, "toplum ne kadar düzensizse, insanlara da o kadar rastlantılar hâkimdir, insanlar rastlantıların elinde oyuncak olur" desem, bana kim inanır? Diyorum da size, inanıyor musunuz? Şu başıma gelenleri, şu yaşamı, ben kendim mi yaptım, kendim mi istedim? Ben hep bu başıma gelenlerin tersini istemiş ve yapmaya çalışmıştım. Hadi, arkadaşlarıma bir şaka yapayım diye, işlediğim bir yanlış yüzünden okuldan kovulmuştum. Ama ya sahte subaylık? Ya kadın avcılığı? Ben mi istedim böyle olmayı? Böyle olmak için ne yaptım? Sahte Müslümanlığı yada sahte şeyhliği tasarlayamazdım bile... Bütün yol ağızları, bütün kapılar kapatılmışsa, yalnızca o kötülüğe giden tek yol açık bırakılmışsa ve insan o tek yola zorla itilmişse, o tek yoldan gitmemek için, yardım istediğiniz, ellerine sarıldığınız insanlar da sizi ayaktopu yerine koyup tekmeleyerek ille de o yola itiyorlarsa... Yani, büsbütün çaresiz kalmışsanız, başka ne yapabilirsiniz? Ne yapabiliriz? Ne yapabilirim?

Bütün konuşmalarında Tek Yol, onun haklılığına uydurduğu bir gerekçeydi; hatta sahteciliğinin gerekçesiydi.

– Siz, kendinize bir gerekçe uyduruyorsunuz... dedim.

Âdembaba Koğuşundakiler o denli çok gürültü ediyorlardı ki, dediğimi anlamadı.

– Efendim? diye sordu.

– Gerekçe uyduruyorsunuz, gerekçe... diye bağırdım.

– Baştanberi inanmadığınızı biliyordum... dedi.

– Hiç de değil... Neden inanmayayım, anlattıklarınıza inanıyorum... diye yalan söyledim.

– Nezaket gösteriyorsunuz, dedi, inanmadığınızı bakışlarınızdan anlıyordum. Ama size, bir insanın nasıl o tek yola zorlanarak itildiğini burda tıpkı bir laboratuvardaymışız gibi bir deneme yaparak göstereceğim.

Paşazade, cezaevindeki hükümlülerin, benim de yakından bildiğim yaşayışlarını şöyle anlatıyordu. Cezaevine giren bir insanın, çoluğu çocuğu aç ve bakımsız kalıyordu. Hadi hapsedilen suçlu, cezaevinde cezasını çekiyor. Ama evinde kalan çocuklarının suçu ne? Niçin onlar aç ve bakımsız kalsın? Var mı geride kalan çocuklara, kadına, yaşlıya bakacak olan? Bu, tek yol değildi de neydi? Bir işi de olmayan eş için yalnız tek yol açık bırakılmıştı: kendini satıp çocuklarına bakabilmek... Evin kızı için de, yalnız tek yol açıktı: Orospu olmak... Küçük çocuklar için açık olan tek yol, hırsızlıktı. Yaşlı anne için de tek yol açık bırakılmıştı: Dilencilik...

Kendisine, geride bıraktığı ailesi olmadığını söyledim.

Cezaevine girenin yaşayışını anlattı. Yalnızca günde bir kuru tayın "ekmek" veriliyordu. Cezaevinden çıkınca da, verilen tayınların toplamının parası istenirdi. Paşazade, "Ben hiçbir zaman bu tayın paralarını ödemedim," dedi. Cezaevinde bir de muslukların aktığı zamanlar su parasızdı. Ama bir insan cezaevinde yıllarca yalnız aradabir musluktan akan su, pis hava ve kuru tayınla yaşayamazdı. O zaman, iyileşsin, düzelsin diye, cezaevine konulmuş olan insanın bile önünde yalnızca bitek yol açık bırakılıyordu: eroin satıcılığı, iç dolandırıcılık, kumar gibi şeyler...

O tek yola girmemesi için Paşazade direndi, kuru ekmek yedi ve su içti yalnız... (Kendisi aynen böyle söylemişti.) ve diyelim Paşazade, otuz şunca yıldanberi içmekte olduğu cıgarayı da parasızlık yüzünden bıraktı. Ama berber parayla, hamam parayla... Bunlardan da vazgeçtik, Paşazade ülserdi. Perhiz yemekleri yemesi gerekirdi. İlaç gerekirdi.

– Hapisanecilik dedik, değil mi? Evet bir meslektir hapisanecilik. Her mesleğin de kendine göre bir hastalığı vardır. Hapisaneciliğin hastalığı nedir? Ülser... Hapisaneci olsun da, ülser olmasın, olamaz. Çünkü, hapisanecilikte, kızgınlığını dışa vurmak yok, duygularını belli etmek yok... E kendini tuta tuta, içine ata ata ne olur, sinir bozulur... Sinirler bozulunca da ülser başlar. Hapisaneciliğin baş hastalığıdır ülser... – bisüre sustuktan sonra– Görüyorsunuz ya, herşey ortada, önümdeki bütün yolları kapayıp yalnız o tek yolu açık bırakıyorlar. Beni zorla sahteciliğe itiyorlar. Başka çarem yok... Size de burda, sanki bir cambazlık gösterisi yapıyormuşum gibi, para kazanılacağını, hatta zengin bile olunabileceğini göstereceğim.

Paşazade övünüyordu, atıyordu. Burda ne sahtecilik yapabilir, ne de para kazanabilirdi. Bütün bunları yapabilseydi, Âdembaba Koğuşuna düşmeden önce yapardı. Öyle sanıyorum ki, Âdembaba Koğuşundaki eziklığine karşı bir kişilik savunması olarak övünüyordu. Demek istiyordu ki, istese sahtecilik yapıp dolandırıcılıkla para kazanabilirdi. Ama o, bunu istememişti. Oysa şimdi, onu dolandırıcılık yapmaya zorluyorlardı.

İnanmadığımı söylemedim. Ama o anlamış gibi,

– Göreceksiniz! dedi.

Elimde olmadan alaylı bir biçimde,

– Görelim bakalım... dedim.

– Hem de, dedi, bir gözbağcının yaptığı şaşırtıcı gösteriyi, sonradan seyircisine açıklaması gibi, ben de size yaptığım işin gizini sonradan açıklayacağım. Bir gözbağcının bir numarası bize sanki bir mucizeymiş gibi gelir. Ama o mucize sanılan numaranın gizi anlaşılınca, ne kadar basit olduğu ortaya çıkar. Dolandırıcılık da böyledir işte...

Bu gereksiz övünmeleriyle Paşazade yine gözümden düşmüştü. Konuşmak bile içimden gelmedi. O da konuşmadı. Epiy süren sıkıcı bir suskunluktan sonra, ayrıldım yanından. Konuğa saygı göstermek için kalkar gibi yaptı, ama kalkmadı. Kalksa, o kirli ve yırtık iç çamaşırıyla kalacaktı.

Bu konuşmamızdan sonra uzun zaman gitmedim yanına. Onun için istemiş olduğum kitapları, bir ziyaretçim getirmişti. Kitapları kendisine vermek için bile yanına gitmek içimden gelmedi.

Havanın iyice olduğu bigün Dandini Fikret, bahçede yine satış çığırtkanlığı yapıyordu:

– Hırsız uğursuz kardeşlerim! Kapkaççı arkadaşlarım! Gecekuşu yoldaşlarım!.. Dandini Fikret geldi, gidiyor... Duyduk duymadık demeyin sonra. Haniya, var mı böyle bir uzun paçalı don isteyen. Romatizmaya, siyatiğe, diz ağrısına birebirdir bu don... Hem de daha yeni yıkanmıştır kardeşler. Haniya, var mı böyle bir gözlük isteyen... Bu gözlüğü takanın, devlet dairesindeki müdürden hiç farkı kalmaz. Gözlük dedikse, yalnız gösteriş için takılacak sanma! Gözün görmediği mikrobu, deve kadar gösterir bu gözlük... Bu gözlüğün yanında mikroskop kaç para eder... Kardeşler! "Girmedi tarz-ı hayatım biçime/Sıçayım böyle hayatın içine!" demek istemiyorsan, ille böyle bir gözlük takacaksın. Çünkü, bu gözlük bu bombok dünyayı bile cennet gibi gösteriyor. İstersen burnunun ucundaki mikrobu seyret, istersen gökyüzündeki yıldızları... Teleskop neye yarar böyle bir gözlüğün yanında... Gözüne tak, denize dal, denizin içinden dışarısını seyret, işte periskop dedikleri şey bu alet! İnsanın yalnız dışını değil, içini de gösteriyor, ciğerini yüreğini gösteriyor... Gözlük değil, röntgen...

Daha neler neler söylüyordu gözlük için Dandini. Biyandan överken biyandan da sapından tutmuş olduğu gözlüğü sallayıp duruyordu. Tıpkı Paşazade'nin gözlüğü. Sakın onunki olmasın... Ama gözlükler birbirine benzer.

– Dandini! diye seslendim.

Benden ençok yirmi-yirmibeş yaş büyük olduğu halde – herkese ağabey dediği için –,

– Buyur ağabey! diyerek geldi.

– Kimin o gözlük?

– Bu gözlük dünyayı pembe, hem de tozpembe gösteriyor ağbicim.

– Bırak gevezeliği! Kimin diye sordum.

– Paşazade'nin. Satacak başka bir boku kalmadı. Gözünü satsa, artık bu yaştan sonra kimse dönüp bakmaz.

Hemen koğuşa gittim, onun için getirttiğim romanları yanıma alıp Âdembaba Koğuşuna vardım. Romanları vermek için, sanki gözlüksüz kalmasını beklemiştim ki, onları okuyamasın. Palavracılığından, övünmelerinden sonra öyle gözümden düşmüştü ki, belki de buyüzden gözlüksüz okuyamayacağını bile bile romanları ona götürüyordum.

Yine o köşedeki yatağındaydı. Döşeğe sırtüstü upuzun uzanmıştı. Üstünde o kirli ve delikdeşik battaniye örtülüydü. İki elini de başının altından geçirmiş, gözlerini de tavanda biyere dikmişti. Tavan diyorsam koğuşun tavanı değil, kendi tavanı, yani ranzanın üstündeki döşeğin tahtaları... Bir ölü gibiydi. Ama bir ölü, herhalde ellerini başının altından geçirmiş olamaz yada bir insan, elleri başının altından geçmişken ölemezdi.

Başucuna dek geldim. Dikilip durdum. Hiç kımıldamıyordu. Gözleri de kıpırtısızdı. Yoksa gerçekten mi ölmüştü? Yanakları daha da çökmüş, geniş çene kemikleri daha da genişlemişti.

– Merhaba! dedim.

Bana bakmadan, umursamazca,

– Merhaba! dedi.

Neden sonra başını çevirdi. Beni görünce, yatağında doğruldu. Hemen o eski battaniyeyi sırtına alıp örtündü. Herzamanki gibi,

– Buyrun! dedi.

– Size kitap getirdim... dedim.

Gözlüksüz okuyamayan, gözlüğünü de satışa göndermiş bir yaşlı adama hainliğim bu kadarla da kalmadı,

– Bakın bakalım, size göre mi bu kitaplar? Beğenecek misiniz? dedim.

İlle, gözlüğü olmadığının ortaya çıkmasını istiyordum.

Kitapları elimden alıp teşekkür ettikten sonra,

– Bakarım sonra... dedi.

Gözlüğünü satışa çıkardığını bildiğimi öğrensin diye,

– Dandini Fikret bahçede çığırtkanlık yapıyor boyuna... dedim.

Ne demek istediğimi ya anladı, ya anlamadı, ama sesini çıkarmadı.

O günkü buluşmamızda, neler konuştuğumuzu anımsayamıyorum. Ama ben inadıma bikez daha Dandini'den söz edince, Dandini'nin tekerlemelerinde hırsızların hertürlüsünü andığı halde, neden zimmet, ihtilas, rüşvet suçlarını işleyenleri saymadığını bilip bilmediğimi sordu. Sözü değiştirmek, ilgimi, gözlüğünden başka konuya çekmek istediği belliydi.

Sorusuna, bilmediğim, karşılığını verdim.

Dandini Fikret bile, rüşvet alanları, zimmetine devlet parası geçirenleri, ihtilas suçlularını adam yerine koymazmış da, buyüzden onların adlarını anmazmış. Cezaevinde, Beyler Koğuşu denilen en iyi koğuşta en rahat yaşayan onlardı, ama cezaevinde hiçkimse onları adam yerine koymazdı.

Her ne söylese, içimden onu bozmak geliyordu. Buyüzden,

– Ya kaatiller? dedim.

Dandini, çığırtkanlık ederken, kaatilleri de saymıyordu.

Paşazade'nin söylediğine göre, kaatiller cezaevinin en saygın kişileriydi. Onlardan söz etmek kolay değildi, hatta tehlikeliydi. Dandini Fikret bigün yine çığırtkanlık ederken, hırsız kardeşleri, zarfçı ağbiyleri, kapkaççı dostları, otel faresi arkadaşları arasında "Kaatil ağalarım" demiş, buyüzden de eşek sudan gelene dek dayak yemişti kaatillerden birinden.

Ötekilere, yani Dandini'nin saydıklarına gelince, işte onlar cezaevinin asıl gediklileriydi. Bunların hepsi de büyük hayalcilerdi. Ama onların en hayalcileri, dolandırıcılardı. Buyüzden dolandırıcılar şair sayılmalıydılar. Şiir yazmazlar, şiir söylemezlerdi ama onlar şiiri yaşarlardı.

O günkü konuşmamızdan belleğimde kalanlar işte bunlar...

İçimden, "Hani, burda bile dolandırıcılık yapacaktın da zengin olacaktın! Ne oldu?" demek geçti ama, artık o denli kıyıcı olamadım.

Bir ay kadar yanına gitmedim. O son olay olmasaydı, gideceğim de yoktu.

İlkyaz gelmişti. Koğuşların içi, bahçeden daha soğuktu. Buyüzden hükümlüler zamanlarını bahçede geçirmek istiyorlardı. Cezaevinin güneşi bile soğuktur, insanı ısıtmaz.

Bir öğle sonrası, ben de bahçede kalabalık içinde gezinirken Paşazade'yi gördüm, ama gözlerime inanamadım. Çünkü, görüntü inanılacak gibi değildi. Daha bir ay önce yatağına sırtüstü uzanmış olarak görüp de ölü sandığım Paşazade, dipdiri, dinçti, on yaş gençleşmiş gibiydi. Üstelik, üstünde takım elbise vardı. Ayakkabıları pırıl pırıldı. Yanındaki iki-üç kişiye bişeyler anlatmaktaydı. Nedense, yanına gitmek istemedim. Yanına gitsem, bu değişikliğin nedenini sormam gerekecekti. Paşazade'nin mahkemesi olabilir de ondan böyle giyinmiştir, diye düşündüm. Çünkü, cezaevinin en Âdembabası bile, mahkemesi var da duruşmaya gidecekse, biyerden bulur buluşturur, bir iyice elbise giyerdi sırtına. Hükümlülerin aralarında böyle bir dayanışması vardı. Sabıkalılar, arkadaşlarının hâkim önüne düşkün kılıkta çıkmasını istemezler, kimisi ayakkabısını, kimisi gömleğini, kimisi pantolonunu, ceketini verir, onu iyice donatıp öyle gönderirlerdi mahkemeye. Paşazade de mahkemesi için böyle giyinmiş olmalıydı. Ama bildiğime göre duruşması yoktu, hem de onun bulunduğu Âdembaba Koğuşunda kimsede böyle güzel elbise olamazdı ki ona versin...

Ertesi gün, öğleden önce, Paşazade'yi yine bahçede gördüm. Hem de bu kez üstünde başka bir takım elbise vardı. Üstelik, dün giydiği siyah ayakkabıyken, bugünküler kahverengiydi.

Yine yanına gidemedim. Ama çok meraklanmıştım. Cezaevinin idare bölümüne geçtim. Niyetim gardiyanlara sorup, Paşazade'deki değişikliğin nedenini öğrenmekti. Bunca meraklanışımın nedeni, bana kimsesi olmadığını söylemiş olmasıydı. Kimsesi yoktu da, hergün değiştire değiştire giydiği bu elbiseleri ona kim getirmişti? Kimsem yok diye beni kandırmışsa, bana öbür anlattıkları da yalan demekti. Beni kandırmış olduğunu anlayacaktım.

Başgardiyanla biraz şundan bundan konuştuktan sonra, Paşazade'ye ziyaretçi gelip gelmediğini sordum. Yıllardanberi ona hiç ziyaretçinin gelmediğini söyledi.

Ya kılığındaki değişiklik? Yoksa birisi para mı göndermişti?

Başgardiyanın dediğine göre, aynı zamanda cezaevinin mutemetliğini de yapan –yani hükümlülere postayla gelen mektup, para ve paketleri postaneden alıp kendilerine veren– cezaevi kâtibi, cezaevi müdürüne söylemiş bunu; söylerken de başgardiyan duymuş. Kâtip, müdüre, Paşazade'ye her iki-üç günde bir, içi elbise, çamaşır, ayakkabı dolu paketler geldiğini söylemiş. Öyle ki, bu koca paketleri yada torbaları, postaneden alıp getirmek zor oluyormuş. Paketi gelen hükümlü yalnız Paşazade değil ki... Başkalarına da geliyor. Ama Paşazade'ye çok sık gönderiliyor. Acaba Müdür Bey, haftada iki kez, postaneden paketlerin alınıp cezaevine getirilmesi için, cezaevi arabasının kullanılmasına izin verir miymiş...

Müdürden izin çıkmış.

Demek, Paşazade'nin bir yakın arkadaşı, bir akrabası, belki o Hercai Recai olacak arkadaşı, ona bu elbiseleri, çamaşırları filan gönderiyordu. Kimsem yok diye bana bunca yalan söylemesine şaştım. Bana bu yalanı söylemekten hiçbir çıkarı da yoktu. Öyleyse neden kandırmıştı beni? Salt beni kandırmış olmak için mi? Yani manevi dolandırıcılık...

Hemen hergün Paşazade'yi bahçede uzaktan görüyordum. Yanına gitmiyordum. O beni görüyor muydu, bilmem. Değişik elbiseler giyiniyordu.

Ziyaret günleri, ziyaretçim gelinceye dek zamanımı geçirmek benim için çok zor oluyordu. Eskiden Paşazade'nin anlattıklarını dinleyerek, zamanın nasıl geçtiğini bile anlamazdım.

O ziyaret günü, zaman geçirip oyalanmak için, kâtibin odasına gitmiştim. Müdürün bana verdiği, cezaevinde özgür dolaşmak hakkım vardı. Ama ziyaret gününden başka günler, idare bölümüne geçmezdim.

Kâtip, durmadan önündeki telefon rehberini karıştırarak,

– Allah Allah!.. Bu nasıl şey!.. Nasıl olur?.. diye söylenip duruyordu.

Ne olduğunu anlayamadığım için bişey diyemiyordum.

Kâtip ABC'nin harflerini yüksek sesle saymaya başladı:

– A, be, ce, çe, de, e, fe, ge, ha, i, je, ka...

Harfleri sayarken biyandan da, telefon rehberinin sayfalarını çeviriyor, harf sırasını şaşırırsa bana soruyordu:

– A, be, ce, çe, de, e, fe, ge, ha, i, je, ka... le, me, ne... Hay Allah! Le, me, ne... ne, ne, nerde? Neden sonra ne geliyor? Me'den sonra ne gelmez mi?

Baştan harfleri saymaya başlıyordu:

– A, be, ce, çe, de, e, fe, ge, ha, i, je, ka... le, me, ne... Evet ne... ne'nin burda olması gerekli. Öyle değil mi? Yoksa ne daha mı sonra? Ne, o, pe, re, se, şe. Yoksa daha mı sonraydı ne?

Kâtip delirmiş gibiydi.

Birden,

– Aaaa! diye bir şaşkınlık sesi çıkardıktan sonra, hangi namussuz koparmış bunu? Kimin işine yarar? diye bağırdı.

– Ne olmuş? diye sordum.

Masanın üstündeki telefon rehberini bana doğru sürdü,

– Baksanıza, dedi, "N" harfli bölümün bütün sayfalarını rehberden yırtıp almışlar. Bu ne namussuzluk... Kimsenin işine de yaramaz ki...

Kâtip, soyadının başharfi "N" olan birisine telefon etmek istemiş. Telefon numarasını öğrenmek için rehberi karıştırmış, ama "N" bölümü yok...

Bundan bikaç gün sonra beni çok şaşırtan bişey gördüm: Paşazade'nin sırtında benim pardösümü... Olacak şey değil. Bahçede, kantinin yanında bikaç kişiyle birlikteydi. Sırtındaki pardösünün benim pardösüm olması olanaksızdı. Çünkü, o pardösüyü evde bırakmıştım. Paşazade, benim evimde bulunan pardösümü nasıl cezaevinde giyebilirdi? Ama benim pardösüme o denli çok benziyordu ki... Pardösü pardösüye elbet benzer. Ama benimki hazır alınmış değildi. Özel olarak diktirmiştim. Üstelik kumaşı, herzaman, heryerde bulunabilir bir kumaş değildi. Kumaşı, başka ülkeden bir dostum bana hediye olarak getirmişti. Lacivert tüylü, üstünde gri benekleri olan yumuşak bir kumaştı. Bu denli benzerlik olamaz. Hele düğmeleri... Olacak şey değil! Ben pardösümün düğmelerini düğmeciye özel olarak yaptırmıştım. Düğmeler deridendi. Bu kadar da değil, pardösümün eteğini kısa yaptırmıştım, dizime dek... Paşazade benden boylu olduğundan, onun üstünde ceket gibi duruyordu. Sonra Paşazade, benden genişti. Buyüzden de pardösüye sığamıyordu. Yanına gidip, üstündekinin benim pardösüm olup olmadığını denetleyemezdim, kendisine de soramazdım. Bu pardösüm, oldukça eskiydi. Buyüzden evde bırakmıştım. Uzun zamandır giymiyordum. Ama sevdiğim bir pardösü olduğundan birisine de vermeye kıyamıyordum. Bizim evden bu pardösünün cezaevine getirilmesi olanaksızdı. Hele benim pardösümü Paşazade nerden bulur, nasıl elde eder de giyebilirdi? Öyleyse, – çok şaşılası şey ama – benim o eski pardösüme çok benzeyen bir pardösüydü onun sırtındaki.

Ertesi ziyaret günü, kardeşim, tam ziyaret saatinin bitişinde, bişeyler söyledi ama iyice anlayamadım. Çünkü, ziyaret yerindeki iki kafes telin arkasından söylüyordu. Üstelik, ziyaret zamanının bittiğini anlatmak için, nöbetçi gardiyan durmadan düdük öttürüyor, ziyaretçiler de, unuttukları sözlerini duyurabilmek için bağırıyorlardı. Bunun sonucunda, kimse uğultudan başka bişey duyamıyordu. Bu uğultunun içinde, kardeşimin bağırmalarından, "pardösü... hani senin o eski pardösün... gönderdik postayla... zavallı..." filan gibi sözcükler duyabildim. Bu, bulmaca gibi bişeydi.

Kardeşim ziyaret yerinden ayrıldıktan sonra, iyice kuşkulandığım için, Paşazade'yi göreyim diye Âdembaba Koğuşuna gittim. Koğuşa girip bakındım. Tıklım tıklımdı herzamanki gibi, ama o köşedeki ranzanın alt yatağında başka birisi vardı. Paşazade'nin nerde olduğunu sordum. O yatakta oturanlardan biri,

– Ohooo, dedi, Paşazade çoktaaaaaan gitti.

– Nereye?

– Haberin yok mu beyim, Beyler Koğuşuna geçti artık... Kuyruğu, kulağı düzeltti ya, artık burda durur mu.

Paşazade'nin Âdembaba Koğuşundan ayrılmış olmasını bilmeliydim. Çünkü, iki-üç haftadır o denli iyi giyiniyordu ki, o kılıkta Âdembaba Koğuşunda kalamazdı. Ama Beyler Koğuşuna geçmesi de şaşırtıcıydı. Çünkü, karaborsacılar, büyük çapta kaçakçıların şefleri, zimmet, ihtilas, rüşvet suçlusu yüksek memurlar filan ancak Beyler Koğuşuna yerleşebilirdi. Bir sabıkalı dolandırıcının yada bir sahtecinin, kalpazanın, Beyler Koğuşuna yerleşmesi olacak şey değildi.

Beyler Koğuşuna gittim. Paşazade, koğuşun ortasındaki uzun masanın biyanında, bikaç kişiyle birlikte oturmuş, kahve içiyordu. Beyler Koğuşu, bir paralı yatılı okul yatakhanesi kadar temizdi, derli-topluydu. Paşazade'yle birlikte oturmuş kahvelerini içerek söyleşen dört kişiden üçü, giyimli ve çalıştıkları işyerindeki masalarında oturdukları gibi boyunbağlıydılar. Öbür ikisi, pijamalıydı ve üstlerinde ropdöşambr denilen uzun hırka vardı. Paşazade'nin de arkasında hırka vardı; hırkanın yakası ve cep kapakları kadifeydi. Altında yine ipekli pijama, ayaklarında da “mabeyn terliği” denilen yüksek konçlu rugan terlikler vardı.

Beni görünce,

– Buyurun efendim, diyerek ayağa kalktı.

El sıkıştık.

– Çok uzaktaymışız gibi çoktandır görüşemiyoruz. Hiç gelmiyorsunuz... dedi.

– Siz de gelmiyorsunuz ama... dedim.

– Biliyorsunuz ki, ben Karantina Koğuşuna gelemem. Ama siz heryere gidebilirsiniz.

Karantina Koğuşundan başka koğuşa verildiğimi söyledim. Sanki haberi yokmuşcasına,

– Yaa! diye şaşkınlık belirtisi gösterdi.

Masadakilerden izin alıp yatağına yöneldi. Koluma girip beni de götürdü. Yatağına oturttu. Yatağı pufla gibi şişkindi. Mavi saten yüzlü yorganının üstünde uzun tüylü bir battaniye örtülüydü.

Hırkasının cebinden Serkıldoryan paketini çıkardı. Bir cıgara aldım. Kendisi de aynı paketten bir cıgara aldı. Çakmağını çaktı. Koyu renk deri kaplı bir güzel çakmaktı.

Beyler Koğuşunun işlerine bakan delikanlıya,

– Oğlum, bize iki çay getir. Sonra da git bana Dandini'yi çağır! dedi.

– Paşazade, dedim, siz bana bigün, Beyler Koğuşundaki ihtilas, zimmet, rüşvet suçlarından yatanları, cezaevinde adam yerine koymadıklarını söylemiştiniz...

– Evet, ne olmuş? Öyledir... dedi.

– Siz de bu koğuşa gelmişsiniz de...

Onu tedirgin etmek için, o eski sözünü yüzüne vurmuştum.

– Doğrudur, dedi, Beyler Koğuşunda yatanları burda kimse adam yerine koymaz. Bildiğimiz bayağı yankesici, kapkaççı hırsız bile, burdakilerden daha değerlidir. Benim neden, nasıl bu koğuşa geldiğimi merak ettiniz de, bana laf dokunduruyorsunuz demek... Unuttunuz mu, size mucize gibi gelecek bir dolandırıcılık gösterisinde bulunacağımı söylememiş miydim?

Siz de inanmamıştınız. İnanmadığınızı söylemediniz inceliğinizden ama, pek belliydi yüzünüzden. Gördünüz işte, önümde bütün yollar kapanmıştı. Yalnız tek yol açık bırakılmıştı. O tek yola sapmamak için nasıl direndiğime siz tanıksınız. Başka bir yol açılır diye önümde, çok bekledim. Sonunda itildiğim o tek yola saptım. Bakın, durumum iyi işte... Hiçbir sıkıntım da yok çok şükür... Neden, kimsenin değer vermediği Beyler Koğuşuna geldiğime gelince... Benim değer verilmez dediğim şu: İçtenlikle gerçek değer verilmez. Ama bu koğuştakilerin paraları çok olduğu için, herkes buradakilere sanki çok değer veriyormuş gibi yapar. Bana da gerekli olan bu... Yüzüme karşı değer versinler, işlerimi görsünler, saygılı davransınlar, arkamdan da ne söylerlerse söylesinler, hiç umurumda değil... Bir sabıkalı dolandırıcı için, başka ne söylenir, ona ne değer verilir ki... Bu rüşvetçilere, zimmetçilere, idaredekiler bile saygılı davranır, ama gerçekten değer vermezler. Benimse gerçek değerim zaten yok...

Çaylarımızı içmiştik. Dandini Fikret de koğuşa girmişti. Öbür koğuşların koridorlarında bağırdığı gibi, Beyler Koğuşuna girerken tabanı, tavanı inleterek çığırtkanlık yapamıyordu. Kollarında, biriki palto, bikaç takım elbise, biriki çift de ayakkabı vardı, iyice yüklenmişti. Paşazade'nin önüne gelip, ciddi ve saygılı,

– Buyur Paşazadem... dedi.

Sanki, daha bikaç hafta önce Paşazade'ye "Moruk", "Ulan kart inek!" diye seslenen kendisi değildi.

Paşazade, sert,

– Hesap getirmedin, hiç satmadın mı? diye sordu.

Dandini,

– Sattım kahverengi takımla, yün atkıyı... Haa, bir de mavi kazağı sattım. Hesabı görelim mi, yoksa akşam mı istersin hesabı Paşazadem? dedi.

– Kaça sattın elbiseyi? diye sordu Paşazade.

– Yetmişbeş papele... Kazağı, kırk papele, atkıyı da yirmi papele okuttum.

– Peki, akşama gel... dedi.

Bana gösteriş yapmak için Dandini Fikret'i çağırttığını anlamıştım.

– Şöyle yaslanın rica ederim... diyerek, arkama koymak için yastığı kaldırınca, yastığın altında telefon rehberinden koparılmış sayfaları gördüm. Alıp baktım: Rehberdeki "Ne" harfiyle başlayan sayfalar... Kâtibin odasındaki telefon rehberinden koparılan "Ne"li sayfaların nereye gittiğini anlamıştım.

O sayfaları elime alıp, Paşazade'yi utandırmak için,

– Yoksa bu da, başı sonu kopmuş bir roman mı? Kimbilir kaç kez okumuşsunuzdur bu kopuk parçayı... Başını sonunu düşünerek telefon rehberindeki bütün numaraları bulabildiniz mi? dedim.

Utanmak şöyle dursun, üstten alıp gülümseyerek,

– Size söylemiştim, dedi, gözbağcının olamaz sanılan bir numarası, nasıl yapıldığı öğrenildikten sonra, ne kadar kolay gelir insana... Rehberden koparılan bu sayfalar da benim olağanüstü gösterimin çok basit gereçlerinden biridir işte...

Bunları söylerken, sanki gelişigüzel bir davranışlaymış gibi, yatağın altında duran bavulun üstündeki, astarlı yanı dışa çevrilmiş pardösüyü alıp, yatağın üstüne atıverdi. Pardösünün dış yüzü ortaya çıktı. Bu, benim olduğunu sandığım pardösüydü. Elimle, pardösü astarının sağ eteğini kaldırdım. Çünkü, pardösünün sağ cebine koyduğum dolmakalemimin kapağı açılmış, akan mürekkepten pardösümün astarı boyanmıştı. Pardösü astarında o mürekkep lekesini de görünce, pardösünün benim olduğuna hiç kuşkum kalmadı. Sanırım biraz da sinirlenerek,

– Bu, benim pardösüm... diye bağırdım.

O soğukkanlılıkla,

– Sizin pardösünüz idi. Şimdi benim. Daha sonra satılınca kimin olacağı belli değil... dedi.

– Nasıl oluyor da, pardösüm sizde şimdi?

– Demek hâlâ öğrenmediniz... Ben size, bu mucizenin gizini açıklayacağıma söz vermiştim... Peki, açıklayayım...

Eğildi. Yerdeki bavulunu açıp, içinden zarflı bikaç mektup çıkardı. Bana verdi. Zarfların üstlerine baktım ilkin. Hepsinde de, soyadları "N" harfiyle başlayan adlar ve o kimselerin adresleri yazılıydı. Telefon rehberinden "N" harfli bölümün neden aşırıldığı anlaşılıyordu. Zarfların kimisi yapıştırılmış, kimisi yapıştırılmamıştı. Açıp zarflardaki mektuplardan birini çıkarıp okudum:

İyiliksever çok değerli ve sayın büyüğüm Bayan...

Bu mektubumda sizlerin adil vicdanlarınıza ve kalbinizin yüceliklerine sığınıyorum. Elimde olmayan sebepler dolayısıyla 36 yıla hüküm giydim. Ailem ve iki yaşındaki çocuğum perperişan bir durumda kaldılar. Hayatta hiçbir güvencem kalmadığı gibi, ne elbisem, ne ayakkabım ve ne de çamaşırım kaldı. Sırtımdaki eski yamalı bir pijamadan başka giyecek şeyim kalmamış bulunmaktadır. Çok değerli iyiliksever insan, giymediğiniz elbiselerinize muhtacım. Tanrı şahidim olsun ki, yapacağınız bu iyiliği hiçbir zaman, ölsem bile hatta, hiç unutmayacağım.

Sağlık ve mutluluk içinde yaşamanızı diler, hoşça kalınız derim.

Mektubun altında Paşazade'nin gerçek adı yazılıydı.

İkinci mektubu okudum. O daha da bozuk bir Türkçeyle yazılmıştı.

– Altında adınız yazılı ama, bu mektupları siz yazmadınız sanırım... dedim.

Çünkü, hem Türkçesi çok bozuk, hem de el yazısı çok çirkindi.

Kendisini çok yakından tanımayanların, ağlamak mı gülmek mi olduğunu kestiremeyecekleri acılı çizgiler yüzünde belirginleşti.

– Ben yazdım, dedi, benim adıma başka kim yazabilir ki?.. Niçin mi o kadar çirkin ve yanlış yazdım? Çünkü, bu bilgisizlik yazanın saflığını gösterir. Hem de inandırıcı olur. İnsanlar, saflara daha çok acırlar. Burda benim işim, insanların merhametini çekmek; yani sahte merhamet tüccarlığı yapıyorum. İyi bir işadamı gibi çalışsaydım, bu mektupların müsveddeleri de bende olurdu. O zaman, evinize yolladığım mektubun kopyasını size gösterebilirdim. Sizin evinizden, iki kat kışlık yeni iç çamaşırıyla işte bu pardösü gönderildi.

– Giydiğiniz elbiseler de mi dışardan gönderiliyor? diye sordum.

Çünkü bu elbiseler, yeniydi.

– Hayır, dedi, merhamet dolandırıcılığı yapınca, artık eski elbise giymem doğru olmaz, değil mi? Bana acıdıkları için gönderdikleri kullanılmış elbiseleri, çamaşırları sattırıyorum. Bu mektuplarla istesem, bütün bu cezaevini koskocaman bir eski elbise ve çamaşır deposuna çevirebilirim. Ama ben insaflı bir merhamet tüccarıyım. Ancak kimseye gereksinmeden burda iyi bir biçimde geçinebileceğim kadarlık dolandırıcılık yapıyorum. Bu da benim iyi yürekliliğimi göstermez mi?

Yatağın üstünde önümde duran zarflardan bikaçını daha açıp mektupları okudum. Mektuplarda adını doğru yazıyor, ama her mektubunda kendini ayrı bir insanmış gibi tanıtıyordu. Kimisinde yaşlı ve hastalıklı olduğunu yazıyor, kimisinde başlık parası yüzünden evlenmek niyetiyle kız kaçırmak zorunda kalmış bir köy delikanlısı olarak kendini tanıtıyordu. Kimi mektuplarda da ağır bir ameliyat geçirdiğini yazıyordu.

Her mektubundaki bu değişikliğin nedenini sordum.

Mektup yazacağı kişileri, adlarına, adreslerine yada rehberde yazılı işlerine göre, nasıl bir karakterde olduklarını tasarlar, gözünün önüne getirirmiş. Hangi karakterde insanın, ne durumdaki insana daha çok acıyacağını düşünürmüş. Öyle ya, kimi insan, kaatillerden nefret eder. Ama kimi insan da, namus uğruna elini kana boyamış insana kahraman gözüyle bakar ve öylelerine çok acır. Kimisi için, başlık parası yüzünden evleneceği kızı kaçırdığı için cezaevine düşen insana yardım bir borçtur.

Çay bardaklarını almaya gelen çaycıya, ikibuçuk lira bahşiş verdi. O zaman bir bardak çay cezaevinde yirmibeş kuruştu. İkibuçuk lira bahşiş olacak şey değil...

Gözlüğünü takmış, bana okuttuğu mektupları, büyük bir sarı zarfa yerleştiriyordu. Gözlük, Dandini Fikret'e sattırdığı yine o eski gözlüğüydü. Demek, Dandini, Paşazade'nin gözlüğünü satamamıştı. Oysa "Rüyalarınızı bile, müşteri bulur, satarım!" diye satıcı çığırtkanlığıyla övünürdü. Kendisine satıcı demez, reklamcı derdi. Kendisine göre o öyle büyük bir reklamcıydı ki, satılacak hiçbişey bulamasa, rüya satar, umut satar, yalan satardı.

Paşazade çok kez bakışlarımdan ne sormak istediğimi sezer, daha ben sormadan yanıtını verirdi. Gözlük için de öyle olmuştu.

– Bu eski gözlüğümden vazgeçemiyorum. Çok alışmışım. Dandini'ye sattırmıştım. İyi ki satın alan adam tahliye olunmadan yeniden ele geçirdim gözlüğümü. Ama altın pahasına... Sattırdığım fiyatın yirmi katını ödeyerek geri alabildim kendi gözlüğümü.

Merhamet ticaretine başlayınca, ilk yazacağı mektupların adreslerini, gazetelerden bulmuş. İlk sermayesini böylece yapmış. Daha sonra, kâtibin odasındaki rehberin "N" bölümünü getirtmiş, ordaki adreslere mektuplar yazmış.

Kendisine postayla bu denli çok elbise gelmesinin, cezaevi yönetiminin dikkatini nasıl çekmemiş olduğunu sordum. Hiç çekmez olur muymuş! Elbet dikkatlerini çekmiş... Ama onun yaptığı eroincilik, kaçakçılık, kalpazanlık filan değilmiş ki... Yasadışı bişey yapmıyormuş. Üstelik bu işten, yani yasal olan merhamet tüccarlığından o denli çok para kazanıyormuş ki, aylıklarıyla zor geçinebilen kimilerine de yardım ediyormuş.

– Bize başkaları acıyacak da, biz başkalarına acımayacak mıyız! dedi.

Demek cezaevi yönetimindekilere para dağıtıyordu.

– Biz sahteciler, dolandırıcılar, dünyanın en eliaçık insanlarıyızdır... dedi.

Paşazade'nin gerçekten çok eliaçık olduğunu biliyordum. Az önce, çay getiren adama ikibuçuk lira vermesinden de belliydi. Cezaevine girdiği akşam da, öyle bol bahşiş dağıtmıştı ki, iki-üç güne kalmadan cebindeki beşyüz lirayı tüketmişti.

– Niçin cömert olmayacağız, kimin parasını kimden esirgeyeceğiz?.. Başkalarının paralarını harcıyoruz nasıl olsa... dedi.

Sonra da şöyle ekledi:

– Cömertliğimiz, salt başkalarının paralarını harcadığımız için değil. Tanrı katında suçlu olduğumuzu biliriz. Buyüzden de Tanrı günahlarımızı bağışlasın diye iyilik ederiz. Ama ben böylelerinden değilim... Hiç suçum yokken bana bunca kötülüğü reva gören, beni elimde olmadan hep suçlu düşüren Tanrı uğruna iyilik etmek istemem... Doğrusunu isterseniz, bunca cömert oluşumuzun gerçek nedeni bunlar da değil... Biz dolandırıcılar, cömert olmak zorundayız. Çünkü cömert olmazsak işlerimizi yürütemeyiz. Kasa hırsızının maymuncuğu neyse, bizim cömertliğimiz de odur. Bibakıma, bahşişlerimiz, bizim iş giderlerimizdir. Bende bu cömertlik olmasa, diyelim, kâtibin odasındaki telefon rehberinden bir bölümü söktürüp alabilir miyim?..

Merhamet tüccarlığı üzerine bana çok bilgi verdi. Bu sahte mektupların, Istanbul'un değişik semtlerinde oturan insanların üzerindeki etkisi de başka başka oluyormuş. Bu mektuplara kananlar, yoksul semt insanlarından çok, zengin semt insanlarıymış.

– Çünkü, dedi, zenginler, eski elbiselerini, giyilemeyecek çamaşırlarını bir yoksul ve namuslu olduğunu sandığı cezaevindeki bir zavallıya bağışlayarak sosyal adaleti sağlamış olduklarına inanıyor, içleri rahatlıyor. Görüyorsunuz ya, benim yaptığım dolandırıcılık değil...

– Ya nedir Paşazade? diye sordum.

– Ben onlara iyilik yapma, sosyal adaleti yerine getirme olanağı satıyorum, karşılığında da eski çamaşırlarını, artık giymedikleri kullanılmış ayakkabılarını, elbiselerini aldığım için, gerçekte kazık yiyen benim... Öyle değil mi? Vicdanlarını rahatlatıyorum. Bu kadar ucuza vicdan rahatlığı nerde görülmüş... Bir kat eski çamaşıra vicdan rahatlığı...

Gerçekten de Paşazade bana bir dolandırıcılık mucizesi, bir sahtecilik akrobasisi göstermişti; tıpkı bir ip cambazının yüreğimizi ağzımıza getiren olağanüstü bir gösterisini seyreder gibi, Paşazade de bu gösterisiyle beni çok şaşırtmıştı. Onun evdeki pardösümü kardeşime postalattırarak beni bile dolandıracağı hiç aklıma gelemezdi. Bizim evin adresini de telefon rehberinden koparılmış bölümden aldığı belliydi.

Dediği doğru çıkmıştı: Bir gözbağcının olamaz sanılan bir numarası, gizi öğrenildikten sonra, insana ne de kolay gelirdi... Paşazade'nin bu merhamet tüccarlığı da gerçekte ne kolay, ne yalın bir işti, ama gizi öğrenildikten sonra...

Paşazade, eski pardösümü bana geri vermeye kalktı. Almadım.

– Dediğiniz doğru Paşazade, artık sizin o... dedim.

Paşazade'yle yine eskisi gibi ilişkilerimi sürdürdüm. Yine bana hemen hergün başından geçenleri anlatıyordu.

Yine bir ziyaret günüydü. Ben ziyaret yerinde değildim. Kâtibin odasında oturuyordum. Birara kâtip bana,

– Şimdi de rehberden "K" bölümünü koparıp almışlar... dedi.

Gülümseyerek kâtibin yüzüne baktım. Ama bişey söylemedim. Postadan paketleri alıp cezaevine getiren oydu. Yani Paşazade'ye gönderilen elbiseleri filan da o getiriyordu. Paşazade'yse çok eliaçık insandı.

Kâtibin odasında otururken aşağıdan büyük bir gürültü geldi, bağırmalar, çağırmalar, kadın ağlamaları, çığlıklar filan... Bütün bu gürültüyü, gardiyanın düdüğü bastırıyordu.

Ben aşağı indiğimde, gardiyanlar bir kadını, ellerinden ayaklarından tutmuş, ziyaret yerinden dışarı çıkarıyorlardı.

Az sonra ne olduğunu öğrendim. Paşazade, kendisine acındırıp eski elbise ve çamaşır istediği kadınlardan biriyle mektuplaşmasını sürdürmüş. Bu kadına ilk yazdığı mektupta, kendisini, ihanet ettiği için karısını öldüren bir "kader kurbanı" olarak tanıtmış. Genç bir adam sözde... Sevgili karısını aşığıyla birlikte yakalayınca... Artık ondan sonrasını hatırlamıyormuş.

Olacak bu ya, mektubu gönderdiği kadın da, ihaneti yüzünden kocasından ayrılmış. Buyüzden de Paşazade'nin uydurduğu öykü, kendisine pek dokunmuş. Bu kadıncağızı da, çirkinliğine bakmadan zengin olduğu için evlenen delikanlı, evdeki güzel hizmetçiyle aldatmış. Kadıncağız, karısını öldüren kader kurbanıyla kendi arasında bir kader birliği görmüş, Paşazade'ye yeni elbiseler, çamaşırlar gönderiyor boyuna... Haftada iki-üç mektup yazıyor. Paşazade de bu mektuplara yanıtlar veriyor. Kadın para da göndermeye başlamış. Artık, mektup yoluyla da olsa, işi iyice ilerletmişler. Kadıncağız, Paşazade'nin ziyaretine gelmek istiyor, ama Paşazade buna razı olmuyormuş. Çünkü biliyor başına geleceği. Kendisini kader kurbanı bir genç diye tanıtmış mektupla kadına... Ama günün birinde olacaklar oluyor. Kadın, sözü geçen bir tanıdığının yardımıyla cezaevine giriyor ziyaret günü. Paşazade'yi çağırtıyor. Otuz yaşında zavallı bir kader kurbanı beklerken, karşısında Paşazade'yi görünce dolandırıldığını anlayıp dünyası yıkılıyor. Bar bar bağırması, çığlıklar atması, ortalığı birbirine katması bundanmış. Kadın, bayılma numarasıyla kendini yere atıyor. Gardiyanlar da, ellerinden ayaklarından tutup atıyorlar dışarı.

Bu olayın Paşazade'nin yaşamında hiçbir etkisi olmadı.

GERÇEK ADINI SÖYLE

Cezaevinden parasız çıkmıştım. Ne diye saklayayım, dolandırıcılığın da, sahteciliğin de hertürlüsünü yapmaya hazırdım. Başka hiçbir çarem yoktu. Şimdi size tuhaf gelecek ama, onca yılın sabıkalı dolandırıcısı olarak bir dolandırıcılık yolu bulamıyordum. Cezaevlerinden tanışım olan çok sabıkalı arkadaşım vardı. Ama onların yanına gitmek istemiyordum. Çünkü o tarihte Istanbul'da sıkıyönetim vardı. Nerde bir sabıkalı yakalanırsa, suçu olsun olmasın, Istanbul dışına atılıyordu. Herhangi biyerde bir suç işlense de suçlu yakalanmasa, o suçtan sabıkası olan kimler varsa, onlar da hemen toparlanıp taşraya sürgün ediliyordu. Istanbul sınırları dışına çıkarılıyor, Istanbul'dan sürgün ediliyor diyorsam, bu iş, böyle söylendiği kadar kolay olmuyordu. Yakalananlar, karakollarda, askerî cezaevlerinde filan, günlerce süründürülüyordu. Sonra da sürgün yerinden ayrılmak yasaklanıyordu.

Başıma böyle bir belanın gelmemesi için en iyisi, sabıkalıların yanına yaklaşmamak ve kendiliğimden Istanbul'dan çekip uygun biyere gidip orda geçinecek bir iş tutmaktı. Ama Istanbul'dan ayrılmak için yol param bile yoktu. Görüyorsunuz ya, insan nasıl çaresiz kalıyor da ille sapmak istemediği yola zorla sürükleniyor. Bu kadar çaresiz olmasaydım, hiç Hercai Recai'yi arar mıydım? Hercai Recai, sabıkalı olmadığı için benim için tehlikeli değildi. Tersine, ben onun için tehlikeli olabilirdim. Gerçekteyse, benim suçlarım, onunkilerin yanında hiç kalır. Ama ben ünlü bir sabıkalıydım, Recai ise onurlu bir yurttaştı. Recai'yi, kendisinden para istemek için arıyordum. Ondan parayı alınca, Istanbul'dan savuşup, gözümün tuttuğu biyere kapağı atacaktım.

Recai'yi, bulabileceğimi sandığım heryerde aradım. Eski pansiyonundan çıkmış. Nerde olduğunu da bilen yoktu. Ondan da umudu kesmiştim.

Sıkıyönetim korkusundan sabıkalıların herbiri bir deliğe gizlenmişti. Ama geçimi bu yoldan olanlar sürgit gizli kalamazlar, ortaya çıkmak zorundadırlar. Cezaevi arkadaşlarımdan birini ararken Recai'yle karşılaştım.

– Seni gökte ararken yerde buldum...

Böyle söyleyen Hercai Recai'ydi. İlk sözü de bu olmuştu. Sarıldık birbirimize. Gerçekte onun beni arayıp ettiği filan yoktu, biliyordum bunu. Ama onun davranışı herzaman böyleydi. Daha önceleri de olduğu gibi, sanki birbirimizden az önce ayrılmışızcasına davrandı. Istanbul'dan uzaklaşmak istediğimi söylemeye çalışıyordum ki, beni dinlemedi bile, sözü ağzıma tıkıp, koluma girdi, anlatmaya başladı. Öyle karışık şeyler anlatıyor, öyle de hızlı konuşuyordu ki, ne dediğini pek de iyi anlayamıyordum. Bir İtalyan heyeti gelecekmiş... Yakındaki bir hana girdik... Durmadan anlatıyordu. O İtalyan heyetiyle ortaklaşa iş yapacaklarmış... Asansöre bindik... Çok büyük bir işmiş. Çünkü, "Yabancı Sermayeyi Teşvik Kanunu" çıkmışmış. Bu kanun çıkınca, Türkiye'yi soymak isteyen bütün yabancı sermaye Türkiye'ye akın edecekmiş... Asansörden çıktık. Çok lüks döşenmiş bir yazıhaneye girdik. Yabancı Sermayeyi Teşvik Kanunu çıkınca, yabancı sermaye Türkiye'ye akınca, soygunlar da başlayacakmış. Ama bu soygunlar, kanuna uygun olduğundan suç sayılmazmış. Sonunda cezaevini boylamak yokmuş.

Recai anlatırken, çıtıpıtı güzel bir kız çıktı odalardan birinden. Elinde kalem ve not defteri vardı.

– Ne kadar kırmızı biber aldın dün? diye sordu kıza.

Kız,

– Bir kilo... dedi.

– Az.

– Daha çok getirmelerini söyledim. Şimdiye kadar aldığımız on kiloyu geçmiş. Parasını istediler.

Recai, sekreteri olduğunu sandığım kızı gönderdi. Yabancı sermaye konusunda anlatmasını sürdürdü. Yabancı sermaye memlekete akınca... Bu, nasıl bişeymiş... Sanki, büyük bir odanın ortasına paraları yığmışsın... Odanın karşılıklı pencereleri, kapıları da açık... Hava da çok rüzgârlı... Ne olur? Para yığını karmakarışık olur, paralar uçuşur... Her para kanatlanmış gibi havada... Türkiye'de böyle bir para harmanı olacakmış. Parayı kapan kapana... Akılsız olan, havada uçuşan paraları kapmak için birbirine toslarmış. Aklı olan ne yapacak? Havada tek tek uçuşan paralara değil, para yığınının üstüne atılıp kucakladığı kadar parayı kapıp kaçacak. Recai de, işte buyüzden, yani bu yağmada parayı tonla kaldırmak için bir yabancı heyet çağırmış Türkiye'ye... Ortak iş yapacaklarmış...

Kuş şakımaları geliyordu.

Odalardan birini açıp gösterdi. Odanın içi kanarya doluydu.

Bir adam geldi. Selam verdikten sonra bir odaya girdi. Recai, adama yalnız selam verdi, başka bişey söylemedi. Bana durmadan Yabancı Sermayeyi Teşvik Kanunu üzerine anlatıyordu. Biraz sonra o adam, çıktı odadan. Elinde dosyalar vardı. Dosyaların içlerindeki mektupları Recai'ye imzalatırken, her imzalattığı mektup üzerine açıklamada bulunuyordu:

– Allison Hovart Firmasına...

– Bu Alman firmasına verdiğimiz cevap... Tekliflerini kabul ettiğimizi bildirdik...

– Belçika'dan fiyat listesini istiyoruz...

Mektupları imzaladı. Adam, odasına gitti.

Recai, bu adamın Yahudi olduğunu, on yerde birden çalıştığını, dört dili anadili gibi bildiğini, haftada yarım gün de buraya gelip yabancı dilde mektupları çevirip cevaplarını yazdığını, böylece, herbiri çok kazanan on kişi kadar para kazandığını söyledi.

İşyerinden çıktık. Anayola çıkınca orda durduk. Önümüzden arabalar geçiyordu. Epiyce bekledik. Ne beklediğimizi sordum.

▼

– Benim arabayı bekliyoruz, dedi.

Bu sözünden anladığıma göre, demek, özel arabası vardı. Belli saatte burdan geçecekti arabası. O da binecekti. Gözü, önümüzden geçen arabalardaydı.

– Taksi!.. diye seslenerek, lüks bir arabayı durdurdu. Bindik arabaya.

– Arabanı takside mi işletiyorsun? diye sordum.

Az önceki sözünü unutmuş gibi,

– Ne arabası? dedi.

– Arabanı beklediğini söyledin de...

– Haaa... Biliyorsun, maymun iştahlıyım. Arabanın modelinden, renginden çabuk bıkıyorum. Buyüzden bütün taksiler benim, bütün şoförler de benim özel şoförüm. Öyle her taksiye binmem ben. O gün, hangisini beğenirsem ona binerim.

Evine götürdü beni. Eski pansiyonu bunun yanında hiç kalır. Geniş bir apartıman dairesiydi. Evde kendisine bakan bir de kadın vardı. Bu orta yaşlı kadın Türk değildi, çetrefil bir Türkçeyle konuşuyordu. Evinde de kuş cıvıltıları, şakımaları duyuluyordu. Odalardan biri kanaryalara ayrılmıştı.

Benim de kanaryaları sevdiğimi, ama tutarlı bir hayat kuramadığım için kanarya besleyemediğimi söyledim.

– Yok canım, benim kanarya sevdiğim filan yok... dedi.

– Öyleyse kuşçuluk yapıyorsun... dedim.

– O da değil... Bu benim amatör işim, zevk için... Ama bildiğin zevk değil, bu başka...

Bize kahve getiren kadına,

– Madam, kızarıyorlar mı? diye sordu.

Kadın da,

– Yavaş yavaş kızarıyorlar... dedi.

Sanki şifreyle konuşuyorlar gibiydi. Sözlerinden bir anlam çıkaramıyordum.

– Biberlerini veriyorsun, değil mi?

– Evet.

– Hiç kızaran var mı? Tam kızarmış...

– Üç tanesi iyice kızardı.

Öğleden sonraları yazıhanesine şöyle bir uğruyordu. Ben de o saatlerde yazıhanesine gidiyordum. Sıkıyönetim bölgesinden çıkıp taşrada biyerde kendime iş bulmak istediğimi anlattım. Açıkça para istemedim ama, bunu sezdirdim kendisine. İtalyan heyeti yakında gelecekmiş. Telgraf bekliyormuş. İtalyan heyeti gelsinmiş, ondan sonrası kolaymış. Çok değil, biriki gün daha beklemeliymişim.

Hercai Recai'nin ne iş yaptığını kesin olarak anlayamamıştım. Sordum bunu. Soruma karşılık, o da bana,

– Ya sen ne iş yapıyorsun? diye sordu.

Bu sorusuyla düpedüz beni aşağılıyordu.

– Ne demek istiyorsun! diye bağırdım.

– Dur kızma yahu, dedi, yani ben de senin yaptığın işi yapıyorum, yalnız yüksek düzeyde seninkinden...

– Anlamadım, neymiş benim yaptığım? diye bir daha sordum.

Dolandırıcılığımı yüzüme vurmak istediğini anladığım için özellikle üstüne üstüne gidiyordum.

– Söyleyeyim yaptığım işi: Her nevi ithalat mithalat, ihracat mihracat, imalat, inşaat, komisyon momisyon, dahili harici ticaret micaret, nakliyat makliyat... Anladın mı şimdi? dedi.

Hem de mahkemelerin kararları ve de yargıtayın onaylarıyla bunca yılın sabıkalı dolandırıcısıyım, ben bugüne kadar onun yaptığı gibi bir dolandırıcılığı, ne yaptım, ne yapanı gördüm, ne de dolaştığım Türkiye'nin bunca cezaevlerinde duydum...

Bakın nasıl oldu... Ben yanındaydım. Bigün önce İtalyan işadamlarından, falan gün geliyoruz, diye telgraf almıştı. Özel araba kiraya veren biyer varmış. Oraya telefon edip, şoförleriyle birlikte üç araba kiraladı. Arabaların yeni model olmasını da tenbihledi. Evinde işlerine bakan madamı,

– Hava güzel madam, hadi seni gezdireyim bugün... diye kandırarak yanına almıştı.

O dört dil bilen adam da gelmişti yazıhanesine. Bir de sekreter kız... Beş kişi olmuştuk.

– Ne kadar kalabalık karşılarsak o kadar iyi olur... dedi.

Kiraladığı üç arabayı şoförleri getirmişti. Bindik arabalara. Ben onunla aynı arabadaydım. Havaalanına İtalyanları karşılamaya gidiyorduk. Yolda, şoföre, biraz durmasını söyledi. Arabanın yanından geçen bir adamı çevirdi. Bir tanıdığıymış. Adamı kolundan tutup arabaya çekti. Şoföre,

– Sür! dedi.

Adam, işi olduğunu söylediyse de,

– Eğlenmeye gidiyoruz, sen de gel, çabuk döneceğiz... diyerek adamı kandırdı.

Yeşilköy havaalanına geldik. Ev işlerine bakan madamla, yoldan çevirdiği adam, niçin havaalanına geldiğimizi bile bilmiyorlardı. Beklenilen uçak geldi. İtalyanları tanımadığı için, hoparlörle adamların adlarını anons ettirdi. Dört İtalyanı karşıladık böylece. Arabalara binmeden, bizi İtalyanlara tanıştırdı. Recai Türkçe söylüyor, Yahudi de İtalyancaya çeviriyordu. Beni gösterip,

– Şirketimizin genel müdürü... dedi.

Adamların ellerini sıktım.

Madamı gösterdi:

– Halkla İlişkiler Genel Müdürümüz.

Yoldan çevirip arabasına aldığı adamı gösterdi:

– Şirketimizin başdanışmanı...

Kızı gösterdi:

– Sekreterim.

Hepimiz tanışmıştık. Arabalara bindik. Bizim arabada dört kişiydik: İtalyanlardan biri, Recai, tercümanımız, bir de ben... Yolda, İtalyana, önce işyerini göstereceğini, sonra da kendilerini otele yerleştireceğini, akşam yemeğinde de, üzerinde uygun oldukları iş sorununu konuşacaklarını söyledi.

Yazıhanenin bulunduğu hanın önünde indik arabalardan. Recai, dört kişilik İtalyan heyetinin başkanı olduğunu sandığım adamın koluna girmiş, tercüman da yanında, önden gidiyordu. Biz de onları izliyorduk. Sekreter kız yanımdaydı. Kıza, bu İtalyanların ne iş yapmak için Istanbul'a geldiklerini sordum. Kız, bilmeyişime şaştı. Film çevirmek için gelmişler. Ama tek film değil, Recai'yle ortak yapım olarak pekçok film çevireceklermiş, bu işe büyük para yatıracaklarmış.

Recai, asansörün olduğu yana değil, ters yana koridora yöneldi. Koridordaki kapılardan ilk kapıyı açtı. Burası, han içindeki bir lokantanın yemek salonuydu. Yanındaki İtalyana,

– Burası, dedi, bizde çalışan personelin yemek salonudur. Burda hergün ikiyüz işçimiz yemek yer.

Tercüman sözlerini İtalyancaya çevirdi.

Lokantanın kapısını kapadı. İlerdeki başka bir kapıyı açtı. Burası da, bir kuaför salonuydu. Ortadan ikiye ayrılmıştı. Biyanda erkekler, biyanda kadınlar vardı. Kimi kadın saçlarını yaptırıyor, kimisi saçlarını kestiriyor, kimisi de manikür yaptırıyordu. Recai, pişkin pişkin gülerek sağ elini kaldırıp selam verdikten sonra orda çalışanlara,

– İyi günler! Kolay gelsin... dedi.

Orda çalışan kadınlar ve erkekler biraz şaşırdılar ama, yine de kimisi "Mersi", kimisi "Sağolun", kimisi de "Teşekkür ederiz" diye karşılık verdi.

Recai, yanındaki İtalyana,

– Burası da, dedi, makyaj salonumuzdur.

Kapıyı kapadı. Karşıdaki kapıyı açtı. Burası, koltuk, sandalye onarılan bir işyeriydi. Kapıyı açınca içerde çalışan usta,

– Buyrun! dedi.

Recai,

– Kolay gelsin arkadaş... dedikten sonra, İtalyana, orasının da dekor atelyelerinden biri olduğunu söyleyip kapıyı kapadı.

Yandaki kapıyı açtı. Orda çerçeve işleri, aynacılık yapılıyor ve levha, tabela yazılıyordu. Ordakilere de güler yüzle,

– Merhaba arkadaşlar... dedikten sonra İtalyana,

– Burası da bizim aksesuvar atelyelerimizden biridir... dedi. İtalyana alçak sesle söylediğinden, ne dediğini içerde çalışanlar duymuyorlardı.

Bu kez kapısını açtığı yer bir terzi salonuydu. Onlara da selam verdi, pişkinlikle, kolay gelsin, dedi. Sonra da İtalyana,

▼

– Firmamızın terzi atelyesidir... dedi.

Başka bir kapı açtı. Orası da terzi atelyesiydi. Bu kez, firmasının sekiz-on terzi atelyesi olduğunu, bunun da başka bir kostüm dikimevi olduğunu söyledi.

Bir camlı kapı açtı. Orası hanın büyükçe çayeviydi. İçerisi kalabalıktı ve çok dumanlıydı. Çok da gürültü vardı. Ordakiler, iskambil kâğıdı, tavla, domino filan oynuyorlardı. İçimden "Ulan şimdi yandın işte, bakalım burda ne uyduracaksın!.." diye geçiriyordum ki, Recai, tercüman aracılığıyla İtalyana,

– Burası figüranlarımızın bekleme salonudur... İş saatleri gelinceye kadar figüranlarımız burda görev beklerler... deyince, artık buna içimden pes dedim.

Asansörle ikinci kata çıktık. Bu katta biçok avukat yazıhanesi vardı. Her yazıhane kapısındaki levhada avukat diye yazılı olduğundan, artık buralarının avukat büroları olduğunu İtalyanlar da anlamış olmalıydılar. Recai, bütün bu kattakilerin, kendi firmasının hukuk işlerine bakanlara ayrılmış olduğunu söyledi. Üçüncü kata çıktık. Orda bir kapı açtı. Burası, bir emlakçı yazıhanesiydi. İçerdeki adama, sanki çok yakın arkadaşıymış gibi,

– Nasılsınız beyfendi?.. diyerek adamın elini sıktı.

Emlakçı da pişkindi. Aynı içtenlikle,

– Hamdolsun, siz nasılsınız?.. Buyrun, emriniz? dedi.

Recai, sağ elini sallayarak adama,

– İyi işler... diyerek dışarı çıktı, İtalyana da, burasının, firmasının sekreterliklerinden biri olduğunu söyledi.

Bu kez, İtalyan, Recai'den atik davranıp, karşıdaki bir kapıyı açtı. Orasının hela olduğu yayılan kokusundan belliydi. İtalyan içeri daldı. Recai de,

– Orası firmamızın şeyidir... dedi.

Besbelli sıkışmış olan İtalyan, rahatlamış olarak ordan çıktı.

Bikaç kapı daha açıp, İtalyanlara, kendi firmasının işyerleri olduğunu söyledi. Han büyüktü. Bütün kapıları açamazdı, konukları yorulacaktı. O kadar yazıhane, oda, işyeri gezdirdi de, kendi yazıhanesini gezdirmedi konuklarına. Aşağı indik yine. Arabalara binip gittiler, ben gitmedim.

Kendisine her gidişimde bana para veriyordu. Ama bu para, başımı alıp Istanbul'dan başka yere gitmeme, orda bir iş tutmama yetecek kadar değildi. Böyle azar azar para vermesi, belki de paralı olmasının tadını çıkarmak isteyişindendi.

İtalyanlarla ortak iş yapıp yapmadığını, yaptıysa nasıl iş yaptığını bilmiyorum. Ama şunu biliyorum: Onun amacı iş yapmak değil, herkime olursa olsun kazık atarak zekâsının üstünlüğüne yine kendisini bikez daha inandırmaktı.

İki gün üst üste gidip de yazıhanesini kapalı bulunca, han odacısına sordum. Odacı, bir haftadanberi gelmediğini söyledi, sonra,

– Siz de mi kanarya almıştınız? dedi.

İşin içyüzünü anlamak için,

– Evet... dedim.

– Hergün akşama kadar belki on kişi geliyor, kanaryanın rengi attı diye... Yahu, görülmüş bir rezillik değil bu... Kumaş mı ki, kanaryanın rengi atsın... Allah Allah! Herif eşşeği boyamış babasına satmış. Bunlar, eşek boyayanı da geçtiler. Kanaryayı boyayıp satıyorlar...

Yine de işin içyüzünü anlayamadım. Akşam evine gittim. Beni görünce, yine herzamanki gibi,

– Hah tamam, iyi ki geldin, hem de tam zamanında... dedi.

Ben de herzamanki gibi, bu dediklerinin doğru olduğunu sanıp,

– Ne var? diye sordum.

– Yarın, dedi, bir basın toplantısı yapacağız da...

Beni bir gülmedir aldı, bitürlü kendimi tutamıyorum, güldükçe gülüyordum. Hercai Recai basın toplantısı yapıyor. Hem de Istanbul'un en lüks otelinde.

– Alay etme, dedi, göreceksin... Sen de gelmelisin. En iyisi bu gece bende kal. Yarın birlikte gideriz basın toplantısına..

– Yahu, ne basın toplantısı be?

– Sana anlattım ya, hani...

– Ne anlattın?

– Yabancı Sermaye Teşvik Kanununu anlattım ya sana... Hah, işte o... Amerikalı üç işadamı geldi bana. Bu kanundan yararlanıp büyük sermaye yatıracaklar.

– Sen ne yapacaksın?

– Ben, herzamanki işimi... Yani üçkâğıtçılık. Bunlar burda sermaye yatıracaklar ya, ben de bunlara burda ortak olacak paralı adamlar bulacağım.

– Nasıl bulacaksın?

– E, basın toplantısı yaptırıyorum ya... Niçin? Gazetelerde çıkınca bunların büyük sermaye yatıracağı haberleri, bak gör bizim açıkgözleri, koşan koşana...

O lüks otele hayatımda ilk kez gidiyordum. Basın toplantısı, otelin büyük bir salonunda oluyordu. Gazeteciler, gazete fotografçıları dolmuştu. Beni tanıyan biri çıkar diye korkumdan, kalabalığın arasında, arkada duruyordum. Oraya gelenlere bol içki de veriliyordu. Üç Amerikalı, toplu olarak oturuyorlardı. İlk sözü bizim Hercai Recai aldı. Konuklara ve gazetecilere, Yabancı Sermaye Teşvik Kanununun önemini anlattıktan sonra, bu kanun yardımıyla yabancı sermayeden nasıl yararlanabileceğimizi açıkladı. Çağrılı olarak konuğu bulunan üç Amerikalı işadamının Türkiye'de büyük yatırımlar yapmak istediğini söyledi. Sonra tek tek Amerikalı işadamları konuştu. Onların konuşmalarını, Recai'nin o dört dil bilen adamı Yahudi Türkçeye çeviriyordu.

Konuşmalar bitince gazetecilerin soruları başladı. Hangi iş alanına para yatıracaklardı? İçlerinden biri cevap verdi: Çok geniş alanda ve çok geniş ölçüde ve çok büyük çapta sermaye yatıracaklardı. Özellikle Türkiye'de hammaddesi bulunan fabrikalar kuracaklardı. Neydi bu fabrikalar? Amerikalı üç işadamı, ne fabrikası kuracaklarını bitürlü açıklamıyorlardı. Ne fabrikası kuracakları, yerli işadamlarının yapacakları önerilere göre belli olacaktı.

İçlerinden biri, bacasız ve dumansız endüstriye önem vereceklerini söyledi. Yani turizm için para yatıracaklardı.

İşadamlarının resimleri çekiliyordu boyuna.

Basın toplantısı bitti. Konuklar ve gazeteciler gitti. Bir tanıyan çıkmadığı için ben de rahat bir soluk aldım.

Recai, o akşam Amerikalılarla birlikte olacağını, ertesi akşam evinde buluşmamızı söyledi.

Ertesi günkü gazetelerde, üç Amerikalı işadamının resimleri ve demeçleri vardı. Yerli işadamlarını işbirliğine çağırıyorlardı. Sermaye onlardandı. Hertürlü iş önerisine açıktılar. Istanbul'da bir hafta o otelde kalacaklar ve kendilerine yapılan iş kurma önerilerini inceleyeceklerdi.

Akşam, Recai'nin evine gittim. O günkü gazeteler ortadaydı. Hepsine baktım. Hepsi de, Amerikalı işadamlarının basın toplantısına gereken değeri vermiş, yalnız içlerinden biri işi alaya vurmuştu. Amerikalı üç işadamının bacasız endüstri ile geviş endüstrisi kuracaklarını yazıyordu.

– Nedir bu geviş endüstrisi? diye Recai'ye sordum.

– Çiklet fabrikası... dedi.

O zaman, bu haberi uyduran gazeteye kızıp,

– Vay namussuz! diye söylendim.

Recai,

– Yahu, dedi, bitek doğruyu yazan o, sen de ona namussuz diyorsun...

– Ne biçim doğru bu? diye karşı koydum. Taaa Amerika'dan üç işadamı, büyük sermaye yatırmak için memleketimize geliyor, gazete de hiç utanmadan "Geviş Endüstrisi kuracaklar" diye alay ediyor... Nesi doğru bunun?

Recai,

– Amerika'dan gelen kim yahu?.. dedi.

– O üç işadamı.

– Hangi işadamı? Onlardan biri, bir Amerikan onbaşısı... Amerikan yardım heyetinde burda çalışıyor. Biri, bir gemi tayfası... Herifi bir gece barda tanıdım. Aldım attım otele. Biri de Amerikalı bile değil. Ama iyi İngilizce biliyor. Güney Amerika'dan biyerden... Nereli olduğunu bile bildiğim yok. Gece kulüplerinde çalıştırmak için üç-dört striptizci getirmiş Türkiye'ye, yani anlayacağın birinci sınıf seks prodüktörü...

– Tüh Allah cezanı versin! diye bağırdım. Ulan, bütün millete üç Amerikalı işadamı, Türkiye'ye sermaye yatıracak diye yutturdum.

– İşte gazetelerden biri yutmamış...

– Peki, niye yaptın bunu?

– Yahu anlattık sana... Yabancı Sermaye Teşvik Kanunu çıktı mı, çıkmadı mı... Orta yere para yığılmış. Kapılar, pencereler de açılmış. Millet açıkgöz... Uçuşan paraları yakalayacak. Eh, madem bir kanunumuz var, benim kanunlara saygım büyüktür, ben de bu kanundan yararlanmak istiyorum arkadaş.

Bu Hercai Recai itinin aklına gelen, şeytanın aklına gelmez.

– Ulan, yoksa o İtalyan heyeti diye yutturdukların da bizim Tepebaşı Yahudileri miydi?

– Yok, onlar gerçek İtalyandı. Sen de gördün ya, uçakla geldiler.

– Ne yaptın İtalyanları?

– Onların işi tamam... İtalya'ya postaladım. Yakında ben gideceğim İtalya'ya, işi sağlam kazığa bağlamak için sözleşmeyi imzalayacağız.

Bisüre durduktan sonra,

– Sen bunları bırak da, biz asıl işimize gelelim... dedi.

– Neymiş? dedim.

– Bu benim kanarya işim vardı ya, o işin boku çıktı...

– Anlamadım.

Anlattı. Anlattı ve aklım durdu. Yazıhanesine ilk gittiğim gün, bana şifre gibi gelen, sekreteriyle ve evindeki kadınla konuşmasının ne demek olduğunu o zaman anladım. Ucuz kanaryalar satın alıyormuş. Bu kanaryalara, kırmızı biber yediriyormuş. O sekreter kız, hergün kilolarla kırmızı biber alırmış. İçinde katkı bulunur diye de toz kırmızı biber aldırmıyor. Sekreter kızın görevi, kurumuş kırmızı biber alıp bunları toz yapıp kanaryalara yedirmek. Evdeki madam da öğütülmüş kırmızı biberi, evdeki kanaryalara yediriyormuş. Sapsarı kanaryalar, kırmızı biberleri yiye yiye, kızarıyormuş, tüyleri kıpkırmızı oluyormuş. Recai de bunları, çok değerli ayrı bir kanarya türü diye pahalı pahalı satıyormuş meraklılarına. Kırmızı kanaryayı alıp evine götüren, aradan biriki hafta geçince bir de bakıyor ki, kanaryanın rengi atmış, tüyleri sararmış. Dayanıyormuş Recai'nin yazıhanesine.

Recai,

– Senin bu ara benimle bulunman iyi olmaz, çünkü sen sabıkalısın... dedi.

– Benim zaten seninle bulunmak istediğim yok... dedim.

Merak ettiğim bişey vardı. O kadar büyük işler çeviriyordu ki, hiç de kırmızı kanarya diye tüyleri renk değiştirmiş kanaryaları pahalı pahalı satmaya gereksinmemeliydi. Bunu kendisine sordum.

– Hadi, biyere gidelim de, yemek yerken anlatırım... dedi.

Birlikte bir meyhaneye gittik. İçmeye başladık.

– Yazıhanedeki, evdeki kanaryaları görünce, kanarya mı yetiştiriyorsun, diye sordun sen bana... Ben de sana, bu benim amatör işim, dedim.

– Evet...

– Buna benzer işleri, para kazanmak için değil, amatör zevkim için yapıyorum. Adam memurdur. Ama ressam olmak içinde kalmıştır. Resim yapmaya zamanı da yok. Haftanın tek tatil günü evinde oturur, resim yapar. Bunlara pazar ressamı derler. İşte benimki de öyle bişey...

Kırmızı biberleri aldığı satıcıya, biberlerin parasını da ödemediğini, sekreteri olan kız söylemişti.

– Seni okuldayken hiç tanımamışım... dedim.

Gülümseyerek,

– Ama sonradan iyi tanıştık, tanıdık birbirimizi... dedi.

Epiyce içmiştik.

– Yakamı bitürlü polisin, savcının elinden kurtaramıyorum, dedim, oysa, kötü bişey yapmak istediğim yok benim. Namusumla çalışıp hayatımı kazanmak istiyorum. O kadar... Ama ne yapsam, sabıkalı dolandırıcılıktan, sahtecilikten kurtulamıyorum.

Sözümü kesip,

▼

– Anlıyorum, dedi, demek istiyorsun ki, sen suç işliyorsun ama, isteyerek, elinde olarak değil... Oysa ben bile bile herkesi dolandırıyorum da, ama nasıl yakalanmıyorum. Bunu öğrenmek istiyorsun, değil mi? Anlatayım... Bunun nedenleri çok...

Önce, değişiklikten hoşlandığı için, birbirine benzer işler yapmazmış. Her dolandırıcılığı ayrı biçimde işlermiş. Oysa sabıkalılar, hangi işten sabıkalı olmuşlarsa, hayatları boyunca hep aynı şeyi tekrarlarmış. Böyle olunca da yakalanmaları kolay oluyormuş.

Hercai Recai, bana bunu, sanki ders veriyormuş gibi anlatıyordu:

– İnsanların çoğu, alışkanlıklarından kurtulamazlar. Dikkat et, bir insan herhangibir lokantaya gidip ordaki masalardan birine oturunca, oraya başka bir zaman gittiğinde, yine o ilk olturduğu masaya oturmak ister. Üç kez aynı masaya oturmuş biri, dördüncü gidişinde o masada başkasını görürse, bayağı tedirgin olur. Otellerde de böyledir.

Recai, benim o güne dek hiç dikkat etmediğim bir gerçeği dile getiriyordu. Cezaevlerinde tanıdığım sabıkalı bir gece hırsızı vardı. Çok usta bir hırsızdı. Geceleyin hangi eve girse de, çalacaklarını çalsa, evden çıkmadan önce, evin mutfağında bulunan yemeklerden yedikten sonra, oraya büyük aptesini ederdi. Buna alışmıştı. Polis de biliyordu bunu. Her suç işleyişinden sonra, hemen piyastos olurdu. *(Piyastos, Paşazade'nin sözüydü.)* Yoksa, bunu yapmasa, hiç yakalanacağı yoktu. Ama yapmadan duramazdı.

Yakalanmayışının ikinci nedeni, dalavereli işlerini öylesine karmakarışık edermiş ki, içinden çıkılmazmış. Başkasıyla ortak çalışmadığı halde, o karmakarışık işine o kadar çok adamı da sokarmış ki, sonunda kimin suçlu, kimin suçsuz olduğu anlaşılamazmış.

Bir başka nedeni de yakalanmayışının, dalaveresine başkalarını sonradan karıştırırmış ama, onlar bilmeden bu işe girmiş olurlarmış. Yoksa tek başına çalışırmış. Oysa sabıkalıların çoğu ortak çalışırlarmış.

Hepsinden önemlisi de, zevk alıyormuş yaptığı işlerden, yani işini seviyormuş. Tutkunmuş işine...

– Kazanç için yapmıyorum, sevdiğim için yapıyorum. Arada para da kazanıyorum elbet. Ama bu işlerde para amaç değil benim için...

Bir iş tutup hayatını düzene sokabilirmiş. Buna ben de inanıyordum. Hem de kendine yüksek düzeyde bir hayat sağlayabilirdi. Ama bıkıyormuş aynı işi yapmaktan. Sürekli değişiklik istiyormuş. Özel araba almayışını açıklarken de, maymun iştahlılığını gerekçe olarak göstermişti.

İki bin lira verdi bana. Sıkıyönetim bölgesinden hemen çıkmak isteyişimi haklı buluyordu. Hele, kırmızı kanaryaları satın alanların şikâyetleri, polise başvurmaları başladıktan sonra, benimle birlikte görünmek istemiyordu. Benim için değil, bunu kendisi için istemiyordu. Bir sabıkalı dolandırıcıyla görünmek, kuşkuları üzerine çekebilirdi.

Çok içmiştik. İkimizin de dili dolanıyordu.

– Biliyor musun, kendimi sana karşı hep suçlu bulurum... dedi.

– Neden? diye sordum.

– Çünkü, dedi, sen olmasaydın, sen bana yardım etmeseydin, ben çoktan okuldan atılmış olacaktım.

Okuldayken ona yardım ettiğimi hiç hatırlamıyordum. Yazılı matematik sınavında iki kez kendisine kopya verip sınıf geçmesine yardımcı olduğumu söyledi.

– Bu iyiliğe karşılık ben sana ne yaptım, biliyor musun? diye sordu.

– Ne yaptın? dedim.

– Alçaklık...

Azkalsın "Senin herzaman herkese yaptığın bu..." diyecektim. Ama sustum.

Anlattı:

– Sen müfettiş paşanın elbisesiyle koğuşa girmiştin ya... Koğuştan çıkıp elindeki bastonu döşemelerde taklatarak koridoru dolandığın zaman, ben de fırladım yataktan, hemen giyinip nöbetçi subayına koştum, Paşa koğuşları geziyor diye haber vermek için... Sözde, nöbetçi subayının gözüne gireceğim. Ben koğuşa girenin, sen olduğunu anlamamıştım, seni gerçekten paşa sanmıştım. – Recai ağlamaya başlamıştı. – Biliyorum, inanmazsın şimdi bana, ama paşa elbisesiyle gezenin sen olduğunu bilseydim, öldürseler gidip haber vermezdim. Ben Güğüm Beşir'in o gece nöbetçi subayı olduğunu sanıyordum. Oysa, bir işi çıkmış. Güğüm Beşir, o gece nöbetini Balyoz Hakkı'ya devretmiş. Odasının kapısını vurup da, kapı açılınca karşımda Balyoz Hakkı'yı görmemle, bayılıyorum sandım. Balyoz Hakkı "Nedir?" deyince, dilim tutuldu korkudan. Artık geri de dönemezdim. Kekelemeye başladım: "Paşa... Paşa! Efendim, Paşa..."

"Ne olmuş ulan paşaya?" diye bağırdı.

"Paşa, koğuşları geziyor yüzbaşım!" deyip koşarak çıktım merdiveni. İşte arkadan Balyoz Hakkı geldi. Seni yakaladı... Sana, bu kötülüğü ben yapmış oldum. Ama isteyerek, ama istemeyerek, herneyse... Sana kötülük yaptım ya... Gidip Balyoz Hakkı'ya paşa koğuşları geziyor, diye göze girmek için kendimi göstermeye kalkışmasaydım, sen okuldan kovulmayacaktın.

Recai öyle ağlıyordu ki hem de hıçkıra hıçkıra, nedenini bilmeden, ben de ağlamaya başladım.

– Sen bana imtihanlarda kopya verdin, ben de sana bu kötülüğü yaptım işte... Ben sınıf geçtim de ne oldu sanki... Nasıl olsa subay olamazdım ben, bunu iyi biliyorum. Ama sen... Yazık oldu sana... Benim yüzümden... Bağışla beni...

İkimiz de ağlıyorduk. İkimiz de çok sarhoştuk.

Recai'yi avutmaya çalışıyordum.

– Başa gelecekmiş Recai... Boşuna üzülüyorsun... Sen bunu isteyerek yapmadın ki...

Hiçkimseye iyilik ettiğini görmediğim Recai'nin niçin bana yardım ettiğini, her başım sıkıştıkça kendisine gelmemi üsteleyerek söylediğini, para verdiğini, bu itirafından sonra anlamıştım.

Bir çocuk gibi ağlıyordu. Oysa O bana ağlamasını bilmezmiş gibi gelirdi.

– Olan olmuş Recai, boş ver, aldırma!..

Geceyarısından sonra çıktık meyhaneden. Birbirimize sarıldık. Bu kez, Hercai Recai'ye içtenlikle, kardeşçe sarıldım. Ayrıldık.

O gece, Recai'nin hiç bilmediğim gizli biyanını öğrenmiş oldum. Ondan ayrıldıktan sonra da ağladım durdum. Recai, öyle ağlamıştı ki, sanki suçluluk kirlerini kişiliğinden akıtmış, kendini arıtmıştı. O güne dek, Recai'nin bu insan yanını nasıl olmuştu da görememiştim.

Ertesi gün, gideceği son yere kadar gitmek üzere tiren bileti almak için gara gittim. Biletler satılmıştı. Garda bekledim saatlerce ne yapacağımı bilmeden. İyi ki beklemişim. Birisi, biletini satıyordu fiyat farkıyla. İstediği parayı ödeyerek, adamın Erzurum biletini aldım elinden.

Yol boyunca kendimden çok Hercai Recai'yi düşündüm. Böyle bir insan yanı olduğunu bilseydim, ona karşı daha anlayışlı davranırdım.

Artık büyük kentlerde yapamayacağımı anlamıştım. Sabıkalı bir dolandırıcıydım. Polis bana yaşama hakkı tanımayacaktı. Belki bir taşra ilinde, bir kasabada daha uygun bir ortam bulabilirdim. Bütün isteğim sabıkalı damgasından kurtulmaktı. Geçmişimle bağımı kesip atmak, sanki yaşamaya yeniden başlamak istiyordum. Bunu da yapabileceğime inancım vardı. *(Paşazade'nin anlattığı olaylarda ençok dikkatimi çeken şey, başına bunca bela gelmişken, yine de kendine olan güvenini hiç yitirmemiş olmasıydı. Örneğin, bu kez anlatmaya başladığı olayın sonunda, yine başının derde gireceğini, bu serüvenin de acı bir sonla biteceğini biliyordum; yani bitirmişim gibi kestirebiliyordum. İki nedenle tasarladığı ve özlediği yaşamı gerçekleştiremeyeceğini biliyordum. Birinci neden, bundan önce anlattığı denemelerinde sonuç hep başarısız olmuştu. İkincisi de, bu kez anlattığı serüveni başarıyla sonuçlanmış olsaydı, yaşam çizgisi değişmiş olacak, şimdi cezaevinde bulunmayacaktı.*

Başından geçenlerin bir dinleyicisi olarak, anlattığı bu serüvenin sonucundan ben bile umutsuzken, o kendini, düştüğü bataklıktan kurtarabileceğine inanıyordu. Kendine güveni sonsuzdu.)

Nereye gideceğimi bilmiyordum. Gözümün kestiği biyerde yerleşip kalacaktım. Yanımda iki bin liram vardı. O zaman için büyük para.

Ankara'yı geçmiştik. Epiy gittikten sonra tirenin durduğu bir istasyonda indim. Burası benim için, herhangibir istasyondu. Kasaba, istasyona oldukça uzaktı. Kasabaya arabayla gittim. Nedense o kasabayı beğenmedim; belki de Ankara'ya, yani büyük kente yakın olduğu için... Elimden gelse, hiç tanınmayacağım çok uzaklarda biyere gidecektim.

Karnımı doyurduktan sonra, uzak yol otobüslerinin sondurak alanına gittim. Otobüsün gideceği yer benim için önemli olmadığından, nereye olursa olsun, ilk kalkacak otobüsü sordum. İlk otobüs, sabaha karşı saat üçte kalkacaktı. Biletimi aldım. Bir otele gitsem, kimliğimi bildirmem gerekecekti. Buyüzden otele gitmedim. O geceyi kahvelerde oturarak, yollarda gezinerek geçirdim. Tam zamanında otobüsteydim. Uzun süren yolculukta geleceğim için hiçbişey düşünemiyordum. Yeni aldığım güzel bir valizimden başka bişeyim yoktu. Üstümde hazırcıdan aldığım yeni elbisem vardı ve beyaz gömleğim, şık boyunbağımla iyi bir kılıktaydım. Otobüsümüz üç-dört saatte bir, kimi yerlerde duruyordu. Akşamüstü otobüsün durduğu kasaba o kadar hoşuma gitti ki, ne olursa olsun burada kalıp şansımı denemeye karar verdim. Karnım çok acıktığı için, otobüs yolcularının etrafında dönen bir çocuktan, sattığı çöreğe benzer şeylerden bir tane almak için, elimi cebime attığım zaman cebimde para olmadığını dehşetle gördüm. Oysa otobüse binmeden önce bütün paramı pantolonumun sağ arka cebine koymuştum. Öbür ceplerimi de aradım, yok... Pantolon cebimdeki bikaç kuruş bozukluktan başka param yoktu. Otobüse bineceğim sırada bir yankesici beni çarpmış olacaktı. On parasız, evet, on parasız kalakalmıştım. İster istemez yeniden otobüse binmek zorunda kaldım. Otobüs kalktı. Yeniden içime bir korku düştü. Bigün önce yediğim yemekle durduğum için karnım da çok acıkmıştı. Yirmidört saattir açtım. Belki de açlık büsbütün moralimi bozmuştu. Bu kez de yaşam, paramı çalan o hırsızın eliyle önümdeki bütün yolları kapamış, yine o tek yolu bana açmıştı.

Gece olmuştu. Otobüsümüz koyu karanlık içinde yol alıyordu. Geceyarısına doğruydu, otobüs yol üstünde bir kahve önünde durdu. Son durağa daha iki saatlik yol vardı. Otobüsten inmeyecektim ama, küçüksu dökmek için inmek zorundaydım. Ne olur ne olmaz diye valizimi de otobüste bırakmayıp yanıma alarak otobüsten atladım. Atlar atlamaz da, karanlıkta yüzlerini seçemediğim bitakım insanlar,

– Muallim Bey, Muallim Bey! diyerek yanımı yöremi kuşattılar. Bitanesinin elinde gürültü çıkararak yanan bir lüks lambası vardı, lambayı yukarı kaldırmış, beni ışıkta tanımak ve tanıtmak ister gibi yüzüme tutuyordu.

– Hoşgeldiniz Muallim Bey!..

– Böyle buyurun Muallim Bey...

– Sefageldiniz Muallim Bey...

O kadar sıkışmıştım ki, nerdeyse işeyecektim, yani adamlara laf anlatacak durumda değildim. "Hoşgeldiniz Muallim Bey!" diyenleri "Biraz müsaade... Hela nerede?" diyerek elimle iteleyip kendime yol açtım. Telaşımdan maksadımı anlayan bir ihtiyar, lüks lambasını verdiği bir delikanlıya,

– Muallim Beye memişhaneyi göster len! dedi.

Elinde lüks lambasını tutan delikanlı,

– Buyurun Muallim Bey! diyerek önüme düştü. Gittik de gittik, gittik de gittik. En sonunda dayanamayıp,

– Kardeşim, ben küçüksu dökeceğim. O işi şuralarda da yaparım... dedim.

Delikanlı,

– Olmaz Muallim Bey, aha şurası, geldik işte!.. dedi.

Karanlıkta bastığım yerleri pek ayırdedemiyordum. Ama tarla gibi, kır gibi biyerlerden geçiyor, keseklere takılıyor, topaklarda tökezleniyor, çitlerden aşıyor, hendeklerden atlıyorduk.

– Vazgeçtim kardeşim, şuracıkta ediveririm... dedim de, delikanlı,

▼

– Tövbe olmaz Muallim Bey, sonra hoca emmim beni, koca muallimi bi ayakyoluna götüremedin, diye sopadan geçirir. İşte ayakyolu şurada, ıhı geldik. Bir Muallim Beyimize de helayı göstermezsek bize ayıp... dedi.

Sık sık tökezlediğimi gören delikanlı, bana yardım olsun diye elimden valizimi alıp taşımak istediyse de, paramın çalınmasından sonra gözüm korktuğundan, kesinlikle valizimi ona vermedim. Ama oğlan da az bulunur inatçılardan değildi. İlle de valizimi elimden alıp kendisi taşıyacak. Bir zaman da valiz yüzünden oğlanla çekiştik durduk. O çeker valizi, ben çekerim... Valizi çekiştirip dururken, nerdeyse altıma işeyeceğim.

– Bırak oğlum.

– Sen bırak Muallim Bey.

– Bırak dedim be...

– Vallaha bırakmam...

– Yahu bela mısın?

– Tövbe bırakmam...

Bırakacağım valizi ama, oğlan beni kırın ortasına getirdi. Gecenin karanlığı... Ya elimden valizimi kapınca, parlar giderse... Bilmediğim biyer. Cebimde para yok. Bir de valizi kaptırırsam, yandım. Hiç olmazsa valizdekileri, ucuz pahalı demeden burda satarım da, Istanbul'a dönüş parası yaparım diye düşünüyorum. Gelgelelim, oğlan bırakmaz yapıştığı valizin sapını. Oğlan da çam yarması gibi ha... Baktım baş edemiyeceğimbaş edemeyeceğim, bu kez yalvarmaya başladım:

– Yavrum, oğlum, allaşkına bırak...

– Cellecelalüh... Boşuna and verme Muallim Bey, vallaha da billaha da bırakmam; işte and içtim...

Birden tepem attı, avazım çıktığı kadar bağırdım:

– Hay senin Muallim Beyinin... Bırak ulan!

Artık nasıl asılıp çekmişim ki, valiz oğlanda, sapı bende kaldı ve ben elimdeki sapı hiç bırakmadan sırtüstü yere yuvarlandım. Ayaklarım havaya geldi. Ben öyle kötü düşmezdim ama, sanki bana tuzak kurmuşlar gibi, sendeleyince ayağımın arkasında duran koca bir keseğe takılıp tökezlemiştim. Sırtım öyle sert keseklere gelmişti ki, canım çok yandı. Zaten oğlan beni oraya getirinceye dek, çişimin yarısı damla damla donuma akmıştı. Geri kalanını da, yere düşüp sırtım acıyınca, acıdan koyvermiştim.

Oğlan beni düştüğüm yerden kaldırıp,

– İşte buyur Muallim Bey, burası! dedi.

Biz helanın önüne gelmişiz de, valizi verip vermemek için, tam da hela kapısı önünde çekişir dururmuşuz. Biraz daha yana düşseymişim, hela çukuruna yuvarlanacakmışım.

Oğlan elime lüks lambasını verip beni biyere soktu. Artık valizimi elinden almak için zorlamadım. Çünkü sırtım öyle acıyordu ki, valizi alacak gibi değildim.

Hela diye arazide döne dolaşa aradığımız yer, kırın ortasında, üstü açık, üç yanı çalı ve çitle çevrili, önü eski bir çuval parçasıyla kapanmış, çok pis kokulu bir çukurdu.

Donum da, pantolonum da sırılsıklam olmuştu. Bana öyle gelmişti ki, hela denen bu pis yere gelebilmek için yarım saat yol almıştık. Gerçekteyse, olsa olsa, iki-üç dakika yürümüştük ama, çok sıkışmış olduğum için bana aldığımız yol çok uzunmuş gibi gelmişti.

Heladan çıktım ki, o delikanlı ortalarda yok. Ne delikanlı, ne de valiz görünüyor. Hey Allah, nedir başıma bu gelenler! Bağırsam, ne diye bağıracağım. Harhar sesler çıkararak yanan lüks lambasının tel sapı elimde,

– Oğlum! Delikanlı! Nerdesin? Nereye gittin? diye karanlığa seslenmeye başladım.

Sanki ben o delikanlıya değil de köpeklere seslenmişim gibi, sürüyle köpek havlamaya başladı. Havlamalarına göre kırk-elli, belki de yüz köpek vardı. Havlamaların gittikçe yaklaşmasından köpeklerin üstüme geldiklerini anladım. Ne yapacağımı şaşırıp koşmaya başladım; elbet havlamaların geldiği yanın tersine doğru koşuyor, yani köpeklerden kaçıyordum. Koşmaya başlayınca, sırtımın ne çok acıdığını daha iyi anladım. Bir zaman koştuktan sonra, "Hoşt! Hoşt!" diye köpekleri kovalayan sesler duydum. Birisi, karanlıktan bana sesleniyordu:

– Muallim Bey, o yana değil, ters gidiyorsun!

Delikanlının sesini tanımıştım. Koşup elimden lambayı aldı, köpekleri kovup önüme düştü.

– Çabuk çıktınız Muallim Bey, dedi.

Hay Allah, amma da çattık!..

– Sen neredeydin? dedim.

– Siz ayakyolundayken, ben de dışarda hacetimi gördüm... dedi.

Durmadan konuşuyordu:

– O ayakyolunu yeni belediye başkanı yaptırdı. Yeni belediye başkanımız, sizden iyi olmasın, çok iyi bir adamdır ve de çalışkandır gayet ve de benim amcam olur.

Kahvenin önüne geldik. Lüks lambasıyla aydınlanan kahvenin önü kalabalıktı. Hemen çevremi aldılar. Ben aralarından sıyrılıp yola çıktım. Baktım ki otobüs motobüs yok.

– Aman... Otobüs!.. diye bağırmaya başladım.

– Otobüs gitti... Hani oldu gideli... dediler.

– Eyvah, ben de gidecektim, burda kaldım... deyince bir adam,

– Yok siz burda inecektiniz, kalacağınız yer bura... dedikten sonra elini uzatıp,

– Bendeniz Belediye Başkanı!.. dedi.

İsteristemez uzattığı eli sıktım.

– Hadi buyrun gidelim Muallim Bey! dedi.

Beni bir faytona bindirdiler, yanıma da Belediye Başkanı oturdu.

– İnşallah kasabamızdan memnun kalacaksınız... dedi.

Yolda giderken de anlatmaya başladı:

– Kasabamız şosaya arabayla bir çeyrek çeker... Müdür Bey de sizi karşılamaya çıkacaktı ya, otobüs geç kaldığından vaktini bilemediği için gelemedi. Müdürümüz çok iyi bir adam. Günlerdir zatialinizin yolunu bekliyorduk. Telgrafınızı alınca pekçok sevindik. Hemen karşılamaya yola çıktık. Öğlendenberi bekliyorduk. Otobüsünüz geç geldi.

Hiç cevap vermiyor, hafiften gülümsüyordum. Kasabaya girdik. Bir evin önünde araba durdu.

– Buyurun! dedi.

Arabadan indik, eve girdik.

– Bizim buranın otelleri pek iyi olmadığından sizi şimdilik bizim fakirhanede misafir edeceğiz. Kusurumuza bakmayın!

– Estağfurullah...

– Odanız hazır, yorgunsunuzdur, isterseniz yatın!

– Allah rahatlık versin... deyip bana hazırladıkları odaya girdim.

Elbisemi çıkardım. Önce ıslak çamaşırlarımı değiştirdim. Geceyi yatakta düşünerek geçirdim. Ben bu kasabada ne yapacağım? Cebimde para yok ki burdan başka yere gideyim. Burda kalsam ne olacak? Bu adamlar Muallim Bey de Muallim Bey diye tutturmuşlar. Bir yanlışlık olduğu ortada. Ya bekledikleri, gelecek bir öğretmen vardı yada beni bir başkasına benzetmişlerdi. Yeniden bir çıkmaza girdiğimi hissediyordum.

Sabahleyin oda dışındaki ayak sesleriyle uyandım. Giyinip dışarı çıktım. Belediye Başkanı,

– Sabah şerifleriniz hayırlı olsun Muallim Bey! dedi.

Gece rahat edip edemediğimi, iyi uyuyup uyuyamadığımı sordu. Sonra da okul müdürünün geldiğini, beni beklediğini, birlikte kahvaltı edeceğimizi söyledi.

Aşağı katta bir odaya girdik. Müdür Bey beni büyük bir içtenlikle karşıladı. Kır saçlı, ufak tefek, benden on, onbeş yaş büyük sevimli bir adamdı. Geldiğime pek sevindiği anlaşılıyordu. Bana anlatmak fırsatı vermeden durmamasıya konuşuyordu. Bu sırada Belediye Başkanının oğlu masaya kahvaltılıkları getirmişti. İçimden, hele bir karnımı doyurayım da sonra başıma gelenleri, paramın çalındığını; öğretmen olmadığımı anlatırım diyordum.

Müdürün anlattıklarından öğrenebildiğime göre, kasabada ortaokul o yıl yeni açılıyordu. Müdür de bu kasabaya benden onbeş gün önce gelmiş ve ne yapacağını şaşırmıştı. Çünkü kendisinden başka hiçbir öğretmen yoktu. Ortaokul olarak üç odalı, basık tavanlı, kerpiç duvarlı bir ev, bir kendisi, bir de elinde (T.C. Maarif Vekâleti) yazılı resmî yuvarlak mühürden başka bişey yoktu. Müdür cebinden çıkardığı mührü gösterip,

– İşte okul bu, işte okul!.. diye gülüp duruyordu.

▼

İyimser bir adamdı. Onunla ben, iki kişi, bir ortaokulu yönetebileceğimize güveniyordu. Okulda kâtip bile yoktu. Herşey biz ikimizdik. İkidebir bana Orhan Bey deyip durduğuna göre, demek beni, Orhan Bey adında bir öğretmen sanıyorlardı. Ve, en önemlisi, bu Orhan Bey, benim buraya geldiğim gün, geliyorum diye telgraf göndermişti. İster misin, biraz sonra otobüsten gerçek Orhan Bey iniversin... İşte o zaman rezalet!

Çok idealist olan Müdür Bey,

– İkimiz elele verir, evelallah bu işin altından kalkarız, diyordu.

Onun düşüncesine göre kaymakam, maarif memuru, belediye doktoru, ilkokul öğretmenleri de, bizim okulda yardımcı öğretmenlik yapabilirlerdi.

Kasabalının bana bu denli değer vermesine gelince, kasabayı beğenmeyip gideceğimden korkmalarındandı. Çünkü bu kasabalılar beş yıldanberi ilçede ortaokul açılması için uğraşmaktaymışlar. Okul binasını da halk kendisi yapmış. Halkın bu sürekli isteğine, binlerce, onbinlerce imzalı dilekçeler, telgraflar göndermesine, kurullar yollanmasına karşı koyamayan Eğitim Bakanlığı da en sonunda "Ortaokulu açtım!" diyerek bir mühür, bir de müdür göndermiş. Bir de matematik öğretmeni Orhan Beyin yerine ben gelmişim.

Kahvaltıdan sonra Müdür,

– Buyrun, okula gidelim! dedi.

Müdürle yalnız kalıp işin içyüzünü anlatsam diye düşünüp duruyordum. Hoş anlatsam ne olacaktı? "Yaa, demek sen öğretmen değilmişsin... Hadi gülegüle!" diyeceklerdi. Benim cebimde beş kuruş yoktu. Ne yapardım, nereye giderdim? Yolda giderken, avukat olduğunu öğrendiğim bir adama,

– Okulumuzun matematik öğretmeni Orhan Bey! diye beni tanıttılar.

Avukat,

– Telgrafınızda hanımefendiyle, çocuklarla geleceğinizi bildiriyordunuz. Yalnız mı geldiniz? dedi.

Demek öğretmen Orhan Beyin geleceği haberi bütün kasabaya yayılmış. Avukata,

– Efendim, ailemi sonra getireceğim. Ev filan tutalım da... dedim.

Avukat,

– Doğru, dedi, önce sizi yerleştirelim de... Kasabamızı beğeneceksiniz umarım. Boş ev de çoktur.

Okula gidinceye kadar yolda karşılaştığımız beş altı kişiye daha beni tanıttılar.

Sonra okula gittik. Buraya okul demeye bin tanık ister. Halk kendi parasıyla on-onbeş tane derme çatma sıra yapıp, iki büyük odaya doldurmuş, olmuş okul. Okulun beş odasından birini Müdür, öğretmen ve idare yeri olarak ayırmıştı.

Belediye Başkanı,

– Siz geldiniz ya, diyordu, halkın yardımıyla hemen okulu genişletir, biriki oda daha yapar ekleriz.

Müdür Bey de,

– Şimdilik hep birarada oluruz, dedi, nasıl olsa ikimizden başka kimse yok.

Okulu gezdikten sonra Belediyeye gittik, kahveler içtik.

Belediye Başkanı,

– Eşyalarınız gelinceye kadar lütfen benim misafirim olunuz. Size uygun bir ev tutarız. Eşyalarınız gelince evinize taşınırsınız... dedi.

Teşekkür ettim. Başka ne yapabilirdim? Otobüs gelecek de içinden gerçek Orhan Bey çıkacak diye ödüm patlıyordu. Öğle yemeğini, kasabanın ileri gelenleriyle, aydınlarıyla birarada, lokantada yedik. O gün öylece geçti. Gece Belediye Başkanıyla eve döndük. Hayatımda ilk kez bir adam dolandırmayı o gece düşündüm. Evet, ben, sabıkaları dosyalardan taşan dolandırıcı Paşazade, ilk o gece, gerçekten bir adam dolandırmayı düşündüm. Belediye Başkanına, "Yazık ki param kalmadı, yolluğu da henüz almadım. Biz memurların hali belli. Bana elli lira verin, aylığımı alınca öderim..." diyecektim.

Elbet parayı verecekti. Ben de hemen kimseye görünmeden otobüse atlayıp oradan kaçacaktım. Arasınlar da bulsunlar beni... Ne kadar kıvrandım durdum, ama bunu bitürlü Belediye Başkanına söyleyemedim.

Ertesi gün okula gittim. Çok gayretli olan Müdür, yanında iki kasabalıyla bişeyler yapıyor, uğraşıp duruyordu.

– Müdür Bey, dedim, size bişey söyleyeceğim.

– Ne söyleyeceğinizi biliyorum... deyince birden korktum. Nerden biliyordu? Yoksa benim kirli geçmişimi hemen öğrenmişler miydi? Müdür elini omzuma koyarak,

– Yılmak yok, dedi, bir memleketi ancak öğretmenler ordusu kalkındırabilir. Kim ne derse desin, gerisi laf... Bütün Avrupa'da böyle olmuştur.

Büsbütün başka şeyler anlatıyordu. Burasını beğenmediğimi söyleyeceğimi sanmıştı herhalde. İyice kararlıydım, kesinlikle söylemeliydim.

– Hayır hayır Müdür Bey, dedim, ben başka şey söyleyeceğim size.

O kadar geveze ve herşeyi bildiğini, herkesin içinden geçenleri bile anladığını sanan bir adamdı ki, bitürlü sözü bana bırakmıyor,

– Biliyorum, biliyorum efendim... diye çok başka şeyler anlatıyordu.

– Müdür Bey öyle değil, benim anlatacaklarım...

– Biliyorum efendim...

– Bilmiyorsunuz efendim!.. diye bağırdım.

Birden duraladı, dik dik bakakaldı. Bağırmam karşısında şaşırıp kalmıştı. Bozulmuş bir deyişle,

– Buyurun, sizi dinliyorum, dedi.

– Lütfen odaya girelim.

Yalnız kuru bir tahta masayla, iki tahta iskemle olan müdür odasına girdik. Masanın üstünde okulun yuvarlak, resmi mührü duruyordu.

İskemlelere oturduk. Bir daha,

– Buyurun, sizi dinliyorum, dedi.

Nasıl başlayıp, neler söyleyeceğimi de bilemiyordum.

– Müdür Bey...

– Efendim...

– Benim öğretmen olduğumu size kim söyledi?

Şaşırdı. Biraz durduktan sonra,

– Siz... dedi.

– Kim? Ben mi? Ne zaman, nerede? Ben size böyle bişey söylemedim. Demek, bir mahkemeye gitsek, siz, benim öğretmen olduğumu söylediğime tanıklık edeceksiniz.

– Tabii...

– Peki, neden? Ben ne size, ne de başkasına öğretmen olduğumu hiçbir zaman söylemedim ki...

Ağır ağır fısıldar gibi,

– Yani... dedi, siz... Şimdi... Ama telgraf çektiniz.

– Hayır, çekmedim.

– Orhan Bey, telgrafınızı aldık.

– Benim adım Orhan değil bir, ben kimseye telgraf çekmedim iki...

Okulun resmî mührünü masaya vurarak düşüncelere daldı, sonra,

– Peki ama siz kimsiniz? dedi.

Başımı öne eğip sustum.

– Yoksa... Siz sivil polis misiniz? Bir kovuşturma filan için mi geldiniz? Eveeet... Ben de duydum, bu kasabada afyon, esrar kaçakçılığı yapanlar varmış. Anladım, siz onlar için geldiniz.

Müdür Bey ille de herşeyi kendiliğinden anlamak merakındaydı. Azkalsın ona, "Evet, tahmin ettiğiniz gibi ben bir sivil polisim ve buraya bir kovuşturma için geldim..." deyip, aklımca bu karışıklıktan kurtulacaktım. Biriki saniye içinde bunları düşünüp, işin büsbütün sarpa saracağını anlayarak,

– Benim kim olduğum sizi çok mu ilgilendiriyor? dedim.

– Neden bunu daha önce söylemediniz? dedi.

– Söylemeye zaman kalmadı ki...

Bundan sonra Müdür'e olup biteni anlattım: Otobüsten helaya gitmek için iner inmez nasıl, "Hoşgeldiniz Muallim Bey," diye çevirdiklerini, sıkışmış olduğumdan durumu açıklamama zaman bile kalmadığını, ondan sonra da otobüsün kaçtığını, neden Orhan Bey dediklerine şaştığımı, ertesi günü gerçeği öğrenince de bişey diyemediğimi, çünkü cebimdeki ▾

bütün paralar yolda çalındığı için parasız kaldığımı, buradan biyere gitmek olanağı kalmadığını, hepsini anlattım. Yalnız bu arada kirli geçmişimden hiç söz etmedim, sabıkalı bir sahteci olduğumu anlatmadım. Müdür Bey büyük bir şaşkınlık içinde beni dinledikten sonra,

– Allah Allah... dedi, nasıl oluyor da sizin gibi bir polisin bile parasını çalabiliyor yankesiciler?

– Müdür Bey, ben polis molis değilim...

– Anlıyorum, anlıyorum, elbet polisim diyecek değilsiniz... Çok tabii... Sizi anlıyorum... Ama benden sır çıkmaz, güveniniz bana. En iyisi ben de sizin emniyetten bir müfettiş olduğunuzu bilmemiş olayım... Evet evet... Duymadım böyle bişey... Hiç haberim yok...

– Müdür Bey rica ederim, çok rica ederim, ben kesinlikle polis filan değilim...

– Değilsiniz efendim, değilsiniz...

İnsanı çıldırtır bu Müdür. Benim korkum, bir beladan kurtulmaya çalışırken başıma yeni bir belanın gelmesiydi.

– Değilim Müdür Bey...

– Değilsiniz... Tabii... Memuriyetiniz açıklansa olmaz... Burdaki karakol ve polisler bile duymamalı... Belki onlar da kaçakçılarla işbirliği yapmışlardır, değil mi efendim...

– Ne bileyim Müdür Bey... Ama ben kesinlikle...

– Anladım efendim...

Ve, her ne söyledimse Müdür'ü polis olmadığıma inandıramadım.

– Burada ne kadar kalacaksınız? diye sordu.

Ben cebimde param olmadığını, nasıl, ne iş yapıp da buradan gidecek yol parası sağlayabileceğimi düşünerek,

– Belli olmaz, dedim, ama ilk fırsatta buradan gideceğim tabii...

– İşiniz bitince...

– Ne işi Müdür Bey, ne işi?..

– Afedersiniz, birdenbire ş'aptım... Aşağı yukarı burada ne kadar kalırsınız?

– Belli olmaz ki, belki altı ay, belki bir yıl...

– Oh, oh iyi... Buna çok sevindim. Şimdi sizden bir ricada bulunacağım.

– Estağfurullah...

– Bu bir memleket işidir...

– Nedir?

– İşiniz gereği burada kaldığınız süre elele verelim...

– Verelim, ne gibi?

– Okulda öğretmenlik yaparak... Görüyorsunuz yapayalnızım. Nasıl olsa sizi matematik öğretmeni biliyorlar. Böyle bilsinler. Sizin için de böyle bilmeleri daha iyi. Öğretmen olarak kalınız burda.

Adam yalvarıyordu,

– Ama Müdür Bey, ben ilk fırsatta buradan gideceğim. Çünkü beni burada Orhan diye tanıdılar. Ben Orhan olmadığımı, öğretmen olmadığımı kime, nasıl anlatabilirim? Baksanıza size bile anlatamıyorum.

– Ben anlıyorum, anlıyorum... Ama sizi Orhan olarak bilmeleri sizin için de daha iyi değil mi? Sizi matematik öğretmeni Orhan Bey olarak bilsinler. Bize yardım edin, şu okulu açalım...

– Gideceğim beyim...

– Gidinceye kadar... Bir ay bile kalsanız, yine bizim için kazançtır. Bu ricamı kabul ediniz. Sakın yapamam demeyiniz, yaparsınız. Nasıl olsa biz derme çatma bir öğretmen kadrosu kurmaya, yardımcı öğretmenler almaya zorunluyuz. İşte görüyorsunuz durumu... Beni yalnız bırakmayın...

– Ama Müdür Bey, beni burda Orhan diye tanıdılar. Ya gerçek Orhan Bey gelince ne olacak? Belki bugün çıkar gelir.

– Gelsin efendim, bu dünyada bitek Orhan yok ya... O başka Orhan, siz başka Orhan...

Anlattığım bu olay zamanında, daha memleketimizde soyadları yoktu.

Müdür öyle inandırıcı bir biçimde konuşuyordu ki, biraz da ona acıdığım için, ama daha başka bişey yapmak, başka türlü davranmak ve burdan çekip gitmek elimde olmadığı için, dediklerini kabul ettim. 'Müdür'le aramızda bir giz vardı. O benim gerçek adımın Orhan olmadığını ve benim öğretmen olmadığımı biliyordu ve bu gizi kimseye söylemeyecekti. Bir de hiç aslı olmayan bir giz daha biliyordu, bunu da kimseye açmayacaktı: Benim buraya kaçakçılık kovuşturması için gelmiş bir polis müfettişi olduğumu... Müdür'e doğruyu hiçbir zaman anlatamadım.

Hemen kolları sıvayıp işe giriştim. Çalıştıkça öğretmenliği benimsemeye, heyecanlanmaya başladım.

Size bişey söyleyeceğim. Bir insan yalan söyler, söylediği yalanı da sürdürürse, zamanla kendi yalanına kendisi de inanıyor. Biz, hayatını hapisanelerde geçirmiş sabıkalılar bunu çok iyi biliriz. Arkadaşlarımızın arasında, yirmi-otuz yıl önce uydurduğu bir yalana, anlata anlata zamanla benimseyerek, içtenlikle inananlar pekçoktur. Bu psikoloji, ezilmiş ve bir kurtuluş yolu bulamamış olan insanlarda vardır.

(Bu sözleri bana, Paşazade'yi ele veriyor gibi geldi. Çünkü o da, kendi deyişiyle, hep rastlantılarla o kötü tek yola itilmiş, umarsız kalmış, ezilmiş bir insandı. Paşazade bakımından burada yeni bir durum çıkıyordu ortaya. O, yalan söylediğini bilmeden yalan söylüyordu. Çünkü –yine kendi dediğine göre– uydurduğu yalanlara, önce kendisi içtenlikle inanmıştı. Demek, Paşazade kendi yalanına inanmış adamdı. Gerçekten böyle miydi? Ondan çok, kendime şaşıyordum; çünkü kimileyin anlattıklarının hiçbirine inanmıyordum ama, yine de bir gerçek olayın anlatılışından daha büyük bir ilgiyle ve beğeniyle onu dinliyordum.)

Ben de işte bu psikolojideydim ve çalışa çalışa, kendimi kaptırdığım heyecanla gerçekten matematik öğretmeni Orhan Bey olduğuma inanmıştım. Hele aradan günler, haftalar geçip de gerçek Orhan Bey de buraya gelmeyince, elimde olmadan, farkına bile varmadan kendimi matematik öğretmeni Orhan Bey sandım.

Peki ama, falan gün geliyorum diye telgraf çekmiş olan gerçek matematik öğretmeni Orhan Beye ne olmuştu? Günler geçiyor, Orhan Bey gelmiyordu. O Orhan Bey gelirse, Müdür'ün verdiği akla göre, ben de başka bir Orhan Bey olacaktım. Gerçek Orhan Beyin okula atanma yazısında, ikinci adı Reşat'tı. O Orhan Reşat, ben de Orhan başka bişey, diyelim, Orhan Tahsin gibi bişey olacaktım.

Hem gerçek Orhan Beyin gelmesinden korkuyor, hem neden gelmediğini merak ediyordum. Bu merakımı anlattığımda Müdür şöyle demişti:

– Sen bizim bakanlığın işlerini bilmezsin. Eğitimde işler karman çormandır. Belki de Orhan Bey, bize geleceğini bildiren telgrafı çekip yola çıkacağı gün, başka bir ilin okuluna atanmıştır.

Müdür'e göre olağandışı böyle olaylar bile olağan sayılıyordu. Ona göre şöyle olmuş olabilirdi: Bu kasaba, öğretmenlerce ve genellikle memurlarca beğenilmeyen biyerdi. Yoksulluk bölgesi sayılıyordu. Buyüzden, burda yeni açılan okula gelmek istemiyorlardı. Matematik öğretmeni Orhan Bey, bu okula atanınca canı çok sıkılmış, Bakanlıkta tanıdığı ileri gelenlere başvurarak atanma yerinin değiştirilmesini istemiştir. Ama bir sonuç alamadığı için buraya gelme kararını vermek zorunda kalmıştır. Telgrafı çekip yola çıkacağı gün de, torpili patlamış, o ileri gelen onun büyük kentteki okullardan birine atanmasını sağlamıştır.

– Hiç boşuna merak etme, artık gelmez. O şimdi başka okulda öğretime başlamıştır... diyordu.

Müdür, bu konuda başına gelen çok gülünçlü olaylar anlatıyordu. Bir zaman, kendisi, üç ayrı kentteki üç okula birden atanmıştı. Bunlardan biri İngilizce öğretmenliğiymiş.

Müdür,

– Oysa ben, İngilizce bilmem... diyordu.

Bikez de aynı okulda aynı dersin öğretmenliğine iki kez atama buyruğu çıkmış. Ama en gülüncü, kadrosundan onbir öğretmenin eksik olduğu bir okulun beden eğitimi dersine üç öğretmen birden atanmış, bunlardan biri de kendisiymiş.

– Olur böyle şeyler... diyordu.

Gerçekten de Müdür'ün dediği gibi bir karışıklık oldu ve ben ne yapacağımı şaşırdım.

Okul daha yeni açılmıştı. Okula atanma emriyle birlikte bir müdür daha geldi. Olacak şey değil! Yalnız bir öğretmen atanmış, o da daha okula gelmemiş olan bir okula, iki müdür birden... Yeni müdür gelir gelmez tersliğe başladı. Ve sanki sadrazamlık mührüymüş gibi, okulun mührünü ele geçirmek için savaşıma girişti. Sonradan atandığı için, kendisini gerçek müdür sayıyordu. Eski müdür, ya müdür yardımcısı yada öğretmen olacaktı. Mührü ele geçirmek isteyişi de çok doğaldı. Çünkü, okulun okul olduğunu kanıtlayacak, o mühürden başka hiçbir resmî belge yoktu. Eski müdür hiç direnmedi. Bakanlıktan açıklama gelinceye dek bile beklemek gereğini duymadan, okul mührünü, iki sandalyeli ve bir masalı müdür odasını sonradan gelene verdi. Bisüre sonra, başka bir okula atanan eski müdür, kasabadan ayrılıp gitti.

Olan bana olmuştu. Çünkü, eski müdür beni okula kâtip olarak alacak, ama yardımcı matematik öğretmenliği yaptıracaktı. Müdürün okula kâtip almaya yetkisi vardı. Ben de kâtip aylığı alacaktım. Bunda da hiçbir suç yoktu. İlk kez suç işlemeden, kanunlara uygun bir iş yaparak para kazanacağım için sevinçliydim. Ama okula ikinci müdür geldikten sonra, bu umudum da gerçekleşmedi. Çünkü yeni gelen müdür, beni, atanma emri okula gelmiş bulunan matematik öğretmeni Orhan sandığı için, bordroya geçirmişti. Yani, matematik öğretmeni Orhan olarak, artık devletten aylık alacaktım. Yeni müdüre, gerçek kimliğimi açıklayamazdım.

Bunca sabıkamdan sonra bile, ilk öğretmenlik aylığımı aldığımda, sanki suçüstü yakalanacakmışım gibi geldi. Cebimde para varken, bir otobüse atlayıp ordan savuşup gidebilirdim. Ama bu, kurtuluş olmazdı. Çünkü, bir öğretmenin durup dururken ortadan yok olması ortalığı karıştıracak, belki olay gazetelere de yansıyacaktı. İşe polis, candarma karışacaktı. Kaçırılmış, öldürülmüş yada kendini öldürmüş bir öğretmen diye gazetelerde resimlerim çıkabilirdi. Paşazade'nin sahte öğretmenliği anlaşılırdı o zaman. İşte buyüzden, kasabadan kaçamazdım da... İster istemez, bu öğretmenliği üstlenmek zorunda kaldım.

Kendimi, yaşamın akışına bıraktım. İki katlı bir evin üst katında kiracıydım. Üç odalı, bağımsız bir kattı. Yavaş yavaş eşya alıyor, yerleşiyordum. Günler geçtikçe de burdaki insanlara, işime, öğrencilerime alışıyordum. Öyle ki, kendimi gerçekten bir öğretmen sanmaya bile başlamıştım. Zaman zaman, sahte öğretmen olduğum anlaşılacak diye korkuya kapılıyordum. Sahteciliğim anlaşılmasın diye de, çok iyi bir öğretmen olmak için var gücümle çalışıyordum. Geceli gündüzlü, öğrencilerimle, okulla uğraşıyordum. Derslerimden, öğrencilerimden başka hiçbir yaşamım yoktu. Istanbul'dan kitaplar getirtiyor, durmadan okuyor, biyandan da eksiklerimi gidermeye, kendimi yetiştirmeye çalışıyordum. Öyle ki, sahteciliğim sezilmesin diye, bir gerçek öğretmenden daha gerçek öğretmen olabilmek için çırpınıyordum.

Yavaş yavaş, okulumuzun eksik öğretmenleri de gelmeye başladı. Kasaba halkı, eksik öğretmenlerin atanması için bakanlığa durmadan dilekçeler yağdırdığından, ders yılı ortalarına doğru, okulumuzun öğretmen kadrosu tamamlanmıştı. Aramızda iki de kadın öğretmen vardı. Öğretmen sayısı çoğalınca, müdürün önayak olmasıyla bir öğretmenler birliği kurulup biyer tutulmasına karar verildi. Uygun biyer bulundu. Kapısına "Öğretmenler Lokali" yazılı bir levha asıldı. Burası büyük ilgi gördü. Kasabanın ilkokul öğretmenlerinin sayısı çoktu. Bu yer, öğretmenlere dar gelmeye bile başladı.

Çok şaşılası bişeydir, bu öğretmenler birliği kurulur kurulmaz, bizim okulun öğretmenleri aralarında önce ikiye, sonra üçe bölündüler. Daha sonra da parçalanıp beşe, altıya ayrıldılar. Daha çok parçalanmamıza sayımız yetmiyordu. Her iki-üç öğretmen ayrı bir bölüktü. Her bölümde bulunanlardan kimisi, zaman zaman kendi bölümünden çıkıp başka bölüme katılıyordu. Aklımda kaldığına göre, öğretmenler birliğindeki öğretmenler dokuz bölüme parçalanmıştı. Ama aynı öğretmen bir bu, bir öteki bölüme katılarak, bölümler arasında canlılığı sağlıyordu.

Öğretmenler birliğini kurmadan önce, aramızda böyle parçalanmalar yoktu. Çünkü, parçalanabilmek için biraraya gelinemiyordu. Birliğin kurulması, bölünüp parçalanmamıza yaradı. Öğretmenler birliği kurulmadan önce, hiç de böyle parça parça değildik. Bölünmelerin nedenleri çoktu. Politika tartışmaları yüzünden yada futbol takımları yüzünden yada ev içi dedikoduları yüzünden, prafa yada poker oyunları yüzünden bölünmeler oluyordu.

Öğretmenler birliği kurulmadan önce, kasabada ileri gelenlerin rahatça kumar oynayabildikleri yalnız Tüccarlar Kulübü vardı. Öğretmenler Birliği kurulunca, kasabanın memur ve aydın takımı daha çok öğretmenler birliğine gelmeye başladı. Bütün öğretmenleri, ders saatlerinde bile okulda bulmak olanaksızdı. Ama hafta tatili yada ara tatili günlerinde, ençok biriki eksiğiyle bütün öğretmenler lokalde bulunurdu. Lokalin, kimi geceler sabaha kadar açık kaldığı da olurdu. Burası, kasaba seçkinlerinin toplandığı yer olduğundan, sık sık kaymakam, savcı, yargıç, belediye başkanı, belediye hekimi, kasabanın tüccarları, ileri gelenleri burda buluşur, kumar oynarlardı. Öğretmenler birliğindeki bölünmelere, oraya gelen öteki memurlar da katılırdı.

Bana gelince, hep sahteciliğimin ortaya çıkacağı korkusu içinde bulunduğumdan, kendimi işime kaptırmıştım. Öğretmenler birliği lokaline çok seyrek uğruyordum. Birlikteki parçalanmalara katılarak, kimsenin aleyhimde bulunmasını istemiyor, geçmişim anlaşılacak diye korkuyordum. Öbür öğretmenler gibi sık sık mazeret izinleri, hastalık raporları alıp zamanımı lokalde geçirmiyordum. Hatta gerçekten hasta olsam da, bigün bile derslerimden geri kalmıyordum. Ders saatleri dışında, özel dersler vererek geri kalmış öğrencilerimi yetiştirmeye çalışıyordum. Öğrencilerimizle birlikte spor çalışmalarımız oluyordu. Voleybol ve futbol takımları kurmuştuk. Öğrencilerimle elele verip bir spor alanı düzenlemiştik. Okul yapısı yetmiyordu. Buyüzden bir de okulumuzu geliştirme derneği kurmuştuk. Belediyeden yardım aldık. Kasaba tüccarlarının, öğrencilerimden babaları varlıklıca olanların yardımlarıyla okulumuzu genişletmeye başladık. Okula, iki derslikle bir de kitaplık ve okuma odası ekledik.

Bütün yaşamımda, böylesine coşkuyla, sevinçle çalıştığım hiç olmamıştır.

Öğretmenler lokaline hiç gitmezsem, arkadaşlarıma sevimsiz geleceğimi bildiğimden oraya çok seyrek uğruyordum. Konuşma sırasında daha önce nerelerde öğretmenlik yaptığımı, geçmişimi filan sorabilirler diye, hiçbiriyle içli dışlı olmazdım. Söyleşilere katılmaktan kaçınıyordum. Buraya geldiğimde, karımı ve çocuklarımı sonradan getireceğim deyip de getirmemiş olduğum için yapılan dedikodular da zamanla kesilmişti.

Bu yoğun çalışma arasında, geceleri geç saatlere kadar çalışıp kendimi iyi bir matematik öğretmeni olarak yetiştirmeye çalışıyordum. Sanki, sahte öğretmen olduğuma kimse inanmasın gibi bir duygu vardı içimde.

Okulumuza iki müfettişin geleceğinden, önceden haberimiz olmadı. Müfettişler okula geldiğinde, paydos olduğundan, okulda benden başka öğretmen yoktu. Ben de öğrencilerimle birlikte, okul gösterisi için hazırladığımız bir oyunun provasındaydım. Karşımda, müfettiş olduklarını öğrendiğim o iki kişiyi görünce yüreğim duracak sandım. Sahteciliğim anlaşıldı da benim için geldiklerini sandığımdan ne yapacağımı şaşırıp kalmıştım.

Artık burda da sonumun geldiğini sanırken, herşey tersine oldu, korkularım boşuna çıktı.

İki müfettişin gelişinin nedeni sonradan anlaşıldı.

Öğretmenler birliği kurulduktan sonra parça parça bölünen ve birbirlerine düşman olan öğretmen arkadaşlarımız, Eğitim Bakanlığına durmadan birbirlerini ihbar edip şikâyetler yağdırmışlar. Hatta bu şikâyetlere, öteki memurlar, öğrenci anababaları, kasaba ileri gelenleri de katılmış. İşte buyüzden, bakanlık bu iki müfettişi göndermiş. Normal müfettişler gibi haber vermeyip, birden gelişleri de bundanmış.

Müfettişler, iki hafta kaldı. Her öğretmeni ayrı ayrı sorguya çekip ifadeler aldılar.

Beni sorguya çektiklerinde, bütün öğretmenlerden şikâyetler olduğu halde, yalnız benden şikâyet olmadığını öğrendim. Şikâyet edilmeyen ve şikâyet etmeyen tek öğretmen benmişim. Müfettişlerden biri, neden benim de öbürleri gibi bir şikâyet yada ihbarda bulunmadığımı sordu gülerek. Benim gibi bir sahte öğretmen, gerçek öğretmenleri nasıl şikâyet yada ihbar edebilirdi... Ama bu soruyu soran müfettiş, bu sorun üstünde üsteleyerek duruyordu:

– Siz neden hiçbir şikâyette bulunmadınız başka öğretmenler gibi?

Öyle bir kuşkuyla, gözlerimin içine bakarak ve yüzünü yüzüme yaklaştırarak soruyordu ki, sanki arkadaşlarımı şikâyet etmediğim için beni suçluyordu. Hem de işaret parmağını yüzüme uzatarak soruyordu:

– Bütün öğretmenler birbirlerini ihbar etmiş, ama siz hiçbir ihbarda filan bulunmamışsınız...

Sanki yapılması gereken bir görevimi yapmamışım gibi beni suçlarcasına soruyordu. Arkadaşlarımı ihbar ve şikâyet etmemiş, normal bir görevimi yapmamış olduğum için sahte öğretmenliğim anlaşılacak diye bir korkuya daha kapıldım. İçimden "âdet yerini bulsun diye keşke ben de biriki sudan ihbarda bulunsaydım..." diye geçirdim.

Öteki müfettiş, sustuğumu görünce,

– Yoksa o imzasız ihbarlar da sizin mi? diye sordu.

"Evet" demem gerekirken,

– Hayır, kimseyi ihbar etmedim... diye sesimi yükselttim.

İki müfettiş de üç kez dersime girdiler. Öğrencilerime sorular sordular. Derslikten çıkarlarken de her gidişlerinde, teşekkür ettiler.

Müfettişler gitti. Onların gidişine ençok ben sevinmiştim, böyle bir belayı atlattığım için... Müfettişler gittikten sonra da, okulda ve kasabada yaşam yine eskisi gibi sürdü. Öğretmen sayısı azken, okulumuzda nasıl öğretmen sıkıntısı çekiliyorduysa, öğretmen kadrosu tamamlandıktan sonra da, yine öğretmen sıkıntısı çekiliyordu. Çünkü, kadın öğretmenin biri doğum için izin almıştı. Evli olmayan öteki kadın öğretmenin hastalıklı günleri, sağlıklı günlerinden daha çoktu. Öğretmenlerden ençok ikisi, üçü belediye hekiminden sürekli olarak hasta raporu alarak günlerini ya öğretmenler lokalinde yada hastayken lokalde oturuyor da okula gelmiyor diye dedikodu yapılmaması için tüccar kulübünde kumar oynayarak geçirirdi. Kimisi il hastanesine gitmiş olurdu. İzinli olanlar vardı. Bir öğretmen de hava değişimi raporu alıp, havası suyu bu kasabadan daha iyi yer olmayacağını söyleyerek, zamanını öğretmenler birliğinde geçiriyordu.

Bir sahte öğretmenin, bakanlıktan takdirname aldığı görülmüş mü? Evet, ben işte... Müfettişlerin ayrılışından iki ay kadar sonra, bakanlıktan, olağanüstü çalışmalarımı ve başarılarımı değerlendiren bir yazı gelmişti. Bu yazı, benim öğretmenliğimi resmen kanıtlayan bir belgeydi. Başkaları gibi övüneceğim bir diplomam olmadığı için, Eğitim Bakanlığının bu değerlendirme yazısını camlatıp çerçeveletip odamın duvarına asmıştım. İki müfettişin benim için verdiği olumlu rapor üzerine, Bakanlıktan bu değerlendirme yazısının gönderildiği kesindi.

Takdirnameyi aldıktan sonra, eskisinden daha da büyük coşkuyla çalışıyordum. Yakalanma korkum kalmamıştı, sahte bir öğretmen olduğumu bile unutmuştum. Kendime güvenim gelmişti. Artık öğretmenler birliğine daha sık gidiyordum..... kiii, hiç umulmadık bir olay oldu: Bakanlıktan, bir büyük kent lisesine atandığımı bildiren bir yazı geldi. Matematik öğretmeni Orhan, bir kent lisesinin öğretmeni oluyordu. Sanırım, bu atama da, müfettişlerin benim için verdikleri olumlu rapor üzerine yapılmıştı. Yeni görevime yine Orhan adıyla gidecektim.

Ders yılı sonu yaklaşmıştı. Nerdeyse genel sınavlar başlayacaktı. Aylardır yaşadığım bu kasaba insanlarına, hele öğrencilerime çok alışmıştım.

Kasabanın durgun yaşantısını canlandırmak için, memurlar, bitakım bahaneler uydurarak sık sık ziyafetler verirlerdi. Kasabaya yeni bir memurun gelişi yada kasabadan bir memurun ayrılışı, "hoşgeldin" yada "gülegüle" ziyafetlerinin bahanesiydi. Uğurlama ziyafetleri özellikle çok görkemli olurdu.

Öğretmen arkadaşlar ve kasabanın öteki memurlarıyla ileri gelenleri, benim ordan ayrılışım dolayısıyla da bir ziyafet hazırlıyorlardı. Orda ne kadar çok sevildiğimi bu ziyafet yüzünden anlamıştım. Çünkü, öğretmenler bu ziyafeti bizim lokalde vermeyi isterlerken, kasaba ileri gelenleri, lokalin küçük olduğunu ileri sürerek tüccar kulübünde ziyafet verilsin diyorlardı. Dostum olan belediye başkanıysa, ziyafet için en uygun yerin, kasabadaki tek büyük lokanta olduğunu söylüyordu. Birbirlerine dargın olan memurlar ve öğretmenler, öğretmenler lokaline yada tüccarlar kulübüne gelmek istemeyebilirlerdi. Ama lokantaya hepsi gelirdi. Sonunda belediye başkanının önerisine uyuldu.

Aradan bunca yıl geçti, o olayı günü gününe hatırlıyorum: Cuma akşamı benim onuruma ziyafet verilecek, pazartesi sabahı da otobüse binip kasabadan ayrılacaktım. Eşyamı, önceden kamyonla, atandığım ile göndermiştim; oraya varınca alacaktım.

O cuma sabahı, okulda son dersime girdim. Okuldan ayrılacağımı önceden bilen öğrencilerim çok üzgündü. Onlara veda için çokaz şey söyleyebildim; çünkü biraz daha konuşsam, kendimi tutamayıp, ben de onlar gibi ağlayacaktım. Gideceğim yerde mektuplarını beklediğimi söyleyince, hepsi ağlamaya başladı. Benim için aldıkları hediyeyi verdiler: O kasabada yapılan bir küçük kilim... Öğrencilerimin çoğu yoksul aile çocuklarıydı. Buyüzden onların bu hediyesi benim için çok büyük değer taşıyordu. "Sağolun çocuklar! Hepinize uzun yaşam boyu başarılar, mutluluklar dilerim. Sizi hiç unutmayacağım..." dedim, başka da bişey söyleyemeden çıktım derslikten.

Şöyle bir geriye bakıp geçmişimi düşünüyorum da şimdi, işte bundan büyük mutluluk olmamıştır yaşamımda.

Gece, kasaba lokantasındaki ziyafet unutamayacağım bir olaydı. İlk konuşmayı kaymakam yapmıştı. Kasabada ne çok sevildiğimi anlatmıştı. Arkadan sırayla, belediye başkanı, candarma komutanı, okul müdürü, daha başkaları konuştu. Her konuşan, sözlerini, kadehlerin onuruma kalkması önerisiyle bitiriyordu.

O kasabada bulunduğum sürece, böyle dört beş ziyafette bulunmuştum. Doğrusu konuşulan sözler, hep birbirine benzeyen kalıplaşmış sözlerdi. Ben artık bu sözleri ezberlemiştim. Ama aynı sözler benim için söylenince, o sözler gözümde birden değerlenmişti. Çok duygulanmıştım.

– Kadehlerimizi, aramızdan unutulmaz hatıralar bırakarak ayrılan Orhan Bey kardeşimizin şerefine kaldıralım! diye bitirmişti sözlerini kaymakam.

Belediye başkanı,

– Orhan Beyin büyük hizmetlerini unutmayacağız. Kadehimi şerefine kaldırıyorum... demişti.

Bu sözlerden, yaşamımda ilk kez, toplum için gerekli ve başkalarına yararlı bir insan olmanın gururunu duyuyor ve çok duygulanıyordum. Çok içki içtiğimden olacak, içimden "Heeey, hepinizi kandırdım... Ben sahtecinin biriyim, sahte bir öğretmenim... Sizin iyi duygularınızı sömürdüm..." diye bağırarak suçumu açıklamak, günah çıkarmak, ağlamak geliyordu. Birara bu istek öylesine arttı ki, nerdeyse bu deliliği yapacaktım.

Benim için verilen bu veda ziyafetine savcının gelmemiş olması, ordakilerden bir arkadaşın dikkatini çekmiş, bana, savcıyla dargın olup olmadığını sormuştu. O soruncaya kadar, savcının orda olup olmadığının farkında bile değildim. Niçin savcıyla dargın olayım? Hiçkimseyle dargın filan değildim.

Bu ziyafetlerde son konuşmayı, kendisi için ziyafet verilen yapardı. Bunların sözleri de hep birbirine benzerdi:

"Bilmeden, istemeden, büyüklerime, üstlerime karşı herhangibir kusurda ve saygısızlıkta bulunduysam ve görevim dolayısıyla elimde olmadan arkadaşlarımı incittiysem, huzurlarınızda hepsinden beni bağışlamalarını dilerim."

Töre gereği bu dokunaklı konuşmaların son cümlesi genellikle şöyle olurdu:

"Çok değerli arkadaşlar, iltifatlarınızla beni öyle duygulandırdınız ki, heyecanım konuşmama engel oluyor. Ben bu kasabadan ayrılmıyorum, kopuyorum. İnanınız ki, yüreğimi burda bırakarak gideceğim."

Bana çok yapmacık gelen bu sözlerden nefret ediyordum. Ben, çok daha başka sözler söylemek istiyordum. Ama ne şaşılası şey, kadehim elimde ayağa kalkınca, sanki ezberlemişim gibi tıpkı tıpkısına o sözleri söylemez miyim!

"Bilmeden, istemeden... herhangibir saygısızlıkta bulunduysam... elimde olmadan... incittiysem... beni bağışlamalarını dilerim... Burdan ayrılmıyorum, kopuyorum... Yüreğimi burda bırakarak..."

Hep birlikte içtik yine. Alkışladılar. Suçluluğumu açıklamak için anlatılmaz bir dürtü vardı içimde. Ağlıyordum da... Yanımdaki müdüre, kendimi tutamayıp,

– Vicdan azabı çekiyorum, dedim.

– Niçin? diye sordu.

– Çünkü, dedim, ben gerçek bir öğretmen değilim.

Ama o, bu sözümü, görevimi gönlüme göre ve istediğimce yapamadığım anlamına alıp,

Keşke her öğretmen sizin kadar değerli ve çalışkan olsa... dedi.

– Öyle değil Müdür Bey, öyle değil, ben bir sahteciyim! dedim.

Yine ne demek istediğimi anlamadı.

– Yalnız siz mi, hepimiz öyleyiz... Biz aydınların, bu halka ödenmez borçlarımız var. Hiçbirimiz gereğince görevimizi yapamadığımız için hepimiz sahteci sayılırız... Siz, hiç olmazsa bunun bilincindesiniz. Başkaları bilincinde bile değil bunun... Siz elinizden geleni yaptınız, ben buna tanığım...

– Vicdan azabı çekiyorum yahu, beni anlamıyorsunuz... diye ağlayarak inledim.

Ama ordakiler benden daha sarhoştu, kimsenin kimseyi anlayacak hali yoktu. Herkes birden konuşuyor, her kafadan bir ses çıkıyor, ama kimse kimseyi dinlemiyordu.

Eve nasıl geldiğimi hatırlamıyorum. Pazar günü öğleye doğru, dün geceki içki yüzünden, baş ağrısıyla uyandım.

Pazartesi günü de, evde kalmış bikaç parça eşyamı derleyip toparladım, öğrencilerimin anmalık olarak verdiği kilime bunları sardım. Geri kalan eşyamı, kitaplarımı iki bavula koydum. Eve gelen öğrencilerim, bunları otobüslerin bulunduğu alana taşıdılar. İple bağlı yuvarlak kilim elimdeydi. Bavullar otobüse yerleştirildi. Bütün öğrencilerim ordaydı. Kız öğrencilerimden bikaçı bana çiçek verdi. Öğretmen arkadaşlarım, tanıdıklar, biçok kasaba yerlisi, memurlar, beni uğurlamaya gelmişlerdi. Hepsiyle ayrı ayrı sarılıp öpüştük. Otobüse bindim. Nerdeyse otobüs kalkacaktı. Beni uğurlamak için dışarda bekleşenlere el sallıyordum. Otobüsün ön kapısından giren candarma erini gördüm. Bu candarma, önümde durdu. Arkamdan bir ses,

– Sizi Savcı Bey istiyor! dedi.

Dönüp baktım, arkamda da bir candarma. Demek, o da otobüsün arka kapısından girmiş.

Kendimi öylesine gerçekten öğretmen sanıyordum ki, savcı, veda ziyafetine bir işi çıkıp gelemedi de, vedalaşmak için beni yanına çağırıyor sanıp,

– Otobüs kalkmak üzere... Savcı Beyle vedalaşamayacağız. Kendisine gözlerinden öptüğümü söyleyin... dedim.

Önümde dikilen iki candarmadan biri onbaşıydı. O onbaşı,

– Kalk, yürü! deyince, durumda bir bozukluk olduğunu anlayıp kalktım, indim otobüsten.

Silindir biçiminde bağlı kilim de elimdeydi.

İki candarmanın arasında, beni uğurlamaya gelen kalabalığın arasından geçerken, başıma gelecekleri anlamış gibiydim. Orda toplanmış olanlar, meraklı bakışlarla bişeyler mırıldanıyorlardı.

Savcının odasına girdik. Candarma onbaşısı,

– Getirdik beyim! dedi.

Masasında oturan savcıya baktım. O tanıdık, herzaman benimle şakalaşan arkadaş değildi sanki; aramıza soğuk bir yabancılık girmişti. İşte o zaman, niçin benim için düzenlenen veda ziyafetine gelmemiş olduğunu sezinledim.

– Senin asıl adın ne?

Sanki ağzı bir namlu olmuştu ve bu sözün her hecesi ağzından bir mermi gibi çıkıyordu: "Se-nin a-sıl a-dın ne?"

Olup bitenleri sonradan öğrendim. Benim sahte öğretmenliğim şöyle ortaya çıkmıştı.

Yerine öğretmenlik yaptığım matematik öğretmeni Orhan Bey, telgrafında da bildirdiği gibi, gerçekten atandığı kasabaya gelmek için otobüse binmiş. Kasabalılar da, telgrafını aldıkları Orhan Beyi karşılamak için otobüsün yolunu beklemişler. Gelgelelim, Orhan Beyin bindiği otobüs, yolun bir dönemecinde devrilip uçuruma yuvarlanmış. Bikaç yolcuyla birlikte Orhan Bey de ölmüş. Bu kazadan habersiz olan kasabalılar da, otobüsü bekleyedursunlar... O otobüsün geliş saati çoktan geçmiş, ama ortalarda otobüs görünmüyor. Neden sonra benim bindiğim otobüs gelmiş. Elinde valizle, boyunbağlı, düzgün giyimli bir adamın otobüsten indiğini görünce... Tamam işte, öğretmen Orhan Bey bu olacak deyip, elime sarılmışlar.

– Hoşgeldin Muallim Bey...

– Sefageldin Muallim Bey...

E ben de o sıra, anlattığım gibi, çok sıkışmış ve ayakyolunu aramakta olduğumdan, “Ben öğretmen değilim.” diyecek durumda değildim ki...

Otobüs kazasında ölen Orhan Beyin karısı, kocasının ölüm haberini alınca, kendisine ve çocuklarına yetim-dul aylığı bağlanması için bakanlığa başvurmuş. Bakanlıktaki ilgili memurlar, kadıncağızın bu dilekçesini görünce şaşırmışlar. Çünkü, bizim kasaba okulu, öğretmen Orhan'ın göreve başladığını bakanlığa bildirmiş. Öğretmen Orhan görevine başlamış ve aylığını da alıyor. Aylığını alan, görevini yapmakta olan bir öğretmen nasıl ölmüş olabilir? Bakanlık kadının dilekçesine cevap yazmış, kadın onlara bir daha yazmış. Yazışmalar sürüp gitmiş. Kadıncağız, kocam öldü, diye dert döküyor; bakanlık da, hayır yaşamakta diye direniyor. E bir insanın bu memlekette yaşadığını da, öldüğünü de ispatı kolay mı! Zavallı kadıncağız bakanlığa bitürlü kocasının ölmüş olduğunu, zavallı bakanlık da kadına kocasının ölmemiş olduğunu, aylık aldığını bitürlü anlatamıyormuş. Bu yazışma çizişme aylar sürmüş. Ben de bu arada, yerini aldığım matematik öğretmeni Orhan Bey ne oldu diye merak ediyordum ya, oysa ben ölen adamın aylığını almaktaymışım. Sonunda iş anlaşılmış. Benden gizli olarak, kovuşturma sürdürülmüş.

Öte yandan da, o iki müfettişin, benim için verdiği olumlu rapor üzerine, bakanlığın başka bir şubesi, beni terfi ettirerek bir ilin lisesine atamış...

Yine gazetelerin dilindeydim: "Paşazade, sahte öğretmenlik yaparken yakalandı", "Sabıkalı sahteci Paşazade'yi Eğitim Bakanlığı iki derece birden terfi ettirmiş", "Sahte Öğretmen Paşazade'yi, öğrencileri ağlayarak cezaevine uğurladılar"...

Gazeteler yine resimlerimle donanmıştı.

Öğrencilerimin anmalığı olan kilim elimdeydi. Bu kilimi, yıllarca, cezaevinden cezaevine taşımışımdır. Cezaevlerindeki yatağımın üstüne sererdim. Ben sahte öğretmen ve... ötekiler de gerçek öğretmen...

O kilim mi? Sahteci olmayan bir görevli yetkili, kilim koleksiyonu yapıyormuş da... Anladınız değil mi? Rüşvetin adı hediye olunca suç olmaz. Üstelik, vermek zorundaydım: Kilimi, ne rüşvet, ne hediye olarak verdim, haraç olarak vermek zorunda kaldım.

SUÇ SAYILMAYAN TEK SAHTECİLİK: SAHTE ATATÜRKÇÜLÜK

Şu benim sahte şeyhliğimi anlatmıştım ya size... Hani o atılan dayağı da... Nasıl dövmüşler beni, düşünün ki, cezaevine girdikten ancak bir ay sonra kendime gelebildim. Bu Doğu insanları bir başka olur. Cezaevinde onların yardımı olmasaydı, çoktan oralarda ölüp gitmiştim. Onca şeyhlik filan işe yaramamış, sonunda on parasız düşmüştüm cezaevine. Cezaevindeki hükümlülerin bana nasıl bakıp yardım ettiklerini anlatamam, o kadar olur işte... En büyük yardımı yapan da, yatak komşum olan Seydo'ydu. Seydo'yla arkadaş olmuştuk. Benden biraz gençti.

Seydo ikidebir sorardı bana:

– Hey Poşo gurben, kimin yerine yatirsen?

Bana Paşazade demez, Poşo derdi.

Anlamazdım ne demek istediğini.

– Kimin yerine olacak, kendi yerime yatıyorum... derdim.

İnanmazdı. Kurnaz kurnaz gülerdi. Onun gülüşüne bayılırdım. Gülünce, kıvrılmış koç boynuzlarına benzeyen uzun bıyıklarının sivri uçları, gözlerine kadar yukarı kalkar inerdi. Böylece, ençok bıyıklarıyla gülerdi.

Bu sorusunun üstünden bikaç saat yada bir gün geçer, yine sorardı:

– Poşo, hey gurben, kimin yerine yatirsen?

– Yahu Seydo kardaş, söyledim ya, kimin yerine olacak ki, elbet kendi yerime...

Haftalarca, aylarca sürdü onun bu soruları.

Biz sabıkalı mahkûmlar, gerçek ve büyük suçluların yüksek dokunulmazlıkları olduğunu, buyüzden onların ellerini kollarını sallayarak dışarda özgürce dolaştıklarını, en iyi yerlerde, en iyi biçimde yaşadıklarını çok iyi biliriz. Cezaevlerine doldurulan suçlular, gerçekte, küçük suçlar işledikleri, az para çaldıkları, küçük dolandırıcılıklar ve yankesicilikler yaptıkları için cezaevlerine tıkılmışlardı. Yani onlar suç işledikleri için değil, büyük suçlar işleyemedikleri için cezalandırılmışlardır. Ama her insanın, cezalandırılamayacak kadar büyük suçlar işlemeye yeteneği, bilgisi, görgüsü, öğrenimi yoktur ki... Bu dünyada büyük adamlar varsa, küçük adamlar da var... Hani Ziya Paşa'nın dediği gibi:

"Milyonla çalan mesned-i izzette serefraz"
"Birkaç kuruşu mürtekibin câyı kürektir."

(Paşazade'nin beni şaşırtacak kadar eski kültürü vardı. Sözlerinin arasına anlamını bilmediğim Osmanlıca dizeler, ikilikler serpiştirirdi. Bunların çoğu aklımda kalmamıştır. Yukardaki ikiliği söyleyince, anlamını anlamasam da, ne anlatılmak istendiğini sezinlemiştim. Bu ikiliği, kendisine bikez daha söylemesini rica ederek yazmıştım. Onun bu kültürü, ya çok okuduğu kitaplardan yada öğretmenlik, yargıçlık, savcılık, avukatlık, subaylık filan gibi, sahte de olsa, uzun zaman yaptığı işlerden geliyordu. Cezaevindeki öbür sabıkalılara hiç benzemeyen, hatta onlara karşıt bir kişiliği vardı. Sanki Paşazade iki dil biliyor ve iki dille konuşuyor gibiydi. Kendisi gibi sabıkalılarla konuşurken onların anladığı dille ve onlardan biri olarak konuşurdu. Benimle, aşağı yukarı anlattıklarını yazdığım bu dille, hatta daha da yüksek düzeyde konuşuyordu.)

Çalınca, milyonla, milyarla çalacaksın ki, büyüklüğün belli olsun. Öldürünce, bir kişiyi iki kişiyi değil, savaş çıkarıp milyonlarca insanı öldüreceksin ki, adın kaatile değil kahramana çıksın da alanlara heykellerin dikilsin... Efendim? Yani biz sabıkalı mahkûmlar, asıl gerçek ve çapları büyük suçluların dışarda rahat yaşarlarken, bizim gibilerin de onların yerine hapiste yattığımıza inanırız. Nasıl milletvekilleri halkın vekilleriyse, nasıl avukatlar sanıkların vekilleriyse, biz sabıkalılar da gerçek suçluların vekilleri olarak cezaevlerinde onların cezalarını çekeriz.

Bu sözlerime siz, sabıkalıların boş savunmaları da diyebilirsiniz. Hani suçluluk duygusundan kurtulmak isteyişimiz filan gibi... Neyse, Seydo'nun ikidebir bana "Sen kimin yerine burda yatıyorsun?" diye sormasını, sonunda, ben de böyle yorumluyordum. Yani, bitakım insanlar –ki onlar genellikle büyük kişilerdir– suç işliyorlar, biz de onların suçlarının cezasını cezaevlerinde çekiyoruz. Evet ama, gerçek suçluların tek tek kimler oldukları, onlardan hangisinin yada hangilerinin vekili olarak hapis cezası çektiğimiz bilinmez ki...

Bigün yine Seydo bana,

– Hey Poşo, gurben, dorguyu demirsen, söyle ki burde kimin yerine yatırsen? diye sorunca,

– Seydo kardaş, dedim, elbet sen de, ben de, öbürleri de, burda, birilerinin yerine hapis yatmaktayız. Ama kimin yerine hapis yattığımı ben nerden bileyim? Belki bir kişinin, belki de bin kişinin yerine hapis yatıyorum.

Seydo bu sözüme pek şaştı. Herzamanki gibi gülmedi, yani bıyık uçları kıpırdamadı.

– Eledir de, bedeli kimden almışsen? diye sordu.

Bu kez ben şaştım.

– Ne bedeli yahu? Hangi bedel Seydo kardaş?

Seydo bu sözüme gücenmiş görünerek,

– Sen, bene güvenmirsen Poşo gurben, dedi.

– Niçin güvenmeyeyim Seydo kardaş, sen bana bunca iyilik yaptın, yardım ettin, kardeşlik yaptın... Sana güvenmezsem, başka kime güvenebilirim! Herzaman güveniyorum sana...

– Güvenseydin, dorguyu söyleridin.

O konuşmamız böyle kesilmişti. Seydo, o konuşmamızdan sonra, bir zaman bana eski yakınlığını göstermedi. Ama ben, nedenini anlamadığım bu soğukluğu gidermek için elimden geleni yapıyordum. Aramız yine düzelmişti. O yine sormaya başlamıştı:

– Dorgu söyle Poşo gurben, sen burda kimin yerine yatirsen?

– Vallahi kendi yerime Seydo kardaş.

– Ya bedeli kimden alıysen?
– Ne bedeli canım?
– Bedel almıymisen?
– Almıyorum.
– Bedeli sornam mı alacaksan?

Ne demek istediğini bitürlü anlayamıyordum. Aradan beşaltı gün geçip bana bigün,

– Sen bene güvenmirsen. Güvensen eger, kimin yerine yatdıgını agnatiiysen... deyince, bu kez,

– Peki Seydo kardaş, söyle bakalım, sen burda kimin yerine yatıyorsun? diye sormak aklıma geldi.

Seydo,

– Ben, dedi, sene güvenirem. Bilirem ki, senden sır çıkmez. Ben Küçük Ferdo Aganın yerine yatirem burde.

– Küçük Ferdo Ağa kim? diye sordum.

Onu tanımamış olmama pek şaştı. O kadar şaştı ki, bıyıklarıyla güldü.

– Küçük Ferdo Aga, dedi, bana bedel veren Cünd'ogli Aganın oglidir.

Ben sordum, o anlattı; ben sordum, o anlattı. Anlattıkları gerçekti, ama inanılır gibi değildi.

Seydo cinayet suçlusuydu. Pusu kurup adam öldürmüştü. Gerçeği ondan öğreninceye kadar Seydo'nun adam öldürmüş olmasına hiç inanasım gelmiyordu. Öyle yumuşak, iyi yürekli insan, nasıl adam öldürebilirdi! Anlattıklarından öğrendim ki, Seydo adam öldürmemişti. Kaatil, Küçük Ferdo Ağa denilen, ondört-onbeş yaşında bir çocuktu. Cünd'oğlu Ağanın küçük oğluydu. Cünd'oğlu Ağa çok zengindi. Oğlu hapse girmesin diye, para karşılığında, bu cinayeti üstlenecek, oğlunun yerine hapis yatacak birini arıyordu. Böyleleri çoktu. Ama, ser verir sır vermez takımından, ağzı sıkı bir yiğit kişi gerekti. İşte arkadaşım Seydo, biçok gönüllü kaatil arasından seçilerek gerçek kaatilin yerine mahkûm edilip hapse atılmıştı.

Niçin böyle yaptığını sordum.

– Hey Poşo gurben, yohlugun gözü kör ola! dedi.

▼

– Daha iyi ya, dedim, yoksulsan ne diye elin suçunu üstüne alırsın?

– Hep çolugumuz çocugumuz yüzünden degil mi ki bu olan işler hey Poşo gurben... dedi.

Anlattı: Bu suçu üstlenmesine karşılık Cünd'oğlu Ağadan bedel alıyormuş, hapiste yattığı her yıl için onbeşbin lira...

Seydo, dört yıldır hapisteydi. Altı ay sonra kurtulacaktı. Aldığı para topu toplamı 60-70 bin liraydı. Ama o bu kadar parayı bütün yaşamınca çalışarak biriktirip toplayamazdı.

Cezaevindekileri şöyle bir inceleyince, ençok yarısının, bedel parası karşılığında, başkalarının –yani gerçek suçluların– yerine hapis yatan suçsuzlar olduğunu anladım.

Seydo,

– Burde gördügün herkeş bir begin, bir aganın yerine yatir... dedi.

– Peki Seydo kardaş, mahkemede öldürdüm dediğin adamın akrabaları sana düşman olmazlar mı? Kan davası güdüp seni öldürmeye kalkışmazlar mı?

– Benim suçum ne ki beni öldüreler? Ben bir bedel almış bir fukareyim. Onlar bilmir mi ki, esas kaatil Küçük Ferdo Agadır? Elçiye zavel yuh, degil mi? İşte onun kimi bu da... Bedel vermişler, suçu bene yıkmışler. Onların düşmeni ben degilim, Küçük Ferdo Aga'dır. Helbet vuruşirler. Belkim Ferdo Agayı vururler. Onlar da bedel verip, kendi yerine hapis yatacak bir fukare bulerler.

Anladığıma göre, bedel karşılığı kaatilliği üstlenip hapis yatmak, bir meslek olmuştu kimileri için.

Bedel alanın, kimin yerine hapis yattığı çok büyük sır olduğundan hiçkimseye açıklanmaz, ancak çok güvenilen kişiye, ne kadar güvenildiğini göstermek için açıklanırdı. Seydo, bana olan güvencini göstermek için bu sırrını açıklamıştı. Bana kimin yerine hapis yattığımı sorup da cevap alamayınca, kendisine güvenmediğimden sır vermediğimi sanıp gücenmişti. Onun bu soruyu bana sorması, salt merakından değildi. Benim, cezaevinde parasız olduğumu biliyordu. Birinin yerine hapis yatıp, bedeli alamamışsam, bedeli vermeyeni öğrenip ondan bedeli almam için bana yardım edecekti.

Yine soruyordu:

– Hey Poşo gurben, kimin yerine yatırsen?

Benim de kendisi gibi birisinin yerine cezaevinde yattığımı sanıyordu. Birden aklıma, beni Künt dağındaki kaya kovuğundan çırılçıplak aldırtıp da şeyh yapan o Bey'in söyledikleri geldi. Ne demişti? "Burada üç zagon var!" demişti. "Biri beydir, işte ben! Biri şeyhtir, işte sen! Üçüncüsü hükümettir, işte candarma komutanı!"

Olsa olsa ben, işte bu üçünün yerine hapis yatıyordum: Biri bey, biri milletvekili bizim Boru Burhan, biri de candarma komutanı Bedri Kaymakam dedikleri bizim Sıçan Bedri...

– Seydo kardaş, ben üç kişinin yerine yatıyorum. Biri bey denilen it, öbürü itin iti, daha öbürü de itoğluitin iti...

Seydo, öyleyse çok bedel aldığımı söyledi. Hiç bedel almadığımı söyledim.

– Bedel vermirler de neden sen hapse düşesin Poşo gurben? diye sordu.

Benim anlatabildiğim, onun da anlayabildiği kadar anlattım. Bana o kadar acıdı ki,

– Burden çıkanda, ben sene eyi bedel verecek birini bulayım da para toplayasın, bir iş tutasın Poşo gurben... dedi.

Başkasının yerine hapis yatan adam, otuz-kırk bin lira alıyor. Böylece herkese birden iyilik yapılmış oluyor. Bakınız, asıl suçlu kurtuluyor. Bedel alan, hiçbir zaman sahip olamayacağı kadar para sahibi oluyor. Çoluğu çocuğu böylece rahat yaşıyor. Ya hapse giren? Evi, cezaevinden daha rahat değil ki...

Cezaevinde, ömründe görmediği ve göremeyeceği bir rahata kavuşuyor. Öyle ya, çalışmak yok, ekmek elden su gölden dedikleri gibi... Ağaya kulluk yok. Candarma baskısı yok. Hükümet korkusu yok. Vergisi yok, salgısı yok... Nasıl olsa hükümet tayın veriyor. Kışın sıcak... Cepte parası var. Yan gelip yatar, çubuğunu tüttürür. Gel keyfim gel... Cebinde parası olduğu için cezaevinde sözü de geçer. Dahası ne? Cezaevinden çıkınca, bedel parasıyla davar alır, inek alır, öküz alır, belini doğrultur.

Biz sabıkalılar, başkalarının yerine hapis yatıyoruz diyoruz ama, kimin yada kimlerin yerine hapis yattığımızı bilmiyoruz. Hiç olmazsa bunlar, para aldıkları adamın yerine cezaevinde yattıklarını biliyorlar.

Bu bedel karşılığı hapis yatma işine yavaş yavaş benim aklım yatıyordu. Hükümet, bedel karşılığı başkasının yerine hapis yatmayı yasallaştırsa, ne iyi olur, hiç düşündünüz mü? Böylece, onbinlerle işsiz, başkasının yerine bedel alıp hapse girerek para kazanmış olur. Yani işsizlik bile önlenir.

Günlerce bunun hesabını yapmıştım o zamanlar. Bir yıl hapisliğin bedeli olsa, bu bedelin yarısını hükümet, yarısını da hapis yatacak alsa... O zamanlar, cezaevlerinde 3-4 yüzbin hükümlü olduğu söyleniyordu. Yıllığı otuzbin liradan... Çarp üçyüzbinle... Al yarısını...

Bigün, eski bir gazete üstünde kalemle işte bu hesabı yaparak dalgamı geçer, oyalanırken, birden gazetede gördüğüm küçük bir haberle beynimden vurulmuşa döndüm. Neydi gazetedeki o küçük haber, biliyor musunuz? Hercai Recai'nin intiharı... Zavallı Recai. Ölmemiş olsaydı, onu bu kadar çok sevdiğimi anlayamayacaktım. Sevmek şöyle dursun, ben ondan nefret ettiğimi sanıyordum. Ama hiçbir ölüm, beni Recai'nin ölümü kadar etkilememiştir.

Neden intihar ettiği gazetede yazılı değildi, ama bunu anlamıştım. Çünkü o, kendini bütün dünyaya madik atacak kadar kurnaz sanıyordu. Yaptığı dolandırıcılıklar, kendi zekâsının üstünlüğünü yine kendisine ispat içindi. Öyle kurnaz, öyle zeki sanıyordu ki kendini, bütün suçları işleyecek, ama hiç yakalanmayacaktı. Daha ilk yakalanışında, hem de bir karakolun bodrumunda, pantolon kayışıyla kendini asarak öldürmüştü. Küçük bir suçtan, üstünde dolar bulundurmak gibi çok küçük bir suçtan sanıktı. Buna bile dayanamamış, kendini öldürmüştü. Oysa, belki de bu suçtan kurtulabilirdi. Ama onun için önemli olan, suçlanmak, ceza görmek değil, yakalanmamaktı. Onurundan mı kendini öldürmüştü? Sanmıyorum. Kendine güvenini yitirmişti de ondan... Daha doğrusu, intiharından sonra anlıyordum ki, onun hiçbir zaman kendine güveni olmamış, buyüzden de abartarak kendine güveni olduğu gösterilerinde bulunmuştu. Üstelik bu gösteriyi başkalarına değil, kendine yapıyordu. Bir korkusuz cambazdı o, seyircisi yine kendisiydi.

Çok ağladım. Günlerce onu düşündüm. Okuldayken, ne kadar içine kapanık, içinden pazarlıklı bir çocuktu. Buyüzden onu sevmezdik. Sonradan, üstünlüğünü yine kendisine ispat etmeye çalışması, belki okuldaki ezikliğinin bir tepkisiydi. İnsanları kandırmayı severdi. Hani elini gökyüzüne doğru uzatıp,

– Aaaa, bak, bak! deyip de, orda bişey göremeyince,

– Ne var? diye soranları,

– Kandırdıııım... diyen çocuklar gibiydi.

Hep böyle birilerini kandırarak, kendi üstünlüğüne yine kendisi inanmak istiyordu.

Evinde konuk olarak kaldığım bir gece, ceketimin cebindeki parayı çalmıştı. Oysa o parayı bana kendisi vermişti.

Bir gece beni bara götürmüştü. Sabaha karşı bardan çıkmıştık. Gecenin serinliğinde yürüyorduk. Önümüzden geçen araba yavaşladı, durdu. Arabadan bir kadınla bir erkek indi. Recai, birden benden ayrılıp hızlandı. Arabadan inen adamın yanına gitti. Benden üç-dört adım ötede olduğu için neler söylediğini duyuyordum. Utangaç, titrek bir sesle adama şöyle demişti:

– Beyfendi, çok affedersiniz, sizi rahatsız ediyorum... Müsaade ederseniz, bişey arzedeceğim.

Şaşıran adam,

– Buyrun... dedi.

– Biz iki üniversite öğrencisiyiz... Bende para vardı. Ama... Cüzdanımı ya düşürdüm, ya çaldırdım...

İyice inceltdiği sesi titriyordu.

– Pendik'te oturuyoruz. Son vapur da çoktan gitti. Acaba bu gece bir otelde kalmamız için bize bir küçük yardımda bulunabilir misiniz?

Adam, cüzdanını çıkarıp para vermiş, Hercai Recai iti de teşekkür ederek parayı almıştı.

Niçin yapmıştı bunu? Cebi para doluydu. Salt, gücünü, üstünlüğünü, başkalarını kandırabilme yeteneğini sınamak için... Gerçekte o kadar güçsüzdü ki, durmadan gücünü denemek ihtiyacını duyuyordu.

Yanıma gelince,

– Hiç utanmadın mı Recai? demiştim.

Ben böyle söyler söylemez, yanındaki kadınla birlikte bir apartımana girmek üzere olan o adamın yanına koşmuştu.

– Beyfendi, biz size bu borcumuzu ödeyeceğiz. Lütfen kartınızı verir misiniz?

Adam kartını da vermişti.

Ordan uzaklaştık.

– Ne ihtiyacın vardı da adamı dolandırdın? diye sordum.

– Ben o herifi dolandırmadım ki... dedi.

– Ya ne yaptın?

– Ben o adama iyilik yapmanın zevkini tattırdım bir... Yanındaki kadına da, iyiliksever olduğunu gösterme fırsatını verdirdim, iki... Geceleyin sokakta kalmış iki üniversiteli gence yardım etmek, az iyilik mi? Bu gece, iyilik yapmış bir insan olarak vicdan huzuruyla uyuyacak. Yarın da önüne gelene bu yardımını anlatacak... Doğrusunu istersen, o adam bize iyilik etmedi, kendisine yardım etme zevkini tattırarak ben ona iyilik ettim.

– Peki, hepsi neyse de, neden sonra bir daha gidip, bir de adamın kartını istedin, borcumuzu ödeyeceğiz diye?

– Çünkü, demişti, ben birisine iyilik yaptım mı, tam yapmalıyım. Adamın içine, yoksa beni kandırdılar mı, diye bir kuşku girmesin ki, vicdan rahatıyla uyusun. Bu kadar az paraya, bu kadar büyük bir zevk tattırılır mı? Daha o heriften benim alacağım var, ona verdiğim iyilik yapmak, yardım etmek zevkine karşılık. Herifin kartını aldım ki, bir punduna getirip, alacağımın geri kalanını da koparayım.

Nasıl olsa, adamdan aldığı kartı, paraya çevirmenin bir yolunu bulacaktı.

İşte böyle bir rezil... Hayır, kendine güveni olmadığı için, kendi üstünlüğünü yine kendine ispata çalışan biriydi. Karanlıkta, korkudan şarkı söyleyip kendi sesini duymak isteyenler gibiydi.

Ölümüne bunca acımamın nedenini sonraları anlayabildim. Hercai Recai, dünyada yakınım olan tek kişiydi. Her cezaevinden çıkışımda, ona giderdim. Her gidişimde de bana yardım etmişti. O benim güvencem, dayanağım filan gibi bişeyimdi. Hercai Recai de ölünce, bu dünyada yapayalnız kalmıştım. Anababamın öldüklerini duyalı çok olmuştu. Kardeşlerimin nerde olduklarını da bilmiyordum.

Doğu'daki o cezaevinde tanış olduklarımdan biri de, bir bar sahibiydi. Kısa bir hapis cezası için cezaevindeydi. Su gibi para harcıyordu. Barcılıktan çok para kazandığı, çok zengin olduğu söyleniyordu. Bu barcı için çok dedikodular dolaşıyordu cezaevinde. Yüzüne karşı herkes saygılı, ama arkasından atıp tutuyorlardı. Barcılığa başlamadan önce, şimdi barcılık yaptığı ilde bir memurmuş. O zaman çok güzel bir karısı varmış. Karısını, kendi eliyle o yeri düşmandan kurtaran kahramanın konağına götürür bırakırmış. Buyüzden daha o zamanlar dedikodular almış yürümüş. Öyle dedikodudan çekineceklerden filan değilmiş. Günlerden bigün, kendisi için dedikodu yapanların yanına varıp yüzlerine karşı bas bas bağırmış:

"Duydum ki, burda oturup karım ve benim için dedikodu yapıyormuşsunuz. Hiç boşu boşuna dedikodu yapmayın... Evet, o söylentiler doğrudur! Karımı, konağa kendim götürüyordum. Yani ne var bunda? O kahraman, buralarını düşmandan kurtarmasaydı da karımı düşman ş'apsaydı, o zaman daha mı iyi olacaktı..."

Karı dediğin, erkeğin elinin kiri... Herif yükünü tuttuktan sonra, karısını boşayıvermiş, yani yıkayıp elinin kirini akıtmış. Parası var... En iyi kazanç yolu barcılık. Başlamış barcılığa, dünyanın parasını kazanmış...

Söylemiştim size, bizler çok hayal kurarız. Tıpkı şairler gibi... Ama biz, şiiri yazıp söylemeyiz de, şiiri yaşarız hayaller kurarak.

Ben de hayaller kuruyordum. Bu Doğu illerinden birinde bir bar açacaktım. Para mı? Söylemişti ya, Seydo kardeş nasıl para kazanılacağını.

Seydo cezasını bitirip benden bikaç ay önce çıkmıştı cezaevinden. Bana adresini vermişti. Cezaevinden çıkınca, ona gidecektim.

Seydo, cezaevinden çıktıktan sonra da beni unutmamış, iki kez ziyaretime gelmişti. Çökelek, yağ, bal, daha başka yiyecekler getirmişti.

Benim cezam da az kalmıştı, Seydo'dan az sonra ben de tahliye edilmiştim. Cezaevinden çıkınca, doğru Seydo'ya gittim. Kendisine sordum: Cezaevinde aylarca konuştuğumuz gibi, bana da bedelli bir hapislik işi bulabilir miydi? Bir yıl, iki yıl başkasının yerine hapis yatmaya razıydım. Yeter ki bunun karşılığında, bir iş kurabilecek kadar elime topluca bir para geçsin...

(Bu anlattıkları doğruysa, daha önce anlattıklarına bakılarak bunların doğruluğuna inanılabilirse, Paşazade'nin gerçekten de suç işlemek, kimseyi dolandırmak, sahtecilik yapmak istemediği anlaşılır. Paşazade bütün bu suçları, istemeden, elinde olmadan işliyordu. Durup dururken, suçlu duruma düşüyor yada düşürülüyordu. Kimileyin de toplum onu zorla suç işlemeye, sahtecilik yapmaya, suçluluğa sürüklüyordu. Çünkü, bütün yollar önünde kapanıyor, toplum ona salt bitek yolu açık bırakıyordu ki, o yolun sonu da herzaman cezaevi kapısına açılıyordu. Yani Paşazade'nin seçeneği yoktu. Önündeki yollardan şu yola mı, yoksa bu yola mı gitmek için düşünme olanağı yoktu. Paşazade'nin kimseyi dolandırmadan, sahtecilik yapmadan, bir iş kurabilecek sermayeyi sağlamak için, başkasının suçunu üzerine almayı, başkasının yerine hapis yatmayı göze alması, gerçekten de onun isteyerek sahtecilik yapmadığını gösterir miydi? Önce bana da öyle geldi; sahtecilik yapmak istemiyor, namusuyla çalışıp yaşamını sürdürmek istiyor. Bunun için de, hiç suçu yokken, başkasının yerine hapis yatmaya bile razı... Ama sonra, yine kendisinin bir sözü onu ele verdi. Şöyle demişti: "Bu kez de kendine suçlu süsü veren bir adam, sahte suçlu, sahte mahkûm oluyordum."

Doğruydu. Sahtecilikten kurtulmak için bile, bir başka sahtecilik yapıyordu. Sanki onun yazgısıydı sahtecilik. Ama kendisi, yazgıya, alınyazısına inanmıyordu. O, sürekli olarak toplumu suçluyordu. Toplumdu onu bütün bu suçluluklara zorlayan, iten, sürükleyen... Bunu açıkça böyle söylemiyordu, ama anlatmak istediği buydu. Aylardanberi anlattıklarını unutmuşum gibi zaman zaman, niçin yasal bir işde çalışıp para kazanmayı denemediğini sorardım. Bu anlayışsızlığıma kızmış görünürdü. Başındanberi sanki yapmak istediği hep bu değil miydi? Ama bırakmıyorlardı ki yakasını...)

Topluca param olunca, yapacağım işi de kestirmiştim. Bir bar açacaktım. Bar işleterek çok para kazanılacağını, hem cezaevinde tanıştığım o barcıdan, hem de Doğu'da dolaştığım yerlerde görerek öğrenmiştim. Benim olduğum o yerde bir çalgılı gazino vardı ama, bar yoktu. Bar deyince, oranın para tutan insanları, kesenin ağzını açacaklardı. Kısa zamanda çok para kazanacaktım. Evet, çok para, çok, daha çok para. Gerçekten de çok iyi işler yapmak istiyordum; bu da ancak çok parayla yapılabilirdi.

Seydo, bana bu iyiliği yapacağına söz verdi. İşlenen bir cinayeti üstüme alacaktım. Ama uzun bir hapisliği gerektiren büyük bir suçu üstlenemezdim. Ancak bir yada iki yıl hapisliği göze alabilirdim. Seydo, bunun kolay olduğunu, burda sık sık yaralama, öldürme suçları işlendiğini, bunlardan uygun birini pazarlıkla üstlenebileceğimi söyledi.

Bekliyordum, ama böyle bir fırsat bitürlü çıkmıyordu. Buyüzden Seydo çok talihsiz olduğumu söylüyordu. Çünkü buralarda herzaman, ayda, haftada biriki cinayet işlenirken, ben sahte suçluluğu üstlenmeyi düşündüğümdenberi, hiç cinayet işlenmiyormuş. Seydo bile benim talihsizliğime şaşıyordu. Derken, bir cinayet oldu. Ama bu, büyük bir cinayetti. Suçu üstlensem, büyük bedel alacaktım ama, ençokından beş-altı yıl hapis yatmam gerekirdi. Bunca yıl hapisliği göze alamazdım. Enayi gibi okkanın altına gitmek istemiyordum. Bir de kaçakçılık işleri vardı. Bir kaçakçılık suçunu da üstlenebilirdim. Ama, bunca sabıkamın üstüne bir de kaçakçılık sabıkası binerse, artık polisin, candarmanın elinden yakamı hiç kurtaramazdım.

O büyük cinayeti üstlenmemekle ne büyük enayilik yapmış olduğumu sonradan anladım. Seydo'nun da dediği gibi ben gerçekten talihsizmişim. Az sonra bir genel af çıkarılacağını ben nerden bilebilirdim! Ama bunca yılın hapisanecisi olarak, o sıralarda bir genel affın ilan edileceğini kestirmeliydim. O büyük cinayet suçunu başka biri toptan pazarlık ederek, üçyüzbin lira bedelle üstlenmişti. O zamanın üçyüzbin lirası, şimdinin üç milyonu... Gerçek suçlu olan Bey, üstelik iki de avukat tutmuştu. Bedeli alan sahte suçlu, sözde kendini savunmak için saldıranı öldürmüş sayıldığından altı yıl hapis cezasıyla kurtuldu. Arkadan genel af çıkınca da, bir yıl bile hapis yatmadan cezaevinden çıktı.

Bana gelince, epiy bekledikten sonra, üstlenebileceğim bir küçük yaralama olmuştu çok şükür... Bu yaralama için ençok bir yıl hapis cezası verilirdi. Çekişe çekişe pazarlıktan sonra yirmibin lira karşılığında suçu üstlendim. Bu kadar çok parayı vermezlerdi ama, çok çabuk bir sahte suçlu bulmak gerekiyordu. Suçlu bulmaya zaman yoktu. Çünkü, yaralama olayından hemen sonra polis tutanağı düzenlenecekti. O sırada sahte suçlu olarak el altında ben hazır bekliyordum.

Seydo kaldığım otele gelmiş, beni dürterek derin uykumdan uyandırmış,

– Poşo gurben, gözün aydın ola, işin oldı, çok şükür ki biri furuldı... diye müjdeyi vermişti.

Suçlunun babasıyla otel odasında pazarlığa başlamıştık. Otelin altındaki çayevinde bir polis bekliyordu. Karakoldan, elini çabuk tutması için haberler geliyordu boyuna. Polis, tutanağı daha çok geciktirmezdi. Çünkü, yaralanan da oranın saygın, adı geçen kişilerinden birinin oğluydu. Yani polis, tutanağı düzenlemek için, artık oyalanamazdı. Yaralayan adam sıkışmıştı. Ben de bunu fırsat bilip, daha çok para koparmak için pazarlığı zorluyordum. Doğrusu görülecek bişeydi. Beş kişi otel odasında pazarlıktaydık. İkidebir odanın kapısı vuruluyor, gelen otel kâtibi yada bir bekçi, komiserin ilettiği haberi bildiriyordu:

– Çabuk olsunlar. Artık bekletemem... Yoksa, bunun –cinayeti işleyenin– ifadesini alacağım.

İşte o zaman ben, ille de otuzbin, daha aşağı olmaz, diye diretiyordum. Biyandan da, yerime başka bir sahteci bulacaklar diye korkuyordum. Pazarlıkta o kadar direndim ki, suçlunun babası kızıp bağırmaya başladı. Nerdeyse elini tabancasına atacaktı. Orda kimvurduya gidebilirdim; beni öldürdükten sonra da herif, nasıl olsa kendi yerine kaatil diye bir başka sahte suçlu bulabilirdi. Adam, elini tabancasına atınca sinip yirmibin liraya razı oldum.

Cinayetin işlendiği tabancayı elime verdiler. Bu tabancayla, hiç tanımadığım o adamı vurmuş olacaktım. Yaralamanın olduğu içkili lokantaya gittik. Bana nasıl ifade vermem gerektiği orda bütün ayrıntılarıyla öğretildi. Doğrusu ya, haklarını yememeliyim, polis de çok yardımcı oldu. Karakola gittik. Karakolda ifade verirken de, yanlış söyleyecek olursam yada eksik söylemişsem, nasıl söylemem gerekiyorsa polis düzeltiyor, eksiklerimi de tamamlıyordu.

Tutuklanıp cezaevine sokuldum.

Gerçek suçlu, bana avukat da tuttu. Duruşmalar başladı. Tanıklar da, yaralanan adamı benim vurduğumu gördüklerini söylediler. Tanıklardan ikisi Türkçe bilmediğinden, yeminli tercüman, onların sözlerini Kürtçeden Türkçeye çeviriyordu.

Hâkim soruyordu: Bu adamı niçin vurmuştum?

Birbirimizi tanımıyorduk bile... Yani aramızda bir gelmişgeçmiş hesabı yoktu. Öyleyse? Efendim, öyleyse... Biz o gece o meyhanede içiyorduk. Hiç yoktan, tanışmadığımız bu adamla aramızda bir tartışma çıkmıştı. Adam, kabadayılık taslamıştı. Sensin bensin derken... Bana çok ağır sövmüştü. Ben de çekip tabancamı, vurmuştum adamı... Tanıklar da böyle söylüyordu.

Beni asıl şaşırtan, sözde yaraladığım adamın da, mahkemede aynen benim dediklerimi söylemesiydi. Hastanede yatıp, iyileşmişti. Mahkemede, kendisini benim yaraladığımı, benden davacı olmadığını, çünkü asıl suçun kendisinde olduğunu söylemişti. Benden davacı bile değildi. Ama o davasından vazgeçse de, kamu davası yürüyordu.

Neden bu adamın doğruyu söylemediğini Seydo'ya sordum. Seydo,

– Poşo gurben, sornam ağnarsın neye oldığını... demişti.

Biz sanki, mahkemede, suçlular, sanıklar, tanıklar, hep birlikte bir oyun oynuyorduk. Bana öyle geldi ki, tıpkı karakoldaki polisler ve tıpkı bizim gibi, hâkimler de, savcı da işin içyüzünü biliyorlar, ama çok iyi kılıf geçirilmiş yalanlar, dosyadaki polis tutanağı, tanıkların ifadeleri, yaralı adamın sözleri karşısında, bu oyunu bozmak, doğruyu ortaya çıkarmak ellerinden gelmiyordu.

Duruşmalar sırasında, yerine suçu yüklendiğim adam, yirmibin lira bedel parasını daha vermemişti. Ya vermez de, cezayı yedikten sonra beni atlatırlarsa diye korkuyordum. Bu korkumu açtığımda Seydo, hiç merak etmememi, bu adamların çok namuslu olduklarını, burda sözden dönülmeyeceğini, sözden dönülürse bir dahaki cinayetlerde hiçbir bedelci bulunamayacağını söyleyerek bana güvence verdi.

Evdeki hesap çarşıya uymadı. Ben, bunca yılın kaşarlanmış hapisanecisi olarak, bir yıl hapisle kurtulacağımı umarken onaltı ay hapse mahkûm olmuştum. Ama, yerine hapis yattığım ağa da, ağalığını gösterip, pazarlığımızdan fazla olarak yatacağım dört ay için beşbin lira fazlasıyla, hapis cezamın kesinleştiği gün, bana yirmibeşbin lira vermişti.

Seydo'nun dediği kadar da talihsiz bir adam olmadığım belli oldu. Çünkü, yerine hapis yattığım delikanlıyı, bana bedeli verdiğinin ertesi günü, o tabancayla yaraladığı adam bıçaklayarak öldürmüştü. Bigün önce öldürmüş olsaydı, ben hem bedel parasını alamayacaktım, hem de işlemediğim bir cinayetten pisipisine hapis yatacaktım. Düşünüyorum da, belki de katil, delikanlıyı bıçaklayıp öldürmek için benim bedeli almamı beklemişti. Çok namuslu insanlar olduklarından *(Namuslu derken, Paşazade kendine özgü gülüşüyle gülüyordu. Öyle bir gülüşü vardı ki, tanımayan biri onun güldüğünü anlamazdı. Sanki dişi ağ-*

rıyormuş filan gibi yüz çizgileri değişerek gülerdi.) bana bedeli ödemeden, yani hakkımı almadan, hasmını öldürmek istememişti. Bu kaatilin, beni hiç tanımadığı halde, mahkemede neden kendisini benim yaraladığımı söylemiş olduğunu da anlamıştım. Kendisini yaralayan delikanlının cezasını, kendi eliyle vermek istemişti. Bir yıllık hapsi filan ona yeter bulmamıştı. Nasıl olsa, kendisini yaralayanı öldürmeyi göze almış, ne diye boşuna hapse attırsın... Hapisteyken hasmını öldürmesi zor olacaktı.

Kulağıma gelenlere göre, bana bedel parası veren delikanlıyı öldüren adam, önceden önlemini iyice almış. Daha cinayeti işlemeden, bedel vereceği adamı hep yanında gezdiriyormuş. Delikanlıyı punduna getirip bıçaklar bıçaklamaz, hemen orada, kanlı bıçağı, bedel vereceği adamın eline tutuşturmuş.

Benim anlamadığım şuydu: Memleketimizin kimi yerlerinde, cinayetler için kiralık kaatiller kullanılır. Üstelik onların kiraları da, hani nerdeyse, ev kiralarından bile ucuzdur. Buradakiler, ne diye kiralık kaatil kullanmıyorlar da, kendi ellerini kana buluyor, cinayetten sonra hem de yüksek bedel ödeyerek sahte suçlu arıyorlar?

Seydo'ya sordum bunu. Onun dediğine göre, intikam almak, salt düşmanın ölümüyle olmazmış. Düşmanını kendi eliyle öldürecekmişsin, onun kanının sıcaklığını parmaklarında duyacakmışsın ki, doyumlanabilesin. Kimisi, kendi eliyle öldürmekle de yetinmez, öldürdüğü düşmanının kanını avuç avuç içermiş, ki tam almış olsun intikamını. Düşman, eceliyle ölürse yada onu başkası öldürürse, hınç alınmazmış ki...

O olayda talih ikinci kez yüzüme güldü. Cezaevine girişimden bikaç ay sonra genel af ilan edildi. Ben de cezaevinden çıktım. Yirmibeşbin lira, ilk kez elimde bu kadar çok para vardı. Hemen bar açmak için girişimde bulundum. İlkin, o küçük Doğu kentinde, bar olmaya elverişli yerleri gözden geçirdim. Bana hem ucuz kiralı, hem de büyük biyer gerekliydi. Vardı böyle yerler. Ama bar açacağımı öğrenince, sahipleri kiralamak istemiyordu. Kentin kalabalık işyerini değil, kıyıda biyerini yeğ tuttum. Amacım para kazanmaktı. Cezaevinde dinlediklerime göre, elimdeki yirmibeşbin lirayı kısa zamanda, yüzbin, ikiyüzbin lira yapabilirdim. Ondan sonrası artık kolaydı.

Çok uğraştım, çalıştım, didindim, çok yoruldum, ama sonunda barı açmayı başardım. Bin zorlukla ruhsatı da aldım. Doğrusu ya, gerek o kentte, gerek ilçelerde ve komşu illerdeki memurların gelip eğlenebilecekleri kibar bir bar açmak istemiştim. Ama bunu pek de başardığımı söyleyemem.

Hem alaturka bir saz takımı, hem de dört çalgılı bir orkestra tutmuştum. Şarkıcı ve oyuncu olarak üç kadın bulmuştum artist acentesinden. Yine artist acentesinden dört de konsomatris kadın tutmuştum. Bu kadınlar, güney illerindeki pavyonlardan geliyordu.

Her hazırlık oldu. Artık ertesi günü barı açacağım. Seydo, yanında bir adamla geldi. Yanındaki adam, burda davavekiliymiş. Seydo'nun, sonradan bana söylediğine göre, davavekili olmadan önce mahkemede zabıt kâtibiymiş. Öyle rüşvetçiymiş, öyle rüşvetçiymiş, öyle rüşvetçiymiş kiiii, o kadar çok rüşvetçi olduğu için rüşvet suçundan bitürlü görevinden atılamamış da, çok içki içtiği için işinden atılabilmiş. O kadar rüşvet alınca, rüşvet suçundan yakalanamıyormuş. Rüşvet suçundan işinden atsalar, bir de hapse girecek. Her gece sabahlara kadar içki içer, işine öğleye doğru gelir, akşama kadar da işinde uyuklarmış. Sonunda buyüzden işinden çıkarmışlar. Zabıt kâtipliğinden atılması kendisi için çok iyi olmuş. Çünkü hemen kentin işlek yerinde küçük bir dükkân kiralayıp yazıhane açmış, davavekilliğine başlamış. O zamanlar burda salt bir avukat varmış, ama o da çok yaşlıymış. Çok sonraları biriki genç avukat burda yazıhane açmış ama, davavekilinin aldığı iş nerde, onlar nerde... Çünkü davavekili, eski zabıt kâtibi olduğundan, işlerin kurdu olmuş, her işin girdisini çıktısını, bedel işlerini, bedel alıp vermeyi filan çok iyi biliyor. O kadar çok işi varmış ki, genç avukatlara acırmış da, yetiştiremediği kimi işlerini onlara devredermiş ki, o garipler de arada geçinsinler...

Öyle para kazanıyor, öyle para kazanıyor, öyle para kazanıyormuş kiii, kazandığı paraları içkiyle, oyunla, kadınla bitiresi yokmuş. Türkiye'de para yemediği bar kalmadığından, bar işinde akıl verir diye Seydo onu bana getirmiş. Güneydoğu'daki, Istanbul'daki bütün barlarda para yemiş bir hovarda...

Davavekili, barın heryanını gezdi dolaştı, inceledi. Çok beğendi. Kutladı beni.

– Olursa bu kadar olur, mükemmel... dedi.

Sonra birden bişey hatırlamış gibi durup, bakındı, heryanı arandı, sonra bana sert,

– Hayır, olmamış, dedi, en önemli şeyi unutmuşsun! Eksik. Olamaz!

Şaşırdım.

– Neymiş önemli eksiğimiz? dedim.

– Nerde Atatürk? diye bağırdı.

Ne demek istediğini anlamadım. O üst üste bağırıyordu:

– Hani Atatürk? Atatürk nerde?

O kadar sertleşmişti ki, kendimi hâkim önünde suçlanıyorum sandım. Bu adam ne diyor? Atatürk öleli yıllar olmuş. Burda Atatürk'ün işi ne? Yoksa herif sarhoş da saçmalıyor mu?

– Anlayamadım, dedim.

– Bunda anlaşılmayacak ne var? Sen burda bir bar açmışsın...

– Evet?

– Sen Atatürkçü değil misin yoksa?

Allah Allah... Ne diyor bu adam yahu?

Eskisinden daha sert bir daha sordu:

– Söyle Atatürkçü değil misin? Bilelim de ona göre...

Şaşırıp birden,

– Ne demek, cümlemiz Atatürkçüyüz elhamdülillah... Hamdolsun... Herkes gibi ben de bir Atatürkçüyüm...

– Atatürkçüsün de hani burda Atatürk'ün heykeli? Bu ne biçim Atatürkçülük?

Heriften korkmaya başlamıştım. Yoksa rüşvet istemek için bana gözdağı mı veriyor? Alttan alarak,

– Beyfendi, dedim, burası cumhuriyet alanı değil ki buraya Atatürk heykeli dikelim, burası bir bar...

▼

– Daha iyi ya, daha iyi ya... Heykel dedikse boy heykeli değil, şuraya yüksek biyere Atatürk'ün başını assan yeter, bir kesik baş, o kadar... Seni de, barını da korur. Atatürk, zamanında, nasıl bu memleketi kurtardı ve koruduysa, şimdi de burasını korur.

O zaman anladım. Bu davavekili, bara bir Atatürk büstü koymamı istiyordu. Ama bilerek, belki de bilmeyerek, Atatürk büstü demiyor, "Atatürk'ün bir kesik başını koy..." diyor ve bunu söylerken de, içkiden kanlı perde çekilmiş gözbebeklerinde bir kıvılcım parlayıp sönüyordu. Herifin Atatürk düşmanı olduğu açıktı.

– Yalnız baş heykeli yetmez, resimlerini asmalısın şuralara... Boy boy resimlerini.

Belki de davavekili haklıydı ama, ertesi akşam barı açacaktım. İl'in valisini, kentin emniyet müdürünü, komutanlarını, bütün ileri gelenlerini, eşrafını filan çağırmıştım açılış gecesine onur vermeleri için. Yaldızlı davetiyeler bastırıp hepsine göndermiştim.

Davavekili,

– Benden söylemesi, diyordu, Atatürk'ün baş heykeli olmadan, bu barı açman senin için hiç iyi olmaz...

İçime bir korku salmıştı. İyi ama, bütün kenti aradım taradım, hiçbiyerde satılık Atatürk büstü bulamadım. Davavekilinin azılı bir Atatürk düşmanı olduğu, bence açıktı. Ama bir kötülük yapacağından da korkuyordum. Komşu kentte satılık Atatürk büstleri varmış dedi birisi. Ama ordan alıp getirmek, üç beş günlük iş. Ben ertesi günü barı açmak zorundayım. Ara tara, neyse, sonunda, bir küçük meyhanede, altın yaldıza bulanmış, yumruk kadarlık bir Atatürk büstü bulabildik. Meyhaneci, bu büstü, meyhanesindeki radyonun üstüne koymuştu. Altın yaldızla sıvanmış bu küçük büst, gerçekte Atatürk'e hiç benzemiyordu ama, Atatürk'ten başka hiçkimsenin büstünün meyhanedeki radyonun üstüne konulamayacağı bilindiğinden, herkes bunun, Atatürk'ün büstü olması gerektiğini ezbere biliyor ve o dışı yaldızlı alçıya Atatürk büstü diye bakıyordu.

O komşu kente, Atatürk büstü almaya iki adam göndermiştim ama, ordan büst gelesiye, biriki gece için, meyhanecinin, radyosu üstündeki o büstü vermesini rica ettim. Meyhaneci,

– Veremem! dedi.

Yalvardım, yakardım, boşuna.

Meyhaneci şöyle diyordu:

– Sen, "Arabacı tekerini bana ver!" diyorsun. Peki ama, tekerini versin de arabacı, kendi n'etsin, arabasını nasıl yürütsün?

– Etme arkadaş, bu bir yardımdır. Tekersiz araba yürümez, ama Atatürk'ün başı olmadan da senin meyhanen işler.

Benim bu sözüme meyhaneci alayla güldü:

– Yaa, demek sen böyle belledin... Benim dükkânım Atatürk'süz oluyor da, senin barın neden Atatürk'süz olmuyormuş! Hey gidi kafa! Sen bu kafayla açtığın o barı zor işletirsin... – Parmağını uzatarak gösterdi – Şu kapının ardında ne var, bak bakalım... – Kapı kanadını açıp, arkasında duvara yapıştırılmış yazı basılı bir kâğıdı gösterdi – Gördün mü? Nedir bu? Karınca duası... Karınca duasının karşısında ne var? Atatürk'ümüzün başı. Atatürk'ümüzün başının karşısında ne var? Karınca duamız. Bu ikisi olmazsa, bu dükkân işlemez arkadaş... Gereğinde bir tekeri bile olmadan araba gene iyi-kötü, azçok sürtünerek filan gider de, Atatürk'süz ve karınca duasız burası bir gece bile işlemez.

Neyse, Seydo'nun tanıdıkları yoluyla araya aracılar filan koyduk da, sonunda o meyhanedeki Atatürk büstünü kiraladık. Herifin o kadar olmazlanması, kira fiyatını artırmak isteyişindenmiş besbelli. Geceliği yüz liradan kiraladığım o yaldıza bulanmış yumruk kadarlık alçıdan Atatürk başını, bara girer girmez, en görünen yüksek biyere koydum.

Ertesi akşam, Allahın izniyle barı açtık. Barı açtığım gece, cebimde hiç param kalmamış, üstelik biraz da borçlanmıştım. Ama çok umutluydum. Kazanacağıma inanıyordum. Kazanacaktım. Zengin olacaktım.

(Paşazade, öyle bir aşırı istekle, öyle bir kesinlikle, "Kazanacaktım, zengin olacaktım," diyordu ki, ondaki yıkılmazlığa, dirence şaşmamak elde değildi. Başından geçenleri ilk anlatmaya

başladığında, daha okuldan kovuluşundan sonraki o en düşkün günlerini anlatırken de yine böyle umutla, aşırı istekle, "Kazanacaktım. Zengin olacaktım. Bu koca koca yapıların sahibi ben olacaktım!" demişti. Ondaki bu korkunç dayanca, dirence şaşıyordum. Akıl hastalıkları hastanesinden kurtulabilmek için sahte deli raporu aldığını söylemişti. Kendisi, bir zengin olma hastası olduğuna inanmıyordu. Ama doğru olan neydi? Gerçek deli miydi, yoksa sahte deli mi? Bu sözleri her söyleyişinde, "Zengin olacaktım. Kazanacaktım," derken, dişlerini sıkıyor, çene kemikleri fırlıyor, yüz kasları geriliyor, iğnebaşı küçüklüğündeki durmadan devinen gözbebeklerinde yalımlar çakıp çakıp sönüyordu. Her ne olursa olsun, ister zengin olma delisi, ister akıllı, ister sabıkalı bir suçlu, ister toplumun durmadan suça itelediği bir zavallı, ister anlattıkları doğru, ister yalan... Evet, her ne olursa olsun, bana göre, Paşazade, öyle sıradan herhangibir insan değildi.)

Bar, daha ilk geceden, hem de gecenin daha ilk saatlerinden dolmuştu. Ne var ki, o bastırdığım yaldızlı özel davetiyeler gönderdiğim kentin yüksek tabakası, yüksek memurları, ileri gelenler takımından hiçkimse gelmemişti.

Davavekili,

– Onlar gelmez, diyordu, zarar yok, varsın gelmesinler. Ama sen yine de onları davet etmekle çok akıllılık ettin. Hiç değilse, kendilerine saygı gösterdiğini anlarlar. Onların sana ilerde çok yararı dokunur. Adını, yerini bilsinler, yine yeter.

Üç gün sonra, o komşu kentten, arabayla iki tane Atatürk büstü geldi. Kocaman iki büst, ama bunlar Atatürk'e benziyor, ikisi de birbirinin tıpkısı. Meyhanecinin, kirayla aldığım o yumruk kadarlık büstünü hemen geri verdim. Yeni büstten birini, salonda en göze çarpar yere koydum.

İşlerim çok iyi gidiyordu. Konsomatris kadınlar az geldiğinden, artist acentesine, iki kadın daha ısmarladım. Bu gidişle umduğumdan daha çabuk ve daha çok zengin olacaktım. Evet, olacaktım ama, bıraksalar... Bırakmıyorlar ki... Kimler mi?

Bir gece... Sanırım, barı açtığımın ya beşinci, ya altıncı gecesiydi, geceyarısından sonraydı, barda büyük bir kavga çıktı.

Kavganın neden çıktığını bilemiyorum. Ama bar altüst oluyordu. Sandalyeler, tabaklar, çatallar, bıçaklar havada uçuşuyor, kadınlar çığlık çığlığa bağrışıyorlardı. İyi ki, ruhsat verilmesi için telefon almamız zorunluymuş da, bara telefon almıştım. Hemen telefona koştum. Emniyet müdürlüğüne, vilayete, karakola, belediyeye, telefon edilebilecek heryere telefonlar ettim:

– Yetişin! Burda kan gövdeyi götürüyor. Barı yıktılar... İmdat!

Ne gelen var, ne giden... Üst üste telefonlar ediyorum:

– Mahvoldum, bittim... Bar, savaş alanına döndü. Tabancalar atılıyor. Heryer delikdeşik oldu. Yetişin!

Cevap veriyorlar:

– Geliyoruz... Şimdi... Hemen... Az sonra ordayız... Olur... Peki...

Bekle ki gelsinler...

Kavgacıları birbirlerinden ayırdılar mı, yoksa kendiliklerinden mi ayrıldılar, araya mı girdiler, yoksa kaçan kaçtı kalan kaldı mı, her ne olduysa oldu, bir saate yakın süren kavga mayna oldu. Evet, kavga bitti ama, barın içi de savaş alanına dönmüştü. Camlar, tabak, çanak, bardak, kırılacak herşey kırılmıştı. Yaralıları götürdüler, kavgacıları çıkardılar, sarhoşları toparlayıp dışarı attılar. Adamlarım ortalığı derleyip toparlamaya başladılar. Kırılan sandalyeleri kaldırıp, devrilen masaları düzeltip, ortalığı düzenledikten sonra, çok şükür, polisler de geldi.

– Ne oldu? Ne var?

Yahu, bir de soruyorlar. Ben bilirim bu soruya verilecek cevabı ama, o zaman da "emniyet kuvvetlerine hakaret" suçundan beni içeri atacaklar.

O ilk kavgadan sonra, alıştılar mı, yol mu oldu, nedir bilmiyorum, hemen üçbeş gecede bir barda kavga çıkmaya başladı. Kavgacılar, kırıp döküyor, ortalığı darmadağın ediyorlardı. Ben yine her kavgada telefon ediyorum ilgililere, polise. Cevap veriyorlar:

– Geliyoruz... Şimdi... Ekip gönderiyoruz... Hemen... Peki... Olur...

Gelen giden yok. İş işten geçtikten sonra polisler gelip soruyorlar:

– Ne var? Ne oldu? Bişey mi var?

Dilimin ucuna geliyor söylenecek söz, dilimi tutup susuyorum.

Deli olacağım, insanla alay edermiş gibi böyle sormaları yetmiyor, bir de oturup sabahın o saatinde yiyip içmeye başlıyorlar. Gelsin mezeler, gelsin rakılar. Dahası da var: çalsın çalgılar, oynasın kızlar... Sabaha kadar eğleniyorlar, sabah olunca da çekip gidiyorlar.

Bu kadar zarara dayanılır gibi değil. Barı kapatmaya karar vermeden önce, oturup uzun uzun zararı kârı bir hesap ettim. Bir de gördüm ki onca zarara ziyana, onca kırılıp dökülmeye karşı, yine bizim bar para kazanıyor! Allah Allah! Siz şu barın bereketine bakın, ne bereket... Böyle olunca kapatmak olmaz. Ne yapsam, ne etsem diye düşünüp dururken, o davavekili bir akıl verdi:

– Sen bu barcılık zenatını bilmiyorsun oğlum. Bu bara, sayılı kabadayılardan birini parayla tutacaksın. O kabadayı da kendi takımını getirecek bara. Barda kavga gürültüyü önleyecek. Biri höt dedi mi, tutup yakasından atacaklar dışarı... Barda çıt çıkarmak yok. Kim hır çıkarmaya kalkarsa, yallah kapı dışarı...

İyi akıl. Aradık sorduk, soruşturduk, gayetle azılı ve namlı bir kabadayı bulduk. Bununla bir yıllığına toptan pazarlık ettik, uyuştuk. Bu namlı kabadayı, altı kişilik takımını bara getirip yerleştirdi. Ben artık, barda kavga gürültü olmayacak, sandalye masa kırılmayacak, zarar ziyan olmayacak diye beklerken, ne olsa iyi, bizim kabadayıların adamları çıkan kavgaları bastıracaklar derken, kendileri içip içip kavga çıkarmaya, kavga çıkaramazlarsa kendi aralarında kavga etmeye başlamazlar mı! Çokaz da olsa kimi gece barda kavga çıkmazsa, bizim koruyucular kavga çıkarıyor. Polisi yardıma çağırıyorum. Sabaha karşı gelen polisler içip içip kavga ediyorlar, bardaki kadınları dövüyorlar. Yine de para kazanılıyor... Ama para da kazansam, ben bu barcılık işinden vazgeçtim. Barı birine devredip ordan savuşup gidecektim, iyice kararlıydım. Ben bu kararla, barı devredecek birini aramakta olayım, bir gece, yine herzamanki gibi barda kavga çıktı. Kavgacılar herşeyi kırıp döker, ortalığı birbirine katarken, Atatürk'ün büstünü yere düşürdüler. Büst paramparça oldu. Siz, hiç kırılmış büst gördünüz mü? Korkunç bişey bu... Bir yüzün parçaları, burun biyanda, kulak biyanda, çene biyanda. Göre göre ben o büste öyle alışmışım ki, sanki canlı bir baş yere düşüp parçalanmış gibi geldi bana.

Biliyorum, yine sabaha karşı geleceklerini, ama, ben yine polise telefon edip yardım istedim. Polis yine herzamanki gibi, benim telefonuma,

– Olur! Peki... Şimdi... Ekip... Yolda... geliyoruz... çabuk... gibi uyutucu cevap verdi.

Kavgacılar yatıştı. Neden sonra polisler geldi. Herzamanki gibi de kalabalıktılar: Bir komiser, bir muavin, dört polis... Arkalarında da iki bekçi. Barda çalışan adamlar, biyandan ortalığı topluyorlar. Polis ekibi, herzaman oturdukları masaya çöktü. Garsona seslendi komiser. İşte o sırada, masaya gelmekte olan polislerden biri, yere düşmüş büstün parçalarını görüp,

– O nedir o? Aman!.. Sakın Atatürk mü yoksa? Eyvah... Atatürk mü? diyerek kollarını butlarına vurmaya başladı.

Ben de,

– Evet, Atatürk... dedim.

O polis başladı çığırmaya:

– Komiserim, komiserim!.. Atatürk, Atatürk! Atatürk'ü parçalamışlar!

Komiserle öteki polisler de geldi. Yerde Atatürk büstünün parçalarını görünce, komiser,

– Vaaay, kim kırdı ulan bu büstü, kim parçaladı? Hangi Atatürk düşmanı o? Hangi namussuz saldırdı Atatürk'e? diye bar bar bağırdı.

– O kargaşalıkta kimin çarpıp düşürdüğünü göremedim... dedim.

Komiser,

– O haini bulmadan bize yaşamak haram... dedi.

Ne yediler, ne içtiler, ne de masaya oturdular. Barda çalışanları, garsonları, dansözleri, çalgıcıları, aşçıyı, konsomatrisleri toplayıp karakola götürdüler, sorguya çektiler. Ben de karakoldayım. O karakolu bir görmeli... Karakol, karakol olalı beri, böyle bir çalışma görmemiştir. Bunlarda bir çalışma, bir çalışma... Polisin biri o yana, biri bu yana koşar... Yazımakineleri takır da takır çalışıyor, telefonlar işliyor... Valiye, savcılığa haberler gidip geliyor. Bekçiler, şunu bunu yakalayıp sorguya getiriyor. Biyandan savcı candarmalarını salmış... Evet, öyle bir çalışma ki, seyredenin bile başı dönüyor.

Bu olayın ertesi gecesi, ben, kırılan büstün yerine, bendeki yedek Atatürk büstünü koydum. Biyandan da o komşu kente adamlar salıp, yedi-sekiz büst daha ısmarladım.

Atatürk büstünün kırılışından sonra iki-üç gece barda kavga çıkmadı. Ama kavgasız duramadıklarından bir gece yine kavga patlak verdi.

Polislerin, Atatürk büstünün kırılmasına gösterdikleri ilgiyi görünce, ben artık ne yapmam gerektiğini anlamıştım. Daha kavga başlar başlamaz, ordakilerden kimseye çaktırmadan, parmağımla arkasından itip Atatürk'ün büstünü yere düşürdüm. Düşen büst parça parça oldu. Ben hemen telefona yapıştım:

– Alooo... Orası karakol mu? Burası da Cumhuriyet barı... Barda Atatürk'ün büstünü parçaladılar.

O kadar. Başka bişey söylemedim. Telefonu kapadım. Aradan iki dakika ya geçti ya geçmedi, yahu bu polisler barın kapısı önünde nöbette miydiler?.. Şaş da kal! İçeri dolan polisler, kavgacıları yakapaça edip karakola götürdüler.

Ben artık işin kolayını öğrenmiştim. Ne zaman barda ufacık bir kavga daha çıkar gibi olsa, Atatürk büstünü gizliden deviriyor, sonra da, "Atatürk'ün büstüne saldırdılar, kırıp parçaladılar..." diye karakola telefon ediyordum.

Polisler şıp diye geliyor, kavgacıları karakola götürüp sorguya çekiyor, hangisinin Atatürk büstüne saldırdığını saptamaya çalışıyordu. Eskiden, bar yıkılsa, insanlar bıçaklansa, kan gövdeyi götürse, yer yerinden oynasa, kılları bile kıpırdamayan ve ancak iş işten geçtikten sonra sallana sallana bara gelip masaya çöken polisler, ben telefonda "Atatürk'ümüzün büstünü parç..." der demez, şıp diye yetişip, ortalığı yatıştırıp büstü kimin kırdığını araştırmaya başlıyorlardı.

İşte benim sahte Atatürkçülüğüm böyle böyle başladı. O komşu ilden boyuna Atatürk büstü getirtiyorum. Bardaki odalardan birini Atatürk büstleriyle doldurmuştum. O odanın kapısını hep kitli tutardım ki, büstleri başkaları görmesin.

O günlerde 'Istanbul'dan daha yenice dönmüş bulunan davavekili, Istanbul'da bir Atatürk fabrikası olduğunu söylemişti. Onun söylediği fabrikanın adı Atatürk fabrikası olduğunu sandığımdan, bu Atatürk fabrikasının ne mal çıkardığını sordum. Davavekili,

– Ne malı yahu, demişti, Atatürk çıkarıyor işte... Istanbul'dan İzmit'e giden yolun üstüne kurmuşlar Atatürk fabrikasını... Boy boy, biçim biçim Atatürk yapıyor fabrika... Ben otobüsle geçerken gözümle gördüm. Ufacık büstünden tut, on metrelik heykeline kadar...

Davavekili, Atatürk büstlerini o fabrikadan toptan alırsam, bana ucuza geleceğini söylüyordu. Evet, doğru... Hem de burda Atatürk büstü de satardım. Sarhoş davavekilinin dediğine aklım yattı.

Barı iyice düzene sokmuştum. Artık eskisi gibi kavga çıkmıyordu. Kavgacıların gözleri yılmıştı. Sözde barı korusunlar diye parayla tuttuğum o kabadayıyla takımına da yolvermiştim. Kabadayı hık mık edecek olduysa da polislere, Atatürk büstüne onun saldırdığını söyleyerek, anasından emdiği sütü burnundan getirtmiş, herifin kabadayılık damarını polislere hacamat ettirmiştim.

İşlerim tıkırındaydı. Bol para kazanıyordum. Ama yaz gelmişti. Yazın barda, eskisi gibi iş olmuyordu. O zaman, barın arkasındaki, sokağa doğru uzanan boş alana bir yazlık çay bahçesi yapmayı düşündüm. Çay bahçesi ama, hertürlü içki içilen biyer... O alan çöplüktü. Temizlettim. Araba araba pislik attırdım. Orayı bir güzel düzenledim. Sandalyaları dizdim, masaları

▼

koydum. İşe başladım. İşler iyi gidiyordu. Ama belediyeciler aman vermediler. Belediye memurları gelip, masaları kaldırmamı söylüyorlardı. Belediye başkanının kesin buyruğuymuş, alan boşalacakmış. Yahu, alan dediğiniz yer, ben temizletmeden önce çöplüktü. Ne dedimse dinletemedim. Bütün kapalı kapıları açan maymuncuğa başvurup rüşvet verdimse de, rüşveti alıp yasağı kaldırmadılar. Anladım ki belediye başkanını görmem gerekiyor. Gittim belediye başkanına. Durumu anlattım:

– Beyfendi, çay bahçesi yaptığım yer, yol üstü değil, geçiş yeri değil, araba yolu değil. Eskiden bir çöplüktü, kokudan sinekten durulmazdı. Ben oralarını arıttım. Yanlara fidanlar diktim. Çimen çiçek ektim. Kent güzel biyer kazandı. Belediye rüsumu olarak, her ne istenirse ödeyeyim. Belediye burasını bana kiralasın.

Ne dedimse, belediye başkanı, olmaz diyor da, başka bişey demiyor.

Belediye memurları işi azıttılar. Oraya koyduğum masaları devirip sandalyeleri parçalamaya başladılar. Yine gittim belediye başkanına. I-ıh, diyor, başka demiyor. Ben de içimden "Yasak dediğin o yerin açılış nutkunu da sana çektirmezsem, bana da Paşazade demesinler..." diye and içtim. Bana yasakladıkları o yere, benim barın duvarının bir metre kadar ilerisine tahtadan bir yükselti yaptırdım. Bu yükseltiyi güzelce boyattım. Yükseltinin üstüne, bendeki Atatürk büstlerinden birini koydum. Koyu kırmızı kadifeden güzel bir kordon yaptırdım. Bütün çevresini bu kordonla çevirip, demir çubuklarla da sınırladım. Yükseltinin üstündeki büstün iki yanına, büstten biraz aşağıya, iki çiçekli saksı koydum. Böylece, ortasında Atatürk büstü bulunan, kordonla çevrilmiş, on-onbeş metrekarelik bir küçük alan oldu burası. Kordonun dibine de, yarımşar metre aralarla çiçekli saksılar koydum. Büstün sağ gerisine de bir masayla sandalye koydurttum. Küçük semaverim de masanın üstünde. Bir de nargile doldurttum adamlarıma. Oturdum sandalyeye. Bacak bacak üstüne attım. Demli çayımı içmeye, nargilemi de tokurdatmaya başladım. Akşamüzerine doğru, dört belediye memuru birden geldi. Beni, Atatürk büstünün arkasında görünce, yanıma bile yaklaşmadılar. Çekip gittiler.

Ertesi gün kordonu uzatıp alanı genişlettim. Belediye memurları, kordonun dışında dolanıp duruyorlar. Ben işte böyle hergün biraz daha, biraz daha, kordonla çevrelediğim o alanı genişlettim. Alanın içine bir masa iki sandalye, derken üç masa dört sandalye... Böyle böyle, bütün orasını öyle bir park yaptım ki, görülecek şey... Parka bir de güzel giriş kapısı yaptırdım. Kapının üstüne de "Atatürk Çay Bahçesi" diye yazdırdım. Bahçenin ortasına betondan bir yükselti yaptırıp üstüne kocaman bir Atatürk büstü daha koydum. Eskiden, sandalyeleri kırıp masaları deviren belediye memurları bile, Atatürk Çay Bahçesine çay içmeye geliyorlar. "Atatürk Çay Bahçesinin açılışına onur vermenizi rica ederim." diye yazılı bir de çağrı kartı bastırtıp kentin bütün ileri gelenlerine, yüksek memurlarına gönderdim. Hepsi bu kadar değil... Gittim belediye başkanına... Atatürk Çay Bahçesinin açılış nutkunu verip vermeyeceğini sordum; vermeyecekse o zaman rakibi olan birine nutuk çektirecektim. Haddine mi kalmış, Atatürk Çay Bahçesinin açılışında nutuk çekmem demek... Çünkü, rakibi hemen onu Atatürk düşmanı diye ilan edecek...

Evet beyim, o belediye başkanı geldi, çıktı masanın üstüne ve Atatürk Çay Bahçesinin açılışı için nutuk çekti.

Her işim yolunda... Atatürk'ü nice sevdiğimi anladıklarından artık bana kimse dokunamaz oldu. Yakamda Atatürk rozeti. Evimde Atatürk resimleri... Dilimde Atatürk, gönlümde Atatürk... Benim adım orda Atatürkçüye çıktı. Benden daha Atatürkçü kimse yok...

Şimdi size dosdoğrusunu söyleyeyim. Ben Atatürkçü değil miyim? Hem de nasıl... Biz, okulda tam Atatürkçü olarak yetiştirildik. Atatürk'e saygım sonsuzdur. Ama benim o kentte yaptığım, düpedüz sahte Atatürkçülüktü, kendimi ancak böyle koruyabiliyordum.

Sahteciliğin en sağlamı, en yararlısı, en güvencelisi, sahte Atatürkçülüktür. Çünkü suç sayılmaz. Sahte Atatürkçüler yakalanmaz, çünkü, Atatürkçülerin sahtesiyle gerçeği birbirinden ayırt edilemedikten başka, sahte Atatürkçüler çok yüksek bağırdıklarından gerçek Atatürkçülerin seslerini bastırırlar. Şöyle bir düşünün: Gazetelerde şimdiye kadar yüzlerce kez, sahte doktor yakalandı, sahte avukat yakalandı, sahte vali, sahte hâkim, sahte subay yakalandı diye okumuşsunuzdur; ama bikez olsun sahte Atatürkçü yakalandı diye gazetelerde bir haber okudunuz mu? Oysa sahte Atatürkçüler, öbür sahtecilerin hepsinden daha çoktur. Sahte Atatürkçü yakalanmaz. Çünkü sahte Atatürkçülük suç değildir bir, sahtesiyle gerçeği ayırt edilmez iki...

Sonra nasıl mı yakalandım? Yakalandım ama, sahte Atatürkçülükten değil.

O günlerde büyük kentlerimizde sıkıyönetim ilan edilmişti. Sıkıyönetim ilan edilince, benim yakalanmam için bütün kentlere telgraflar çekilmiş. Ben barı kendi gerçek adımla açmamış olsaydım, beni yine de yakalayamazlardı. Ama sahtecilik yapmak istemediğim için kendi adımla açmıştım barı. İşte buyüzden de yakalandım.

Yakalandığımda, sıkıyönetimin beni hangi nedenle tutuklattığını bilmiyordum. İki candarma erinin gözetiminde, o Doğu kentinden Istanbul'a getirilip sıkıyönetime teslim edildim. Bu yolculuk bir aya yakın sürdü. Çünkü, o iki candarma beni, bir ilden öteki ile kadar getiriyor, ordan başka iki candarma teslim alıyordu. İşte böyle böyle bir ayda Istanbul'a getirilebildim. Bu uzun yolculuk sırasında, hangi nedenle tutuklanmış olduğumu düşünmüş durmuştum. Çünkü, sorguya çekildiğimde, suçumun ne olduğunu önceden bilirsem, kendimi savunabilir, ona göre yalanlar uydurabilirdim. Bilmem ki, eskiden işlemiş olduğum hangi suçum yüzünden beni tutuklamışlardı? Sahteciliğim mi? Bu, küçük bir dolandırıcılıktı.

Dolandırıcılık tarihimizin en büyüğü Gazeteci Mahmut Saim'di. Hepimizin ustası odur. Şimdinin en usta dolandırıcısı bile, Mahmut Saim'in eline su dökemez. Başka memleketlerin dolandırıcılarını bilmem, ama bizim en büyük dolandırıcımız odur. Hepimizin piri, ustasıdır. Ben Mahmut Saim'e yetiştim, bilirim. Onunla birlikte çok hapis yattım. Ondan çok şey öğrenmişimdir. Onun dolandırıcılığı daha çok basın üstüne ve basın yoluyla olduğundan ona Gazeteci Mahmut Saim derlerdi. Çok bilgili bir adamdı. Derya derya... Bunca yaşadım, gezdim, gördüm ama Mahmut Saim kadar derin bilgisi, zengin tecrübesi olanı hiç görmedim.

Bir tarihte, rahmetliyle bir cezaevindeyiz, bir koğuşta kalıyoruz. Ben gazetede bir haber okumuştum. Amerika'da bir adam, zencilerin derilerini aklaştıran bir ilaç buldum, diye gazetelere ilan vermiş. Bu ilaç bir şişe içinde sarı renkli bir sıvıymış. Kara derileri aklaştırdığı söylenen bu sıvı öyle satılmış, öyle satılmış ki, Amerikan dolandırıcısı yakalanıncaya kadar bir ay içinde milyarder olmuş.

Bu haberi bizim gazetelerden birinde okuyunca,

– Mahmut Ağbi, dolandırıcılık diye ben işte buna derim. Herifteki numaraya bak... dedim.

Mahmut Saim,

– Oğlum, dedi, her memleketin insanları başka başka biçimde dolandırılır. O Amerikan dolandırıcısının buluşu çok güzel ama, Amerika için güzel. Amerikan nüfusunun yüzde onbeşi zenci... Bunun yarısı da aklaşmak için can atar. Sen o ilaçtan burda satmaya kalksan, iki şişe satamazsın. Kafanı kullanacaksın iyi bir dolandırıcı olmak için, kafanı! Kafanı kullanırsan, bizim memleketimize uygun ne dolandırıcılık numaraları bulabilirsin...

Kışkırtmak için,

– Ne gibi yani? diye sordum.

Anlattı:

– Bak, Amerikan dolandırıcısı ne yapmış? Kara deriyi aka çeviren bir ilaç keşfettim, demiş. Niçin? Amerika'da zenci çok, hem de zencilerin çoğu ak derili olmak istiyor. Sen bu numarayı Norveç'e götürsen sökmez... Eee, sen Türkiye'de ne yapacaksın? Düşün bakalım? Zenci, deri renginin değişmesini ister, peki biz Türkler neyimizin değişmesini isteriz?

Bu Mahmut Saim, vallahi dolandırıcılığın profesörüydü. Öyle de çok şey bilirdi ki, değme profesör onun bildiğini bilmezdi.

Gazeteci Mahmut Saim'in sorusu üzerine düşündüm, düşündüm, neyimizin değişmesini istediğimizi bulamadım. O zaman Mahmut Saim,

– Senin boyun kaç? dedi.

– Bir altmışbir... dedim.

– Benimki bir ellidokuz... dedi.

Sonra sordu:

– Bu koğuşta yatan insanların boylarının ortalaması, sana göre, aşağı yukarı kaçtır?

Şöyle bir düşündüm:

– Bir altmış filandır... dedim.

– Bence de öyledir... dedi. Bütün cezaevindekilerin boy ortalaması da ancak olsun olsun da bir altmışbeş filan olsun... Bir okula gitsen, bir kışlaya gitsen, boy ortalamaları üç aşağı beş yukarı hep budur. Bir de bir Amerikan cezaevinin bir koğuşunda yada bir kışlasında yada bir okulundakilerin boy ortalamalarını alsan, bir yetmişi, bir yetmişbeşi bulur. Avrupa'da da öyle, hele kuzeyde... Demek, bizim insanlarımız kısa boylu genellikle. Peki, söyle bakalım, bizim insanlarımızın ne yanı daha kısa?

Anlayamadığım için cevap veremedim. Bir daha sordu:

– Yani, altyanımız mı daha kısa, yoksa belden yukarımız mı? Bana bak, kendine bak, anla...

– Bacaklarımız daha kısa?

– Öyle... Bizim genellikle belden aşağımız kısadır. Peki, neden bizim belden aşağımız genellikle kısadır da, zencilerin de genellikle, hele Amerika'dakilerin belden aşağıları uzundur?

– Ben nerden bileyim zencinin bacakları neden uzun da, bizimkiler kısa...

– Bak oğlum, Amerikan denizcilerine hiç dikkat etmedin mi, avuç kadarlık kılıçları vardır oğlanların... Bir de bizimkilerine bak... Amerikalının, kuzey Avrupalının bacakları leylek gibi uzun... Neden?

“Allah öyle yaratmış...” diyecektim, ama Mahmut Saim’i kızdırmamak için sustum.

– Bunların hiçbiri kendiliğinden olmamış oğlum, hepsinin bir nedeni var... Bak, tazının bacakları inceciktir ve art bacakları, ön bacaklarından uzundur. Neden, çünkü koşucu hayvan... Beslenmesi avlanarak. Avlanmak için koşacak, atlayacak, sıçrayacak... Onbin yıllarca koşa koşa, atlaya sıçraya bacakları incelmiş, uzamış tazının... Aslana gelince, aslan yiyeceği hayvanı pençeleyecek, pençeleriyle alt edecek, pençeleriyle vuracak, devirecek... Onbinlerce yıllardanberi bu böyle... İşte böyle böyle, aslanın avı için kullandığı ön bacakları daha uzun olmuş arka bacaklarından... Arka bacakları daha kısa ki, dövüşürken çabuk devrilmesin, dengeli, sağlam dursun... Aslanlara bak, ön yanı yüksek, art yanı alçak, ama kalın... Kısa ve kalın olanı devirmek daha zordur, ince ve uzunu devirmekten... Şimdi anladın mı?..

Bişey anlamamıştım. Sustum. O sürdürdü:

– Neden zenci atlama, sıçrama, koşma yarışlarında hep birinci? Çünkü bacakları ince ve uzun... Neden ince ve uzun? Çünkü onbinlerce yıldanberi, avını yakalamak için koşmuş, atlamış, sıçramış... Peki, neden bizim bacaklarımız kısa ve kalın... Çünkü biz Türkler, onbinlerce yıllardanberi at üstündeyiz oğlum... Taaa Uzakasya’dan, taaa Ortaasyadan beri... Hep at üstünde... Göçebe... Ordan oraya...

İşte böyle hoca gibi sora sora öğretirdi, Mahmut Saim. At üstünde günlerce durmak ne demek? Bacakların atın sağrısını kavrayıp sıkacak iyice ki, at koşarken, atlar, sıçrarken, üstünden düşmeyesin. Atı iyi tepikleyesin... O zaman ne olmuş, bacaklar kalın ve kısa olmuş... Neden Türklerden iyi pehlivan çıkar... Çünkü Türkler aslan gibi, alt yanı kısa ve sağlam ve kalın, üst yanı daha uzun... Onbinlerce yıl bu böyle... İşte bundan dolayı, Amerikan zencisi derisi aklaşsın diye can atar. Ya Türkler? Alt yanı uzasın diye can atar...

Bu anlattıklarının dolandırıcılıkla ilişkisini hiç anlayamamıştım. Ama o açıkladı:

– Şimdi sen, dolandırıcı olarak ne yapacaksın? Amerikalı itoğluit, ne yapmış, zencinin gizli isteğinden yararlanmış... Peki, sen ne yapacaksın? Her memleketin şartı başka oğlum... Sen de, boy uzatan bir alet buldum, boy uzatan bir ilaç buldum, bacakları uzatan bir metod buldum diye ortaya çıkacaksın... Anladın mı? O zaman, gör bakalım, paralar nasıl yağmur gibi, dolu gibi yağıyor... Paradan ıslanır boğulursun...

Hey gidi Mahmut Saim... Tarih profesörlerine ders verir, öyle tarih bilirdi. Yalnız tarih mi? Herşeyi...

Gel zaman git zaman... Mahmut Saim öldü. Aradan yıllar geçmiş. Ben cezaevinden çıkmışım. Hiçbiyerde çalışacak bir iş bulamamıştım. İsteristemez kötü yola gideceğim. Nasıl etsem de bir iş çevirsem diye otel odasında pis pis düşünürken, nasıl olduysa birden Mahmut Saim'in bana yıllarca önce bu söyledikleri hatırıma geldi. Hemen bir posta kutusu kiralayıp gazetelere küçük ilanlar verdim:

Amerikan Boy Uzatma Metodu

Parasız yollanacak broşürlerini bir liralık posta pulu göndererek şu adresten isteyebilirsiniz: P.K. bilmem kaç - Sirkeci.

Tıpkı ustam Mahmut Saim'in dediği gibi, posta pulları yağmaya başladı. O zaman mektuplar elli kuruşluk posta puluyla gidiyor. Basılı kâğıtlar da on kuruşluk pulla... Ben bunlara broşür göndersem bile, on kuruşluk posta puluyla göndereceğim ki, herbirinden bana 90 kuruş kalıyor. Nasıl pul yağıyor, anlatamam...

Şimdi pul gönderenlere birer de broşür göndermeli ki, iyicene soyulsunlar. Daha ortada broşür filan da yok... Ben hemen bir broşür yazdım. Bugün de aklımda, aşağı yukarı şöyle bişeyler yazmıştım:

Bir insan büyüyüp geliştikten sonra boyu daha da uzayabilir mi?

Bu soruyu bugün gayet rahat bir şekilde evet diye cevaplandırabiliriz. Hangi yaşta olursanız olunuz, yaşınız elliyi geçmemişse, metodumuzu uygulayarak boyunuzu uzatabilirsiniz. Bu da asrın en SCIENTIFIQUE metodu olan "Amerikan tabii boy uzatma ve gelişme metodu" ile kaabildir.

Tabii gelişme ve boy uzatma sistemimiz şimdiye kadar bütün dünyada biçok sahne ve perde artistleri tarafından muvaffakiyetle tatbik edilmiştir.

Uzun boylu kadınlar daima daha çok dikkatleri üzerlerine toplarlar, daha gösterişli olurlar ve istekleri kendilerine çekerler. Uzun boylu erkekler ise, daima gösterişli, herzaman kadınlar tarafından aranan ve dikkatleri kendilerinde toplayan kimselerdir.

Unutmayınız ki "Boy uzatma - Tabii gelişme Amerikan Metodu" uluslararası bir buluştur ve bütün dünyada sadece sekiz müessese tarafından bu dersler verilmektedir.

Siz de hiç vakit kaybetmeden derhal müracaat ederek, bu en son teknik Amerikan Boy Uzatma Metodunu tatbik ile bir an evvel arzu ettiğiniz beş-on hatta yirmi santim daha uzun boya erişirsiniz.

New York'un "Smithson" Antropoloji Enstitüsü müdürü Prof. Dr. Herdlika, ispat etmiştir ki: İnsan 50 yaşına kadar büyüyebilir. Şimdiye kadar biçok memlekette, metodumuzu tatbik ve tavsiye eden pekçok doktor, profesör, ortopedist ve enstitüler vardır. Şimdi, senelerdenberi arzu ettiğiniz "Amerikan boy uzatma metodu", memleketimizde de tatbik sahasına konulmuştur.

Yapacağınız yegâne şey, en kısa yoldan harekettir. Zira zaman geçiyor ve hergün biraz daha yaşlanıyoruz ve unutmayınız ki, yaşlandıkça boyunuzun uzaması imkânsız değilse de daha zordur.

Bu sistemi tatbik ettiğiniz müddetçe hiçbir risk altına girmeyecek ve en yakınlarınızın dahi hiçbir surette dikkatini çekmeden kısa zamanda boyunuzun uzadığına şahit olacaksınız.

Daha uzun boylu, daha cazip ve aranan bir tip olabilmek için sipariş fişinizi ve 2 No.lu soru fişinizi doldurarak imzalayıp taahhütlü bir mektup ile ilk üç dersimizi veya bütün derslerimizi birden isteyiniz.

Not: Derslerimiz veya metodun tamamı taahhütlü olarak kapalı bir surette ve zarfın üzerine METODUMUZ hakkında hiçbir husus belirtilmeden gönderilir.

Düşünmeyiniz, vakit kaybetmeyiniz. Siz de daha uzun boylu, daha gösterişli olunuz.

Mühim not:

1 - Derslerde veya hareketlerde anlayamadığınız veya tereddütte kaldığınız noktalar varsa, 500 kuruşluk posta pulu göndererek izahat isteyebilirsiniz.

2 - Metodun fizik hareketlerini ve gıda rejimini, metodumuzda bildirdiğimiz şekil haricine çıkmadan aynen tatbik etmeniz şarttır. Aksi halde müessesemiz mesuliyet kabul etmez.

3 - İşbu sipariş fişini, dosyamızda muhafaza edilmek üzere okunaklı doldurarak imzalayıp lütfen hemen iade ediniz.

İşte böyle bişeyler yazmıştım. Yazdıklarım bu kadar değil, daha pekçoktu. Dikkat ederseniz, bu yazımda, biçok psikolojik etkiler kullanmıştım. Boyu kısa olanlar, boylarını uzatmak istediklerini başkalarının öğrenmelerini istemezler. Buna çok dikkat etmiştim. Özellikle Arapça ve Fransızca kelimeler kullanmıştım, bunlar daha etkili olur bu tür insanlar üzerinde, güven verir.

Yani "lügat paralamak" dedikleri şey de dolandırıcılık yollarından biridir. İnsanlar, anlamını bilemedikleri sözleri söyleyenlere saygı duyar, bağlanırlar. Söz arasında, dinleyenlerin bilmediği sözcükler kullananlara saygı ve güven duyulur. İmamların Türkçe dua okumamalarının bir nedeni de bu olsa gerek... Bunlar, benim düşüncelerim sanmayın. Mahmut Saim hocamızdan öğrendiklerim hep...

Ben broşürleri gönderdiğim zaman, ortada daha yazılmış boy uzatma dersleri filan yoktu, daha yazmamıştım. Gelen paraları toplamaya bile yetişemiyordum. İlk üç ders beşer liradan onbeş lira. Sonrakiler, her ders onar lira... Para yağıyordu, para... Tek başına bu işin altından kalkamayacağımı anlayınca, bir yardımcı tutmak istedim. Cezaevi dışından kimseyi tanımıyordum ki... Sabıkalı, ama az sabıkalı, güvendiğim bir arkadaşı kendime yardımcı aldım. Otel odasından yönetilmiyordu artık işler. Bir yazıhane tuttum. Bir de sekreter kız aldım. İşler yolunda... Yardımcı aldığım o arkadaşı, paraya göz dikip bir namussuzluk etmesin diye, onu gelen paranın üçtebirine ortak ettim. Ama bu insanoğluna hiç güvenilmiyor. Ortak ettiğim bu alçak, evet, para bakımından bana hiçbir kazık atmadı, ama daha kötü bişey yaptı. Herif tam hergele çıktı.

Demek, paralar batmış itoğluite... Bizden boy uzatma metodunu isteyenlere, herhalde itliğinden olacak şöyle mektuplar yazıyormuş:

"Ulan hayvan, devenin de boyu uzun... Uzayıp da ne bok yiyeceksin!"

"Kırkından sonra boy uzar mı eşşekoğlueşek..."

Ben bunu, masanın üstündeki mektupları karıştırırken rastlantıyla öğrendim. Postaya verilecek mektupları şöyle bir okuyayım dedim. Bir de ne okuyayım, rezalet... Şöyle mektuplar:

"Hanımefendi, boyunuzu uzatmak için en iyisi, çok yüksek ökçeli iskarpin ve uzun tüylü şapkalar giyiniz. Doldurduğunuz fişinizden vücut ölçülerinizi öğrenmiş bulunuyorum. Ulan kaknem karı, o ölçülerle uzasan ne olur, uzamasan ne olur..."

"Yahu, beyfendi, sende hiç akıl yok mu be... Önce gel de bizim boylarımıza bak enayi... Kelin merhemi olsa kendi başına sürer."

"Mektubunuzu okuyunca size acıdım. Siz yukarı doğru uzayamazsınız, ama, şişmanlayarak eninize doğru uzayabilirsiniz. Durmadan yemek yiyerek şişiniz ki, eniniz boyunuzdan daha uzasın."

"Ulan avanak! Diyelim ki uzadın, peki eski elbiselerini ne yapacaksın? Onlara yazık değil mi?"

Mektupları okuyunca deliye döndüm.

Daha önce bu türlü mektuplar yazıp göndermiş. Ama kendi aptallıkları ortaya çıkacağından, sonra kimse boy uzatmak istediğini açıklayamadığından, dolandırıldık diye şikâyet eden olmamış. Olmamış ama, hiç olmayacak demek değil bu... O benim ortak yaptığım alçak, neden yaptı bu namussuzluğu diye çok düşündüm. Çünkü, para işinde hiç dalavere yapmamıştı, istese yapabilirdi. Bu herif, nerdeyse cüce denilecek kadar kısa boyluydu. Öyle sanıyordum ki, kısa boyundan ötürü çok aşağılık duygusu çekiyordu.

Baktım, sonumuz kötü. Pılıyı pırtıyı toplayıp yazıhanemi kapattım. Sonradan kokusu çıkmasın diye de posta kutusunu da bıraktığımı postaneye yazıyla bildirdim.

İki candarmanın arasında, günlerce yolculuk yaparak Istanbul'a getirilirken işte bunları düşünüyordum. Sahte Atatürkçülüğümü, sahte mahkûmluğumu saymazsak –ki onlar suç sayılmıyordu– benim son dolandırıcılığım işte bu boy uzatma numarasıydı. Demek, paralarını dolandırdıklarımdan kimisi şikâyette bulunmuştu. O şikâyetler aylarca uyumuş kalmıştı masalardan birinde. Sonra sıkıyönetim ilan edilince, nasılsa o şikâyetler ele geçmiş olacaktı. Belki de, sıkıyönetim yetkililerinden birinin akrabasıydı boyunu uzattırmak isteyen de, sonradan şikâyette bulunmuştu. Ama bu boy uzatma dolandırıcılığını benim yaptığımı nasıl anlamışlardı? Belki, ortak aldığım o alçak, polis falakası altına yatınca, herşeyi açık etmişti.

O uzun yolculuk sırasında hep işte bunu, az ceza alabilmek, hatta cezadan kurtulabilmek için, nasıl ifade vermem gerektiğini düşünüp durmuştum. Oysa, Istanbul'a getirilip sıkıyönetime teslim edildikten sonra sorguya çekilince, beni boy uzatma dolandırıcılığından değil, çok daha kötü bir işten tutukladıklarını anladım: Orduya, asker yiyeceği olarak verilen yemeklik yağlara makine yağı karıştırmaktan...

Görüyorsunuz ya, herşeyi apaçık anlatıyorum. Yaptım yaptım, yapmadım yapmadım. Boy uzatma işi, doğrudan doğruya benim yaptığım bir dolandırıcılıktı. Gizlemiyorum. Ne yapayım, namusumla geçimimi sağlayamıyordum, dolandırmak zorundaydım. Ama şu yemeklik yağa, makine yağı karıştırmak namussuzluğunda benim hiç mi hiç suçum yoktu. Hatta bundan haberim bile yoktu. İster inanın, ister inanmayın...

Cezaevindeyken... Hangi yıldı, hangi suçtandı, şimdi hatırlayamıyorum neden cezaevinde olduğumu; bir Rum yağ tüccarı cezaevine düşmüştü. Orta yaşa yakın bir genç adamdı. O zamanlar, savaş yılları, "men-i ihtikâr" diye bir kanun çıkarılmıştı, karaborsacılığı, aşırı soygunculuğu önlemek için sözde... Yüksek fiyatla mal satanları, yiyeceklere katkı karıştıranları özel mahkemeler yargılar, cezalandırırdı. Bu Yağcı da, böyle bir işten cezaevine düşmüş, yağa başka şeyler katmaktan... Kısa bir hapislik cezası vardı. Benim bulunduğum koğuşa vermişlerdi. Yanımdaki yatakta yatıyordu.

Böyle zenginler, tüccarlar cezaevlerine düşünce, cezaevinin yolsuz takımı, hele eroinciler bayram eder. Bu Yağcı'yı da, durmadan parasını alıp sızdırıyorlardı.

Bir gece... Gecenin bir zamanı, nerdeyse sabah olacak... Bitakım seslerle, fısıltılarla uyandım. Bir delikanlı, Yağcı'yı yatağından kaldırmış iteleyerek koğuştan çıkarıyor.

Hapisanecilikte, olur olmaza karışmayacaksın. Ben de sesimi çıkarmadan, yorganın altından dikizledim. Az sonra Yağcı döndü, ama ağlıyor. Yatağına girdi, yorganının altına kapandı. Aradan beş dakika geçti geçmedi, bu kez başka biri gelip Yağcı'yı dürterek kaldırdı. Dışarı çıkardı. Merak edip ben de arkalarından gittim. Koridorda iki-üç kişi, Yağcı'yı hela aralığına sokmaya çalışıyorlar. Soktular da... Konuşmalarını dinlemek için helaya girip çıktım. Yağcı'dan para istiyorlar. Para isteyenleri tanıyorum, hepsi de eroinci...

Ben döndükten sonra Yağcı da geldi koğuşa. Girdi yatağına. Hıçkırarak ağlıyor. Neden ağladığını sordum. İlkin söylemek istemedi. Üsteledim. Para isteyenlere, üstünde para kalmadığını, sabahleyin, idareden parasını alıp vereceğini söylüyor, ama onlar dinlemiyorlarmış. Dağıta dağıta, üstünde para kalmamış. İçerde kumar oynanmasın, haraç alınmasın diye, idare mahkûmların üstünde fazla para bırakmazdı.

Para isteyenler, bağırması duyulmasın diye helaya soktukları Yağcı'nın yakasını açıp ensesinden aşağı bir avuç bit atıyorlarmış. O günlerde bu eroincilerde bit kaynıyordu. Daha "dedete" denilen böcek öldürücü ilaç da çıkmamış.

Eroinciler, sabahı bekleyemezlerdi. Çünkü, kriz geçiriyorlardı. Yine gelip Yağcı'yı kaldıracaklarını, para vermesi için zorlayacaklarını biliyordum. Laf anlayacak halleri yoktu. Nitekim, çocuk yaşta biri geldi,

– Kalk ulan gâvur! diyerek ağlayan Yağcı'yı yatağından kaldırdı.

▾

Çocuğa,

– Harman mısın oğlum? diye sordum.

– Hep harmanız paşa amca, arkadaşlar kriz geçiriyor... dedi. Bu eroinciler krize girdi mi, anasını babasını dinlemez. Yataktan kalktım, koğuştaki satıcıyı uyandırıp üç paket eroin aldım. Koridorda, taşların üstünde krize girmiş, solucan gibi kıvranan, alınlarında terler boncuklanmış üç delikanlıya eroin paketlerini verdim. Yağcı da o gece baskıdan kurtuldu. Bitli çamaşırlarını soyunup koridordakilere verdi. Temiz çamaşır giyindi. Sabahleyin de, üç paket eroinin parasını bana ödedi.

Cezaevindeyken, bana sık sık, bu iyiliği hiçbir zaman unutmayacağını, bu iyiliğimin altında kalmayacağını söyler dururdu. Adresini vermişti. Tahliye edilince, ille de kendisini görmemi istiyordu. Bu olaydan sonra birbirimize yakın olmuştuk. Sabıkalılıktan kurtulmak istediğimi anlatmıştım. O da bana bir iş bulmaya söz vermişti. Başımdan neler gelmiş geçmiş, neleri görmüştüm. Cezaevindeki arkadaşlığın cezaevinde kaldığını çok iyi bilirim. Ama ne yapayım, benimki umut dünyası: Benim gibiler, ebemkuşağını görse, ona sarılıp bulutlara çıkmayı umar...

Cezaevinden çıktım. Gidip şu Yağcı'yı bir göreyim, dedim. Yüzvermezse ne kaybederim ki... Gittim. Yağkapanında, yağ iskelesinin o daracık eğri büğrü yollarından biri üstündeki yağ mağazalarından biri... İçerisi, yağ fıçılarıyla, tenekeleriyle, varilleriyle dolu. Mağazanın dibinde, bir camlı bölmeyle ayrılmış küçük yazıhanesi var, orda çalışıyor. Hiç umudum yoktu ama, beni görünce bir sevinsin, bir sevinsin... Bir ilgi göstersin bana...

Yine eskisi gibi,

– Senin yaptığın o iyiliği hiçbir zaman unutamam... deyip deyip beni iyice utandırıyor. Hani yaptığım da adı edilecek bir iyilik olsa neyse... Beni yemeğe götürdü. Yemekte, güzel, umutlu sözlerle beni avuttu.

– Sana da bir iş kurarız, yağcılık yaparsın... diyordu.

Yağcılık! Bilmediğim bir iş... Ama benim bildiğim bir iş var mı ki... Yapamam, desem, sanki ne olacak?

Çekingenliğimi görünce,

– İstersen, dedi, bir zaman benim mağazada çalışıp işin girdisini çıktısını öğrenirsin... Meraklanma, çok kolaydır işimiz. Ben seni yalnız bırakmam, yardım ederim.

Allah Allah! Bu dünyada böyle iyi insanlar da mı varmış!

– Hiçkimseden böyle bir iyilik görmedim, sağol! dedim.

O da bana bir daha, cezaevinde kendisine yaptığım o iyiliği hiç unutmayacağını tekrarladı. Lokantada bana yüz lira da verdi. O zamanın yüz lirası...

– Önce kendine üst baş yaparsın. Biriki gün gez dolaş, sonra gel bana! dedi.

Rüya gibi bişey bu...

Hazırcıdan bir takım elbise aldım, çamaşır aldım. Bir hamama gidip güzelce yıkandım. Tellak keselerken, bana sanki, üstümden sabıkalılık akıp gidiyormuş gibi gelmişti.

İki gün gezip dolandım. Üçüncü gün gittim yanına.

– Senin için uygun bir dükkân arıyorum. Buralarda boş dükkân bulmak çok zordur. Ama bulacağız nasıl olsa... O zamana kadar bizim mağazaya gel git... dedi.

Mağazada iki işçisi, bir de hamal vardı. Ben de onlarla birlikteydim. Kendisi, mağazanın dibindeki o camlı bölmede, ya defterlere bişeyler yazar, ya telefonda konuşur, ya birileriyle söyleşirdi. Arabalar o dar sokağa giremediğinden, mağazaya getirilen ve mağazadan çıkan yağ tenekelerini, hamal sırtında arabaya yada arabadan mağazaya taşırdı. İşi öğreneyim diye gözümü dört açtım ama, ortada öğrenilecek bişey göremiyordum. Bu böyle on-onbeş gün sürdü. Sonra Yağcı, benim için bir kiralık yer bulduğunu söyledi. Gittik birlikte. Bu nasıl bir işyeri, nasıl bir dükkân? Bir mağazanın altında eğri büğrü, daracık dört basamakla yerin altına iniliyor. Karanlık, rutubetli, küf kokulu, küçücük bir bodrum. Ancak bir hela kadarlık biyer... Yaktığımız bikaç kibrit aydınlığında içersini görebilmiştik.

Böyle biyerde nasıl alışveriş yapılacağını sordum. Burda alışveriş yapılmayacakmış. Burası salt tabela konulacak, bir adres yeri olarak gösterilecekmiş. Eh, o öyle diyorsa öyledir, ben ne bileyim... Bunca yılın yağcısına da işi öğretecek değilim ya... Yağcı'nın işlerine bakan çok becerikli bir adamı var. İşte o adam, kira sözleşmesini, gereken resmî işlemlerin hepsini yaptı etti. Ben yalnızca, kâğıtların üstünde imzala diye gösterdikleri yerleri imzalıyorum. İşte böylece ben bir yağ tüccarı olmuştum. Bizim bodrumun tabela asılacak yeri olmadığından, üst kattaki mağazanın yan duvarına bir tabela asmıştık. Hani şu kırmızı taban üzerine beyaz boyayla yazılı, bilinen küçük tabelalardan: "İtimat Yağ Ticarethanesi"... Bu yazının altında da benim adım yazılıydı. Bodrumun demir kapısının anahtarı bendeydi. İçerde hiçbişey olmadığından, o tabelayı astıktan sonra oraya bikez bile gitmemiştim. Ama yine de, bodrumun demir kapısının koca anahtarının cebimde ağırlığını duyuşum bana, o zamana kadar hiç tatmadığım bir duygu veriyor, bayağı böbürleniyordum.

Günlerce Yağcı'nın mağazasında oturdum. Bigün Yağcı'ya, ne zaman, nerde, ne iş yapacağımı sordum. Hoş, o bana bol para veriyordu. Ama benim bir iş yaptığım yoktu.

– Sen, dedi, kendini mahalle bakkalı sanma! Sen bir yağ müteahhidisin. Yılda, iki yılda bir, bir iş alırsın, bir yağ taahhüdü işi... O sana yeter de artar bile...

– O dediğin yağ taahhüdünü nerden alacağım?

– Bekle! Hiç acelesi yok... Ben söyleyeceğim, her yardımı yapacağım sana.

– Peki yağ?

– Fabrikamızda var. Yağı da fabrikadan alacağız.

Bir akşam,

– Tamam, dedi, yarın eksiltmeye gireceksin.

– Ne eksiltmesi o?

– Askerîyenin yağ eksiltmesi... Kapalı zarfla eksiltmeye koymuşlar işi.

Benim duraksadığımı görünce,

– Birlikte gideceğiz... Ben senin yanında olacağım hep... dedi.

Ertesi gün, askerî satın alma dairesine gittik. Kalabalıktı. Bizim gibi daha başka yağ tüccarları da vardı. İki büyük askerî birliğin yıllık yağ ihtiyacını, eksiltme sonunda en ucuz fiyatla satacak tüccar karşılayacaktı. Artık bu kadarını anlayabilmiştim. O zamana kadar gazetelerde "Kapalı Zarf Usulü ile Eksiltme İlanı" başlıklı ilanlar okur, ama bunların ne demeye geldiğini bilmezdim.

Eksik olmasın, Yağcı, benim adıma her işi yapıyor, ordan oraya koşuyor, satın alma komisyonunun üyeleri olan veteriner binbaşıdan levazım albayına, levazım albayından hekim yüzbaşıya gidip geliyor, ben de onun ardından dolanıp duruyordum. Bir şartname vardı. Yağcı'nın elindeydi. Falanca iki askerî birliğin yıllık yağ ihtiyacı olan bilmem kaç ton yağın aşağıda yazılı vasfa uygun olarak... Yağlar, şöyle şöyle olacak... Hiçbiri bildiğim şey değil. İyi ki bütün işleri Yağcı yapıyor. Zaten orda Yağcı'yı herkes tanıyor, binbaşısıyla, albayıyla çok rahat, senli benli konuşuyor.

Yağcı öyle iyi insan ki, zarfa konulacak kâğıdı da kendisi doldurdu. Bana, imzalayacağım yeri gösterip,

– İmzala! dedi.

İmzalarken, gözüme ilişti de baktım, yağın kilosunu ikiyüzon kuruştan verecekmişiz.

Allah Allah! Nasıl olur! Biz bu yağı, aklımda kaldığına göre, mağazadan toptan olarak dörtbuçuk liraya satıyorduk. Bakkallarda filan da altı-yedi liraya satılıyor.

– İkiyüzon kuruştan, öyle mi? Nasıl olacak? Yanlış mı yazıldı? diye sormaktan kendimi alamadım.

"Çok bilgiçlik etme!" dermiş gibi,

– Sen imzala, imzala! dedi.

İmzalarken,

– Zarar etmeyelim de... dedim.

Bu sorularımla bana iyilik eden Yağcı'yı uyarmak istiyordum.

– Sen bas imzayı yahu, nene gerek? dedi.

Herkes eksiltme zarflarını teslim etti.

Yağcı, kıvanarak,

– Bu iş senin üstünde kalacak. Kimse senin kadar fiyat kıramaz! dedi.

Benim fiyat kırdığım filan yoktu, hepsini Yağcı yapıyordu ama, yine de o kadar fiyat kırmış olduğum, başkaları benim kadar fiyat kıramayacağı için, bayağı koltuklarım kabarmıştı. Dediği gibi de oldu. En ucuz fiyatı ben vermişim. İki askerî birliğin yağlarını verme işi benim üstümde kalmış. İşe başlamadan önce bir de güvencelik parası verilecekmiş. Üstlendiğimiz yağı veremezsek yada zamanında yetiştiremezsek, bu para yanacakmış. Yağcı, benim yerime, güvencelik diye banka mektubunu da ilgiliye verdi. İşte böylece ben yağ müteahhiti oldum. Oldum da – afedersin – çok bok yedim. Ulan Paşazade hayvanı desene bana, kim kime iyilik eder bu dünyada ki, elin karaborsacı yağcısı sana iyilik etsin? Ah kafa! Yandım ki, ah nasıl yandım.

Bizim Yağcı'nın yağ fabrikası Haliç'te, sıkışık tıkışık biyerde. Adı fabrika, fabrika demeye bin tanık ister... Yağları, fabrikadan kapalı tenekeler içinde alıp o iki askerî birliğin kışlasına götürüp levazım ambarına teslim ediyorum.

Siz bendeki aptallığa bakın ki, o yağ fabrikası yağı nerden alıp da nasıl yağ yapıyor diye düşünmek bigünden bigüne aklıma gelmedi. Öyle ya, bu senin yağ dediğin şey, başka bişeylerden yapılır. Bu fabrika, Haliç'in kokuşmuş pis sularından yağ yapmıyor ya... Kamyonlarla patates geliyor fabrikaya, kamyonlarla yağ çıkıyor fabrikadan...

Biz, ikiyüzon kuruştan yağ veriyoruz. Bu yağları bu fiyata alanlar, hiç bakkaldan çakkaldan yağ almıyorlar mı ki, yağın fiyatından haberleri yok... İkiyüzon kuruştan değil, on kuruştan versek kilosunu, yine arayıp sormayacaklar.

Zamanla işin içyüzünü anladım elbet. Dışardan biraz yağ alıp içine patates ezmesi, ucuza alınmış içyağı, daha da bilmem neler katıp, sözde fabrikada yağ yapıyorlar. Muayene komisyonu da, yağı şartlara uygundur diye alıyor. Ama belki onların muayene ettiği bu yağ değil, başka yağ...

Bu bizim Yağcı, yağa karıştırdığı katkıyı günden güne artırıyormuş. İlk günlerde yüzdeon katkı korken, gitgide yüzdedoksan katkı karıştırmaya başlamış. Eskiden yağa patates katarken, sonraları patatese birazcık yağ katıyor. Yani alıştıra

alıştıra... Belki sonra sonra, içine hiç yağ da koymadan patates ezmesini yağ diye verecek, halis yağ böyle olur diye...

Paraları almaya birlikte gidiyoruz. Ben basıyorum imzayı. O alıyor parayı. Parada hiç gözüm yok, elbette o alacak... Bişey dediğim yok. Çünkü bana da bol para veriyor. Doğrusu, hiçbiyerde o kadar para kazanamazdım. Eğri oturup doğru konuşalım, işleri anlamazdan gelişim, belki de elime bol para geçişinden. Bütün namussuzluğu Yağcı'ya yüklemek doğru olmaz. Ben de gözü açılmamış sığırcık yavrusu değildim ya...

Bigün bu bizim Yağcı,

– Bana yaptığın o iyiliği hiçbir zaman unutmayacağım... deyip, elime üçbin lira tutuşturarak,

– Al şu parayı, çabuk Istanbul'dan savuş, biyerlere git... Ardına bile bakma ki, zaman kaybetmeyesin! dedi.

– N'oldu ki? diye sordum.

Anlattı. Bizim, o iki kışlaya verdiğimiz yağların içinde yağ bulunmadığı anlaşılmış. Elbet Yağcı bana böyle söylememişti. Yağlar bozuk çıkmış, demişti. Ortada yağ müteahhidi olarak ben görünüyorum, Yağcı'ya ne var ki...

Siz bendeki şu aptallığa bakın ki,

– Ya benim mağazam n'olacak? diye sordum.

Demek, o tabelayı iyice benimsemişim ki, ayrılması bana zor geliyor.

Yağcı bir kahkaha atıp,

– Ne mağazası sayıklıyorsun sen... İçinde tesbihböceklerinden başka ne var ki... Tabelayı, anahtarı kaldır at denize, hemen savuş git! Seni nerden arayıp da bulacaklar... dedi.

Namussuz herif, bana, askerlere verdiğimiz yağlara, makine yağı karıştırdığını söylemiyor. İnan olsun, ben işte bunu bilmiyordum. Patates ezmesi neyse, içyağı bile neyse de, yahu makine yağı da katılır mı artık...

"Yaptığın o iyiliği, yaşadıkça hiç unutmayacağım." diyen o Yağcı, bana işte böyle bir amansız kazık atmıştı.

Aradan çok zaman geçtiğinden ben bu yağcılık işini unutmuştum bile. Oysa sıkıyönetim, işin ardını bırakmamış. ▼

Yakalanmam için yazılan yazı, bir zaman bir masada uyuyup kalmış olacak. Sonradan nasılsa geçmiş birinin eline. Bir araştırma, soruşturma, derken o yağ müteahhidinin sabıkalı dolandırıcı Paşazade olduğu anlaşılınca, Paşazade'nin yakalanması için bütün illerin, ilçelerin emniyet örgütlerine telgraflar çekilmiş. İşte beni bu katkılı, bozuk yağ yüzünden candarmalar Istanbul'a getirmiş. Başıma gelecekleri bilsem, barı başka bir adla açardım. Ama ben artık sahtecilik yapmak istemiyordum ki... Ne diye sahte bir adla bar açıp da başımı derde sokayım derken, barı kendi adımla açıp, işte o zaman başımı derde sokmuştum.

Günler süren yol boyunca, hangi suçtan tutuklandığımı düşünürken, eskiden olmuş bu yağ işi hiç aklıma gelmemiş, son numaram olan boy uzatma işinden tutuklandığımı sanmıştım. Ve bu boy uzatma işine karşı sorguda neler söyleyeceğimi yol boyunca tasarlamış durmuştum.

Emniyet Müdürlüğünde yıllardanberi beni tanıdıkları için artık yüz göz olmuşuzdur polislerle. İkinci şubenin komiserlerinden biri,

– Ulan Paşazade, bu kadar namussuzluğu nasıl yapabildin, insanların canına nasıl kasdettin? deyince, ben onun boy uzatma metodu diye yolladığım broşürlerdeki perhizi ve cimnastik öğütlerini soruyor sanıp,

– Kötü bişey yapmadım ki, boyları uzasın diye perhiz yaptırdım... dedim.

Komiser kızdı:

– Ulan, insanları öldürüp de mi boylarını uzatacaksın alçak? Önce kendi boyunu uzatsaydın ya... Sana ne askerlerimizin boyundan bosundan?

O başka bişey söylüyor, ben başka bişey anlıyordum.

– Ben asker olduklarını bilmiyordum... Yalnız perhiz yapmakla olmaz komiserim, cimnastik de yapacaklardı ki boyları uzasın...

– Bir de cimnastik ha? Dayayıp adamlara makine yağını, bir de cimnastik mi yaptıracaktın? Aletli cimnastik mi, yoksa aletsiz mi? Demek boyları uzayacaktı... Sen önce uzan bakayım şuraya da ben sana bir güzel aletli cimnastik yaptırayım...

İşin içyüzünü ancak mahkemede öğrenmiştim. Kimyahanenin verdiği tahlil raporunda, yemeklik yağ yerine, patates, içyağı, makine yağı alaşımı olduğu bildiriliyordu. Yine gazetelere düştüm: "Sabıkalı dolandırıcı Paşazade, kendisine müteahhit süsü vererek orduya yemeklik yağ diye tonlarca makine yağı sattı".

Yağcı'yı yiğitliğimden ele vermediğimi sanmayın. Onu ele verirdim ama, bana hiçbir yararı, ona da hiçbir zararı olmayacaktı. Çünkü, müteahhit olarak resmen ben görünüyordum.

Yağcı olacak o alçak, bana bu oyunu oynamamış olsaydı, ben o Doğu kentinde, bir Atatürkçü olarak, beyler, paşalar gibi yaşayıp gidecektim. Kimse de benim bir sabıkalı sahteci olduğumu bilemeyecekti.

Kendi ağzından Paşazade'nin geçmişini dinlerken başım dönüyordu; tıpkı fırtınalı bir denizde çalkanıyormuş yada çok yüksekten düşen gür bir çağlayanı seyrediyormuş gibi oluyordum. Hiç durmadan değişen, devingen, çok renkli, ama çok acılı bir yaşam, acılı olduğu denli de gülünçtü çok kez... Bunları uyduruyorsa, bir insan bu denli çok değişik olayları uydurabilir miydi? Uydursa bile umrumda değildi.

Bigün bana şöyle demişti:

– Önceden okuduğunuz bir romanın sonunun, ikinci okuyuşunuzda başka türlü çıkmasını hiç istediğiniz oldu mu? Yada filmde? Önceden seyretmiş olduğunuz bir filmi, ikinci seyredişinizde, "Ah, bu kez sonu değişik oluverse!" diye içinizden geçirdiniz mi hiç? Bu, nedir, bilir misiniz: Bir umutsuz umut... Nasıl olsa bu değişikliğin olamayacağı bellidir, ama yine de isterim kesin olanın değişmesini... Bende çok olmuştur. Okuduğum bir romandan yapılmış bir film... Yada ikinci kez seyrettiğim bir film... Artık sonun değişme olanağı da, umudu da yok. Hamlet kaç bin kez oynanmış, daha da kaç bin kez oynanacaksa, sonu hep bellidir. Ama ben, bu kez Ofelya çıldırmasa, Hamlet canına kıymasa diye geçiririm içimden. Tarih okurken de bu duyguya kapıldığım olur. Ne olurdu, sonu değişiverse de bikezlik, Genç Osman öldürülmese... Hep dilemişimdir bunu: Ne olur, o olamayacak şey oluverse de, olmuş olan başka türlü olsa...

Paşazade'nin yüzüne bakakalmıştım. Çünkü aynı isteği bikaç kez ben de duymuştum.

Paşazade,

– Size başımdan geçenleri anlatırken aynı duyguyu duyuyorum, hem de şiddetle... dedi.

Anlamamıştım:

– Nasıl yani?

– Geçmişte yaşadığım olayların nasıl başladığı belli, sonu da yaşanmış, o olaylar artık değiştirilemez. Ama bunları size anlatırken, içimden öyle bir duygu geçiyor ki, sanki geçmişte yaşadığım o olayların sonu değişebilirmiş, ben sonu değiştirebilirmişim gibi... Sizin de böyle bir duyguya kapıldığınız oldu mu hiç?

Doğruyu söyledim ona:

– Bendeki daha başka... Seyrettiğim filmdeki son... Yani, perdedeki o hareketli resimler yada sahnedeki oyuncular başkaldırsınlar da, bir başka türlü, kendi istedikleri gibi oynayıp sonu değiştirseler... Biz de şaşalım... Sürpriz olsun diye yani...

Aynı duyguyu başka amaçlarla duyuyorduk. O, yaşadıklarını yaşamamış olmayı, başka bir biçimde –kendi dilediği biçimde– yaşamış olmayı istiyordu. Müfettiş paşanın elbisesini giymiş, yakalanmış, okuldan kovulmuştu. Başından geçmiş bu olayı anlatırken yaşadığı olayın sonu şöyle değişecekti örneğin: Müfettiş paşanın elbisesini giymiş, suçüstü yakalanmış, disiplin cezasına çarptırılmış, ama çocukluktur denilip bağışlanarak okuldan kovulmamıştı.

Yaşadığı bütün olayları, anlatırken kötü sonu değiştirmek istiyordu.

Bu duygusunu bu denli içtenlikle açıkladıktan sonra, artık ona inanmamak olmazdı.

Cezaevinden çıkmasına çokaz kalmıştı. Ben ondan iki ay sonra tahliye edilecektim.

Beyler Koğuşundan çoktan ayrılmıştı. Başka bir koğuştaydı. Artık ona buna acındırma mektupları yazarak giyecek yardımı istemiyordu. Bu yolla epiy para biriktirmişti. Parası, cezaevinden çıkıncaya dek yeterdi. Yine de arada, eskiden biriktirmiş olduğu öteberiyi Dandini Fikret'e sattırıyordu.

Cezaevinden çıkınca ne yapacağını sormuştum. İçini çekmiş, bisüre sustuktan sonra şöyle demişti:

– Başka bir kimlikle, ama yine kendim olarak yaşamayı isterdim olabilse... Nasıl olsa artık eski Paşazade olamam!

Eski Paşazade sözüyle ne anlatmak istiyordu? Yine, sanki dişi ağrıyormuş gibi yüzünü buruşturarak gülümsemiş,

– Dünyayı avucuma alamam artık... demişti.

– Ne yapacaktınız dünyayı avucunuza alıp da?

– Daha güzeli olamaz bundan, ama daha iyisi olabilir... Artık gücüm yok. Yaşlıyım. Belki çok küçük dolandırıcılıklar, rezilce işler yaparım bundan sonra... Hatta belki küçük hırsızlıklar bile... Karnımı doyurmak, kışın ısınmak, yani yaşamak için...

Gözleri dolmuştu. Yine gülümsemeye çalıştı, yağışta güneş açar gibi...

Gençliğindeki serüvenlerini anlatırken, söze, anasına babasına para göndermek isteğiyle başlardı hep. Ama hiç gönderememişti. Yaşlılık serüvenlerini anlatırken anababasından hiç söz etmiyordu. Ben de sormuyordum. Anababasının öldüklerini biliyor, ama kardeşlerini bilmiyordu. Belki onlar da ölmüşlerdi, belki de artık onlara yardım umudunu yitirmişti.

Hiç evlenmemişti. Nikâhsız da olsa bisüre olsun bir kadınla birlikte de yaşamamıştı. Ne zaman bir yuva kurmaya kalkışsa, sabıkalı olduğu ortaya çıkıp işin sonunu getiremiyordu.

Askerlik de yapmamıştı. Devlete bir kuruş vergi de ödememişti.

Cezaevinden çıkması yaklaştıkça, geçmişini anlatmakta isteksiz görünüyordu. Ben de üstelemiyordum. Belki de anlatacağı, anlatmaya değer gördüğü başka serüveni yoktu.

Ziyaret günüydü. Ziyaretçimi uğurlayıp dönmüştüm. Bahçede Dandini Fikret'i gördüm. İki omzunda da satılık eski giyecekler vardı. Sol kolunda, Paşazade'nin battaniyesi sarkıyordu. Tanıdım battaniyeyi: uzun tüylü, kırmızı, sarı, mavi yol yol çizgileri kesişen pahalı bir battaniye... Bu battaniye de, Paşazade'ye, acındırma mektuplarıyla gönderilen eşyadandı. Dandini, o genizden gelen frengili hımhım sesiyle çığırtkanlık yapıyordu:

– Benim hırsız uğursuz kardeşlerim! Dolandırıcı, dızdızcı, tırnakçı canlarım ciğerlerim... Kalpazan, arakçı, kaldırımcı arkadaşlarım! Zarfçı, papelci, şemsiyeci, üçkâğıtçı omuzdaşlarım!

Gecekuşu, sahteci, yolbağcı omuzdaşlarım! Kapkaççı, tavcı, söğüşçü yoldaşlarım! Namlı kasa hırsızlarım! Çarıkçılarım, cepçilerim, muslukçularım... Babacımcı oğlanlarım... Sübyanlarım, sübyancılarım... Ellerinde türlü bin marifet, parmaklarında türlü bin hüner gösterenlerim... Dünyaya parmak ısırtan otel fareleri, kamyon fareleri... Dünyaya parmak atıp sonunda kazığı kendi yiyen kardeşlerim...

Dandini Fikret o gün coşmuştu. Çok kazançlı iş bulup da eroine yumulup kafayı buldu mu coşardı böyle, taa ki bir köşede sızıp, yanan cıgara parmakları arasında, uyuklayana dek...

– Nerdesiniz muhabbet tellalları... Cepten parayı, gözden sürmeyi çekenler... Karıncayı becerip de belini incitmeyenler... Karda yürüyüp izini belli etmeyenler... Saman altından su yürütenler... Duyduk duymadık demeyin haaa, Dandini Fikret geldi ulan... Haniya var mı böyle bir battaniye isteyen... Halis İngiliz malıdır kardeşler... İngiliz kralında yalan var, bende yok... Paşazade ineğinin battaniyesi bu... Haniya var mı böyle bir battaniye isteyen?

Dandini, sattığı şeyin kimin malı olduğunu açıklamazdı; çünkü hiçkimse malını sattırdığının ilan edilmesini istemezdi. Oysa şimdi, Paşazade'nin battaniyesi, diye bar bar bağırıyordu.

Kuşkulanıp,

– Paşazade nerde? diye sordum.

Dandini,

– Hohooo... Paşazade uçtu gitti. Tahliye oldu... dedi.

Demek ben ziyaret yerindeyken, o gürültü uğultu arasında okunan tahliyeciler listesini duyamamışım. Oysa Paşazade'nin o gün tahliye edileceğini de biliyordum. Beni aramıştır vedalaşmak için... Bulamamıştır. Tahliyecileri cezaevinde hiç tutmazlar, hemen salıverirler.

Üzüldüğümü gören Dandini,

– Hiç boşuna üzülme uğurlayamadım diye, bak görürsün, daha sen burdan çıkmadan o kart inek yine döner gelir. Belki de daha kapıdan çıkar çıkmaz, numarasını yapmış, hemen enselenmiştir.

▼

İki ay kadar sonra ben de tahliye edildim. Cezaevi dünyası bir başkadır, dışarıya uymaz hiç... Paşazade'nin de dediği gibi, cezaevinde verilmiş sözler, arkadaşlıklar, dışarı çıkılınca çabuk unutulur. Bende de öyle oldu. Cezaevinde tuttuğum notları, yazılarımı, kaldırıp biyere koymuştum çalışma odamda. Bikez açıp bakmamıştım bile...

Cezaevinden çıktıktan bikaç ay sonra Paşazade'yi, Pendik'te, o deniz kıyısındaki restoranda şef garson olarak görmüştüm. Eski çorabını nasıl yemek biçimine sokup oteldeki müşterisine sunuşunu, bir de övünerek anlatırken midem bulanmıştı. Hem, anlattığı olaydan, hem Paşazade'den iğrenmiştim. Yozlaşmış biriydi Paşazade. Böyle bir adama cezaevinde bile olsa, zamanımı verdiğim için kendi kendime kızmıştım. Dışardayken, konuşmasına bile dayanamayacağım bu adama cezaevinde günlerimi vermiş, gündüzleri bana anlattıklarını, geceleri uykumdan kalarak yazmıştım. Ne diye sanki? Değer miydi?

Özgür kişinin değer yargılarıyla, tutuklu olanın değer yargıları arasındaki ayrım buydu işte. Cezaevinde, dışardakinden başka bir dünya, o başka dünyanın da başka değer yargıları vardı. Ben böyle bir başka dünyanın değer yargılarıyla Paşazade'ye günlerimi vermiştim. Pendik kıyısındaki o restoranda rastlaşmamızda bana anlattığı o çoraptan yemek yapma olayı, beni Paşazade'den büsbütün soğutmuştu. Onun anlattıklarından tuttuğum notlara bir daha gözatmayışımda, belki o restorandaki konuşmamızın da etkisi vardı.

Paşazade'yi unutmuştum hemen. Günün birinde bir gazetede gördüğüm bir yazı başlığı olmasa, belki de Paşazade'yi hiç anımsamayacaktım. Uzun bir yazıydı. Başlığı: "Dolandırıcılar Kralı Paşazade". İlgilendim elbet... Gavsi Ozansoy imzalı uzun yazıyı okudum. Sonra gazeteden kestim. O gazete kesiğini, arasına koymak için, cezaevindeki notlarımın bulunduğu dosyayı aradım. Epiy aradıktan sonra buldum.

*

Dolandırıcılar Kralı Paşazade

Allah taksiratlarını affetsin, üçünün de adı kötüye çıkmıştı, ama hiç de fena adam değillerdi.

Matbuat dolandırıcısı Mahmut Saim, Kadın Avcısı Eyüplü Halit ve Dolandırıcılar Kralı Paşazade... Bence kabahatleri, isimlerinin senelerce evvel polis arşivine geçmiş olmasından ibarettir. Adamsız devirde şöhret yaptılar.

Ellerine geçse, bugünün basın dolandırıcıları Mahmut Saim'e bile pes dedirtirler; on lira abone parasını toka etmeden ellerinden kurtulamaz. Eyüplü Halit ölümünden evvel merak edip de eski hatıralarını ihya kabilinden şöyle Beyoğlu'na bir adım atsaydı, Şişli'ye doğru uzanıverseydi, bikaç salona girip çıksaydı, sosyeteye karışıverseydi... Eminim ki, senelerdenberi kadın avcısı olarak geçinmiş olmaktan kendisi de utanırdı.

Ya Paşazade? Evet, adı Dolandırıcılar Kralı'na çıkmıştı... Onun üstüne başka sahteci yetişmemiş, denilirdi. Ama bugünkülere bakınca, ona sahteci demek için bin şahit ister.

Her ne olursa olsun, üçü de sevimli adamdı. Hele bizlere yaptıkları hizmet (!) büyüktür. En mevzusuz bigünümüzde eğlenceli bir hadise ile karşımıza çıkıverirlerdi. Bu dünyadan göçüp gitmeleri, gazetelerin zabıta sütunları için hakikaten bir kayıptır. Hele Paşazade... Onsuz zabıta muharrirliği bile biraz tatsızlaştı.

(Paşazade'nin niçin gazetecilere kızdığı, onları sevmediği, bu yazıdan da açıkça anlaşılıyor. Bu yazının yazarı Gavsi Ozansoy, yazısında bu üç ünlü sabıkalıya sevgiyle yaklaştığı halde, o bile, onları, konusuz kaldığı günlerde gazetelerin boşluklarını dolduracak eğlenceli gereçler olarak görüyor; insan olarak görmüyor. Gazetelerin, Paşazade için yalan yanlış şeyler yazmaları bundan; eğlenceli şeyler uydurarak okurun ilgisini çekmek...

Paşazade'nin öldüğünü, ben bu yazıdan öğrenmiştim. Paşazade'nin ölümünün beni bu denli etkileyip duygulandıracağını hiç düşünemezdim. Ne diye bu denli çok üzüldüğümü anlayamadım. Yakınlarımın ölümünde bile çok kez üzüntüm bu denli büyük olmamıştı.)

Paşazade, hakiki bir paşazadeydi, Arif Paşanın oğlu. Daha doğrusu Istanbul onu senelerce bir paşanın oğlu olarak tanımıştır. Şimdi kapanmış bulunan bir haftalık mecmuada neşredilen hatıralarında ilk maceralarını şöyle anlatır:

"Sülün gibi delikanlıydım. Kâğıthane'deki şu sultanlar sarayına girip de çıkan hanımları görür de nasıl dururdum... Yaş onsekiz... Kırmızı fesimin püskülünü şöyle kenara atıp o civarı bir kolaçan etmeyecek kadar enayi değildim hani..."

Paşazade, rahat durabilir mi? Eline geçen ilk kadın ve ilk servetle iktifa eder mi hiç? O, insanları tanımak, aldatmak, sonra karşılarına geçip keyifle seyretmekten haz duyuyordu. (Paşazade bana kendisini hiç de böyle anlatmamıştı. O, hiçbir zaman suç işlemek, kimseyi dolandırmak istememişti. Ama toplum, onu ille de sahteciliğe itmişti.) *Kadın kalbi fethetmenin, insanları kandırmanın sırrını biliyordu. Sahtecilikle de olsa, hâkimlikten kaymakamlığa, subaylıktan doktorluğa, mühendislikten müteahhitliğe kadar, yapmadığı iş kalmamıştı. Kaymakamlığı sırasında halka kendisini o kadar sevdirmiş, halka ve kazaya o kadar büyük hizmetlerde bulunmuştu ki, başka bir kazaya tayini çıktı bahanesiyle ordan ayrılmaya kalkınca, böyle değerli bir kaymakamı başka yere gönderdiği için hükümete karşı galeyana gelen halk, kaymakamlarının nakledilmemesi için binlerce imzalı dilekçeyi ve telgrafı içişleri bakanına göndermiş ve bu sebeple de bakanlık o kazada bir sahte kaymakamın bulunduğunu anlamıştı. Zavallı Paşazade tevkif edilip, başka suçları yüzünden Istanbul'a getirildiğinde, emniyet müdürünün odasında kendisine, hazır bir kaymakamlık bulmuşken niçin ordan ayrılmaya kalktığını sormuştum. Mecbur olduğunu, çünkü hakiki kaymakamın tayin emrinin geldiğini söylemişti. Hatta o tarihte gazeteler, "Keşke bütün kaymakamlar onun gibi olsaydı. Sahteci olsalardı da, bunun gibi çalışıp iş başarsalardı" dediklerini bile yazmışlardı.*

Hey gidi Paşazade... O, böyle ölecek bir adam mıydı? Ben onu bu ihtiyarlık günlerinde rahat bir tekaütlük hayatı ve emniyeti içinde yaşayacağını sanıyordum. Kim derdi ki, koca Paşazade'nin ölüsü çöp iskelesinde, yarı beline kadar denizde çalkalanırken bulunup da morga kaldırılacak... Bu ölüm haberini veren gazetelerden biri, Paşazade'nin yarım asra yakın bir zamandanberi sabıkalı olduğunu, bu yarım yüzyılın ençok yarısını hapisanelerde geçirdiğini ve sekizyüzden çok da sabıkası bulunduğunu yazıyordu. Hakikaten de öyledir. Paşazade'nin eski hatıraları anlatmakla, sabıkaları da saymakla bitmez. Herbiri başlı başına ve harikulade birer macera olan bu hatıralar zaman zaman gazete ve mecmualarda neşredilmiştir.

Çok iyi hatırlıyorum, ben onu ilk tanıdığımda, kendi şanına layık olmayan bir küçük suçtan yakalanmış olduğu için çok üzgündü. Gazetelere "Üçbin lira aylıkla kamyon şoförü aranıyor" diye ilanlar vermiş. Adres olarak da, bir iş hanının bir katındaki olmayan bir numarayı veriyormuş. Diyelim, hanın o katındaki odaların numarası 18'de bitiyorsa, Paşazade ilana "Filanca han, falanca kat, 19 numaraya müracaat" diye yazıyor. Şu saatten şu saate kadar müracaat... Ençok iki saat... Paşazade bu, koca Paşazade, dolandıracağı adam bile olsa, sabahtan akşama kadar bekler mi hiç? Gidiyor o saatte, hanın o katında bekliyor. Kapı numaralarına bakınıp aranan birini görünce, avının geldiğini anlıyor. Kolay mı ayda üçbin lira kazanmak? Koskoca kamyon teslim edilecek kendisine... Şoför, bin lira kapora vermeli ki, işe alınsın. Aylık üçbin lira için kim vermez bin lira kaporayı...

Böyle bir küçük işe tenezzül ettiği için çok üzgündü.

Emniyet Müdürlüğündeki gazeteciler odasındaydık. Öbür gazeteciler, niçin bu kadar az paraya tenezzül ettiğini sormuşlardı alay ederek. Paşazade, rahatlıkla anlatmıştı. O günlerde başka bir sahtecilikten polis arkasındaymış. Istanbul'dan kaçıp gitmesi gerekiyormuş. Ama aksilik bu ya, parası yokmuş. Bikaç bin lira vurup da öyle yola çıkmak için bu numarayı çevirmiş. Hergün iki-üç "enayi"nin paralarını alıyormuş. Zaten üç gün çalışıp çıkmış yola. O gittiği heryerde de mühendislik yapıyormuş. Taşra vilayetlerine, kazalarına gidip, gittiği yerde elektrik yoksa elektrik mühendisi, su yoksa su mühendisi, yol yoksa yol mühendisi, orda binalar kurulacaksa inşaat mühendisi oluyormuş. "Sizi ışığa kavuşturacağım!", "Sizi yola kavuşturacağım..." İşte böyle diyerek, oranın zenginlerinden, tüccarlarından para topluyormuş. Kaymakamlar, valiler de destekliyor ve Paşazade'nin para toplamasına yardımcı oluyorlarmış ki, bir an önce oraları elektriğe, suya, yola kavuşsun. O aksilik olmasa hiç yakalanmazmış. Şoför aranıyor diye verdiği ilan üç günlükmüş. Ama nasıl olmuşsa, o ilan kalıbını atmamışlar, hergün gazetede o ilan çıkıyormuş. O sırada mühendislik yapmakta olan Paşazade'nin, o ilanın gazetede hergün çıkmakta olduğundan haberi bile yok. Bunca zaman ilan çıkar da gazetede, hâlâ şoför bulunmaz mı? Bu şoför aranıyor ilanı polisin dikkatini çeke dursun, dolandırılan şoförler de polise başvuruyorlar. Kendilerine dolandırıcıların resimleri gösteriliyor. İşte böylece sahte mühendis, bir kazada, kaymakamın, onun şerefine verdiği bir ziyafetteyken tevkif ediliyor.

Hayata gözlerini yumduğu güne kadar cezaevlerinin sadık ve devamlı bir misafiri, adliye koridorlarının aşina bir siması ve polisin emektar bir dostu (!) olan Paşazade, yaş haddini çoktan doldurduğu halde, bitürlü kendisini emekliye ayıramamıştı. Kaç defa sokakta karşılaştığı gazetecilere,

– Artık tekaüt oldum, der, ama aradan bikaç ay geçmez, mutlaka yeni bir hadise ile tekrar sahneye çıkardı. Sanırım iki sene önce cereyan eden son vakalarından biri de anlatılmaya değer. Hiç olacak iş mi? Paşazade üfürükçülükten yakalanmıştı. Tıpkı ihtisası olan doktorlar gibi, Paşazade'nin üfürükçülükte ihtisası da kısır kadınları gebe bırakmakmış. Dediği doğruysa, o kendisini hiçbir zaman üfürükçü diye tanıtmamış kimseye. Hadise şöyle cereyan etmiş. Bir evde kiracıymış. O evin sahibi olan kadınla ilişki kurmuş. Kadın, kısır olduğunu söyleyerek Paşazade'ye cesaret veriyormuş. On senelik evli olan kadının çocuğu olmuyormuş. Lakin, Paşazade'yle ilişki kurunca, o kısır sanılan kadın gebe kalmaz mı! Bunun üzerine Paşazade korkusundan kadınla ilişkisini kesmiş. Ama o kadın öyle bir reklamcıymış ki, Paşazade'ye günde iki-üç kısır kadın göndermeye başlamış. Gebe kalan kadın, öbür kadınları Paşazade'ye, nefesi gayet keskin bir hoca diye gönderiyormuş. Hoca efendi okuyup üflüyor, kısır kadın da gebe kalıyormuş. Tabii kadıncağız, kendi gebe kalışını başka nasıl izah etsin başka kadınlara?

Paşazade'ye, günde iki üç kadın gelip,

– Hocafendi, derdime derman senden... diye yalvarıyorlarmış.

Paşazade, Hoca olmadığını söyleyip bunları başından savıyor ama, hangibirini savsın... Erkekler, kısır olmayı erkekliklerine yediremediklerinden, kısırlık suçunu hep karılarına yüklerlermiş. Kadınlar da ne yapsınlar, kocalarından ayrılmamak, mesut aile yuvalarını yıkmamak için, gebe kalsınlar diye Hocafendi diyerek Paşazade'ye başvuruyorlarmış. Yani, zorla Paşazade'yi üfürükçü yapmışlar.

Paşazade'ye gebe kalmak için gelen kısır kadın, süslenmemiş ve mücevheratını takıp takıştırmamışsa. Paşazade o kadına şöyle dermiş:

– Hanım, hanım! Hadi git evine, bileziklerini, yüzüklerini, küpelerini, altınlarını, ne kadar mücevheratın varsa hepsini tak takıştır da öyle gel! Arkadan da izah edermiş: Okuyup üfleyip peri padişahını çağıracağım. Seni peri padişahıyla evlendireceğim ki, peri padişahından gebe kalasın. Peri padişahının seni beğenmesi lazım ki, seninle gerdeğe girsin. Onun için, hadi git evine, tak takıştır ne kadar mücevheratın varsa, iyice süslen boyan, öyle gel...

Peri padişahıyla gerdeğe girmek suç sayılmıyor, günah değil, kocaya ihanet değil! Çünkü peri padişahı görünmez, elle tutulmaz, hiçbişey yapılmaz, ama o kısır kadını bile gebe bırakır 'Allahın bir hikmeti... Kısır kadınlar, peri padişahıyla gerdeğe girip gebe kalabilmek, peri padişahının hoşuna gidebilmek için süslenirler, boyanırlar, kokular sürerler, ne kadar takıları, altınları varsa hepsini takar, öyle gelirlermiş.

Paşazade, kısır kadını alırmış odasına. Odanın tahta döşemesine tebeşirle bir daire çizer, kadına,

– Üstünde ne kadar ziynet, altın, gümüş, mücevher, takı varsa, hepsini bu dairenin içine at! dermiş.

Kadın neden diye soramazmış ki... Zaten gerdeğe girme heyecanıyla hepsi de zangır zangır titrerlermiş. Kolay mı, hem de padişahla, peri padişahıyla gerdeğe girecekler.

Kadını dairenin dışındaki şiltenin üzerine oturtur başlarmış okumaya... Artık her ne okuyorsa... Epiy okuduktan sonra sıra geliyor üflemeye.

– Aç eteğini hatuun!

Gayet de sert söylüyor ki, kadın etkilensin, korksun...

Aradabir, eteğini niçin açacağını sormaya cesaret edenler olursa, onlara şöyle çıkışırmış:

– Bre hatuun, üflemeyince nasıl deva bulacaksın... Dert başında olsa, başına üflerim... Dert karnında olsa karnına üflerim... Ama senin derdin kısırlık olduğundan aç eteğini de çabuk üfleyeyim...

Üflermiş. Okurmuş, üflermiş... Üflermiş, okurmuş... Kadına,

– Kapa gözlerini hatuuun, peri padişahı geliyor! dermiş.

Kadına gözlerini kapattırırmış ki, kadın, padişahı görünce korkmaya... Öyle ya, koskoca padişah...

İşini bitirince,

– Haydi selametle hatuuun! dermiş.

Kadın, dairenin içindeki mücevherlerinin ne olacağını soracak olursa,

– Bir üflemeyle senin kısırlığın tedavi olmaz. Öbür gelişinde alırsın ve inşallah gebe kalırsın... der, kadını başından savarmış.

Mücevherleri dolandırılan kadınlar, kocalarına da bişey söyleyemiyorlar korkularından. O zaman, kocaları, karılarının peri padişahıyla gerdeğe girip peri padişahından gebe kalsın diye hocafendinin okuyup üflediğini öğrenecek... Peri padişahı neyse de, hocanın okuyup üflemesinin duyulması kötü... Kocalar, mücevherlerinin ne olduğunu sorunca, kadıncıklar ne desin, çalındı malındı diyorlarmış.

Bunları Paşazade kendisi gazetecilere anlatıyordu. O zamanlar, bu hadise gazetelerde günlerce yazılmıştı. Paşazade anlatırken dinlemeliydiniz bu hadiseyi... Ordakilerin gülmekten gözlerinden yaş gelmişti. Polisler de katıla katıla gülüyorlardı. Paşazade belki de bunları anlatmazdı ama, ona suçüstü yapmış olan iki kadın polis de ordaydı.

Kocaları sorunca kadınlar mücevherlerinin çalındığını söylüyorlar. Kocalar da, evlerine hırsız girip mücevherlerini çaldı diye polise başvuruyorlar. Bir değil, iki değil, beş değil, on değil... Sık

sık mücevherler çalınıyor evlerden. Hiçbir ipucu da bulunamıyor. Bunun üzerine polis kuşkulanıyor. Mücevherlerinin çalındığını söyleyen kadınlardan biri sıkıştırılınca bu sırrı ağzından kaçırıyor. Bunun üzerine iki kadın polis, suçüstü yapmak için Paşazade'nin evine gidiyor. Kadınlardan biri genç, biri orta yaşlı. Orta yaşlı, gencin kaynanası oluyor sözde. İki kadın da baştan ayağa mücevherle donanmışlar. Kadınlardaki takıları görünce Paşazade'nin gözleri dönüyor. Kaynana,

– Aman Hocafendi, diyor, her ne olacaksa senden olacak. Bu benim gelinim bir melektir. Ama oğlum, bu gül gibi karısını çocuğu olmayacak diye boşayacak, bir yuva yıkılacak...

Paşazade, kaynanadaki takılara da göz diktiğinden,

– Ya sen, diyor, sen de gençsin maşallah, çocuğun olsun istemez misin?

Kadın,

– Benden geçti artık... deyince,

– Yooo, ne geçmesi... Evelallah... diye başlıyor Paşazade.

Kaynana kılığındaki kadın polis,

– İlkin şu gül gelinimin haceti bir görülsün de... diyerek, genç kadın polisi Paşazade'nin odasına sokuyor. Kendisi dışarda kalıyor. İki kadın polisin birden gelmelerinin sebebi, Paşazade'yle cürmümeşhut yapacaklar.

Gelinle Paşazade giriyor odaya. Paşazade, o yalancıktan sertleşmesiyle,

– Hanım, üstünde her ne kadar altın, gümüş gibi ziynet eşyası, ve bilezik, küpe, yüzük gibi takı varsa, hepsini çıkar, at şu dairenin içine...

Gelin, denileni yapıyor...

– Şimdi uzan şuraya... Kendini bırak... Az sonra peri padişahı gelir.

Başlıyor sözde okumaya. Okuyor okuyor.

– Kaldır eteğini hatun... Az daha, az daha... Okuyup üfleyeceğiz.

Kaynana, kapı arkasında bekliyor, elinde tabancayla. Öyle zamanında girmeli ki cürmümeşhut olsun. O sebeple zamanını bekliyor kapı arkasında.

Paşazade,

– Hadi hatun... Geliyor, peri padişahını bekletme... Bekleyemez... deyince kapı küt diye açılıp elinde tabancayla öbür kadın polis de dalıyor içeri.

Sokak kapısında da başka polisler var. Paşazade'yi yakalayıp getiriyorlar Emniyet Müdürlüğüne. Emniyet Müdürlüğünden gazetelere telefon etmişler, biz zabıta muhabirleri de koşup gelmiştik Emniyet Müdürlüğüne.

İşte sekizyüzden fazla sabıkası olan, yirmi yıl kadar kaldığı hapisaneleri mesken tutan kırkbeş yıllık sabıkalı Paşazade'nin hayatından bikaç yaprak...

*

Paşazade'nin ölmüş olduğunu, bu gazete yazısından öğrenmiştim. Gazetedeki yazıyı okuduktan sonra, evde birikmiş bikaç gün öncesinin gazetelerini karıştırarak, Paşazade'nin ölüm haberini bildiren gazeteyi de buldum. Samatya'daki sur duvarlarının dibinde, deniz kıyısında bulunmuş ölüsü. Bacakları denizde, gövdesi çakılların üstündeymiş. Kimliği bulunmuş cebinde. Morga kaldırmışlar. Ölümün doğal olduğu anlaşılmış. Ayrıca bir kişi de morgda ölüyü görüp, sabıkalı dolandırıcı Paşazade'nin ölüsü olduğuna tanıklık etmiş.

Onu tanıdığım gündenberi, kendisine olan duygum sık sık değişmişti. Kimileyin çok sevimsiz bir adam, uslanmaz bir sabıkalı, yozlaşmış bir kişi olarak görünmüştü bana. Kimileyin de, bu bozukdüzenin itmesiyle –kendi deyişiyle– toplumun zorla sürükleyerek kendi dışına attığı bir zavallı olarak görmüştüm onu. Ayrıca özgün konuşmalarıyla, kimileyin saygı duymuştum ona.

Ölümüne bu denli üzüleceğimi bilmezdim. Çok üzüldüm. Bunca çaba gösterip de bitürlü düzgün bir yaşama kavuşamadan ölmüş olmasına üzülmüştüm belki de.

Günler geçti, unuttum Paşazade'yi. Aradan iki yıla yakın bir zaman geçtikten sonra, o çok şaşılası olayla karşılaşmasaydım, belki de Paşazade'yi hiç anımsamayacaktım. Onun anlattıklarından tuttuğum notların bulunduğu dosyayı arayıp bulmayacak, dosyadaki yazıları hiç karıştırmayacaktım. Ama o çok şaşırtıcı olayı yaşadıktan sonra, evime döndüğümde ilk işim, o dosyayı arayıp bulmak, karıştırmak, cezaevinde tuttuğum o notları okumak oldu.

Çalıştığım gazete, beni bir görevle, bir sınır üstündeki kasabalara göndermişti. Sınır üstündeki bikaç kasabada, sınır kapısında inceleme yapacak, gazeteye gözlemlerimi gezi yazısı olarak yazacaktım. Bu gezim oldukça uzun süreceğinden, geceleri okumak için, çoktanberi okumaya fırsat bulamadığım kitapları yanıma almıştım. Bu kitaplardan birinin önsözü, ölüm haberini gazetede okuduktan aşağı yukarı iki yıl sonra, bana birden Paşazade'yi anımsatmıştı.

O kentte, daha iyisi olmadığı için çok kötü bir otel odasındaydım. Geceyarısından sonra okuduğum kitap, bir Uzakdoğu ülkesinin başkanlığını yapmış, sonra ülkesinden kaçmak zorunda bırakılınca gerçekleri anlayabilmiş bir prensin anılarıydı. Çok ilginçti bu anılar. Kitabın Fransızca çevirisine, Avrupalı bir ünlü politikacı önsöz yazmıştı. İşte, o otel odasında geceyarısından sonra bana Paşazade'yi anımsatan da bu önsözdü. Ünlü politikacı şöyle yazmıştı önsözde:

......ancak bütün bunlar geçmişle ilgili. Ya gelecek?

En sonunda şu acı dersi yine emperyalistlerin kendileri verdiler; emperyalistler bir ülkeyi ellerine geçirmeyi akıllarına koydular mı, özgürlüğe kavuşmak için o ülkenin halkına tek bir yol bırakıyorlar. Bu tek yol da silahlı savaşım yoludur. Emperyalizmin bütün kurbanlarının çıkardıkları kaçınılmaz ve temel sonuç budur. Ülkesinden kaçmak zorunda kalan prens ve ülkesinin halkı gibi biz de aynı sonuca vardık: Tek yol, silahlı savaşım... Bizleri bu tek yola, emperyalistler itmişlerdir.

Her ulusun kendi kaderini kendi belirlemesi, demokrasi ve halkın egemenliği için yapılan uzun ve pahalıya mal olan güç savaşta, saldırgan emperyalizmin tuzağına düşmüş olan uluslar, bu çabalarını dünya ölçüsünde birleştirmelidirler. Çünkü saldırganın kendisi de dünya ölçüsünde çaba göstermektedir.

Bu önsözdeki "Tek Yol" deyimi, gecenin o saatinde, bir çağrışımla, o sınır kenti otelinde, bana birden, çoktan unutmuş olduğum Paşazade'nin "Tek Yol" gerekçesini anımsatmıştı. Önsözde, bir ülkeyi ellerine geçirmek isteyen emperyalist güçlerin, o ülke halkını tek yola ittiği anlatılıyordu. Onları tek yol olan silahlı savaşıma iten, zorlayan, emperyalistlerin kendileriydi. Çünkü, bütün öteki yolları tıkamışlar, önlerinde salt o tek yolu açık bırakmışlardı.

Sorun oldukça karışıktı.

Ertesi sabah geç uyandım.

Çok kişiye sormuşumdur: Hiçbir ilişki yokken birden aklınıza geliveren birisiyle az sonra karşılaştığınız olur mu? Başkalarında da oluyor bu: En olmadık yerde, en olmadık zamanda, daha önce hiç aklınızda olmayan birini birden düşünüyorsunuz, az sonra da onunla karşılaşıyorsunuz. Bunu telepati olayı diye yorumlayanlar da var. Nedenini bilemem, ama bu şaşılası rastlantı oluyor sık sık.

O kitabı okuyup, önsözündeki "Tek Yol" çağrışımıyla Paşazade'yi anımsadığım o gecenin ertesi günü Paşazade'yi gördüm. Evet, inanılacak gibi değil ama, gördüm onu... Karşımdaydı. Duvar sıvaları dökülmüş, aralık döşeme tahtaları her bastıkça gıcırdayan, tavan tahtalarından tozlar dökülen bir küçük odadaydı. Orası o ilin bir resmî dairesiydi. Paşazade, kaba ağaçtan dermeçatma yapılmış bir masaya eğilmiş, önündeki yazıları okuyordu. Rendelenmemiş kaba ağaçtan dört ayaklı masanın üstü dosyalarla, yazılı kâğıt tomarlarıyla doluydu. Odanın kapısı açıktı. Müdürün odasına gitmek için merdivenden çıkarken, merdiven başındaki odanın açık kapısından gelişigüzel bakınca görmüştüm onu. Paşazade öleli, iki yıldan çok olmuştu, elbet o sınır kentinin bir devlet dairesinin odasında, masasındaki dosyalara gömülmüş adam Paşazade olamazdı. Ama o denli çok benziyordu ki, açık kapıdan odaya girip bu adamı yakından görmekten kendimi alamadım. İki adım ötesinde durup bisüre baktım ona. İşine mi dalmıştı, yoksa aldırış mı etmemişti, başını kaldırıp bana bakmadı bile. Ama oydu işte, ta kendisi! Bu denli benzerlik olamaz! Adını seslendim. Eğildiği yazılardan başını kaldırıp baktı. Beni karşısında görür görmez, şöyle bir kıpı irkildiğini sezinledim. Gözlerinde bellibelirsiz bir şaşkınlık bakışı uçtu. Ama kendini çabuk toparladı. Soğukça,

– Kimi istiyorsunuz? dedi.

Gerçekten o değil miydi yoksa? Ama bu denli benzerlik... Olamaz böyle şey!.. Ama öte yandan Paşazade ölmüş ve öleli iki yıldan çok zaman geçmiş olduğuna göre... İşte o geniş, çok güçlü görünen çenesi, dişlese demiri koparacakmış gibi... İşte gözlerini çevreleyen çürük renkli halka... Durmadan dönüp devinen iğne başı küçüklüğündeki o parlak kara gözbebekleri... Geniş kemikli omuzları...

Paşazade olup olmadığını sordum.

Sertçe,

– Ne paşazadesi? diye sordu.

Bu soruda, sormaktan çok reddetmek vardı. Yani, paşazadeliği reddediyordu.

Bu görünüş benzerliğinin ötesinde ya sesi? Tıpkı Paşazade' nin sesiydi, söyleyişiydi. Heceleri biribirinden ayırarak, tek tek heceleri belirterek uyumlu bir sesle konuşan Paşazade... Bana cezaevinde, bu sesinin de dolandırıcılığına yardımcı olduğunu kendisi söylemişti. Sesi ve söyleyişi, karşısındakine güven veriyormuş çünkü... Yüzünün, bakışlarının verdiği güvensizliği, sesi ve söyleyişi örtüyordu gerçekten...

Ölmüş bir insan nasıl karşımda konuşabilir? O zaman, cezaevinde bana yaşamını anlatırken, yedi kardeşin en büyüğü olduğunu söylediği aklıma geldi. Olsa olsa bu adam, Paşazade'nin kardeşlerinden biri olabilirdi. Bu kez Paşazade sözcüğünü söylemeden, gerçek adını söyleyerek, onun kardeşi olup olmadığını sordum. Öyle bir,

– Ne münasebet! dedi ki, heceler dişlerinin arasından tükürür gibi çıktı.

Sorum karşısında, üstüne sanki pislik sıçrayacakmış gibi geri çekildi.

Bu korkusuyla kendisini gerçek kişiliğiyle ele vermişti. Paşazade olmasaydı, soruma umursamazlıkla "hayır" yada "benzetiyorsunuz" diyebilirdi. Ama o, "Ne münasebet!" diye bağırmıştı. Öyleyse, Paşazade'nin kim olduğunu biliyordu ki, Paşazade yada onun kardeşi sanılmak istemiyordu.

Hâlâ karşısında dikilip durduğuma bir anlam vermediğini göstermek için, gözlüğünü çıkarıp masaya koydu, yüzüme dik dik baktı. Daha ne bekliyorsun, demek istiyordu. Ama o anda herşey açıklanmıştı benim için. Kanıt da gözlük... Hani cezaevinde Dandini Fikret'in hırsız uğursuz kardeşlerine, "Bu gözlüğü takanın devlet dairesindeki müdürden hiç farkı kalmaz. Gözün göremediği mikrobu deve kadar gösterir bu gözlük... Bu gözlük bu bombok dünyayı bile cennet gibi gösteriyor," diye çığırtkanlığını ettiği gözlük masanın üstündeydi. Tanıdım o gözlüğü... Paşazade, çok alıştığı bu gözlüğünden hiç vazgeçemediğini söylemişti. Buyüzden de, sattığı fiyatın yirmi katını ödeyip geri almıştı gözlüğünü. Demek hâlâ, alışık olduğu o gözlüğü kullanıyordu.

Masada duran gözlüğü sapından iki parmağımla tutup bikaç kez masaya vurdum. Sonra da gözlüğü yüzüne doğru uzatıp,

– Tanıdım sizi, dedim, Paşazade'siniz...

Yine sertçe,

– Hayır! dedi.

Kendisini büsbütün ele vermişti.

– Azkalsın, sizi kardeşlerinizden biri sanacaktım...

Çıktım odasından. Merdiveni iki üç basamak çıkmıştım ki, koşup geldi arkamdan, dirseğimi tuttu,

– Konuşalım... dedi.

– Olur... dedim.

– Ne zaman?

Belli ki acele ediyor, hemen konuşmak istiyordu. Müdür'e sözüm olduğunu söyledim.

– Söylemezsiniz, değil mi? dedi.

– Sizi tanımıyorum ki... dedim.

– Teşekkür ederim. Size güveniyorum... dedi.

– Adınız? diye sordum.

– Cemal Altıntaş... dedi.

Müdürle konuşurken aklım hep ondaydı. Cemal Altıntaş sahte kimliğiyle burda çalışan Paşazade'nin gerçek kimliğini açıklamayacaktım elbet, pek zorunlu kalmadıkça. Demek, ölmemişti. Ölümü bile sahteydi. Oysa ne de üzülmüştüm, ölümü üstüne o yazıyı okuyunca.

Sözün uygun biyerinde, umursamazmış gibi görünerek, merdiven başındaki küçük odada çalışan memurun kim olduğunu sordum.

Müdür, sanki ağzına çok ekşi bişey almış da, onu ne yutabiliyor, ne de tükürüp çıkarabiliyormuş gibi yüzünü ekşitip buruşturarak,

– Bir saygısızlıkta mı bulundu yoksa? diye sordu.

– Hayır hayır, dedim, tersine...

– Tanıdığınız, yakınınız filan mı?

Öyle buruksu bir anlatım vardı ki yüzünde, yakınım olsa bile bunu söyleyemezdim.

– Hayır. Merak ettim de... İşine çok bağlı...

Müdür, anlatmak için bahane arıyormuş gibi, uzun uzun konuştu. Cemal Altıntaş adlı bu memur, iki yıla yakın bir zamandanberi burda çalışıyormuş. Kadroda değil, ama ücretliymiş. Sevimsiz bir adammış. Burda onu kimse sevmiyormuş. Nedenini sorduğumda, ondan kuşkulanıldığını söyledi. Nesinden kuşkulandıklarını sorduğumda, somut olarak bişey söylemedi. Ama çok kötüledi, kötülüğünün ne olduğunu da söylemeden.

İşimi özellikle biraz daha uzatıp o kasabadan ayrılışımı geciktirdim. Her sabah o daireye gidiyor, onun çalıştığı odanın açık kapısından başımı uzatıp,

– Merhaba Cemal Bey... diye selam veriyordum.

Oda kapısı kapalıysa açıp, kapıdan selam verip gidiyordum. Bu sinir bozucu davranışımın üzerinde etkisi oldu sanırım. Bir sabah yine selam verip kapıdan dönerken,

– Buyurmaz mısınız, bir kahve içelim... dedi.

Teşekkür edip odasına girdim. Sandalyeye oturdum. Yanındaki eskimiş dolaptan, ancak hapisanecilerde görülebilen düzenle, cezve, kahve fincanları, şeker ve kahve kaplarıyla bir de küçük ispirto ocağı çıkardı. İspirto ocağında kahve pişirdi.

– Kolay unutulmayacak bir tipim var, hemen tanıdınız beni... diye fısıldadı.

– Nasıl tanımam, aylarca birlikte bulunduk gece gündüz... dedim.

– Tanımasınlar diye buralara geldim, taa sınıra... Burada sizinle karşılaşacağımı hiç ummazdım.

– Ben de...

– Müdüre sordunuz beni, değil mi?

– Evet. Ama hiçbir açıklamada bulunmadım. Sizi tanıdığımı da bilmiyor.

– Teşekkür ederim. Cezaevindeyken de size güvenmiştim.

Cumartesi akşamı kasabanın içkili lokantasında buluşmak üzere sözleştik.

Ertesi akşam, o lokantaya gittiğimde, Paşazade'yi masaya oturmuş, beni bekler buldum. Ben gelmeden, masayı mezelerle donattırmıştı. Kadehlerimizi şerefe kaldırdık.

– Kim derdi, kim düşünebilirdi ki, günün birinde sizinle bu sınır kasabasında kadeh tokuşturacağız...

– Öyle... dedim.

Radyoda "Bir ihtimal daha var, o da ölmek mi dersin?" şarkısı söyleniyordu. Paşazade, garsonu çağırıp, radyoda başka bir istasyon açmalarını söylemeseydi, ben o şarkının farkında bile olmayacaktım. Radyo istasyonu değiştirildi.

– Bu şarkıyı duyunca çok sinirleniyorum... dedi.

– Bir kötü anısı mı var sizde? dedim.

– Hangibir anı? Bütün bir hayat... Hayatımı mahveden hep bu "bir ihtimal"...

Anlayamadığımı söyledim.

– İhtimaller pekçok, dedi, pekçok... Öyle çok ki, sayısız çok... Hiçbir zaman "bir ihtimal" yok, biçok, sayısız ihtimaller var. Telefonda konuşan bir insanın tek heceli bir "Ha!" deyişini düşünsenize. Bitek hece: Ha... Ama bu tek hece bile kaç türlü, kaç değişik anlamda söylenebilir... Soru sormak için: Ha? Onaylamak için: Ha! Şaşmak belirtisi: Ha! Korku belirtisi: Ha!.. Sonunda anladım anlamına: Haaa... Azarlamak anlamına: Haaa!..

Tıpkı bir meddah gibi, sanki telefonda konuşuyormuşcasına türlü biçimde, türlü anlamda "Ha" diyordu. Belki otuz değişik anlamda "Ha" dedi.

– Düşününüz, bitek "Ha" hecesinin bunca değişik anlama geldiği bu dünyada, siz bir de sekiz-on kelimeli bir cümlenin söyleniş biçimlerine göre alacağı değişik anlamları ve ihtimalleri hesaplayın bakalım... Her ihtimalin içinde de ayrıca yüzlerce, binlerce ihtimaller var. Bir ihtimal daha varmış, o da ölmek miymiş! Saçma! Tek olan, seçeneği olmayan, seçme hakkım bulunmayan herşeye düşmanım, tek olanların en yücesine bile... Seçeneksiz teklerde hep kandırmaca, hep dolandırıcılık var...

Sanki kendisi sabıkalı bir dolandırıcı değilmiş gibi konuşuyordu.

– Mağazalarda, ucuzluk diye, indirim diye uygulanan tek fiyat nedir? Halkı ucuzluğa inandırıp mal sürümünü artırmak, değil mi?

Paşazade bana cezaevindeyken sürekli olarak, toplum bütün yolları yüzüne kapadığı, salt bitek yolu açık bıraktığı için, gitmek istemediği o tek yola sapmak zorunda kaldığını anlatıp durmuştu. Tek yol, onun suça itilmesinin gerekçesiydi. Belki de buyüzden, şimdi tek olan herşeyden nefret etmeye başlamıştı.

Paşazade konuşmamıza egemen olmuştu. Bu anlattıkları bana boş gevezelik geliyordu. Oysa ben onun ölüm olayını, nasıl kendisini ölü gösterdiğini öğrenmek istiyordum. Ölümü üzerine gazetelere o haberleri, yazıları nasıl yazdırdığını merak ediyordum. Ama konuşmayı kendi isteğince yönetiyordu.

Boyuna içiyorduk. Hiçbir sarhoşluk belirtisi göstermeden konuşuyordu. İçkiye dayanıklı olduğu anlaşılıyordu.

Sonunda sözünü kesip, nasıl kendisini Cemal Altıntaş olarak değiştirdiğini sordum.

– Bir rastlantı, dedi, hep anlatırdım ya size; rastlantıların yaşamımıza nasıl yön verdiğini... Ayağımızın bir taşa takılarak düşmemizin, bir yere iki dakika gecikmemizin...
İki dakikalık bir yaşantımızın içine sığabilecek olasılıklardan söz ederdi hep.

– Ya bütün bir yaşamın içine sığabilecek olasılıklar? Yine Hercai Recai aklıma geldi. Hercai, en çıkarlı sahteciliğin, sürümü ençok olan ağrı kesici ilaçların sahtelerini yapmak olduğunu söylerdi. İlkin bu ilaçların sahtelerini yaparak piyasaya sürmeye başladı. Dikkatle reklamları izlerdi. En büyük reklamı hangi mal için yapıyorlarsa, hemen o malın sahtesini çıkarır, piyasaya sürerdi. Bir tıraşbıçağı mı reklam ediliyor o sıra, hemen, hiç zaman kaybetmeden sahtesini yapar, o reklamdan yararlanarak piyasayı tutardı. Bir çamaşır suyu reklamı mı başladı, Hercai Recai de hemen çamaşır suyu yapar, reklamı yapılan çamaşır suyunun şişelerini, etiketlerini taklit ederdi. Recai'ye göre en tehlikesiz sahtecilik bu türlü olandı. Çünkü, bizde firmaların kurumlaşmamış olduğunu, hepsinin kapkaç olduğunu, kendilerinin de Avrupa'dakileri, Amerika'dakileri taklit eden daha büyük sahteciler olduklarını söylerdi. Kurumlaşmamış olduklarından çürüktüler, kendilerini savunamıyorlardı.

Recai'nin söyledikleri gerçekten de doğruydu. Ben hiç bu türlü sahtecilik yapmadım. Ama başka firma malını taklit ederek sahtecilik yapmanın cezası çokazdır bizde. Hatta cezası bile yoktur, denilebilir. O günlerde çok ünlü ve yaygın bir baş ağrısı ilacının taklitlerini piyasaya çıkarmıştı. Kimi toptancı tüccarlardan para toplamak için Ankara'ya gidiyordu. Birlikte havaalanına geldik. Ben onu uğurlayıp dönecektim. Uçağın kalkışına daha on dakika olduğu halde çıkış kapıları kapanmıştı. Recai'yi uçağa almadılar. Recai çok kızdı, kıyametleri kopardı. Hemen orda, uçağın kalkış saatinden on dakika önce geldiğini saptayan tutanak düzenletti, tanıklara da imzalattı. Havayollarını mahkemeye verip tazminat davası açacağını söylüyordu. Yapardı da... Uçak kalktı gitti. Havaalanındaki ilgililer, Recai'nin uçağın kalkışına on değil, iki dakika kala geldiğini iddia ediyorlardı. İster on, ister iki dakika... Recai uçağa binememişti. Arabayla döndük. Recai, tanıdığı bir avukatın yazıhanesine götürdü beni. Ateş püskürüyordu. Avukata başına geleni anlattı. Avukat tazminat davası açılabileceğini söyledi. Hemen işlemlere girişildi. Dava dilekçesi yazıldı. Noterden vekâletname çıkarıldı. Hercai Recai rahatlamıştı. Avukatla beni bir lokantaya götürdü. Lokantada radyodan öğle haberleri veriliyordu. Spikerin bir haberi üzerine Hercai Recai'nin elinden çatalı tabağına düştü. Avukat, ağzına götürmekte olduğu şarap bardağını masaya bıraktı. Ben donup kalmıştım. Bisüre, belki iki-üç dakika konuşamadık. Radyoda spiker, Recai'nin iki dakika geç kaldığı için yada Recai'nin iddiasına göre, uçağın iki dakika erken kalkması yüzünden, binemediği uçağın düştüğünü haber veriyordu. Recai, avukattan dava dilekçesini istedi. Avukat, çantasından çıkardığı dilekçeyi verdi. Recai, dilekçeyi parça parça yırttı. Evet, iki dakika... Gecikme yada erkenlik, Recai'nin hayatını kurtarmıştı. Ama yine o Recai, uçak kazasında ölümden kurtulmuş, sonradan da kendini öldürmüştü. İşte bir rastlantı hayatı kurtarıyor yada hayatı yokediyor...

Benim ölümüm de bir rastlantı... Bu rastlantı, benim çoktanberi tasarladığım bir planımın gerçekleşmesine yaradı. Önce tasarladığım planı anlatayım. Benim mesleğim ne?

Sorusuna kendisi yanıt verdi:

– Dolandırıcılık... Ne iyi oldu sizinle bu sınır kentinde karşılaşmamız. Beni tanıyıp "Siz Paşazadesiniz!" demeseydiniz, ben arkanızdan gelip size "Paşazade'yi tanımadınız mı?" diyecektim. Her ne olursam olayım, hangi kılığa girersem gireyim, hangi kimliğe bürünürsem bürüneyim, anladım ki değişemiyorum, ben yine hep o Paşazade'yim... Hatta ölsem bile, Paşazade'likten kurtulamıyorum. İki yıla yakın zamandanberi burda Cemal Altıntaş olarak yaşamaktan bıktım. Çoktanberi hiçkimseyle kendim olarak konuşamamaktan bunaldım. Şimdi ne kadar mutluyum sizinle konuşurken, bilemezsiniz... Haaa, mesleğim demiştim size... Mesleğim dolandırıcılık. Bilir misiniz, dolandırıcılık Türk Ceza Kanununda cezası ençok olan suçtur.

Birisinin diyelim onbin lirasını çalsanız yada yolunu kesip alsanız, cezası daha çoktur da, aynı adamı onbin lira dolandırsanız, cezası daha azdır. Çünkü, dolandırıcılık karşılıklı olur, iki yanlı olur. Dolandıranla dolandırılan, ikisi de birbirini kandırmak isterler. Dolandırılan da, dolandıran kadar suçludur gerçekte. Açıklayayım. Bir dolandırıcı, değeri bir milyon lira eden arsayı, yüzbin liraya satmaya kalkar. Ama dolandırılan da, değeri bir milyon lira ettiğini bile bile, o arsayı yüzbin liraya almak istemektedir. Öyle değil mi? Dolandırıcıların şahı olan kalpazan, altın suyuna batmış kurşundan heykeli, som altından antika diye yutturur. Bu heykeli çok ucuza satın alan, onu altın diye alıyor. Yani, satıcıyı kandırıyor, dolandırıyor. Bütün dolandırıcılıklar işte böyle karşılıklı işlenir. İki yanlı suç olmayan, karşılıklı işlenmeyen hiçbir dolandırıcılık yoktur. Gerçek dolandırıcı, kazık yiyormuş gibi davranıp karşısındakini dolandırır. Dolandırılan da, dolandırıcıyı kazıklamak istediği için dolandırılır. Yani, dolandırıcıyla dolandıran, gerçekte suç ortaklarıdır. Buyüzden, ceza kanununda dolandırıcılığın, cezası çokazdır. Kısaca anlatmaya çalıştığım bu sorun beni son yıllarda çok düşündürüyordu. En amansız dolandırıcılığın, insanın kendi kendini dolandırması olduğunu anladım. Ben başkalarından daha çok kendi kendimi dolandırıp duruyordum. Dedim ya, dolandırıcılık için iki kişinin olması gerekir. Ben kendi başıma, iki kişiymiş gibi oluyordum: Biri dolandıran, biri de dolandırılan... İki kişinin birbirini dolandırması için, ortada bir sahtecilik aracı olması gerekir. Diyelim, sahte markalı ilaç, sahte markalı tıraşbıçağı yada antika bir som altın heykel diye yutturulan altınsuyuna batırılmış bir kurşun parçası... Sahte diploma yada sahte kimlik... Yada çalınmış bir ileri gelenin kartı.

Ben kendi kendimi, nasıl, neyle kandırıyordum? İşte size cezaevinde aylarca anlattığım Tek Yol aldatmacasıyla... Yoo, yo, sizi aldatmak istemedim. İnanıyordum bu tek yol yalanına... Uydurduğum yalana, kendi yalanıma... İnsanlar bu tek yol aldatmacasıyla kendilerini dolandırıyorlar. Kadın, orospu oluşuna gerekçe uyduruyor: "Ne yapayım, başka hiçbir çarem yoktu, kötü yola düştüm..." Ama gerçekten mi başka hiçbir umarı yoktu, yoksa başka umarım yoktu, diyerek kendini mi kandırdı? Bakıyorsunuz, başka bir kadın aynı duruma, hatta daha da kötüsüne düşüyor, ama "Başka çarem kalmamıştı." demeyip, başka bir çare bulup orospu olmuyor. "Başka hiçbir yol yoktu, çalmak zorunda kaldım..." "Başka ne yapabilirdim, çocuğum aç, karım da hastaydı..."

"Başka hiçbir yol yoktu," dedi mi bir insan, yani hertürlü çözümü salt tek yol çözümüne bağladı mı, işte o zaman kendi kendini dolandırmaya başlamış demektir. İnsanlar buyüzden kaçakçı, buyüzden kaatil, buyüzden hırsız oluyorlar. "Bütün başka yollar tıkalıydı, benim için açık tek yol vardı," derken, önümüzdeki yollardan bizim için en kolay olanı yada en kolay olduğunu sandığımız yolu seçmiş oluyoruz. İlle de en kolay yoldan gitmek istediğimiz için bütün öbür yolları görmezden geliyor, yok sayıyoruz. Benim bu durumlara düşmemin nedeni hep bu işte... Yaşamım boyunca hep kendi kendimi dolandırmış olduğumu çok geç anladım, üstelik de başkalarını dolandırıyorum diye...

Paşazade'nin bu açıklaması bana mantıklı gelmedi. Onun bu düşünceleri benim görüşüme hiç de uygun düşmüyordu.

– Yani, dedim, sizce insanların kötü yollara düşmesinde toplumun, toplum düzeninin etkisi yok mu?

– Olmaz olur mu, var elbette... dedi. Hatta çok büyük etkisi var. Ama biz, ne taşız, ne de bir makine. İnsanız. Bozuk olan herhangibir makinenin, o bozuk olan parçası değiştirilir, yenisi yerine konulursa, makine çalışır. Yoksa makine çalışmaz. Yani, makine için iki seçenekten biri vardır: Ya bozuk parçası değiştirilip, onarılıp çalıştırılır yada çalışmaz. Ama insanın sorunları, bir makineninki gibi hiçbir zaman iki seçenekli çözümlemeye indirilemez. İnsan, sonsuz ihtimallerle karşıkarşıyadır. Buyüzden "Başka hiçbir umarım yoktu!" diye, salt tek yolun açık olduğunu söylemek, zor gelen olanaklı yolları görmezden gelip kolay yolu seçmek, yani kendini kandırmak, kendi kendini dolandırmak oluyor.

Paşazade, salt bireylerin değil, kimileyin toplumların, kurumların, hatta hükümetlerin bile kendi kendilerini tek yol kandırmacasıyla dolandırdıklarını söylüyordu. Örnek isteyince de, Türk hükümetinin Birinci Dünya Savaşına katılışını gösterdi.

– İkinci Dünya Savaşının çıkarılması da, Alman toplumunun çoğunlukla kendi kendini dolandırmasıdır... Çünkü, tek yol savaş sanıyorlardı... dedi.

Paşazade, kendi kendini dolandırdığı gerçeğini anladığı zaman artık çok geçmiş. Bu düşünceye varınca da, kendisini başkasıyla değiştirmek isteğine kapılmış. Başka biri olmak istemiş. Başka biri olarak bundan sonra yaşayacak ve hiçbir zaman tek yol yalanıyla kendi kendini dolandırmayacak. Çünkü, insanın önünde sonsuz yollar varmış.

Paşazade'ye göre, koşullar durmadan değişiyordu ve her değişen koşulun kendine göre ayrı bitek yolu vardı. Ve insan tek yolu, türlü seçenekler içinden kendisi seçebilirse özgürdü. Oysa Paşazade, tek yolu umarsızlığına bir gerekçe olarak uydurmuş ve bu yaşına dek hep kendini aldatmıştı.

Her ne koşulda ve hangi konuda olursa olsun, insanların yalnızca tek seçenekleri olması, seçeneksiz olmaları, yani özgür olmamaları demekmiş. Tek seçeneği benimsemek, köleliği benimsemek oluyormuş. Ancak korkak insanlar, tek seçenekli olurlarmış.

– Kimden? diye sordum.

– Korkulacak o kadar çok şey var ki... Hayattan korkuyoruz, kendi kendimizden korkuyoruz, zor olandan korkuyoruz, başkalarından korkuyoruz, başka yolları denemekten korkuyoruz.

Paşazade, tek yolun, yani insanın umarsız kaldığı bahanesinin, kendi kendine kurduğu bir tuzak olduğunu söylüyordu. İnsan tek yoldan başka seçenek görmeyince, hem avcı, hem av oluyor, hem dolandırıcı, hem dolandırılan oluyordu. "Önümde tek yol vardı, başka hiçbir umarım yoktu..." diyen insanın gerçekten mi başka hiçbir seçeneği yoktu?

Açıklamasını derinleştirmek için değil, düşüncelerine gerçekten katılmadığım için,

– Ama, dedim, insan aynı zamanda iki yoldan birden gidemez. Her insanın gidebileceği tek yol vardır.

Evet ama diyordu Paşazade, bu tek yolu seçebilmek önemliydi. Özgürlük, karar verebilmekti. Karar vermek de, sonsuzca yollar arasında en uygununu seçebilmekti. Bunu insan, o sonsuzca yolların bileşkesi olarak kendisi kendi yolunu belirleyebilmeliydi. Paşazade, yaşamı boyunca bu seçmeyi yapamadığını anlamıştı. İşte bu anlayışa varınca da kendisini başkasıyla değiştirmek, başka bir insan kimliğiyle yaşamak isteğine kapılmıştı. Yaşama yeniden doğmuş gibi olacaktı. Çünkü, başka bir kimlik altında yaşarken, gideceği o tek yolu, bütün başka yolların bileşkesi olarak kendisi seçecek, kendi kendisini dolandırmayacaktı. Bu bir hayal... Ama o kendisini bu hayale kaptırmıştı.

"Bütün gerçekler, gerçek olmadan önce birer hayaldir."

Bu sözü kendisi, başka kelimelerle söylüyor, ama bunu anlatmak istiyordu.

GERÇEK SAHTECİ KİM?

Deli değilse, ruh hastası değilse, hiçkimse dünyada isteyerek suç işlemez. İsteyerek hırsızlık eden, isteyerek dolandıran görmedim hiç. İşte bunun için Hercai Recai'ye bir ruh hastası gözüyle bakıyordum. O istese suç işlemeyebilirdi. Ama suç işlemeden de duramıyordu. Çok zeki olduğunu sandığından, ne kadar suç işlerse işlesin, hiç yakalanmayacağına inanıyor, böylece kendi üstünlüğünü yine kendisine kanıtlamak istiyordu. Hiç yakalanmayacağını sandığı için de, ilk yakalanışında kendini öldürmüştü. Çünkü yanlış yaşadığını anlamış, kendi gözünde kendisi küçülmüştü.

Ben de yanlış yaşadığımı anladım, ama çok geç... Ben de buyüzden kendimi öldürmek istiyordum. Ama öyle bir ölüm ki, yanlış olduğunu anladığım geçmişim ölsün, bu kez yaşamın doğrusunu yaşayabileyim. Anlatabiliyor muyum? Paşazade'yi öldürecektim; onun ölümünden sonra da Paşazade olmayan başka birini yaşayacaktım.

Siz, toplumların hangi dönemde olursa olsun, suç saydığı suçlardan birini işlememiş olduğunuz için, hiçkimsenin isteyerek suç işlemediği sözüme katılmıyorsunuz sanırım... Çok örnek var ama, aklımdan hiç çıkmayan ikisini anlatayım. Beyler Koğuşunda rüşvetten yatanlar çoktu. Ama bunlardan ikisi, öyle iyi, öyle namuslu insandı ki, nasıl olup da rüşvet almış olduklarına şaşıyordum. İkisi de yoksuldu. Cezaevinde kendilerini bile zor geçindiriyorlardı. Rüşvetten ceza yiyenler hiç yoksul olur mu? Olamaz. Ama o ikisi çok yoksuldu. Ayıptır söylemesi, belli etmemeye çalışarak ikisine de yardım ediyordum. Bunlardan biri maliye müfettişi, biri de gümrük müdürüydü. Maliye müfettişi Istanbullu, gümrük müdürü de Doğulu...

Maliye müfettişi, rüşvetten hüküm giyenlerin pekçoğu gibi, iftiraya uğradığını söylemiyor, rüşvet aldığını kabul ediyordu. Başkasına anlatmazdı, ama bana anlattı. Kendi meslek çevresinde, rüşvete değil, en küçük hediyeye bile küçülmeyen biri olarak tanındığı için, çok büyük maliye yolsuzluklarına, vergi kaçakçılıklarına onu gönderirlermiş. İkinci Dünya Savaşı sırası... Kıtlık var, sıkıntı var. Hele memurlar, çok sıkıntı çekiyor.

Büyük zengin bir tüccarın bir vergi kaçakçılığı ihbarı geliyor. İthalatçı bir tüccarmış, adı çok bilinen... Hesap defterlerini denetlemek için onu görevlendirmişler. O ithalatçı tüccar, çağırıyor bunu işyerindeki çalışma odasına. Büyük masasının üstüne hesap defterlerini seriyor,

– Buyrun, bakın! diyor.

O, defterlere bakarken, yani defterleri denetlerken, tüccar da çevresinde döner dolaşır, müfettişi denetlermiş: ayakkabısına bakarmış, eski püskü... Elbisesine bakarmış, eski...

Sormuş:

– Çay içer misiniz?

– İçmem.

– Kahve?

– İçmem.

– Gazoz, meyve suyu filan?

– İçmem.

Müfettiş her "İçmem!" dedikçe, tüccar sinsi sinsi gülermiş. Koltuğuna oturmuş.

Büyük masanın biyanında müfettiş defterleri inceliyor, öbür yanında da, müfettişin karşısında tüccar oturuyor. Tüccarın arkasında koskoca bir kasa... Tüccar kasayı açmış, içerisi tıka basa para dolu... Tüccarın, tiyatro sahnesi gibi, kasayı önceden böyle hazırladığı belli... Tomarla parayı kasadan çıkarıp masanın üstüne koyuyor, saymaya başlıyor. Beşyüzer liralıkları sayıp sayıp desteliyor, onar binlik deste yapınca biyana ayırıyormuş. Her desteyi yapışında da, müfettişe soruyormuş:

– Kendi eviniz var mı?

– Hayır, kiradayım.

– Yaa, vahvah...

Yine saymaya başlıyormuş paraları: kırksekizbin, kırkdokuzbin, ellibin... Ellibin de bu...

– Çocuğunuz var mı?

– Var...

– Kaç tane?

– Dört...

– Okuyorlar mı?

– Biri askerde, biri okumuyor... Öbür ikisi okuyor...

– Yaaa, benim iki oğlum var, biri İngiltere'de, biri İsviçre'de okuyor.

Sayıyormuş paraları: İkiyüzkırksekizbin, ikiyüzkırkdokuzbin, ikiyüzellibin... Üçyüzbin de bu...

– Aylığınız ne kadar?

– Yetmişsekiz lira küsur...

– Yaaa, vahvah... Çok sıkıntı çekiyorsunuzdur... Ben odacıma bile ikiyüz liradan aşağı aylık vermem. Yazık! Sizin değerinizi bilemiyorlar.

Paraları yine tomarla kasadan çıkarıp sayıyormuş:

– Üçyüzkırksekizbin, üçyüzkırkdokuzbin, üçyüzellibin... Dörtyüzbin de bu...

Müfettiş sinirlenmiş:

– Rica ederim, başka yerde sayın paralarınızı...

– Siz işinize bakın efendim, defterler önünüzde... Hiç rahatsız olmayın, ben yavaş yavaş sayarım...

Paraları saydıktan sonra, deste yapıp, para destelerini müfettişin önüne doğru sürüyormuş.

Müfettiş bana bu olayı anlatırken şöyle demişti:

– Herife aldırmamaya çalışıyordum. Ama elde mi? Defterlerindeki hesapları incelerken zihnim karışıyordu. Birara gözlerim yandı, buğulandı, kalemi tutan elim titriyordu. Defterdeki sayılar da titrek görünmeye başladı. Adam, para destelerini durmadan önüme sürüyordu. Dolmakalemle yazdığım sayı, kâğıda yayıldı, mürekkep genişledi; çünkü üstüne gözümden bir damla yaş düşmüştü.

İthalatçı tüccar paraları sayıyor: Dörtyüzellibeşbin, altıbin, yedibin... Müfettişin gözünden de yaş damlıyor...

Bu olayı bana anlatırken de zavallı müfettiş ağlamıştı.

– Herif, nasıl olsa benim yenileceğimi biliyordu, dedi, çünkü onun parası, benim direncimden çoktu...

Müfettiş yenilmiş sonunda.

– Paraları elime sayarken, öyle bir pis gülüşü vardı ki, rüşvet almamdan çok, onun bu gülüşü beni aşağılamıştı... dedi.

İlk rüşvet alışından sonra, sürüyor rüşvetler. Sonunda yakalanıyor. Söyler misiniz, isteyerek mi rüşvet almıştı bu adam? Suçlu hangisi? Namuslu tüccarlık taslayan mı, yoksa rüşvet almaktan cezaevini boylayan mı?

Doğulu gümrük müdürüne gelince, o, az bulunur namuslu bir adamdı. Gümrük kapılarından birinde, rüşvet öyle almış yürümüş, şikâyetler öyle artmış ki, sonunda bakanlık bile bundan tedirgin olup, o gümrük kapısında rüşveti önlemek istemiş. İyi ama, rüşveti yasaklayacak bir müdür bulmak kolay mı? Neyse araya taraya, bu dediğim gümrük müdürünü bulmuşlar. Namuslu dersen, işte o kadar olur. Gümrük kapısına atanmış, hiçkimseye göz açtırmıyor, kırk para rüşvet aldırtmıyor. Öyle ki, memurlar rüşvet alacaklar diye geceleri bile gözünü uyku tutmazmış. Ancak iki-üç saat uyurmuş. Çünkü, gözünü kapar kapamaz, memurlar rüşvet almaya başlıyor. Rezalet!

Gümrük memurları, bu bizim müdüre yalvarmaya başlamışlar. "Biz yandık, mahvolduk..." diyorlarmış. Çünkü bu sınır kapısındaki gümrük memurluğu, havaparasıyla onlara altı aylığına, bir yıllığına kiralanıyormuş. Yani, borç harç biyerlerden bulup buluşturdukları parayı vererek, buraya altı aylığına, bir yıllığına atanıyorlar. Sonra ordan başka yere atanacaklar. Bu altı ay, bir yıl içinde, ne vururlarsa vuracaklar... En kıtıpiyoz gümrük memurlarından, burda bir yıl içinde koca apartıman dikenler oluyormuş. Buyüzden, buraya memur olmak kolay değil... Adamlar, buraya atanmak için verdikleri parayı bile çıkaramayacaklar diye, gümrük müdürüne düşman olmuşlar. Ve ne yapmışlar, biliyor musunuz; gümrük müdürünün ▾

yiyeceklerine, içeceklerine müshil koymaya başlamışlar. Zavallı müdür, boyuna helaya taşınıyor. İşte müdür heladayken, o iki aralık yolculardan rüşvet alıyorlar. Onlar rüşvet almaya, yolcular da rüşvet vermeye çoktan hazır. Çünkü yolcular da kaçak mal taşıyor... Sonunda, bakmış ki bu bizim Müdür, başa çıkılacak gibi değil, boş vermiş... O boş verince, memurlar kendi aldıkları rüşvetten müdürlerine pay vermeye başlamışlar. Bakınız, ne namuslu insanlar, müdürlerinin hakkını da yemiyorlar. Sonunda yakalanmışlar. Şimdi zavallı müdüre siz, isteyerek suç işlediğini söyleyebilir misiniz? Müdür, rüşvet aldığı için suçlu da, hiç cezaya çarptırılmamış olan rüşvet verenler, rüşvete gözyumanlar suçsuz mu? Müdürün de, müfettişin de suçu, rüşvet almaları değil bence, onların asıl suçu, "Ne yapalım, başka çaremiz yoktu..." demiş olmalarıdır.

Ben maliye müfettişliği yaparken... Evet ya, maliye müfettişliği de yaptım, hem de uzun zaman... Elbet sahte maliye müfettişliği. Büyük küçük demeden, terziden, bakkaldan tutun, büyük ithalatçı - ihracatçılara kadar, giriyordum işyerlerine, maliye müfettişi olduğumu, hesap defterlerini denetleyeceğimi söylüyordum. Hiçbiri... Evet, evet, hiçbiri tuttuğu hesap defterine güvenemediği, yani hasapları açık olmadığı için, müfettişliğimden kuşkulanmıyordu. Ben daha istemeden onlar bana rüşvet veriyorlardı. Rüşvet önermeyenler de oluyordu. O zaman onlardan, yani defterlerini incelediğim vergi mükelleflerinden "harç pulu bedeli" olarak para alıyordum. Bu aldığım paralar, hep küsurluydu ki, inandırıcı olsun. Hiçbir zaman yuvarlak sayılı para istemezdim. Yediyüzkırkdört lira otuzbeş kuruş filan gibi... Ben miydim suçlu, yoksa, defterleri dalavereli olduğundan bana kendiliklerinden rüşvet verenler mi? Ama onlar hapse girmedi, ben girdim. O terslik olmasaydı, hiçbir zaman sahte maliye müfettişi olduğum anlaşılamazdı.

Benim defterlerimi denetleyip altıyüzotuzsekiz lira yirmibeş kuruş harç pulu bedeli aldığım bir işyerine, benden bisüre sonra, olacak bu ya, gerçek maliye müfettişi gidiyor. İşyeri sahibi, teftiş edildiğini, hatta harç pulu bedelini de ödediğini söylüyor. Makbuz istiyor müfettiş. Makbuz yok...

Buna benzer olay bikaç yerde daha ortaya çıkıyor.

Hesaplarını denetlediğim bir mağaza sahibi, beni tavlamak için, gece, bir içkili gazinoya götürmüştü. Gazinodaki fotografçı da resmimizi çekmişti, sözde o gecenin anısı olacak... Gerçek müfettiş bu mağaza sahibine gidip de, kendisinden önce denetlemeye gelen müfettişin bilmem kaç lira kaç kuruş harç pulu bedeli aldığını, makbuz da vermediğini öğrenince, soruşturmayı derinleştiriyor. Mağaza sahibi, gazinoda çektirdiğimiz resmi veriyor müfettişe. Sahte maliye müfettişi olarak pekçok dolandırıcılıkları benim yaptığım böylece anlaşılıyor. İşte o zaman gazetelere ilan verdiler, hem de ilanın yanında benim o gazinoda çekilmiş resmim vardı:

Maliye Bakanlığından
Sahte Müfettiş

...... *Nüfusuna kayıtlı olan ve yanda fotografı görülen şahsın Fahrettin Tekin takmaadıyla kendisini maliye bakanlığı müfettişi olarak tanıttığı ve pekçok kimseyi bu yolla dolandırdığı tesbit edilmiş olup olay Ankara Emniyet Müdürlüğüne intikal ettirilmiştir. Orta boylu, geniş gövdeli, esmer, kara kalın kaşlı, geniş çeneli, gür siyah saçlı olan bu şahsın nerde olduğunu bilenlerin yada kendisini tanıyan ve görenlerin en yakın emniyet örgütüne, yakalanması için haber vermeleri ve yurttaşların dikkatli olmaları rica olunur.*

"Tanıyanların..." Beni kim tanır? Polis. Üstelik resmim de var.

Yine gazetelerin dilindeydim: "Paşazade, sahte maliye müfettişliği yaparken yakayı ele verdi. Sahte müfettiş Paşazade, terzileri, berberleri bile dolandırmış."

Emniyet Müdürlüğünde polislere şöyle sormuştum:

"Peki, ben sahteciyim, ben dolandırıcıyım da, bana rüşvet veren işadamları sahteci değil mi?"

Ben de gerçekte, sahtecilik, dolandırıcılık yapmak istemiyordum, isteyerek yapmıyordum. Ama... Önümde yalnız tek yol vardı, başka çarem yoktu der demez, önce kendimi dolandırmış oluyordum.

Rastlantı demiştim ya, doğru... Soğuk, yağışlı bigündü. Samatya'da otobüsten inmiş, yolun karşısına geçecektim ki, kendimi birden yayakaldırımının üstünde buldum. Arkamdan çarpan bir araba, beni devirmiş, geçip gitmişti. İlkin biyerim kırıldı filan diye korktum. Yavaş yavaş kalktım. Kendimi yokladım, bişeyim yok... Ama çok korkmuştum. Bisüre, demiryolu duvarına dayanıp dinlendim. Ben orda dinlenirken birisi,

– Paşazade... dedi.

Baktım, Avanta Cemal... O soğuk havada ayakları, yırtık bir ayakkabı içinde... Üst baş dökülüyor. Saçı sakalına karışmış. Soğuktan tir tir titriyor.

Avanta Cemal'in bu kılığı hiç de yadırgatıcı değildi. Hemen herzaman buna benzer kılıkta olurdu. Çünkü, eski bir eroinciydi. Eroin bulabilmek için "söğüşçülük" yapardı. Onu cezaevlerinden tanırdım. Otuz yıllık sabıkalıydı. Bu otuz yılın ondokuz yılını cezaevlerinde geçirmişti. Bunca zamandır eroin çektiği halde, ölmüyordu da... Ama ölmüşten beterdi.

Genellikle bu söğüşçü takımını, hele eroincileri hiç sevmem. Ama bu Avanta Cemal başka... Onu severdim. Geçmişini anlatmıştı bana da onun için... İyi bir ayakkabıcı ustasıymış. Bir atelyesi varmış. İyi para kazanıyormuş. Evlenmiş. Karısı güzel... İki çocukları olmuş. Ama eroine alışmış. Eroine alışan insanın işi bitik... Atelye elinden gitmiş. İşde çalışamıyor. Hırsızlıklara başlamış, küçük küçük... Daha kötüsü, karısını da eroine alıştırmış. Çünkü, karısını çok seviyor, ama eroin yüzünden erkekliği kalmadığından, karısının başka erkeklere gideceğinden korkuyor. Kadın da eroinci olmuş. Eroinci olunca, hiçbir kutsal duygu filan kalmaz. İki paket eroin bulabilmek için, zaman olmuş, karısını başka erkeklere kendi eliyle satmış... Bunları bana anlatırken cezaevinde, ağlamıştı. Karısı cezaevinde ziyaretine gelirdi, bakardı ona.

Avanta Cemal'i ayaküstü görünce,

– Nasılsın? diye sormuştum.

Sesini çıkarmadan ağlamaya başladı. Üsteledim. Karısının öldüğünü söyledi. Kendini suçluyordu.

– Yapayalnızım artık... Gidecek yerim de yok...

Bir suç işleyip cezaevine girmek, kışı orda geçirmek istiyordu. Cezaevi, artık onun yuvasıydı. Üstelik eski bir sabıkalı olduğu için de, cezaevinde azbuçuk saygı da görüyordu genç hükümlülerden. Ama asıl neden, onun gibilerin cezaevinde eroin bulmalarının daha kolay oluşuydu, dışarda eroin bulmak zordu.

Ben o günlerde sürekli olarak kendimi değiştirmeyi, başka bir kimlikte yaşamımı sürdürmeyi düşünmekte olduğumdan, anlayabileceği biçimde, Avanta Cemal'e de bunu öğütledim. Ne yapabileceğini sordu.

– İstersen eroincilikten vazgeçebilirsin. Seni hastaneye yatırtayım... dedim.

Bakırköy'deki hastanede altı ay kalsa, eroinden vazgeçebilirdi. Pek zor, ama hiç olmaz da değil... Birden,

– Peki... dedi.

Birden peki deyince, yalan söylediğini anladım. Çünkü, biraz olsun direnmesi gerekirdi kabul etmesi için. Nitekim,

– Yarın beni götür hastaneye, ama bugün iyice eroini çekip kafamı bulayım... Son bikez... dedi.

Numarasını hemen çaktım. Eroinsiz kalmıştı. Benden eroin parası istiyordu. Yarın hastaneye gideceğim diye beni kandıracaktı. Ama inanmış göründüm, çünkü, belki de doğruydu söylediği.

– Yarın seni nerde bulayım? diye sordum.

Yeri yakındı. Birlikte gittik. Sur duvarlarından geçip deniz kıyısına indik. Sur duvarlarının içinde bir kovuk gösterdi. Kovuğun ağzı, çuvaldan bir perdeyle örtülmüştü. Deniz dalgalarının sesleri, bütün lodos fırtınası içerdeydi. Burda bir insanın yaşaması olanaksızdı, ama Avanta Cemal orda yaşıyordu. Eroini çekince, yaşayıp yaşamadığının farkında bile olmadan... Epiyce para verdim.

– İyice yumulurum eroine... Bu benim son eroin içişim olur. Yarın yatır beni hastaneye... dedi.

Yalan söylediğini biliyordum; bile bile ertesi günü gittim oraya. Belki, çok zayıf bir belki...

Çuvaldan perdeyi kaldırıp kovuğa baktım, kimse yok... Adını seslendim, yanıt yok. Oralara bakındım, kimseyi göremedim. Dönüp gidecektim ki, o sur duvarının kovuğuyla deniz arasındaki büyük bir kayanın dibinde Avanta Cemal'i gördüm. Kayaya dayanmıştı, denize, çevrene doğru bakıyordu. Seslendim, ayağımla dürttüm... Dürtünce yere yıkıldı. Nabzına baktım, nabzı atmıyor... Ölmüş... Çok eroin çekmiş olmalı. Eroin zehirlenmesinden ölmüş olacaktı... Evet, belki... Belki de hastaneye yatacaktı, kimbilir...

Birden kendimi değiştirmek, başkası olmak istediğimi, böyle bir fırsatın önüme çıktığını düşündüm. Ceplerini araştırdım. Yırtıkpırtık ceketin iç cebinde nüfüskâğıdını buldum: Cemal Altıntaş... Onun nüfuskâğıdını aldım, yerine kendi nüfuskâğıdımı koydum.

Bu bir denemeydi. Başaramazsam, kaybedecek bişeyim yoktu. Belki de, benim cesedim olmadığı anlaşılacaktı, ama anlaşılmayabilirdi de... Veee, anlaşılmadı. İki-üç gün sonra gazeteler, yılların sabıkalısı Paşazade'nin cesedinin, Samatya'da deniz kıyısında, yarı beline kadar suların içinde çalkalanırken bulunduğunu yazıyordu. Ceset morga kaldırılmıştı. Önce morga, sonra savcılığa gittim. Tanırlarsa tanırlar... Ama tanımadılar beni. Orda polis olsa, hele eskilerden biri olsa tanırdı elbet. Niçin mi gittim morga? Kendi cesedimi çok merak ettiğim için değil elbet, tanıklık etmek için... Biçok ceset arasında, Avanta Cemal'in cesedini gösterdiler. "Evet, bu, Paşazade denilen sabıkalı dolandırıcının cesedidir!" diye tanıklık ettim. İfademi imzaladım savcılıkta. Ne diye mi imzaladım? Cemal Altıntaş olarak. Aynı gün, o sizin sözünüzü ettiğiniz Gavsi Ozansoy'un yazısı çıkmıştı gazetede merhum Paşazade için... Paşazade'nin ölüm nedeni ne olarak yazıldı bilir misiniz belediye hekimi raporuna: Sefalet-i fizyolojiye...

Kendi cenazemde de bulunmak isterdim. Paşazade'nin toprağa gömüldüğünü görmek istiyordum. Ama olmadı. Ertesi gün morga gittiğimde, Paşazade'nin cenazesinin kaldırılmış olduğunu söylediler. Nasıl, nereye kaldırıldı cenazem, bilemiyorum.

İşte böylece, ünlü sahteci, sabıkalı dolandırıcı Paşazade'nin polisteki dosyası da ortadan kalkacaktı. Artık bu dünyada sabıkalı Paşazade yoktu.

Bu olaydan sonra Istanbul'da kalamazdım. Eskilerden bir polis beni görüp tanıyabilirdi.

Düşününüz, yoldan karşıya geçerken, arkamdan bir araba çarpmasaydı da, duvara dayanıp biraz kendime gelmeye çalışmasaydım, Avanta Cemal'i görmeyecektim. Bu rastlantı, beni başka bir insan yapıyordu: Cemal Altıntaş...

Uzak, çok uzak, tanınmayacağım biyerde yaşamak istiyordum. Buyüzden işte bu sınır kentine geldim. Paşazade ölmüştü, burda da Cemal Altıntaş'ı tanıyan yoktu. Artık kendi kendimi dolandırmadan yaşayacaktım. Bütün yollar kapalı, salt tek yol açıktı önümde, demeyecektim. Ne yapayım, başka hiçbir umarım kalmamıştı, demeyecektim.

Beni gördüğünüz yerde bir küçük iş buldum. Bilirsiniz, benim için böyle bir iş bulmak kolay, hele böyle yerlerde...

Çalışmaya başlayalı daha iki hafta olmuştu ki, onbeşinci günün sonunda, bir genç memur geldi çalıştığım odaya, masamın üstüne para bıraktı.

– Nedir bu? dedim.

Çok doğal bişey söylüyormuş gibi,

– Sizin hisseniz... dedi.

– Ne hissesi? diye sordum.

Delikanlı yılış yılış sırıttı.

– İstemem! diye paraları ittim.

Hissem olan para, aylığımdan çoktu.

Delikanlı paraları toparlayıp odamdan çıktı. İki yada üç gün sonra, hani beni sorduğunuz bizim müdür var ya, beni odasına çağırdı. Oturttu. Çay ikram etti. Hisseme düşen parayı az bulduğum için geri çevirdiğimi sanmıştı. Açıklıyordu. Hisseler herzaman aynı olmazdı. Kimileyin daha çok, kimileyin az olurdu. Bu kez böyle olmuştu. Ama hiçbir haksızlık yapılmıyordu burda kimseye. Tastamam adaletli bir bölüşüm vardı. Buna inanmalıydım.

Benim gibi, işleri düşen yurttaşlarla ilişkisi olamayanların, masabaşında çalışanların, ambarcıların da hakları gözetiliyordu. Toplanan para, belli bir ölçüye göre hak üzerine üleştiriliyordu. Yoksa, hele hele ambarcılar, aldıkları aylıkla ev kiralarını bile ödeyemezlerdi. İkidebir bana,

– Öyle değil mi? diye sorarak, benim de onayımı alıyordu.

Müdürün bu görüşlerine karşı gelecek bişey söylemedim. Ne evet, ne de hayır, dedim.

Aşağı yukarı iki yıldanberi burda çalışıyorum. Her onbeş gündebir, benim hissemi getirip masamın üstüne koyuyorlar. Ben de her getirişlerinde, parayı geri itip almıyorum. Buyüzden çok tedirgin oluyorlar benden. Hiç sevmiyorlar beni... Sürekli kuşkulanıyorlar. Oysa benim eski kişiliğimi, kim olduğumu bir bilseler... Anlatamam onlara, başka bir kimlik altında yaşadığımı.

Dolaylı olarak anlattılar da bana: burda yakalanmak tehlikesi de yokmuş; çünkü, aracı kullanılmıyormuş. Bikaç kez tanık oldum, yurttaştan nasıl para alındığına... Çok türlüsünü gördüm bu işlerin, ama bu türlüsünü hiç görmemiştim...

Bir iş için, bu yolların en ustası olan adamın odasındaydım. O sırada, bir yurttaş girdi odaya. Ya bir ruhsat alacak, ya bir ehliyet... Bunun için de, elindeki yazılı kâğıdı imzalatacak. O imzalayacak memur, birdenbire o yurttaşa,

– Kaç metreden görebiliyorsun? diye sordu.

Yurttaş şaşırdı. Birdenbire, hiç yeri değilken, hiç ilişkisi yokken, "Kaç metreden görüyorsun?" diye sorulunca insan ne yapar?

Yurttaş,

– Anlamadım... dedi.

Memur, sertçe sesini yükseltti:

– Kaç metreden görebiliyorsun?

– Ne gibi yani?

– Ne gibisi var mı be... Kaç metreden gözün görüyor?

Yurttaş,

– Havasına bağlı, dedi, sisli havaysa yada hava yağışlıysa uzaktan göremem...

– Hava açıksa? diye sordu memur,

– Hiç belli olmaz...

Yurttaşın anlayışsızlığına kızan memur, bu kez,

– Kaç katlı evde oturuyorsun, kaçıncı kattasın? diye sordu.

Yurttaş,

– Tek katlı... deyince, memur büsbütün kızıp cık cık diye kızgınlık belirtisi sesler çıkardı.

Yurttaş gerçekten anlayışsızdı. Memurun ne demek istediğini bitürlü anlayamıyordu.

– Kaç çocuğun var?..

– Bitecik...

– Kaç yaşında?

– Daha yaşına basmadı...

Yurttaş, sanki memurun ne sorduğunu anlıyormuş da, inadına anlamazdan geliyormuş gibi, hiçbir sayı söylemiyordu. Oysa zavallının bişey anladığı yoktu.

Memur bu kez, sanki canı sıkılmış da masayı tıklatırmış gibi, sağ elinin uzun parmağıyla masaya on kez vurup,

– Nasıl? diye sordu.

Yurttaş, çocuğunu soruyor sanıp,

– İyidir çok şükür... dedi.

Bu anlayışsızlık karşısında memur sıkıntıdan patlayacak gibi oldu. Oflayıp puflayarak, sanki sıcaktan bunalmış da yelpazeleniyormuş gibi, beş parmağını açtığı sağ elini dört kez yüzüne doğru sallayıp,

– Buna ne dersin? diye sordu.

Zavallı anlayışsız yurttaş, kendisinden yine rüşvet istenildiğini anlamadığı için hiç pazarlığa girişmeden,

– Ne diyeyim, ben bilmem ki... dedi.

Memur,

– Yahu bilmez olur musun, söyle sen de bişey... diye bağırdı.

Adam saf saf,

– Ne söyleyeyim bey?.. dedi.

– Allah Allah... Çatlatacak yahu beni... Senin evin çarşıya kaç dakika çeker?

Adam,

– Yürümeye bağlı, dedi, seğirtirsem çabuk giderim, sallana sallana gidersem çok sürer...

Memur öyle kızmıştı ki,

– Giit, git burdan... Çık gözüm görmesin... diye bağırdı.

Adam,

– Ya imza? diye sordu.

Memur yeniden umutlanıp,

– Yarın saat kaçta gelebilirsin? diye sordu.

Adam,

– Saatim yok, dedi, ne zaman dersen o zaman gelirim... Sabahtan de sabahtan geleyim, akşam gel de akşam geleyim...

Memur öyle bir çığlık attı ki, ne dediği anlaşılamadı ama, adam kapıdan çıktı. Başka odadakiler çığlığına koştular memurun. Memur, koltuğa düştü. Gerçekten sinirleri çok bozulmuştu. İki eli yanlarına sarkmış, yüzü apak olmuştu, canı çekilmişti adamın...

Limon kolonyası koklatan, bileklerini oğuşturan, şakaklarını okşayan arkadaşlarına,

– Bunca yıllık memurum, hayatımda bu kadar anlayışsız adam görmedim yahu... diye yakınıyordu, böyle dangalak... – Sanki adam karşısındaymış gibi bağırdı – Ulan ayı, ağzından hiç çıkmaz mı senin sayı?

İşte burası böyle biyer... Eski Paşazade olsam, neler yapardım. Ama ben şimdi Cemal Altıntaş adlı bir ücretli görevliyim burda... Biliyorum, burda benim başımı belaya sokacaklarını. Çünkü burasının uyumunu bozuyorum. Geçenlerde yine benim payımı getiren başka bir memur, parayı almayınca, nefretle yüzüme bakıp,

– Yani ne yapmak istiyorsun sen? dedi.

Sesimi çıkarmadım.

Çocuk korkutmak ister gibi parmağını da sallayarak,

– Ama senin için iyi olmaz! dedi.

İlle beni de suça bulaştırıp kendilerini güvenceye almak istiyorlar.

Açıkçasını söyleyeyim ki, ben onları haksız bulmuyorum. Biliyorum, kendilerini kurtarmak için başımı belaya sokacaklar. En doğrusu burdan çekip gitmeliyim başka biyere... Düşünüyorum bunu.

Cemal Altıntaş olarak polisin eline düşmekten çok korkuyorum; ölümümün bile bir sahtecilik olduğu anlaşılacak diye... O zaman gazeteler "Sahte ölü Paşazade hortladı" diye yazacaklar belki de...

*

Kaldığım otele çok geç dönmüştüm. Üstelik oldukça da içkiliydim. Buyüzden Paşazade'nin o gece bana lokantada anlattıklarını yazamadım. Ertesi gün de kendime gelemedim. Ama daha ertesi gün, onun anlattıklarını, belleğimde kaldığı biçimde yazdım. Hiç kuşkusuz, benim yazdıklarım, Paşazade'nin bana anlattıklarının tıpkısı değildir. Onun anlattıklarını kelime kelime yazamazdım elbet. Ama o ne anlatmak istiyorsa, işte o özü, hiç değiştirmeden, bozmadan yazmaya çalıştım.

Röportajımı tamamlamam için sınır üstündeki başka kasabaları gezip dolaşmam, oralarda da incelemeler yapmam gerekiyordu. Paşazade'ye – ki o artık Paşazade değil, Cemal Altıntaş'dı – uğramadan yola çıktım. Ama dönüşümde, yine bu kentten geçecek, Paşazade'yi gördükten sonra Istanbul'a gidecektim.

Gezim onbeş gün daha sürdü. İşlerimi yaptım, gereken fotografları çektim, belgeleri topladım, notlarımı aldım. Yeniden o kente döndüm. Sabah erkendi. Öğleden sonra da otobüsüm kalkacaktı. Biletimi almıştım.

Paşazade'nin çalıştığı daireye gittim. Odasının kapısı açık değildi o gün. Tıklatmadan kapıyı açıp, daha önceleri de yaptığım gibi,

– Merhaba! dedim.

Paşazade'nin orda olmayacağı hiç aklıma gelmemişti. Masada başka biri vardı.

Şaşırdım.

– Cemal Bey nerde? diye sordum.

Masadaki adam duraksadı önce, sonra,

– Gitti... dedi.

Nereye gittiğini sormadım. Çünkü adamın, sorumdan tedirgin olmuş bir görünümü vardı.

Müdürün yanına çıktım. Vedalaşmak için geldiğimi söyledim. Birara, aşağıki odada çalışan Cemal Beyi sordum. Müdür, ilk soruşumdaki gibi yine yüzünü ekşitip buruşturarak,

– Anlamıştık bir halt karıştıracağını, dedi.

İlkin Paşazade'liğinin ortaya çıktığını sandım. Oysa Müdür, rüşvet alırken yakalandığını söyledi. Niçin birdenbire,

– Olamaz! diye bağırdığımı bilemiyorum.

Demek, son gece buluştuğumuzda anlattıklarına iyice inanmıştım.

Müdür, rüşvet olarak aldığı paraların önceden numaralarının saptandığını, tanıklar önünde suçüstü yapılıp paraların üstünden çıktığını söyledi. Savcılığa götürmüşler önce, sonra tutuklayıp cezaevine atmışlar.

"Bir daha cezaevine girmekten korkuyorum," dediğini anımsadım.

Gerçekten rüşvet almış mıydı? Yani toplum onu yine bir suç işlemeye mi sürüklemişti? Başka hiçbir umarı kalmadığına yine kendini inandırmış mıydı?

Yoksa? Yoksa, o tek yola gitmemek için direndiğinden, kendisinden korkanların tuzağına mı düşmüştü?

Cezaevinde ziyaret için zamanım yoktu.

Aradan bunca zaman geçtikten sonra, şimdi doğruyu söyleyebilirim açıkça; Paşazade'yi cezaevinde ziyaret içimden gelmemişti. Yoksa, zaman ayırabilirdim.

Evime döndüm. O sınır kasabasının içkili lokantasında anlattıklarından tuttuğum notları, öbür notların, yani cezaevinde yazdıklarımın yanına koyarken, son olarak onun için ne yazmış olduğuma baktım. Bu, Paşazade'nin nedense yarıda kalmış yada benim yazarken yarıda bıraktığım şu sözleriydi:

"Paşazade sorum üzerine şöyle demişti: Gerçek anılarımı yayınlayamam. Yayınlasam mı? Anılarımı yayınlarsam, bugün namuslu geçinen tanınmış pekçok kişinin"

Burda bırakmışım sözü: Arkasını sonra yazarım diye düşünmüş olacağım. Belki de o sıra acele bir işim çıkmıştır da yazıyı burda kesmişimdir. Belki de o gün Paşazade sözünü burda kesmişti. Nokta bile koymamışım. Sözünün sonu yok.

Sanki bilerek cümleyi tamamlamamışım gibi. Paşazade'nin yaşamı da tamamlanmamıştı.

Gerçekte her yaşam, bitirilmemiş bir işle, tamamlanmamış bir sözle son bulur. Ölüm, son sözün noktalanması değil, bir sözün yarıda kesilmesi olduğundan, Paşazade de herkes gibi son sözünü söyleyememişti.

Paşazade'nin sonunu bilmiyorum. Ama bildiğim bişey var; o da kendinden sonraya, bitirilememiş, noktalanmamış, yarım kalmış bir söz bırakacak. Belki de onun yarıda kalan sözü, notlarımın sonundaki noktalanmamış sözü olacak:

"...namuslu geçinen tanınmış pekçok kişinin"

Her insan, bitirilmemiş bir söz bırakır kendinden sonraya...

Aziz Nesin'e özgü başlıca yazım biçimleri

-beri
-buçuk
aradabir
arasıra
arayer
ardarda
azbiraz
azçok
azkaldı
azkalsın
başüstüne
beribenzer
bibakıma
bibaşına
biçok
bidolu
bigün
bikaç
bikez
birara
birarada
birdenbire
biriki
bisüre
bisürü
bişey
bitakım
bitane
bitek
bitürlü
biyana
biyer
buyüzden
candarma
cıgara
çokaz
çukulata
enaz
ençok
epiy
fotograf
gülegüle
hangibir
heğbe
Heğbeliada
herbir
herbişey
hergün
herhangibir
herhangibiri
herneyse
herşey
hertürlü
heryan
heryer
herzaman
hiçbişey
hiçkimse
hoşgeldin
hoşbulduk
Istanbul
ikidebir
işgören
kıravat
kimbilir
nağra
pekaz
pekçok
sağol
Sıvas
tiren
varol
yada
yazıyla gösterilen her sayı bitişik

Aziz Nesin

(Mehmet Nusret Nesin)

(20 Aralık 1915, Heybeliada, İstanbul • 6 Temmuz 1995, Çeşme, İzmir)

Gülmece edebiyatımızın doruğuna çıkmış yazarımızdır. Çağının sorunları karşısında etkin bir aydın olarak durmuştur. Toplumsal düzendeki çarpıklıkları ve çelişkileri büyük bir ustalıkla anlatmış, çağdaş Türk gülmece edebiyatının dünya ölçüsünde temsilcisi olmuştur. Asıl adı Mehmet Nusret'tir.

Aziz Nesin, öğrenimine İstanbul Kanuni Sultan Süleyman İptidai Mektebinde başladı. İki yıl İstanbul'da Darüşşafaka Lisesinde okuduktan sonra 1935'te Kuleli Askeri Lisesini, 1937'de Kara Harp Okulunu, 1939'da da Askeri Fen Okulunu bitirdi. Üsteğmenliği sırasında "görev ve yetkisini kötüye kullanmak" suçlamasıyla ordudan çıkarıldı (1944). Bir süre bakkallık, muhasiplik yaptıktan sonra gazeteciliğe başladı. Yedigün, Karagöz ve Tan'da çalıştı. Cumartesi adlı bir magazin dergisi çıkardı. 1946'da Sabahattin Ali'yle birlikte Markopaşa adlı mizah dergisini yayımlamaya başladı. Türkiye'ye yapılan Amerikan yardımının amaçlarını eleştiren, yayımlanmamış "Nereye Gidiyoruz?" adlı yazısı yüzünden 12 Ağustos 1947'de on ay ağır hapis ve üç ay on gün de Bursa'da "emniyet-i umumiye nezareti" altında bulundurulma cezasına çarptırıldı. *Azizname* adlı kitabından dolayı 1950'de gene tutuklandı. Aynı yıl içinde, G. Politzer'in *Marksist Felsefe Dersleri* adlı kitabının önsözünün bir bölümünü çevirtip Baştan dergisinde yayımladığı için bir yıl dört ay hapis ve ceza süresince de İstanbul'da "emniyet-i umumiye nezareti"ne mahkûm edildi. Hapisten çıktıktan sonra, 1951'de kitapçı dükkânı, daha sonra da bir fotoğraf stüdyosu açtı. 1954'te Akbaba dergisinde takma adlarla mizah öyküleri yazmaya başladı. Edebiyat yaşamı boyunca 100'ü aşkın takma ad kullandı. 1956'da Kemal Tahir'le birlikte Düşün Yayınevini kurdu. 1958-63 arasında yayıncılığı tek başına sürdürdü. Yeni Gazete, Akşam ve Tanin'de günlük köşe yazıları yazdı. Gazete yazarlığını Öncü, Yeni Tanin ve Ustura adlı haftalık mizah ekini hazırladığı Günaydın Gazetesinde sürdürdü. 1962'de Zübük adlı mizah dergisini çıkarmaya başladı. 1963'te yayınevinin yanmasından sonra yazarlığı tek uğraş olarak sürdürdü. 1979'da Türkiye Yazarlar Sendikası başkanlığına seçildi.

▼

1972'de Çatalca'da kimsesiz çocukları okutmayı amaç edinen Nesin Vakfını kurdu ve kitaplarının bütün gelirini bu vakfa bağışladı. 1976-80 arasında her yılın edebiyat ürünleri içinden yaptığı seçmeleri kapsayan *Nesin Vakfı Edebiyat Yıllığı*'nı çıkardı. Savunduğu görüşler nedeniyle birçok kez yargılandı, hapis ve sürgün cezasına çarptırıldı. 1993 başlarında Salman Rushdie'nin *The Satanic Verses* (1988; *Şeytan Ayetleri*) adlı yapıtını Türkçede yayımlayacağını açıklaması nedeniyle İslamcı çevrelerin şiddetli eleştirilerine hedef oldu. 2 Temmuz 1993'te, Sivas'ta Pir Sultan Abdal Şenlikleri sırasında özellikle kendisini hedef alan aşırı dincilerin yaktığı ve 37 kişinin yaşamını yitirdiği Madımak Otelinden sağ kurtuldu.

Yapıtlarında Türk toplumunun bir panoramasını veren Aziz Nesin, halk edebiyatının anlatı öğelerinden de yararlandı ve yer yer masal teması aracılığıyla günlük olayları, toplumsal bozuklukları eleştirel ve yergici bir yaklaşımla yansıttı. Meddah geleneğinin anlatım olanaklarını da kullanarak çağdaş anlamda bir gülmece öyküsü yazma tekniği geliştirdi. En sıradan olaylardan bile öykü konusu çıkaran bir gözlem gücü vardır. Eleştirilerinde kişilerin olumsuz yanlarına, yanlışlarına, eksikliklerine de parmak basarak uyarıcı ve yönlendirici bir çaba gösterdi.

Konularını günlük yaşamın içinden, kahramanlarını halktan kişilerden seçti. Geniş halk kesimlerinin sorunlarını büyük bir ustalıkla dile getirirken, toplumsal değişim sürecindeki insanın konumunu da yetkin bir biçimde yansıttı.

Türk ulusal gülmece geleneğini çağdaş bir bileşime ulaştırmayı başaran Aziz Nesin, İtalya'da 1956 ve 1957'de Altın Palmiye; Bulgaristan'da 1966'da Altın Kirpi ve 1977'de Hitar Petar; SSCB'de 1969'da Krokodil ödüllerini aldı. Asya Afrika Yazarlar Birliği, Lotus Edebiyat Ödülünü 1975'te ona verdi. *Karagöz'ün Kaptanlığı-Berberliği-Antrenörlüğü* oyunlarıyla 1969'da Karacan Armağanını; *Çiçu*'yla 1970 Türk Dil Kurumu Oyun Ödülünü almış; *Pırtlatan Bal*'la (1976) 1974 Arkın Çocuk Edebiyatı Yarışmasında ikinci olmuş; *Yaşar Ne Yaşar Ne Yaşamaz*'la (1977) 1979 Madaralı Roman Ödülünü kazanmıştır.

BÜTÜN KİTAPLARI

Roman: Kadın Olan Erkeğin Hatıraları (1955), Düğümlü Mendil (1955), Gol Kralı (1957), Erkek Sabahat (1957), Saçkıran (1959), Zübük (1961), Şimdiki Çocuklar Harika (1967), Tatlı Betüş (1974), Surnâme (1976), Yaşar Ne Yaşar Ne Yaşamaz (1977), Tek Yol (1978).

Öykü: Parti Kurmak Parti Vurmak (1946), Geriye Kalan (1953), İt Kuyruğu (1955), Yedek Parça (1955), Fil Hamdi (1956), Damda Deli Var (1956), Koltuk (1957), Kazan Töreni (1957), Deliler Boşandı (1957), Mahallenin Kısmeti (1957), Ölmüş Eşek (1957), Hangi Parti Kazanacak (1957), Toros Canavarı (1957), Memleketin Birinde (1958), Havadan Sudan (1958), Bay Düdük (1958), Nazik Alet (1958), Gıdıgıdı (1958), Aferin (1959), Kördöğüşü (1959), Mahmut ile Nigâr (1959), Hoptirinam (1960), Gözüne Gözlük (I960), Ah Biz Eşekler (I960), Yüz Liraya Bir Deli (1961), Bir Koltuk Nasıl Devrilir (1961), Biz Adam Olmayız (1962), Yeşil Renkli Namus Gazı (1964), Sosyalizm Geliyor Savulun (1965), İhtilali Nasıl Yaptık (1965), Rıfat Bey Neden Kaşınıyor (1965), Vatan Sağolsun (1968), İnsanlar Uyanıyor (1972), Hayvan Deyip de Geçme (1973), Seyyahatnâme (Duyduk Duymadık Demeyin) (1976), Büyük Grev (1978), 70 Yaşım Merhaba (1984), Kalpazanlık Bile Yapılamıyor (1984), Maçinli Kız İçin Ev (1987), Nah Kalkınırız (1988), Rüyalarım Ziyan Olmasın (1990), Aşkım Dinimdir (1991), Gözünüz Aydın Efendim (1997), Herkesin İşi Gücü Var (2005).

Oyun: Biraz Gelir misiniz (1958), Bişey Yap Met (1959), Toros Canavarı (1963), Düdükçülerle Fırçacıların Savaşı (1968), Üç Karagöz Oyunu (1969), Çiçu (1969), Tut Elimden Rovni (1970), Hadi Öldürsene Canikom (1970), Beş Kısa Oyun (1979), Bir Zamanlar Memleketin Birinde (1992), Başarılarımı Karılarıma Borçluyum (1992), Sait Hopsayıt (1992), Yaşar Ne Yaşar Ne Yaşamaz (1992).

Anı: Bir Sürgünün Anıları (1957), Böyle Gelmiş Böyle Gitmez I - Yol (1966), Poliste (1967), Böyle Gelmiş Böyle Gitmez II - Yokuşun Başı (1976), Suçlanan ve Aklanan Yazılar (1982), Benim Delilerim

(1984), Salkım Salkım Asılacak Adamlar (1987), Onursal Doktor Olamamanın Büyük Onuru (1993), Mum Hala (1996), Böyle Gelmiş Böyle Gitmez III - Yokuş Yukarı (1996), Bir Vicdan Davası (1998), Birlikte Yaşadıklarım Birlikte Öldüklerim (2006).

Şiir-taşlama: Azizname (1948), On Dakika (1957), Sondan Başa (1984), Seviye On Ölüme Beş Kala (1986), Kendini Yakalamak (1988), Hoşçakalın (1990), Bir Aşk Var Bir de Ölüm (1992), Hazreti Dangalak (1992), Sıvas Acısı (1995).

Yazı-derleme-söyleşi: Mizah Hikâyeleri Antolojisi (1955), Nutuk Makinesi (1958), Az Gittik Uz Gittik (1959), Merhaba (1971), Cumhuriyet Döneminde Türk Mizahı (1973), Dünya Kazan Ben Kepçe I - Irak ve Mısır (1977), Dünya Kazan Ben Kepçe II - Alamanya (1983), Ah Biz Ödlek Aydınlar (1985), Soruşturmada (1986), İnsanlar Konuşa Konuşa (1988), Korkudan Korkmak (1988), Bulgaristan'da Türkler, Türkiye'de Kürtler (1989), Sora Sora Cennet Bulunur (1990), Bir Tutam Aydınlık (1994), Bir Dokun Bin Dinle (1994), Çuvala Doldurulmuş Kediler (1995), Türkiye Şarkısı Nâzım (1997), Okuduğum Kitaplar (2000).

Mektup: Aziz Nesin-Ali Nesin Mektuplaşmaları (1994-1995), Aziz Nesin-Tahsin Saraç Mektuplaşmaları (1995), Aziz Nesin-Meral Çelen Mektuplaşmaları (1998), Aziz Nesin-Saliha Scheinhardt, Mektuplar (1999).

Çocuklar için: Monologlar (1949), Uyusana Tosunum (1971), Bu Yurdu Bize Verenler (1975), Borçlu Olduklarımız (1976), Pırtlatan Bal (1976), Aziz Dede'den Masallar (1978), Ben de Çocuktum (1979), Anıtı Dikilen Sinek (1982), Nasrettin Hoca Gülütleri (1991)